Diogenes Taschenbuch 1/9

Alfred Andersch
Winterspelt
Roman

Diogenes

Die Erstausgabe erschien 1974
im Diogenes Verlag.
Der Text wurde für diese erste Taschenbuchausgabe
neu durchgesehen und hie und da verbessert.

Veröffentlicht als Diogenes Taschenbuch, 1977
Alle Rechte vorbehalten
Copyright © 1974 by
Diogenes Verlag AG Zürich
60/80/9/3
ISBN 3 257 20397 7

Gewidmet jener auf Seite 22 erwähnten,
dem Verfasser als äußerst zuverlässig
bekannten Person.

Es war kalt, es goß, ein halber Sturm wehte, und
vor uns lagen wie eine Mauer die schwarzen Forsten
der Schnee-Eifel, wo die Drachen hausten.

Ernest Hemingway, 49 Depeschen
Deutsch von Ernst Schnabel

Das Vergangene ist nie tot;
es ist nichteinmal vergangen.

William Faulkner
Nach einem Zeitungsbericht

Inhalt

Feindlage, militärisch

Der westliche Kriegsschauplatz / Die Kampfhandlungen vom 25. September bis 9. Oktober 1944 / Im Großraum Aachen fanden nur örtliche, an Schwere jedoch zunehmende Kampfhandlungen statt; in der Eifel und an der Moselfront herrschte Ruhe. (Kriegstagebuch des Oberkommandos der Wehrmacht [Wehrmachtführungsstab], KTB, geführt von Helmuth Greiner und Percy Ernst Schramm, Bd. IV, S. 400)

Hitler oder Die fehlende Tiefe

Der Führer rechnete damit, daß im Herbst das Wetter die feindliche Luftwaffe zeitweise ausschaltete und dadurch deren Überlegenheit herabgemindert werde. Ein operatives Vorgehen hielt der Führer schon deshalb für geboten, weil den Franzosen nicht die Gelegenheit gegeben werden durfte, ihre Verbände anschwellen zu lassen; denn nach seiner Auffassung waren die 70 Verbände, mit denen bei den Anglo-Amerikanern zu rechnen war, nicht stark genug für eine Front von 700 km. Es mußte daher nach seiner Meinung möglich sein, auf einer solchen Frontlinie eigene Kräfte so zu massieren, daß sie im Angriffsraum dem Gegner überlegen waren. Vorerst wurden die Burgundische Pforte und der holländische Raum als Ausgangsbasis ins Auge gefaßt. Zu diesem Zwecke stellte der WFStab in der Mitte der dritten September-Dekade die erforderlichen Kräfteberechnungen an.

Jetzt handelte es sich jedoch nicht mehr um eine aus der Bewegung geführte Operation, welche Lücken in der feindlichen Front oder tiefe Flanken ausnützen konnte, sondern um einen Angriff aus einer festen, durch die feindliche Luftaufklärung ständig überwachten Front, der erst in der – inzwischen vom Gegner ausgebauten – gegenüberliegenden Front ein Loch aufreißen mußte, also um eine Operation, die einer langen Vorbereitung bedurfte und für die – da das Westheer abgekämpft war – auch erst durch Auffrischung und Neuaufstellungen die Kräfte zu gewinnen waren. Schließlich war sogar noch mehr Zeit erforderlich, als sich anfangs voraussetzen ließ: von der Festlegung der ersten Pläne bis zum letzten Befehl vor dem Angriff vergingen rund 2½ Monate.

Die Leitung in dieser Zeit blieb ganz in der Hand des Führers, der nicht nur die Anregungen gab und die Entscheidungen traf, sondern sich auch um alle Einzelheiten kümmerte und dabei die Vorbereitung des Angriffs auf die Abwehr abstimmte, die in der Zwischenzeit an der Westfront zu leisten war.

Um die Wende vom September zum Oktober hatte sich als geeigneter Durchbruchsraum bereits die Front ostwärts Lüttich abgezeichnet. Da dort bereits im Mai 1940 der Durchbruch erzwungen worden war, wurden aus den nach Liegnitz ausgelagerten Archiven Unterlagen über die damaligen Operationen der 6. und 4. Armee angefordert. Diese wurden am 5. 10. abgesandt. Leider ergaben sich in den Archivbeständen Lücken, da 1941 einem Brande wesentliche Akten zum Opfer gefallen waren. Jedoch fanden sich noch aufschlußreiche Aufzeichnungen, vor allem eine Geländebeurteilung vom Januar 1940, die zu dem Ergebnis gekommen war, daß ein Vormarsch in Luxemburg und Südbelgien weitaus günstigere Verhältnisse finde als im Abschnitt des nördlichen Nachbars, da die Zahl der hintereinander gestaffelten Gelände- und Befestigungsabschnitte, die quer zum Angriff lagen, geringer und das Gelände sowie die Verkehrsdurchlässigkeit günstiger waren als im Nordteil der Ardennen.

Als Voraussetzung für die geplante Operation wurde angesehen:

das Halten der Weststellung, einschließlich der Niederlande und die Sperrung der Westerschelde,

eine die Kräfte des BdE (Befehlshaber des Ersatzheeres, d. A.) nicht beanspruchende Ostlage,
Fortdauer des personellen und materiellen Zulaufs in den Westen zur Auffrischung,
Eintritt einer 10–14tägigen Schlechtwetterperiode als Ausgleich der fehlenden Luftwaffen-Unterstützung,
schnelle Vernichtung des Feindes in der Front, um die fehlende Tiefe zu ersetzen. (KTB 1944, Bd. IV. Erster Halbband, 4. Abschnitt, Frankfurt/M. 1961)

Bradley oder Acht Kilometer

Eine Zeitlang hatten wir zwischen Trier und Monschau auf einer etwa 120 km breiten Front nur drei Divisionen stehen. Mehr als vier Divisionen konnten wir in diesem Gebiet niemals einsetzen. Während mein Stab sich ständig so eingehend wie möglich mit dieser Lage befaßte, sprach ich auch persönlich zu verschiedenen Malen mit Bradley darüber. Wir kamen zu dem Schluß, daß wir im Raum der Ardennen entschieden gefährdet waren, doch hielten wir es für falsch, unsere Angriffe an der ganzen übrigen Front lediglich aus Gründen der Sicherung einzustellen, bis aus den Vereinigten Staaten alle Verstärkungen eingetroffen wären und unsere Stärke ihr Höchstmaß erreicht hätte.

Bei der Besprechung dieses Problems wies Bradley ausdrücklich auf die Umstände hin, die seiner Ansicht nach für die Fortsetzung der Offensive in seinem Abschnitt sprachen. Ich stimmte ihm in allen Punkten zu. Zunächst führte er die gewaltigen relativen Vorteile an, die sich im Hinblick auf die Verluste für uns ergaben. Der Feind hatte im Durchschnitt pro Tag doppelt soviel Verluste wie wir. Ferner glaubte Bradley, das Ardennengebiet sei der einzige Abschnitt, wo der

Feind einen ernsthaften Gegenangriff unternehmen konnte. Die beiden Punkte, an denen wir Truppen der Zwölften Armeegruppe für Angriffsoperationen zusammengezogen hatten, flankierten aber diesen Raum unmittelbar. Der eine Teil derselben, der Hodges unterstand, befand sich gleich nördlich, und der andere, unter Patton, gleich südlich davon. Bradley meinte deshalb, für einen massierten Einsatz unserer Kräfte gegen die Flanken eines eventuellen deutschen Angriffs im Ardennengebiet könnte unsere Aufstellung gar nicht günstiger sein. Überdies vermutete er, der Feind werde bei einem überraschenden Angriff in den Ardennen große Nachschubschwierigkeiten haben, falls er den Versuch machen sollte, bis an die Maas vorzustoßen. Wenn es ihm nicht gelang, unsere großen Materiallager in die Hand zu bekommen, dann mußte er bald in Bedrängnis geraten, besonders, wenn unsere Luftwaffe zur gleichen Zeit wirkungsvoll operieren konnte. Bradley zeigte auf der Karte die Linie, welche die deutschen Spitzen seiner Meinung nach eventuell erreichen konnten. Diese Voraussagen erwiesen sich später als außerordentlich zutreffend. Er hatte sich nirgends um mehr als acht Kilometer geirrt. In dem Raum, den der Feind seiner Ansicht nach überrennen konnte, legte er nur sehr wenige Nachschublager an. Wir hatten zwar große Depots in Lüttich und Verdun, aber er glaubte zuversichtlich, daß der Feind nicht so weit kommen würde. (Dwight D. Eisenhower, Crusade in Europe, New York 1948, zitiert nach der deutschen Ausgabe, Amsterdam 1950)

Weisung an von Rundstedt, Generalfeldmarschall

Am 3. 10. wurde dem OB West mitgeteilt, daß ihm am 5. 10. zum Einsatz in einer ruhigen Front aus Dänemark die

416. Inf.-Div. zugeführt werden solle. Dieser Befehl wurde am 4. 10. dahin ergänzt, daß der Führer befohlen habe, durch die 416. Inf.-Div. eine voll bewegliche Division herauszulösen. (KTB, Bd. IV, S. 449)

Der arme General Middleton

Es überrascht nicht, daß die vier schwachen Infanterie-Divisionen, dünn verteilt über die 75 Meilen der Ardennenfront, von der Wucht des feindlichen Angriffs überwältigt wurden. Trotz des schweren Sperrfeuers, das dem Angriff vorausging und das manche für ›freundlich‹ hielten, nahmen sie an, sie befänden sich in einem ruhigen Abschnitt, beinahe in einem Urlaubs- und Erholungsbezirk, in dem ›grüne‹ Truppen sich ohne große Gefahr an die Unbequemlichkeiten der Frontlinie gewöhnen konnten. Von den drei Divisionen des amerikanischen VIII. Corps unter General Middleton hatten zwei, die 4. und die 28., in den grimmigen Herbstschlachten weiter nördlich furchtbare Schläge ausgehalten und schwere Verluste erlitten. Sie waren hundemüde und geplagt von ›Grabenfuß‹, Husten und anderen kleinen Beschwerden. Die dritte Infanterie-Division, die 106., hatte vier Tage zuvor die 2. Division an der Linie abgelöst, nach einer erschöpfenden Lastwagen-Fahrt durch Frankreich und Belgien in beißender Kälte. Sie war eine ›grüne‹ Division. Ihr beigegeben war die 14. Kavallerie-Gruppe, die in einer acht Meilen weiten Lücke zwischen dem VIII. und dem V. Corps patrouillierte, einer gefährlich schwachen Nahtstelle. Die rechts flankierende Infanterie-Division des V. Corps, die 99., vervollständigte das Bild. Sie war eine unerfahrene, aber gut ausgebildete Division. Sie bewies ihr Können. (R. W. Thompson, Montgomery The Field Marshal, London 1969, S. 243)

1.

Ob auch die deutsche 416. Infanterie-Division ihr Können bewies, konnte nicht eruiert werden. In den Verzeichnissen (KTB, Ellis, von Manteuffel) der Truppenverbände, die für die Ardennen-Offensive bereitgestellt wurden, findet sie sich nicht. Wahrscheinlich wurde sie vor Beginn des Angriffs aus der Front zurückgenommen und wieder durch eine voll bewegliche Division ersetzt.

Vollends reine Annahme ist es, daß sie sich im Oktober 1944 in dem Frontabschnitt befunden hat, der den Schauplatz der im Folgenden geschilderten Begebenheiten bildet; ferner, daß sich unter ihren Bataillons-Kommandeuren ein Major namens Joseph Dincklage befand.

Infolgedessen braucht sich die 416. von dem, was hier berichtet wird, überhaupt nicht betroffen zu fühlen. Andererseits wird für einen Bericht wie diesen gerade eine Division wie die 416. benötigt. In einer Panzerdivision, Elite-Verbänden wie der 2. oder der 9. etwa, oder aber in irgendeiner sogenannten Volksgrenadier-Division, die schon ihre Bezeichnung, wie tapfer sie sich auch geschlagen haben mag, in die untersten Ränge des Heerwesens verweist, hätten sich die Vorgänge der in keinem Kriegsarchiv aufbewahrten Akte ›Verschluß-Sache Dincklage‹ von vornherein unglaubwürdig ausgenommen. Unter Umständen vorstellbar sind sie aber in einer gewöhnlichen Infanterie-Division – im Jahre 1944 verlieh der einfache Name *Infanterie* einer Truppe etwas Seltenes und Altertümliches –, und das geisterhafte Auftauchen und Verschwinden einer solchen im Bereich des OB West paßt also ganz vorzüglich.

Es hat aber nicht nur in der 416. Infanterie-Division, sondern auch in dem gesamten deutschen Heerbann, weder im Jahre 1944 noch vorher oder nachher, einen Offizier gegeben, der sich mit Absichten trug, wie sie hier dem Major Dincklage nachgesagt werden. Infolgedessen braucht sich nicht nur die 416. Infanterie-Division, sondern das deutsche Heer als Ganzes von diesem Bericht nicht betroffen zu fühlen.

3.

Aus den genannten Gründen konnte er auch nur in einer einzigen Form erstattet werden: als Fiktion.

Georgia on my mind

Die 106. amerikanische Infanterie-Division möge es dem Berichterstatter nachschen, daß er sie schon ab Ende September 1944 an der Front auftauchen läßt. Bekanntlich (siehe Thompson u. a. Quellen) hat sie erst vier Tage vor Beginn der Ardennen-Offensive, also am 12. Dezember, ihre Stellungen bezogen. Daß ihr 3. Regiment (genaue Bezeichnung: 424. Regiment) den rechten Flügel bildete, also südöstlich Saint-Vith lag, ist immerhin authentisch. (Zum genauen Frontverlauf siehe den Abschnitt *Retuschen an der Hauptkampfzone*.) Ob die C-Kompanie eines Bataillons dieses Regiments den Abschnitt Maspelt sicherte und in diesem Dorf Quartiere bezog, ist kriegsgeschichtlich nicht nachweisbar, doch ohne weiteres möglich. Um eine völlig freie Erfindung handelt es sich jedoch, wenn ihr als Kompaniechef ein Captain John Kimbrough zugewiesen wurde. Der Himmel weiß, warum er aus dem Süden des Staates Georgia stammt, in der kleinen Stadt Fargo aufgewachsen ist, die an drei Seiten von dem Okefenokee-Sumpf umgeben ist. Die meisten Soldaten der 106. – das ist wieder bezeugt – wurden in Montana rekrutiert.

Schwache Korrektur

Eine dem Verfasser als äußerst zuverlässig bekannte Person, die von 1941 bis 1945 in der Westeifel gelebt hat, möchte ihn dazu bewegen, seine im Passus 2 des Abschnittes *Phasen eines Umschlags von Dokument in Fiktion* aufgestellte Behauptung zu revidieren. Sie gibt an, des öfteren Gespräche deutscher Offiziere mitangehört zu haben, in denen Pläne erörtert wurden, die denen des Majors Dincklage entsprachen. Die Frage, ob solche Pläne zu irgendeinem Zeitpunkt und in irgendeiner Weise nicht nur erwogen, sondern auch realisiert oder wenigstens in das Anfangsstadium einer Realisation überführt worden sind, muß sie allerdings verneinen.

Sandkasten

Geschichte berichtet, wie es gewesen.

Erzählung spielt eine Möglichkeit durch.

Feindlage, ›geistig‹

von Rundstedt, Model, Blaskowitz, von Manteuffel,
Guderian, Balck, Hauser, Schulz, Thomale etc.

Andererseits ist in Rechnung zu stellen, daß es für die Oberbefehlshaber gar keine andere Möglichkeit gab als ›weiterzu-
machen‹. Soviel wußten sie trotz ihrer unzulänglichen Orien-
tierung über die Gesamtlage, daß bei der engen Verknüpfung
der Westmächte mit der UdSSR kein Sonderwaffenstillstand,
sondern nur eine Gesamtkapitulation denkbar war. Sie anzunehmen aber bedeutete, von den dreieinhalb Millionen
Mann, die im Osten standen, zu verlangen, daß sie sich in so-
wjetische Kriegsgefangenschaft begaben – diese Überlegung
hat ja auch den Männern vom 20. Juli schwere Gewissensunruhe bereitet. Für den, der nicht zu ihnen gehörte, gab es nur
die Möglichkeit, mit der vagen Hoffnung, daß noch ein
›Wunder‹ geschehen könnte, den Krieg fortzusetzen – und
das hieß: weiter zu gehorchen wie bisher. (KTB, Einleitung –
Die Rolle der Heeresgruppen- und Armeeführer)

Churchill

P. M. (der Premierminister, i. e. Winston Churchill, d. A.)
nicht in Form wie gewohnt und ziemlich lustlos. Sein Kampf-
geist allerdings ganz wie sonst; er sagte, wenn er Deutscher
wäre, würde er seine kleine Tochter dazu bringen, dem
nächstbesten Engländer eine Bombe unters Bett zu legen;
seine Frau würde er anweisen, darauf zu warten, daß irgendein Amerikaner sich über sein Waschbecken beugte, um ihm
dann eins mit dem Nudelholz ins Genick zu geben, während
er selber im Hinterhalt lag und ohne Unterschied auf Amerikaner wie Briten schoß. (Arthur Bryant, Triumph in the West

1943–1946, dargestellt unter Verwendung der Tagebücher und autobiographischen Aufzeichnungen des Feldmarschalls Viscount Alanbrooke, London 1959, S. 320; Notiz Alanbrookes vom 2. 11. 1944)

Rote Armee

Ob Major Dincklage die Sorgen der Heeresgruppen- und Armeeführer beziehungsweise die schwere Gewissensunruhe der Männer des 20. Juli hinsichtlich der Zumutbarkeit sowjetischer Kriegsgefangenschaft geteilt hat, kann, wie vieles im schon ein wenig nachgedunkelten Bild dieses schwierigen Charakters, heute nicht mehr aufgehellt werden. Fest steht nur, daß er niemals an der Front im Osten stand und stets alle Hebel in Bewegung gesetzt hat, um seine Abstellung nach Rußland zu verhindern, was ihm unter Hinweis auf seine sich seit 1942 entwickelnde Arthrose des rechten Hüftgelenks und entsprechende stabsärztliche Zeugnisse auch regelmäßig gelang. Dies ist umso bemerkenswerter, als Dincklage sonst jegliche dienstliche Rücksichtnahme auf seine Krankheit strikt ablehnte. Offen muß bleiben, ob solches Verhalten auf eine grundlegende Eigenschaft Dincklages verweist, eine in ihm angelegte Neigung, sich rätselhaft-widersprüchlich zu zeigen – wie sie beispielsweise in seiner verhängnisvollen Begegnung mit Schefold zu Tage tritt – oder auf politisch-historische Überzeugungen, oder vielleicht nur auf eine rein stimmungsmäßige Abneigung gegen ein Leben als Soldat im Osten. Möglicherweise haben alle drei genannten Motive dabei eine Rolle gespielt.

Mit der Roten Armee geriet er erst in Winterspelt in Berührung, und auch dort nur zu einer so frühen Stunde, daß er sie nicht genau erkennen konnte, denn es war noch dunkel, wenn die Russen die Dorfstraße herunter kamen. Dincklage beobachtete sie fast jeden Morgen, seitdem er in Winterspelt war. Er stand, auf seinen Stock gestützt, hinter dem Fenster der Schreibstube, in der er wegen der Verdunkelungsvorschriften das Licht nicht anzünden durfte. Da er regelmäßig gegen vier Uhr aufwachte und wegen der Schmerzen im Hüftgelenk nicht mehr schlafen konnte, gehörte es zu seiner Technik, sich die Zeit zu vertreiben, bis es im Bataillonsstab lebendig wurde, den Russen zuzusehen, wie sie zu ihrer Arbeit in den Höfen gingen. Von zwei Landsturm-Leuten, alten Männern mit umgehängten Gewehren, bewacht, erschienen sie in leidlicher Kolonne oben rechts im Ausschnitt der Straße, die von der Höhe namens Held ins Dorf führte. Jeweils zwei von ihnen scherten in die Höfe rechts und links aus, so daß die Kolonne immer kleiner wurde. Wenn sie den Hof Thelen erreichte, der dem Haus, in dem der Bataillonsstab untergebracht war, gegenüberlag, bestand sie nur noch aus zehn Männern. Die Russen waren keine deportierten Zivilisten, sondern reguläre Kriegsgefangene. Sie waren in einer Scheune auf der Held untergebracht. Dincklage hatte festgestellt, daß sie keine Schuhe trugen, sondern nur Holzpantinen, darinnen Fußlappen, die sie mit Schnüren umwickelt hatten. Mäntel schienen sie nicht zu besitzen. Dincklage fragte sich, wie sie in dieser Montur den kommenden Winter überstehen würden. Ein Gedanke wie dieser enthielt die Vorstellung, daß vor allem der Krieg den kommenden Winter überstehen würde.

Die zwei, die Thelen zugeteilt waren, gingen zum Hofgebäude hinüber. Als sie die Türe öffneten und eintraten, wurde für einen Augenblick das Licht im Haus sichtbar. Gleich danach wieder, weil dann entweder die beiden Töchter Thelens, oder eine von ihnen zusammen mit Käthe Lenk, aus dem Haus kamen und sich im Hofraum zu schaffen machten, mit Milchkannen klapperten, Wasser pumpten.

Stabsfeldwebel Kammerer, der an einem Morgen neben

ihm stand und gleich ihm zum Fenster hinaussah, hatte ihm den Vorgang erklärt. »Jetzt frühstücken die Iwans«, hatte er gesagt, »und die Mädchen passen auf. Wenn ein Posten kommt, um zu kontrollieren, hält die eine ihn auf, während die andere ins Haus läuft und die Kerle in den Stall scheucht.« »Ach so!« Dincklage hatte lachen müssen. »Den Bauern ist es nämlich verboten, die Russen zusätzlich zu verpflegen«, erläuterte Kammerer, »aber keiner von denen hält sich dran.« Er schien das Lachen Dincklages zu mißbilligen. »Die Russen kriegen zu fressen wie die Bauern selber.« »Na, Kammerer«, sagte Dincklage, »können Sie sich nicht vorstellen, was für einen Fraß die da oben in ihrer Scheune bekommen? Und dann sollen sie den ganzen Tag Schwerarbeit machen. Die Bauern müssen sie doch bei Stimmung halten.« »Herr Major«, sagte der Bataillons-Spieß unnachgiebig, »die Iwans fressen Sachen, die unsere Soldaten kaum noch kennen. Eier, Speck, Butter.« »Trotzdem«, erwiderte Dincklage, »wird in dieser Angelegenheit keine Meldung gemacht, Kammerer!« »Daran habe ich auch gar nicht gedacht, Herr Major«, sagte Kammerer.

Dincklage behandelte den Stabsfeldwebel energisch, freundlich. Es gab niemals Reibungen zwischen ihnen. Hauptsache war, schnell zu reagieren, wenn der Mann in das Denken des wahrscheinlich Wahnsinnigen zurückfiel. Kammerer war Mitglied der Partei, aber er schien davon im Jahre 1944 keinen Gebrauch mehr zu machen.

Reisige und Bauern

Nur Dincklage wohnte im Stab selbst. Die übrigen Stabsangehörigen hatten sich bei den Bauern einquartiert. Kammerer war ein aufmerksamer Beobachter. Schon am dritten Tag ih-

res Aufenthalts in der Eifel hatte er zu Dincklage bemerkt:
»Die Bauern hier mögen uns nicht.« Er belegte diese Behauptung mit einem Ausspruch des alten Thelen, der, als Kammerer in irgendeinem Zusammenhang eine Ansprache an ihn mit
den Worten »Sie als deutscher Bauer« begann, den Feldwebel
sogleich unterbrochen und erklärt hatte: »Ich bin kein deutscher Bauer, ich bin ein Eifelbauer.« Dincklage, der aus dem
Emsland stammte, hatte überlegt, ob er diesem Thüringer
und Protestanten, von dessen Waffenrock irgendwann während des Sommers in Dänemark das Parteiabzeichen verschwunden war, einen Vortrag über gewisse Eigentümlich-
keiten stockkatholischer Bauernländer halten solle, hatte es
dann gelassen. Er beschränkte sich darauf, einer möglichen
Neigung Kammerers zur Denunziation die Spitze abzubre-
chen, indem er sagte: »Na, solange der alte Herr so was nur
zu Ihnen sagt, redet er sich ja nicht um Kopf und Kragen.« Er
wußte, daß er sich auf Kammerers Neigung zur Subordina-
tion verlassen konnte; Kammerer würde nie etwas tun, von
dem er vermutete, es passe seinem jeweiligen unmittelbaren
Vorgesetzten nicht in den Kram.

Geheimniskrämerei

»Ich hoffe aber, du verläßt dich nicht auf ihn, wenn es um deinen Plan geht«, hat Käthe Lenk einmal zu Major Dincklage
gesagt. »Da hört sein Hang zum Gehorchen nämlich auf.
Wenn du Kammerer nur eine Andeutung machst, bist du geliefert.«

Dincklage, dem es ungewohnt war, von einer Frau taktische Ratschläge zu erhalten, erwiderte kurz: »Wenn alles
klappt, wird Kammerer von der Aktion genauso überrascht
werden wie das gesamte Bataillon.«

Dem entsprechend wird Kammerer in der Erzählung kaum noch eine Rolle spielen, von einer Episode im Abschnitt *Schreibstuben-Vorgänge* abgesehen. Von allen Angehörigen des 4. Bataillons im 3. Regiment der 416. Infanterie-Division (›Dincklages Männern‹) wird einzig der Obergefreite Reidel ein Stück Ahnung von dem zugeteilt erhalten, was da im Busch war.

Westlich des Limes

Bei einem Vergleich zwischen Major Dincklage und Captain Kimbrough fällt sofort auf, daß einige Merkmale des ersteren nicht so genau bestimmt werden können wie die entsprechenden des letzteren. Sie bleiben unscharf. Während beispielsweise die Divisionsnummer Kimbroughs – die Nummer der Division, der er nicht angehörte – authentisch bezeichnet werden kann, handelt es sich bei derjenigen Dincklages um eine reine Annahme. Ähnlich verhält es sich mit einigen Anschauungen der beiden Offiziere. Für Dincklage typisch ist es, daß nicht in Erfahrung zu bringen war, wie er über das Problem der Kapitulation im Osten dachte, indessen kein Zweifel darüber besteht, daß Kimbrough, wäre ihm bekannt geworden, was Churchill täte, wenn er ein Deutscher wäre, nur den Kopf geschüttelt hätte. Von der Lektüre der Notiz des Feldmarschalls Viscount Alanbrooke aufblickend, hätte er zu Bob Wheeler, dem G-2 des Regiments, gesagt: »Wenn Churchill ein Deutscher wäre, würde er also genau das tun, was Hitler von ihm erwartet!«

Die – imaginäre – Antwort Wheelers lautete: »Ich vermute, daß die Nazis nur von jemand geschlagen werden können, der imstande ist, sich in ihr Denken zu versetzen. – Falls man so etwas noch Denken nennen kann«, ergänzte er immerhin noch.

»Das glaube ich nicht«, hätte Kimbrough erwidert. »Man kann sie nur schlagen, wenn man ihr Denken grundsätzlich nicht annimmt.« Mit jener Messerschärfe, die er manchmal aufbrachte – er war im Zivilberuf Anwalt –, würde er hinzugefügt haben: »Übrigens sind es nicht die Engländer, die die Deutschen schlagen, sondern wir und die Russen.«

Bei der Fortsetzung dieser Unterhaltung kann auf Konditionalsätze verzichtet werden, denn sie hat stattgefunden. Kimbrough selbst hat darüber berichtet, und zwar in jenem Gespräch mit Schefold, in dem er ihm eingestehen mußte, daß das Regiment es, nach Rücksprache mit der Division, ablehne, auf Dincklages Pläne einzugehen. »Sie wissen ja, daß ich mit Major Wheeler befreundet bin. Er war mit mir bei dem Colonel drinnen. Als wir wieder rauskamen, sagte er zu mir: ›Hör mal, John, du machst einen Fehler. Du bildest dir ein, wir seien hier, um die Deutschen oder irgendwen sonst von diesem Monster zu befreien.‹ Er fing an, mir zu beweisen, daß wir Amerikaner nicht in Europa seien, bloß weil irgendein europäisches Volk sich als Staatsform die Diktatur gewählt habe. Ich unterbrach ihn und sagte, das hätte ich auch nie angenommen. Er war ziemlich überrascht und fragte mich, was ich glaubte, warum wir hier seien. Ich sagte: ›Weil wir Lust haben, einen Krieg zu führen.‹ ›Das ist natürlich Unsinn‹, sagte er. Und er bewies mir wieder einmal, daß er Professor für mittelalterliche deutsche Literatur ist. ›Wir sind hier, weil wir die Römer des 20. Jahrhunderts sind‹, sagte er. ›Wir sind nicht so fein, nicht so kultiviert wie die Griechen, die wir verteidigen, aber zweifellos errichten wir einen Limes.‹ Ich fragte ihn, wer die Barbaren seien, gegen die er seinen Limes errichten wolle, und er sagte prompt: ›Die Russen.‹«

»Jetzt habe ich einen Grund mehr dafür, anzunehmen, wir hätten nicht herüberkommen sollen«, sagte Kimbrough zu Schefold.

»Ein konsequenter Kopf, dieser amerikanische Professor«, sagte Hainstock, als Schefold ihm – bereits am nächsten Tag – über sein Gespräch mit Kimbrough berichtete. »Er denkt natürlich in Kategorien des Überbaus. Geisteswissenschaft nennen sie das. Aber immerhin ...«

Für den alten Marxisten Wenzel Hainstock ist es bezeichnend, daß er auf Wheeler rekurriert, während er Kimbroughs Bemerkung über die Lust am Kriegführen glatt überhört, so daß er sie auch Käthe Lenk nicht übermittelt, die – das ist anzunehmen – der Behauptung des Mannes aus Georgia spontan zugestimmt hätte.

Adverb und Adjektiv

Aus einem Gespräch zwischen Wenzel Hainstock und Käthe Lenk: Nachdem er ihr die Imperialismus-Theorie auseinandergesetzt hatte, wandte sie ein: »Aber daran stimmt irgendetwas nicht. Die kapitalistischen Staaten haben sich heute mit der Sowjetunion verbündet, um Hitler zu schlagen. Also: Monopolkapitalismus mit Sozialismus gegen Faschismus, der, wie du sagst, nichts weiter ist als die Staatsform, zu welcher die Monopole greifen, wenn sie in eine ökonomische Krise geraten.«

»Dieser Krieg«, sagte Hainstock, » ist der Krieg eines kranken Gehirns. Hitler ist für den Kapitalismus untragbar geworden. Er diskreditiert die bürgerliche Gesellschaftsordnung, zeigt ihre Grundlagen zu offen.«

Sie war Deutschlehrerin, hatte zuletzt am Régino-Gymnasium in Prüm unterrichtet. Sie stieß sich an dem Wort *untragbar*.

»Du meinst *unerträglich*«, sagte sie.

»Meinetwegen«, sagte er, irritiert.

»Es ist ein großer Unterschied«, sagte sie, »ob man jemand für untragbar hält, oder ob einem jemand unerträglich ist. Für meinen Vater zum Beispiel war Hitler einfach unerträglich.«

Ihr Vater hatte sogar zu verhindern gewußt, daß sie im BdM Dienst tun mußte, ihr später geraten, sich um den Eintritt in den NS-Studentenbund irgendwie herumzudrücken. Er war Werkzeugmaschinen-Vertreter gewesen, ein Mann, den sein Beruf zwang, sich umzuhören, sich auf alle möglichen Menschen einzustellen, Verständnis nicht nur zu heucheln. Dabei war er nicht eigentlich ein toleranter Mensch gewesen; Käthe hatte ihn eher als streng, trocken, skeptisch in Erinnerung. Für ihre Mutter war er vielleicht nicht immer ein nur angenehmer Mann gewesen; etwas scharf Schattenhaftes hatte ihn begleitet, wenn er, gebückt unter dem Ansatz eines Buckels, durch das Haus am Hanielweg ging, eine Zeitung in der Hand, auf der Suche nach der Zigarre, die er in irgendeinem der zahlreichen Aschenbecher liegengelassen hatte. Ihre Mutter war schlank gewesen, dunkel, hübsch, immer aufgelegt zu lachen.

Wenn sie sich an ihre Eltern erinnerte, fand Käthe es unmöglich, zu glauben, daß das, was das Ungeheuer machte, die Grundlagen des Denkens von Bürgern enthüllte.

Strategische Studie

»Wie dem auch sei«, bemerkte Hainstock, nachdem er sich Schefolds Bericht über Kimbroughs Gespräch mit Wheeler angehört hatte – oder beendete er damit seine Diskussion mit Käthe über Lenins Imperialismus-These? –, »wie dem auch sei, die Amerikaner sind nur in den Krieg eingetreten, weil sie es nicht riskieren konnten, daß die Russen Hitler im Alleingang schlagen würden.«

Seinen Kohl bauen

Kimbrough hat keine privaten Gründe, wenn er Churchills Phantasie über sein Verhalten, wäre er ein Deutscher, instinktiv ablehnt. Er besitzt keine deutschen Vorfahren. Von deutscher Geschichte und Kultur oder Anti-Kultur weiß er wenig. Sein Name weist auf schottische Einwanderer hin.

Die kleine Stadt Fargo liegt, darauf wurde schon hingewiesen, im Süden des Staates Georgia. Der Staat Georgia gehört zu den Südstaaten der USA. Mit seiner ›Südstaatlichkeit‹ hat Kimbrough motiviert, warum die Amerikaner seiner Meinung nach ›nicht hätten herüberkommen sollen‹. »Wir Südstaatler glauben, daß die USA sich nicht in die Welthändel hineinziehen lassen sollen«, hat er einmal zu Schefold gesagt. »Wir sind Isolationisten. Ich weiß nicht genau, warum wir Isolationisten sind. Vielleicht nur, weil die Yankees Anti-Isolationisten sind.«

»Außerdem sind wir Demokraten«, fuhr er fort. »Ich komme aus einer alten demokratischen Familie. Alle Leute in Fargo haben Roosevelt gewählt. Jetzt sind wir sehr enttäuscht darüber, daß Roosevelt uns in diesen Krieg verwickelt hat.«

»Ich bin nicht enttäuscht«, sagte Schefold. »Ohne Roosevelt würde Hitler neunzig Jahre alt werden.«

»Schafft euch euren Hitler doch selber vom Hals!« sagte Kimbrough, nicht grob, aber mit juristischer Kälte.

Schefold rätselte daran herum, warum ausgerechnet dieser Isolationist bereit war, für Dincklages Vorhaben einiges zu

34

riskieren, während die ihm vorgesetzten Offiziere, Militärs, die für Roosevelts Kriegsziele wahrscheinlich das größte Verständnis aufbrachten, den Plan des Majors glatt ablehnten.

Anläßlich Schefolds?

Die Schlacht in den Ardennen wurde gewonnen und dem Feind eine schwere Niederlage zugefügt – durch vorzügliche Stabsarbeit, die im Felde von fähigen Befehlshabern unterstützt wurde, durch heroische Verteidigung, besonders von Saint-Vith und Bastogne, und durch die schnelle und meisterhafte Bereitstellung und Heranführung von Reserven. Alle diese Taten sind besungen worden und werden in den militärischen Annalen fortleben, aber die Zersetzung des feindlichen Plans, seine Verzögerung, von der sich der Feind niemals ganz erholt hat, wurde von anonymen Männern, anonymen Gruppen herbeigeführt, oftmals von Herumstreifern (stragglers) ohne feste Absichten, deren Aktionen immer unbekannt bleiben werden. (R. W. Thompson, Montgomery The Field Marshal, London 1969, S. 244)

Der Major Dincklage

Joseph Dincklage, geb. 1910 in Meppen (Emsland) als einziger Sohn des Ziegeleibesitzers Joseph Dincklage und dessen Frau Amalie, geb. Windthorst, katholisch getauft, Abitur (1929) des Salesianer-Gymnasiums in Meppen, Studium von 1930 bis 1936 in Heidelberg, Berlin, Oxford (Nationalökonomie, Sprachen), kurzes Gastspiel in der Industrie (betriebswirtschaftliches Praktikum bei der DEMAG, Duisburg). Nach eingehenden Gesprächen mit seinem Vater, der ihn wegen seiner Branchen-Erfahrungen (Westwall-Konjunktur) über die Kriegsvorbereitungen informieren kann, beschließt der damals 28jährige Joseph Dincklage, Offizier zu werden, um, wie er sich ausdrückt, »den Nationalsozialismus auf halbwegs saubere Art zu überwintern«. (Dincklage senior, Katholik strenger Observanz, rät ihm davon ab. »Geh lieber wieder nach Oxford!« sagt er. »Oder noch besser in die USA! Ich werde schon dafür sorgen, daß das Pack mir deswegen nicht an den Wagen fährt.« Aber der Sohn geht auf diesen Vorschlag nicht ein.) Seit 1938 verschiedene Kriegsschulen, bei Ausbruch des Krieges Fähnrich, im Frühjahr 1940 Leutnant (Oberrheinfront), 1941/42 Oberleutnant und Hauptmann (Afrika), 1943 Ritterkreuz und Ernennung zum Major (Sizilien), vom Herbst 1943 bis Herbst 1944 bei der Besatzung in Paris und Dänemark.

Unverheiratet, doch eher aus Mangel an Gelegenheit, infolge zu häufigen Ortswechsels. Als Siebzehnjähriger beginnt er ein über drei Feriensommer sich erstreckendes Verhältnis mit einer um fünf Jahre älteren und verheirateten Bäuerin aus der Grafschaft Bentheim. Die Erinnerung daran erschwert es ihm, die üblichen Beziehungen zu Komilitoninnen anzuknüpfen, besonders während der ersten Universitätsjahre. Flüchtige Begegnungen, gelegentlich ernsthafte, doch nicht anhaltende Interessen.

Dincklage ist 1,72 groß, also knapp unter Mittelgröße, von jener Schlankheit, die einfach darauf beruht, daß er kein Gramm Fett ansetzt (›drahtig‹). Dunkelblonde glatte Haare, graue Augen, gerade Nase mit breitem Nasenrücken, die Nase selbst setzt jedoch schmal an, langer Mund, Augen, Nase und Mund sind innerhalb des mageren, gleichmäßig bräunlich gefärbten Gesichts gut verteilt. Gleichgültiger Esser, Trinken und Rauchen (Zigaretten) streng dosiert.

Momente

Das leichte Sich-Senken der *meadows* zur Themse. Die Lese-Nachmittage in der Bodleian Library. Die Diskussionen über die Entstehung des Sozialprodukts, die lauten Streitereien über Keynes im Seminar von Professor Talboy, während das Licht vor den Fenstern von Merton College sich verwandelte: von Graugrün in Blaugrau. Wenn er nach Oxford zurückginge, würden ihn die Engländer bei Kriegsausbruch eine Weile internieren, später freilassen. Er konnte dann in aller Ruhe seine Arbeit über Funktionsveränderungen des Geldes im 16. Jahrhundert beenden. Stille, das Rascheln von Papier, lautloses Denken, die Glockenspiele über der *High*.

Er konnte sich das alles vorstellen. Er konnte es sich nicht vorstellen. Aus dem Fenster des Büros, in dem er mit seinem Vater sprach, auf den Komplex der Ziegelöfen blickend, sagte er: »Ich will doch lieber Offizier werden«, und, sich einen Anschein von Vernünftigkeit gebend: »Wenn schon Soldat, dann lieber Offizier als gewöhnlicher Muschkote.«

Acht Jahre später, in Winterspelt, sagte Käthe Lenk zu ihm, sie wolle nach Lincolnshire. Die einfache und entschiedene Art, in der sie diese Bemerkung machte, ließ ihm plötzlich seinen Verzicht auf England als den größten Fehler seines Lebens erscheinen. Sie gab keine Erklärung dafür ab, warum es ausgerechnet Lincolnshire sein müsse, erzählte nur, wie sie an den Namen dieses englischen Landstrichs geraten war. Da er einmal einen Ausflug nach Lincolnshire gemacht hatte, begann er, ihr die Gegend zu schildern, brach ab, als er bemerkte, daß sein Bericht sie nicht interessierte.

»Ich hätte mich in Lincolnshire einnisten und dort auf dich warten sollen«, sagte er dann. »Du wärest gekommen.«

Sie sagte nichts, ließ nicht erkennen, ob auch sie es wünschte, ihm dort begegnet zu sein.

Wenn ich aber in England geblieben wäre, widersprach er sich, in Logik zurückfallend, hätte ich Käthe Lenk nicht getroffen.

Diese Verknüpfung von Zufällen erschien ihm in jenem Augenblick, ganz im Gegensatz zu seinen sonstigen Überzeugungen, wie ein Schicksal.

Zu Käthe, weil sie, wie er bemerkt hatte, obwohl sie den Krieg haßte, doch von seinem Ritterkreuz beeindruckt war: »Nordwestlich Syrakus griffen die Amerikaner mit einem starken Tankverband an. Ich stand wieder einmal auf dem linken Flügel.« Er unterbrach sich. »Immer stehe ich auf dem linken Flügel«, sagte er, »der linke Flügel verfolgt mich.« Dann fuhr er fort: »Eigentlich war der Tankverband so, daß man nur abpfeifen und sich verdünnisieren konnte. Aber ich hatte damals einen MG-Zug in meiner Kompanie, und die Kerle blieben einfach in ihren Löchern und dezimierten die begleitende Infanterie derart, daß die Panzer auf einmal stehenblieben und dann abdrehten. Eigentlich hätte das Ritterkreuz dem Führer dieses MG-Zuges, einem Oberfeldwebel Bender, verliehen werden müssen. Ich kam in die Stellungen dieses Zuges erst, als das Schlimmste schon vorbei war, konnte Bender nur noch gratulieren. Aber in unserem Verein bekommt immer irgendein Vorgesetzter den Lohn. Als ich den Orden für Bender reklamierte, winkte der Bataillonskommandeur nur müde ab. ›Im operativen Rahmen‹, sagte

er, sehr von oben herab, ›hat Ihr linker Flügel, Herr Dincklage, diesen gefährlichen Einbruch abgewehrt.‹ – Das ist die
Geschichte, wie ich an die Blechkrawatte gekommen bin«,
schloß Dincklage seinen Bericht. »Ihr Zivilisten«, sagte er,
»macht euch ganz falsche Vorstellungen über Ordensverlei-
hungen. Ich bekomme jedes Vierteljahr für das Bataillon
soundsoviel EKs zugeteilt, und natürlich verteile ich sie in erster Linie an die Chargen, weil ich sie bei Stimmung halten
muß. Auf diese Weise wird ein Küchen-Unteroffizier
EK-I-Träger.«

»Ich Zivilistin«, sagte Käthe, »bin sehr dafür, daß man
nicht Scharfschützen, sondern Köche auszeichnet.«

Er konnte nicht aufhören, sich darüber zu wundern, daß ihm
– wie auch jetzt in Winterspelt – immer der linke Flügel zu-
fiel. Schon als Junge war er bei den Bandenkämpfen, zu denen sich das Gelände der Ziegelei so hervorragend eignete, jeweils zum Anführer der linken Abteilung ›seiner‹ Bande gemacht worden – eine Anführer-Rolle mußte man ihm geben,
weil er ja, mit Einwilligung seines Vaters, den Kriegsschauplatz (nach Betriebsschluß) zur Verfügung stellte –, und er erinnerte sich, wie er stets, gefolgt von unterdrückt schnaufen-
den, mit Latten und Stöcken bewaffneten Knaben, die Wände
der links gelegenen Öfen und Schuppen entlanggeschlichen
war, hinter den Ecken der linken Gevierte aus trocknenden
oder schon gebrannten Ziegeln dem Gegner aufgelauert
hatte. Das Licht war immer ein Abendlicht gewesen, das aus
dem durchsichtigen Himmel, der über den Emsland-Mooren
stand, in die von Lehmgelb und Backsteinrot eingefaßten
Gänge fiel, in Dämmerungen aus Ziegelstaub; es besorgte,
daß die Zusammenstöße der Banden glimpflich verliefen, verwandelte die Kämpfe in Scheinkämpfe, Schattenboxen. Die
Ermahnung von Dincklages Vater, sie sollten es nicht zu toll
treiben, war unnötig.

In politischer Hinsicht hat Dincklage bei sich niemals einen Linksdrall feststellen können. Während seines Aufenthaltes in Oxford wich er Diskussionen über den Spanienkrieg, der damals (im Winter 1936/37) auf seinem Höhepunkt war, so gut es eben ging, aus. Er war so wenig links, daß er sogar die Sowjetunion verteidigte, wenn englische Studenten sie kritisierten, weil sie in Spanien nicht, wie Deutschland und Italien, militärisch intervenierte, sondern nur Waffen lieferte. »Die Russen rechnen eben mit längeren Zeiträumen«, sagte er. Den Vorwurf, er rede damit denen das Wort, die nichts täten, steckte er ein.

Apropos Emsland: natürlich war Dincklage elektrisiert, als Käthe ihm erzählte, sie habe auf ihrer Reise nach dem Westen auch das Emsland kennengelernt, sei sogar im Bourtanger Moor ›herumgestiefelt‹, wie sie sich ausdrückte.

»Sind Sie auch in Meppen gewesen?« fragte er. (Das Gespräch fand während eines sehr frühen Stadiums ihrer Bekanntschaft statt, als Dincklage und Käthe sich noch nicht duzten.)

Sie nickte. »Ich vermute, ich bin überall gewesen«, sagte sie.

»Wenn Sie von Meppen aus ins Moor gegangen sind, müssen Ihnen die großen Ziegeleien aufgefallen sein. An der Straße nach Wesuwe.«

Sie zuckte die Achseln. Vielleicht war sie eine andere Straße gegangen.

»Sie gehören meinem Vater«, sagte er. »Schade, daß wir uns erst jetzt kennengelernt haben. Sie hätten meine Eltern besuchen, bei ihnen wohnen können.«

Sie wußte nicht, was sie erwidern sollte. Wenn sie nicht alles täuschte, hatte sie einen Heiratsantrag erhalten, den ersten der beiden Anträge, die Dincklage ihr gemacht hat, wie sie später erkannte. Der erste war zu früh gekommen, der zweite zu spät.

»Meppen ist eine hübsche Stadt«, sagte er. »Haben Sie das Rathaus und die Gymnasialkirche gesehen? Eine der feinsten Baugruppen, die es in ganz Norddeutschland gibt!«

Sie brachte es nicht übers Herz, ihm zu sagen, daß Orte wie Meppen (und alle anderen Stationen ihrer Reise) sie an nichts weiter erinnerten als an Bouletten aus Gemüseresten, Grießsuppe, Brot mit Rübenkraut, Bier, Ersatzkaffee, an den stockigen Geruch von Zimmern, deren Wände mit brauner oder grüner Ölfarbe angestrichen waren, an stumme Nächte, in denen sie immer zu früh ins Bett gegangen war.

Aber sie ersparte es ihm nicht, ihm von den merkwürdigen Regionen zu berichten, an deren Grenzen sie in den Emsland-Mooren geraten war. Dort war sie auf bewaffnete Patrouillen gestoßen, die ihren Ausweis kontrollierten und sie, ohne Angabe von Gründen, auf der Straße zurückschickten, die sie gekommen war. Als sie Major Dincklage von dem Gebrauch erzählte, den man von seiner Heimat machte, rezitierte er eine Litanei. »Börgermoor«, sagte er, »Esterwegen, Aschendorfer Moor, Neusustrum«, und er schloß tatsächlich mit dem Wort *Amen*, stieß es aber aus wie einen Fluch.

Afrika, Sizilien, Paris verwirrten ihn. Zwar sammelte er Eindrücke, verbot sich aber jeglichen Tourismus. An Offiziers-Ausflügen in die Cyrenaica, nach Segesta oder Chartres nahm er nicht teil, blieb lieber im Zelt oder in der Unterkunft, stand bei Gesprächen über Archäologisches oder Kunsthistorisches abrupt auf, verzog bei den immer schaler schmeckenden Witzen über das ›Reisebüro Deutsche Wehrmacht‹ nicht einmal die Lippen. Er konzentrierte sich völlig auf den Dienst. Einmal sagte sein Bataillonskommandeur, in Afrika, nachdem er ihn während eines Kasino-Abends beobachtet hatte, zu ihm: »Also wissen Sie, Leutnant Dincklage, Lebenskünstler sind Sie keiner!«

Nach einem Gefecht bei Benghasi (am 5. Februar 1941, das Datum hat er sich gemerkt) stieß es ihm zu, daß er lachen mußte, weil einige Männer seiner Kompanie, die auf dem Wüstensand lagen, überweht von den Staubfahnenschleiern der sich sammelnden Panzer, nicht sogleich wieder aufstanden und sich den Sand von den Uniformen klopften. Er kam erst wieder zu sich, als er bemerkte, daß Soldaten, die in seiner Nähe standen, ihn entgeistert anstarrten, weil sie annahmen, er lache über die Gefallenen. Dieses Gefecht war keineswegs seine Feuertaufe gewesen, er hatte sich längst an den Anblick von Toten gewöhnt; was ihn überwältigt hatte, war ein plötzliches Gefühl von Unwirklichkeit gewesen. Spätere Anfälle solcher Art kamen aus harmloseren Anlässen, waren meistens von déjà-vu-Erlebnissen begleitet. Beispielsweise nahmen die Zelte unter den Palmen von Martubah nicht nur zehn sonderbare Minuten lang die Konsistenz von Hirngespinsten an, er hatte sie auch schon einmal gesehen, er wußte nur nicht, wann. Oder eine Dorfstraße in der Nähe von Ragusa, die nicht aus zerbröckelnden sizilianischen Häusern, sondern aus irgendeinem wesenlosen Stoff bestand – und das, während er sie an der Spitze eines Stoßtrupps durchkämmte! –, erinnerte ihn an die gleiche Straße, die er doch vorher nie betreten hatte, nichteinmal im Traum. Er prüfte sich unter philosophischem Aspekt, konstatierte, daß er für jene idealistisch-romantischen Gedankengänge, die Seiendes für ein Trugbild hielten, niemals etwas übrig gehabt hatte. Er war immer Realist gewesen.

In Paris konsultierte er einen Stabsarzt, von dem es hieß, er sei auch psychiatrisch ausgebildet. Der Medizinmann, zu Beginn angesichts Dincklages Ritterkreuz denkbar vorsichtig, ließ sich, nachdem er seinem Gegenüber auf den Zahn gefühlt hatte, schließlich doch herbei, zu erklären: »Natürlich haben Sie eine hübsche kleine Neurose, Herr Kamerad. Aber die ist heutzutage ja eher ein Zeichen von Gesundheit. Mir ist eher um die Herren angst und bange, die keine haben, weil sie alles, was sie erleben, ganz normal finden. Die Traumata, die sich da noch einstellen werden – na, ich danke!« Dincklage begriff, daß der Arzt ihm mitgeteilt hatte, er litte an einer Kollektivneurose. Sie vereinbarten eine weitere Besprechung, aber Dincklage ging nicht mehr hin, weil der Arzt beim Abschied zu ihm sagte: »Wenn ich Ihnen inzwischen schon mal einen Rat geben darf: suchen Sie sich eine nette Freundin, falls Sie das nicht schon getan haben!« Das hieß, seinen Fall denn doch zu sehr bagatellisieren, dachte Dincklage. Er wußte nicht, daß Dr. K. auf das Karteiblatt, das er anlegte, nachdem Dincklage gegangen war, schrieb: *Schizophrenie-Schübe seit 1941.* Wahrscheinlich eine Fehldiagnose! Die Halluzinationen, von denen Dincklage ihm berichtet hatte, waren keine Symptome einer beginnenden Spaltung des Bewußtseins. Dincklage war nicht schizophren, sondern schizothym, d. h. bloß hoch empfindlich.

Gegen die Cox-Arthrose, die auch in Afrika begonnen hatte, nahm Dincklage seit ein paar Wochen ein neues Corticoid-Präparat ein, das der Stabsarzt bei der Division, Dr. H., an ihm ausprobierte. Es half ihm, hielt die Schmerzen wenigstens untertags von ihm fern. Er vermied es, seine Arznei in der Bataillons-Schreibstube einzunehmen, sich zu diesem Zweck ein Glas Wasser bringen zu lassen, obwohl er sich nichts vormachte: Spieß und Schreiber registrierten es, wenn er sich in der Küche ein Glas Wasser abfüllte und damit nach oben ging, in das Zimmer, in dem er sich sein Feldbett hatte aufstellen lassen.

Immer wenn er seine Tabletten schluckte, um elf Uhr am Vormittag, wurde das Dröhnen der Flugzeuge unüberhörbar. Dincklage trat ans Fenster, öffnete es. Die Geschwader flogen in großer Höhe nach Osten. Dincklage versuchte, auszurechnen, wieviele Staffeln Abfangjäger nötig wären, um Bomber-Verbände dieser Stärke zu zerstreuen. Wenn wir überhaupt noch Jäger hätten, dachte er, müßten sie die Amerikaner schon über Belgien abfangen. Stattdessen konnten die Amerikaner es sich leisten, ohne Jagdbegleitschutz zu fliegen. Dincklage regte sich über diese Zustände am Himmel nicht mehr auf, weil er sie schon 1943 in Sizilien und Anfang dieses Jahres in Frankreich erlebt hatte. Er wunderte sich nur darüber, daß er Satzteile wie *wenn wir noch Jäger hätten* oder den Namen *Hermann Göring* noch immer nicht ohne Erbitterung denken konnte. Anstatt mich über den ganzen Saustall zu freuen, dachte er. Schon das winzige Wort *wir* ist falsch. Was ich, vollständig automatisch, denken müßte, ist: *sie* haben keine Jäger mehr.

Den Himmel über Winterspelt betrachtend, wünschte er sich, ehe er das Fenster schloß, nach Dänemark zurück. In Dänemark war der Himmel leer gewesen. Die Felddienstübungen auf der Heide von Randers waren abgelaufen wie Gedichte. Den Kompanieführern konnte man den Wink geben, Ausmärsche an den Badeplätzen stiller Ostsee-Sunde enden zu lassen. Man selber schlenderte währenddessen durch eine Allee, war imstande, sich vorzustellen, man würde den Rest des Krieges damit zubringen, Strohdächer und Phlox zu betrachten.

Der Phlox erlosch ja ziemlich schnell, aber nichteinmal die Nachricht vom 20. Juli riß Dincklage gänzlich aus seinen Illusionen, auch wenn Oberst Hoffmann danach immer unleidlicher wurde. (Der Divisioner, General von C., hatte es sorgfältig vermieden, in seiner Ansprache vor den Offizieren das Wort *Verräter* zu gebrauchen. Er hatte bloß von *unverantwortlichen Elementen* gesprochen, und noch dazu in einem Ton, der sich von einer Manöver-Kritik nicht unterschied.) Träumereien, Phantome. Die 416. Infanterie-Division, zu der man Dincklage im Frühjahr von Paris aus versetzt hatte, war keine Division, dazu bestimmt, in Dänemark vergessen zu werden.

Das halb städtische Einfamilienhaus, grau verputzt und charakterlos inmitten der weiß gekälkten Höfe, der rohen Bruchsteinställe des Dorfes Winterspelt, war schon von der Einheit, die sie abgelöst hatten, als Stabsquartier requiriert worden. Diese Einheit, die zur 18. mot. Division gehörte, hatte den ganzen Rückzug durch Nordfrankreich und Belgien mitgemacht, bis sie Anfang September im buchstäblich ersten deutschen Dorf hinter der Grenze zum Stehen gekommen war. Aus irgendwelchen Gründen hatten die Amerikaner nicht mehr nachgedrückt. »Ich vermute, sie haben Nachschubschwierigkeiten«, hatte der Major gesagt, den Dincklage ablöste. »Dabei hätten sie uns bis zum Rhein jagen können, ohne weiteres bis zum Rhein, so fertig wie wir waren.« Und er hatte begonnen, Geschichten vom Kessel von Falaise zu erzählen, dem die 18. mot. knapp entgangen war.

Er war in düsterer Stimmung gewesen, weil sein Verband, wie er behauptete (natürlich ohne es genau zu wissen), nach Rußland ginge. Er hatte Dincklage gratuliert. »Hier geht es zu wie im Herbst 1939. Wo waren Sie damals?« »Am Oberrhein.« »Na, dann wissen Sie ja Bescheid. Ein bißchen Aufklärung, ab und zu wird geballert, aber sonst? War doch ein komischer Krieg damals, finden Sie nicht?« Dincklage bestätigte es. »Sollte mich gar nicht wundern«, sagte Major L., »wenn der Krieg ebenso komisch aufhören würde, wie er angefangen hat. Wenn Sie Glück haben, Herr Kamerad, erleben Sie hier den Waffenstillstand.« Dincklage sah ihn an, als habe er einen Irren vor sich; dann lenkte er vom Thema ab. »Ich glaube nicht«, sagte er, »daß Sie nach Rußland gehen. Soviel ich weiß, bleibt Ihre Division dem dreiundfünfzigsten A.K. unterstellt.«

Er riet nur; wollte nichts weiter als dem anderen etwas Nettes sagen. Als seine Vorhersage eintraf und die 18. mot. nicht nach Rußland, sondern nur bis Koblenz kam (Bereitstellung für das Unternehmen, das damals aus Tarngründen noch *Wacht am Rhein* hieß), erwog der Major L. einige Tage lang, eine Meldung gegen Dincklage zu machen, wegen unverantwortlicher Preisgabe eines ihm offenbar bekannt gewesenen Operationsbefehls (Verstoß gegen den soeben nachdrücklich erneuerten Führerbefehl No. 002252/42 über die Geheimhaltung), ließ es dann aber bleiben, weil er erstens befürchtete, Dincklage würde in seiner Rückmeldung auf dem von ihm leichtfertig benützten Begriff *Waffenstillstand* herumreiten, zweitens von Natur aus ein bequemer Herr war.

Wenn Dincklage, in der Unterhaltung mit anderen Offizieren, gelegentlich von seinen Männern spricht – »meine Männer brauchen bessere Verpflegung« o. ä. –, so klingt das besitzanzeigende Fürwort in seinem Munde immer so, als setze er es in Anführungszeichen. Der Regimentskommandeur, Oberst Hoffmann, ein Alles-Merker, hat ihn deswegen schon einmal angepfiffen. (»Ich verbitte mir diesen Ton, Herr Dincklage!« – »Jawohl, Herr Oberst!« – »Diese Männer sind wirklich Ihre Männer. Ich verlange, daß Sie das begreifen!« – »Ich werde mich bessern, Herr Oberst.«)

»Wenn ich verheiratet wäre«, hat er einmal zu Käthe gesagt, »würde ich den Ausdruck *meine Frau* nur ungern gebrauchen.«
    »Das hat dir natürlich Eindruck gemacht«, sagte Hainstock, als Käthe ihm diesen Ausspruch wiedergab. »Er weiß genau, womit er auf dich Eindruck machen kann.« Im allgemeinen vermied Hainstock es, seine Eifersucht zu zeigen.

Das Wort *Feind* verwendet Dincklage genau so vorsichtig-zweifelnd wie die Possessiv-Pronomina. Er schätzt an Oberst Hoffmann, daß dieser niemals vom Feind, sondern immer nur vom Gegner spricht, außer wenn er um technische Bezeichnungen wie *Feindlage* nicht herumkommt. »Für Sie genügt es ja, Ihre unmittelbare Feindlage zu kennen«, sagt er beispielsweise zu Major Dincklage, wenn dieser die Luftwaffe kritisiert. »Ihre Männer liegen auf den östlichen Höhen über dem Our-Tal, die Amerikaner auf den westlichen. Es bleibt Ihnen unbenommen, Stärke und genaue Position des Gegners festzustellen. Ich bitte mir aus, daß Sie Ihre Männer in dieser Hinsicht auf Trab halten.« Gerade in dieser Hinsicht hielt Dincklage ›seine‹ Männer nicht auf Trab; in seiner Frontlage (Trennung der Hauptkampflinien durch einen Fluß), hielt er Spähtrupp-Tätigkeit zur Erkundung des Gegners für riskante und zwecklose Indianerspielerei; manchmal entsandte er einen Spähtrupp in das schwer zu kontrollierende Waldtal, das Schefold benützte, wenn er hinter die deutschen Linien kommen wollte. »Wäre es nicht empfehlenswert, den Viadukt bei Hemmeres zu sprengen, Herr Oberst?« fragte er. »Ich habe das der Division vorgeschlagen«, sagte Hoffmann, »es liegt ein ausdrücklicher Gegenbefehl vom A.K. vor. Das Ding soll stehenbleiben.« »Aha«, antwortete Dincklage. Die spöttische, ja verächtliche Färbung, die er den beiden, durch einen Hauchlaut getrennten Vokalen verlieh, konnte der Major sich herausnehmen, weil der Ton, in dem der Oberst gesprochen hatte, keinen Zweifel daran ließ, wie er über den operativen Gedanken dachte, der dem Stehenlassen des Dings zugrunde lag. Hoffmann bremste den Prozeß ihrer Übereinstimmung sogleich ab. »Sie scheinen manchmal zu vergessen, daß es Ihnen verboten ist, Schlüsse zu ziehen, Herr Dincklage«, sagte er. Er wandte sich ab. »Außerdem bin ich ja froh«, sagte er, »über jede Brücke, die jetzt noch stehenbleibt.«

Zu Dincklages, von Oberst Hoffmann angesprochenem, Disziplin-Verstoß: Auf Befehl des Herrn Chefs des Generalstabs des OB West wurde der Unteroffizier Rudolf Dreyer von der Führ.-Abt. des OB West am heutigen Tage in bestimmte Arbeiten, zu denen er Schreibhilfe zu leisten hat, eingewiesen. Unteroffizier Dreyer wurde darüber eindringlich ermahnt, zu niemandem über das, was er hört und schreibt, zu sprechen, auch keine Schlüsse aus dem Gehörten oder Geschriebenen zu ziehen. (Oberstlt. i. Gst. W. Schaufelberger, Geheimhaltung, Täuschung und Tarnung am Beispiel der deutschen Ardennenoffensive 1944, Zürich 1969, S. 30)

»Ich habe Meldungen«, berichtete Dincklage, »daß einzelne Amerikaner zur Our herunterkommen und dort Forellen angeln.« »Ah!« Hoffmann fuhr herum und sah ihn scharf an. »Und wie verhalten sich Ihre Männer?« »Ich habe den Eindruck, daß es ihnen schwerfällt, Leute die angeln, unter Feuer zu nehmen.« »Das sind ja Zustände!« Der Oberst kicherte geradezu vor Empörung. »Herr Dincklage«, sagte er, »das Bataillon liefert mir spätestens übermorgen ein paar Forellen. Und danach hört dieser ganze Unfug natürlich auf!« »Ich bürge Ihnen dafür, Herr Oberst«, sagte Dincklage.

Ihn ärgerte die Angelei wirklich. Manchmal erwog er allen Ernstes, den amerikanischen Offizier, der diese Schlamperei bei seinen Leuten einreißen ließ, durch Funk zusammenzustauchen. (Das Regiment verfügte über einen Nachrichtenzug, der ständig damit befaßt war, die Frequenzen der Amerikaner anzupeilen. Im Oktober 44 bestand jedoch für die Westfront striktes Funkverbot.)

»Da hast du es«, sagte Hainstock, als Käthe ihm von Dincklages Wunsch erzählte, mit dem amerikanischen Kommandeur, der ihm gegenüberlag, Kontakt aufzunehmen. »Dieser Herr träumt noch immer von einem Krieg, der unter Offizieren geführt wird.« Er wunderte sich aber, daß Dincklage überhaupt militärische Probleme vor einer Frau ausbreitete. Vielleicht, dachte er, gehört es zu seiner Masche, an Käthe heranzukommen.

Die Our war ein fabelhafter Forellenfluß. Der Krieg war den Forellen der Our anscheinend glänzend bekommen. Die Angler der C-Kompanie – die meisten Soldaten der 106. Infanterie-Division stammten aus Montana, einem Land blitzender Bergflüsse – hatten geradezu sensationelle Fänge gemacht. Kimbrough hatte sie beneidet. Obwohl auf dem Lande aufgewachsen, war Kimbrough kein Angler; sein Vater war enttäuscht gewesen, als er festgestellt hatte, daß es ihm unmöglich war, dem Jungen das Fischen beizubringen.

Als die Angler seiner Kompanie schließlich doch Zunder bekommen hatten, war Kimbrough fast erleichtert gewesen; er ließ die Kompanie antreten und verbot das weitere Betreten des Niemandslandes im Our-Tal, außer für militärische Unternehmungen, die er anordnen würde. Er mußte dafür sorgen, daß diese Angel-Affäre nicht ruchbar wurde. Der Bataillonskommandeur, Major Carter, würde ihn aufs schärfste kritisieren, dafür verantwortlich machen, daß seine Soldaten einer Schlamperei wegen, die er, Kimbrough, von Anfang an hätte verhindern müssen, unter Beschuß geraten waren. Da niemand getroffen worden war, konnte man die Sache vielleicht vertuschen.

Reidel war außer sich gewesen, als man ihn nicht in das Kommando aufnahm, das den Auftrag durchführen sollte, die amerikanischen Angler vom Ufer der Our zu vertreiben. Seine Meldung war zurückgewiesen worden. Er hatte sich beschwert. Feldwebel Wagner hatte die Achseln gezuckt und gesagt: »Tut mir leid, Reidel, aber diesmal kommen Sie nicht infrage.« Und dann hatte Wagner zu Reidels maßlosem Erstaunen die größten Flaschen der Einheit (3. Zug der 2. Kompanie) ausgewählt, lauter Jungens – unter ihnen Borek –, die noch niemals bewegliche Ziele vor sich gehabt hatten. »Bewährungsaufgabe für Rekruten«, hatte Wagner gesagt, einigermaßen verlegen, »ausdrücklicher Auftrag vom Bataillon.«

Als die Spunde am Abend ins Quartier zurückkehrten, hatte Reidel sie gefragt: »Na, wie viele habt ihr aufs Kreuz gelegt?« Er hatte das Geballer von seinem Schützenloch aus gehört, erbittert, weil man ihn nicht an diesem Scheibenschießen teilnehmen ließ. Stattdessen diese Flaschen! »Wissen wir doch nicht«, hatte einer geantwortet. Aus ihren Mienen hatte er abgelesen, daß sie nichts als Fahrkarten geschossen hatten.

Schefold war froh gewesen, als die Angelei an der Our aufhörte. Er hatte es sich angewöhnt, den Talgrund von Hemmeres als neutrale Zone zu betrachten – als ›mein neutrales Gebiet‹, wie er zu Kimbrough sagte –, und deshalb die GIs, die unweit des Weilers zwischen Uferbüschen standen und fischten, immer mit Mißfallen betrachtet, als Kombattanten, die in eine Schweiz eindrangen, wenn auch nur, um Wassergetier zu wildern. Sie störten seinen Frieden. Jetzt waren sie verschwunden, und der Hof und die Wiesen lagen noch abwesender als sonst unter der Herbstsonne, die in das Tal fiel, von Schattenhängen umdrängt. Nur aus den Tunnel-Mündern zu beiden Seiten des Viadukts der längst stillgelegten Eisenbahn von Saint-Vith nach Burgreuland, der im nördlichen Hintergrund das Tal überspannte, erschienen manchmal, wie Kuckucke aus den Klappen sich öffnender Kuckucksuhren, die kleinen Figuren von Uniformierten, von links in Khaki, von rechts in Graugrün, wurden hergezeigt und automatisch wieder ins Schwarze zurückgezogen. Klapp, dachte Schefold, wenn das Schwarze sich hinter ihnen schloß. Schade, dachte er, daß es kein Glockenspiel dazu gibt, wie bei den Rittern am Schloßturm zu Limal.

Major Dincklage zeigt sich sehr interessiert, als Käthe Lenk ihm erzählt, Wenzel Hainstock sei Marxist. Er möchte ihn gerne kennenlernen, aber es kommt aus privaten Ursachen wie aus Gründen, die in der Technik politischer Untergrund-

Arbeit liegen, niemals zu einer Begegnung Dincklages mit Hainstock. (Hainstock ist nicht sehr erbaut davon, daß Käthe dem Major überhaupt seinen Namen genannt hat. »Kein Glied in einer Kette«, sagt er, »darf den Namen des übernächsten Gliedes wissen. – Nun ja, du hast das nicht wissen können«, fügt er hinzu, »woher solltest du auch wissen, wie man sich bei illegaler Arbeit verhält. Wenn du mir nur ein Wort gesagt hättest, ehe du ...« Er schweigt, weil er bemerkt, daß Käthe ihr Gesicht mit den Händen bedeckt hat.)

Da die erste Hälfte von Dincklages Universitätsjahren noch in die Zeit der Weimarer Republik gefallen war – von Oxford ganz zu schweigen –, und da er Nationalökonomie studierte, hatte er natürlich auch Marxismus-Studien betrieben. Neben Ricardo und Walras hielt er Marx für den Forscher, der die Bewegungsgesetze des Kapitalismus am reinsten dargestellt hatte, so rein, wie es überhaupt ging, denn in der Natur der Sache lag es, daß ein Rest blieb, der nicht aufzuklären war. Die Schilderung dieses Restes – des psychischen Antriebs der Ökonomie durch Leidenschaften – fand Dincklage bei Pareto. Er schwankte immer wieder zwischen Paretos zynischer Residuen-Lehre und Marx' humanistischem Gedanken von der Selbstentfremdung des Menschen. Gerne hätte er sich vollständig zu letzterem bekannt, aber es gelang ihm nicht, sich davon zu überzeugen, die Selbstentfremdung würde durch eine bloße Veränderung im Besitz der Produktionsmittel aufgehoben.

Über das Interesse der großen Unternehmer an dem großen Geschäft mit dem Krieg gab er sich keiner Täuschung hin. (Sein Vater war in dieser Hinsicht ein weißer Rabe. Die Dincklageschen Ziegeleien zählten ja auch weiß Gott nicht zur Großindustrie.) Dennoch hielt Dincklage nicht dafür, daß ein Krieg wie dieser in der Absicht der von Marx vorausgesagten Monopole gelegen hatte. (Die aktuelle Weiterbildung von Marx' Theorie der Akkumulation des Kapitals in Lenins Imperialismus-Thesen hatte er nicht mehr kennengelernt.) Mitsamt ihrer fabelhaften Intelligenz waren die Herren, die sie regierten, dennoch so schlichten Gemüts, daß sie wähnten, sie könnten eine Kriegskonjunktur ohne Krieg haben. Sie wollten den Kuchen essen und ihn außerdem behalten. Aber von solchen subjektiven Kurzschlüssen abgesehen, entsprach der Weltkrieg, so glaubte Dincklage, nicht den Interessen und Tendenzen des Großkapitals. Ihnen entsprach – wenn man schon in Marxschen Kategorien dachte – viel eher eine sich immer mehr verfeinernde Weltausbeutung, eine Weltkultur der Ausbeutung sozusagen, ein Frieden in genußvoller Sklaverei bei hoher Gedankenfreiheit, aber nicht die Katastrophe.

Wenn aber dieser Krieg nicht aus quasi automatisch wirkenden Gesetzen der Ökonomie entstanden war, aus was dann? Dincklage zog sich, vor diese Frage gestellt, auf eine Minimal-Position zurück: der Mensch war ein Geschöpf aus Determiniertheit und Zufall. Er ließ sich ableiten aus Abstammung, Milieu, Erziehung, Konstitution und von vornherein in ihm angelegten psychischen Komplexen. Innerhalb dieser vorgegebenen Faktoren-Anordnung herrschte der reine Zufall, ja die Faktoren selbst waren Resultate zufälliger Vorgänge. Daß ein Mann vor zweihundert Jahren irgendeiner Frau begegnet war und nicht einer anderen, war Zufall, beeinflußte aber das Leben eines Nachkommen zweihundert Jahre später. Ein Milieu-Abstieg oder ein traumatischer Schock, beide durch Zufälle bewirkt, durch falsche Reaktion auf eine Geldentwertung oder durch den Anblick eines Brandes, spielten sich über Generationen hinweg in sogenannte Schicksale ein. Selbst scheinbar ganz freie Willensakte – jemand entschloß sich, einen Berg zu besteigen oder ein Buch zu lesen – waren bedingte Reflexe. Doch darüber ließ sich noch streiten, während es über die Entstehung einer Figur wie Hitler aus der ins Quadrat gesteigerten Häufung gewisser Erbanlagen und dem blinden Walten jener Sorte von Zufällen, das man Weltgeschichte nennt, nicht den geringsten

Zweifel gab. Wie aber nannte man ein Sein, in dem konstante Naturgesetze und reine Willkür sich ineinander verfingen und finster durchdrangen? Man nannte es Chaos. Dincklage war sich der Existenz des Chaos gewiß. Das Chaos allein erklärte ihm, warum es Ungeheuer gab.

Natürlich gab es sogar inmitten des Chaos und angesichts der Ungeheuer ethische Entscheidungen, die Wahl zwischen Gut und Böse, das Gewissen. Sie waren das Letzte, was Dincklage aus seiner katholischen Erziehung übrig behielt. Wahrscheinlich, dachte er spöttisch, handelte es sich auch dabei nur um einen durch das Emsland bedingten Reflex.

Folgendes stieß ihm jedoch zu: als er einmal mit anderen Offizieren bei einer Lagebesprechung saß, zeichnete er mit dem Zeigefinger der rechten Hand, mit der er den Stuhlsitz umklammert hielt (weil er Schmerzen hatte), unbemerkt von allen anderen, auf die Innenseite des Holzes irgendein Wort nach, das im Gespräch aufgetaucht war, sagen wir das Wort *Bataillon*. (Es ist wirklich gleichgültig, welches Wort es war.) Dergleichen hatte er schon öfters getan, fast war es bei ihm zum Tick geworden, Wörter nachzuzeichnen, immer in römischen Versalien und ohne daß andere die Bewegung seines Fingers erkennen konnten, aber dieses eine Mal hatte er plötzlich die Gewißheit, der Vorgang würde im Ablauf aller Zeiten und selbst in einem als unendlich gedachten Raum nicht untergehen. Es war unvorstellbar, daß jegliche Spur der Schrift und der Energie, die sie zeichnete, ausgelöscht werden und in Vergessenheit geraten konnte. Noch während der Besprechung schrieb er Datum und Zeit (3. Oktober 1944, elf Uhr zwanzig), auf einen Zettel, dazu das Wort *(Bataillon?)* und steckte den Zettel in die linke Brusttasche seines Waffenrocks.

In der folgenden Nacht träumte er, daß er an den Rand des Marktplatzes einer sehr schönen mittelalterlichen Stadt geraten sei. Besonders im Hintergrund des Platzes standen Häuser von geheimnisvoller Größe und Bedeutung aus schräg geführtem Fachwerk, ein dunkelbraunes lehnte sich gegen ein weißes, er träumte also Farben. Als er den Platz betreten wollte, um sie näher betrachten zu können, verweigerten ihm zwei Bewaffnete, Soldaten in Uniformen einer modernen, aber ihm unbekannten Armee, mit gefällten Gewehren den Zutritt. Er mußte sich damit begnügen, am Rande des Platzes entlangzugehen, an dem Puppenspieler ihre Theater aufgebaut hatten, Bühnen, überfüllt mit Marionetten und Flitter.

Auf den nächtlichen Kontrollgängen, die Dincklage keineswegs seinen Kompaniechefs überließ, begleitet von einem Unteroffizier und einem Melder, hielt er an, wenn er auf den Kamm einer Höhe kam, und betrachtete den Kriegsschauplatz. Die Nächte waren immer klar, der Himmel von Sternen übersät. In seinem Abschnitt war alles ruhig, und auch aus dem südlich anschließenden Raum der Nachbardivision war nichts zu hören oder zu sehen. Irgendwo in der Nähe unterhielten sich zwei Soldaten halblaut von Schützenloch zu Schützenloch. Im nahen Norden, wo jenseits des Ihrenbachtals die Front der 416. einen Knick nach Osten machte, weil die Amerikaner den, von ihrem Standpunkt aus betrachtet, vorgeschobenen Schneifel-Rücken besetzt hatten, stieg manchmal eine Leuchtpatrone hoch und erlosch. Selten, daß ihr ein Feuerstoß aus einem SMG folgte. Nur aus dem tieferen Norden, weit jenseits der Schnee-Eifel, drang das Gewummer von Artillerie-Salven bis zu ihnen, und sie sahen Lichter – Brände? Scheinwerfer? ›Christbäume‹ aus Flugzeugen? –, die an der Wand des Himmels entlangwanderten und sich an ihr zerstreuten, zu geisterhaftem Schein. Es hieß, ein amerikanischer Verband arbeite sich dort langsam an die Urft-talsperre heran. Hier, wo Dincklage und seine Begleiter standen, bildeten die Bäume, die Wälder, auf die sie blickten, noch allnächtlich Körper aus undurchdringlichem, von keinen Reflexen überspieltem Schwarz. In solchen Augenblikken, in denen er des lautlosen oder von Artillerie-Georgel begleiteten, von der Nacht eingehüllten Gegenüberstehens zweier riesiger Heere inne ward, erschien dem Major Dincklage nicht nur die eigene und entgegen dem Wunsch von Oberst Hoffmann nur lax gehandhabte Spähtrupptätigkeit, sondern die Summe aller sich aus dem Krieg ergebenden dienstlichen Vorgänge als gigantische Indianerspielerei. Bubenkämpfe in einer Ziegelei – nichts weiter! Er war imstande, sich vorzustellen, daß die Hunderttausende von Männern, die jetzt im Dunklen, sich halblaut unterhaltend oder halb schlafend, in ihren Schützenlöchern standen, aus ihnen aufstehen und unter dem von Sternen übersäten Himmel in ein ungeheures Gelächter ausbrechen würden, ehe sie sich nach Hause trollten, zu ihren Schulaufgaben.

Hirngespinste! Sie hielten Dincklage übrigens nicht davon ab, den nächsten Posten, bei dem er im Näherkommen das Aufflammen eines Streichholzes feststellte, in einer Weise zusammenzustauchen, daß der Mann, wie der Unteroffizier nachher anerkennend zu dem Melder bemerkte, in keinen Schlappschuh mehr reinpaßte.

Wenn Dincklage von solchen Inspektionen ins Quartier zurückkehrte, ging er manchmal in sein Büro, vergewisserte sich, ehe er Licht machte, daß die Verdunkelungsjalousie vor dem Fenster heruntergelassen war, schloß die Türe, an deren Seite zur Schreibstube hin Stabsfeldwebel Kammerer ein Pappschild mit der Aufschrift *Chef* hatte anbringen lassen, setzte sich an den Schreibtisch, breitete die Karten, die Großblätter 107a und 119b des Deutschen Reiches, herausgegeben 1941 vom Reichsamt für Landesaufnahme in Berlin (sogenannte Generalstabskarte), sowie ein spezifizierendes belgisches Meßtischblatt (Maßstab 1 : 10000) des Gebiets südlich von Saint-Vith, auf dem Tisch aus und führte sich mit Hilfe einer Taschenlampe – denn die Deckenlampe war eine Funzel – zum soundsovielten Male die Lage des Bataillons vor, das ihm unterstand.

Er befand sich wieder einmal auf dem äußersten linken Flügel eines Divisionsabschnitts, der in diesem Falle auch der am weitesten nach Westen vorgeschobene war, eben jenes amerikanischen Verbandes wegen, der nach Osten hin die Schnee-Eifel besetzt hielt. Die 416. umstand den südlichen Flügel der amerikanischen Stellungen (nach Norden schloß eine Volksgrenadier-Division an), und Dincklages Bataillon lag in einem durch eine Schleife der Our gebildeten Sack im äußersten Westen, durch das dichtbewaldete und in der Nord-Süd-Richtung völlig weglose Ihrenbachtal von der Division fast abgeschnitten, jedenfalls nur durch Melder und gelegentliche Spähtrupps mit ihr verbunden. Auch die Verbindung zur Nachbardivision im Süden war dünn. Immer wenn Dincklage sich wieder einmal von der isolierten Position seiner Truppe überzeugt hatte, ließ er die Spitze des Bleistiftes, den er in der Rechten hielt, im Lichtkegel der Taschenlampe über den zwischen den Abhängen des Our-Tals gelegenen Weiler Hemmeres kreisen. Falls ein genügend starker amerikanischer Verband die Our, etwa auf dem noch intakten Eisenbahn-Viadukt bei dem Weiler Hemmeres, überschritt, über das Dorf Elcherath die Straße Saint-Vith–Pronsfeld erreichte und auf ihr nach Südosten vorstieß, konnte das Bataillon mit Leichtigkeit abgeschnitten und vernichtet oder, wenn er, Dincklage, es zuließ, einkassiert werden.

Während einer (oder mehrerer?) dieser nächtlichen Untersuchungen, im Schein der Taschenlampe und eines trüben Lichtes, bei zwanghaft rotierendem Bleistift und gepeinigt von Schmerzen – denn er stand in einer für sein Leiden höchst ungünstigen, in der Hüfte abgeknickten Haltung über den

Karten –, muß es geschehen sein, daß Dincklage sich entschloß, nicht nur im Falle eines derart vorgestellten amerikanischen Unternehmens das Bataillon kampflos aufheben zu lassen, vielmehr auf dieses Unternehmen nicht zu warten, sondern, weit über alles hinaus, was noch mit taktischen Überlegungen zum Problem der Defensive begründet werden konnte, die Übergabe des Bataillons von sich aus anzubieten.

Die Frage untersuchend, auf welche Weise er den Gedanken in Tat verwandeln könnte, stößt Dincklage auf zwei unüberwindliche Schwierigkeiten:

1. Das sehr einfache, ehrenhafte – weil alten Kriegsregeln entsprechende – Bild von sich selber, wie er als Parlamentär, begleitet von einem Unteroffizier, der eine weiße Fahne zu tragen hätte, die Our überschritte und vor der amerikanischen Linie erschiene, mußte von vornherein aus allen Vorstellungen entlassen werden. Bei Bekanntgabe dieser Absicht würde Stabsfeldwebel Kammerer ihn mit Hilfe der Kompanieführer auf der Stelle festsetzen lassen und das Regiment anrufen. Binnen kürzester Frist würde ein Detachement der Feldpolizei eintreffen, gefolgt von Oberst Hoffmann in Person, dem es, in Rücksicht auf das Ansehen des Regiments, darauf ankommen mußte, das erste Verhör selber zu leiten und Dincklage ohne Verzug der Administration des zuständigen Feldgerichts zu übergeben. (Nur der Umstand, daß der 416. aus irgendwelchen Gründen, wahrscheinlich aus schierem Personalmangel, keine NS-Führungsoffiziere zugeteilt worden waren, könnte bewirken, daß der Fall des Majors Dincklage überhaupt bis vor ein Kriegsgericht gezogen würde.)

2. Rein gedacht mußte der Gedanke bleiben, sich mit dem Gegner konspirativ zu verständigen, wenn es auch bezeichnend für Dincklage war, daß er ihn nicht ausschloß.

Zunächst einmal stellte die Überrumpelung eines fast kriegsstarken Bataillons (annähernd 1200 Mann) durch einen einzelnen, mochte es sich auch um dessen kommandierenden Offizier handeln, eine fast unlösbare operative Aufgabe dar. Von den vier Kompanien des Bataillons lagen zwei (die 1. und die Versorgungskompanie) in Winterspelt, die beiden anderen in den Dörfern Wallmerath und Elcherath, von wo aus sie Posten in einem von Dincklage äußerst umsichtig angelegten System zweier hintereinander gestaffelter Abwehrlinien bezogen. Am Tage X (in der Nacht X!) mußte Dincklage unter einem Vorwand (aber welchem?) das Gros der Einheiten aus den Quartieren und der Linie lösen und in einem möglichst waffenlosen Zustand an einem Punkt zusammenführen, an dem es leicht umzingelt werden konnte. Immerhin war es möglich, überraschend eine Nachtalarm-Übung mit anschließendem Bataillonsappell anzusetzen, und da Dincklage bei den Amerikanern einen Sinn für und auch die Fähigkeit zu Indianerspielerei voraussetzte, hatte der Plan, besonders wenn Glück im Spiel war, eine gewisse Aussicht auf Erfolg.

Da Dincklage jedoch keine Möglichkeit besaß, mit dem Gegner Kontakt aufzunehmen, sah er sich außerstande, ihn zu realisieren.

Aus der Art, wie Dincklage diesen Schluß zog – er trug ihr seinen Plan im Ton einer mathematischen Gleichung vor –, erkannte Käthe Lenk sofort, daß die Übergabe des Bataillons für ihn bloß eine abstrakte Idee war. Nicht, daß er sie nicht ernst genommen hätte; er behandelte sie so ernst, wie man eine Hypothese behandelt, die zur fixen Idee geworden ist. Käthe hätte es vorgezogen, wenn seine Rede hin und wieder etwas Flackerndes angenommen hätte, etwas Aufgeregtes, sogar etwas Abenteuerlustiges, denn auch das mußte doch schließlich dabei sein, wenn ein immerhin erst 34jähriger Offizier einen militärischen Coup vorbereitete. Stattdessen nichts als diese abstrakte Kälte.

»Oh«, sagte sie, »wenn es sich darum handelt! Ich weiß jemand, der in der Lage ist, sich mit den Amerikanern in Verbindung zu setzen. Jemand, auf den du dich vollständig verlassen kannst.«

»Wenn dieser Herr«, sagte Hainstock, als Käthe ihn über die Absichten Dincklages ins Bild setzte, »für sein Vorhaben nicht den geringsten Rückhalt bei seiner Truppe hat, dann sollte er es besser bleibenlassen. Genau das ist es nämlich, was die Partei gemeint hat, wenn sie immer von fehlender Massenbasis geredet hat.« (Hainstock hat es sich angewöhnt, von der Kommunistischen Partei der Tschechoslowakei und dem Zentralkomitee der Kommunistischen Internationale immer in der Zeitform der zweiten Vergangenheit zu sprechen, welche von manchen Kennern der Grammatik auch als diejenige der vollendeten Gegenwart bezeichnet wird.)

Die Wirkung seiner Aktion auf den Kriegsverlauf kann Dincklage nicht vorausdenken. Er weiß nicht und es ist ihm auch gleichgültig, ob die Amerikaner die durch die Wegnahme des Bataillons entstehende Frontlücke zu einem allgemeinen Durchbruch benützen oder ob sie nur ihre Linie über die Our vorverlegen werden, um damit den Druck gegen die Flanke ihrer Truppen auf der Schnee-Eifel zu vermindern, deren Position Dincklage, ebenso wie Kimbrough, für ungünstig hält. Infolge des fast völligen Fehlens von Luftaufklärung besaß Major Dincklage so wenig Kenntnisse über die Stärke des Feindes in der Tiefe wie die Division, die Armee, die Armeegruppe und der OB West.

Es mag scheinen, als sei, indem Dincklages Plan enthüllt wurde, die Katze aus dem Sack der Erzählung gelassen worden. Davon kann nicht die Rede sein. Diese Erzählung macht sich nichts daraus, zu erzählen, ob und wie es dem Major Dincklage gelingt oder mißlingt, ein nahezu kriegsstarkes deutsches Bataillon den Amerikanern zu übergeben. Obwohl sie sich als Schauplatz einen zu jener Zeit wirklich wilden Westen gewählt hat, kann sie sich nicht entschließen, zum *Western* zu geraten. Kein finsterer Engel wird am Schluß auf einen metaphysischen Schurken zugehen und seine Smith & Wesson eine halbe Sekunde früher ziehen als jener.

Schön wär's ja, wenn das Ungeheuer, der Krieg, diese Figur des Chaos, am Ende unter den staunenden Blicken eines wider seinen Willen von ihm befreiten Bataillons auf der Dorfstraße von Winterspelt läge, aber wie jedermann weiß, hat es die Übergabe eines Bataillons durch seinen kommandierenden Offizier an den Feind während des 2. Weltkrieges und vielleicht aller Kriege, ausgenommen diejenigen, die von Landsknechten geführt wurden, niemals gegeben. Selbst im Falle des Scheiterns wäre ein solches Ereignis ja militärarchivnotorisch geworden und würde einen Vorgang von solcher kriegsgeschichtlichen Einmaligkeit darstellen, daß über ihn schon eine kleinere Bibliothek zusammengeschrieben worden wäre, wahrscheinlich in erster Linie von alliierter Seite.

So weit darf Erzählung die Fiktion nicht treiben. Ihr genügt ein Sandkastenspiel.

Vielleicht zöge sich diese Erzählung am leichtesten aus der Schlinge der Fiktion, indem sie erklärte: weil es den Major Dincklage nicht gegeben hat, mußte er erfunden werden. Doch wird erst, wenn man ihn umkehrt, aus dem Satz ein Schuh: weil Dincklage erfunden wurde, gibt es ihn jetzt.

Erzählen heißt ja nicht: das Lasso einer Absicht über ein Objekt werfen.

Fachidiot

Auch wird diese Erzählung darauf verzichten, sich mit den Beweggründen zu beschäftigen, die den Major Dincklage zu seinem Anschlag gegen den Krieg veranlaßt haben. Sie wird nicht die Erzähl-Partikel um eine Meditation Dincklages versammeln und in die kreisende Bewegung eines Hurrikans verwandeln, als dessen ›Auge‹ der einsame Entschluß ›dieses Herrn‹ (wie Hainstock ihn mit Vorliebe nennt) zu denken wäre. Im Gegensatz zu der nicht vorhandenen Literatur über den Fall Dincklage gibt es ja eine bereits unübersehbare zum Thema der Aufstandsversuche deutscher Offiziere gegen Hitler, welche die Überlegungen, weltanschaulichen Motive, Argumente und Gefühle dieser tragischen Gestalten, vor allem aber die Anzahl und Stärke ihrer Gewissensskrupel auf das minuziöseste katalogisiert. Ihr kann nach Belieben entnommen werden, was am Bild der Ursachen von Dincklages Projekt fehlen mag.

Um zu wissen, daß Dincklage alle möglichen politischen, ökonomischen und metaphysischen Gründe für seine Handlungsweise hatte, braucht man sich ja nur daran zu erinnern, daß er auf Käthe Lenks Schilderung ihres Erlebnisses im Bourtanger Moor mit einer Aufzählung der Konzentrationslager im Emsland antwortete und diese Litanei mit einem *Amen* abschloß, das seiner Zuhörerin wie ein Fluch vorkam. Aber in erster Linie faßte er seinen Entschluß aus fachmännischen Gründen. Bekanntlich teilten im Herbst 1944 die meisten deutschen Offiziere Dincklages Ansicht, daß der Krieg militärisch verloren und deshalb auf der Stelle zu beenden sei, aber Dincklage ist der einzige unter ihnen gewesen, der bereit war, militärwissenschaftliche Grundsätze und Erkenntnisse auf der Ebene der Unterführer in einer konkreten Handlung auszudrücken. Ob der in der Dokumentensammlung des Oberstleutnants im schweizerischen Generalstab, W. Schaufelberger, genannte Unteroffizier Rudolf Dreyer aus dem, was er in einer Schreibstube des OB West hörte, entgegen dem ihm erteilten Befehl Schlüsse zog oder nicht, ist nicht bekannt – Dincklage jedenfalls zog Schlüsse. Möglich, daß bei ihm fachmännischer Eigensinn besonders hoch entwickelt war, jene bekannte *déformation professionnelle* aller Leute, die ein Handwerk gelernt und sich darauf spezialisiert haben.

Bezeichnend ist es ja, daß zwischen ihm und Käthe Lenk niemals über die Impulse zu seinem Vorhaben gesprochen wurde. Sie wurden als selbst-verständliche vorausgesetzt.

Eigentlich hat nur Captain Kimbrough genau wissen wollen, was Dincklage zu seinem Entschluß bewog. Vielleicht war es der Anwalt, Verteidiger in Strafsachen, der in ihm geweckt worden war und sich für Dincklages Motive interessierte.

»What makes him tick?« lautete seine erste Frage, nachdem Schefold ihm die staunenswerte Nachricht von der anderen Seite überbracht hatte.

Schefold zuckte die Achseln. Er wußte es nicht. Und er hatte keine Lust, den jungen amerikanischen Hauptmann mit Auszügen aus jener Literatur der Rechtfertigung zu langweilen, die damals noch gar nicht geschrieben war.

Hauptkampfzone

Der Punkt, von dem aus Hainstock jeden Tag Ausschau hält, ist der Scheitelpunkt der Höhe, die nach Norden lotrecht in seinen Steinbruch abfällt, während sie nach Süden, Osten und Westen einen mehr oder weniger sanft geneigten Hang aus extremem Kalktrockenrasen bildet, extrem deshalb, weil er stark überweidet wird und infolgedessen kein Gebüsch hochkommt. Die verwitterten Kalkbrocken treten reichlich zutage. Auf der Höhe haben sich einige Kiefern angesiedelt, sind hoch gewachsen, und ihre Schirme decken Hainstock gegen Fliegersicht. Wenn er an den Rand des Hangenden tritt, erblickt er tief unten den Werkplatz unter der Kalksteinwand, eine Tenne für Steine, auf der aber schon lange nicht mehr gearbeitet wird; in einer Ecke verrosten das Basisgestell eines Krans und einige Wetzkopfräder. An der Wand lehnt eine dreißig Meter hohe Leiter aus Holz, deren Sprossen Hainstock von Zeit zu Zeit erneuert; sie reicht ungefähr bis zur halben Höhe der Wand. Zwischen der Straße – dem Splitt- und Sandsträßchen von Winterspelt nach Bleialf – und dem Steinbruch wächst, im Halbrund, Buchenkratt, der die Baubude, in der Hainstock wohnt, fast überwuchert hat; nur gerade der First des mit Teerpappe gedeckten Daches ist noch zu sehen. Die Radioantenne ist ein dünner Stab. Obwohl Hainstock sich so ruhig wie möglich verhält, fühlen sich die Dohlen, aufmerksame und lebhafte Vögel, die im oberen Teil der Kalkklippe hausen, von ihm gestört; aufflatternd, stoßen sie ihr ›kjacka-kjacka-kjack‹-Geschnarr aus, das ohne Resonanz aus den Tiefen des Herbstes bleibt.

Die Grashänge des Berges, der ihm gehört, hat Hainstock der Gemeinde Winterspelt zur Weidenutzung überlassen, und nicht erst, seitdem die Böden weiter westlich wegen der Anlage von Stellungen nicht mehr beweidet werden können, sondern schon seit Jahren; er hat ein Interesse daran, daß der steinige Grund der Hänge für ihn sichtbar bleibt, nicht unter Sträuchern verschwindet. Außerdem mag er die seltene Flora der Kalktriften, stengellose Distel und Knabenkraut, Bienenorchis und Karthäusernelke, welche die Schafe nicht anrühren, die sich an Triftgräser, Hornklee und Schwingel halten. Immer wenn Hainstock auf dem Pfad, den er am östlichen Rand des Steinbruchs empor nun schon ausgetreten hat, nach oben kommt, stellt er als erstes fest, wo sich die Schafe, eine Herde von annähernd hundert Tieren, gerade befinden. Manchmal wechselt er mit dem von der Gemeinde bestellten Schäfer ein paar Worte, obwohl er Mühe hat, dessen eifeler Platt zu verstehen. Hainstock ist im Sommer 1941 in die Gegend gekommen, tut sich aber auch jetzt noch, nach über drei Jahren, mit gewissen Extremformen des hiesigen Dialekts ausgesprochen schwer.

Die Gewohnheit, das Gebiet um Winterspelt jeden Tag vom Scheitel seines Steinbruchs aus zu beobachten, hat er seit der zweiten Augusthälfte angenommen, seit den Nachrichten über die Schlacht von Falaise und die Einnahme von Paris, die er zuerst vom Soldatensender Calais, mit ein paar Tagen Verspätung auch vom Großdeutschen Rundfunk gehört hat.

12. Oktober 1944 (ein Donnerstag) kurz vor 11 Uhr. – Hainstock hatte wie immer seinen Feldstecher mitgenommen (wie so vieles, wie die Freiheit und der Steinbruch ein Geschenk von Matthias Arimond), heute speziell, um vielleicht doch Schefold beobachten zu können, wie er aus dem mit Wald besetzten Höhenrand des westlichen Our-Ufers trat und die Ödhänge herab kam, die sich von dem Abfall der Höhe, auf der Hainstock stand, nur dadurch unterschieden, daß auf ihnen Wacholder, Hasel und Liguster hochgeschossen waren, aber er nahm ihn nicht vor die Augen, weil er mit freiem Auge bestätigt fand, was er schon gewußt hatte: daß sich vor dem Ausschnitt im Westen, in dem Schefold sich jetzt, um zehn

Uhr vormittags, befinden mußte – falls er Hainstocks Anweisungen befolgt hatte –, die südliche Lehne des Elcherather Waldes schob, eines Kalkrotbuchenwaldes, der infolge des trockenen und windstillen Herbstes noch reichlich und dunkelrot belaubt war.

Zehn Minuten später. – Er glaubte nicht, daß es die Phon-Stärke ihres dreimaligen Maschinenschreis war, die ihn veranlaßte, sich zu ducken, sondern er krümmte sich – so meinte er – zusammen, weil sie immer so tief kamen, daß es aussah, als würden sie an der Klippe unter ihm zerschellen. Oder mindestens die Kiefern abrasieren, unter denen er stand. Wahrscheinlich täuschte er sich, wahrscheinlich war es doch das Fortissimo heulender Motorik, an das er sich nicht gewöhnen konnte. Aber woran es auch lag, er ärgerte sich jedesmal, nachdem sie vorbei waren, weil er wieder den Kopf eingezogen, die Arme an die Brust gepreßt und die Knie abgeknickt hatte. Vielleicht setzte er sich diesen Angriffen auf sein Nervensystem nur deshalb aus, weil er hoffte, es würde ihm einmal gelingen, aufrecht und gelassen stehenzubleiben. Es gelang ihm nie. In der Stille danach dauerte es einige Sekunden, bis er das ›kjacka-kjacka-kjack‹ der aufgestörten Dohlen hörte, das sich an der wieder geschlossenen Schallmauer des Herbstes brach.

Heute zählte er den elften Tag, seit dem die amerikanischen Jagdbomber von ihren Bordwaffen keinen Gebrauch mehr machten, während sie die Gemeindestraße Bleialf–Winterspelt entlangpatrouillierten, am Steinbruch vorbei, über Winterspelt beinahe einen Haken schlugen und nach Südosten verschwanden, der Straße nach Pronsfeld folgend. Sie setzten da und dort, mit mehr oder weniger Erfolg, ihre kleinen Bomben, die immer so überraschend einschlugen wie Granaten und graue Fontänen mit weißen Schaumkronen aufwarfen, aber die Läufe der MGs, die aus ihren Kanzeln ragten, blieben stumm. Sie fanden, vom 2. Oktober an, wie Hainstock sich ein paar Tage später rekonstruierte, keine Ziele mehr.

2. Oktober 1944 (ein Montag). – Die schlecht getarnte Feldküchenanlage in der großen Scheune am Ortsausgang von Winterspelt ist seit heute morgen verschwunden. Man konnte es nur ein Wunder nennen, daß sie niemals von den Jabos angegriffen worden war. Nur die Scheune selbst, ein ungefüges Geviert aus Bruchsteinen mit einem Schieferdach darüber, steht noch da, plötzlich von Verlassenheit umbrütet.

Von dem in der Luftlinie ungefähr zwei Kilometer entfernten Dorf Winterspelt kann Hainstock eigentlich nur diese Scheune sehen, sonst nur ein paar blaugraue Dächer und das obere Stück des Kirchturms, weil Winterspelt in einer Mulde liegt.

Die nach Nordwesten, nach Saint-Vith führende Hauptstraße kann Hainstock nicht einsehen. Sie wird von der Dünung der mit ihr parallel streichenden, von Wiesen, abgeernteten Roggenfeldern, Baumgruppen bedeckten Hügelzone verdeckt, die sich zu Büheln aufwirft oder in die Hohlwege eingelassen sind. Jenseits der Straße steigt der Höhenzug an, von dessen Kamm aus Hainstock in das Tal der Our hinabblicken könnte, wenn er ihn noch betreten dürfte. Man hat auf ihm Abwehrstellungen angelegt und Zivilisten das Betreten des Geländes streng untersagt. Hainstock kann ihn von Auel im Süden bis dorthin übersehen, wo die schräge Lehne des Elcherather Waldes ihm den Blick abschneidet.

Der Abstand von Hainstocks Beobachtungspunkt zu diesem Hang beträgt zweieinhalb bis vier Kilometer. Mit seinem Glas, einem Hensoldt Diagon, das eine 15fache Vergrößerung liefert – es hat nur den Nachteil, daß es zu schwer ist und infolgedessen die Gegenstände in ihm trotz Hainstocks Griff (Käthe Lenk: »Mensch, du hast keine Arme, du hast Stahltrossen!«) nach zwanzig Sekunden zu zittern beginnen –, kann er die Landser beobachten, wie sie von der Straße her den Hang heraufkommen, um die Posten in den Schützenlöchern abzulösen, und etwas später die Abgelösten, wie sie müde in Richtung ihrer Quartiere trotten, nach den Dörfern Winterspelt, Wallmerath, Elcherath. Sie kommen und gehen in kleinen Trupps, die leicht auszumachen sind.

Heute vormittag kann Hainstock keine einzige dieser Figurengruppen wahrnehmen. Von Auel im Süden bis zum Elcherather Wald zeigt sich nicht die Spur einer Bewegung. Der Abhang der Our-Höhen ist flach geneigt und mit einer Haut aus Ödhängen, Felderstücken und graugrünen Wiesen überspannt. So regungslos wie heute hat Hainstock ihn schon lange nicht mehr daliegen sehen, stumpf im Oktoberlicht.

Zur Rechten unter ihm – ›kjacka-kjacka-kjack‹ und Geflatter, als er an den Rand des Steinbruchs tritt – ebenfalls keine Vorgänge. Leere.

Auf dem Gemeindesträßchen von Winterspelt nach Bleialf herrscht niemals starker militärischer Verkehr. (Man kann es nur noch bis Großlangenfeld benützen, weil Bleialf im Besitz der Amerikaner ist.) Ab und zu taucht ein Kübelwagen auf, in dem Offiziere sitzen, welche die Nachbareinheit besuchen. Oder ein Munitions-LKW. Manchmal, und mit einer gewissen Regelmäßigkeit, eine Verpflegungskolonne aus drei mit Pferden bespannten Planwagen. (Pferde und Wagen hat man bei den Bauern requiriert.) Oft für lange Zeit nichts als ein Melder auf einem Fahrrad.

Heute hat Hainstock den Eindruck, daß es nicht nur vorübergehend leer ist, sondern von jetzt an immer leer bleiben wird. Der Fichtenwald jenseits der Straße, aus dem manchmal Schefold heraustritt, steht starrer und lichtschluckender denn je ins Bachtal hinab.

Nachdem die Patrouille der drei Jabos vorbei ist, nachdem Hainstock die Arme von der Brust gelöst, den Kopf aufgerichtet, die Knie durchgedrückt hat und mit seinem Ärger darüber, daß er wieder nicht standgehalten hat, fertig ist, stellt er fest, daß heute kein Gebüsch am Straßenrand brennt, kein Munitionswagen in Detonationssätzen explodiert, kein Auto sich unter Flammen aufbäumt und erlischt. Keine Schreie von Verwundeten, denen er manchmal Erste Hilfe geleistet hat. Keine Körper, die in verrenkten, unnatürlichen Stellungen auf dem hellen Sand und Schotter liegen. (Es half nichts, an ihnen zu rütteln.) Er kann das Auto, seinen alten *Adler*, in dem er schon manchmal Verwundete zum Verbandsplatz in Winterspelt gebracht hatte, in dem Steinschuppen lassen, der auf der anderen Straßenseite, gegenüber der Einfahrt zum Steinbruch, steht, die halb überwachsen und überdies mit Steinblöcken verbarrikadiert ist.

Auch drüben, am Our-Hang, nichts, nicht wie sonst diese liegenden Schatten, trotz fünfzehnfacher Vergrößerung sehr klein, nur daran, daß ihre gefleckten Tarnjacken etwas dunkler waren als der Boden, den sie deckten, hat Hainstock sie immer erkannt, und daß sich andere Schatten, aufrechte, um sie sammelten, wenn die Flugzeuge vorbei waren.

Heute also nichts dergleichen. Alles ist, wie es war, ehe Hainstock damit begonnen hat, jeden Tag hier heraufzukommen. Wie noch im Sommer oder im vergangenen Herbst. Ödhänge, Felderstücke, graugrüne Wiesen, die sich nicht rühren, auch wenn kreisrunde Ausschnitte von ihnen nach zwanzig Sekunden zu zittern beginnen. (Nur wenn man sie so gut kannte wie Hainstock, wußte man, daß sie eine Haut waren, über einem Körper, der lebte.)

Hainstock setzt das Glas ab und sieht mit freiem Auge den Flugzeugen nach, wie sie südlich Winterspelt hochziehen, sich mit anderen Dreiergruppen zu Pulks vereinigen. Erst jetzt fällt ihm auf, daß heute die Folgen rasender Stockschläge aus ihren MGs ausgeblieben sind. Sie haben keine Feuer-Nähte vor sich her in die Landschaft getrieben.

In dem gleichen Planquadrat des Himmels, in dem sie vorhin erschienen sind, vereinigen sich die Pulks wieder zum Geschwader. Es ist in Malmédy oder noch weiter westlich aufgestiegen. Nicht einmal, wenn man es in dieser Ferne und Höhe sieht, denkt Hainstock, könnte man es mit einem Vogelschwarm verwechseln.

Käthe, die gestern (Sonntag) am Nachmittag zu ihm herauskam, hat ihm berichtet, daß in der Nacht vorher eine neue Einheit die bisherige abgelöst hat.

»Wir haben die ganze Nacht kein Auge zugetan«, erzählte sie. »Unsere Einquartierung hat gewechselt, aber der alte Thelen hat es wieder fertiggebracht, daß sie keinen Raum im Wohnhaus beschlagnahmt haben. Du hättest ihn sehen sollen, wie er da saß, den Unteroffizier, der Quartiere machte, nicht einmal ansah und sagte: ›Hier gibt es einen alten Mann, drei Mädchen und vier Kammern.‹ Und Elise, Therese und ich standen um ihn rum. Der Unteroffizier war aber sowieso höflich. Eigentlich hat er mir leid getan. Elise hat ihm dann den Hof gezeigt, und er hat vier Mann in den Anbau neben dem Stall eingewiesen.«

»Therese soll aber jetzt mal eine Weile noch mehr aufpassen als sonst«, sagte Hainstock.

Käthe nickte. Therese Thelen hatte ein Verhältnis mit einem der Russen, die auf dem Hof arbeiteten.

Als Hainstock am Spätnachmittag des 3. Oktober nach Winterspelt ging, um Lebensmittel einzukaufen, bemerkte er, nachdem er die Hauptstraße erreicht hatte, daß jetzt auch in dem Hügelgelände links von ihr Stellungen angelegt worden waren, das heißt, er bemerkte natürlich keine Stellungen, sondern nur einmal ein MG-Nest auf halber Hanghöhe, neben einem Feldweg, und später noch eins im Schatten der Bäume, die neben dem Schober standen, der dem Bauern

Merfort gehörte. Er machte, sich harmlos gebend, den Versuch, zu dem Merfortschen Gewann hinaufzusteigen, wurde aber sogleich von einer Stimme, deren Träger er nicht sehen konnte, angerufen und aufgefordert, auf der Straße zu bleiben. Seine Beobachtung stimmte ihn mißmutig. Die Einrichtung einer Verteidigungslinie auf den Hügeln östlich der Straße bedeutete, daß die Front ihm nähergerückt war. Einige der Stellungen – er machte sie am nächsten Morgen mit dem Glas aus – befanden sich höchstens tausend Meter von seinem Berg entfernt. Am meisten wunderte er sich darüber, daß er, von seiner Höhe aus, nicht Augenzeuge ihrer Entstehung geworden war.

Daß die exponierte Feldküchenstellung in der Scheune am Ortsausgang (oder -eingang) verschwunden war, wußte er ja schon, aber mit der vollständigen Leere der Dorfstraße hatte er nicht gerechnet. Winterspelt war ein Straßendorf, und die aschgraue Straße – die aber jetzt, in der Dämmerung, einen Messington annahm – senkte sich leer und leblos, das heißt so, wie sie immer gewesen war, ehe Truppen sich in Winterspelt einquartiert hatten, zur Mitte des Dorfes hinab, dem einzigen Bezirk, wo sich die Häuser zu so etwas wie Gewirr verknoteten, und stieg jenseits dieses Grundes, ebenso verlassen von allem, was Bewegung oder Geräusch war, wieder an, um hinter dem Anger, auf dem die Kirche stand, zu verschwinden. Hainstock war verblüfft. Alles das, was Käthe Lenk einmal als *Wallensteins Lager* bezeichnet hatte (der Ausdruck hatte Hainstock in seine böhmische Heimat versetzt), war von der Straße gelöscht. Dabei ging es sonst um diese Stunde in Wallensteins Lager besonders lebhaft zu, des Abendappells wegen, zu dem die Gruppen aus den Häusern traten und sich auf den Remisenplatz hinter Merforts Hof begaben, der genügend Raum für das Antreten einer Kompanie bot. War es möglich, daß es dieses geheiligte militärische Ritual, den Abendappell, nicht mehr gab, dieses von Gebrüll skandierte Abzählen, auf-Vordermann- und in-

Seitenrichtung-Gehen, die idiotische Dressur erwachsener Männer, die Hainstock bei der k. u. k. Armee kennengelernt hatte? Er konnte es kaum glauben.

In der Schankstube von Näckels Gasthaus, die sonst immer von Landsern gerammelt voll war, standen zwei Unteroffiziere an der Theke, die begierig darauf waren, Hainstock zu erzählen, daß sie aus Dänemark kämen und wie herrlich es dort gewesen sei. »Hier sind wir scheint's am Arsch der Welt«, bemerkte einer von ihnen, in sein Bierglas starrend. Johannes Näckel warf Hainstock einen Blick zu. Hainstock gab den Blick zurück, aber er konnte dem Unteroffizier nicht ganz Unrecht geben; Näckels Schankstube war, wie die Stuben der meisten Eifelwirtshäuser, ein melancholisch stimmender Ort, trüb beleuchtet, mit einer Preßtapete in der Farbe von Leberflecken ausgeschlagen, und ungeheizt.

Die verlassene Straße entlang ging Hainstock zu Weinandys Laden. Arnold Weinandy, der sein Geschäft führen konnte, weil ihm 1942 in Rußland ein Bein abgeschossen worden war, deutete mit dem Kopf zur Straße hin. »Da staunen Sie, was?« sagte er. »Was ist eigentlich hier los?« fragte Hainstock. »Winterspelt ist ja wie ausgestorben.« Weinandy, der sich gern als Kenner des Krieges aufspielte, erklärte ihm, der neue Mann, ein Ritterkreuzträger, wisse eben, worauf es in Frontnähe ankomme. Front*nähe* ist gut, dachte Hainstock, mit einem solchen Wort täuschen sie sich darüber hinweg, daß sie sich in der Front befinden. Er sah Weinandy zu, wie er Brotabschnitte von der Lebensmittelkarte abschnitt, die er ihm gereicht hatte. Obwohl niemand sonst im Laden war, verfiel Weinandy in Flüstern, als er sagte: »Wenn das mit der Tarnung so bleibt, kommt das Dorf vielleicht noch gut durch den Krieg.«

Falls der neue Mann die Tarnung nicht so weit treibt, daß er Winterspelt doch noch evakuieren läßt, dachte Hainstock auf dem Heimweg. In der Dunkelheit vernahm er aus den Hügeln kein Geräusch, nicht ein einzigesmal auch nur das Klirren von Waffen. Im August hatten die winterspelter Bauern den Befehl zur Evakuierung abgewehrt, indem sie Partei, Wehrmacht und Staat erklärt hatten, sie würden schon gehen, aber nur mit ihrem Vieh zusammen. Auf diese Auskunft hin hatten Partei, Wehrmacht und Staat nichts mehr von sich hören lassen. Würde der neue Mann vor solcher Bauernschläue kapitulieren? Ein Mann, der imstande gewesen war, den Appell abzuschaffen?

Damals, Ende August, hatten Käthe und Hainstock sich vorgenommen, nocheinmal in die Höhle am Apert zu ziehen, falls der Evakuierungsbefehl ausgeführt würde.

Tatsächlich hat Oberst Hoffmann am 7. Oktober Major Dincklage gefragt, ob er es nicht für richtig halte, wenn die Dörfer in der Hauptkampfzone von der Zivilbevölkerung geräumt würden. Es läge eine diesbezügliche Anfrage der Division vor.

»Sind ausreichende Auffangquartiere für die Bauern und ihr Vieh vorbereitet?« fragte Dincklage. »Ist der reibungslose Transport dorthin gesichert?«

»Herr Dincklage«, sagte Hoffmann, »das ist Humanitätsduselei. Außerdem geht es uns nichts an. Liefern Sie mir ein militärisches Argument!«

Dincklage sagte: »Außerdem stören mich die Leute überhaupt nicht.«

»Danke«, sagte Hoffmann, »das genügt.«

Am nächsten Tage beantwortete er die Anfrage der Division im ablehnenden Sinne.

Major Dincklage war es am 7. Oktober bereits als unvorstellbar erschienen, daß im Falle einer Evakuierung der Zivilbevölkerung Winterspelt auch von Käthe Lenk geräumt werden würde. Während des ganzen Gesprächs mit dem Oberst hatte er eigentlich an nichts anderes denken können.

5. *Oktober (Donnerstag).* – »Es gibt keinen Krieg mehr, seitdem der neue Mann da ist«, hatte Hainstock gestern abend zu Käthe gesagt.

»Er heißt Dincklage«, hatte sie ihm mitgeteilt.

Dieser Major Dincklage hatte das Aussehen des Krieges vollständig verändert. Nein, er hatte nicht sein Aussehen verändert; er hatte den Krieg selbst wie mit einem Zauberschlag verschwinden lassen. Es war ein Trick. Dieser Dincklage war ein Trick-Künstler. Hainstock ließ sich keinen Augenblick täuschen. Der Krieg war nicht verschwunden. Er war nur unsichtbar geworden. Etwas Unsichtbares weste an, seitdem dieser Dincklage in der Gegend war.

Aber Hainstock hätte sich nicht träumen lassen, das Unsichtbare würde ihn so persönlich betreffen, so daß der Tag heute nicht mehr einfach nur einer dieser lasurblauen Tage war, wie sie hier jedes Jahr von Ende September bis tief in den Oktober hinein die Regel waren. Von der Höhe aus, auf der er stand, hatte er einen schönen Blick auf die Schnee-Eifel und, nach Nordwesten hin, ins Belgische, bis zum Hohen Venn. Den blauen Rücken der Schnee-Eifel betrachtete er mit Verlangen, denn bis zu seiner Höhe hinauf waren die Amerikaner bereits vorgedrungen. Läge der Steinbruch nur fünf Kilometer weiter nördlich, hätte er in der Nacht vom 17. zum 18. September nicht vergeblich auf ihre Ankunft gewartet. Bleialf, nur zwei Wegstunden von seiner Hütte entfernt, war damals von ihnen besetzt worden. Wohnte er dort, so wäre er schon befreit.

»Heute hatte ich zum erstenmal Zweifel daran, daß alles schon ausgestanden wäre, lebte ich nur in Bleialf«, hatte er gesagt, wobei er unauffällig den Waldkauz beobachtete, weil er wußte, daß Käthe sich vor ihm fürchtete. »Mir schwant, daß etwas nachkommt«, sagte er, »ein dickes Ende.«

Er merkte, daß sie nicht zuhörte.

Sie sagte: »Mit ihm und mir ist etwas geschehen.«

»Mit wem und dir?« fragte Hainstock. Er wußte aber schon, wen sie meinte.

»Dincklage«, sagte Käthe.

»Herrgott, Käthe!« sagte Hainstock nach einer Pause.

Zu denken, daß er noch nichteinmal stutzig geworden war, als Käthe zu ihm gesagt hatte, dieser Major Dincklage sei vielleicht ganz anders als er, Hainstock, ihn sich vorstelle. Wahrscheinlich täte er nur alles, um Ausfälle zu vermeiden. Ein Ausdruck wie *Ausfälle vermeiden*, dieses Offiziersdeutsch, in Käthes Mund! Und er war nicht sofort darüber gestolpert! Erst jetzt, auf die finsteren Fichten im Bachgrund blickend, wurde ihm klar, daß sie ihn nur von diesem Dincklage selbst gehört haben konnte.

Er hatte sie bis zu den ersten Häusern von Winterspelt gebracht, wie er das immer bei Nacht tat und wie es jetzt besonders nötig war, weil sie an den neuen Stellungen neben der Straße vorbei mußte, und sie hatte ihn beim Abschied geküßt, wie immer, nur daß ihr Kuß gestern abend nicht nur freundlich-zärtlich gewesen war, wie sonst, sondern auch traurig, sogar verzweifelt, wenn er sich nicht täuschte.

Hainstock nahm sich vor, es bis auf weiteres nicht mehr zu Küssen kommen zu lassen.

Der Auftritt Schefolds kam ihm gelegen, weil er sein Nachdenken über Käthe Lenk unterbrach. Er hatte sich sowieso vorgenommen, mit Schefold ein ernstes Wort zu reden. Schefold schob seine umfangreiche Figur aus dem Fichten-Vorhang, blickte zuerst nach rechts, dann nach links – es sah aus, als mache er zwei knappe Verbeugungen –, setzte sich dann sogleich in Bewegung und schritt, großmächtig wie immer, über die Wiese jenseits der Straße auf den Steinbruch zu. Hainstock schüttelte den Kopf. Die beiden knappen Verbeugungen hielt Schefold offenbar für einen ausreichenden Tribut an den Gedanken der Vorsicht.

»Sie sollten sich umsehen, ehe Sie den Wald verlassen«, sagte er, als sie sich vor der Hütte trafen. »Nicht erst, wenn Sie schon draußen sind.«

»Habe ich das?« fragte Schefold. »Ach, wissen Sie«, sagte er, »ich habe immer ein sicheres Gefühl dafür, ob mir eine Gefahr droht oder nicht.«

»Möchte mal wissen«, sagte Hainstock, »ob eine Streife der Feldpolizei, wenn sie grad in der Nähe ist, sich um Ihre sicheren Gefühle kümmert.«

»Hoffentlich verhält sich Ihre Eule ruhig«, sagte Schefold, ehe sie eintraten. »Ich kann es nicht leiden, wenn sie zu flattern anfängt.«

»Es ist keine Eule, es ist ein Waldkauz«, sagte Hainstock, »und Sie werden ihn diesmal überhaupt nicht zu Gesicht bekommen.«

Das Tier war zur Ruhe gekommen, seitdem er ihm aus übereinandergestellten Kisten einen Höhlenturm gebaut hatte, und es saß noch immer auf dem gleichen Platz wie vor einer Stunde, in der obersten, dem Licht abgewandten Kiste, schlug nur einmal mit den Flügeln, als es Hainstocks Blick eine Sekunde lang auf sich fühlte.

Hainstock hatte den Waldkauz vor ein paar Tagen gefunden, ein graubraunes Federbündel neben einem Kilometerstein, als er von einer Fahrt nach den laucher Brüchen zurückkehrte. Er hatte gebremst, war ausgestiegen. Zuerst hatte er das Tier für tot gehalten, aber als er es mit der Hand umspannte, hörte er sein Herz klopfen. Er war nach Pronsfeld gefahren, hatte es zu dem Tierarzt Dr. Ballmann gebracht, der erklärte, der Vogel sei wahrscheinlich von einem Auto beiseite gestoßen worden und mit einer Gehirnerschütterung davongekommen, Hainstock solle ihn vierzehn Tage pflegen, danach wieder freilassen.

Hainstock hatte niemals ein scheueres Wesen kennengelernt. Das, wovor Schefold und Käthe sich fürchteten, waren nichts weiter als die ständigen Fluchtbewegungen des Vogels. Zuerst war Hainstock ratlos gewesen, denn der Waldkauz hatte nur eins im Kopf: flüchten, und da er in der Hütte keine Schlupfwinkel fand, fürchtete Hainstock, er würde sich bei seinen immer aufs neue unternommenen Fluchtversuchen verletzen. Vor zwei Tagen war ihm die Idee gekommen, dem Vogel ein Versteck zu bauen.

Hainstock brachte das Feuer in dem kleinen eisernen Kochherd, der die Hütte heizte, zum Lodern, legte zwei Scheite nach, schob die Herdringe wieder zurecht, ehe er Schefold den Herd zum Kaffeekochen überließ. Sich im Stopfen einer Pfeife unterbrechend und bemüht, den Ton der expliziten Anrede so ungemütlich wie möglich zu halten, sagte er: »Herr Doktor Schefold, ich rate Ihnen dringend und endgültig, daß Sie jetzt gleich nach Hemmeres zurückkehren und sich dort nicht mehr vom Fleck rühren, bis alles vorbei ist. Noch besser wäre es, Sie würden sich nach Belgien absetzen.«

Erst dann zündete er den Tabak in der Pfeife an. Er sah dem schwergewichtigen Schefold zu, wie er leichthändig mit dem emaillierten Wassertopf und der Kaffeekanne aus Steingut umging. Bei seinem dritten Besuch hatte Schefold ihm das Kaffeekochen aus der Hand genommen. »Merkwürdig, Herr Hainstock«, hatte er gesagt, »obwohl Sie aus einem Lande der alten Donaumonarchie stammen, haben Sie keine Ahnung, wie man Kaffee kocht.« Hainstock hatte zugeben müssen, daß Schefolds Kaffee nicht nur den seinen, sondern jeden Kaffee übertraf, den er bisher getrunken hatte. Jedesmal, wenn er ihn trank, bedauerte er, daß Käthe an diesem Vergnügen nicht teilnehmen konnte. Allerdings hatte sie, und vor gar nicht langer Zeit, zu ihm gesagt: »Ich mag nicht, daß du immer Bohnenkaffee hast. Ich hasse mich, daß ich nicht widerstehen kann, wenn du mir eine Tasse Kaffee anbietest.« Wahrscheinlich würde nichteinmal die Güte von Schefolds Kaffee sie von ihren Skrupeln befreien. Aber Hainstock hatte verhindert, daß sie Schefold jemals begegnet war. Für den Fall, daß Schefold einmal verhaftet, vernommen, gefoltert würde, durfte er so wenig Leute kennen, so wenig Namen wissen wie nur möglich. Schon daß er, Hainstock, Käthe gelegentlich von Schefold erzählt hatte, war eigentlich falsch gewesen; es verstieß gegen die Regeln des Schutzes für einen Illegalen. Denn auch Käthe war schließlich noch nicht aus allem raus, auf dem Thelen-Hof in Winterspelt nur bedingt sicher.

Schefolds Augen waren kühl-sachlich auf die Vorgänge am Herd konzentriert; sie waren blau in dem roten Gesicht, in das ein englischer Bart sicher und rechteckig eingelassen war, ein graues Feld zwischen Oberlippe und Nase. Hainstock taxierte ihn auf einen Meter neunzig und nahe an zwei Zentner, aber er war nur schwer, massiv, hatte keinen Bauch, und im Gegensatz zu seiner Schwere waren seine Hände imstande, mit den Gegenständen zu spielen. Oder eigentlich nicht im Gegensatz zu ihr, denn die Schwere seines Körpers und die Schwerelosigkeit seiner Bewegungen bildeten keinen Gegensatz. Schefold hatte etwas Fließendes an sich.

Erst als er mit einigen komplizierten Vorgängen des Ausspülens, Anwärmens, Aufgießens fertig war, wandte er sich zu Hainstock um.

»Aber warum denn«, fragte er, »wenn es stimmt, was Sie sagen, daß bei Tage sich niemand von der Wehrmacht mehr auf den Straßen zeigt? Dann kann ich meine Spaziergänge doch jetzt viel ungestörter machen als bisher.«

»Es ist mulmig geworden«, sagte Hainstock. »Vorher war es schlampig. Jetzt ist es mulmig.«

»Ich ahne, was Sie meinen«, sagte Schefold. »Diese neue Truppe bleibt unsichtbar, ist also gefährlicher als die frühere.« Er dachte nach. »Natürlich, das gibt es«, sagte er, »es gibt Maler, die eine Farbe in einem Bild förmlich verstecken, damit sie umso stärker wirkt.«

»Mit Malerei hat das überhaupt nichts zu tun«, sagte Hainstock.

Zu dumm, dachte er, daß ich mich habe reizen lassen. Wie er Schefold kannte, kam jetzt ein Vortrag, der etwa eine Viertelstunde dauernde und exakte Nachweis, daß *das* sehr viel mit Malerei zu tun hatte. Er war überrascht und erleichtert, als Schefold bei der Sache blieb.

»In die Frontdörfer gehe ich doch sowieso nicht, bin ich nie gegangen«, sagte er. »Ich gehe nach Eigelscheid, Habscheid, Hollnich.«

Das stimmte. Schefold vermied die Hauptkampfzone. Hainstocks Anweisung folgend, benützte er das dicht bewaldete Bachtal östlich Hemmeres, um hinter die deutschen Linien zu kommen. Hainstock hatte ihm diesen Rat nur ungern erteilt; erst als er eingesehen hatte, daß dieser Mann von seinen Spaziergängen auf deutschem Gebiet nicht abzubringen war, hatte er ihm anhand der Karte den Weg durch den Wald gewiesen, an dessen Rändern die Stellungssysteme sich unterbrachen. Nur Spähtrupps durchstreiften ihn gelegentlich, und wahrscheinlich nur bis dorthin, wo die Rotfichten endeten und der Erlengrund begann. Immer wenn Schefold auftauchte, warf Hainstock zuerst einen Blick auf seine Hosenbeine, um festzustellen, ob sie naß waren vom Erlengrund, aber sie waren immer trocken; leichtsinnig, wie Schefold war, hatte er ausschließlich den trockenen Fichtenboden benützt, nicht das sichere, wenn auch nasse Dickicht des tieferen Tals. Auf diese Weise gelangte er bis zur Gemeindestraße nach Bleialf, stattete Hainstock einen Besuch ab, tauchte danach in Eigelscheid oder Habscheid oder noch weiter im Hinterland auf.

»Schefold macht mir Kummer«, hatte Hainstock einmal zu Käthe gesagt, und zwar zu einer Zeit, als von Dincklage noch nicht die Rede war, als noch die Schlamperei der 18. mot. in Winterspelt und Umgebung geherrscht hatte. »Solange hier noch alles in Fluß war, konnte er ja meinetwegen in der Gegend herumlaufen, wie es ihm Spaß machte. Aber jetzt, wo die Fronten feststehen, ist es einfach verrückt, was er macht. Dabei ist er nichteinmal ein Spion der Alliierten. Dazu wäre er auch viel zu auffällig und außerdem zu harmlos. Er läuft einfach bloß so rum.«

»Er muß ein merkwürdiger Mann sein«, hatte Käthe erwidert. »Er war doch schon weg. Richtig weg.« Sie unterbrach sich. »Ganz weit weg im Westen«, sagte sie dann.

»Na, so weit im Westen liegt Belgien nicht«, sagte Hainstock. »Es liegt gleich nebenan.«

»Für mich liegt es weit weg«, sagte sie. »Und mich brächten jedenfalls keine zehn Pferde zurück, wenn ich schon mal so weit weg gewesen wäre.«

»Eigelscheid liegt keine drei Kilometer hinter der Front«, sagte Hainstock, »und Sie ahnen nicht, wie schnell sich jede Veränderung an der Front im Hinterland auswirkt.«

»Aber die Leute dort kennen mich«, sagte Schefold. »Warum sollten sie jetzt anders zu mir sein als früher?«

Hainstock drehte die Tasse in der Hand, der Kaffee war ausgezeichnet wie immer, aber es schien hoffnungslos zu sein, Schefold einen Begriff von der Gefahr zu geben, deren unsichtbares Netz sich von jetzt an um ihn zuziehen würde.

Bezeichnend für Schefold war ja, daß er eines Tages, irgendwann im Sommer, bei ihm eingetreten war, sich vorgestellt und ihm ohne weiteres seinen Lebenslauf unterbreitet hatte.

Hainstock hatte ihn angesehen und gefragt: »Was bringt Sie eigentlich auf die Idee, mir diese Dinge zu erzählen?«

»Die Leute«, sagte Schefold. »Ich habe Leute von Ihnen sprechen hören. Übrigens sprechen sie gar nicht schlecht von Ihnen. Man spricht von Ihnen so wie – ja, wie soll ich das sagen? –, wie von einer Karte, die man noch in der Hinterhand hat.«

Hainstock hatte lachen müssen, womit das Vertrauen zwischen ihnen hergestellt war. Noch nie hatte es ihm jemand so schwarz auf weiß gegeben, was sich bei ihm, nicht gerade in einer Flut, aber doch in einem Getröpfel von Bohnenkaffee-Tüten, Butterpäckchen, Tabaksdosen und Weinflaschen niederschlug, diesen Karten, die in einer nicht allzu fernen Zukunft, in der man Hainstocks Zeugnis brauchen würde, stechen sollten, weshalb Käthe ihn, weil er sie sich zustecken ließ, für bestechlich hielt.

Natürlich hatte Hainstock sich noch auf andere Weise davon überzeugt, daß Schefold kein Spitzel war. *Harmlos* war übrigens nicht das richtige Wort für Schefolds Verhalten. Schefold war sorglos, leichtsinnig, vielleicht naiv in der großzügigen Lässigkeit, mit der er durch die Dörfer ging, in Wirtshäusern einkehrte, Gespräche führte, sich auf die Papiere verließ, die er bei sich trug und die Hainstock im Ernstfall für wertlos hielt, aber eigentlich harmlos war er doch nicht. Hainstock konnte auf das für Schefold passende Wort nicht kommen.

Er begleitete ihn bis zur Straße, sah ihm nach, als er in Richtung Eigelscheid davonging, mit dem über die rechte Schulter geworfenen Regenmantel, den er immer mit sich führte. Hainstocks Warnung hatte nichts genützt; wie er so dahinging, großmächtig und in einer Art von fließender Bewegung, schien er es zu genießen, daß das Wetter schön, die Straße leer und der Krieg verschwunden war.

Wenn er verhaftet wurde, kam es darauf an, rechtzeitig davon zu erfahren, damit Hainstock untertauchen konnte, ehe Schefold auszusagen begann. Hainstock rechnete sich dafür eine Frist von drei Tagen aus, denn unmittelbar nach seiner Verhaftung und solange er in irgendeinem Polizeikarzer im Landkreis Prüm saß, würde Schefold nicht gefoltert werden. Gefoltert werden würde er erst nach seiner Überstellung zur Gestapo in Köln.

Es kam ja vor, daß Intellektuelle unter der Folter schwiegen, während Metallarbeiter (oder Steinhauer) manchmal schon nach den ersten paar Schlägen auszusagen begannen, aber die Regel war das nicht. Die Regel war, daß Intellektuelle schneller fertiggemacht werden konnten als Metallarbeiter (oder Steinhauer).

Er wickelte das Stück blutiger Leber, das Käthe ihm gestern vom Thelenhof mitgebracht hatte, aus dem Papier und legte es neben den Waldkauz. Der Vogel nahm es nicht an, rückte irritiert zur Seite.

Ehe sie aufbrachen, gestern abend, um gemeinsam bis zu den ersten Häusern von Winterspelt zu gehen, hatte Käthe den Turm aus Kisten betrachtet und gesagt: »Verstecke bauen ist deine Spezialität, Wenzel.«

»Das habe ich, scheint es, mit dem Major Dincklage gemeinsam«, hatte er erwidert.

Sie hatte ihn an die Höhle am Apert erinnert, also etwas mehr als nur Freundliches sagen wollen, aber die Verletzung, die sie ihm zugefügt hatte, war eben noch zu frisch gewesen. In Zukunft würde er sich zusammennehmen.

Sie hatte nichts erwidert, sich auf den Weg nach Winterspelt nicht bei ihm eingehakt.

Er griff wieder nach seiner Pfeife, setzte sich an den Tisch, mit dem Rücken zu der Imitation eines Felsens mit Höhlungen, die er geschaffen hatte, so daß der Vogel ihn beobachten und gleichzeitig das Gefühl haben konnte, selber nicht beobachtet zu werden, zog die Zeitung heran, die er sich, seitdem kein Briefträger mehr bis zu ihm heraus kam, immer bei Weinandy abholte, las die Überschrift *Heldenhafte Abwehrkämpfe in den Karpaten* und die dazugehörige Meldung, der er entnahm, daß die Rote Armee in Kürze tschechischen Boden betreten würde, ließ das Blatt sinken.

Erst jetzt ging ihm auf, wie unerklärlich es war, daß Käthe ihm ausgerechnet gestern abend, fast unmittelbar nachdem sie ihm etwas mitgeteilt hatte, von dem sie wissen mußte, daß es ihn traf wie nichts sonst, an die Höhle am Apert erinnert hatte, diesen vergessenen Basaltgang, der in den Tagen nach dem 20. Juli, als sie aus der Not eine (nicht sehr tugendhafte) Tugend gemacht hatten, ihr *Liebesnest* gewesen war, ein Wort, das Hainstock nur im Selbstgespräch verwendete, weil er wußte, daß Käthe auffahren würde, spräche er es ihr gegenüber aus.

»Ich liebe dich gar nicht«, hatte sie einmal zu ihm gesagt. »Ich mag dich.«

Warum also plötzlich gestern Abend diese Anspielung auf die Höhle? Zu den manchmal anstrengenden Eigenschaften Käthes gehörte es, daß sie Worte – die Worte anderer, aber auch ihre eigenen – auf die Waagschale legte.

Hainstock gab es auf, darüber nachzudenken. Viel wichtiger war es jetzt, alles zu erwägen, was sich daraus ergab, daß Käthe von nun an auf der Gegenseite stand, auch wenn dieser Gedanke privat unerträglich und politisch unvorstellbar war.

Um einen unerträglichen und unvorstellbaren Gedanken

denken zu können, war es vor allem nötig, alle unklaren Wendungen *(etwas, das mich trifft wie nichts sonst – die Verletzung, die sie mir zugefügt hat)* auszuräumen und die Sache selbst präzis zu bezeichnen.

Käthe hatte jetzt ein Verhältnis mit diesem Major Dincklage. Sie schlief (sie hatte vielleicht schon geschlafen, sie würde schlafen) mit einem Offizier der faschistischen Truppen.

Sie war, auf die konkreteste überhaupt mögliche Weise, in das Lager des Feindes übergegangen.

Obwohl diese Sätze an Klarheit nichts zu wünschen übrigließen, erschienen sie Hainstock als ungenügend. Sie befriedigten ihn nicht, wie ihn sonst eine gelungene politische Situationsanalyse befriedigte, und dies nicht, weil ihm das Ergebnis seiner Untersuchung nicht gefiel. Die Analyse von Niederlagen konnte genausoviel Befriedigung bieten wie die von Siegen. Manchmal mehr. Aber er hatte das Gefühl, er habe in diesem Falle gewisse, ihm unbekannte Faktoren nicht berücksichtigt.

Oder war auch dieses Gefühl nur eine Illusion?

An einem Kratzen, einem Rucken und Schlingen hörte er, daß der Waldkauz das Stück Leber in Angriff nahm.

Zu Schefold, vorhin: »Nehmen Sie sich ein Beispiel an diesem Waldkauz! Der versteckt sich. Er sieht alles, sorgt aber dafür, daß er selber nicht gesehen wird.«

»Unsinn«, hatte Schefold geantwortet. »Sie sehen ihn sehr gut. Sie verhalten sich nur so, daß er sich einbilden kann, Sie sähen ihn nicht.«

Er ließ Hainstock nicht zu Wort kommen. »Es wäre ganz falsch, wenn ich mich im Wirtshaus in die dunkelste Ecke setzen, kein Wort reden, still mein Bier trinken und wieder verschwinden würde.«

»Das tun Sie bei Gott nicht«, sagte Hainstock.

»Ja, denn dann würde ich mit Sicherheit auffallen«, sagte Schefold.

Hainstock hatte ihn schon einigemale während des Sommers in den Wirtschaften von Eigelscheid und Habscheid angetroffen. Nein, er saß niemals unauffällig in einer Ecke, sondern er stand an der Theke, parlierte mit den Eingeborenen, ließ sich zum Trinken einladen, gab selber Runden aus.

»Immerhin sollten Sie nicht gerade amerikanische Zigaretten aus der Originalpackung anbieten«, sagte Hainstock.

»Oh, hab ich das?« Schefold war wirklich einen Augenblick lang betroffen gewesen.

»Ja«, sagte Hainstock, »ich dachte, ich seh nicht recht.«

Wenn Schefold sogar das durchgegangen war, so nur, weil er eben Allüren am Leibe hatte, die den Gedanken, man könne ihm Fragen stellen, gar nicht aufkommen ließen.

War Schefold ganz einfach ein Wesen ohne Scheu, insoferne mit dem Naturwesen, das hinter ihm an der Leber schlang, tatsächlich nicht zu vergleichen? Aber dagegen sprach, daß er sich in dem Weiler Hemmeres niedergelassen hatte, einem Eulen-Versteck, wie es im Buche stand, unzugänglich im dunklen Flußgrund. Auch mußte er ein lebhaftes Bewußtsein der Gefahr haben, in der er schwebte, sonst hätte er ihm nicht eines Tages jenes Paket gebracht, in dem sich das kostbare Bild befand, das er besaß, mit der Bitte, Hainstock, Kenner sicherer Orte (wie er sich ausdrückte), möge es an einem solchen für ihn aufbewahren.

Schefold unterschied sich von dem Waldkauz nur dadurch, daß er ein in der Natur und auch unter Menschen ziemlich seltenes Verhalten an den Tag legte: er versuchte, sich zu schützen, indem er sich exponierte.

12. Oktober 1944. – Allerdings denn doch nicht auf eine so verrückte Weise wie heute. Von Schutz konnte da ja gar nicht mehr die Rede sein. Und daß er, Hainstock, heute seinen

Platz unter den Kiefern, über der Kalksteinklippe, aufgesucht hatte, um vielleicht doch Schefold beobachten zu können, wie er aus dem mit Wald besetzten Höhenrand des westlichen Our-Ufers trat und die Ödhänge herabkam, die sich von dem Abfall der Höhe, auf der er selber stand, nur dadurch unterschieden, daß auf ihnen Wacholder, Hasel und Liguster hochgeschossen waren, war eigentlich unglaublich, wenn er bedachte, daß er noch am gleichen Tag der vergangenen Woche, einem Donnerstag, ja, erst vorigem Donnerstag, versucht hatte, Schefold von seinen Gängen auf deutschem Gebiet abzubringen oder vielmehr: sie ihm zu verbieten. Stattdessen zeigte sich Schefold in diesem Augenblick – und zwar von ihm, Hainstock, dazu angestiftet – im militärischen Feld. Anstatt durch das Bachtal, den Fichten- und Erlengrund, verhältnismäßig sicher ins Hinterland zu kommen, trat er heute, auf alle Deckung verzichtend, vor die erste der beiden Linien des Majors Dincklage, und dies nicht, weil er plötzlich übergeschnappt war, sondern auf seine, Hainstocks, Bitte und nach seinen Anweisungen. Es war unglaublich. Ich muß übergeschnappt gewesen sein, als ich ihm so etwas zumutete, dachte Hainstock, und er war der südlichen Lehne des Elcherather Waldes fast dankbar dafür, daß sie es ihm, wie er es vorausgesehen hatte, nicht erlaubte, Schefold in das Feld seines Fernglases zu bekommen.

Vorhin, während er, in seinem Schützenloch stehend, auf die Tiefflieger wartete, deren Motorengeräusch er rechtzeitig gehört hatte, beschäftigte sich der Obergefreite Reidel wieder einmal damit, die Anlage der vordersten Postenkette für falsch zu halten. Man legte Schützenlöcher nicht auf die halbe Höhe eines Hangs. Zwar handelte es sich um einen ziemlich flachen Hang, aber gerade dieser flache Abfall ermöglichte es dem Angreifer, ihn schnell nach unten zu überqueren, auf diesem trockenen Boden aus kurzem gelbem Ödgras, der noch nichteinmal vermint war. Bei einem Angriff, beispielsweise in Kompaniestärke, war die vorderste Postenkette nach drei Minuten im Arsch. Jeder von ihnen konnte, bis der Feind heran war, zwei, drei Angreifer abschießen, aber nicht mehr. Das reichte nicht, um den Angriff zum Stehen zu bringen. Richtig wäre es gewesen, die Löcher doch oben auf die Höhe zu legen; man mußte sie dann, wenn die Artillerie-Vorbereitung begann, für kurze Zeit verlassen, um sie sofort wieder zu besetzen, wenn die Artillerie schwieg. Reidel glaubte zu wissen, wie man beim Bataillon dachte: die vorderste Linie hatte nur die Aufgabe, das Tempo des feindlichen Angriffs zu brechen, so daß er langsamer, zerstreuter bis vor die Hauptverteidigungslinie auf dem Höhenzug jenseits der Straße lief, die mit MG-Nestern bestückt war. Die vorderste Linie sollte geopfert werden. Verteidigung aus der Tiefe nannte man das. Reidel hielt nichts von Verteidigung aus der Tiefe. Er war der Ansicht, daß es nur drei wirksame Arten von Verteidigung gab: 1. überraschende Feuerschläge aus vollkommen getarnten, von keiner Aufklärung des Feindes ermittelten Stellungen, 2. massenhaften Einsatz von Panzern, auch in der Abwehr, 3. den Angriff. Da er, und zwar nicht erst, seitdem er vor zwölf Tagen an der Westfront eingetroffen war, sondern schon seit Rußland wußte, daß die Möglichkeiten 2 und 3 ausfielen, hielt er den Krieg für verloren. Opfern lassen würde er sich nicht. Er wußte schon, wie man sich aus vorderen Schützenlinien, noch dazu falsch angelegten, verzog, ehe es mulmig wurde. Vorläufig hegte er noch die Hoffnung, daß in diesem Abschnitt, in dem er nun seit zwölf Tagen täglich zweimal vier Stunden Wache schob, überhaupt nie etwas geschehen würde.

Die Jabos kamen näher. Falls sie heute wieder einmal ein paar Garben auf den Ödhang legten, war der Kerl, der Spitzel, der neben ihm, außerhalb des Loches auf dem Boden lag, so gut wie geliefert.

Selbstverständlich hatte Major Dincklage die Anlage von vorderster Schützenkette und Hauptverteidigungslinie sorgfältig überlegt. Er rechnete damit, daß die Amerikaner in seinem Abschnitt, entgegen ihren sonstigen Gepflogenheiten, einen reinen Infanterie-Angriff vortragen mußten, weil sie durch den dichten Gebüschwald der Our-Hänge keine Panzer hochbringen konnten. Wenigstens nicht sofort. Ein massierter Infanterie-Angriff mußte in der Senke zwischen den Our-Höhen und dem folgenden Höhenzug liegenbleiben. Die Hauptkampflinie auf die Our-Höhen zu legen, schied aus; sie wäre dort oben nur schwer zu tarnen gewesen und würde Tag für Tag von den Tieffliegern angegriffen werden. Hingegen eignete sich der Abhang der landwirtschaftlich genutzten Höhen nördlich Winterspelt mit seinen Gehölzen, Hohlwegen, Steinscheunen vorzüglich für die Verteidigung. Eine dünn besetzte Postenkette auf den Ödhängen diesseits des Kamms der Our-Höhen würde die Amerikaner überraschen, ihren ersten Angriffsschwung abbremsen; ihr Verlust war in Kauf zu nehmen. Falls die Amerikaner doch mit Tanks erscheinen würden, wäre sowieso nichts zu machen. Dincklage verfügte, von Panzerfäusten abgesehen, über keine panzerbrechenden Waffen. Oberst Hoffmann hatte es abgelehnt, ihm aus dem Bestand von Pak, über den das Regiment verfügte, auch nur ein einziges Geschütz zuzuteilen. »Die brauchen wir an den Schnee-Eifel-Abschnitten«, hatte er gesagt, »wenn die Amerikaner von der Schnee-Eifel herunterkommen, kommen sie mit Panzern.« Ehe er, nach mehrmaligem nächtlichem Studium des Kartenmaterials, seine radikale, aber abstrakte Lösung ins Auge faßte, muß Dincklage entschlossen gewesen sein, sofort zum Rückzug blasen zu lassen, falls ein größerer Tankverband vor seinen Linien auftauchen sollte. So konkret jedenfalls deutete Wenzel Hainstock eine Bemerkung Dincklages, die Käthe Lenk ihm hinterbrachte. Sich innerhalb der militärischen Struktur noch halbwegs vernünftig zu verhalten, sei das wenigste, was er in diesem Krieg noch leisten könne, hatte Dincklage zu Käthe gesagt. Er hatte hinzugefügt, es sei wenig Risiko dabei. »Da hat er recht«, hatte Hainstock bemerkt und Käthe auseinandergesetzt, daß das Regiment, die Division es einfach nur zur Kenntnis nehmen konnten, wenn der Kommandeur eines konventionell ausgerüsteten Infanterie-Bataillons den Durchbruch von Panzern meldete.

Er hatte gespannt darauf gewartet, ob Käthe sich zu dem bürgerlichen Geschwätz in Dincklages Satz von der militärischen Struktur, dem halbwegs vernünftigen Verhalten und dem wenigen, was er in diesem Krieg noch leisten könne, äußern würde, und er war nicht enttäuscht worden.

»Ick finde det flau«, hatte sie gesagt. Bei abschätzigen Bemerkungen geriet Käthe leicht ins Berlinern.

Die Unterhaltung zwischen Käthe und Dincklage, in der jener Satz aufgetaucht war, hatte am Dienstag, dem 3. Oktober stattgefunden. Bereits am Freitag, dem 6. Oktober, machte Dincklage ihr Eröffnungen, die weder sie noch Hainstock flau finden konnten.

Captain Kimbrough hätte sicherlich gelächelt, wenn er gewußt hätte, daß Major Dincklage damit rechnete, er würde ihn angreifen, und noch dazu *massiert*. Der bereits erwähnte Nachrichtenoffizier beim Regiment hatte ihn davon in Kenntnis gesetzt, daß seiner Kompanie ein zwar schlecht ausgerüstetes, aber immerhin doch vollständiges Bataillon gegenüberlag. Schefold bestätigte ihm diese Nachricht, indem er immer über *das Bataillon da drüben* sprach. Kimbrough hatte einmal versucht, ihn über die Position der Stellungen auszunehmen, aber da hatte Schefold versagt. »Hören Sie, Captain«, hatte er gesagt, »erstens einmal weiß ich nicht, wo sie liegen, ich weiß es wirklich nicht. Natürlich sollte ich versuchen, die Stellungen für Sie zu erkunden, es ist inkonsequent von mir, daß ich es nicht tue, aber ich kann es nicht.

Wenn ich mir vorstelle, daß Sie dann Artilleriefeuer auf diese Plätze legen lassen oder Ihre Flugzeuge instruieren ...«
»Schon gut«, hatte Kimbrough ihn unterbrochen, »vergessen Sie's!«

Er hatte die C-Kompanie auf einen Frontabschnitt von acht Kilometern Länge zu verteilen. Im Regimentsstab in Saint-Vith hörte er sich die besorgten und empörten Gespräche darüber an, daß die hundertzwanzig Kilometer Front von Trier bis Monschau mit nur drei Divisionen besetzt waren und daß hinter ihnen nichts war, bis zur Maas ein Raum ohne operative Reserven. Er ging häufig auf die Our-Höhen, spähte, von hohen Haselnußsträuchern gedeckt, durch das Glas nach Osten, betrachtete abgeerntete Felder, Waldstücke, Ödhänge, den Rücken der Schnee-Eifel im Nordosten, Häuser aus Bruchsteinen. Er konnte keine einzige Stellung ausmachen, nicht die geringste Bewegung des Feindes feststellen. Er sah den C 47-Geschwadern nach, die über ihm unter dem blauen, in diesem Lande aber nicht strahlenden, sondern von gefiltertem Licht verhangenen Himmel nach Osten zogen, gedämpft dunkel singend. Eine außerordentlich leere Gegend, selbst für Kimbrough, der doch von Fargo und dem Okefenokee-Sumpf her an leere Gegenden gewöhnt war. Einzelne Baumgruppen, Buchen oder Eichen, rot oder gelb oder schon leer, auf jeden Fall unbeweglich im matten Licht. Kimbrough hielt es für gefährlich, daß man die beiden anderen Regimenter der Division bis zur Schnee-Eifel vorgezogen hatte. Er war froh darüber, daß die Kompanie, die er befehligte, zu dem Regiment gehörte, welches weiter südwestlich, hinter der Our und noch in Belgien lag. (Er hatte Grund dazu, denn dieses Regiment entging im Dezember Manteuffels Zange, als Oberst R. es, ohne entsprechende Befehle abzuwarten, nach Saint-Vith zurücknahm, während die beiden Regimenter auf der Schnee-Eifel in Gefangenschaft gerieten.)

Wenn er das Glas absetzte und sich umwandte, blickte er

auf die Schieferdächer des Dorfes Maspelt, das in einer Senke lag, und auf die dahinter flach ansteigenden Wälder der Ardennen. Alles hatte er sich vorgestellt, nur nicht diesen fast friedensmäßigen Betrieb, den sie hier abwickelten. Postenstehen, Waffenreinigen, Stiefel-Appelle, Sport, Kino, Beschäftigungstherapie jeder Art. Da die Deutschen keine Flugzeuge mehr zu besitzen schienen, brauchten Bewegungen nicht einmal besonders sorgfältig getarnt zu werden. Warum gaben sie nicht auf, wenn ihre Luftwaffe im Eimer war?

Alles in allem ein leerer Krieg. Kimbrough stimmte dem abwesenden Schweigen dieses Hohlraums zu.

17./18. September 1944. – Unablässiges Spähen nach Westen, wie jeden Tag seit vier Wochen, seit den Nachrichten über die Schlacht von Falaise und die Einnahme von Paris, ins Belgische hinüber, mit dem Glas das Vorland der Ardennen, jenseits der Our, nach den ersten amerikanischen Panzern absuchend. Er wettete mit sich selber: heute kommen sie. Nein, erst morgen.

Endlose Tage nichts im Glas als deutsche Truppen auf ihrem Rückzug.

»Wieder nur unsere«, hatte Käthe gesagt, als sie einmal neben ihm stand.

»Sind das Ihre Truppen, Fräulein Lenk?« hatte er gefragt.

Die Schieferdächer von Maspelt, drüben im Belgischen, so, als hielten die Häuser unter ihnen die Luft an. Darüber die Mauer des Waldes, ein einziger Kernschatten, undurchdringlich, der zu zittern begann und der plötzlich aufgerissen wurde, weil ein halbes Dutzend gepanzerter Autos – Panzerspähwagen? – in schneller Fahrt auf der Straße erschien, die von Grufflange nach Maspelt hinabführt. Auf ihren Kühlerhauben weiße Fünfecksterne.

Er dachte tatsächlich in dieser Reihenfolge: Panzerspähwagen, in Grufflange zweigt von der Hauptstraße Malmédy–Luxembourg die Straße nach Maspelt ab, ehe er dachte: Amerikaner.

Erst als er das Glas von den Augen nahm, weil die Pentagramme in ihm zu zittern begannen, dachte er das Wort *Amerikaner*, dann allerdings laut: »Amerikaner.« Hier oben konnten nur die Kiefern hören, was er sagte.

Die Panzerspähwagen fuhren nach Maspelt hinein und kamen nicht wieder zum Vorschein.

Er rührte sich nicht vom Fleck. Am Nachmittag endlich ein großer Verband: Lkws, auf denen Soldaten saßen, Feldgeschützabteilungen, Schwerlaster, Tanks. Er zählte dreißig Tanks; einer nach dem anderen erschien in dem Einschnitt, den die schmale weiße Straße in die fast schwarze Wand des Waldes machte. Geräusche keine; der Aufmarsch vollzog sich in einem Gebiet, das fünf bis acht Kilometer von seinem Standort entfernt war, und der Ostwind, der den Tag kühl und die Sicht klar machte, trug das Klirren der Kettenfahrzeuge in die Richtung, aus der sie gekommen waren. Lautlos schoben sich die Kolonnen an dem runden Feld seines Glases vorbei in die Senke von Maspelt hinab.

Das hörte nicht auf. Als er nichts mehr sehen konnte, ging er hinunter. Die Nacht in der Baubude. Er wartete. Er hätte es gehört, wenn die Amerikaner durch das Dorf gefahren wären, in dem sich nicht mehr als ein Zug Infanteristen aufhielt, irgendeine Nachhut irgendeiner von ihrer Flucht durch Nordfrankreich und Belgien ausgepumpten Division, deren Gros nach Osten entschwunden war.

Er überlegte, ob er nach Winterspelt gehen, Käthe auffordern sollte, zu ihm zu kommen, sagte sich, daß es zwecklos sei. Sie würde sich von ihrem Wunsch, dabei zu sein, wenn die Amerikaner kamen, nicht abbringen lassen.

Aber sie kamen nicht. Jedesmal wenn Hainstock vor die Hütte trat, blieb die Nacht hartnäckig still, und zwar ganz besonders still, weil von Norden her, aus großer Ferne, Artilleriefeuer zu hören war, zwischen hellen und dunklen Tönen wechselndes Rollen, das sich an der im halben Mondlicht schimmernden Kalksteinwand brach.

Als es hell wurde, ging er wieder hinauf. Er kam gerade noch zurecht, um festzustellen, daß die Amerikaner abzogen. Ihre Tanks, ihre motorisierte Infanterie, ihre Kanonen fuhren auf der Straße, die sie gestern gekommen waren, zurück; eines ihrer Fahrzeuge nach dem anderen geriet für einen Moment vor die lange schwarze Brandung des Waldmeeres, ehe es sich von ihr verschlingen ließ. Er sagte sich sofort, daß es nicht anders sein konnte: zwischen Maspelt und Winterspelt gab es keine Straße durch das Our-Tal, nur einen Fußweg, mehr eine Gehspur, ziemlich überwachsen, und diesen Holzsteg beim Weiler Hemmeres, in dem Schefold wohnte; weil es keine Straße gab, hätte es ihnen auch nichts genützt, wenn sie eine Pionier-Brücke über den Grenzfluß gelegt hätten.

Er sah ein. Er war grenzenlos enttäuscht. Er verfluchte einen ihm unbekannten amerikanischen General, der ein Panzerregiment oder was es war, entlang der Grenze zögern ließ. Wußte dieser Herr nicht, daß er es auf der Hauptstraße, von Saint-Vith her, bequem bis mindestens Pronsfeld durchfahren lassen konnte? War er nicht imstande, die Ergebnisse einer seit Wochen von keinem deutschen Flugzeug gestörten Luftaufklärung auszuwerten? Erbittert dachte Hainstock an das Wort *Handstreich*, während er auf die nun wieder bewegungslose Straße starrte, die von Maspelt nach Grufflange führte und die leider nur eine Stichstraße war. Eine Sackgasse.

Später erfuhr er – durch Schefold –, daß jener amerikanische Verband eine Infanteriekompanie in Maspelt zurückgelassen hatte. Schefold stellte auch fest, daß die Division, zu der diese Kompanie gehörte, direkt aus den Vereinigten Staaten an das

Westufer der Our geworfen worden war. Sie seien erst Anfang September in Le Havre angekommen, wußte er von den Soldaten in Maspelt zu berichten, und nicht einmal der Kompaniechef, ein Captain Kimbrough, verfüge über Kampferfahrung.

Was man von diesem Major Dincklage nicht sagen konnte.

12. Oktober 1944. – Hätte dieser amerikanische General damals bei Steinebrück eine Pontonbrücke über die Our legen lassen, woran ihn niemand gehindert hätte, um danach mit seinen Regimentern auf der Staatsstraße bis Pronsfeld – mindestens bis Pronsfeld – zu fahren, woran ihn gleichfalls niemand gehindert hätte, so bräuchte er, Hainstock, heute nicht hier oben zu stehen, um den nutzlosen Versuch zu machen, Schefold zu beobachten, wie er aus dem mit Wald besetzten Höhenrand des westlichen Our-Ufers trat. Dann würde dieses überspannte, ja übergeschnappte Unternehmen nie stattgefunden haben, zu dessen aktiver Unterstützung ich mich hergegeben habe, dachte Hainstock. Schefold, Käthe, er selber wären dann schon befreit, schon mit Problemen des Lebens nach der faschistischen Diktatur befaßt, nicht in dieses verzweifelte Abenteuer eines Narren von Offizier verstrickt.

Einmal, als er Käthe vorgestellt hatte, wie alles wäre, wenn die Amerikaner schneller, entschlossener vorgedrungen wären, hatte sie gesagt: »Weißt du, ich glaube nicht, daß es in bezug auf geschichtliche Ereignisse viel Sinn hat, Konditionalsätze aufzustellen.«

Er brauchte immer erst eine Weile, um sich auf ihr sprachanalytisches Denken – die Angewohnheit einer Deutschlehrerin – einzustellen.

Dann, als er begriffen hatte, was sie meinte, reagierte er aufgebracht. »Das ist die reaktionärste Ansicht, die ich je gehört habe«, sagte er. »Wenn man darauf verzichtet, sich vorzustellen, wie etwas hätte sein können, verzichtet man auf die

Vorstellung einer besseren Möglichkeit überhaupt. Dann nimmt man die Geschichte hin, wie sie eben kommt.«

»Wenn sie gekommen ist, wie sie gekommen ist, kann man nichts anderes tun, als sie hinnehmen«, hatte Käthe erwidert.

Sie hatte gemerkt, daß ihre Antwort ihn deprimierte, und allerlei Rückzieher gemacht, aber er ließ sich nicht täuschen. Seine ganze Anstrengung, sie mit den Voraussetzungen weltverändernden Denkens vertraut zu machen, war also umsonst gewesen. Am Ende seines Unterrichts in dialektischer Geschichtsauffassung legte sie ein Bekenntnis zum Fatalismus ab.

Sich an dieses Gespräch erinnernd, während er angesichts von unbeweglichem Herbstlicht und der dunkelroten Kulisse des Elcherather Waldes endgültig seine Absicht aufgab, Schefold beobachten zu können, fiel Hainstock plötzlich auf, daß er, Anhänger einer Theorie und Praxis der Veränderung, den Anlaß zu Schefolds heutigem Gang ablehnte, ihn von Grund aus nicht mochte, indessen Käthe daran nur auszusetzen hatte, daß Schefold es war, der ihn unternahm. Davon abgesehen war sie der Motor des ganzen Unternehmens gewesen. Von Fatalismus konnte da gar nicht die Rede sein.

Biogramm

Wenzel Hainstock, geb. 1892 in Außergefild (heute: Kvilda), Böhmen, als jüngstes von drei Kindern und einziger Sohn des Handwerksmeisters Franz Hainstock und dessen Frau Fanny, geb. Krehan. Katholisch getauft; Kirchenaustritt in den zwanziger Jahren. Sein Vater, der mit zwei Gesellen eine Nadelmacherei betrieben hat, stirbt 1907, läßt die Familie mittellos zurück. Wie fast alle proletarischen oder proletarisierten Kinder gerät der junge Hainstock mehr aus Zufall als aus Neigung an einen Beruf; er erlernt von 1908 bis 1910 in einem Steinbruchbetrieb am Südostfuß des Mittagsberges alle Arbeiten zur Gewinnung und Aufbereitung von festen Natursteinen, Lockergesteinen und Mineralen im Tagebau (Steinhauer- und Steinmetzlehre). Nach der Lehre dient er seine Zeit bei einem Infanterie-Regiment der k. u. k. Armee in Pilsen ab. 1912 tritt der Zwanzigjährige in die Sozialdemokratische Partei Österreichs ein; er liest das *Kommunistische Manifest*. Wanderjahre. Er arbeitet in verschiedenen Betrieben, hauptsächlich in Niederösterreich, besucht sowohl Abendkurse in Fachschulen, wie (in Wien) Vorträge von Otto Bauer über (Austro-)Marxismus. Im Winter 1913/14 hat er so viel Geld beiseitegelegt, daß er sich einen drei Monate dauernden und ganztägigen Lehrgang für angewandte Geologie an der Montanistischen Hochschule in Leoben leisten kann; gleichzeitig beteiligt er sich an der Organisation einer Lohnbewegung der Arbeiter des Erzberges. Bei Kriegsausbruch mobilisiert, gerät er bereits im September 1914 an der galizischen Front in russische Kriegsgefangenschaft und verbringt den Ersten Weltkrieg in Sibirien. Da er fließend Tschechisch spricht – er hat, mütterlicherseits, eine tschechische Großmutter –, fordert man ihn auf, in eine der tschechischen Legionen einzutreten, die in Rußland gebildet werden; er lehnt ab. Rückkehr nach Außergefild im Februar 1918; auf der Reise von Sibirien nach Böhmen gelingt es ihm nicht, von der russischen Revolution mehr als ›Wirren‹ wahrzunehmen. Seine Mutter ist während des Krieges gestorben. Er macht seine Meisterprüfung. 1920 Agitation für den Generalstreik nach der Besetzung des Volkshauses in Prag durch die Polizei des neugebildeten tschechoslowakischen Staates. 1922 tritt Hainstock aus der Sektion Winterberg (jetzt: Vimperk) der Sozialdemokratischen Partei aus und in die Kommunistische Partei (der ČSR) ein. Während der folgenden Jahre bleibt Hainstock in seinem Beruf tätig, kann sich nicht entschließen, ein Abgeordneten-Mandat anzunehmen, das die Partei ihm anbietet. Obwohl seine politische Gesinnung den Unternehmern bekannt ist und er überall, wo er arbeitet, in den Betriebsrat gewählt wird, bringt er es bis zum Betriebsleiter eines Steinbruchs mit großer Belegschaft an der oberen Moldau. Arbeitslosigkeit während der Weltwirtschaftskrise (1931–1934), ausgefüllt durch aktive Parteiarbeit. Nach dem Sieg des Faschismus in Deutschland (1933) bemerkt Hainstock mit Mißfallen, daß die Diskussionen in der KP der ČSR von der Nationalitätenfrage überdeckt werden; wenn er in dem Parteihaus in der Hiberner Gasse in Prag zu tun hat, so entgeht ihm nicht, daß sogar ihm gegenüber von seiten tschechischer Genossen Ressentiments zum Ausdruck kommen, weil er Deutsch-Böhme ist. Bis dahin ist ihm der Ausdruck *Sudetendeutscher* fremd, ja unbekannt gewesen; er hat sich stets als *Rand'l-Böhm'* bezeichnet. Da er sich andererseits darüber im klaren ist, daß Hitler das Zusammenleben von Deutschen und Tschechen in Böhmen zerstören wird, entschließt er sich 1935, nach Deutschland zu gehen, um dort illegal politisch zu arbeiten, genauer gesagt: er wirkt kurze Zeit als Kurier und Instrukteur des Zentralkomitees der Kommunistischen Partei Deutschlands, das damals seinen Sitz in Prag hat. Ein unsinniger Einfall, denn Hainstock ist in Südwestböhmen als Kommunist so bekannt wie ein bunter Hund. Bereits bei seiner zweiten Fahrt, im Sommer 1935, geht er hoch und verschwindet im Konzentrationslager Oranienburg, aus dem er im Frühjahr 1941 wieder auftaucht, weil ein Vorstandsmitglied des Reichsverbandes der Industrie der Steine und Erden, Matthias Arimond *(Wehrwirtschaftsführer)*, seine Freilassung durchgesetzt hat. Arimond nimmt ihn mit in den Westen und bestellt ihn zum Aufseher über einige stillgelegte Steinbrüche, die der *Tuffstein & Basaltlava AG* in Mayen (lies: Arimond) gehören (obwohl sie weder Tuffstein noch Basaltlava enthalten, sondern dickbankige Dolomite oder Kalke und Mergel). Er bietet ihm eine Dienstwohnung in Prüm an, aber Hainstock quartiert sich in der Baubude des winterspelter Bruchs ein, die sowohl Licht- wie Wasseranschluß hat.

Ein Jahr nach seiner Rückkehr aus Rußland hat der damals 27jährige Hainstock die 20jährige Tochter eines Postbeamten geheiratet; er trennt sich zwei Jahre später von ihr, wegen nicht zu überwindender kleinbürgerlicher Abneigung des Mädchens gegen sein Hervortreten als kommunistischer Agitator; es macht ihm deswegen häufig Szenen. Die Ehe wird 1923 geschieden, die Frau verheiratet sich wieder. Aus seiner Ehe mit ihr hat Hainstock einen Sohn, der, wie sie ihm 1943 schreibt (der Brief ist mit Inlandsporto frankiert, Böhmen ist jetzt Teil des Deutschen Reiches), seit der Schlacht von Stalingrad vermißt wird. Hainstock hat ihn zuletzt als Fünfzehnjährigen gesehen. Seit 1930 hat Hainstock ein Verhältnis mit einer tschechischen Genossin, Studentin, achtzehn Jahre jünger als er, die 1933 von einem Studienaufenthalt in Paris nicht mehr zurückkehrt. Er hat manchmal momentanes, doch niemals anhaltendes Glück. Seit seiner Entlassung aus dem KZ bis zu seiner Begegnung mit Käthe Lenk, insgesamt also von 1935 bis 1944, keine Beziehung zu einer Frau. Seine beiden Schwestern leben noch immer in Außergefild, beide mit großen Familien, die eine ist bereits verwitwet; er ist darauf gefaßt, sich um sie kümmern zu müssen, wenn sie, wie er voraussieht, im nächsten Jahr aus Böhmen vertrieben werden.

Hainstock ist nur 1,65 m groß. Die erwähnte Studentin, mit der er häufig in einem Café der Kleinseite Schach gespielt hat, meinte einmal, er sähe aus wie der kleine Turm im Schachspiel. Das war vor zwölf oder noch mehr Jahren; inzwischen sind Hainstocks Haare eisengrau geworden, aber sein kleines, stumpfes und festes Aussehen hat er behalten. Sein Körper ist hart, vielleicht sollte er, um zu nicht nur momentanem, sondern anhaltendem Glück zu kommen, eine Spur flexibler sein, aber das, was Käthe Lenk als seine *Stahltrossen* bezeichnet, hat ihn einige Folterungen ohne auszusagen und fast sieben Jahre Aufenthalt im KZ ohne Schaden an der Gesundheit überstehen lassen. In seinem breitflächigen Gesicht, das von unzähligen Horizontalfältchen wie von dem Gestrichel einer Radiernadel überzogen ist, sitzen kleine porzellanblaue Augen. Der Mund ist lippenlos, dünn geschliffen, waagerecht, die Nase hingegen schwer, birnenförmig, der Nasenrücken gebrochen (vom Faustschlag eines SS-Mannes in Oranienburg), was das Hängende der Nase noch verstärkt und sie außerdem etwas nach rechts verschoben hat. Aus Essen macht er sich nicht mehr viel, seitdem er eingesehen hat, daß er niemals wieder an Pálffy-Knödel oder Wellfleisch mit Kren kommen wird. Hingegen hat er es sich angewöhnt, abends, wenn er allein in der Baubude des winterspelter Bruchs sitzt, zwei oder drei Gläser Wein zu trinken. Wenn man ihm welchen schenkt, hofft er immer, es möge trockener Mosel sein.

Momente oder Geologie und Marxismus

Käthe, an einem Tag Ende Juli, vor der Höhle am Apert liegend: »Erzähl mir, wie du Kommunist geworden bist!«

Hainstock, der im Eingang der Höhle stand, auf sie heruntersah, seine Pfeife rauchte, sagte: »Als ich vom Militär in Pilsen zurückkam, arbeitete ich wieder in dem Steinbruch am Mittagsberg, der übrigens genauso ein Bruch ist wie der winterspelter. Blaue Kalke und eingelagert dieser schiefrige Mergel. Ich hätte nie gedacht, daß ich hier etwas so Ähnliches finden würde.«

Er setzte neu an: »Ich weiß es noch wie heute. Ich arbeitete mit dem Scharriereisen an der Kante eines Fenstergesimses, machte sie rund.« Pause. »Wenn ich den winterspelter Bruch in Betrieb nehme, werde ich ebenfalls die Steine an Ort und Stelle verarbeiten lassen. Ich werde nicht bloß rohe Blöcke liefern.«

Sie rührte sich nicht. Er kam zur Sache.

»Immer wenn ich von der Arbeit aufsah«, erzählte er, »sah ich auf die Wand des Steinbruchs. Das tat ich auch sonst immer, aber an diesem Tag kam es mir vor, als hätte ich sie noch nie gesehen. Ich weiß auch nicht, warum. Vielleicht, weil ich vor ein paar Tagen noch in der Kaserne gewesen war. Es gibt, scheint es, solche Tage. Jedenfalls, während ich sie ansah, wurde mir so klar wie nie zuvor, daß sie jemandem gehörte, einem Menschen, den ich ein- oder zweimal gesehen hatte. Er besaß sie. Es gab diese aus einem Berg herausgebrochene Steinwand, und zugleich gab es einen, der mit ihr machen konnte, was er wollte. Er ganz allein. Sie war sein Privateigentum.«

»Ich will nicht behaupten«, sagte er, »daß diese Erkenntnis damals sozusagen vom Himmel auf mich heruntergefallen ist. Ich hatte sozialistische Schriften gelesen, wußte, daß ich die einzige Ware, die ich besaß, meine Arbeitskraft, an Kapitalisten verkaufte, die daraus ihren Profit gewannen, undsoweiter. Aber in die Sozialdemokratische Partei, die damals ja eine revolutionäre Partei war, bin ich erst eingetreten, als ich begriff, daß die Kapitalisten die Bodenschätze, die Rohstoffe besaßen. Sie besaßen die Natur, verstehst du?«

Als Käthe nicht antwortete, fügte er noch hinzu: »Es machte mich rasend. Ich sah diese Wand aus Steinen an, Teil eines Berges, ein Stück des Landes. Damals dachte ich noch nicht, sie müsse allen gehören, sondern nur – daran erinnere ich mich noch genau –: niemandem. Ich stellte mir vor, sie müsse frei sein. Frei. Frei! Aber sie gehörte einem Herrn Petschek aus Budweis!«

Käthe sagte eine Weile nichts, ehe sie, vorsichtig und so, als wendete sie sich an die blaue Luft über ihr, sagte: »So, wie der winterspelter Bruch jetzt einem Herrn Hainstock gehört.«

»Daran ist nur Arimond schuld«, erwiderte Hainstock.

Am 5. Juni 1941, einem kalten Tag, holte man ihn um zehn Uhr von der Drainage eines Grabens weg, schmiß ihm auf der Kammer seinen vor sieben Jahren abgelegten Anzug, seine alten Schuhe hin. Die Sachen paßten ihm noch, seine Figur hatte sich so gut wie nicht verändert, nur die Haare, die immer wieder abrasiert wurden, wuchsen jetzt eisengrau nach. Er wurde in das Büro des Lagerkommandanten geführt. Als er an der Türe stand, ehe er vor den Schreibtisch gewinkt wurde, nahm er den kleinen Beleibten wahr, rechts in der Ecke, in einem Sessel, weißhaarig, dichte weiße Haare, eine Seidenmähne, die Beine ausgestreckt unter einem dunkelblauen Flauschmantel, einen steifen grauen Hut vor sich auf den ausgestreckten Beinen, die Hände erhoben und flach aneinandergelegt vor dem Mund bis zur Nasenspitze des rosig blühenden Gesichts.

Der scharfe Wink mit dem Zeigefinger. Das Stehen mit zusammengepreßten Gesäßbacken, Schenkeln und Waden vor dem Schreibtisch.

»Wenn es nach mir ginge, kämen Sie hier erst in zehn Jahren raus.«

Auch der Lagerkommandant war klein, wie der Unbekannte, wie Hainstock selber, aber ausgemergelt, ein Reiter, rothaarig, Fleckeninseln in der Farbe von Hornhaut im Gesicht über der schwarzen Uniform, die auf Messerschärfe getrimmt war.

»Sie sind und bleiben ein Kommunistenschwein. Was sind Sie, Hainstock?«

»Ich bin ein Kommunistenschwein.«

»Herr Obersturmbannführer.« (Dies geduldig, zischend.)

»Herr Obersturmbannführer.«

»Na, nun kommen Sie schon, Herr Hainstock!« sagte der Mann im Hintergrund. Vielleicht war es das Unerhörteste an diesem unerhörten Tag, daß Hainstock sofort die Muskeln seiner Gesäßbacken, Schenkel, Waden entspannte und sich von dem Schreibtisch des Lagerkommandanten abwandte, weil der Ton, in dem dieses *Na, nun kommen Sie schon, Herr Hainstock* ausgesprochen wurde, keinen Zweifel darüber zuließ, daß er das Entspannen der Muskeln und das Sich-Abwenden (dem Lagerkommandanten den Rücken zukehren!) riskieren konnte. Der Unbekannte war schon aufgestanden und hatte seinen Hut aufgesetzt. Klein, d. h. ungefähr so groß wie Hainstock, beleibt, rosagesichtig, dunkelblau, den grauen *Homburg* auf dem Kopf, der jetzt seine weiße Seidenmähne zudeckte, sagte er »Heil Hitler!«, ohne den rechten Arm zu erheben, weil er mit ihm nach Hainstocks Arm gegriffen hatte, ihn zur Türe dirigierte.

»Heil Hitler!« sagte der Lagerkommandant, gleichfalls gleichgültig, hinter seinem Schreibtisch sitzenbleibend, schon halb abgewandt.

Im Korridor ging der kleine Herr mit schnellen Schritten Hainstock voran. Vor der Baracke warteten ein schwarzer Mercedes und ein Fahrer in grauer Livree, der die Fondtüre aufmachte. Der Unbekannte ließ Hainstock zuerst einsteigen, setzte sich neben ihn, sagte zu dem Fahrer, der im Nu am Steuer saß: »Jetzt aber nichts wie raus hier, Baltes!«

»Klar, Chef!« sagte der Fahrer. Er war ein hagerer Mann mit einem versorgten Gesicht.

Als das Auto an der Drainage-Kolonne vorbeifuhr, in der er noch vor einer Stunde gearbeitet hatte, lehnte Hainstock sich zurück, weil er nicht wollte, daß die Genossen ihn sahen.

Sie passierten die Kontrolle am Lagertor. Draußen Bäume, in denen der Nordwind wühlte, das flache Land, das Hainstock kannte, Häuser am Horizont. »Wenn es nach mir ginge, kämen Sie hier erst in zehn Jahren raus.« Er wurde also nicht bloß zu einer Vernehmung gebracht. Auch der kleine Herr und der livrierte Fahrer sprachen gegen eine solche Vermutung, trotzdem machte er einen Test, drehte an der Kurbel des Wagenfensters, ließ es ein paar Zentimeter herunter, der Wind pfiff kalt herein, so daß er es gleich wieder schloß. Niemand hatte etwas gesagt.

Hainstock stellte keine Fragen.

Als sie die Greifswalder Chaussee erreicht hatten, auf ihr in Richtung Berlin fuhren, sagte der Fremde: »Unerhört, einfach unerhört, diese Behandlung!«

Hainstock mußte erst überlegen, was wohl gemeint sein konnte, denn unerhört war in diesem Augenblick ja nur, daß er, ein mit hoher Wahrscheinlichkeit Freigelassener, im Fond eines Autos saß und ein Ortsschild las, auf dem *Birkenwerder* stand.

»Das?« sagte er schließlich. »Ach, das war doch gar nichts. An so etwas ist man gewöhnt. Es läuft an einem runter wie Wasser.«

»Es war schlimmer als alles, was ich bisher über die Lager gehört habe«, sagte der Mann, der neben ihm saß. Unter dem Schatten des Autodaches war sein Gesicht nicht mehr rosig blühend, sondern dunkelrot, apoplektisch.

Erst dann stellte er sich vor, bot Hainstock eine Zigarette an, die dieser mit der Begründung ablehnte, er sei vor seiner Verhaftung Pfeifenraucher gewesen, wolle aber eigentlich nicht mehr damit anfangen.

Er sah zum Fenster hinaus, las, als sie nach Berlin hineinkamen, Straßenschilder, griff Bezeichnungen von Bezirken auf, Wittenau, Wedding, Stettiner Bahnhof, sah Menschen zu, wie sie diese und andere Namen benützten, beispielsweise durch die Invalidenstraße zum Stettiner Bahnhof gingen (oder stehenblieben und miteinander sprachen oder einfach nur stehenblieben, Taschen absetzten, oder vor Schaufenstern stehenblieben oder umkehrten oder sonstwie die Richtung änderten).

»Ehe Sie zum Hotel fahren«, sagte der nun nicht mehr gänzlich Unbekannte zu seinem Fahrer, »halten Sie vor einem Hutgeschäft, Baltes! Wir wollen mal sehen, ob wir für Herrn Hainstock einen Hut auftreiben.«

Sie fanden eines in der nördlichen Friedrichstraße, und der kleine Herr im dunkelblauen Flauschmantel brachte es fertig, daß der Ladenbesitzer ihnen einen Hut, der Hainstock paßte, ohne Kleiderkarte verkaufte. Zum zweitenmal an diesem Tag konstatierte Hainstock das Unwiderstehliche an Herrn Arimond.

»Aber der sonderbarste Moment an diesem Tag war doch der, als ich an dem Graben vorbeifuhr, in dem ich eben noch gestanden und nassen Grund herausgeschaufelt hatte«, hat er später Käthe erzählt. »Obwohl ich mich zurückgelehnt habe, habe ich sie doch alle gesehen, wie sie in dem Graben standen, Dietrich, Sennhauser, Fischer und alle anderen. Und sie haben mich gesehen. Natürlich hat keiner riskiert, mir zuzuwinken. Das Sonderbare und eigentlich Schlimme daran war, daß ich sofort gefühlt habe: ich gehöre nicht mehr zu ihnen. Der, der in einem Auto an ihnen vorbeifuhr, war ein vollständig anderer als der, der noch eben mit ihnen im Graben gestanden hatte. Das habe ich natürlich nicht damals so gedacht, sondern denke es erst heute. Damals habe ich mir nur gewünscht, unsichtbar zu sein.«

Einer Weisung Arimonds folgend, behielt Hainstock den Hut auf, als sie in der Halle des *Kaiserhof* standen.

»Nachher, wenn Sie installiert sind und wieder runterkommen, können Sie ihn ja absetzen«, hatte er gesagt.

Die Portiers des Hotels schienen nichts Auffälliges an ihm zu finden. Er war irgendein Knülch aus dem Gefolge des Herrn Arimond, eines langjährigen und geschätzten Gastes des Hauses, der mit herzlicher Routine zu umgeben war, ein kaum merklicher Schatten von eher vertiefter Herzlichkeit oder Beflissenheit, als Hainstock sich mit Entlassungsschein aus dem Konzentrationslager Oranienburg auswies, auch so etwas war ja im *Kaiserhof* schon vorgekommen, Arimond stand steinern daneben. Er hatte für alles gesorgt, Hainstocks Zimmer befand sich neben dem seinen, und Hainstock fand darin Wäsche, Krawatten, Toiletten-Utensilien, einen hellen Regenmantel und einen Handkoffer vor. Arimond machte keinen Hehl daraus, daß die Sachen zum Anziehen aus seiner eigenen Garderobe stammten.

»Sie sind mir beschrieben worden«, sagte er. »Ich wußte, daß Sie ungefähr meine Figur haben. Nur daß Sie nicht mein Fett haben.« Er lachte herzlich.

Als er im Zimmer den dunkelblauen Flauschmantel ablegte, erblickte Hainstock das *Goldene Parteiabzeichen* auf dem Revers seiner Jacke. Im übrigen sah er aus wie aus dem Ei gepellt, in einem gleichfalls dunkelblauen Anzug mit feinem Nadelstreifen über dem gefüllten Körper, der vielleicht überall so rosig, so gebadet und gepflegt war wie sein Gesicht. Die weiße Seidenmähne, jetzt wieder sichtbar, verlieh ihm das Aussehen eines kleinen, gut gebürsteten Löwen.

»Wenn du wissen willst, wie Arimond aussieht«, sagte Hainstock zu Käthe, »ich war mal eingeladen zu ihm, in seine Villa in Koblenz, und als wir beim Essen saßen, deutete seine Frau auf ihn und fragte mich: ›Sieht er nicht wieder aus wie Pröppchen Schick?‹ Er nahm ihr das überhaupt nicht übel, lachte, ohne im geringsten beleidigt zu sein.«

»Pröppchen Schick!« rief Käthe aus.

»Ja«, sagte Hainstock, »er ist so ein richtiger kleiner rheinischer Schwittjeh’.«

Auch den Ausdruck *Schwittjeh’* hatte er erst kennengelernt, seitdem er in einem Teil des Rheinischen Schiefergebirges lebte.

Beim Mittagessen im Restaurant des *Kaiserhof* klärte Arimond ihn über die Rolle auf, die er in der Industrie der Steine und Erden spielte, teilte ihm auch mit, daß er ihn morgen in den Westen mitnehmen werde, und welche Stellung dort auf Hainstock warte. Viel zu tun sei da ja nicht, sagte er, aber er brauche jemanden, einen zuverlässigen Fachmann, Steinbrüche müßten überwacht werden, auch wenn sie stillgelegt seien. Ob Hainstock Auto fahren könnte? Hainstock bejahte. Arimond bot ihm ein Gehalt von 800 Mark und freie Wohnung an. Sie begannen, fachzusimpeln.

»Sie essen ja nicht«, sagte Arimond. »Na, wird schon noch kommen.«

Er reichte ihm ein paar Geldscheine, entschuldigte sich für den Nachmittag mit Sitzungen. Hainstock, der eigentlich entschlossen gewesen war, in seinem Zimmer zu bleiben, ging dann doch aus, er zog den Regenmantel an, setzte den Hut auf, ging durch die Wilhelmstraße und Unter den Linden entlang bis zur Oper, bog rechts ab, gelangte auf den Gendarmenmarkt und durch die Mohrenstraße wieder zum Hotel zurück. An einem Zeitungsstand in der Mohrenstraße kaufte er eine Zeitung, die er im Zimmer zu lesen begann. Als er bemerkte, daß er jedesmal, wenn er im Hotelflur Schritte hörte, seine Lektüre unterbrach und horchte, ob sie vor seiner Zimmertüre stillstanden oder sich entfernten, ging er in die Halle hinunter, setzte sich in einen Sessel, las dort die Zeitung, blätterte in anderen Zeitschriften, die auf dem Tisch vor ihm lagen, beobachtete Gäste, betrachtete Stucksäulen, Edelhölzer, Kronleuchter. Gegen sechs Uhr ging er wieder hinauf, nahm ein Bad, rasierte sich, zog eines von Arimonds Hemden an, band sich die gedeckteste der Krawatten um, prüfte sich im Spiegel, war froh darüber, daß ihm sein alter Anzug aus grauem Kordstoff mit aufgesetzten Taschen noch immer paßte.

Erst während des Abendessens löste Arimond ihm das Rätsel. Es verlief auch insofern angenehmer als das Mittagessen, weil Hainstock plötzlich Appetit hatte, ein Wiener Schnitzel und Röstkartoffeln mit Genuß verzehrte. Arimond hatte eine Flasche Rheinwein kommen lassen, machte Hainstock auf

Jahrgang und Kreszenz aufmerksam. Anschließend erzählte er, er sei im Frühjahr im Sudetenland gewesen, wegen Verhandlungen über den Anschluß der dortigen Industrie an das Reich.

»Wo waren Sie denn da?« fragte Hainstock.

»In Reichenstein, Winterberg, Krumau und noch so ein paar Käffern«, sagte Arimond. »Warum?«

»Dann sind Sie in der Sumava gewesen«, sagte Hainstock. »Die Sudeten sind ganz woanders.«

»Sumava?« fragte Arimond. »Den Namen hab ich noch nie gehört.«

»Es ist das tschechische Wort für den Böhmerwald«, sagte Hainstock.

Er hätte Arimond gern mehr über die Geographie und Besiedlung von Böhmen erzählt, kam aber nicht dazu, weil Arimond sagte: »Ob Sudeten oder diese Sumava ist ja ganz wurscht, jedenfalls habe ich dort von Ihnen gehört.«

»Von mir?« fragte Hainstock. »Von mir reden dort höchstens noch meine Schwestern, mit denen Sie aber bestimmt nicht zusammengetroffen sind.«

»Sie unterschätzen sich, mein Lieber«, sagte Arimond. »Ich saß mal abends in einer Kneipe«, erzählte er, »mit Berufskollegen, Standesgenossen oder wie Sie das nennen wollen, wir tafelten vorzüglich, man ißt ja exzellent bei Ihnen in Böhmen, und ich hörte, wie sich zwei Herren neben mir darüber unterhielten, daß jetzt ein viel angenehmeres Arbeiten sei, seitdem gewisse Leute hinter Schloß und Riegel säßen. Es wurden Namen genannt, als erster der Ihre. ›Hainstock‹, sagte der eine, ›das ist doch der, der schon vor der Besetzung durch unsere Truppen ins KZ kam?‹ Und der andere bestätigte es. ›Der hat geglaubt, er könne einfach so ins Reich gehen‹, sagte er und lachte. Ich mischte mich ein und fragte, wer Sie gewesen seien. ›Ein hervorragender Fachmann‹, wurde mir gesagt, ›aber ein roter Hund.‹ Ich habe mir erlaubt zu antworten, daß ich den Satz genau umgekehrt formulieren würde: ein roter Hund, aber ein hervorragender Fachmann.« Er setzte das Weinglas, aus dem er hatte trinken wollen, hart auf den Tisch zurück. »Entschuldigen Sie, Hainstock«, sagte er, »ich hätte Ihnen das nicht erzählen sollen. Sie sind heute schon einmal mit einem Tiernamen belegt worden.«

Als er Hainstocks Lächeln sah, erzählte er weiter: »Die Herren waren sehr betreten, als ich einen Zettel herauszog, mir Ihren Namen aufschrieb und sagte, die Industrie könne es sich eigentlich nicht leisten, so ohne weiteres hervorragende Fachleute zu verlieren. Einem anderen gegenüber hätten sie sich ja einiges herausgenommen, vielleicht sogar Drohungen, aber das da stopft jedes Maul.« Er deutete auf das *Goldene Parteiabzeichen.* »Wehrwirtschaftsführer«, sagte er.

»Na, und da sind Sie jetzt«, sagte er. »Am längsten hat es gedauert, herauszufinden, wo Sie überhaupt steckten. Aber dann ging es eigentlich ziemlich schnell.«

Er lenkte gleich wieder ab, sprach davon, daß er das Sudetenland – er sagte jetzt wieder *Sudetenland,* nicht *Böhmen* – schön aber etwas traurig finde, erwog die Zukunft der Graphit- und Kaolinvorkommen an der oberen Moldau, ließ durchblicken, daß er sich für den Anschluß der Industrie in der früheren Tschechoslowakei an diejenige des Reiches nicht mehr sonderlich interessiere, die Verhandlungsführung in dieser Angelegenheit an einen anderen Herrn im Reichsverband der Industrie der Steine und Erden abgegeben habe, ließ eine zweite Flasche Wein kommen. Als sie geöffnet im Kübel auf dem Tisch stand, der Kellner gegangen war, sagte Hainstock: »Also Sie haben mich aus dem KZ geholt, weil Sie einen Steinbruch-Fachmann suchen, der übrigens nichts zu tun haben wird?«

Arimond besann sich nicht lange. Er warf nur einen Blick auf den an diesem Abend schwach besetzten Speisesaal des *Kaiserhof,* ehe er, und nicht einmal besonders leise, sagte: »Mann, Hainstock, Sie wissen doch, daß wir diesen Krieg verlieren.«

»Ich weiß gar nichts«, sagte Hainstock sofort. »Ich war sieben Jahre weg.«

»Bravo!« sagte Arimond. »Sie sind kein Dummkopf. Wissen Sie, ich hatte die ganze Zeit Angst, Sie würden irgendsoein politischer Naivling sein. Oder, was schlimmer gewesen wäre, ein gebrochener Mann, mit dem ich gar nichts hätte anfangen können.«

»Was denn anfangen?« fragte Hainstock.

»Oh, nichts Besonderes«, sagte Arimond, »eigentlich überhaupt nichts. Eines Tages wird es für mich wichtig sein, daß es ein paar Leute gibt, denen ich habe behilflich sein können. Sie sehen, ich bin ganz offen. Ich möchte nicht, daß Sie mich für selbstlos halten.«

Hätte Hainstock sich in diesem Augenblick selber sehen können, so wäre ihm aufgefallen, daß seine Augen – weil ihre Pupillen sich verengten – noch porzellanblauer blickten als sonst. Porzellanblau, scharf und fröhlich betrachtete er Herrn Arimond. Käthe hat er später erzählt, er habe sich zum erstenmal an diesem Tag erleichtert gefühlt.

»Aus welchen Gründen auch immer Sie mich da herausgeholt haben, Herr Arimond«, sagte er, »jedenfalls danke ich Ihnen.«

»Gern geschehen«, sagte Matthias Arimond.

»Anfang Juni 41«, sagte Hainstock, »war es gar nicht so selbstverständlich, vorauszusagen, daß Deutschland den Krieg verlieren würde. Der Rußland-Feldzug hat immerhin erst vierzehn Tage später begonnen.«

»Und«, fragte Käthe, »wirst du ihm eines Tages behilflich sein, weil er dir behilflich war?«

»Natürlich«, sagte Hainstock. »Ganz bestimmt. Vielleicht werden ja einige die KZs überleben. Aber wahrscheinlich hat er mir das Leben gerettet.«

»Goldenes Parteiabzeichen, Wehrwirtschaftsführer«, sagte Käthe. »Wieviele hat er hineingebracht, um einen herauszubringen?«

»Ich habe mich umgehört. Man hat ihm das Goldene Parteiabzeichen bloß so ehrenhalber verliehen. Niemand sagt ihm irgendwelche Schweinereien nach.«

»Er hat Geld gegeben. Er hat mitgeholfen, die Sache zu finanzieren. Er muß ganz schwer geblecht haben, sonst hätte er nicht diesen Orden gekriegt. Und so einem willst du später aus der Patsche helfen!«

»Aber er ist kein Faschist, sondern eher das Gegenteil. Er hat sich angepaßt, er hat mitgespielt, als er sah, wie der Hase lief. Er ist ein Gangster, verstehst du? In seiner ganz reinen Form ist der Kapitalismus ein System von Gangster-Syndikaten, von Profiteuren, die sich arrangieren, aber selber gar keine Ideologie haben, Ideologien eigentlich hassen, weil sie ihre Geschäfte stören.«

»Zu welchem Verständnis dir dein Marxismus verhilft«, sagte Käthe. »Manchmal meine ich, der Marxismus sei nur eine Methode, alles zu erklären.«

»Ja, alles zu erklären«, sagte Hainstock, »aber nicht alles zu verzeihen. Trotzdem werde ich Arimond beispringen, wenn es nötig sein sollte. Du kannst dir einfach nicht vorstellen, wie mir zumute war, als ich damals von der Arbeit weggeholt wurde, die gestreiften KZ-Kleider auszog ...«

Käthe fiel ihm ins Wort. »Doch«, sagte sie, »ich kann das verstehen.«

»Ich will dir mal was sagen«, sagte Hainstock, »Arimond wird meine Hilfe gar nicht nötig haben. Da es keine Revolution geben wird, und da er keine Verbrechen begangen hat, die von der bürgerlichen Rechtsprechung erfaßt werden können, wird er einfach an der Macht bleiben.«

Er sah den Ausdruck von Unzufriedenheit in Käthes Gesicht und dann, wie sie es aufgab, ihm zu widersprechen, weil ihr Interesse an dem Gespräch erlosch.

In der Nacht konnte er nicht schlafen. Gegen zwei Uhr trat er ans Fenster, zog die Verdunkelungsjalousie hoch, blickte auf den lichtlosen Wilhelmsplatz hinab, unterschied die schwarze niedrige Masse der Reichskanzlei gegenüber, die höhere des Propagandaministeriums zur Rechten, die eisernen Denkmäler als graue Schatten unter seinem Fenster. Die Zeit war längst vorbei, in der jemand, wenn er aus einem Fenster des *Kaiserhof* sah, *Schulenburg-Palais* dachte, oder *Ordenspalais der Johanniter*, oder *Schwerin*, *Anhalt-Dessau*, *Winterfeldt*, *Keith*, *Zieten*, *Seydlitz*. Hainstock jedenfalls, insofern er nicht Steinbrecher war, ein durch und durch politischer Mensch, dachte nichteinmal mehr *Preußen*, sondern nur noch *Faschismus*, vielleicht aber auch nicht, vielleicht betrachtete er am 6. Juni um zwei Uhr den damals noch nicht von Bomben in eine Ruine verwandelten Wilhelmsplatz wie einen finsteren, von lichtloser Nacht eingehüllten Steinbruch der Geschichte, ehe er sich nocheinmal hinlegte, ehe er, angetan mit einem Pyjama des Herrn Arimond, in einem Bett des *Kaiserhof* lag und, ungläubig staunend über den plötzlichen Wandel in seinen Verhältnissen, aber dann doch wieder politisch genug, um inne zu werden, daß er auch in dieser Nacht wie in der Nacht vorher im Zentrum des Faschismus lag, auf das graue Rechteck des Fensters starrte. Er hatte vergessen, die Verdunkelungsjalousie wieder herunterzulassen.

Arimond tauchte ungefähr jedes halbe Jahr einmal bei Hainstock auf. An einem Tag im Oktober 1942, der den Tagen des Oktober 1944 glich – dasselbe schöne Wetter aus mildem Herbstdunst, der den winterspelter Bruch, unter dem sie standen, zu einem hellen Schleier machte, nur der Krieg damals in der Gegend außer Sicht, nicht nur scheinhaft unsichtbar wie in der Kriegführung Major Dincklages –, an einem solchen Tag sagte Arimond zu Hainstock, in großer Geste seines rechten Arms den Steinbruch umschreibend: »Also, wenn Sie wollen, können Sie ihn haben.«

Bei diesem Satz schien es sich um einen von Arimonds sprunghaften Einfällen zu handeln. Jedenfalls stand er nicht in unmittelbarem Zusammenhang mit dem Streitgespräch über Gesellschaftssysteme, das sie vorher in der Hütte geführt hatten. Sie hatten es sich angewöhnt, Disputationen über Kapitalismus und Kommunismus abzuhalten, in deren Verlauf Hainstock Arimonds weiche Praxisargumente in der Härte der Theorie prüfte und verwarf.

Die vielen horizontalen Fältchen in Hainstocks Gesicht verzogen sich leicht nach oben, während sein Mund ein Strich blieb. Seine Augen, diese kleinen blauen Steine, wurden noch kleiner, als sie es ohnehin schon waren. Er würdigte Arimond keiner Antwort.

»Ich will Sie nicht auf den Arm nehmen«, sagte Arimond.

»Angenommen, ich würde ihn haben wollen«, sagte Hainstock, plötzlich ahnend, daß der andere es ernst meinte, und von der ungeheuren Möglichkeit, die in dem Angebot lag, bestürzt, »können Sie mir dann noch verraten, woher ich das Geld für ihn nehmen soll?«

»Von der Bank«, sagte Arimond prompt.

Hainstock lachte trocken. »Sie wissen doch, daß ich kein Geld auf der Bank habe«, sagte er.

»Ich komme mir vor wie bei den ersten Menschen«, sagte Arimond. »Also das ist so: wir machen einen Kaufvertrag. Ich berechne Ihnen für den Steinbruch 25 000 Reichsmark. Morgen vormittag gehen wir zusammen zur Kreissparkasse in Prüm, die Ihnen auf diesen Vertrag hin das Geld auszahlen wird.«

»Einfach so auszahlen!«

»Nicht einfach so, sondern gegen 8 % Jahreszinsen, zahlbar halbjährlich. Sie müssen jedes halbe Jahr tausend Mark aufbringen. Das können Sie doch, Hainstock, von dem Gehalt, das ich Ihnen zahle, und das natürlich weiterläuft, weil

Sie ja die anderen Brüche noch weiter beaufsichtigen werden, wie ich hoffe.«

»Sie wollen mir weismachen, daß die Kreissparkasse in Prüm auf einen stillgelegten Steinbruch einen Kredit von 25 000 Reichsmark gewährt.«

»Sie gewährt ihn darauf, daß Sie den Laden in absehbarer Zeit wieder eröffnen werden. Und außerdem werde ich für den Kredit eine Bürgschaft leisten.«

»Aha«, sagte Hainstock, »dann wird der Bruch also erstens der Bank und zweitens weiterhin Ihnen gehören.«

»Ach du meine Güte«, sagte Arimond, »gehen Sie mal zu irgendeinem Unternehmer, hierzulande oder anderswo, und fragen Sie ihn, ob er ohne Bankkredite und Bürgschaften auskommt. Und dann fragen Sie ihn, ob er sich nicht trotzdem als Unternehmer fühlt. Der Betrieb muß sich nur rentieren. Rentieren muß er sich, Hainstock! Je mehr Ihr Steinbruch sich später rentiert, desto mehr Kredite werden Sie aufnehmen. Damit Sie ihn erweitern können, damit er sich immer noch mehr rentiert!«

»Ich hab's ja immer gewußt«, sagte er, »daß ihr Kommunisten keine Ahnung von der Wirtschaft habt.«

Er fing an, mit Hainstock zu schimpfen, sagte, anstatt sich den Kopf über Besitzrechte zu zerbrechen, hätte Hainstock mit ihm über den Preis feilschen sollen, aber das habe er vorausgesehen und ihn deshalb so niedrig wie möglich angesetzt, doch andererseits nicht zu niedrig, 25 000 sei der winterspelter Bruch im Augenblick wert, später, wenn Hainstock ihn ausbeuten würde, wäre der Betrag allerdings nur noch ein Pappenstiel, er, Arimond, dürfe sich gar nicht zu lange überlegen, was aus dem winterspelter Bruch herauszuholen sei, dann würde er sein Verkaufsangebot wieder zurückziehen. Das war gelogen. Sie waren beide Fachleute genug, um zu wissen, daß der winterspelter Bruch sich nur für eine beschränkte Produktion von Qualitätssteinen eignete, für Fensterbänke, Türeinfassungen, Treppenstufen und dergleichen, nie mehr würden ganze Häuser aus Bruchsteinen seines Materials gebaut werden, noch lieferte er, wie die laucher Brüche, Rohstoffe für Massengüter: Schotter, Bausteine, Zementkalk. In vollem Betrieb würde der winterspelter Bruch ein Dutzend Arbeiter beschäftigen. Das war für Herrn Arimond der kleinste aller Fische.

Am Ende standen sie, in ein Fachgespräch vertieft, nebeneinander, die Steinwand betrachtend, die jetzt schon im Schatten lag, mit Schatten nach ihnen ausgriff, sie aber noch nicht ganz erreichte, zwei ungefähr gleich kleine Männer, vom Licht dieses Oktobertags ohne Krieg umstreift, denn der Krieg hielt sich damals noch, wenn man von den Luftangriffen auf deutsche Städte absah, in den Steppen östlich des Don, auf dem Meer zwischen Island und Murmansk und an den Grenzen Ägyptens auf, aber nicht hier, in diesem Land düsterer Dörfer, Weiler, Wälder, lautlos unter Bussardschreien, auf das bald Schnee fallen würde, so daß diese beiden befreundeten Männer, der eine mit weißen Seidenhaaren, die das Licht reflektierten, der andere mit lichtschluckenden eisengrauen – sie waren inzwischen nachgewachsen, aber Hainstock hielt sie noch immer kurz –, ein Fachgespräch führen konnten, das sie von Fragen des Kapitalflusses und der Kredit-Balancen zu Problemen der Bearbeitung von Muschelkalk aus einem *ostiolatus*-Horizont brachte. Der spätere Major Dincklage hielt sich damals noch als Oberleutnant in der Cyrenaica auf, Schefold saß auf Schloß Limal, in eine Expertise über einen flämischen Kleinmeister des 14. Jahrhunderts vertieft, hatte den Namen *Hemmeres* noch nie gehört, und nichteinmal Käthe Lenk war schon in Winterspelt aufgetaucht, sondern ging noch in Berlin umher, lernte (jeden Freitagabend) bei Fräulein Heseler in der Dorotheenstraße Englisch und traf sich häufig mit ihrem damaligen Freund, Lorenz Gieding.

Folgenden Tags ließen Arimond und Hainstock von dem Notar Nösges in Prüm den Kaufvertrag aufsetzen, unterzeichneten ihn, begaben sich mit dem Dokument zur Kreissparkasse, deren Direktor den Kredit nach Übernahme der Bürgschaft durch Arimond genehmigte – das Geld hat Hainstock niemals zu sehen bekommen, denn es wurde, durch einfache Buchung, auf ein Konto der *Tuffstein & Basaltlava AG* in Mayen übertragen –, leiteten noch am gleichen Vormittag auf dem Katasteramt den Prozeß der Handänderung ein, die Übertragung eines Grundstücks von rund zwei Hektaren nördlich der Gemeindestraße von Winterspelt nach Bleialf auf den Namen von Wenzel Hainstock.

»Warum hat dieser Arimond es dir nicht einfach geschenkt?« hat Käthe Lenk gefragt, als Hainstock ihr den Vorgang beschrieb.

»Er ist von sich aus darauf zu sprechen gekommen«, sagte Hainstock. »Er sagte, eine Schenkung wäre ein Verstoß gegen die guten kaufmännischen Sitten. ›Außerdem‹, sagte er, ›wenn ich Ihnen den ganzen Klumpatsch schenken würde, wären Sie nicht gezwungen, etwas aus ihm zu machen.‹ – Geschenkt hätte ich es auch wahrscheinlich gar nicht genommen«, fügte Hainstock hinzu.

Er war aber bereit, zuzugeben, daß Arimond aus ihren Disputationen über Kapitalismus und Kommunismus als Sieger hervorgegangen war, und zwar durch etwas, das die philosophisch gebildete (›intellektuelle‹) Käthe als *Induktionsschluß* (»Erschließen von allgemeingültigen Sätzen aus Einzeltatsachen, Erkenntnis aus der Erfahrung«) bezeichnete: es war ihm gelungen, Hainstock, wenn nicht zum Kapitalisten, so doch immerhin zum Eigentümer eines Bodenschatzes zu machen.

Könnte es möglich sein, daß Arimond Hainstock zum Besitz des winterspelter Steinbruchs verhalf, nicht, weil er dessen

Marxismus ad absurdum führen wollte, sondern weil ihm aufgefallen war, wie ganz anders der Mann aus Böhmen von diesem Kalkstein-Aufschluß sprach als von den übrigen Arealen, die er zu beaufsichtigen hatte? Hat er einmal, ehe er sich bemerkbar machte, Hainstock beobachtet, wie er, Pfeife rauchend, an einen Steinblock gelehnt, der auf dem verlassenen Platz unter der Klippe lag, die helle Wand betrachtete, an der es doch weiter nichts zu sehen gab, zumal nicht für einen, der nun schon Jahr und Tag unter ihr wohnte? Wir wissen es nicht, können Art und Richtung von Matthias Arimonds Sensibilität nicht beurteilen. Er hat sich seit dem vergangenen Winter im Landkreis Prüm nicht mehr blicken lassen, hat vermutlich alle Hände voll damit zu tun, den Reichsverband der Industrie der Steine und Erden, seine eigenen Betriebe und sich selbst auf das vorzubereiten, was er schon im Juni 1941 vorausgesagt hat, und *Frontnähe* ist, wie man annehmen darf, eine Sache durchaus nicht nach seinem Geschmack.

Mittel-Devon. Couvin-Stufe. Laucher Schichten. – Die sandige Entwicklung ist auf den NO-Rand der Mulde beschränkt und findet sich von Mühlbach bis Duppach. Es handelt sich um helle, graugrüne bis bläuliche, teilweise milde, sandige, dünnblättrig-zerfallende Schiefer. Erst am Dach der Laucher Schichten stellen sich am N-Rande kalkige Schichten ein. Die Fauna ist ziemlich reich; neben den Brachiopoden sind, vor allem in den sandigen Schichten, die Mollusken zahlreich und scheinen an diese sandige Fazies gebunden. Die kalkige Entwicklung ist auf dem westlichen Teil des N-Flügels

(Winterspelt!?)

und auf dem S-Flügel vorhanden. Die hellblauen bis dunkelblauen, sandigen, teilweise spätigen, fossilreichen Kalke werden in großen Steinbrüchen (w. Rommersheim, bei Ellwerath und Oberlauch) zu Bausteinen gebrochen. Der Eisengehalt ist sehr groß und an der Intensität der Blaufärbung erkenntlich, der ein ebenso intensives Rotbraun bei der Verwitterung entspricht. Die rauhe Oberfläche des Gesteins ist auf die herauswitternden Schalen-Bruchstücke zurückzuführen. Die bis zu 30 cm mächtigen Bänke zeigen meist schalige Verwitterung und lassen beim Durchschlagen die von außen nach innen gehenden Entfärbungsringe gut erkennen. Eingelagert finden sich dunkle, schiefrige Mergel. (Happel/Reuling, Die Geologie der Prümer Mulde, Abhandlungen der Senckenbergischen Naturforschenden Gesellschaft, Frankfurt a. M. 1937)

Daran war zunächst interessant, daß Ludwig Happel und Hans Theodor Reuling, Doktoren am Geologisch-Paläontologischen Institut der Universität Frankfurt, als welche das Titelblatt sie auswies, während der Jahre, in denen er, Wenzel Hainstock, Insasse des Konzentrationslagers Oranienburg gewesen war, in aller Seelenruhe die Geologie der Prümer Mulde erforscht hatten. Es gab also eine Wissenschaft, die neben der Politik, ja vollständig unabhängig von ihr, sich abspulte, und, was das unbegreiflichste war: es gab dagegen nichts einzuwenden. Es mochte sein, daß Ludwig Happel und Hans Theodor Reuling außerdem noch Mitglieder der Nationalsozialistischen Partei oder aber Untergrundkämpfer gegen die Herrschaft dieser Partei waren, aber das waren sie sozusagen nur privat; vermutlich hielten sie sich aus jeglichem politischem Engagement raus und definierten sich einzig dadurch, daß sie das Devon der Prümer Mulde in vier Stufen gliederten, die sie präzis orteten. Hainstock, unterrichtet darüber, wie abhängig Wissenschaft von gesellschaftlichen

Veränderungen war, griff dennoch der Gedanke an, daß Arbeit und Geschichte getrennt voneinander existierten. Er wies ihn erst einmal von sich.

Er hatte Happel und Reuling dankbar zu sein. Während er im KZ gesessen hatte, hatten sie die Natur der Couvin-Stufe des mittleren Devon erforscht, so daß er nun in der Lage war, das Wesen des winterspelter Steinbruchs zu erkennen, und zu begründen, warum er ihn oft lange betrachtete oder in ihm herumstieg, was zur Folge hatte, daß er die Sprossen der Leiter, die an ihm lehnte, immer wieder erneuerte, wenn sie morsch wurden.

Unter der Bedingungsform des Satzes *Angenommen, ich würde ihn haben wollen* hat Hainstock kaum noch verbergen können, daß er schon nach dem Köder schnappte, den Arimond ihm hinhielt. Warum aber dieses Schnappen, dieses Bestürztsein von einer *ungeheuren Möglichkeit*, als er plötzlich ahnte, daß Arimond, dieser schwache Theoretiker, aber feine Psychologe und Verführer, es ernst meinte? Widerrief, nein: verriet er damit nicht, was er, dreißig Jahre zuvor und im Anblick einer geologisch übrigens sehr ähnlichen Wand, erkannt hatte, so daß Käthes Frage, gestellt, nachdem er behauptet hatte, geschenkt hätte er das Grundstück nicht genommen, durchaus angebracht war: »Warum hast du es überhaupt genommen?«

Er hat auf diese Frage nicht geantwortet, nur die Achseln gehoben, Käthe nicht erzählt, wie er, als er mit dem Kaufvertrag in der Tasche aus Prüm zurückkehrte, so kindisch vor Freude gewesen war, daß er die Wand betastete, wobei er sich sagte, sie gehöre nun ihm.

Die höchsten Erhebungen dieses alten Hochgebirges vermutet E. Süß im Gebiete der Ballons der Vogesen und im heutigen Voigtlande, dem Wohnsitze der alten Varisker, und darum hat er das ganze Gebirge das Variskische genannt. In den folgenden, unmeßbar langen Perioden der Erdgeschichte arbeitete langsam aber unaufhörlich die Zerstörung an dem Gebirge; Körnchen für Körnchen wurde abgetragen und weggeschwemmt. Zu wiederholten Malen trat das Meer über das Gebirge oder einzelne seiner Teile und hobelte es beim Vordringen bis auf seinen Sockel ab, so daß aus dem Hochgebirge eine wenig gegliederte Fläche wurde, in die nach erneutem Auftauchen aus dem Meere die Wasserläufe ihre Täler hineinfurchten, und aus der durch die Verwitterung die harten Gesteine aus der weichen Umgebung herausmodelliert wurden, so daß sie diese heute als mehr oder weniger ausgeprägte Höhenrücken überragen. Zu verschiedenen Malen barst die Erdrinde, große Schollen sanken in die Tiefe und wurden vom Meer überflutet, das auf ihnen seine Gesteine ablagerte, sie selbst verhüllend. Infolge dieser Vorgänge sehen wir heute von den ehemaligen Variskischen Alpen nur noch einzelne Reste ihres Sockels als Horste aus einer jüngeren Umgebung aufragen. Zu diesen Resten gehören u. a. die Sudeten, das Erzgebirge, der Harz, die alten Gesteine von Schwarzwald und Vogesen und das sog. Rheinische Schiefergebirge. Von diesem letzteren bildet die Eifel einen Teil. (Prof. Dr. Holzapfel, Geologische Skizze der Eifel, herausgegeben vom Eifel-Verein, Trier 1914)

Von welcher wiederum ein Teil, gemäß geltenden bürgerlichen Rechtsnormen, ihm, Hainstock, gehörte. Eine aus dem Tethys-Meer aufgestiegene Klippe, eine aus versteinerten Seelilien, Armfüßern, Korallen, Ammoniten und winzigen Muschelkrebsen gebildete Bank, ein Stück Jahrmillionen altes Sedimentgestein, aufgesetzt einem Sockel noch älterer Gebirge, war jetzt sein Besitz, dazu ein bis zwei Hektaren seltener Flora der Kalktriften, stengellose Disteln und Knabenkraut, Bienenorchis und Karthäusernelken, nebst einigen Kiefern auf der Höhe, unter deren breiten Schirmen er stehen und beobachten konnte, was rund um seinen Berg geschah.

Weitergehende Überlegungen Hainstocks, hier nur angedeutet:

Geschichte betrachten wie eine Sedimentbank.

Kriege, Revolutionen als Faltungen, welche die Sedimente durcheinander brachten. Es kam jetzt alles darauf an, ein Jahrtausend friedlicher Ablagerungen zu beginnen, die durch nichts gestört wurden. Ein frommer Wunsch.

Seine Abneigung gegen metamorphe Gesteine aus dem Erdinneren, auch gegen Vulkane. Sedimente, Schichtgesteine, am besten durch Lebewesen gebildete, organogene Gesteine, das war's.

Der Marxismus als Lage (geologisch).

Einem geologischen Gutachten, das Arimond einmal hatte anfertigen lassen, entnahm er, daß die Kalke des winterspelter Bruchs als wesentliche Gemengteile Kalkspat und Dolomit, als akzessorische Tonminerale Quarz, Eisenoxyd und bituminöse Stoffe enthielten. Sofort fragte er sich, welche Bestandteile des Marxismus wesentlich, welche akzessorisch waren.

Seiner persönlichen Entscheidung (für den Besitz des winterspelter Steinbruchs) zum Trotz, gehörte er der marxistischen Schicht an. Die Geologen der Zukunft würden ihn in ihr finden. (»Ich bin ein Kommunistenschwein.«) Allerdings würden sie ihm wohl kaum den Rang eines Leitfossils zuerkennen.

Die kaledonische Gebirgsbildung an der Grenze zwischen Silur und Devon hatte den Nordkontinent aus dem Meere gehoben, der im Osten bis Böhmen und im Westen nach Nordwestdeutschland hineinragte. Die Ardennen bildeten eine Insel ebenso wie die sogenannte alemannische Insel, die vom Zentralplateau über den Schwarzwald bis nahezu an Böhmen heranreichte. ... Die sudetische Faltung leitete das Ende der sog. Grauwackenformationen und eine neue große Gebirgsbewegung ein, jene Gebirgsbildung, die an das kaledonische Alteuropa einen neuen Kranz von Gebirgsketten anschmolz: die sogenannten variskischen Gebirgsketten. Das Variskische Gebirge legte sich, von Granitmassen durchflochten, Strang um Strang an den Südrand des kaledonisch zusammengeschweißten Nordkontinents. Wir finden seine Spuren im südlichsten England, in der Bretagne und der Normandie, im Rheinischen Schiefergebirge und im Harz, in Ostthüringen und den Westsudeten ... Wie der Nordstamm von Norden her, so greift der Südstamm von Süden und Südost um den böhmischen Kern herum. (Prof. Dr. K. v. Bülow, Geologie für jedermann, 9. Auflage, Stuttgart 1968)

Er fand die Angaben von Happel und Reuling bestätigt. Die Kalke des winterspelter Bruchs waren hellblau bis dunkelblau. Die rauhe Oberfläche des Gesteins war auf die herauswitternden Schalenbruchstücke zurückzuführen. Eingelagert fanden sich dunkle, schiefrige Mergel. Die Fauna war ziemlich reich; neben den Brachiopoden waren, vor allem in den sandigen Schichten, die Mollusken zahlreich. Frisch gebrochene Steine waren oft intensiv blau, wegen ihres Eisengehalts in Form fein verteilten Schwefeleisens. Wenn sie verwitterten, wurden sie ebenso intensiv rotbraun. Die schönen alten Bruchsteinhäuser, die er noch verhältnismäßig oft in den Dörfern der Gegend fand, waren alle aus den winterspelter Steinen gebaut. Er hatte ermitteln können, daß der Bruch schon im 17. Jahrhundert betrieben wurde. Seit 1932 lag er still; die Weltwirtschaftskrise hatte ihm den Garaus gemacht. Da man aus ihm nur unregelmäßige, schwer in Form zu bringende Bausteine schlagen konnte, hatte nichteinmal die West-wall-Konjunktur ihn wieder zum Leben erwecken können, wie ihm Matthias Arimond berichtet hatte.

Als er ihm die Aufsicht über seine Steinbrüche im Westen des Landkreises Prüm übertrug, hatte Hainstock sich für diese hellgraue Wand entschieden, das heißt: er wählte die Baubude des winterspelter Bruchs zu seinem Quartier. Die übrigen Brüche zeigten dickbankige Dolomite, Plattenkalke oder quarzithaltige Sandsteine; sie waren wertvoller, hatten bis zum Winter 40/41, als auch sie stillgelegt wurden, feine Bausteine, Zement, Straßenschotter geliefert. Hainstock ent-schied sich für den winterspelter Bruch, erstens, weil er am weitesten im Westen, am nächsten zur Grenze lag, zweitens, weil er zugleich abgelegen war und einen panoramischen Blick erlaubte, drittens, weil er die größte Ähnlichkeit mit dem Kalksteinbruch bei Außergefild besaß, in dem er drei Jahre lang sein Handwerk erlernt hatte. Er fand in ihm die Fa-zies des Gesteins wieder, das er in Böhmen mit dem Fäustel bearbeitet hatte, und wenn er auf seine Höhe stieg und die Schnee-Eifel betrachtete, die ein Härtlingszug aus Quarzit war wie nur irgendeiner zwischen Winterberg und Oberplan, wenn er mit dem Blick den hintereinander gestaffelten Wald-linien der Ardennen folgte, wie sie sich ruhig, geräumig, im Streichen anordneten, im gleichen devonischen Zug zum Ho-hen Venn anstiegen wie die Wälder von Außergefild und Srni zum Mittagsberg, so glaubte er zu träumen: er war in Böh-men.

Natürlich gab es Unterschiede. Die Ardennen waren doch stärker abgetragen, infolgedessen flacher als der Böhmer-wald. Die Kalkmulden, in denen die Dörfer lagen, waren aus-gedehnter als die Rodungsinseln der Sumava. Die Luft war feuchter, atlantischer, verglichen mit der Luft, in der Hain-stock aufgewachsen, die ihm oft also so still erschienen war, daß er gemeint hatte, der Planet bewege sich nicht mehr.

Matthias Arimond zahlte ihm 800 Reichsmark im Monat

dafür, daß Hainstock seine stillgelegten Steinbrüche bewachte, mit anderen Worten: nichts tat. Seine Macht war groß; infolgedessen stand ihm für seine Inspektionsfahrten ein alter, aber zuverlässiger *Adler* zur Verfügung; er war einer der wenigen Zivilisten im Kreis Prüm, der die Erlaubnis hatte, noch im sechsten Kriegsjahr ein Auto fahren zu dürfen. Er hatte die drei Jahre, seit denen er sich in dieser Gegend aufhielt, dazu benutzt, eine sehenswerte Sammlung von Versteinerungen anzulegen; ihre Prunkstücke waren ein devonischer, also sehr alter Ammonit der Gattung *Clymenia*, ein *Phacops* mit großem Facetten-Auge und ein Stock mit zwanzig vierstrahligen Korallen, den er im Eisen-Horizont eines der Brüche bei Lauch gefunden hatte.

Käthe stand oft bewundernd vor dieser Sammlung. Aber als er ihr einmal ein besonders schönes Stück, den versteinerten Kelch einer Seelilie, schenken wollte, lehnte sie ab.

»Er ist mir zu schwer«, sagte sie. »Weißt du, mein Gepäck muß leicht sein, wenn ich hier fortgehe. Da kann ich doch keine Steine mit mir schleppen.«

Retuschen an der Hauptkampfzone

Die Aussicht vom Scheitel des Steinbruchs, der Hainstock gehört, entspricht ungefähr derjenigen, die man von dem etwa zwei Kilometer weiter westlich gelegenen Ourberg aus hat, einer Höhe am Fußweg von Winterspelt nach Auel. Die Gemeindestraße von Winterspelt nach Bleialf durchquert zwar Hügel und später das Ihrental, jedoch gibt es an ihr keine dem Urberg vergleichbare Höhe. Auch den geschilderten Steinbruch wird man dort nicht finden; es ist ziemlich unwahrscheinlich, daß die Couvinstufe des mittleren Devon noch so weit westlich von der Prümer Mulde auftritt. Das Waldtal, welches Schefold benützt, um von Hemmeres aus hinter die deutschen Linien zu kommen, entspricht etwa dem Ihrental, doch mündet der Ihrenbach bereits einen Kilometer oberhalb von Hemmeres in die Our. Auch fließt die Our bei Hemmeres nicht durch ein ausgesprochenes Schluchttal, sondern nur ihr westliches Ufer ist als steiler Prallhang ausgebildet, während östlich von ihr zwar hohes, doch gerundetes Weideland ansteigt. Die Einsamkeit des (damals belgischen) Weilers entspringt jedoch authentischer Erinnerung; inzwischen ist aus ihm ein kleineres Dorf geworden, das nicht mehr einsam ist; Holzsteg und Eisenbahn-Viadukt sind verschwunden. (Hemmeres war vor 1918 deutsch, von 1918 bis 1940 belgisch, von 1940 bis 1945 deutsch, von 1945 bis 1955 belgisch, ist 1955 von Belgien an die Bundesrepublik Deutschland abgetreten worden.) Maspelt und seine Umgebung, wo Captain Kimbrough sich aufhält, sind ziemlich genau wiedergegeben. Die größte Veränderung wurde mit Winterspelt vorgenommen; das Dorf dieses Namens ist überhaupt kein Kalkmuldendorf, sondern es liegt ausgesetzt auf einem Höhenzug des Westabfalls der Eifel zum Ardennen-Vorland. Als Modell für Winterspelt wurde ein im östlichen Teil des Landkreises Prüm gelegenes Dorf benutzt. Schlußendlich wird eingestanden, daß nicht einmal der Frontverlauf historisch genau rekonstruiert worden ist. Winterspelt befand sich im Herbst 1944 keineswegs mehr in deutscher, sondern bereits in amerikanischer Hand, mußte den Amerikanern zu Beginn der Ardennen-Offensive entrissen werden und wurde von ihnen im Januar 1945 zurückerobert. Wenn wir sie zu Anfang Oktober noch auf dem westlichen Ufer der Our verweilen lassen, so nur, um der Realisation von Major Dincklages Plan eine größere topographische Chance zu geben. – Im Gegensatz zur Geschichte kann die Erzählung (dieses Sandkastenspiel) sich solche geringfügige Retuschen erlauben.

12. Oktober 1944 (ein Donnerstag), kurz nach zwölf Uhr. – Gerade, als er hinuntergehen wollte, erblickte er Käthe, wie sie, vorsichtig, auf dem Sandstreifen der Straße angeradelt kam. Immer, wenn sie am Tage kam, lieh sie sich Therese Thelens Fahrrad aus, damit sie weniger Zeit für den Weg zu ihm heraus verlor, und heute wollte sie natürlich besonders schnell sein. Sie mußte aufpassen, daß sie mit den Reifen nicht auf Splitt geriet, so daß sie Hainstock nicht sehen konnte, wie er da oben stand und winkte. Er trat schnell seinen Weg nach unten an, um gleichzeitig mit ihr an der Hütte zu sein.

Meldung über einen Vorfall
auf Posten

Obwohl Reidel heute morgen unablässig damit beschäftigt war, über die Folgen nachzudenken, die sich aus Boreks Meldung gegen ihn ergeben würden, registrierte er die Bewegung, Ahnung eines Schattens und irgendeiner Farbe zwischen den Kiefern auf der Höhe des Hangs, im gleichen Augenblick, in dem sie seine Netzhaut streifte. Seine hellbraunen, fast gelben Augen verengten sich kaum. Sie waren so scharf, daß sie es selten nötig hatten, sich zu verengen, wenn sie ein Objekt anvisierten. Ohne seine Schultern zu bewegen, zog Reidel mit der rechten Hand den Karabiner an seine Hüfte. Er hatte gerade noch Zeit, zu kontrollieren, daß sich sein Stahlhelmrand und der Rand des Schützenlochs, in dem er stand, auf gleicher Ebene befanden, als die Bewegung sich bereits verlor, weil sie sich in ein fest umrissenes Bild verwandelte: ein Mann wurde zwischen den Kiefern sichtbar, blieb stehen und betrachtete das Gelände vor sich, den flach geneigten, baumlosen, nur da und dort von Wacholdern besetzten Ödhang. Ein Zivilist von so unerwartetem Aussehen, daß Reidel einfach von den Socken war. Weil er es jedoch haßte, überrascht zu werden, und deshalb stets darauf bedacht war, sich von nichts und niemandem überfahren zu lassen, setzte er sofort taktisches Denken in Gang. Gehofft hatte er auf das Erscheinen einer amerikanischen Patrouille, drei Mann vielleicht, die er durch drei kurz aufeinanderfolgende Schüsse in ihre Knie erledigen konnte. Sie konnten dann als Gefangene eingebracht werden. Er würde selber das Sanitätskommando begleiten, die Verwundeten auf ihren Tragbahren beim Bataillonsgefechtsstand in Winterspelt abliefern. Eine so schneidige Tat würde im Divisionsbefehl erwähnt werden; die Meldung Borek gegen ihn wäre damit erledigt. Solche Glücksfälle gab es natürlich gar nicht. Möglich wäre es auch gewesen, daß ein Bauer aus Winterspelt oder Wallmerath, getrieben von der Sucht, nach seinen Roggenfeldern zu sehen, die er nicht mehr bestellen durfte, weil die Gegend nach der Ernte zur Hauptkampfzone erklärt worden war, sich vor die vorderste

Postenkette verlaufen hatte. Wahrscheinlich war es nicht. Die Bauern kannten sich aus. Wahrscheinlich war hier überhaupt nichts. Weder er noch einer seiner Kameraden hatte bis jetzt irgendeinen Vorfall auf Posten, nicht das geringste Wachvorkommnis melden können. Nur der tägliche Jabo-Angriff und das Artilleriefeuer im Norden, das in den frühen Morgenstunden gedämpft bis zu ihnen drang – es hieß, daß die Amis versuchten, sich an die Urft-Talsperre heranzuarbeiten –, erinnerte sie daran, daß Krieg war. Reidel schob jetzt seit zwölf Tagen, seitdem er wieder einmal an einer Front lag, eine ruhigere Kugel als vorher in dem friedlichen Dänemark, wo der sture Garnisondienst, den der Bataillonskommandeur, dieser hinkende Ritterkreuzträger, veranstalten ließ, ihm zuletzt auf den Wecker gefallen war. Die jungen Spunde, Borek zum Beispiel, hatten ihm nicht geglaubt, wenn er ihnen erzählt hatte, daß der Dienst an der Front viel leichter sein würde.

Nicht nur nicht wahrscheinlich, sondern überhaupt unvorstellbar war es, daß aus Feindrichtung vor Reidels Schützenloch ein großer und beleibter Herr aufgetaucht war, der mit einer bequem geschnittenen Jacke aus weichem Stoff, braungrau, einer ausgebleichten Hose, einem weißen Hemd und einer tatsächlich feuerroten Krawatte bekleidet war. Den obersten Knopf des Hemdes hatte er geöffnet, die Krawatte gelokkert. Über seiner rechten Schulter lag lose ein heller Regenmantel. In seinem geräumigen und dunkelroten Gesicht trug er einen grauen englischen Bart. Da es zu Reidels Eigenschaften gehörte, alles, was er sah, für wirklich zu halten, gab er den Gedanken, er könne seinen Augen nicht trauen, der kurz in ihn einschoß, sofort wieder auf. Immerhin beschloß er, sich über den Unbekannten eine Meinung zu bilden, ehe er handelte. Er ließ es zu, daß der Mann, der zwischen den blaßgrauen Schatten der am weitesten in den Hang vorgeschobenen Kiefern stehengeblieben war, sich eine Zigarette anzündete. Vielleicht war es aber auch umgekehrt, vielleicht ließ

Reidel den Mann sich eine Zigarette anzünden, nicht weil er sich eine Meinung über ihn bilden wollte, sondern weil jener sich eine Zigarette anzündete, beschloß Reidel, sich eine Meinung zu bilden. Mit seinen unverengten, überaus scharfen Augen folgte er der Bewegung, mit welcher der Herr die linke Hand in die Tasche seiner Jacke steckte, ein Zigarettenpäckchen und ein Feuerzeug herausnahm, die beiden Gegenstände eine Weile ruhig in der Hand hielt, ohne sie anzublicken, erst nach einer Zeit, die Reidel endlos vorkam, mit der Rechten in das Päckchen griff, eine Zigarette herausholte, sie sich zwischen die Lippen steckte, blitzschnell die Lage von Feuerzeug und Zigarettenpäckchen in seiner Hand wechselte, sich einen Augenblick auf die Flamme des kleinen, schwarz-silbernen Feuerzeugs konzentrierte, ehe er wieder auf das Gelände vor sich blickte, die Gegenstände in die Jackentasche versenkte. Reidel stellte fest, daß die Folge von Gesten, die er leicht und absichtslos fand, aus einem schweren Körper entstand und ablief. Schwere war das richtige Wort für den Mann. Er war gar nicht beleibt, hatte keinen Bauch, sondern eine Schwere, die sich auf seinen ganzen Körper erstreckte, ihn aber nicht hinderte, alltägliche Vorgänge in leichte, schwerelose Formen zu bringen. Reidels Sinn für schöne Bewegungen von Männern war hoch entwickelt, weshalb er es nicht fertigbrachte, den Fremden in seiner Beschäftigung zu unterbrechen.

Er kam zu zwei Schlüssen: der Unbekannte war erstens ein Spaziergänger, zweitens ein Gast. Er verhielt sich genauso wie jemand, der auf einem Spaziergang eine Zigarettenpause einlegt – also war er ein Spaziergänger. Da es jedoch am 12. Oktober 1944 in der Hauptkampfzone eines Abschnitts der Eifel-Front keine Spaziergänger gab – es durfte sie nicht nur nicht mehr geben, sondern sie kamen einfach nicht mehr vor –, stimmte mit ihm irgend etwas nicht. Jemand, der sich aus Feindrichtung der vordersten Postenkette näherte, war, wie unbekümmert er dabei auch immer auftreten mochte, in erster Linie, in höchstem Maße und unter allen Umständen ein Verdächtiger.

Die Bezeichnung *Gast* hatte für Reidel nur private Bedeutung. Er war der Sohn eines elberfelder Hoteliers, sein Vater hatte ihn das Hotelfach von der Pike auf lernen lassen, und zwar in einem Hause der ersten Kategorie in Düsseldorf, was dazu geführt hatte, daß Reidel die Menschen in Hotelgäste und solche, die sie bedienten, einteilte. Es gab für ihn keinen Zweifel, daß der Mann, den er beobachtete, zur Gruppe der Gäste von Häusern der ersten Kategorie gehörte. Nicht nur weil er, von der feuerroten Krawatte abgesehen, so unauffällig gut angezogen war, hatte er auf Reidel gleich in der ersten Sekunde seines Auftritts den Eindruck eines Herrn gemacht.

Erst nachdem er seine Überlegungen beendet, beziehungsweise sich sattgesehen hatte, zog Reidel den Karabiner hoch, nicht ruck-zuck, wie er es vorgehabt hatte, sondern sehr langsam, sehr vorsichtig. Der Mann hatte jetzt die Arme über der Brust verschränkt, betrachtete nicht mehr das Gelände, den Ödhang, der vor ihm lag, sondern sah in die weitere Landschaft. Von Zeit zu Zeit griff er nach seiner Zigarette, entließ Rauch aus seinem Mund. Endlich warf er den Stummel weg. Als Reidel die Waffe in Hüfthöhe hatte, stieß er schnell das Schloß nach oben und vorn. Das Geräusch des Hebels, welcher die Patrone in den Lauf schob, brach trocken, metallisch und sehr laut in den schönen windstillen Oktobertag ein. Reidel bedauerte, daß Gewehre sich nicht lautlos entsichern und spannen lassen. Die Entfernung zwischen seinem Schützenloch und den Kiefern auf der Höhe hatte er schon ein paarmal abgeschritten. Er wußte, daß der Abstand zwischen ihm und dem Mann ziemlich genau dreißig Meter betrug.

Wenn Schefold den Wald im Bachtal südlich Hemmeres verließ – sein gewöhnlicher, ihm von Hainstock angeratener Weg durch die deutschen Linien –, betrat er einen Bildhintergrund des Meisters der Tiburtinischen Sibylle. Die Linienführung, die perspektivische Staffelung der anmutigen Hügel, Wiesen und Laubgehölze entsprach auf das genaueste der etwas trockenen Malerei auf der *Kreuzigung*, die bei den Van Reeths in Schloß Limal hing. Sogar Wenzel Hainstocks Kalksteinbruch war darauf abgebildet, am rechten Bildrand, weiß und mächtig. Schefold freute sich jedesmal über die täuschende Ähnlichkeit von Wirklichkeit und Abbildung, denn sie erinnerte ihn daran, daß von den älteren Werken des Städel-Instituts das Bild, auf dem die Tiburtinische Sibylle dem Kaiser Augustus die Geburt Christi verkündet, sein Lieblingsbild gewesen war. Übrigens hatte er alles Material beisammen, um Friedländers Namensgebung zu korrigieren. Da Schefold jedes Bild im östlichen Belgien und Luxemburg kannte – eine gelehrte Bildung, die ihm außerdem bis jetzt das Leben gerettet hatte –, stand es für ihn fest, daß es sich bei diesem Maler um einen gewissen Albrecht van Ouwater handelte, der mit Dieric Bouts zusammengearbeitet hatte, Ende des 15. Jahrhunderts, in Louvain oder Leuven, gar nicht weit von hier. Aber ob er recht hatte oder nicht – Schefold nahm das Erlebnis, bei seinen ersten Streifzügen auf deutschem Boden in Veduten jenes Meisters umherzugehen, den der große Friedländer nach einem Bild im Städel-Institut benannt hatte, als Zeichen für seine bereits geglückte Heimkehr. Zu seinem Beruf gehörte es, an Zeichen zu glauben. Hainstock pflegte ihn zu warnen. Als ob er seine Gedanken lesen könne, hatte er einmal zu ihm gesagt: »Sie kommen zu früh heim, Herr Dr. Schefold«, und hinzugefügt, »Sie laufen hier zuviel herum. Bleiben Sie noch ein paar Monate in Hemmeres! Dort sind Sie sicher.«

Schefold hatte genug davon, in Sicherheit zu sein. Einige große Sammler oder Besitzer von Sammlungen in Belgien hatten ihn auf ihren Schlössern, in ihren Stadtpalais aufbewahrt; es schien ihnen selbstverständlich gewesen zu sein, daß man einen Mann wie ihn schützte. Man reichte ihn weiter

– seit der Besetzung Belgiens, 1940, hatte er nacheinander in Antwerpen, Tournai, Dinant und auf Walcourt, Comines, zuletzt auf Schloß Limal gelebt. Man besorgte ihm sogar einen belgischen Paß; er brauchte sich vor plötzlichen Wehrmacht-Kontrollen nicht zu fürchten, hätte frei umhergehen können, unterließ es, nicht aus Angst, sondern um seine Gastgeber nicht in Gefahr zu bringen. Er katalogisierte Sammlungen und Bibliotheken, schrieb Expertisen. In Privatarchiven verborgen, von Wappen, Bildern und Erstausgaben umgeben, gestand er sich ein, daß dieses schattenhafte Leben in alten Häusern ihm zusagte. Turmrümpfe, Staffelgiebel, Kastellaneien, Innenhöfe aus grauem bentheimer Stein – von Hemmeres aus erschien ihm seine klandestine Existenz als aufs feinste ausgeführte Grisaille. Außerdem war das Essen überall vorzüglich gewesen. Schefold behauptete von sich, er sei imstande, für ein erstklassiges Gulasch seinen Bruder Abel zu erschlagen. Er hatte keinen Bruder. Er war der einzige Sohn eines frankfurter Amtsgerichtsrats.

Im Frühjahr geriet er in Bewegung. Die Nachrichten aus Italien und der Ukraine zeigten an, daß der Krieg entschieden war. Nach der Landung der Alliierten, der Schlacht bei Minsk, hielt er es auf Limal nicht mehr aus. Herr Van Reeth warnte ihn; wie jetzt Hainstock riet er ihm, nicht zu früh die Deckung zu verlassen, aber Schefold ließ sich nicht halten, reiste in die östlichen Grenzgebiete, hielt sich einige Zeit bei Freunden der Van Reeths in Malmédy auf, beobachtete den Rückzug der deutschen Truppen, streifte in den Ardennen und im Buchenheckenland umher. Wie alle überschätzte er das Tempo der Amerikaner, wartete ungeduldig. Vor Ungeduld quartierte er sich in Hemmeres ein – eine Tat bodenlosen Leichtsinns. Er war in Maspelt gewesen, hatte sich von der Nähe der Our verleiten lassen, den Grenzfluß in Augenschein zu nehmen. Auf dem westlichen Höhenzug über dem Tal angelangt, erblickte er die beiden weißen Gehöfte auf dem deutschen Ufer. Ein Mann hackte Holz, eine Frau ging zwischen den Häusern hin und her, ein Kind trieb Kühe auf die Weide am Fluß. Vielleicht hat es Schefold der Holzsteg angetan, der über den schwarzen seichten Fluß zu den Häusern führte. Er begann mit dem Mann, der Holz hackte, ein Gespräch. Seitdem wohnte er dort. Wahrscheinlich hätte das Arrangement nicht lange gedauert, eines nicht zu fernen Tages hätte der Mann ihn gebeten, zu verschwinden, oder ihn ganz einfach verraten, aber es ging dann doch alles sehr schnell, die Amerikaner besetzten Maspelt, die Deutschen zogen sich hinter die östlichen Our-Höhen zurück. Von Mitte September an lag der Weiler Hemmeres im Niemandsland. Zwischen den Höhen, die den Talgrund einfaßten, bildeten seine beiden weißen Häuser einen vom Krieg eingeklammerten Satz über den Frieden. Schefold beglückwünschte sich. Er hatte blind, aber richtig gewählt. Außerdem erfüllte es ihn mit Genugtuung, daß er nicht im Gefolge der alliierten Truppen, sondern ihnen weit voraus auf deutschen Boden zurückgekehrt war. Über dieses Gefühl wunderte er sich. Er hatte es sich seit 1937, seit seiner Flucht aus Frankfurt, systematisch abgewöhnt, Deutschland zu lieben. Das Wort Heimat zerging ihm nicht auf der Zunge, es schmeckte ihm bestenfalls wie ein Salzkorn.

Auch in Hemmeres aß er ausgezeichnet. Sie ließen ihn dort sogar kochen, delektierten sich mißtrauisch an den ungewohnten Gerichten, die er aus Fleisch, Eiern, Kartoffeln, Gemüse zubereitete. Von Zeit zu Zeit besuchte er eine Wirtschaft in Saint-Vith, nicht des Essens wegen, das schlecht war, sondern weil er sich in eine Kellnerin verliebt hatte. Schefold, 1900 geboren, ein Mann von vierundvierzig Jahren also, hatte noch nie mit einer Frau geschlafen, war immer in eine verliebt, und zwar anhaltend, leidenschaftlich, wobei er es sich zum Prinzip gemacht hatte, seine Gefühle nicht durch einen einzigen Blick, ein einziges Wort zu verraten. Er nannte sich einen radikalen *Stendhalien*. Während des ganzen ersten Halbjahrs 1944 hatte er auf diese Weise Frau Van Reeth

geliebt, eine siebzehnjährige Göre aus dem brüsseler Klein-
bürgertum, deren Formen Herr Van Reeth öffentlich mit Ru-
bens assoziierte. Weil Schefold sich einbildete, ihren Anblick
nicht entbehren zu können, war er in seinem Entschluß, Limal zu verlassen, öfters schwankend geworden. Jetzt also
diese Kellnerin. Schefold schätzte sie auf Fünfunddreißig.
Wenn er versuchte, den eigentümlichen Reiz ihres schräg aus-
gemergelten Gesichts, den besonderen Ton ihrer gelblich-
glatten Haut zu bestimmen, wies er den Gedanken an Memling zurück, obwohl eine direkte Ähnlichkeit mit dem Porträt
der Marthe Moreel in Brügge einfach nicht zu leugnen war.
Aber bei Frauen verbot Schefold es sich, an Bilder zu denken.
Er stellte nur wieder einmal fest, wie leicht es ihm fiel, den
Typ zu wechseln. Es konnte nichts Verschiedeneres geben als
Frau Van Reeth, ein lustiges Gepränge aus Rosa und Gold,
und diese dunkelhaarige Wallonin, die aus dem Hintergrund
der trüb erhellten Wirtschaft an seinen Tisch trat und stumm
auf seine Bestellung wartete, ein Schattengeflecht. Um sie sehen zu können – er zweifelte manchmal daran, ob seine Technik, sich vor den Frauen zu verbergen, bei ihr funktionierte –,
ließ er sich von Jeep-Fahrern nach Saint-Vith mitnehmen.
Durch die amerikanischen Linien auf den Höhen westlich
von Hemmeres ging er nun schon wie ein alter Bekannter.
Das Regiment hatte Captain Kimbrough in Maspelt angewiesen, ihm einen Passierschein auszustellen. Er hätte jederzeit
nach Limal zurückkehren können. Hainstock nannte ihn einen Narren, weil er es nicht tat, allerdings nur, solange er ihn
noch nicht in die Angelegenheit Dincklage verwickelt hatte.

Am Morgen des 12. Oktober überlegte Schefold, welche
Krawatte er anläßlich seines Besuchs bei Major Dincklage tragen sollte. Da er nach Hemmeres nur einen einzigen Anzug
mitgenommen hatte, seine alte Tweedjacke nämlich, und eine
noch ältere Cordhose, blieben als Garderobenprobleme nur
die Hemden- und die Krawattenfrage übrig. Als Hemd kam
nur ein weißes in Betracht; Schefold glaubte fest an die magi-

sche Wirkung weißer Hemden im Gesellschaftsspiel zwischen Bürgern von seinem und Dincklages Zuschnitt; das weiße Hemd würde ihn und Dincklage sofort auf den gleichen Fetisch vereinigen. Gerade dieses Zugeständnisses wegen wählte er dann die feuerrote Wollkrawatte; es kam darauf an, Major Dincklage nicht nur zustimmendes Weiß, sondern auch herausforderndes Rot zu zeigen.

Sich im Rasierspiegel betrachtend – in Hemmeres gab es sonst keine Spiegel –, bürstete er sorgfältig seinen englischen Bart; es störte ihn nicht, daß er grau war, ihn älter machte. Wenn Schefold mit dem Anziehen fertig war, dachte er über sein Aussehen nicht weiter nach. Er glaubte zu wissen, wie er aussah. An das geöffnete Fenster tretend, blickte er auf die alten Apfelbäume, die schon fast kahl waren, durch ihr leeres Geäst den Blick auf den dunklen, in der Morgensonne blitzenden Fluß freigaben. Bei seiner Ankunft, im Juli, waren sie noch grün gewesen, hatten in der Frühe ein blasses grünes Licht auf die weißgekälkten Wände des Zimmers gelegt, später, im September, ein rötliches. Im Bett liegend, die Veränderungen des Lichtes beobachtend, bedauerte Schefold jeden Morgen, daß er nicht Maler, sondern nur Kenner von Malerei war, fand sich aber damit ab, dämmerte noch einmal in Schlaf, in grünweiße oder rötlichweiße Schläfrigkeit und Träume. Bis in den August hinein hatte das Aquarell von Klee an der Wand gegenüber dem Fenster gehangen, ihm bewiesen, daß ein Bild wie dieses nur von einem Maler gemalt werden konnte. Seine Manuskripte, alle Materialien für seine Arbeiten hatte Schefold in Limal zurückgelassen, aber nicht dieses Bild. Anfang Juli hatte er es zu Hainstock gebracht; wenn es irgendwo sicher aufgehoben war, dann bei ihm; aus einem von Hainstocks todsicheren Verstecken würde er in ein paar Monaten, wenn der Krieg vorbei war, *Polyphon umgrenztes Weiß* holen und im Triumph nach Frankfurt bringen, dem Städel-Institut zurückgeben, aus dem er es 1937 geraubt, gerettet hatte. Er war erstaunt, daß er es nicht vermißte, sagte sich aber, daß der Verzicht ihm deshalb so leicht fiel, weil er jeden Quadratzentimeter dieser mit Wasserfarben bemalten Papierfläche auswendig kannte.

Er verließ sein Zimmer, ging hinunter in die Küche, machte sich sein Frühstück. Um diese Stunde war das Haus leer. Er briet sich zwei Eier so, daß die Dotter goldgelb in einem von brauner Kruste eingefaßten Weiß lagen – die Ränder durften nicht schwarz werden –, aß zwei Scheiben Roggenbrotes, das er weder zu dünn noch zu dick mit Butter bestrich, trank starken schwarzen Kaffee. Die Leute von Hemmeres hatten alles, nur den Kaffee mußte Schefold ihnen besorgen. Sie profitierten auch sonst von ihm; er bezahlte sie mit belgischen Francs, neuerdings sogar mit Dollars, denn es gab in Saint-Vith bereits Geldhändler, die belgische Francs, wenn auch zu phantastischen Kursen, in Dollars umwechselten. Wenn Hemmeres einmal nicht mehr Niemandsland war, würden seine Bewohner Geld besitzen, das nicht gänzlich wertlos war. Nicht viel, Schefold war kein reicher Mann, aber da man ihm in den letzten Jahren überall freie Kost und Wohnung gewährt hatte, war es ihm möglich gewesen, seine Honorare zu sparen. Während er frühstückte, sah er durch das Küchenfenster auf den braunen Steg, dessen Bohlen so freundlich rumpelten, wenn man ihn betrat. Jenseits, in Belgien, eine Wiese, die dem Hemmeres-Bauern gehörte. Schefold blieb lange sitzen, rauchte seine erste Zigarette, dann, gegen seine Gewohnheit, eine zweite. Er fand nur schade, daß es hier keine Morgenzeitungen gab. Ehe er die Stube verließ, beschäftigte er sich eine Weile mit dem großen graugeströmten Kater, der auf der Fensterbank lag. Schefold war ein Katzennarr.

Später, im Wald, wurde ihm nach einem Blick auf seine Armbanduhr klar, daß er noch immer zu früh dran war. Er ging ein Stück in die Richtung, in die er immer ging, bis er an die Stelle gelangte, an der er heute von ihr abweichen, nach rechts aufwärts gehen mußte, durch Buchenkratt, Haselbüsche, allerhand verwildertes Zeug auf die Höhe. Er setzte sich auf einen Baumstumpf und wartete. Er wäre lieber geradeaus weitergegangen, auf dem ebenen Nadelboden durch den dunklen hohen Rotfichtenwald das Bachtal entlang, bis dorthin, wo die helle Wand von Hainstocks Kalksteinbruch durch die Stämme schimmerte und die Ansichten nach Bildern des 15. Jahrhunderts begannen. Aus Gründen, die er nicht verstand, weil er von militärischen Dingen keine Ahnung hatte, war der Weg durch den Bachgrund der sicherste Weg durch die deutschen Linien, für die er keinen Passierschein besaß. Hainstock hatte ihm auf dem Meßtischblatt nicht nur diesen sicheren Weg gewiesen, sondern auch den heutigen, hatte sogar den betreffenden Abschnittt der Karte herausgeschnitten und ihm mitgegeben; Schefold betrachtete, auf dem Baumstumpf sitzend, das Stück Papier, fand es so unnütz, wie er es schon vorgestern gefunden hatte, so unnötig, wie diesen ganzen verfrühten und grundlosen Besuch bei Major Dincklage, er brauchte nur den Hang hinaufzusteigen, die östliche Anhöhe des Our-Tals, die hier in das Bachtal abdrehte, dann war er schon da. In der Stille des Waldes hielt er es plötzlich für unglaublich, daß sich hier zwei Heere gegenüberlagen, die Redewendung selber kam ihm so absurd vor, daß er am liebsten aufgestanden und nach Hemmeres, ja sogar nach Limal zurückgekehrt wäre, wenn er nicht eingesehen hätte, daß es sich selbstverständlich nicht um Heere handelte. Was sich hier gegenüberlag, war weiter nichts als Kimbroughs Kompanie und Dincklages Bataillon.

Der Aufstieg war steil, beschwerlich. Unter anderen Umständen hätte Schefold die lichten Schatten der Kiefern auf der Höhe, die Kiefern selbst als angenehm empfunden, aber da er sich hier auf dem einzigen gefährlichen Stück seines Weges befand, schenkte er ihnen keine Beachtung, sondern ging mit schnellen Schritten zwischen den Stämmen vorwärts, blieb erst dort stehen, wo sie aufhörten, um den Hang überblicken zu können, der sich flach vor ihm senkte. Auch Hainstock hatte zugegeben, daß dies ein kritischer Moment sein würde –

es war immerhin möglich, daß einer der Männer, die auf halber Hanghöhe in ihren Schützenlöchern standen, sofort auf Schefold feuerte, anstatt ihn anzurufen. Erst nach ein paar Sekunden, in denen er wie betäubt wartete, war Schefold in der Lage, sich auf den Hang zu konzentrieren. Überrascht stellte er fest, daß er leer war. Er konnte zwei Schützenlöcher erkennen, die aber nicht besetzt waren. Mit einiger Systematik nahm er kleine Unregelmäßigkeiten des Geländes, die Schatten von Wacholderbüschen in Augenschein – nichts. Er war verwirrt. Die Tatsache, daß die vorderste deutsche Postenkette sich nicht dort befand, wo sie sein sollte, paßte nicht in seinen Plan. Er fragte sich, wie er sich weiter verhalten solle. Einfach weitergehen, bis er schließlich doch irgendwo angehalten würde? Er war nicht nur verwirrt, sondern auch erleichtert, begann bereits, an Umkehr zu denken, irgend etwas stimmte nicht, er hatte sich von Hainstock neue Instruktionen zu holen, der sich seinerseits über Dincklages taktische Maßnahmen neu zu informieren hatte. Schefold zündete sich eine Zigarette an. Erleichtert, wandte er seine Aufmerksamkeit der ferneren Landschaft zu. Hier oben war er noch nie gewesen. Dem Ödhang, graugrün, folgten Bodenwellen, mit Feldern und Weiden bespannt, die sich nach Süden senkten, in die Mulde, in der das Dorf Winterspelt lag, ungefüge weiße Höfe, nur durch die Entfernung und das Licht zu einer flachen Struktur aus grauen und hellen Segmenten gebündelt. Umrisse, Flächen, Sphären waren hier ganz anders als auf den Bildern des Meisters der Tridentinischen Sibylle. Schefold suchte nicht nach Vergleichen, sondern nach Ikonen dieser Realität, probierte die Namen Pissaro, Monet aus, gab sie auf, verstieg sich schließlich bis zu Cézanne. Er warf die Zigarette weg.

Obwohl er nicht darauf gefaßt war, reagierte er schnell, hob er sofort die Arme, als er den trockenen harten Schlag hörte, ein Metallgeräusch, und, fast im gleichen Augenblick, den Schrei »Hände hoch!«, gleichfalls hart und außerdem gellend von einer hellen Stimme ausgestoßen, deren Position Schefold auf der Stelle ausmachen konnte, weil er nun den Stahlhelm sah, das Gesicht, Schultern, den auf sich gerichteten Gewehrlauf, gar nicht weit entfernt, nur zwanzig oder dreißig Schritte unterhalb des Platzes, auf dem er stand. Jemand hatte ihn also die ganze Zeit beobachtet. Ein Unsichtbarer. Ach was! Fast gleichzeitig mit seinem Schrecken überfiel ihn Ärger über sich selbst. War er denn blind gewesen?

Reidel war eigentlich entschlossen gewesen zu schießen. Er hatte seit Rußland nicht mehr geschossen. Schießstände in Dänemark zählten nicht für ihn, dienten nur dazu, ihn als Scharfschützen ersten Ranges zu bestätigen. Einer Gelbsucht wegen war er im März von der russischen Front nach Westfalen, in das Lazarett des Ersatztruppenteils, von dort nach Dänemark geschickt worden. Die Abstellung zu der neuen Division, die in Dänemark formiert wurde, hatte er betrieben – alte Obergefreite wie er wußten, wie man sich in die richtigen Transporte einfädelte –, weil er von Rußland die Schnauze voll hatte. Rußland hatte nur einen Vorteil für Reidel gehabt – er hatte dort schießen können. Schießen bedeutete für ihn: die Knarre auf lebende, sich bewegende Objekte halten. Die Erinnerung an im Lauf zusammenstürzende oder sich in ihrer vermeintlichen Deckung gequält zur Seite legende Rotarmisten konnte ihn gelegentlich halb krank machen. In letzter Zeit geriet er manchmal in Zustände, von denen er nicht wußte, daß sie Depressionen waren. Während solcher Zustände empfand er es als unerträglich, seit einem halben Jahr nicht mehr zum Schuß gekommen zu sein. Von der Grifffolge, die den militärischen Schuß auslöst, liebte Reidel am stärksten die lautlose und geringfügige Bewegung, mit welcher der Zeigefinger der rechten Hand den Drücker bis zum Druckpunkt führt. Nicht, daß sie ihm wichtiger gewesen wäre als ihre Fortsetzung über diesen Punkt hinaus, aber er war in dieses letzte Durchkrümmen des Fingers vor dem Knall so vernarrt, daß seine Kameraden und Vorgesetzten ihn häufig erblickten, wie er den Gewehranschlag übte. Jedenfalls nahmen sie an, er trainiere. Einmal, im Schießstand, hatte ein Offizier, nachdem er eine Weile neben ihm gestanden, ihn beobachtet hatte, gesagt: »Reidel, Sie sind schießwütig!«

Schießwut und langer Zwang, auf sie zu verzichten – so einfache und natürliche Beweggründe erklären also, warum Reidel im ersten Moment stark verführt war, dafür zu sorgen, daß der Kerl dort oben auf dem Hang die Arschbacken zusammenkniff. Er würde ihn zu einem Sieb machen. Da der Obergefreite Hubert Reidel ein Scharfschütze ersten Ranges war, hatte er einen der wenigen modernen Karabiner mit Schnellfeuer-Einrichtung erhalten, die der Division zugeteilt worden waren. Verächtlich blickte er auf den großen Haufen der Gewehrträger. Er war wild darauf, endlich einmal das ganze Magazin des Karabiners in einer einzigen Geschoßgarbe entladen zu können. Eine solche Gelegenheit dazu würde so schnell nicht wiederkommen. An diesem Frontabschnitt war nichts los, würde vielleicht nie etwas los sein. Was Schefold das Leben rettete, war die andere Eigenschaft Reidels: seine Neigung zu rein taktischen Gedankenketten, mit deren Hilfe er nicht seine Instinkte, aber den Nutzen der Handlungen, die sich ergaben, wenn er ihnen folgte, einer Kontrolle unterzog. Zunächst benutzte er sie dazu, seine Absicht zu stützen. Niemand konnte ihn wegen einer solchen Tat zur Rechenschaft ziehen. »Melde, daß der Mann eine Bewegung gemacht hat, die ich als Griff zur Waffe auffassen mußte.« Sätze wie dieser waren unwiderlegbar, auch wenn dann festgestellt wurde, daß der Tote keine Waffe in der Tasche hatte. »Der Mann ist auf meinen Anruf nicht stehengeblieben, hat nicht die Arme hochgenommen.« Angesichts des Abstands der Leiche vom Standort Reidels würde man ihn kühl ansehen, Fragen stellen; die andere Begründung war besser. Günstig war, daß es keine Zeugen gab, die vorderste Linie war heute so gut wie überhaupt nicht besetzt, weil für die Rekruten an diesem Vormittag eine Übung angesetzt worden war – Bewegungen im Gelände: geschlossener Sprung, Hinlegen, Feuern, Wegrollen, geschlossener Sprung, alles feldmarschmäßig –, entgegen seiner Voraussage, der Dienst an der Front würde leichter sein als der im Hinterland, hielt das Bataillon die jungen Spunde auch an der Front noch ganz schön in Trab. Fritz Borek würde verschwitzt, bleich, zurückkommen, nicht mehr fähig sein, zur Feldküche zu gehen, stumpf am Tisch im Quartier sitzen. Reidel hätte ihm gern geholfen. Statt sich helfen zu lassen, hatte dieser Idiot ihn angezeigt.

Frühestens zehn Minuten nach dem Feuerstoß würde der Gefreite Dobrin, ein Blödmann, vorsichtig von links den Hang heraufkommen, um nachzusehen, was bei Reidel geschehen war. Reidel riskierte nichts, wenn er den Fremden umlegte. Dessen ungewöhnliches Aussehen hatte die Tat nur verzögert; nachdem Reidel sich seine Meinung über ihn gebildet hatte, die zwischen den Bezeichnungen *Herr, Kerl, Verdächtiger* und *Gast* pendelte, gab es schließlich keinen Grund mehr, sie noch länger aufzuschieben. Er hatte jedoch gleichzeitig darüber nachgedacht, ob sie ihm schadete oder nützte. Die Vorstellung des erschöpften Rekruten Fritz Borek hatte ihn davon abgelenkt, geradeaus weiterzudenken. Reidel hätte sich ohrfeigen können, wenn er an den dicken Hund dachte, den er bei Borek gebaut hatte. Daß ihm ein solcher Schnitzer unterlaufen konnte, nach Jahren tadellosen Benimms! 1939, in einem Westwall-Bunker, hatte er sich die bisher einzige Entgleisung während seiner ganzen Militärzeit geleistet, einen belanglosen Übergriff, der aber zu einer Meldung ausgereicht hatte; bei Übergriffen solcher Art ließ sich keiner von einer Meldung abbringen. Er war mit vierzehn Tagen geschärften Arrestes bestraft worden, und sie mußten etwas in seine Papiere eingetragen haben, einen Vermerk, der nun mitlief, in jede Schreibstube jeder Einheit, bei der er sich im Laufe der Jahre befunden hatte. Nur so war es zu erklären, daß er niemals Unteroffizier, Feldwebel, geworden war. Ein Soldat seiner Qualifikation wäre, normalerweise, nach sieben Dienstjahren Oberfeldwebel, Zugführer. Ob Boreks Meldung sich schon beim Bataillon befand? An der Front gab es keine langen Dienstwege, vom Zug zur Kompanie, von der Kompanie zum Bataillon. Der ganze Verein hockte in Winterspelt zusammen. Ohne eigentlich Angst zu haben, dachte Reidel an die Wörter *Kriegsgericht, Strafbataillon.* Er sah den Dingen ins Auge. Aber er erwog nun doch, ob das Einbringen eines Spions nicht einen gewissen Einfluß auf die Behandlung der Meldung *Borek gegen Reidel* zur Folge haben würde. Viel wahrscheinlich nicht; er kam schließlich nur seiner dienstlichen Pflicht nach, wenn er ein verdächtiges Subjekt beim Bataillonsgefechtsstand ablieferte. Aber wenn nur die geringste Chance bestand, daß man ihn mit einer disziplinarischen Bestrafung davonkommen ließ – falls beispielsweise der Kommandeur und der Spieß sich hinsichtlich der Weitergabe der Meldung nicht ganz einig waren –, so konnte ein kleiner, aber mustergültig behandelter Vorfall auf Posten den Ausschlag zu seinen Gunsten geben. Besonders dann, wenn sich der Herr auf der Höhe, dem er nun zuschrie, er solle zu ihm herunterkommen und dabei die Arme oben behalten, tatsächlich als Spion erwies.

Er hatte ihn ganz richtig taxiert. Der Mann war nicht dick, alt, sondern nur schwer, dabei muskulös, kräftig. Reidel beobachtete, wie er schnell, elastisch den Hang herab auf ihn zukam. Sein Gesicht war rot, dunkel, gesund; das Grau seines Bartes besagte nichts. Er trug diesen englischen Bart, wie er nur von einer ganz bestimmten Sorte von Herren getragen wurde. Die Arme hielt er auf eine Weise hoch, daß man glauben konnte, er mache das nur zum Spaß. Wie er sich näherte, lächelnd, tatsächlich lächelnd, glich er aufs Haar einem freundlichen Spaziergänger. Reidel war mit einem Satz aus dem Loch. Sein Blick veränderte sich nicht. Das Lachen würde diesem Spitzel schon noch vergehen.

Wie der Mann aus seinem Loch glitt, blitzschnell, ein grüngraues Reptil, ehe er zu einem sehr kleinen Burschen erstarrte, schmal, in seiner Kleinheit aber fest, geschlossen, so lakonisch wie der Lauf seiner kurzen Waffe, die auf ihn, Schefold, zeigte wie ein Pfeil! Erster Schrecken, der normal war, verging nicht, wurde zu Angst, die blieb. Schefold mußte sich zusammennehmen, um nicht kehrtzumachen, einfach davonzulaufen. Dann setzte er sich in Bewegung; es gab keinen Ausweg. Obwohl er Reidels Augen noch nicht erkennen konnte, wußte er schon, daß er in eine Falle gegangen war.

Es war also falsch gewesen, daß er sich auf dieses Spiel mit der Gefangennahme eingelassen hatte. Zweifel an dieser Taktik zu äußern – was er getan hatte – war zuwenig gewesen, er hätte ganz klar die Bedingung stellen müssen, daß er ungefährdet durch das Bachtal kommen, als Privatmann und Kunstgelehrter einen Besuch bei Major Dincklage machen würde. Ein Spaziergänger, nebenbei beauftragt mit der Sicherung von Kunstschätzen, zu diesem Zweck mit ausreichenden Papieren versehen, der sich einem Offizier vorstellte, von ihm ins Gespräch gezogen wurde – das war der Auftritt, der Schefold vorgeschwebt hatte. Aber Dincklage hatte darauf bestanden, daß er ›durch die Linie‹ kommen müsse, so hatte ihm Hainstock berichtet, der wiederum von einer dritten Person, deren Namen er nicht preisgab, instruiert worden war. Weil Hainstock sich einmal versprach, hatte Schefold immerhin erfahren, daß es sich bei dieser dritten Person um eine Frau handelte. Hainstock kannte Dincklage gar nicht. »Dincklage wünscht, daß Sie von seinen Soldaten eskortiert zu ihm kommen«, hatte Hainstock gesagt. Schefold hatte sich gegen diese Zumutung gewehrt, bis Hainstock gesagt hatte: »Verstehen Sie doch, daß der Major einen Beweis braucht!«

Dieser Steinbruchmensch war wie die Mineralien, die er ihm manchmal zeigte: unveränderlich, unbezweifelbar. Entschieden zu bezweifeln war nur, ob der Major einen solchen Anspruch stellen konnte, solange die Partie noch offen war. Aus Ungeduld wahrscheinlich, und einfach so auf Verdacht.

Unbewegter, gefühlloser als Hainstocks Kristalle oder Ammoniten erschienen ihm Reidels Augen, die er jetzt erkennen konnte, wie sie gelb in dem Schatten lagen, den der Stahlhelmrand warf. Er behielt dennoch das Lächeln bei, zu dem er sich gezwungen hatte, während er auf ihn zuging.

So freundlich wie möglich sagte er, als er stehenblieb: »Ich bin ein friedlicher Mensch.«

»Maul halten!« sagte der Soldat.

Wenn jemand behauptete, er sei ein friedlicher Mensch, dann war er bestimmt keiner. Aber daß dieser Kerl versuchte, ihm etwas vorzumachen, nahm Reidel ihm nicht übel. Leute, die so hereingesegelt waren wie dieser da, kamen eben mit krummen Touren. Was ihn reizte, war der Ton, den der Mann am Leibe hatte. Genauso sprachen Gäste, wenn sie etwas von einem wollten, frische Handtücher, das Frühstück aufs Zimmer, eine Zeitung, so freundlich, so nett, um sich danach vollkommen gleichgültig abzuwenden, mit ihren Frauen oder Freunden zu sprechen, wobei man dann den Tonfall hören konnte, der interessiert blieb, dessen Anteilnahme nicht abbrach, nachdem das Trinkgeld hingereicht worden war.

»Ich bin ein friedlicher Mensch.«

Es kam genauso heraus wie die seufzend freundliche Bitte irgendeines Gastes: *ich brauche dringend ein Bad.*

Voller Haß sagte Reidel: »Maul halten!«

Er behielt den Karabiner aus der rechten Hüfte heraus im Anschlag, während er Schefold mit der linken Hand von oben bis unten abtastete. Der Mann war kräftig, wie er es erwartet hatte; außerdem war er einen Kopf größer. Als Reidel das Zigarettenpäckchen, das Feuerzeug in der Jackentasche spürte, erinnerte er sich an die schöne Bewegung, die der Herr beim Rauchen gemacht hatte. Waffen trug er keine, auch nicht in dem Regenmantel, den Reidel ihm von der Schulter nahm, dann achtlos auf den Boden warf. In seiner Gesäßtasche steckte eine Brieftasche, Reidel entschloß sich, sie herauszuziehen, als er das Singen hörte, hoch, metallisch und noch sehr entfernt.

Er trat einen Schritt zurück. »Jabos«, sagte er, »los, leg dich hin!«

Schefold sah ihm zu, wie er in seinem Loch verschwand. Das graugrüne Reptil. Er blieb stehen. Zufällig wußte er, was der Soldat mit dem Wort *Jabos* meinte. Er hatte schon einmal, in Hainstocks Hütte unter dem Steinbruch, einen Angriff amerikanischer Jagdbomber erlebt.

»Du Arschloch sollst dich hinlegen, hab ich gesagt.«

Schefold hörte nicht nur das Zischen in der Stimme, sondern auch die Besorgnis. Der Bursche wünschte, daß er sich hinlegte, weil auch er in Gefahr war, wenn Schefold den Männern in den Bordkanzeln auffiel. Er nützte die Situation aus.

»Darf ich jetzt die Arme herunternehmen?« fragte er, in jeder Beziehung von oben herab.

Die Antwort wartete er dann doch nicht mehr ab, sondern er warf sich neben das Loch auf das kurze harte Gras des Ödhangs. Das Gras und die Erde rochen gut, wild und trocken. Seit Ende September hatte es nicht mehr geregnet. Tage aus einer blauen und wilden Melancholie, gebeizt mit dem Duft dieser Hänge. *Arschloch, Maul halten.* Er hatte Wörter wie diese nicht erwartet, begann aber schon, sie aufzufangen, obwohl das Gefühl, einen schwerwiegenden Fehler begangen zu haben, nicht verschwand. Irgend etwas war schiefgegangen. Ein Typ wie dieser Soldat war in Dincklages Rechnung nicht einkalkuliert. In einer guten Rechnung waren aber alle Posten einkalkuliert. Die Bedingung, ›durch die Linie‹ kommen zu müssen, hatte sich als eine Rechnung mit Unbekannten erwiesen. Und die unbekannteste Ziffer darin ist, daß Dincklage auf diesem Gang bestanden hat, obwohl er weiß, daß ich mit leeren Händen kommen werde, dachte Schefold. Er sah dem Soldaten zu, wie er noch nach dem hellen Regenmantel angelte, ihn zu sich ins Loch zog, ehe er sich in sein absolutes Mimikry einschloß. Der Helmrand lag auf den Zentimeter genau in gleicher Höhe mit dem Rand des Schützenlochs, um das nicht, wie bei gewöhnlichen Schützenlöchern, ein Kreis von hellem, beim Graben ausgeworfenem Erdreich lag. Wenn ein Mann darin stand, so verriet nichts diese vertikale Höhlung als die Helmhaube, die aber nur irgendeine winzige Wölbung im Gelände war, der Rest eines alten Maulwurfshügels oder ein in sich zusammengesunkener, überwachsener Wacholderstock, wenn man sie, wie Reidel, mit einem Brei aus Erdfarben überschmiert hatte, der den Ton des Ödhangs so genau traf, daß Schefold zu dem Schluß kam, der kleine, gefährliche Soldat, der ihn gefangengenommen hatte, könne einem Landschaftsmaler beim Farbenanrühren behilflich sein. Schefold wußte nicht, daß Reidels Modelloch von dessen Zugführer, Feldwebel Wagner, bei einem Kontrollgang beanstandet worden war; Wagner hatte, Sicherheit im Gefecht vor Tarnung stellend, die Anlage einer Brustwehr aus Erde um das Loch gefordert, bis Reidel die Sandsäcke hervorgezogen hatte, auf denen er stand.

Er hatte sehr tief gegraben und einen Teil des angefallenen Materials in Säcke gefüllt. Mit dem Rest hatte er die Brustwehr um Boreks Loch verstärkt. Borek, Student der Philosophie oder was für ein Scheißdreck das war, den er studierte, war natürlich mit seinem Loch überhaupt nicht zu Rande gekommen, stand hilflos, erledigt von einer halben Stunde Spatenarbeit, neben einem lächerlichen Aushub, als Reidel ankam. Reidel hatte ihm das Ding in zwanzig Minuten tadellos eingerichtet. Zum Dank dafür hatte er ihn jetzt angezeigt.

Die Sandsäcke schützten im Falle eines Angriffs nicht nur besser als die üblichen Erdhaufen, sondern ermöglichten es auch Männern, die größer waren als Reidel, das Loch zu benützen, wenn sie ihn ablösten. Seinetwegen konnten sie ja die Säcke herausnehmen und vor sich hinlegen. Wagner war kopfschüttelnd weitergegangen, teils bewundernd, teils ärgerlich darüber, daß sich gegen die Technik dieses erfahrenen Einzelgängers nichts einwenden ließ.

Schefold begann, sich über sein Versagen bei der Beobachtung des Hangs zu beruhigen. Nicht er war blind, sondern der andere war tatsächlich unsichtbar gewesen.

»Darf ich jetzt die Arme herunternehmen?«

So waren sie. Sie verscheißerten einen. Sie sagten nicht: »Das Bier ist warm«, sondern sie sagten: »Haben Sie schon mal gehört, daß es Eisschränke gibt?« Sie sagten: »Aber mein lieber Freund, ich weiß schon, daß wir die Schlacht von Tannenberg gewonnen haben«, wenn man ihnen versehentlich die gestrige Zeitung gebracht hatte. Sie hielten das für witzig. Sie hatten für diese Redeweise irgendein Wort, Reidel fiel nicht ein, wie es hieß, es war ja auch gleichgültig. Am unerträglichsten war es, wenn sie »mein lieber Freund« oder »Verehrtester« sagten. Es war, um ihnen in ihre Fressen zu schlagen. Er würde diesem Kerl in die Fresse schlagen, wenn er sich noch einmal auch nur das Geringste herausnahm.

Die unaufhörliche leise Erniedrigung, der Spott und die Trinkgelder. Er war nicht aus dem Hotel weggelaufen, an jenem Abend im Februar 1937, um sich noch einmal darauf einzulassen. Das empörte Glotzen seines Vaters, als er ihm sagte, er habe den Gast auf Zimmer 23 geohrfeigt. Der Auf-

schrei seiner Mutter: »Wo willst du hin, Hubert?« Reidel
mußte grinsen, wenn er daran dachte. Er wußte, wo er hin
wollte: zum Militär. Während irgendeiner Nacht in dem düsseldorfer Hotel hatte ein Offizier, der ihn zu sich aufs Zimmer geholt hatte, gesagt: »Du gehörst nicht ins Hotel, du gehörst in die Kaserne.« Das Wort *Kaserne* hatte in seinem
Munde geklungen, als spräche er vom Paradies, und Reidel
hatte sofort begriffen, was er meinte. Vielleicht war ihm der
Rat aber auch nur deswegen im Gedächtnis geblieben, weil jener Offizier, ein Hauptmann der Luftwaffe, der einzige *Gast*
gewesen war, der ihm nicht eine Banknote hingeschoben
hatte, ehe er, gegen Morgen, das Zimmer verließ. Die Kaserne hatte Reidel nicht enttäuscht. Zwar gab es beim Barras
Stunden, in denen man zum letzten Dreck gemacht wurde,
aber nicht als Person, wie Reidel erkannte, und wenn sie vorüber waren, wenn man mit dem Dienst zurechtkam, wurde
man in Ruhe gelassen, konnte sich sogar absondern, man
hatte seinen Spind, seine Klappe, seine Klamotten, Zivilisten
hatten keine Ahnung davon, wie man sich beim Militär für
sich halten konnte. Der Vorteil der Kaserne bestand nicht
darin, daß man ausschließlich in der Gesellschaft von Männern lebte. In dieser Hinsicht war nichts zu holen gewesen,
im Gegenteil, seit 1937 hatte Reidel sich zusammennehmen,
aufpassen müssen wie ein Schießhund. Er hatte sich getarnt,
so gut, daß seine Kameraden als selbstverständlich annahmen, er sei, wie sie, auf Weiber scharf.

Immer wieder hatten Offiziere, wenn sie erfuhren, daß er
aus dem Hotelfach kam, versucht, ihn zu ihrem Burschen zu
machen. Er hatte sich so zackig wie möglich vor ihnen aufgebaut und darum gebeten, nicht als Ordonnanz verwendet zu
werden.

Schefold erinnerte sich, wie er sich mit beiden Händen an der
Bank, auf der er saß, festgehalten und Hainstock angestarrt

hatte, als die Maschinen jeweils eine unaufhörliche Sekunde lang über dem Steinbruch standen, die erste, die zweite, die dritte. »Na, na, ist schon vorbei«, sagte Hainstock, seine eigene Furcht verbergend, »auf meine Hütte haben sie es nicht abgesehen, sie können sie wahrscheinlich gar nicht sehen, so überwachsen wie sie ist. Sie greifen überhaupt nur bewegliche Ziele an.« In der zunehmenden Stille hatte Schefold ihn wieder wahrgenommen: einen eisengrauen Mann, der an einem Tisch saß und Pfeife rauchte. Der Tisch, ein altes Türblatt auf Holzböcken, war mit Gesteinsproben bedeckt, mit Kalendern, Zeitungen, Büchern, einer Schreibmaschine, Aschenbechern, Pfeifen, Streichholzschachteln, einer Petroleumlampe. Lauter unbewegliche Ziele.

Auf dem Bauch liegend – die Flieger durften das weiße Hemd nicht sehen –, zwang Schefold sich, sein Gesicht so zu drehen, daß er die Flugzeuge beobachten konnte. Er nahm sich vor, sich nicht wieder so in Schrecken versetzen zu lassen wie damals, in Hainstocks Hütte. Die Probe, der er sich unterziehen wollte, fand nicht statt, denn die Maschinen überflogen nicht den Hang, auf dem er lag, sondern hielten sich weiter östlich, rasten die Straße von Bleialf nach Winterspelt entlang, drei hellgraue, in der Sonne schimmernde Raubfische, die durch das leuchtende Aquarium dieses Oktobertags fegten. Sie feuerten nicht; offenbar war die Straße leer. Schefold erinnerte sich an Kommentare Hainstocks zur Kriegführung Major Dincklages; seitdem dieser Herr den Abschnitt übernommen hatte, sei die Wehrmacht wie vom Erdboden verschwunden, hatte Hainstock gesagt. Beim nächsten Wiedersehen würde Schefold ihm erzählen können, mit welcher Präzision Dincklages Tarnungsbefehle von den Soldaten ausgeführt wurden. Er wußte nicht, daß Reidel nur kurz und höhnisch die Lippen verzogen hatte, als bei einem Morgenappell die neuesten Maßnahmen des Bataillons über das Verhalten in der Hauptkampfzone verkündet worden waren.

Noch während die Flugzeuge über dem Dorf Winterspelt

hochzogen, überlegte Schefold, ob er den Luftangriff dazu benützen solle, zu dem Soldaten im Schützenloch irgend etwas zu sagen, was ihn als Deutschen erscheinen ließ, als jemanden, der zu den Deutschen gehörte. Beispielsweise konnte er in den Himmel deuten und ›Diese Schweine!‹ sagen, worauf dann die üblichen und übrigens wahren Geschichten von den Schüssen auf pflügende Bauern und Frauen mit Kinderwagen kamen. Schefold hatte sich solche Geschichten angehört, in Wirtshäusern, in denen er während seiner Spaziergänge eingekehrt war. Plötzlich war er sich darüber im klaren, daß er von dem Mann, mit dem er es zu tun hatte, keine solchen Geschichten zu hören bekommen würde, und daß es zwecklos war, wenn er den Versuch machte, sich bei ihm anzubiedern. Die Erkenntnis, daß er es nicht nötig hatte, eine falsche Beziehung aufzubauen, erleichterte Schefold, machte ihm den Feind, der jetzt wieder so unsichtbar war wie nur möglich, von dem er nichts sehen konnte als einen mit einem undefinierbaren Farbbrei beschmierten Stahlhelm, für ein paar Augenblicke sympathisch.

Er hatte gerade noch Zeit, darüber nachzudenken, daß die Flugzeuge kurz vor ihrem Erscheinen östlich des Ödhangs den Steinbruch passiert haben mußten. Dort, in der Hütte, an jenem Tisch, würde jetzt Hainstock sitzen, seine Pfeife rauchen und warten. »Wenn Sie in Winterspelt angekommen sind, werde ich es eine Viertelstunde später wissen«, hatte er gesagt. Schefold vermutete, daß er es von der Frau erfuhr, über die er mit Major Dincklage in Verbindung stand. Es beruhigte ihn auf einmal nicht mehr, zu wissen, daß es Leute gab, die mit Anteilnahme seinen Weg verfolgten.

Die Jabos hielten sich, wie immer, an die Straße, aber das schloß nicht aus, daß sie die Hänge rechts und links von ihr mit ihren SMGs abstreuten. Die Straße lief in nur dreihundert Meter Entfernung durch die Senke zwischen den beiden

Höhenzügen, auf denen sich das Bataillon eingenistet hatte. Die Bordschützen wußten, wo sich der Gegner befand, auch wenn sie nichts von ihm sahen – weil er sich einfach nirgendwo anders befinden konnte –, und beharkten deshalb die Höhen, wenn sie dazu gerade Lust hatten oder auf der Straße nichts fanden. Falls sie heute wieder einmal ein paar Garben auf den Ödhang legten, war der Kerl, der Spitzel, der neben ihm, außerhalb des Loches, auf dem Boden lag, so gut wie geliefert. Reidel ärgerte sich, als er diese Möglichkeit erwog, weil sie seinen eigenen Verzicht darauf, ihn umzulegen, nachträglich sinnlos gemacht hätte.

Der Mantel des Kerls, den er noch immer mit der linken Hand festhielt, war zerknittert, am Kragenrand angeschmutzt, aber er war der typische Mantel eines *Gastes*.

Schefold hätte ihm mitteilen können, daß der Mantel acht Jahre alt war, nicht mehr paßte, aus einem Geschäft für Fertigkleidung auf der Zeil in Frankfurt stammte, hinsichtlich seines Preises jedem Mitglied von Hotelpersonal erreichbar gewesen wäre,

aber Reidel entnahm ihm geradezu den Geruch von Herren, die in Hotelhallen traten, denen er ihre Lederkoffer trug, die ihm zerstreut Trinkgelder gaben. Die Kleidung dieses Spitzels war abgetragen, aber aus teuren Stoffen, wie Reidel bemerkt hatte, als er sie nach Waffen abgetastet hatte; die scheißfeinsten von denen trugen ja niemals neue Anzüge, die dicksten Trinkgelder kamen aus absichtlich ausgebeulten Taschen, aber alles, was sie trugen, war, wie dieser Mantel, mit einem ganz bestimmten Geruch imprägniert. Rasierwasser? Zigarren?

Schefold benützte kein Rasierwasser, rauchte keine Zigarren, erst neuerdings amerikanische Zigaretten. Seine Tweedjacke stammte allerdings von einem ersten brüsseler Schneider; er hatte sie sich vor dem Krieg in einem Anfall von Übermut anfertigen lassen, anläßlich eines reichlich bemessenen Honorars für eine Expertise, und nachdem er dick geworden war. Wenn ihm jemand gesagt hätte, daß man ihn als einen Gast von Luxushotels definierte, so wäre er wahrscheinlich in Gelächter ausgebrochen. Er hatte solche Etablissements hin und wieder aufsuchen müssen, um sich mit reichen Leuten zu treffen, die Sorgen mit ihren Bildern hatten. Im Text seiner Erziehung war ein Wort wie *Grand Hotel* nicht aufgetaucht; wenn sie reisten, frequentierten Schefolds schweizerische, italienische Pensionen, bairische Gasthäuser; ein frankfurter Amtsgerichtsrat betrat niemals den ›Frankfurter Hof‹.

Später, nach dem Gelächter, wäre Schefold, an seine Aufenthalte auf Walcourt, Comines, Limal sich erinnernd, wahrscheinlich nachdenklicher geworden. »Aber«, hätte er eingewendet, »ich habe auf diesen Schlössern doch eher zum Personal gehört, auch wenn ich mit der Herrschaft am Tisch gespeist habe.«

Wenn sie wie er waren, hatten solche Herren es meistens mit ihm versucht. Um herauszukriegen, daß er wie sie war, hatte es ja nur des bekannten Blickspiels bedurft. Des festen, unverschämten In-die-Augen-Sehens, im Lift, im Zimmer. Sie waren dann überrascht, überwältigt von dem Haß, mit dem er sich an ihnen austobte, aber sie genossen seine Ausbrüche.

Die Flugzeuge stießen jetzt gellend die Straße entlang und vorbei. Sie feuerten nicht. Der Kerl hatte Glück. Er war übrigens nicht wie er. Reidel hatte ihm vorhin, während er ihn untersuchte, einmal kurz in die Augen gesehen, aber der Fremde hatte nicht reagiert.

Nach einer Weile zog Reidel sich aus dem Loch, warf Schefold den Mantel hin, sagte mit einer Stimme, die so gelb war wie seine Augen: »Los, steh auf!«

»Ich verbitte mir, daß Sie mich weiterhin duzen«, sagte Schefold. Er nahm seinen Mantel, erhob sich langsam und sorgfältig. Dann brach er in die Knie, weil Reidel ihm ins Gesäß getreten hatte.

Da war er wieder, dieser Ton, den nie mehr anzuhören Reidel sich das Wort gegeben hatte, als er aus dem Hotel weggelaufen war zur Armee. Ein militärischer Anschiß war etwas ganz anderes. Ein militärischer Anschiß verband den Anscheißer mit dem Angeschissenen. Das Gebrüll eines Hauptfeldwebels wölbte sich über eine angetretene Kompanie wie eine Glocke. Während die Rügen der Gäste einen ausschlossen. Die leise, kalte Art, in der sie Wände herunterließen, wenn ihnen etwas nicht paßte. »Klopfen Sie gefälligst an, ehe Sie hereinkommen!« »Haben Sie nicht gelernt, daß man der Dame zuerst serviert?« »Ich verbitte mir, daß Sie mich weiterhin duzen!« Er trat mit einem Schritt hinter den sich Aufrichtenden, stieß ihm mit solcher Wucht den Stiefel in den Hintern, daß er sich wunderte, als Schefold nicht der Länge nach hinschlug, sondern nur in die Knie ging. »So weit kommt's«, sagte Reidel, »daß Spitzel wie du das Maul aufreißen.« Er hatte den Fußtritt nicht erteilen wollen, die außerordentliche Sicherheit in Schefolds Stimme hatte ihn davor gewarnt, so weit zu gehen, aber er war nicht mehr fähig gewesen, sich zu beherrschen.

Als Schefold wieder auf den Beinen stand, sagte er: »Ich habe eine Verabredung mit Ihrem Bataillonskommandeur, Major

Dincklage.« Er streifte seine Manschette zurück, sah auf die Uhr. »Um zwölf Uhr. Wir haben also nicht mehr viel Zeit. Sie werden mich jetzt gefälligst zu ihm bringen. Und wenn Sie mich weiterhin duzen, beleidigen oder tätlich angreifen, werde ich mich bei Herrn Major Dincklage über Sie beschweren.«

Er hatte nicht die Absicht gehabt, dem ersten Posten, auf den er stoßen würde, so weitgehende Aufklärungen zu geben, wollte erst einer höheren Stelle gegenüber sein Ziel nennen, weil er mit Recht annahm, der gewöhnliche Soldat, der ihn gefangennehmen würde, habe gar nicht die Befugnis, ihn direkt zum Bataillonskommando zu bringen. Hainstock hatte ihm seine Erwartung bestätigt. »Der Landser, der Sie in Empfang nimmt«, hatte er gesagt, »wird Sie sicherlich zu seinem Unteroffizier bringen, dieser zu seinem Zugführer oder, wenn Sie Glück haben, gleich zur Kompanie, wahrscheinlich wird Sie einer der Kompaniechefs bei Dincklage abliefern.« »Komisch«, hatte Schefold erwidert, »es wäre so viel einfacher, direkt zu ihm zu gehen.« Hainstock hatte geschwiegen. Aber wie es sich damit auch verhalten mochte – die Behandlung, die dieser Soldat ihm zuteil werden ließ, war so, daß Schefold sich entschloß, nicht abzuwarten, bis er irgendeinen höheren Punkt der militärischen Hierarchie erreicht hatte, sie konnte nicht einen Augenblick länger ertragen, mußte auf der Stelle geändert werden, indem er den Trumpf ausspielte, der den Mann zu anständigem Verhalten zwingen würde.

Er hatte außerdem das Wort *Spitzel* gebraucht. Hatte er es nur so dahingeredet, war es bloß auf seinem eigenen Mist gewachsen, gehörte es einfach zu dem System seines Denkens, wie Fußtritte und wie die Wörter *Arschloch* und *Maul halten*, oder hatte er tatsächlich einen Spion erwartet? Wenn man ihn instruiert hatte, einen Spion zu erwarten, so war schon alles verloren. Schefold hatte keine Zeit, sich zu überlegen, was ihn in diesem Fall erwartete, denn Reidels nächste Worte bewiesen ihm, daß sein Verdacht unbegründet war.

Daß er den Karabiner noch immer auf Schefold gerichtet hielt, hatte nichts mehr zu sagen; er war jetzt Personal, hatte den Herrn zu siezen. Er machte einen flauen Rückzieher. »Warum haben Sie das nicht gleich gesagt?« fragte er.

»Darf ich Sie daran erinnern, daß Sie mich aufgefordert haben, das Maul zu halten«, sagte Schefold. Er spürte, daß es nicht richtig war, in diesem ironischen Ton mit dem Mann zu sprechen.

Wenn es stimmte, was der Kerl behauptete, wenn er nicht nur bluffte, wäre es ein schwerer Fehler gewesen, ihn abzuknallen. Der Kommandeur selbst hätte in dieser Angelegenheit verhört, und wie auch immer er sich herausgeredet hätte – seine Position gegenüber der Meldung Borek hätte sich dadurch nicht verbessert.

»Können Sie beweisen, daß Sie zum Kommandeur befohlen sind?« fragte Reidel, in einem letzten Versuch, sich aufsässig zu zeigen.

»Ich bin nicht zu ihm befohlen«, sagte Schefold. »Wir haben eine Besprechung.« Er zog seine Brieftasche heraus und entnahm ihr das Schreiben des Städel-Instituts, reichte es Reidel. Insgeheim betete er, der Soldat möge ihm nicht die Brieftasche abverlangen. Er stellte sich vor, was Hainstock sagen würde, oder vielleicht würde er gar nichts sagen, sondern ihn nur mit zusammengekniffenen Augen anstarren, wenn er in der Lage wäre, sich mitanzusehen, daß Schefolds Brieftasche einige Dollars und belgische Francs enthielt; es war hirnrissig gewesen, sie nicht herauszunehmen, ehe er seinen Gang antrat; er konnte geradezu hören, wie der Bursche durch die Zähne pfeifen würde, wenn er sie entdeckte.

Schefold war bei seinen Gängen auf deutschem Gebiet niemals von der Feldpolizei kontrolliert worden. »Sie haben enormes Glück«, hatte Hainstock zu ihm gesagt. Hainstocks Steinbruch war seine Landmarke. Wenn er ihn erblickte, weiß zwischen den schwarzen Rotfichtenstangen, wußte er, daß er die Waldrinne verlassen konnte, weil dann die deutschen Linien weit hinter ihm lagen. Er ging dann seelenruhig zu dem Sand- und Schottersträßchen hinauf, trat bei Hainstock ein, nahm später den Fußweg nach Eigelscheid, machte seine Besuche in der ganzen Gegend. Sowohl Hainstock wie der Viehhändler Hammes nahmen ihn manchmal in ihren Autos mit, letzterer allerdings ohne zu wissen, mit wem er es eigentlich zu tun hatte.

Hätte man ihn visitiert, so hätte er seine alte, aber einwandfreie Kennkarte vorgezeigt sowie jenes Schreiben des Städel-Instituts, das Reidel gerade las. Es beauftragte ihn, Kunstwerke im Landkreis Prüm zu registrieren und, im Benehmen mit den örtlichen militärischen Kommandanturen und zivilen Behörden, für ihren Schutz zu sorgen. Nur einem sehr erfahrenen Auge wäre aufgefallen, daß die Umlaute in diesem Schreiben mit einem dem Vokal nachfolgenden *e* getippt waren, nicht mit den üblichen zwei Strichen auf dem Vokal selbst, mithin auf einer Schreibmaschine entstanden waren, deren Alphabet keine Umlaute kannte. Nichteinmal Hainstock war darüber gestolpert; sein Kommentar zu diesem Brief hatte nur gelautet: »Sie waren aber umsichtig, Herr Doktor.«

»Nicht umsichtig«, hatte Schefold erwidert. »Ich mußte ziemlich überstürzt abreisen und hatte noch ein paar Briefbogen in meiner Aktentasche. Jahrelang waren sie für mich nur Souvenirs.«

Er hielt die Wirkung dieses Papiers für todsicher. Kein deutscher Heerespolizist würde auch nur eine Ahnung davon haben, daß die Kunstdenkmäler der Rheinprovinz in die Kompetenz des preußischen Kultusministeriums in Berlin fielen, und infolgedessen die Frage stellen, was zum Teufel das frankfurter Kunstmuseum in der westlichen Hocheifel zu besorgen habe.

Reidel war fickerig nach der Brieftasche. Die ganze Zeit, während er den Brief las, überlegte er sich, ob er sie sich schnappen sollte. Er mußte behämmert gewesen sein, als er sie dem Kerl gelassen hatte, bloß weil die Jabos gekommen waren. Vorhin, im Loch, hätte er Zeit gehabt, sie in aller Ruhe zu filzen. Während jetzt ... wenn sich nichts Wichtiges darin fand, nichts, was den Kerl belastete, sammelte er nur einen Minuspunkt mehr, falls er sie ihm aus den Flossen riß. Dr. Bruno Schefold. Kunstdenkmäler. Scheiße. Und dem hatte er in den Hintern getreten! Er mußte heute einen schlechten Tag haben. Reidel schob die Schuld daran, daß er heute einen schlechten Tag hatte, auf die Angelegenheit Borek.

»Ist in Ordnung«, sagte er und gab Schefold den Brief zurück. In einer Hinsicht war er ganz zufrieden: der Brief rechtfertigte, daß er Schefold direkt zum Bataillon brachte. Er war zwar auf jeden Fall entschlossen gewesen, den Dienstweg zu umgehen, es sich nicht nehmen zu lassen, den Gefangenen – der jetzt eigentlich kein Gefangener mehr war – selber beim Bataillon abzuliefern. Um diese Zeit konnte er bis zur Schreibstube gelangen, ohne daß ihn jemand anhielt; der ganze Verein war noch in den Vormittags-Dienstplan eingespannt. Natürlich mußte er sich auf Nachspiele gefaßt machen. Der Kompaniechef, ein Oberfeldwebel, würde ihn nicht schlecht anpfeifen, wenn er von seiner Eigenmächtigkeit erfuhr. Aber er konnte jetzt geheimnisvoll auf Papiere hinweisen, die der Mann auf sich getragen habe. »Seit wann beurteilt ein Oberschneppser wie Sie irgendwelche Papiere?«

»Bitte Herrn Oberfeldwebel, Herrn Major zu fragen, ob ich was falsch gemacht habe.« Der Oberfeld würde sich umdrehen, weiß vor Wut im Gesicht. Aus der Fall. Reidel wußte, wie man mit Vorgesetzten fertig wurde. Aber indem er sich ein solches Gespräch vorstellte, rechnete Reidel unwillkürlich damit, daß der Chef selbst ihn decken würde. Er hätte nicht sagen können, warum er annahm, der Major würde ihm die Stange halten. Der Brief war belanglos, bedeutete nichts, ging den Kommandeur überhaupt nichts an. Aber dieser Mann, Schefold, bedeutete etwas. Er log nicht. Es war ausgeschlossen, daß er gelogen hatte. Er war mit dem Kommandeur verabredet. Reidel, in dessen Sprache das Wort *Menschenkenntnis* nicht angelegt war, wußte genau, wann einer log oder die Wahrheit sprach.

Was hatte der Kommandeur mit einem Mann zu besprechen, der von der Feindseite her vor den Linien auftauchte, einem durch und durch verdächtigen Subjekt? Reidel hielt sich im Augenblick nicht damit auf, weiter darüber nachzudenken. Er gab Schefold ein Zeichen, ihm zu folgen, hing sich den Karabiner über die Schulter.

Schefold, der kein Menschenkenner war, hielt es für selbstverständlich, daß Reidel den Karabiner über die Schulter hängte, ihm vorausging. Er wußte nicht, daß Reidel ihn lieber mit eingelegter Waffe vor sich hergetrieben, ihm lieber nicht geglaubt hätte.

Grenzenlos erleichtert, hatte er den Brief zurückgenommen, die Brieftasche eingesteckt. Er ahnte nicht, daß Reidel ihn haßte, weil er ihn gezwungen hatte, den Satz *Ist in Ordnung* so auszusprechen wie ein Hotelangestellter, der einem Gast den Paß zurückreicht, nicht gerade unterwürfig, aber doch beflissen.

Reidel war so versessen darauf, in das Vorzimmer, vielleicht sogar in das Zimmer Dincklages zu gelangen, weil er es nicht abwarten konnte, mit der Stelle in Kontakt zu kommen, welche über die weitere Behandlung der Meldung Boreks entschied. Er handelte damit – und er wußte es – gegen eine militärische Grundregel, die Regel, nicht aufzufallen, aber er war unfähig, sich zu bremsen. Er versprach sich etwas davon, dort aufzukreuzen, darzustellen, daß es ihn gab und daß er in Haltung, Aussehen, Leistungen ein Modellsoldat war. Es war eine lächerliche, aus Angst geborene Selbsttäuschung, nutzlos, wie Reidel eingesehen hätte, wenn er fähig gewesen wäre, klar, illusionslos über seinen Fall nachzudenken. Er verfügte leider nicht über Wörter wie *Selbsttäuschung, illusionslos*; da seine Sprache in dem Milieu, in dem er aufgewachsen war, primitiv geblieben war, nützte ihm sein gelegentliches Nachdenken wenig. Das Wort *nutzlos* konnte er denken, er reagierte primitiv darauf – »ich geh trotzdem hin!« –, das Wort *nutzlos* ließ primitive Reaktionen zu, während ein Wort wie *Selbsttäuschung* Reidels ganze Lage verändert hätte. Die Verfügung über Sprache hätte ihn gerettet; beispielsweise hätte der Philosophiestudent Borek seine Meldung gegen Reidel wahrscheinlich unterlassen, wenn Reidel in ihrem Gespräch wenigstens Ansätze einer plausiblen Erklärung seiner Attacke gegen ihn geliefert hätte. Aber dazu hätte Reidel ein anderer, ein nicht so sprachloser Mensch sein müssen. Und wenn Reidel ein anderer Mensch gewesen wäre, hätte er Borek nicht attackiert, wenigstens nicht in dieser Form. Konditionalsätze!

Reidel, ein Soldat, der im Kampf nicht wußte, was Furcht ist, dachte seit gestern an nichts anderes als an Boreks Meldung. In die Höhle des Löwen trieb ihn nicht Mut, sondern Angst. Schefold beim Bataillon abzuliefern, würde ihm wahrscheinlich nichts einbringen; er mußte sogar damit rechnen, daß der Bataillonsspieß ihn zusammenstauchte, weil er seinen Posten verlassen hatte. Aber wenn Schefold nicht gelogen hatte, durfte Reidel damit rechnen, daß der Kommandeur den Vortrag des Hauptfeldwebels unterbrechen würde. Reidel hörte förmlich, wie er sagte: »Lassen Sie, Kammerer! Der Mann hat sich richtig verhalten.«

»Warum sind Sie allein hier oben?« fragte Schefold. Er wunderte sich über sich selbst: trotz des Fußtritts versuchte er, eine freundliche Unterhaltung anzubahnen.

Reidel würdigte ihn keiner Antwort. Bei Fragen wie dieser fiel ihm nichts weiter ein als das Wort *Aushorchen*, Extrakt aus Unterrichtsstunden in Kasernen, des Abschnitts Geheimhaltung der Heeres-Dienstvorschrift.

Den nächsten Posten erkannte Schefold schon von weitem. Er wurde zwischen zwei Wacholdern sichtbar, wie er bis zur Brust aus seinem Loch ragte und ihnen entgegensah.

Dobrin, dieser Blödmann. Er hatte ganz sicher in einem seiner Schundhefte gelesen, hatte es rechtzeitig wegpacken können, weil dieser Zivilist sich nicht leise genug verhielt. Dobrin las Tag und Nacht Schundhefte, *Lore*-Romane. Reidel las ausschließlich die Zeitung, den *Generalanzeiger*, den ihm sein Vater schickte. Er überflog die politischen Nachrichten, die Meldungen aus dem Krieg, hielt sich lange beim wuppertaler Lokalteil auf. Er hatte sich das Foto ausgeschnitten, auf dem das von Bomben zerstörte Hotel seines Vaters mit drauf war. Hubert Reidel grinste jedesmal, wenn er es betrachtete.

»Wen bringst du denn da an?« rief Dobrin. Offensichtlich staunte er Bauklötze.

»Weiß nicht«, sagte Reidel kurz. »Muß ihn zum Bataillon bringen. Auftrag vom Chef.«

Die kalte Gelassenheit, mit der er seinen Kameraden abfertigte! Schefold war irritiert. War es möglich, daß der Mann doch einen Auftrag hatte? Er rekapitulierte den Vorgang seiner Gefangennahme, das Betragen dieses Lümmels: nein, es war nicht möglich.

Dobrin glotzte Schefold an.

»Manometer«, sagte er.

Er war so blöd, daß er nichteinmal fragte, wie Reidel zu diesem Auftrag gekommen war. Vielleicht fragte er aber auch nur deshalb nicht, weil er sich vor Reidel fürchtete. Reidel war sein Gruppenführer und der unangenehmste Kumpel im ganzen Zug. Man hielt sich am besten fern von Reidel. Sich mit ihm anzulegen hatte meistens verheerende Folgen.

Kameradschaft gab es sowieso keine. *Die letzten Kameraden sind bei Langemarck gefallen.* Diesen seit Jahren in der Armee umlaufenden Spruch sagte Dobrin sich bei jeder Gelegenheit vor.

Ächzend zog er seine hundertachtzig Pfund aus dem Schützenloch. Er wollte sich ein bißchen die Beine vertreten.

Dieser zweite Soldat, den er zu Gesicht bekam, war auf andere Weise dick als er selber. Schefold sah, daß er schwer an seinem Gewicht trug. Die Uniform verbarg nicht, daß sein Körper zerfloß. Der Helm wirkte über seinem breiten gutmütigen Gesicht so martialisch, daß man lachen mußte. An seinen Augenbrauen, den Härchen auf seinen fetten Händen konnte Schefold erkennen, daß er ein Weißblonder war. Warum hatte Dincklage ihm nicht diesen Mann als Empfangskomitee gestellt? Ausgerechnet auf einen so unausstehlichen, ja geradezu beängstigenden Typ wie den anderen hatte er treffen müssen!

Als der Gefreite Dobrin ein mit Wurst belegtes Brot auspackte, hineinbiß, spürte Schefold, daß er langsam Hunger bekam. Er wäre gern mit diesem essenden Soldaten zusammen nach Winterspelt gegangen. Mit ihm hätte er Gesprächsthemen gehabt, zum Beispiel das Thema Verpflegung.

Er war gespannt darauf, ob Major Dincklage dafür sorgen würde, daß er etwas zu essen bekam. Mit einem Mal war er sich gar nicht mehr sicher, ob er gut behandelt werden würde.

»Fünf Minuten, dann bist du wieder drin«, sagte Reidel.

Er sagte es so, daß Schefold erkannte, wie Reidel nicht nur ihn, sondern jeden terrorisierte. Schefold beobachtete, wie Dobrins hellblaue Augen einen mürrischen, beleidigten Ausdruck annahmen. Er wußte nicht, daß Reidel sich herausnehmen durfte, was in der deutschen Armee durchaus nicht üblich war: daß Obergefreite Gefreiten Befehle erteilten.

Die schwule Sau. Dieser Junge, Borek, hatte es an den Tag gebracht, daß Reidel eine schwule Sau war. Spätestens ab morgen würde das Bataillon mit Reidel Schlitten fahren. Kriegsgericht, ganz sicher Kriegsgericht. Prima, daß dieser Scharfmacher verschwand. Dobrin, ein eigentlich friedfertiger Mensch, wünschte Reidel die Pest an den Hals. Er, die Gruppe, der ganze Zug würden es leichter haben, wenn Reidel weg war. Der größte Streber und Radfahrer, den sie im Haufen hatten. Wer hätte gedacht, er würde sich als warmer Bruder entpuppen?

Bis zu Reidels Verschwinden war Vorsicht geboten. Beim Barras konnte man nie wissen, was geschah, ehe es geschehen war.

Reidel wußte nicht, daß die Nachricht von Boreks Meldung schon die Runde gemacht hatte. Einerseits war er gerissen, mit allen Wassern gewaschen, machte sich selten etwas vor, andererseits war er so sehr Soldat, daß er den Dienstweg für dicht hielt.

Sie erreichten die Straße. Auf der Straße gingen sie nebeneinander. Reidel schlug eine schnelle Gangart an, aber Schefold hielt mit ihm Schritt. Wieder versuchte er, das Schweigen zwischen ihnen zu brechen, indem er auf Reidels EK I deutete.

»Das eiserne Kreuz erster Klasse«, sagte er. »Ich kenne es von meinem Vater her. Wo haben Sie es bekommen?«

»Rußland«, sagte Reidel widerwillig.

»Meinem Vater haben sie es 1917 in Flandern gegeben.«

Er erinnerte sich daran, daß der Brief vom Herbst 1938, in dem er seinem Vater einen Besuch der flandrischen Schlachtfelder geschildert hatte, sein letzter Brief nach Frankfurt gewesen war. Als Antwort hatte ihn sein Vater auf Umwegen wissen lassen, es sei ratsam, die Korrespondenz einzustellen.

Anfang Juli war es Schefold gelungen, seine Eltern telephonisch zu erreichen, vom Postamt in Prüm aus.

Er ließ plötzlich alle Vorsicht beiseite. »Als mein Vater 1918 nach Hause kam«, erzählte er, »sagte er immer, es würde keinen Krieg mehr geben.«

Gerade noch rechtzeitig war es ihm gelungen, den Text seines Vaters zu entstellen. Sein Vater hatte gesagt: »Einen Krieg wie diesen darf es nie wieder geben.«

Vielleicht hätte er den Satz ruhig korrekt wiedergeben können. Schefold hatte den Eindruck, daß Reidel ihm gar nicht zuhörte.

Wenn er Borek nur nicht angefaßt hätte! Wenn der Vorfall in der gestrigen Nacht doch nur ein Traum gewesen wäre! Wenn er es doch nie so eingerichtet hätte, daß Boreks Strohsack im Quartier neben den seinen zu liegen kam! Er mußte nicht mehr alle Tassen im Schrank gehabt haben, als er sich an Borek vergriff!

Er liebte Borek. Zum erstenmal hatte er sich in einen Jungen verliebt. In den Hotels war Reidel immer der Geliebte von Männern gewesen, die älter waren als er. Dann die große Pause, und jetzt das. Ausgerechnet auf diesen zarten, durchscheinenden Spinner hatte er fliegen müssen.

Eine Erinnerung kam ihm. Irgendein Mann im Hotel hatte verächtlich, haßerfüllt – weil Reidel sofort aufstand, sich anzog, nachdem er fertig war – zu ihm gesagt: »Auch du wirst einmal das werden, was die Normalen eine Tante nennen.«

Reidel ballte die Hand zur Faust um den Karabinerriemen, als er an das Wort *Tante* dachte.

Was brachte ihn dazu, den Mann, der ihn mit einem Fußtritt traktiert hatte, immer wieder anzusprechen? Bloß der Wunsch, sein unmenschliches Schweigen aufzubrechen? Oder fürchtete er sich vor ihm?

»Ihre anderen Orden ...« Schefold wollte sagen, er kenne sie nicht, besann sich aber und sagte statt dessen: »Ich kann ihre Namen nie behalten.«

Er meinte Reidels Infanterie-Sturmabzeichen, Nahkampfspange, Scharfschützen-Medaille. Als er keine Antwort bekam, sagte er: »Sie müssen ein tapferer Soldat sein.«

Wann hielt der Kerl endlich seine Klappe? *Ein tapferer Soldat* – das war ja zum Bebaumölen! So redeten die letzten Menschen. Wo lebte der denn? *Tapfere Soldaten* gab's nur noch in den Zeitungen und im Radio. Kein Mensch im Großdeutschen Reich redete mehr von *tapferen Soldaten*.

»Danke, mein Lieber, das haben Sie ausgezeichnet gemacht!« »Fifi liebt Sie, Sie müssen den sechsten Sinn für Tiere haben.« »Sie müssen ein tapferer Soldat sein.« Das schlimmste war, daß man sich einen Augenblick lang geschmeichelt fühlte, wenn die so daherredeten.

»Und Ihr Major ist Ritterkreuzträger. Ihr Bataillon muß eine Elitetruppe sein.«

Hatte der eine Ahnung! Drei Kompanien weit unter Soll-Stärke. Pimpfe mit Flinten aus dem Jahre 38. Die meisten von ihnen – Borek ausgenommen – so blöd, daß sie noch kriegsbegeistert waren. Sie würden sich verheizen lassen. Nicht die Spur von schweren Waffen, keine Panzer, keine Pak, es ging die Sage, daß der Kommandeur Mühe gehabt hatte, ein paar SMGs an Land zu ziehen. Alles in allem das mieseste Infanterie-Bataillon, das Reidel je zu Gesicht gekommen war. Zwar hatte es der Chef auf Vordermann gebracht, aber es war und blieb ein Haufen aus der Steinzeit. »Demnächst werden sie uns mit Keulen ausrüsten«, hatte Reidel einmal zu Feldwebel Wagner gesagt, auf das Gewehr 98 eines Rekruten deutend. »Seien Sie vorsichtig mit dem, was Sie sagen«, hatte Wagner geantwortet.

Erst jetzt fiel Reidel auf, daß Schefold von der Blechkrawatte des Kommandeurs gesprochen hatte. Damit wollte er durchblicken lassen, daß er ihn kannte. Als ob Reidel sich dafür interessierte! Es war ihm gänzlich gleichgültig, daß diese beiden Herren sich kannten; was ihn beschäftigte, war die Frage, auf welche Weise sie sich kennengelernt hatten. Wieso wußte einer, der von der Feindseite her kam, welche Orden der Chef trug? Wenn er auf der anderen Seite wohnte: wann und wo hatte er dann den Chef schon einmal zu Gesicht bekommen?

Reidel stellte keine Fragen. In den Hotels war er zur Diskretion erzogen worden. Er hatte einen Herrn zu einem anderen Herrn zu bringen, basta.

Schefold ahnte nicht, daß er mit der Erwähnung von Dincklages Ritterkreuz nur Reidels Argwohn geweckt hatte. Militärisch-taktische Überlegungen waren ihm fremd; er konnte sich nicht vorstellen, in welche Naben das Getriebe von Reidels Denken einrastete. Wenn ihm jemand den Vorgang auseinandergesetzt hätte, so hätte er, maßlos erstaunt, ausgerufen: »Aber das sind ja Vorstellungen von Knaben in Indianerspielen!«

Dieser Ausruf hätte ihn an jenes Gespräch erinnert, in dem Hainstock ihm – nicht sehr schonend – beibrachte, daß im Plan Dincklages vorgesehen sei, er, Schefold, habe durch die Linie zu kommen. »Aber mein lieber Herr Hainstock«, hatte er protestiert, »das ist doch die reinste Indianerspielerei!«

»Natürlich«, hatte Hainstock erwidert und gefragt: »Wundert Sie das? Kriege werden von unreifen Menschen gemacht.« Er hatte Schefold eine knappe marxistische Vorlesung über die Entstehung von Kriegen und über eine Gesellschaft der Zukunft gehalten, die ihre Probleme und Differenzen mit wissenschaftlichen Methoden lösen würde.

Käthe Lenks Einwände hatte Hainstock nicht so leicht beiseiteschieben können.

»Dieser Doktor Schefold scheint mir für die Rolle, die du ihm zugedacht hast, gar nicht geeignet zu sein«, hatte sie gesagt. »Nach allem, was du mir über ihn erzählt hast, muß er ein versponnener Gelehrter sein.«

»So versponnen ist er gar nicht.« Hainstock versuchte, das Bild Schefolds zu korrigieren, das er Käthe offenbar eingegeben hatte. »Sich da unten in Hemmeres einzuquartieren zeugt von allerhand Mut. Und du solltest ihn einmal sehen, wenn er hier seine Spaziergänge macht, wie er durch die Dörfer geht, als sei das nichts.«

Käthe verließ Winterspelt nie, außer um Wenzel Hainstock in seinem Steinbruch zu besuchen. Seit ihrer Flucht aus Prüm fühlte sie sich nur in Winterspelt sicher. Sie war Schefold nie begegnet.

»Vielleicht macht er das nur, weil er gar nicht weiß, in welche Gefahr er sich begibt«, sagte sie.

»Er kennt sie«, sagte Hainstock. »Ich habe ihn darauf aufmerksam gemacht. Aber er ist unbelehrbar. Ich habe den Eindruck, daß er dabei sein will, verstehst du, dabei.« Er machte eine Pause, ehe er sagte: »Und er ist ein großer kräftiger Mensch. Er ißt sehr gerne, kann sich über Kochrezepte verbreiten.«

Er spürte, daß er sie nicht überzeugte. Der Ausdruck ihrer Augen wies alle seine Gründe ab. Sie schob ihre Brille zurecht. Wenn Käthe kritisch aufgelegt war, schob sie auf ganz bestimmte, entschlossene Art ihre Brille zurecht.

»Außerdem haben wir eben niemand anderen«, sagte er.

Der Halsschmuck des Chefs stammte aus dem Afrika-Feldzug, wie alle wußten. (In der Phantasie des ganzen Bataillons mußte es aus dem Afrika-Feldzug stammen. Ein Ritterkreuz, das sich bloß Abwehrkämpfen in Sizilien verdankte, hätte Dincklages Ansehen empfindlich herabgemindert.) Eigentlich war es sonderbar, daß ein Ritterkreuzträger des Afrika-Korps es seither zu nicht mehr gebracht hatte als bis zum Major. Warum hatten sie ihm nicht wenigstens ein Regiment gegeben? Zwar hinkte er, ging aus irgendwelchen Gründen am Stock, aber das war heutzutage kein Grund, einen Offizier nicht zu befördern. Er schien oben nicht beliebt zu sein. Anscheinend war der Chef kein Arschkriecher. Er, Reidel, war auch keiner. Wenn man eingesehen hatte, daß man ums Verrecken nicht mehr befördert wurde, konnte man alle Versuche, sich bei Vorgesetzten beliebt zu machen, aufgeben. Er war nur deswegen ein so erstklassiger Soldat, weil er nicht wollte, daß ihm einer dumm kommen konnte. Deswegen hauptsächlich, und auch, um es ihnen zu zeigen. Sie sollten sehen, wen sie nicht weiter kommen ließen als bis zum Obergefreiten. War es möglich, daß der Major aus genau dem gleichen Grund das Bataillon so unerbittlich auf Vordermann gebracht hatte?

Reidel ließ nicht locker, wenn ein Gedanke ihn nicht befriedigte. Er fand heraus, daß er und der Major vielleicht ähnlich handelten, aber aus ganz verschiedenen Gründen. Der Unterschied zwischen ihm und dem Chef bestand darin, daß er kein Arschkriecher war, weil er nicht befördert wurde, während der Chef nicht befördert wurde, weil er kein Arschkriecher war.

»Sie halten dich für einen Radfahrer, einen Streber, einen Scharfmacher. Aber das reicht nicht aus. Du verbreitest Schrecken um dich!« So hochgestochen hatte Borek sich ausgedrückt, gestern, als Reidel versucht hatte, ihn von seiner Meldung abzubringen. Schrecken. Er wußte schon, daß er auch unten nicht beliebt war.

»Unbeliebt? Sie hassen dich!«

»Du spinnst ja.«

Insgeheim weidete er sich daran, zu hören, was er schon wußte. Schließlich hatte er alles darauf angelegt, gehaßt zu werden.

Schefold verstummte. Er hatte dem Mann, der ihn eskortierte, auf dem ganzen Weg den Hang hinab und die Straße entlang nur ein einziges Wort entreißen können: *Rußland*. Na, denn nicht.

Der Major hatte ihm über Hainstock, oder besser gesagt

über die Unbekannte, die zwischen dem Major und Hainstock vermittelte, freies Geleit zugesichert. Freies Geleit mit
Fußtritten und Wörtern wie *Arschloch* war aber eine selt-
same, für Major Dincklage peinliche Sache. Schefold nahm
sich vor, ihm diese Peinlichkeit zu ersparen. Er konnte ihm,
wenn alles klappte, später einmal – und lachend – erzählen,
wie es ihm ergangen war. Beunruhigend war nur, daß in der
Rechnung des Majors ein solcher Fehler überhaupt vorkam.
Machte er seine Rechnung ohne den Wirt?

Dieser vollgefressene Scheich mit seiner widerlichen roten
Krawatte. Auf einmal gestand Reidel sich ein, daß er die
Krawatte gar nicht so widerlich fand. Er ertappte sich dabei,
daß er immer wieder schnelle Seitenblicke auf diesen Fleck
aus hellem Feuerrot warf.

Große unschöne Einhäuser vor ihm, rechts und links von der
Straße. Die Konturen der Hügel liefen zu ihnen hinab, verhielten sich in einzelnen Laubbäumen, die neben den unver-
putzten Bruchsteinscheunen oder auf den Weiden standen.
Ein Kalkmuldendorf, vom Grünspan der abfallenden Riedel
eingefaßt, wie in Lothringen, der Wallonie, dem Jura. Courbet. Aber nicht das schwere Licht von Courbet, kein Glanz
wie von Rabengefieder oder Ölmalerei. Eher Kreidiges,
Flächen, vom Ecru dieses Oktobertags nicht erleuchtet, sondern nur eingefärbt, flache Tafeln, Farbhäute, vom Spach-
tel auf den Hintergrund gelegt. Dünn gemalt. Also doch
Pissarro? Tatsächlich Cézanne? Oder ein noch nie gemaltes
Licht?
    Da sein Begleiter so hartnäckig schwieg, wollte Schefold,
wie es seine Gewohnheit war, die ersten Häuser von Winterspelt zum Bild machen. Es gelang ihm nur kurze Zeit, sich zu
konzentrieren; Reidels Schweigen lenkte ihn ab. Jede Sekunde von Reidels Schweigen erinnerte ihn an die Gefahr, in

die er sich begeben hatte. Er gab es auf, Vergleiche für Winterspelt zu finden. Wenn Winterspelt nichts weiter war als der Name für eine Gefahr, so konnte es nichts anderes sein als Winterspelt.

Jetzt ging es darum, daß ihm nicht noch im letzten Moment ein Vorgesetzter über den Weg lief, Feldwebel Wagner zum Beispiel oder der Oberfeld. Sie würden ihn auf offener Dorfstraße zur Sau machen. »Wie kommen Sie dazu, sich eigenmächtig von Ihrem Posten zu entfernen?« »Sie hatten auf Ablösung zu warten und den Mann Ihrem Postenführer zu übergeben.« »Ein beispielloses Wachvergehen. Ich bringe Sie vors Kriegsgericht, Reidel.« Selbstverständlich würden sie ihm den Gefangenen abnehmen und selber zum Bataillon bringen wollen.

Er würde das Äußerste versuchen, um sie daran zu hindern. Der gleiche Trick wie bei Dobrin, nur jetzt als Meldung, zackig.

»Obergefreiter Reidel mit Gefangenem auf dem Wege zum Bataillonsstab. Befehl von Herrn Major.«

Sie würden nicht so blöd sein wie Dobrin.

»Mensch, Reidel, machen Sie doch keine Mätzchen! Wie wollen Sie denn den Befehl bekommen haben?«

»Bitte Herrn Oberfeldwebel um Befragung des Herrn Majors.«

Er hörte ihr wütendes Lachen. Sie würden ihn zur Bataillons-Schreibstube begleiten, um seine Behauptung zu prüfen und dabei zu sein, wie er als Lügner entlarvt wurde.

Aber da würden sie sich geschnitten haben. Der Major selber würde ihn decken. Da der Mann, der neben ihm ging, nicht gelogen hatte, da es keinen Zweifel daran gab, daß der Chef ihn erwartete, würde Reidel gerechtfertigt werden. »Der Mann hat richtig gehandelt.« Vielleicht sogar Belehrungen. »Ich brauche Soldaten, die selbständig handeln. Mit sturen Befehlsempfängern ist uns im Jahre 1944 nicht mehr gedient, meine Herren, merken Sie sich das!« Solche und ähnliche Reden hatte der Kommandeur schon gehalten, nach Gefechtsübungen in Dänemark, vor dem versammelten Bataillon. »Ich brauche denkende Soldaten.« Der Ausspruch hatte viele Witze in Bewegung gesetzt, war zum geflügelten Wort geworden. »Aha, Sie sind wohl auch so'n denkender Soldat«, wenn einer was falsch gemacht hatte.

Komisch war nur, daß der Mann neben ihm nicht gelogen hatte, und der Chef ihn also wirklich erwartete. Das war tatsächlich irrsinnig komisch.

Es würde natürlich besser sein, keinem Vorgesetzten zu begegnen. Zum Glück mußte Reidel nicht an dem Befehlsstand seiner Kompanie vorbei, um das Haus zu erreichen, in dem der Bataillonsstab untergebracht war.

Die Drohung mit dem Kriegsgericht würde ihn kalt lassen. Er war ohnehin für das Kriegsgericht fällig. Eine ganz ganz schwache Möglichkeit, das Kriegsgericht von sich abzuwenden, bestand darin, Schefold beim Kommandeur abzuliefern. Es war nur so ein Gefühl. Reidel hatte es im Bauch.

Schefold stieß etwas sehr Merkwürdiges zu. Während er es aufgab, Ansichten in Bilder zu verwandeln, beispielsweise die ersten Häuser von Winterspelt, die Straße, die Hügel in einen Pissarro oder in ein überhaupt noch nicht gemaltes Bild, erwog er plötzlich und allen Ernstes, ob er seine den Frauen gegenüber geübte Zurückhaltung aufgeben solle.

Anlaß dazu war der Umstand, daß er begann, sich auf den nächsten Besuch in jener Wirtschaft in Saint-Vith zu freuen. Zuerst hatte er nur an seine Rückkehr gedacht. Er würde zurückkehren – eine Vorstellung, die ihn sein wachsendes Unbehagen ertragen ließ. Nach seinem Gespräch mit Dincklage würde er am Nachmittag wieder in Hemmeres eintreffen. Gegen Abend konnte er in Maspelt mit Kimbrough sprechen.

Sonderbar, daß ihm das Haus in Hemmeres, der Obstgarten am Fluß, der Fluß im Tal auf einmal nicht mehr als Zuflucht erschienen. Zum erstenmal zog er in Betracht, Hemmeres zu verlassen. Er fühlte sich erst wieder sicher, als er sich an das Genrebild einer Klippschenke mit einfacher Speisewirtschaft erinnerte. Mit braunem Linol belegte Tische, abgegriffen, auf denen Biergläser standen. Kleine, schlecht geputzte Fenster, grau vom Grau der Häuser gegenüber. Ein altes Emailschild der Brauerei Rodenbach. Die Leute, die hereinkamen, sich an die mit braunem Linol belegten Tische setzten, waren unerheblich, hatten verbrauchte Gesichter. Mit leisen Stimmen sprachen sie über den Krieg, unterhielten sich darüber, ob die Amerikaner bleiben oder die Deutschen zurückkommen würden. Noch heute abend würde er nach Saint-Vith fahren. Irgendein Jeepfahrer würde ihn mitnehmen, nachdem er mit Kimbrough gesprochen hatte. Dann würde Saint-Vith dunkel sein, die Schenke eine Höhle aus Spinnweblicht. Der bittere Geruch des Biers würde ihm bestätigen, daß sein Gang nach Winterspelt schon anfing, eine Sage zu werden, alt und überstanden.

Aus der Trübnis würde sie an seinen Tisch treten, ein Schattengeflecht. Er würde sie fragen: »Wann haben Sie Ihren freien Tag?« Er würde zu ihr sagen: »Ich möchte Sie kennenlernen.« Der für seine Verhältnisse geradezu ungeheuerliche Gedanke verfertigte sich wie von selbst, während er neben Reidel ging, auf dem letzten Stück Straße, ehe Winterspelt begann.

Sie war dunkelhaarig, hart, besaß ein mageres Gesicht aus Topas von eigentümlichem Reiz. Sie würde sagen: »Lassen Sie mich in Ruhe!«

»Aber ich möchte Sie unbedingt kennenlernen.«

Er hörte sich diesen Satz sprechen, so leicht und gleichzeitig so vollkommen interessiert, wie er vorgebracht werden mußte. Fast hätte er ihn halblaut vor sich hin gesagt, aber er besann sich noch rechtzeitig auf die Gegenwart Reidels.

Möglich, daß der Kerl, dieser Spitzel oder was er war, sich über ihn bei Dincklage beschwerte.

»Bitte Herrn Major darauf aufmerksam machen zu dürfen, daß ich den Mann als Spion betrachten mußte.«

Dieser Einwand würde nicht ziehen. »Ist das ein Grund, ihn brutal zu behandeln?« würde der Major fragen.

Besser wäre es, sich ganz offen zu geben. »Der Mann hatte einen provozierenden Ton am Leibe.«

Der Major würde sich zu seinem Gast umwenden, lächelnd, erstaunt. »Wodurch haben Sie denn den Obergefreiten provoziert, Herr Doktor?«

Damit wäre Zeit gewonnen, der Sache die Spitze abgebrochen. Es würde erst einmal ein Hin und Her von Behauptungen geben.

»Das hättest du nicht tun sollen: ihm ein Trinkgeld geben«, hatte er die Frau sagen hören. Die Tür war noch offen; er hielt das Dreimarkstück noch immer in der Hand.

»Warum denn nicht?« fragte der Mann.

»Er ist doch der Sohn des Besitzers. Er hat ein komisches Gesicht gemacht.«

»Ach was!« Der Mann hatte die Frau lachend zurechtgewiesen. Reidel konnte seine Stimme noch immer hören. »Er gehört zur trinkgeldnehmenden Klasse.«

Auf dem Hintergrund der Portierloge das sprachlose Glotzen des Alten, als er ihm sagte, er habe den Gast auf Zimmer 23 geohrfeigt. Der Aufschrei seiner Mutter, als er sich abwandte, um zu gehen. »Wo willst du hin, Hubert?« Sie hatte in der Hotelhalle gestanden, die keine Halle war, sondern nur ein Empfangsraum mit einer dunkelbraunen geprägten Tapete, die aussah, als sei sie aus Leder. Die hochgetürmte Frisur seiner Mutter hatte das Bild verdeckt, den röhrenden Hirsch, der auf einer Waldlichtung stand. Seine Mutter war eine stattliche Frau.

Das Hotel seiner Eltern war nicht so erstklassig wie das in Düsseldorf, in dem er gelernt hatte. Es war ein Familienbetrieb, gediegen. Stammkundschaft. Sein Vater hatte ihm geschrieben: Du wirst es nach dem Krieg wieder aufbauen. Sein Vater war ein kleiner zäher Typ. In der Statur war Reidel seinem Vater nachgeraten. Wenn er sich manchmal fragte, was er von seiner Mutter habe, kam er jedesmal zu dem Schluß: nichts. Sie war eine Fremde, eine stattliche Frau mit hochgetürmter Frisur. Er war aus dem Schoß einer Fremden gekrochen. Die Fremde hatte ihn umarmt, geküßt, Kosenamen zugeflüstert.

Als er auf der Straße vor dem Hotel stand, fand er in der Jackentasche das Dreimarkstück. Er hatte es da hineingesteckt, um die Hände frei zu haben, ehe er dem Kerl in die Fresse schlug.

Er hatte ihm in eine gelbliche, sich ledern anfühlende Fresse geschlagen, erst mit der Rechten, dann mit der Linken, so daß er hin und her getaumelt war. Irgendein Geschäftsmann, Freund seines Alten. Der war so überrascht gewesen, daß er sich nicht gewehrt hatte. Die Frau hatte geschrien.

Am Morgen das Wehrmeldeamt. Sie hatten ihn von einem Büro ins andere geschickt. Schließlich hatte ein Beamter in Zivil seine Personalien aufgenommen. »Jahrgang 1915«, hatte er gesagt, »na, Sie wären ohnehin demnächst dran gewesen.« Er hatte Reidel gefragt, ob er Wünsche hinsichtlich der Waffengattung habe.

»Luftwaffe«, hatte Reidel geantwortet.

Obwohl er wegen seines Körperbaus und der Überschärfe seiner Augen für die Luftwaffe glänzend geeignet gewesen wäre, zogen sie ihn zwei Wochen nach der Musterung zu den Infanterie-Pionieren in Siegen ein.

Einsatz eines Kuriers

Wenn sie in dem schönen aber kühlen Wetter dieses Herbstes eine Strecke das Fahrrad trat, fühlte Käthe sich erhitzt, außer Atem, doch ohne in Schweiß geraten zu sein. Ein Gefühl trockener, nüchterner Hitze, das sie als nicht angenehm empfand.

Noch ehe sie das Fahrrad an die Hüttenwand lehnte, sagte sie: »Er ist fast auf die Minute pünktlich angekommen, von einem Soldaten begleitet. Ich habe zehn Minuten gewartet, dann bin ich losgefahren.«

Da sie weitere zehn Minuten oder etwas mehr gebraucht hatte, um zu Hainstock zu gelangen, mußte Schefold sich nun schon fast eine halbe Stunde im Gespräch mit Major Dincklage befinden.

Als sie eingetreten waren, wartete Käthe das krachende Geräusch ab, das die alte Türe machte, wenn man sie schloß. In der Hitze des Raums, die von dem eisernen Kochofen ausstrahlte, liefen ihre Gläser an. Sie nahm die Brille ab.

»Ich habe ihn mir ganz anders vorgestellt«, sagte sie. »Du hast recht, er sieht wirklich nicht aus wie ein versponnener Gelehrter.«

Nachdem sie die Brille geputzt und wieder aufgesetzt hatte, wurde sie des Waldkauzes gewahr, war, wie Schefold, erleichtert darüber, daß er jetzt immer in der obersten Kiste des Höhlenturms saß, nicht zu flattern begann, wenn sie die Hütte betrat.

Solange der Waldkauz allein gewesen war, hatte er mit seinen schwarzen Augen unverwandt auf die Türe geblickt, durch die Hainstock vor über einer Stunde die Hütte verlassen hatte; als Käthe den Raum betrat, schloß er sie, weil er annahm, sie beobachte ihn. Er haßte es, beobachtet zu werden. Hinter geschlossenen Lidern vernichtete er den Gedanken der Beobachtung.

»Bist du sicher, daß ihn ein gewöhnlicher Landser abgeliefert hat?« fragte Hainstock.

»Ja«, sagte sie, »ein Obergefreiter. Ein ziemlich schlimmer Typ.«

Sie unterließ es, Hainstock die Kopfbewegung zu beschreiben, mit welcher der Mann Schefold angewiesen hatte, die Treppe zum Haus gegenüber hinaufzugehen. Er würde einem solchen Detail nicht viel Bedeutung beimessen. Hoffentlich konnte sie nachher Dincklage klarmachen, was Schefold in einer einzigen Geste zugemutet worden war.

Hainstock ging nichteinmal auf den *schlimmen Typ* ein, sondern sagte nur: »Das ist merkwürdig. Ich hätte geschworen, daß es mindestens ein Feldwebel gewesen wäre.«

»Weißt du, wie er aussieht?« fragte Käthe. Sie wartete seine Antwort nicht ab, sondern sagte: »Wie ein Herr.«

Diese Bezeichnung Schefolds hatte sie sich nicht zurechtgelegt, sondern sie rutschte ihr nur so heraus. Fast gleichzeitig fragte sie sich, ob ihr ein Mann, der aussah *wie ein Herr*, läge. Sie verneinte es. Wenzel Hainstock war kein Herr, aber auch nicht Joseph Dincklage, trotz seines Ritterkreuzes und seiner Uniform.

»Ich weiß nicht, was das ist«, sagte Hainstock sofort und schroff. Er bedauerte es, daß Käthe sich eines Ausdrucks bedient hatte, der zum Wortschatz feudaler Überlieferungen gehörte. Schefold war der ins Künstlerische luxurierte Sohn eines Richters, Abkömmling von wahrscheinlich soundsoviel Generationen höherer Beamter, dieser hochqualifizierten Diener des bürgerlichen Staates. Das gab ihm natürlich einen gewissen Stil. Abgesehen davon war er ein eher naiver Mensch. Er verstand viel von Bildern, wenig vom Leben.

Hainstock beschloß aber, Käthes seiner Meinung nach falsche Kennzeichnung Schefolds auszunützen.

»Hoffentlich hat es dich beruhigt«, sagte er, »zu sehen, daß er kein weltfremder Professor ist.«

Das Wort *weltfremd* bestürzte ihn im gleichen Augenblick, in dem er es aussprach. Er hatte das lange gesuchte, das richtige Wort für Schefold gefunden.

»Im Gegenteil«, sagte Käthe, »ganz im Gegenteil. Er sah nicht nur wie ein Herr aus, sondern wie ein Herr, den man abführt. Er ging neben diesem Soldaten wie ein gestürzter Fürst. Verstehst du, was ich meine? Er sah ganz besonders wehrlos aus.«

»Ich habe versucht, den Hang zu beobachten, auf dem Schefold gekommen sein muß«, sagte Hainstock, »aber der Elcherather Wald verdeckt ihn.«

»Dincklage hat heute vormittag die Rekruten aus der Linie gezogen. ›Damit nichts Unvorhergesehenes geschieht‹, sagte er.« Die Schatten in ihren Mundwinkeln vertieften sich, als sie hinzufügte: »Ihr seid beide wirklich sehr besorgt um Schefolds Wohl.«

»Wann hat er dir das gesagt?« fragte Hainstock.

»Heute früh.«

Im Bett, ergänzte Hainstock lautlos.

»Hast du schon gegessen?« fragte er.

Sie schüttelte den Kopf.

»Willst du dir hier etwas machen?«

»Nein, danke, ich fahre ja gleich wieder zurück.«

»Möchtest du eine Tasse Kaffee haben?«

»Bloß nicht«, sagte sie, »ich bin schon aufgeregt genug.«

»Kein Grund zur Aufregung«, sagte Hainstock. »Es hat ja alles geklappt. In einer Stunde ist Schefold schon wieder auf dem Rückweg. Ich komme am Nachmittag bei dir vorbei und erkundige mich, wann er weggekommen ist.«

Empörung überwältigte sie. »Bei dir ist wohl eine Schraube locker«, sagte sie. »In diesem Moment spricht Schefold mit Dincklage. Und du sagst ›kein Grund zur Aufregung‹!«

»Als ob dabei was herauskäme!« sagte er. »Du hoffst wohl immer noch, daß ein Wunder geschieht und die Amerikaner kommen, heute nacht.«

Er sagte: »Außerdem ginge uns das nichts mehr an. Für dich und mich ist die Sache schon vorbei. Für Schefold wird sie in einer oder zwei Stunden vorbei sein. Alles übrige ist eine Angelegenheit zwischen Dincklage und diesem amerikanischen Offizier.«

Der wie ich ein Idiot sein muß, weil er, genauso wie ich, auf den idiotischen Vorschlag dieses deutschen Offiziers eingestiegen ist, dachte Hainstock. Er war tatsächlich der Ansicht, daß die Sache für ihn und Käthe mit Schefolds Besuch bei Dincklage vorbeizusein hatte. Käthe kannte seine Ansichten über die Gefahren der Aktion. Er hatte sie ihr mit aller Deutlichkeit dargelegt.

Sie stellte sich ihre Gelassenheit wieder her. Wenzel Hainstock wußte ja nicht, daß sie in diesem Augenblick zum letztenmal in seiner Hütte weilte. Wahrscheinlich hatte er recht, wahrscheinlich würden die Amerikaner nicht kommen, aber ob bei der Zusammenkunft Dincklages mit Schefold etwas herauskam oder nicht – fest stand, daß die kommende Nacht die letzte sein würde, in der sie Gelegenheit hatte, ihren Weg nach Westen fortzusetzen. So, wie sie Joseph Dincklage kannte, würde er die undichte Stelle in seiner Front schließen, wenn die Amerikaner nicht kamen.

Sie hatte sich auf das Bett gesetzt. Hainstock stand hinter seinem Tisch, diesem alten Türblatt auf Tischlerböcken, und klopfte eine Pfeife aus. Das Bett war ein eisernes Feldbett mit einer dünnen Matratze, mit sorgfältig eingeschlagenen Decken aufgemacht. Es glich Dincklages Bett. Die Betten asketischer und militärischer Männer. Auch Hainstock, das wußte sie jetzt, war im Grunde ein militärischer Mann. Er war ein sicherer und eisengrauer Mann. Er trug immer den gleichen grauen Anzug aus hartem gerilltem Stoff. Sie kannte seinen festen, nicht genügend flexiblen Körper. Sein Blick richtete sich auf Werkzeuge, Steine, Überlegungen und manchmal auf sie, Käthe. Sie gab sich einer Abschiedsstimmung hin, ohne zu ahnen, daß Hainstock annahm, sie käme aus Dincklages Bett.

Sie hatte ihm viel zu verdanken. Ein Stück Schutz, seitdem sie im Juni aus Prüm nach Winterspelt geflüchtet war, da jedermann wußte, daß sie mit dem undurchdringlichen Mann aus dem Steinbruch ein Verhältnis hatte. Ihre Sicherheit während der großen Razzien, in den Tagen nach dem 20. Juli, als Hainstock sie und sich selber in der Höhle am Apert versteckte. Seinen Unterricht in einer Lehre, die ihr einleuchtete und die den Vorzug hatte, verboten zu sein. Käthe war zwölf Jahre alt gewesen, als diese Lehre verboten worden war. Als sie, in Hainstocks unverstellter Sprache, die ersten Lehrsätze vernahm, begriff sie sofort, daß die Finsternis in Deutschland etwas mit dem Verbot dieser Lehre zu tun hatte.

Innerhalb solcher Sympathiebeziehungen, auf Schutz und

Rat beruhend – keine schlechte Basis für ein Verhältnis zwischen einer Vierundzwanzigjährigen und einem um 28 Jahre älteren Mann! –, innerhalb ferner des Bezirks, in dem sie Wenzel Hainstock *mochte*, gab es Schatten, Unaufgeklärtes, blinde. Stellen, die sie störten, beispielsweise, daß er Geschenke von Leuten annahm, die, wären die Dinge anders gelaufen, sogar den Umgang mit ihm vermieden hätten.

Als sie ihn darauf ansprach, erklärte er ihr ungefähr folgendes: ja, er verfüge immer über einen kleinen Vorrat von Kaffee, Wein und anderem, weil ein paar Leute in der Gegend vermuteten, er könne ihnen eines Tages von Nutzen sein. Er nähme die belanglosen Geschenke, die ihm von der Bourgeoisie gemacht würden, ohne weiteres und ohne Dank an, denn er wisse, daß er diesen Leuten, Händlern, kleinen Fabrikanten, Beamten, reicheren Bauern, wenn alles vorbei sei, wirkliche Vorteile verschaffen werde. Er wiederholte also, was er ihr schon hinsichtlich seines zukünftigen Verhaltens zu Arimond auseinandergesetzt hatte, nur daß er Arimond – sie sah es ein – zu Dank verpflichtet war, ›diesen Leuten‹ aber keineswegs.

»Ehe sie mich in meinem Steinbruch vergessen«, sagte er, »ehe sie wieder von mir als einem verkappten Kommunisten sprechen werden – was sie übrigens schon heute tun –, werde ich eine Weile der nützlichste Idiot in der ganzen Gegend sein.«

»Du läßt dich also bestechen.«

»Was willst du«, sagte er, »es wird keine Revolution geben, sondern alle werden sich arrangieren.«

»Du wirst dich mit ihnen arrangieren?«

»Es wird einfach wieder bürgerliche Verkehrsformen geben.«

»Aber du«, sagte sie, »du hast es doch nicht nötig, von ihnen Schweigegelder anzunehmen.«

»Schweigegelder«, sagte er, »wie das klingt! Ich werde keine Verbrechen decken. Nur Schwächen. Da man mit den großen Verbrechern nicht abrechnen wird, haben die kleinen Opportunisten jedes Recht darauf, zu entkommen. Und ich werde ihnen dabei helfen.«

»Für Kaffee und Wein?«

»Für Kaffee und Wein«, sagte er. »Ich habe es mir genau überlegt. Ich werde mit diesen Leuten noch zwanzig oder mehr Jahre zusammenleben müssen. Merkwürdigerweise leben Menschen lieber mit jemand zusammen, der einmal ein Viertelpfund Kaffee angenommen hat, als mit einem Tugendmonument.«

»Und warum mußt du überhaupt mit ihnen zusammenleben?« fragte sie. »Geh doch fort!«

Als sie auf diesen Vorschlag keine Antwort erhielt, sagte sie noch: »Ich jedenfalls werde nicht dabei sein, wenn ihr alle euch arrangiert.«

Die Behauptung, daß es keine Revolution geben werde, gehörte zu seinen Standardthesen. In Käthes Augen bekam er damit große Ähnlichkeit mit Dincklage. Nachdem sie Dincklage kennengelernt hatte, erkannte sie, daß Hainstock von der Revolution genauso sprach wie Dincklage von seinem Plan. Die Revolution und der Plan waren für Hainstock und Dincklage absolute und undurchführbare Wahrheiten. Die Revolution würde irgendwann einmal stattfinden, nur nicht zu Hainstocks Lebzeiten, der Plan war dazu verurteilt, eine radikale Denkübung zu bleiben, eine operative Studie auf Kartenblättern. Nur daß Dincklage die Unvorsichtigkeit begangen hatte, Käthe an ihr teilnehmen zu lassen! Sie war eine Intellektuelle, dennoch versessen darauf, abstrakte Ideen in Leben, Theorie in Praxis zu verwandeln, wenn sich ihr dazu auch nur die leiseste Möglichkeit bot.

Während jenes Gesprächs hielt sie das Gelenk der einen Hand mit der anderen umspannt, eine für sie typische Geste, wenn sie Widerstand leistet, wenn ihr etwas ganz und gar nicht gefällt. Später ließ sie ihr Handgelenk los, nicht weil Hainstocks Argumente sie überzeugten, sondern weil sie resignierte, vielleicht auch nur, um eine Zigarette zu rauchen.

Das Gespräch hat stattgefunden, als Dincklage noch nicht in Erscheinung getreten war. Hainstock hat damals schon gezeigt, daß er nicht bereit war, auf die moralischen Ansprüche einzugehen, die eine Vierundzwanzigjährige stellt.

Vielleicht hat er damit aber Käthe unterschätzt. Da sie selbst Lehrerin war, Unterricht gegeben hatte, wenn auch nur kurze Zeit, war sie möglicherweise bereit, zuzugeben, daß die Reinheit der Lehre sich nicht im Lehrer zu verkörpern braucht. Ganz im Sinne dessen, was Hainstock über den Menschen als Tugendmonument geäußert hat, darf vermutet werden, daß ihr ein Mann mit Schwächen, selbst ein Mann, der in einem so offenkundigen Widerspruch zu seinen Anschauungen lebte wie dieser Marxist und Eigentümer eines Steinbruchs, liebenswerter, interessanter erschien als irgendein sturer, durch nichts zu beirrender Anhänger einer Doktrin.

Erst am vergangenen Samstag, dem 7. Oktober, ist Hainstock ihr fragwürdig, auf ungute Weise unerklärlich geworden. Am Abend vorher hatte Dincklage ihr seinen Plan bekanntgegeben. Schon am nächsten Morgen war sie bei Hainstock. Daß er zuerst einmal sowohl den Plan selbst wie das Ansinnen, dabei mitzumachen, rundweg ablehnte, war ebenso in Ordnung wie sein Entsetzen darüber, daß Dincklage nicht davor zurückgeschreckt war, Käthe in ein solches Abenteuer zu verwickeln; auch daß er Einwände auf Einwände häufte, ehe er schließlich, ohne überzeugt zu sein, nachgab, offensichtlich nur weil sie, Käthe, es wünschte, mußte sie anerkennen. Sie hatte nichts anderes erwartet, und seine Einwände hatten Hand und Fuß gehabt; es hätte nicht viel gefehlt und sie wäre schwankend geworden.

Aber dann! Sie hatte gesagt: »Es wird gefährlich für dich sein. Du mußt, wie ich es sehe, mindestens zweimal zwischen den Amerikanern und Dincklage hin und her gehen.«

Sie korrigierte sich: »Die Gänge zu Dincklage übernehme natürlich ich«, sagte sie. »Es würde im Dorf auffallen, wenn du Unterredungen mit Dincklage hättest.«

»Während es schon gar nicht mehr auffällt, wenn du zu ihm gehst«, sagte er.

»Wenzel!« sagte sie.

»Wahrscheinlich würde man im Dorf annehmen, daß ich ihn deinetwegen zur Rede stelle. Das wäre doch eine ausgezeichnete Tarnung.«

Sie nahm sich zusammen, entschloß sich, ihn zu zwingen, sachlich zu bleiben.

»Ich habe nur an das Politische dabei gedacht«, sagte sie. »Man kennt dich in der ganzen Gegend, weiß, wer du bist. Man würde sich einfach wundern darüber, daß der Major ausgerechnet mit dir Besprechungen abhält. Leute aus dem Dorf würden zu Leuten aus der Umgebung des Majors Bemerkungen machen.«

»Ja«, sagte sie dann, »ich bin tatsächlich in der Lage, Dincklage jederzeit unter vier Augen sprechen zu können. Ich kann's nicht ändern. Für diese Sache ist das sehr günstig.«

»Gut«, sagte er, »ich werde mit Schefold sprechen.«

Er hatte ihr bis dahin ein paarmal von diesem Schefold als einem Kuriosum gesprochen. Seinen Schilderungen nach mußte es sich bei Schefold um einen Sonderling handeln, einen seltsam wirklichkeitsfremden und dabei leichtsinnigen Einzelgänger. Sie hatte das Bild gesehen, das Hainstock für ihn versteckt hielt, und wenn sie an *Polyphon umgrenztes Weiß* dachte, empfand sie für Schefold große Sympathie, wünschte dann stets, ihn kennenzulernen. Sie begriff nie so recht, warum Hainstock ihr diesen versponnenen Kunstgelehrten vorenthielt.

»Schefold?« fragte sie. »Was soll er damit zu tun haben?«

»Das ist doch ganz klar«, sagte Hainstock. »Er ist der geeignete Mann, um die Verbindung mit den Amerikanern herzustellen. Er geht bei ihnen ein und aus.«

»Wie«, fragte sie, »diese Sache willst du einem Mann wie ihm überlassen? Dazu ist sie doch viel zu schwierig und zu gefährlich.«

Obwohl sie schon im Augenblick dieser Wendung des Gesprächs einsah, daß Hainstocks taktische Überlegung viel für sich hatte, war sie grenzenlos enttäuscht. Aus Gründen, an die sie sich später gar nicht mehr genau erinnern konnte, hatte sie für selbstverständlich gehalten, Wenzel Hainstock würde die – wenn sie von Dincklages Part absah – riskanteste Rolle übernehmen. Sie stellte sich vor, daß er diese Gelegenheit, noch einmal, ein letztesmal, ehe der Faschismus fiel, als Untergrundkämpfer aufzutreten, nicht vorbeigehen lassen würde. Es würde seine Rache für Oranienburg sein.

»Er spricht Englisch«, sagte Hainstock nüchtern. »Ich nicht.«

Sie ließ nicht locker. »Du kennst den Weg, auf dem er immer kommt«, sagte sie. »Du hast mir erzählt, daß du es warst, der ihn Schefold gezeigt hat, also kennst du ihn. Triff dich meinetwegen mit ihm in diesem Weiler, wo er wohnt, nimm ihn als Dolmetscher zu den Amerikanern mit. Aber alles andere mußt du selber machen. Du hast immer gesagt, daß er harmlos und unbedacht ist. Er wird einen Fehler machen. Du wirst keinen Fehler machen.«

»Er hat nicht mehr zu tun, als was er immer tut. Er wird zweimal auf diesem fast sicheren Weg zu mir kommen und mir eine Nachricht überbringen, die ich an dich weitergebe.«

»Und umgekehrt«, sagte Käthe.

»Und umgekehrt«, bestätigte er. »Er wird sich die Nachrichten, die du überbringst, bei mir abholen.«

Er arbeitete daran, seine Pfeife in Gang zu setzen. »O ja«, sagte er, zwischen zwei Streichhölzern, »ich werde nichts als ein Briefkasten sein.«

Sie spürte, wie befriedigt er von seiner konspirativen Technik war. Und er hätte ja noch viel wirkungsvollere Argumente ins Feld führen können, überlegte sie, beispielsweise, daß Schefold das Vertrauen der Amerikaner besaß – auch wenn er keine Spionageaufträge für sie ausführte, so hatte ihr Geheimdienst ihn sicherlich durchleuchtet –, während Hainstock ihnen ganz unbekannt war und sie erst einmal prüfen mußten, ob sie in ihm nicht bloß einen Provokateur vor sich hatten. Ehe sie festgestellt hatten, daß sie nicht einfach in eine Falle liefen – vorausgesetzt, daß sie auf Dincklages Vorschlag überhaupt eingingen –, würde kostbare Zeit verstreichen. Sie gab auf. Was sie störte, war der selbstzufriedene Ton, in dem er von sich als einem *Briefkasten* sprach. »Ich werde nichts als ein Briefkasten sein« – das kam in einer Stimmlage triumphierender Bescheidenheit heraus, die sie ganz und gar nicht mochte.

In einem letzten Versuch, Widerstand zu leisten, ihn umzustimmen, sagte sie: »Ich wundere mich, wie leicht es dir fällt, diesen naiven Menschen in eine solche Sache hineinzuziehen.«

Er zuckte nur die Achseln.

Hainstock wußte, daß sie sein Achselzucken mißverstand, als Rücksichtslosigkeit, ja Brutalität auslegte, auslegen mußte. Er wollte aber nur nicht wieder von vorne anfangen, ihr auseinandersetzen, wie rücksichtsvoll er es von diesem Herrn Dincklage fand, daß er Käthe erstens überhaupt mit seinem Plan bekanntgemacht und sie zweitens nicht mit allen Mitteln davon abgehalten hatte, in dieser Angelegenheit aktiv zu werden. Verglichen damit war es gar nichts, Schefold mit einem kleinen Kurierauftrag zu betrauen.

Sie ließ davon ab, sich weiter mit ihm über die Verwendung Schefolds zu streiten.

»Gut«, sagte sie, »dann werde eben ich gehen.«

Er beantwortete diesen Vorschlag mit nichts weiter als einem trockenen Lachen, das sie erbitterte.

»Wenn du Schefold den Weg gezeigt hast, dann kannst du ihn auch mir zeigen«, sagte sie.

Die Hoffnung, ihre Reise fortsetzen zu können, war so plötzlich in ihr entstanden, daß er sie ihr wahrscheinlich vom Gesicht ablesen konnte.

In einem Versuch, sachlich zu erscheinen, sagte sie: »Und ich spreche Englisch.«

Er hatte sich hinter seinen Tisch gesetzt, sah sie an, stieß Rauchwolken aus, schüttelte nur den Kopf. Sie wußte, daß es zwecklos war, gegen dieses Kopfschütteln anzureden.

Außerdem sollte sich ja herausstellen, daß Hainstocks Entschluß, Schefold einzuspannen, der einzig richtige war. Noch am gleichen Tag billigte Dincklage ihn nicht nur, sondern bezeichnete ihn geradezu als Voraussetzung seines Vorhabens.

Hat Hainstock, wie Käthe vermutet, wirklich gedacht: wenn sie, wie es der Plan erfordert, diesen Gang zweimal hin und zurück gemacht hat, wird sie ihn ein drittesmal machen? Nur noch hin? Das ist schwer auszumachen. Aber selbst wenn er Käthes Absicht erkannte, so ist doch diesem Mann, dessen Gesicht von tausend Fältchen wie mit einer feinen Radiernadel graviert war, zuzutrauen, daß er sich keiner Illusion darüber hingab, er könne dieses Mädchen von irgend etwas abhalten, das es sich in den Kopf gesetzt hatte, beispielsweise davon: nicht zurückzukehren. Viel wahrscheinlicher ist, daß er, obwohl er die Gleichberechtigung der Frau anerkannte – er hatte nie viel über diese These nachgedacht, sie gehörte einfach zu den Prämissen seiner Weltanschauung –, gedacht hat: das ist nichts für eine Frau.

Wie er es erwartet hatte, war Schefold Feuer und Flamme gewesen.

»Menschenskind, Hainstock«, hatte er gesagt, »endlich kann ich mal etwas tun.«

Und, im gleichen Atemzug: »Kimbrough wird Bauklötze staunen.«

»Glauben Sie denn, daß die Amerikaner überhaupt auf den Vorschlag eingehen werden?« hatte Hainstock gefragt.

»Ja warum sollten sie das denn nicht?« hatte Schefold ausgerufen, maßlos erstaunt.

Ehe Käthe an jenem Samstag (den 7. Oktober) Hainstock verließ, nachdem sie ihm Dincklages Plan überbracht und ihn überredet hatte, daran teilzunehmen, wenn auch nur als *Briefkasten*, trug er ihr auf, Dincklage zu bestellen, er möge ab sofort jegliche Patrouillentätigkeit in dem bewaldeten Bachtal östlich Hemmeres einstellen lassen, damit Schefolds Sicherheit gewährleistet sei.

Es machte ihm Spaß, einem Offizier der faschistischen Truppen, Major und Ritterkreuzträger, einen Befehl zu erteilen. Er gebrauchte tatsächlich Formeln wie *Patrouillentätigkeit einstellen* und *Sicherheit gewährleisten*.

Nach der Enttäuschung bei Hainstock die unangenehme Wendung der ganzen Angelegenheit durch Dincklage.

Sie suchte ihn um zwei Uhr auf, weil sie wußte, daß um diese Zeit die Schreibstube leer war. Er zog sie in sein Zimmer, ließ aber die Türe auf, um überblicken zu können, ob jemand in die Schreibstube kam. Sie machten keinen Versuch, sich zu umarmen. Sie saßen sich an seinem Schreibtisch gegenüber. Käthe stellte ihm die Person Schefolds dar. Sie gab sich Mühe, Schefold richtig zu schildern; wie immer Dincklage auch politisch eingestellt war, als Offizier mußte es ihm unangenehm sein, zu erfahren, daß es eine undichte Stelle in seinem Frontabschnitt gab, und jemanden, der sie benutzte. Auf die Zusammenarbeit mit einem Spion würde er sich nicht einlassen. Es gelang ihr, Schefold ins rechte Licht zu rücken.

»Ausgezeichnet!« sagte Dincklage schließlich. Und, in einem Ton, als handle es sich um eine gesellschaftliche Verabredung: »Nach allem, was du mir gesagt hast, wird es mir ein Vergnügen sein, Herrn Dr. Schefold kennenzulernen.«

»Dazu wirst du keine Gelegenheit haben«, sagte Käthe.

Sie setzte ihm die Vereinbarung auseinander, zu der sie und Hainstock gekommen waren: »Schefold wird immer nur bis zu Hainstock gelangen, Hainstock gibt Schefolds Nachrichten an mich weiter, und ich werde mit ihnen zu dir kommen.«

Zwei Nachrichtenstränge, die auf einer Drehscheibe ineinander verflochten werden, dachte sie. Einer hätte genügt. Drei Personen statt einer. Wenn Hainstock mir den Weg zeigen würde, könnte ich das Ding allein drehen.

»Ausgezeichnet«, sagte Dincklage nochmals. »Vorzüglich durchdacht. Hainstock ist ein Tarnungsspezialist.«

Sie sah davon ab, ihm mitzuteilen, daß jener Teil des Kommunikations-Systems, der sie selber betraf, von ihr stammte. Auch schwieg sie sich darüber aus, daß ihr eigentlich eine noch bessere Lösung vorgeschwebt hatte, ein Unternehmen ohne den zweifelhaften Beistand Schefolds. Da Dincklage die Natur ihrer Beziehung zu Hainstock kannte – sie hatte sie ihm nicht vorenthalten –, widerstrebte es ihr, ihm auch nur anzudeuten, daß sie an Hainstocks Verhalten einiges auszusetzen fand.

Dincklage selber machte alle ihre gedachten Einwände gegen die Verwendung Schefolds zunichte.

»Das beste daran ist«, sagte er, »daß Hainstock überhaupt einen Vertrauensmann der Amerikaner an der Hand hat. Ich fürchte, ich hätte mich auf eine Vermittlung allein durch Hainstock nicht einlassen können.«

Sie heftete ihren Blick auf ihn. Obwohl er zum Fenster hinaussah, auf die leere Dorfstraße, muß Dincklage ihren Blick gespürt haben, denn er gab Erklärungen ab. »Natürlich vertraue ich Hainstock«, sagte er. »Aber selbstverständlich hätte ich von ihm verlangen müssen, daß er einen direkten Kontakt herstellt. Das verlange ich auch jetzt noch.«

Er wandte sich vom Fenster ab, sah Käthe an. »Der Plan muß in einer Einzelheit abgeändert werden«, sagte er. »Die letzte Nachricht muß durch die Linie kommen.«

Sie verstand nicht, oder jedenfalls glaubte sie, ihn zunächst nicht verstehen zu dürfen.

»Was willst du damit sagen?« fragte sie.

Ungeduldig wartete sie die Sekunden ab, die er verstreichen ließ, ehe er antwortete: »Ich setze in dieser Sache alles ein.« Während der folgenden Aufzählung machte er fortwährend Pausen. Er sagte: »Mich.« Er sagte: »Mein Bataillon.« (Zum erstenmal, daß er es als das seine bezeichnet, dachte Käthe.) Zuletzt sagte er: »Sogar dich, Käthe!« Es klang wie ein Selbstgespräch.

»Da muß ich verlangen, daß auch die Amerikaner etwas einsetzen«, fuhr er fort. »Nicht viel. Nur gerade, daß sie den Boten, der ihr endgültiges Einverständnis bringt, durch die Linie zu mir schicken.«

Jetzt war sie es, die zum Fenster hinaussah. Der Samstagnachmittag und das niemals aufhörende, von Schleiern verhängte Licht der Oktobersonne vollendeten das Bild der

Leblosigkeit, zu dem Major Dincklages Kriegsführung die Dorfstraße gemacht hatte. Der Thelenhof gegenüber, bleiern-weiß, lag verschanzt hinter seinem Mittagsschlaf.

Sie riß ihren Blick aus der Hypnose des stillstehenden und hoffnungslosen Lichts, sagte heftig: »Das geht nicht. Es ist zu gefährlich. So etwas kannst du Schefold nicht zumuten.«

»Ich werde dafür sorgen, daß ihm nichts zustößt«, sagte Dincklage im Ton eines Offiziers, der Maßnahmen trifft.

Sie versuchte es mit einem, wie ihr schien, einfachen und vernünftigen Vorschlag: »Also gut«, sagte sie, »wir können es ja so machen, daß er über seinen gewöhnlichen Weg zu dir kommt. Er wird dann eben vom Steinbruch her auf der Straße nach Winterspelt gehen. Oder wie wäre es, wenn du dich bei Hainstock mit ihm treffen würdest? Das müßte sich doch einrichten lassen.«

»Du begreifst nicht, Käthe«, sagte Dincklage. »Daß er durch die Linie kommt, wird für mich der einzige Beweis sein, daß die Amerikaner es wirklich ernst meinen.«

Von einem plötzlichen Gefühl der Vergeblichkeit überwältigt, gab sie es auf, ihm andere Lösungen zu empfehlen. Er hatte sich nicht irgendeine Idee in den Kopf gesetzt, die sie ihm, wie halsstarrig er sich auch geben mochte, schließlich doch ausreden konnte. Hinter seiner Bedingung für Schefolds Einsatz spürte sie eine Überzeugung, eine Art des Lebens und Denkens, von der Vernunftgründe abglitten wie Hände von einer Wand, an der sie keinen Halt fanden.

»Eine Struktur«, sagte sie am Abend des gleichen Tages (immer noch des 7. Oktober, dem vergangenen Samstag), in der Dunkelheit vor dem Thelenhof, zu Hainstock. »Etwas, das sich nicht verändern läßt.«

»Ach was«, sagte Hainstock, »es ist wie mit dieser Anglergeschichte, als er die Amerikaner am liebsten per Funk ersucht hätte, ihre Leute zurückzuziehen. Dieser Herr bildet sich eben immer noch ein, es gäbe einen Ehrenkodex unter Offizieren.«

Ob Ehrenkodex oder noch etwas anderes, jedenfalls war sie am Ende ihrer Besprechung mit Dincklage niedergeschlagen und verstört gewesen. Sie erwog, die Sache im Stich zu lassen, Dincklage zu erklären, daß unter diesen Umständen sein Plan unausführbar war.

Sie schauderte, als sie an Schefold dachte, an die Konsequenzen, die sich für ihn ergaben, und zwar nur, weil sie, Käthe, sich in eine Affäre eingemischt hatte, die ohne sie ein Gedankenspiel geblieben wäre. Von Angst, von bösen Vorahnungen erfüllt, starrte sie Dincklage an, der jetzt von etwas anderem zu reden begann, weil jemand die Schreibstube betreten hatte. Sie brachte es aber nicht fertig, sich auf den Themenwechsel einzustellen, hörte gar nicht hin, blieb stumm, so daß Dincklage gezwungen war, aufzustehen und die Türe zu schließen. Als er seine Hand auf ihre Schulter legte, verharrte sie reglos und teilte ihm mit halblauter Stimme Hainstocks Wunsch mit, er möge während der nächsten Tage keine Patrouillen in das Waldtal östlich Hemmeres schicken; sie bemerkte, daß er einen Augenblick zögerte, ehe er zustimmte, offensichtlich kam er über diese Erinnerung an eine undichte Stelle in seinem Frontabschnitt nicht ohne weiteres weg.

Ein paar Stunden später fragte sie Hainstock: »Sollen wir die Sache nicht abblasen?«

Er war bei Weinandy gewesen, hatte sich Lebensmittel und Zeitungen geholt, sie hatte ihn in der Hofstube angetroffen, im Gespräch mit dem alten Thelen. Nachher war sie mit ihm vor die Türe getreten. In der stockfinsteren Kriegsnacht, hinter der das Dorf verbarrikadiert war, gab sie ihm ihre Unterhaltung mit Dincklage wider. Das halb städtische Einfamilienhaus auf der anderen Straßenseite, der *Bataillonsgefechtsstand*, war nichts als ein grauer Umriß.

Hainstock war sich sofort darüber im klaren, daß er in diesem Moment und wahrscheinlich zum letztenmal die Entscheidung über Dincklages Plan in seiner Hand hielt. Wenn er jetzt ihre Frage mit einem entschlossenen *Ja* beantworten würde, wäre dieser seiner Meinung nach haarsträubende Einfall, ein deutsches Bataillon den Amerikanern zu übergeben, vom Tisch gewischt. Er sagte aber nicht »Ja« oder vielleicht »Ganz richtig! Machen wir Schluß, ehe wir damit angefangen haben!«, sondern er sagte: »Es ist zu spät dazu. Ich habe schon mit Schefold gesprochen.«

Fehlen logischer Gründe für diese Reaktion Hainstocks. Er selber gesteht die Schwäche, ja Nichtigkeit des von ihm vorgebrachten Arguments ein, denn als Käthe ihm vorhält, es wäre doch jetzt noch und ohne weiteres möglich, Schefold zu erklären, daß und warum die Aktion nicht stattfinden könne, sagt er: »Natürlich könnte ich Schefold zurückpfeifen.« Daß er sich dagegen sperrt, es zu tun, wie die Verwendung des Konjunktivs und des Wortes *natürlich* in diesem Satz verrät, darüber können die folgenden Vermutungen angestellt werden:

1. er könnte seit heute morgen, als Käthe ihm die Neuigkeit überbrachte, seine Meinung über Dincklages Plan geändert, eingesehen haben, daß es sich, gelänge er oder gelänge er nicht, dabei eben doch um einen kriegsgeschichtlichen Vorgang von größter Bedeutung handeln würde,

2. er ist tatsächlich der Meinung, der Stein sei bereits ins Rollen geraten. Wenn Dincklage mit Käthe, Käthe mit ihm, Hainstock, er mit Schefold, Schefold mit diesem amerikanischen Offizier in Maspelt gesprochen hat, so ist damit ein Ablauf von Ereignissen in Gang gesetzt worden, der nicht mehr rückgängig gemacht werden kann. Ob es sich dabei um die triviale Logik des Satzes ›Wer A gesagt hat, muß auch B sagen‹ oder um mehr handelt, um einen Rest von Glauben an das Unabänderliche bei diesem, einer Lehre von abso-

luter Aufklärung anhängenden Menschen – wer kann das sagen?,

3. er hat, nicht in dem Plan, aber in seinem Zustandekommen, das Ergebnis der Liebesbeziehung zwischen Dincklage und Käthe gesehen und gespürt, daß das Ergebnis zu groß war für die Beziehung, so daß er nur jenes zu fördern braucht, um diese zu beenden. Käthes Unbehagen, ja Schrecken über Dincklages Bedingung für die Teilnahme Schefolds an der Aktion war für ihn ein erstes Zeichen ihres Zweifels, ihrer Kritik an Dincklage selbst. Dies alles natürlich nur undeutlich, unbewußt. Daß auch bei einem Charakter wie dem seinen die Eifersucht zu überraschenden Handlungen führen kann, darf jedenfalls nicht von der Hand gewiesen werden.

Er hat aber keine der hier genannten Ursachen für seine Weigerung, Schefold *zurückzupfeifen*, genannt, sondern, sich aufs Technische beschränkend, zu Käthe gesagt: »Ach, weißt du, wenn Dincklage die Garantie dafür übernimmt, daß Schefold sicher durch die Linie kommt, dann ist das für Schefold weniger riskant als alles andere.«

Ob er sich bewußt war, daß er damit den von ihm soeben noch in Abrede gestellten Ehrenkodex für Offiziere akzeptierte?

Mit diesem Argument gelang es ihm auch, Schefold bei der Stange zu halten, wenn auch nicht im Handumdrehn.

Als Schefold am nächsten Vormittag (Sonntag, den 8. Oktober) wieder bei ihm aufkreuzte, war er sichtlich herabgestimmt.

»Kimbrough war sonderbar«, erzählte er. »Er hat mich angehört, Fragen gestellt, aber zuletzt nichts weiter gesagt, als daß er mit dem Regiment sprechen würde. Er sagte, er könne sich nicht denken, man werde auf dieses Angebot eingehen.«

»Na, hab ich's Ihnen nicht gesagt«, sagte Hainstock, verschwieg aber, daß er diese Lösung für die beste hielt. Wenn die Amerikaner nicht mitspielten, konnte Dincklage seine sinnlose Einzelaktion wieder in seine Schublade packen, und Käthe, Schefold und er, Hainstock, konnten dann in Ruhe das Ende des Krieges abwarten.

»Vor allem zeigte Kimbrough selber keine Spur von Begeisterung«, sagte Schefold. »Können Sie sich das erklären?«

»Die Internationale der Offiziere«, sagte Hainstock. »Sie haben es nicht gern, wenn einer von ihnen aus der Reihe tanzt.«

Schefold schüttelte den Kopf. »Sie kennen Kimbrough nicht«, sagte er. »Er ist alles andere als ein hundertprozentiger Offizier.«

»Dafür ist Dincklage ein hundertfünfzigprozentiger«, sagte Hainstock und machte ihn mit der Bedingung bekannt, die Dincklage sich für die letzte Phase von Schefolds Botengeschäft ausgedacht hatte.

Schefold lehnte dieses Ansinnen zunächst rundweg ab.

Hainstock beobachtete ihn, als er, verwirrt, hervorstieß: »Nein! Aber das ist doch eine Zumutung!« Schefolds dunkelrotes Gesicht besaß nicht die Fähigkeit, zu erbleichen. Nur in seinen Augen, die auf eine ganz andere Weise blau waren als die porzellanblauen Augen Hainstocks, bildete sich etwas Verwischtes, eine Trübung.

Nachdem er sich gefaßt hatte, sagte er: »Ausgeschlossen! Ich will gerne alles tun, aber ich will nicht in die Hände von Nazi-Soldaten fallen.«

Hainstock mochte das Wort *Nazi* nicht, das auf der anderen Seite im Gebrauch war. Er hatte es zum erstenmal von Schefold gehört. Er fand es zu gemütlich für das, was es bezeichnete. In seiner deutschböhmischen Heimat war das Wort *Nazi* die Abkürzung für den katholischen Vornamen Ignaz gewesen.

Gegen seine Absicht, Schefold zu überreden, sagte er: »Ich kann natürlich verstehen, daß es diesem Herrn nicht genügt, alle Nachrichten, die ihm die Amerikaner vielleicht zukommen lassen werden, sozusagen privat gesteckt zu bekommen, von einer Frau ...« Er unterbrach sich.

Schefold hakte sofort ein. »Oh«, sagte er, »es ist also eine Frau mit im Spiel. Wer ist sie?«

»Das geht Sie nichts an«, sagte Hainstock. Er ließ an Schefold seinen Ärger darüber aus, daß ihm der Fehler unterlaufen war, Käthe zu erwähnen.

Dieser ließ sich von dem Thema nicht abbringen. Es lenkte ihn, wie es schien, für den Moment sogar davon ab, sich weiter mit Major Dincklages Zumutung zu beschäftigen. Er begann aus Hainstocks *Versprecher* Schlüsse zu ziehen.

»Dann hat also eine Frau das Ganze angezettelt«, sagte er, ohne sich um Hainstocks schlechte Laune zu kümmern. »Donnerwetter! Das muß ja eine außergewöhnliche Person sein, wenn sie zugleich das Vertrauen des Majors und das Ihre hat, als Botin zwischen Ihnen beiden fungieren kann. Ich hatte mir vorgestellt, daß Sie selber ...« Er brach den Gedanken ab. »Ich habe mir ja den Kopf zerbrochen«, sagte er, »wie Sie überhaupt Wind bekommen haben von Dincklages Absicht, aber ich habe nicht gebohrt, weil ich nicht in Ihre Geheimnisse eindringen wollte und weil ich dachte, Sie würden mich schon noch eines Tages einweihen. Spätestens, wenn alles vorbei ist. Übrigens hat Kimbrough mich gleich gefragt, auf welchem Wege Sie zu Ihrer Kenntnis des Plans gekommen sind. Jetzt kann ich's ihm ja erzählen.«

Er schien nicht zu bemerken, daß Hainstock ihn aufgebracht ansah.

»Ist sie hübsch?« fragte er. Er wartete keine Antwort ab, sondern sagte: »Wissen möchte ich nur, ob sie in Ihrem Auftrag den Major ausgehorcht hat oder ob ...«

»Himmelherrgott«, sagte Hainstock, »halten Sie doch endlich den Mund!«

Schefold gab nicht zu erkennen, ob er sich beleidigt fühlte. Er lächelte, in einer Art, die eher auf Verlegenheit schließen ließ.

Er muß sich in diesem Augenblick daran erinnert haben, daß er, bei den Redereien über Hainstock in den Wirtshäusern von Eigelscheid oder Habscheid, die ihn eines Tages veranlaßt haben, den Mann in seinem Steinbruch aufzusuchen, auch einmal von einer Freundin Hainstocks hat läuten hören. Eine junge Lehrerin, die sich nach Winterspelt evakuiert hatte. Es war ihm peinlich, daß er auf dem Thema insistiert hatte. Er wäre nicht Schefold gewesen, wenn er nicht sogleich begonnen hätte, das Bild der ihm unbekannten Käthe zu romantisieren. Vorstellungen von geheimnisvollen, kühnen und schönen Frauen der Untergrundbewegung befielen ihn. Er war eben ein radikaler *Stendhalien*, fähig, fast bei jeder Frau, sogar bei einer, die er überhaupt nicht gesehen hatte, in Kristallisationsprozesse zu geraten. Daß seine Leidenschaft gerade einer Kellnerin in Saint-Vith galt, störte ihn dabei wenig. Möglicherweise hat ihn der Gedanke, daß eine Frau an der Aktion teilnahm, eher dazu bewogen, schließlich doch auf die Bedingung des Majors einzugehen, als die Behauptung Hainstocks, es sei für ihn weniger riskant als alles andere, durch die Linie zu kommen, falls der Major die Garantie für seine Sicherheit übernähme.

Seinen Zweifeln an der Möglichkeit einer solchen Garantie konnte Hainstock nichts entgegensetzen. Dincklage mochte allerlei Vorkehrungen treffen (ein generelles Schießverbot erlassen, die Linie verdünnen, dafür sorgen, daß sie nur mit den zuverlässigsten und erfahrensten Landsern besetzt war) – der Augenblick, in dem Schefold vor der Linie erschien, würde ein riskanter Augenblick sein.

»Kann diese Dame«, fragte Schefold, »dem Major nicht klarmachen, daß es viel einfacher wäre, wenn ich auf der Straße nach Winterspelt käme? Ich würde mich in seinem Büro melden, meinen Brief präsentieren – Sie kennen ihn ja! –, und er würde einen Beauftragten für den Schutz von Kunstwerken empfangen. Das wäre die natürlichste Sache von der Welt! Ich würde dabei nur ein geringes Risiko eingehen, und er überhaupt keins.«

Hainstock hatte keine Lust, ihm auseinanderzusetzen, warum Dincklage mit diesem Vorschlag nicht gedient war. Käthe hatte ihn dem Major ja bereits gemacht, wenn auch nicht so detailliert, und als Antwort irgend etwas über einen ›Beweis‹ zu hören bekommen, den er brauche.

Er entschloß sich, das Gespräch zu vertagen.

»Ich glaube, wir brauchen uns gar nicht mehr den Kopf darüber zu zerbrechen«, sagte er. »Die Amerikaner werden nicht mitmachen.«

Aber es hatte schon genügt, daß von allen Amerikanern nur dieser Captain Kimbrough mitspielte, damit Schefold sich heute in die Hände von Nazi-Soldaten hatte fallen lassen müssen, neben einem von ihnen hergegangen war, ein gestürzter Fürst, Käthe den Anblick eines ganz besonders wehrlosen Menschen geboten hatte. Wenn sie gewußt hätte, wie er wirklich war, hätte sie sich noch entschiedener dagegen gewehrt, daß Dincklage und Hainstock ihn für diese Mission verwendeten.

Alles war schließlich darauf hinausgelaufen, Schefold in eine Mutprobe zu treiben. Sie wußte, daß Hainstock diese Behauptung nicht gelten ließ. »Er hätte sich ja weigern können«, hätte er erwidert, wenn Käthe sie aufgestellt hätte. Tatsächlich hatte er noch gestern zu ihr gesagt: »Schade, daß er sich schlußendlich nicht doch noch geweigert hat.« Aber auf ihre Frage »Hast du es ihm nicht nahegelegt? Warum hast du es ihm nicht einfach verboten?« hatte er geantwortet: »Ihr wollt doch, daß die Sache zustandekommt, du und Dincklage. Oder wollt ihr es auf einmal nicht mehr?«

Während sie zögerte, aufzubrechen, weil ihr immer wieder einfiel, daß sie diese Hütte nie mehr wiedersehen würde, dachte sie darüber nach, welche Chance Wenzel Hainstock (bei ihr) verpaßt hatte, als er Schefolds Gang durch die Linie und damit die ganze Sache nicht verboten hatte.

So würde ihr also dieser da, dem man es ansah, daß er kein Zugvogel war, zuerst einfallen, wenn sie sich später einmal an die Hütte erinnerte. Gedrungen, rundköpfig, hockte er dort oben, im Halbdunkel der Kiste, ein Tier der Nacht und des Winters, ein Wesen, das blieb. Seltsam, wie er manchmal den Kopf herumwarf; da er keinen Hals besaß, wirkte die Bewegung, als drehe sich die große graue Maske wie in einem unsichtbaren Gewinde. Hainstock hatte Käthe gesagt, daß Eulen ein ausnehmend feines Gehör besitzen. Das Gefieder der Unterseite des Waldkauzes war rauchgelb, mit dunklen Streifen darin; sie hätte es gern berührt, aber sie wagte es nicht, dieser Vogel war kein Tier, das sich streicheln ließ, außer nach langer Gewöhnung.

Irgend etwas in seinem Kopf tat ihm noch immer weh, außerdem fühlte er sich schwindlig, war halb abwesend. Einmal, als er einen Schatten bemerkte, der sich bewegte, schrie er auf, gellend: »Kju-wik!« Dann wieder die Stimmen, fremd. Er empfand die Abwesenheit von Grün, das flatterte, raschelte, von harter Rinde, streichender Luft, Wasser, das tönte, Höhlungen, Finsternis. Einmal auch erinnerte er sich an Schnee.

Nach Winterspelt zurückradelnd, erhitzt, aber ohne in Schweiß zu geraten, dachte Käthe über Mut nach. Es gab große Unterschiede zwischen verschiedenen Sorten von Mut. Der Mut Schefolds, durch die Linie zu gehen, war ein ganz anderer als der, den sie hätte aufbringen müssen, wenn sie zu den Amerikanern und wieder zurück zu Dincklage gegangen wäre. Zu diesen einsamen Gängen durch das Waldtal (›das Ding allein drehen‹) wäre wahrscheinlich überhaupt kein Mut nötig gewesen, sondern nur, was sie ohnehin besaß: dieser wilde Trieb, auszubrechen, die Tapete zu wechseln (die sie heute nacht wechseln würde), den sie an sich konstatiert hatte, seit ihrem Auszug aus Berlin.

Während Schefold ...

Wann, warum, unter welchen Bedingungen entschloß sich jemand, mutig zu sein? Nicht einmal der Umstand, daß man ihn in eine Mutprobe trieb, gab einen ausreichenden Grund dafür ab. Hainstock hatte ganz recht: Schefold hätte sich weigern können.

Mindestens diesen doch nur vorläufigen, im Programm überhaupt nicht vorgesehenen Gang heute vormittag, hätte er ablehnen sollen. Niemand hätte ihm daraus einen Vorwurf gemacht.

Entstehung einer Partisanin

1.

Die Bekanntschaft zwischen Käthe und Major Dincklage kam so schnell – bereits am ersten Tag von Dincklages Aufenthalt in Winterspelt – zustande, weil am Spätnachmittag des 1. Oktober eine Ordonnanz auf dem Thelenhof erschien, welche, von der Anwesenheit dreier junger Frauen ziemlich verwirrt, die Frage vorbrachte, ob sich für den Major eine Nachttischlampe auftreiben lasse.

Dazu muß erklärt werden, daß jenes halb städtische Einfamilienhaus, grau verputzt und charakterlos inmitten der weißgekälkten Höfe, der rohen Bruchsteinställe, das bisher von allen Einheiten, welche sich in Winterspelt niedergelassen hatten, als Kommandozentrale requiriert worden war, dem Thelenhof gegenüber auf der anderen Seite der Dorfstraße lag und zu ihm gehörte. Der alte Thelen hatte es für seinen Bruder, einen geistlichen Herrn, bauen lassen, aber dieser war gestorben, ehe er in den Ruhestand trat. Von seinen wechselnden militärischen Bewohnern abgesehen, stand es leer. Seitdem die 18. mot. den Abschnitt übernommen hatte, trug es auf einem gelben Holzschild die Bezeichnung *Batl.-Gefechtsstand*, die Käthe lächerlich fand, nicht nur, weil keinerlei Gefechte stattfanden, sondern auch, weil sie festgestellt hatte, daß hinter dem hochtrabenden Namen nicht mehr steckte als die übliche Truppenschreibstube. Aus dem Verhältnis von Besitz und Nachbarschaft ergab sich, daß der Major zuerst einmal im Thelenhof anfragen ließ, wenn er etwas brauchte.

Die Ordonnanz, ein Gefreiter, wahrscheinlich Dincklages Bursche – eine Annahme, die Käthe bei dem Abendessen am nächsten Tag bestätigt fand –, geriet sichtlich immer mehr in Verlegenheit, denn der alte Thelen, der wie aus rostigem Draht gesponnen am Tisch vor einem Glas Tresterschnaps saß, tat nicht den Mund auf, und auch die Mädchen fanden Gefallen daran, ihn zappeln zu lassen, Käthe vor allem deshalb, weil der Ton, in dem er den Wunsch des Majors wiedergegeben hatte, verriet, daß er für den Gebrauch von Nachttischlampen keinerlei Verständnis aufbrachte.

Es war Therese, die schließlich die Momente stummen, ja feindseligen Anstarrens beendete.

»Du bist die einzige von uns«, sagte sie zu Käthe, »die eine am Bett hat. Willst du sie dem Herrn Major nicht leihen?«

»Die brauch ich doch selber«, sagte Käthe. Bei der Vorstellung, sie würde abends im Bett nicht mehr lesen können, mochte sie sich nicht einen Augenblick aufhalten.

Nachdem der Mann abgezogen war, glaubte Elise sich daran zu erinnern, daß sie auf dem Speicher noch eine Lampe hätten. Sie gingen alle drei nach oben und begannen zu suchen, wobei sie, ganz im Gegensatz zu ihrem abweisenden, unhöflichen Verhalten unten in der Stube, in eine Stimmung des Lachens und Alberns gerieten. Sie fanden die Lampe, trugen sie hinunter, schraubten eine Birne in ihr Gewinde, probierten, ob sie funktionierte, klopften den Staub von dem zerschlissenen violetten Schirm.

Die Aufgabe, sie in das Haus gegenüber, den ›Bataillons-Gefechtsstand‹ zu bringen, blieb an Käthe hängen. Obwohl der alte Thelen seine Töchter gar nicht ansah, sondern über sein Glas Tresterschnaps hinweg in eine Ecke der Hofstube starrte, waren Therese und Elise in seinem Beisein nicht zu bewegen, den Gang zu unternehmen, zu dem sie vielleicht große Lust gehabt hätten. Elise schützte Stallarbeit vor, während in Thereses Gesicht ein Ausdruck trat, den Käthe nicht nur als Scheu vor dem Vater, sondern als ein Sichverlieren in Gedanken an Boris Gorbatow deutete, der heute, am Sonntag, nicht auf dem Hof anwesend war. Ihr Verhältnis mit dem Russen erlegte ihr auf, Begegnungen mit deutschen Soldaten aus dem Weg zu gehen, soweit dies eben möglich war.

Als Käthe, die Lampe in der Hand, die Straße überquerte,

fragte sie sich, warum sie und die beiden Thelen-Töchter sich auf dem Speicher wie Backfische benommen hatten, obwohl sie doch alle drei längst und in jeder Beziehung aus dem Backfischalter heraus waren.

2.

In dem Haus war es still. Als Käthe, ohne anzuklopfen, die Türe zur Schreibstube öffnete, sah sie sich Dincklage gegenüber, der am Schreibtisch von Stabsfeldwebel Kammerer stand und von irgendeinem Aktenstück aufblickte, in dem er gelesen hatte. Er war allein; wahrscheinlich hatte er in diesen Spätnachmittagsstunden des Sonntags den Schreibern freigegeben, damit sie sich in ihren Quartieren einrichten konnten.

»Das ist aber sehr schön«, sagte er, unverzüglich im Bilde. Und, mit einem Blick auf die Überbringerin, von ihrem Aussehen ohne weiteres darauf schließend, daß sie die Bemerkung verstehen würde: »Das rettet meine Abende.«

»Wir haben sie auf dem Speicher ausgegraben. Ich konnte Ihnen nicht meine eigene abtreten, denn ich muß einfach vor dem Einschlafen lesen können«, sagte Käthe, während es ihr plötzlich nicht mehr undenkbar erschien, diesem Mann ihre Nachttischlampe abzutreten.

»Das ist doch klar«, sagte Dincklage.

Sie gestand sich widerwillig ein, daß ihr der finstere Glanz seines Ritterkreuzes imponierte, schob dann die Wirkung des Ordens darauf, daß er am Hals getragen wurde.

Er sagte: »Kommen Sie mit nach oben! Wir wollen ausprobieren, ob die Lampe funktioniert.«

Diese Aufforderung hätte Käthe selbstverständlich mit dem Satz beantworten müssen »Sie ist ausprobiert, sie funktioniert, drüben auf dem Hof ist die gleiche Spannung wie hier«, statt dessen schwieg sie und folgte dem Major, der auf dem Flur das Licht andrehte und auf der Treppe zum Dachstock, in dem sie übrigens noch nie gewesen war, voran ging,

leicht hinkend, wie sie bemerkte. Der Ton, in dem er sie eingeladen hatte, ›mit nach oben‹ zu kommen, war weder unge-
hörig, noch völlig harmlos gewesen; er hatte wie ein Vorwand
geklungen, mit ihr noch eine Weile beisammen sein zu können.

Auf der Treppe blieb er stehen, drehte sich zu ihr um und
fragte: »Darf ich Ihren Namen wissen?«

»Lenk«, sagte Käthe.

»Ich heiße Dincklage, Fräulein Lenk«, sagte er.

Sie sah ihn an und mußte lachen.

»Warum lachen Sie?« fragte er.

»Weil Sie komisch aussehen, mit der Nachttischlampe in
der Hand«, sagte sie. »Das paßt nicht zu Ihrem Ritterkreuz.«

»Offensichtlich haben Sie übertriebene Vorstellungen von
Würde«, sagte er. »Oder jedenfalls von Orden und Ehrenzei-
chen.« Auch er lachte, schien nicht im geringsten beleidigt zu
sein.

Das Zimmer oben war nicht sehr groß, aber auch nicht
bloß eine Dachkammer, obwohl das Fenster zwischen schrägen Wänden saß. Es enthielt nichts als ein Feldbett, zwei
Stühle und zwei grau gestrichene Kisten, deren eine neben
dem Bett stand. Das Feldbett ähnelte Wenzel Hainstocks
Feldbett wie ein Ei dem anderen. Auf der Kiste lagen ein paar
Bücher. Dincklage rückte sie ein wenig zur Seite, die Steck-
dose kam zum Vorschein, er stellte die Lampe auf die Kiste,
brachte sie mit dem Stromnetz in Kontakt, knipste sie an: sie
brannte.

»Wunderbar«, sagte er. »Ich danke Ihnen.«

Während er mit der Lampe hantierte, war Käthe an das
Fenster getreten, das Fenster, welches Major Dincklage an
den folgenden Vormittagen, wenn er seine Tabletten ge-
schluckt hatte, zu öffnen pflegte, um den amerikanischen
Bombergeschwadern mit den Blicken zu folgen, auszurechnen, wieviel Staffeln Abfangjäger nötig wären, um Bomber-
verbände solcher Stärke zu zerstreuen, und im Geist Satzteile

wie *wenn wir noch Jäger hätten* zu bilden, für die er sich nachher kritisierte, weil er in ihnen unwillkürlich die erste Person Mehrzahl gebraucht hatte. Jetzt, an einem Spätnachmittag, der schon in den Abend überging, waren keine Flugzeuge zu hören, und Käthe blickte nicht in den Himmel, sondern auf den Garten hinter dem Haus hinab. Der Garten war nichts weiter als ein Stück rechteckige Wiese, auf der ein paar alte Apfelbäume standen, die trotz des Krieges niemand mehr pflegte. Immerhin mußte man die Äpfel abgenommen haben. (»Wahrscheinlich haben die Leute von der 18. mot. sie gefressen«, hatte Stabsfeldwebel Kammerer am Vormittag zu Major Dincklage bemerkt, in einem Ton, als nähme er es der 18. mot. tatsächlich übel, daß sie die Äpfel nicht für die 416. Infanterie-Division hatte hängen lassen.) Die Blätter der Apfelbäume waren so braunrötlich, wie sie im Oktober sind. Das Gras der Wiese zeigte schon einen Stich ins Graue. Hinter der Wiese stieg der Hang der flachen Senke an, in der das Dorf lag. Er bestand aus Weideland, in das Laubbäume eingelassen waren, rostig und gelb, Scheiben aus Schmelzfluß, erstarrt, welche die Dämmerung versiegelten.

Sie hörte, wie Dincklage sagte: »Ich hätte mich natürlich mit Kerzen behelfen können. Aber es ist immer so umständlich, wenn man nachts aufwacht und erst nach den Streichhölzern tasten muß. Und man braucht mindestens drei Kerzen, wenn man genug Licht zum Lesen haben will.«

Käthe wandte sich um, ins Halbdunkel des Zimmers zurück, in dem die brennende Lampe hinter ihrem Schirm schon einen Flecken aus violettem Licht bilden konnte. Sie wunderte sich darüber, daß der Major Dincklage kein besseres Quartier gewählt hatte als dieses fast leere Zimmer ohne landwirtschaftlichen Hintergrund. In der Regel quartierten sich die Offiziere bei den reichen Bauern ein. Der Ortskommandant, den Dincklage abgelöst hatte, hatte auf dem Merforthof wie die Made im Speck gelebt.

Dincklage trat nicht zu ihr ans Fenster, sondern richtete

von der Wand neben dem Bett aus, an die er sich gelehnt hatte, das Wort an sie: »Ich vermute, Sie sind nicht aus Winterspelt, Fräulein Lenk.«

»Aus Berlin«, erwiderte Käthe. »Ich bin erst seit Juni hier, seitdem Prüm evakuiert worden ist. Bis dahin habe ich am Gymnasium in Prüm unterrichtet.«

»Sind Sie hier in Winterspelt Lehrerin?«

»Nein«, sagte sie. »Die Volksschule hier ist geschlossen.« Sie sagte: »Ich drücke mich seit dem Sommer vom Schuldienst. Ich habe gar nicht die Erlaubnis, hier zu sein.«

»Macht man Ihnen Schwierigkeiten?«

»Anfangs mußte ich mich verstecken. Jetzt läßt man mich in Ruhe. Hier gibt es nicht einmal einen Polizeiposten. Und der Ortsgruppenleiter hat momentan wohl andere Sorgen.«

»Interessant«, sagte er. Käthe kam es vor, als dächte er über die nebensächliche Nachricht, die sie ihm gegeben hatte, ernsthaft nach, ehe er sagte: »Kommen Sie zu mir, falls Sie doch noch Unannehmlichkeiten kriegen sollten!«

»Danke, aber das wird nicht nötig sein.«

Bei ihrer ersten Zusammenkunft mit Major Dincklage trug Käthe, was sie immer trug: einen schwarzen Sweater mit dreieckigem Ausschnitt, einen engen dunkelbraunen Rock, dünne graue Wollstrümpfe, ziemlich feste Schuhe. Sie hatte gar nichts anderes anzuziehen, wenn man von dem Sommerkleid absieht, das sie sich in Prüm gekauft hatte.

Nach ihrer Rückkehr auf den Hof war Käthe entsetzt darüber, daß sie Dincklage ohne weiteres ihr Vertrauen geschenkt, ihm von ihrer Flucht berichtet hatte. Warum um Himmels willen hatte sie in seiner Anwesenheit vergessen, daß sie – Hainstock wurde niemals müde, es ihr einzutrichtern! – in einer Welt lebte, in der auf den Vertrauensbeweis die Denunziation folgte?

Auf dem Lande steht man früh auf. Daß auch der Major Dincklage schon um vier Uhr auf war, in einer Frühe, so dunkel, daß sie noch durchaus zur Nacht gehörte, hätte Käthe nicht gedacht. Aber er stand am Montagmorgen um diese Zeit drüben vor dem Haus, auf einen Stock gestützt. Manchmal verschwand er, weil er ein paar Schritte die Dorfstraße entlangging, kam dann wieder zum Vorschein, blieb vor der Treppe stehen, die zum Eingang des Hauses hinaufführte. Käthe stand hinter einem der Fenster der großen Stube des Thelenhofes, in der kein Licht brannte, so daß Dincklage sie nicht sehen konnte, obwohl sie die Verdunkelungsjalousie hochgezogen hatte; aus der Küche drangen die Geräusche zu ihr, die Elise machte, während sie das Frühstück für die beiden Russen vorbereitete, die gleich kommen würden. Therese und der alte Bauer waren im Stall. Der Thelenhof war, im Gegensatz zu den meisten Häusern in Winterspelt, kein Einhaus, sondern ein Winkelgehöft, das einen Hofraum bildete, der sich zwischen ihrem Fenster und dem Platz ausbreitete, auf dem Dincklage stand. Sie konnte ihn gut beobachten, obwohl ihn keine Lampen, sondern nur die diffusen Helligkeiten von weißen Hausmauern in der klaren Nacht beleuchteten; von ihnen eingeschlossen wirkte er noch knapper, hermetischer zusammengefügt als am Tage, eine metallische Silhouette, ein preußischer Offizier, wie er im Buche stand, in engem Waffenrock, scharf geschnittenen Breeches und funkelnden Stiefeln, dieser Uniform, deren Arroganz Käthe haßte. Er trug eine schirmlose Feldmütze. Er war ein eher kleiner Mann, Käthe hatte sein Maß genommen, als sie mit ihm gesprochen hatte; er war nur wenig größer als sie selber, also vielleicht eins siebzig.

Sie zog die Jalousie herab, verließ das Haus und ging zu ihm hinüber.

»Sie sind ein Frühaufsteher, Herr Major«, sagte sie.

»Ich habe die ganze Zeit auf Sie gewartet«, sagte er. »Sie haben lange Zeit gebraucht, bis Sie gekommen sind.«

Diese beiden Sätze brachte er mit heller, etwas gequetschter Stimme vor; sie hörten sich an, als stelle er einen Untergebenen wegen eines Versäumnisses zur Rede.

Er wurde dann geradezu gesprächig. »Ich bin tatsächlich Frühaufsteher«, sagte er, »aber nur, weil ich von drei Uhr an vor Schmerzen nicht mehr schlafen kann. Seit zwei Jahren bin ich glücklicher Besitzer einer Arthrose des rechten Hüftgelenks, falls Sie wissen, was das ist.« Als Käthe verneinte, erläuterte er: »Das ist nichteinmal ein Kriegsleiden. Vielleicht hat der Krieg es nur aktiviert. Es hat auf diesem idiotischen Ausflug nach Afrika angefangen. Der Stabsarzt bei der Division will mich deswegen nach Hause schicken.«

»Mein Gott«, sagte Käthe, »das werden Sie sich doch hoffentlich nicht zweimal sagen lassen!«

Die Bemerkung rutschte ihr so heraus, aber sie hoffte auch, ihn bei diesem Thema halten zu können.

»Sechsmal bis jetzt«, sagte Dincklage. Obwohl Käthe es vermied, ihn anzusehen, spürte sie, daß sein Blick in der Finsternis auf sie gerichtet war. »Dieser Pflasterkasten verschreibt mir ausgezeichnete Pillen. Untertags spüre ich fast nichts.«

Fast ohne sich zu unterbrechen, fuhr er fort: »Ich hoffe, ich habe Sie nicht verletzt, Fräulein Lenk! Im Kriege muß es manchmal schnell gehen.«

Käthe fand diese Bemerkung vollständig richtig und hielt den in ihr ausgedrückten Tatbestand für eine der wenigen positiven Eigenschaften des Krieges, aber sie sagte: »Ach so, der Krieger ist daran gewöhnt, daß es schnell geht.«

»Ich habe während des ganzen Krieges zu keiner Frau auch nur Ähnliches gesagt«, sagte Dincklage, »wenn es das ist, was Sie meinen.«

Käthe sah noch immer zum Thelenhof hinüber.

»In Ihren Brillengläsern spiegelt sich die Nacht«, sagte Dincklage. »Ihre Brille steht Ihnen.«

Sie hörte sich das so an. Es gehörte ja einiges dazu, sie ohne weiteres auf den wundesten Punkt in ihrem Aussehen anzusprechen.

Auf Sätze, die Feststellungen enthielten, brauchte sie nicht zu antworten. Sie hatte auch keine Lust, ihm zu widersprechen, beispielsweise mit dem Satz »Ich finde meine Brille gräßlich«. Als in diesem Augenblick die Russen erschienen, war sie erleichtert.

Gegen Mittag überbrachte ihr die Ordonnanz vom Vortag einen Brief des Majors, in dem er sie noch für den Abend des gleichen Tages zum Essen einlud. »Leider nur Schreibstube«, schrieb Dincklage, »und leider nur Feldküche. Aber machen Sie mir doch die Freude!« Seine Schrift war zusammenhängend, geordnet, nicht sehr groß, ohne Haarstriche. Unter seinen Namen hatte er geschrieben: »Antwort ist nicht nötig.«

»Herrgott, Käthe!«

Der Bote kam schon zum zweitenmal gerade dann, wenn sie von einem Besuch bei Wenzel Hainstock zurückkehrte, gestern nachmittag beispielsweise, nachdem sie Wenzel vom Einrücken der neuen Einheit, dem Quartiermachen in der Nacht berichtet hatte, heute ... ja, was hatte sie ihm eigentlich heute melden wollen?

In Ermangelung neuer Nachrichten hatte sie gesagt: »Im Dorf ist es merkwürdig still geworden. Man sieht kaum noch Soldaten.«

Er hatte von seinen eigenen ersten Beobachtungen gesprochen, die Tarnungsmaßnahmen der neuen Einheit betreffend.

»Offenbar weht jetzt ein anderer Wind«, sagte er. »Der Chef dieser neuen Leute versteht anscheinend sein Handwerk.«

Käthe ließ sich hinreißen, zu sagen: »Ich glaube, er ist ein anständiger Mann.«

Sie überlegte aufgeregt, was sie antworten sollte, wenn Wenzel einhaken, fragen würde, woher sie dies wisse oder zu wissen glaubte, dachte sich schon die Formel zurecht »Er sieht eben anständig aus«, aber es erwies sich, daß er in solchen Dingen wenig oder gar keinen Riecher hatte, oder daß der Groschen bei ihm vielleicht erst später fiel, vielleicht fiel er in diesem Augenblick, in dem sie Dincklages Brief las?

»Alle diese anständigen Offiziere«, hatte er nur gesagt. »Sie haben ihrem Herrn treu gedient.«

Er hatte auf seinen Hals gedeutet, um sie an Dincklages Ritterkreuz zu erinnern, von dem Käthe ihm schon gestern berichtet hatte.

»Er hinkt«, berichtete sie. »Er benützt beim Gehen einen Stock.«

»Wie Friedrich der Große«, sagte er.

Er schien nicht zu bemerken, daß sein Spott bei ihr nicht ankam. Käthe unterließ es, ihm zu erzählen, wie sie gestern abend Major Dincklage eine Lampe überbracht, heute morgen in der Dunkelheit mit ihm gesprochen hatte.

Erst vier Tage später, am Abend des 5. Oktober (dem Donnerstag vor dem Donnerstag, an dem Schefold durch die Linie ging) hat sie Wenzel Hainstock ins Bild gesetzt, mit dem Satz »Mit ihm und mir ist etwas geschehen«, und tatsächlich hat dieser Steinbrecher sich bis dahin nicht vorstellen können, Käthe Lenk wäre fähig, in das Lager des Feindes überzugehen, wie er den Vorgang sogleich bezeichnete. An jenem Vormittag und auch nachdem Käthe gegangen war, ist ihm jedenfalls kein Verdacht gekommen, irgend etwas wäre nicht in Ordnung. Er hat sich nur darüber gewundert, daß Käthe nicht zu Zärtlichkeiten aufgelegt war, aber das kam immer einmal bei ihr vor. Man mußte sie dann in Ruhe lassen, was ihm nicht schwerfiel, denn er selber trat nur in Aktion, wenn er merkte, daß Käthe es wünschte. Er konnte sich beherrschen.

Von der Liebe zwischen Joseph Dincklage und Käthe Lenk
wird im folgenden nur insoweit die Rede sein, als es sich um
das Einspielen privater Vorgänge in einen kriegsgeschichtlichen handelt. Als von diesem unabhängiges Geschehen interessiert sie nicht. Die Liebe ist in der Literatur ausreichend
dargestellt worden, ihren Schilderungen kann nichts Neues
hinzugefügt werden. Ihr Mechanismus ist immer derselbe,
eine Art Fließband, auf welcher das Produkt von ersten Blik-
ken über Stationen des Sich-Kennenlernens bis zur Umar-
mung zusammengesetzt wird. Es gibt nur Variationen infolge
Verschiedenheit der Charaktere, politischer, sozialer, reli-
giöser Faktoren, die auf sie einwirken, Hindernisse, die ihnen
in den Weg gelegt werden, die Versuchsanordnungen sind
immer verschieden, außerdem gibt es natürlich verschiedene
Grade poetischer Verdichtung. Aber davon abgesehen ist es
gleichgültig (gleich und gültig), ob man sich der Schilderung
der Beziehung zwischen Dincklage und Käthe zuwendet,
oder derjenigen Hainstocks zu Käthe, Therese Thelens zu
Boris Gorbatow, Reidels zu Borek. Das ist alles Jacke wie
Hose. Nicht einmal Schefolds wechselnde Verehrungszu-
stände, diese zum l'art pour l'art gewordenen Stendhalschen
Kristallisationsprozesse, machen da eine Ausnahme. Weil das
so ist, d. h. weil die Literatur das Thema erschöpfend behandelt hat, warten wir heute nicht mehr mit geradezu atemloser
Spannung darauf, zu erfahren, ob der Hans die Grete kriegt.

Das Geheimnisvolle an der Liebe ist ja nicht, wie sie funktioniert, sondern daß es sie überhaupt gibt, und daß die von
ihr Betroffenen sie für eine unvergleichliche Novität halten,
auch wenn ihre Erfahrung ihnen sagt, daß sie nur erleben, was
seit Entstehung der Welt (oder sagen wir: der von Menschen
bewohnbaren Erde) milliardenfach erlebt worden ist. Das
Recht, diese Empfindung von etwas absolut Neuem nicht

nur für eine Illusion zu halten, steht ihnen zu, denn in ihrem kurzen Leben ist sie neu (auch wenn sie sich in einem Leben oft mehrmals wiederholt), drückt sich in körperlichen und seelischen Ausnahmezuständen aus, kann sogar medizinisch nachgewiesen werden. Hinweise auf den Paarungs- und Fortpflanzungstrieb erklären nichts; in ihren höchsten Formen will die Liebe von diesem nichts wissen; auch ist es erwiesen, daß im Augenblick des stärksten Gefühls das Sperma nicht in den Samenleiter eintritt. Woher aber diese Zustände (erweiterter Pupillen, geöffneter Arterien, Steigerungen der nerven-physiologischen Leitungsgeschwindigkeit, Träumereien) beim Zusammentreffen zweier bestimmter Personen, die vorher andere Personen getroffen haben, ohne daß sich das Geringste ereignete? Das eben ist das Wunder. Natürlich gibt es für jeden einzelnen Fall von Liebe eine Reihe Gründe, mit deren Hilfe man ihn kommentieren kann, aber dafür, daß Major Dincklage sich im gleichen Augenblick Hals über Kopf in Käthe verliebte, in dem sie mit der Lampe in der Hand die Schreibstube betrat, gibt es nicht den Schatten einer Erklärung. Er verliebte sich eben in sie, punktum, und sie sich, wenn auch mit einigem Widerstreben, in ihn.

Letzterer Umstand macht es auch unmöglich, das Ereignis lediglich als Ergebnis von Käthes erotischer Ausstrahlung zu betrachten, denn dann wäre es ja nur eine ziemlich einseitige Angelegenheit geblieben, eine Leidenschaft Dincklages für Käthe. Solche Einseitigkeit war wohl bei ihren Beziehungen mit Lorenz Gieding, Ludwig Thelen und sogar Wenzel Hainstock im Spiel. Sie hat sie – und binnen eines halben Jahres – hinter sich gebracht, nicht ohne Mitleid, aber ohne Leid. Der alte Thelen, der die Verehrung seines Sohnes für Käthe kannte und über ihr Verhältnis mit Hainstock Bescheid wußte, brachte an einem der nächsten Tage, während er zusah, wie Käthe sich anschickte, den Hof zu verlassen, um zu Dincklage zu gehen, in seinem eifeler Platt und in anerkennendem Ton den Tatbestand auf die – im Falle Dincklage aber nicht mehr zutreffende – Formel: »Mädchen, du hast die Männer aber am Bändel!« Seinen Töchtern hätte er die Lizenz, die in dieser Bemerkung lag, nicht eingeräumt – Thereses Verhältnis mit dem Russen hielten die drei jungen Frauen gemeinsam und mit aller List vor ihm verborgen –, während er sie Käthe ohne weiteres zugestand. Dieser alte Tyrann mochte es sogar, wenn Käthe ihm widersprach. Er hatte sie gern im Hause. Soviel zur Stärke der Sympathien, die Käthe erregte. Ende der Tirade über die Liebe.

Biogramm

Käthe Lenk, geb. 1920 in Berlin als einziges Kind des Kaufmanns (Generalvertreters einer Fabrik für Werkzeugmaschinen) Eduard Lenk und dessen Frau Klara, geb. Reimarus, protestantisch getauft, Abitur 1938 am Schiller-Gymnasium in Lichterfelde, Studium an der Universität Berlin (Philosophie, Sprachen) von 1939 bis 1942 (also während des Krieges), ohne Abschluß, seit Beginn 1943 an der Pädagogischen Hochschule in Lankwitz und Aushilfslehrerin an einer Oberschule in Friedenau. Als sie im Frühjahr 1944 Berlin verläßt, erhält sie von der Schulbehörde eine für das gesamte Reichsgebiet gültige Bescheinigung, die sie als Anwärterin für das Lehramt an höheren Lehranstalten (Studienreferendarin) ausweist. Von Mitte Mai bis Anfang Juli 1944 unterrichtet sie am Régino-Gymnasium in Prüm (Deutsch und Erdkunde). Als Prüm von der Zivilbevölkerung geräumt wird, weigert sie sich, einer Dienstverpflichtung nach Köln Folge zu leisten, taucht mit Hilfe eines ihrer Schüler, des Oberprimaners Ludwig Thelen, in dem an der Reichsgrenze gelegenen Dorf Winterspelt unter.

Obwohl Käthe bereits als Schülerin im Mittelpunkt zahlreicher Begegnungen steht, bei denen Fahrräder, Segelboote auf der Havel, Kino und die Anfertigung von Spickzetteln (Käthe ist in fast allen Fächern hervorragend) eine Rolle spielen, geht sie erst als zwanzigjährige Studentin ein Verhältnis mit dem Kunststudenten und Maler Lorenz Gieding ein, das bis 1944 währt.

Sie ist stark kurzsichtig und infolgedessen gezwungen, ständig eine Brille mit Gläsern von minus neun Dioptrien zu tragen, die sie in wasserhelles dünnes Horn fassen läßt, weil sie hofft, daß sie auf diese Weise am unauffälligsten wirkt. Noch hat niemand ihr gesagt, daß zu ihrer fast stets von der Sonne gebräunten Haut eine Brille mit starker dunkelbrauner Einfassung besser passen würde. Auch ihre Augen sind braun, enthalten Splitter von Grün. Sie ist schlank, nur 1,65 m groß, langbeinig, jedoch nicht asthenisch, sondern kraftvoll, fest, gut gegliedert. Ihr Gang ist federnd, gymnastisch trainiert, gehemmt nur (hochgezogene Schultern!), wenn sie sich beobachtet fühlt. In Berlin hat sie Tennis gespielt, und sie war im Schiller-Gymnasium die Beste im Hochsprung (1,48 m, mit Anlauf). Der Kopf ist klein, zeigt ein sowohl graziöses, wie – trotz ihrer Jugend – bereits völlig ausmodelliertes Gesicht, eine hübsche Nase, vielleicht wäre dieser Kopf nichts weiter als eine Nuß, ein Bronze-Oval, ein Sphäroid oder was einem sonst als Bild für Rundkörperliches, Gewölbtes und Ausgehöhltes einfällt, enthielte er nicht, unbeeinträchtigt von der Brille, die durchdringende Intelligenz, die Wärme und das Leuchten von Käthes Augen. Das Leben wird lebendiger, wenn Käthes Blick es trifft – das haben alle gespürt, die mit ihr zu tun bekamen. Ihre Haare sind braun, vielleicht ins Blonde spielend, glatt, lang, sie trägt sie meistens zu einem ›Pferdeschwanz‹ zusammengebunden, der ihr über den Rücken fällt. Zu ihrem Leidwesen besitzt sie weder Lippenstift noch Parfum – sie weiß nicht, wie sie im sechsten Kriegsjahr an diese Dinge kommen könnte. Ihre Garderobe besteht aus zwei Kleidern, etwas Wäsche und einem Regenmantel; Elise und Therese Thelen leihen ihr Wollsachen, oder Schürzen für die Hausarbeit. Auf dem Thelenhof hat sie die Hausarbeit, das Putzen, übernommen, nachdem sie sich für die Landwirtschaft als unzuständig erklärt hat.

Die Reise in den Westen

1.

Dincklage gegenüber fing sie die Geschichte umständlicher an. Zu Hainstock hatte sie nur einfach gesagt, sie sei am Abend des 8. März nicht zu Hause in Lankwitz gewesen, sondern zum Sprachunterricht in der Stadt, während sie Dincklage genau schilderte, wie sie ihrer Lehrerin den Anfang des 7. Kapitels von *Bleak House* vorgelesen hatte, nicht ahnend, daß diese Englischstunde die letzte sein würde, die sie bei dem alten Fräulein in der Dorotheenstraße nahm.

»Die Dienstagabende in der Dorotheenstraße würden noch lange weitergehen, habe ich gedacht«, sagte sie. »Erster Teil Konversation, zweiter Teil Grammatik, dritter Teil Lektüre.«

Sie erinnerte sich und erzählte Dincklage, wie Fräulein Heseler, wenn Käthe an einen besonders schönen Satz geriet, immer erst einen Schluck Tee trank, ehe sie begann, ihre Aussprache zu korrigieren. *And solitude, with dusty wings, sits brooding upon Chesney Wold,* gefolgt von dem Griff einer feingliedrigen alten Hand nach der Teetasse.

Daran, daß sie die Sache überhaupt erzählte, war Dincklage schuld. Er hatte sie – wie seinerzeit Hainstock – gefragt, warum sie aus Berlin weggegangen sei. Sie hatten das Abendessen am Montag, dem 2. Oktober – Schreibstube, Feldküche, aber immerhin Rotwein –, hinter sich, die Ordonnanz, die auftrug, war verschwunden, Käthe rauchte, auch der Major rauchte eine seiner streng dosierten Zigaretten.

»Ich habe das Buch in der Bibliothek des Gymnasiums in Prüm wiedergefunden.«

»Sie meinen *Bleak House*?« fragte Dincklage.

»Ja«, sagte sie. »Aber ich habe es nicht zu Ende gelesen. Ich schlug nur den Anfang des 7. Kapitels auf und erinnerte mich daran, wie ich mir am Abend des 8. März vorgenommen hatte, gleich, wenn ich nach Hause käme, im Atlas meines Vaters nachzusehen, wo Lincolnshire liegt.«

Dincklage war hellhörig genug, sie nicht zu unterbrechen, etwa von seinem eigenen Ausflug in diese englische Landschaft zu erzählen. Das hat er erst später getan. Er schwieg, wartete auf die Pointe.

In der Finsternis der Straße das Blaugrau der Uniform von Lorenz Gieding, wie jeden Dienstagabend um neun Uhr, wenn sie das Haus verließ. (Davon hat sie weder zu Dincklage noch zu Hainstock gesprochen. Es ging diese beiden ja wohl auch nichts an.)

Sie sagte zu Lorenz: »Ich möchte dich mal treffen, nachts auf einer Straße, und du wärst von einer Lampe beleuchtet.«

»Kannst du haben«, sagte er, zog die Taschenlampe heraus, die er immer bei sich trug, und leuchtete sich ins Gesicht. Sie sah seine dunkelblauen Augen hinter der Brille mit den schwarzen Hornrändern.

»Nein«, sagte sie, »das ist nicht das Richtige. Ich meine eine Straßenlampe«, aber da schrie schon jemand aus der Dunkelheit: »Licht aus!«

Lorenz begleitete sie bis zum Potsdamer Platz, dann mußte er weg, um rechtzeitig seine Unterkunft zu erreichen. Aufenthalte für Umarmungen, Küsse, besonders auf dem Weg durch den Tiergarten. Käthe mochte an Lorenz alles, außer den halb stockigen, halb metallischen Geruch seiner Uniform.

»Als ich durch die Saarlandstraße ging, heulten die Sirenen«,
erzählte Käthe. »Ich saß den Angriff in dem S-Bahnschacht
unter der Saarlandstraße durch. Es dauerte bis lange nach
Mitternacht, also geschlagene drei Stunden, ehe die Entwarnung kam. Zu hören war hier, im Zentrum Berlins, fast
nichts. – Kennen Sie eigentlich Berlin?« fragte sie Dincklage.
    »Ich war zwei- oder dreimal dort«, sagte Dincklage. »Aber
ich kenne es so gut wie überhaupt nicht.«

Sie unterschlug ihm, hat auch Hainstock unterschlagen, daß
sie die ganze Zeit, während sie in dem zum Luftschutzraum
erklärten S-Bahn-Schacht unter der Saarlandstraße saß, an ihren Freund Lorenz Gieding gedacht hat, einen früheren
Kunststudenten, jetzt Luftwaffengefreiten, der es mit Hilfe
einer – längst verkapselten – Tbc und Beziehungen fertiggebracht hatte, sich bis zum Frühjahr 1944 auf einem Druckposten in der Heeresbücherei zu halten. Er mußte jedoch in einer Kaserne wohnen, und Käthe lehnte es ab, ihr Elternhaus
zu verlassen, eine sturmfreie Bude zu mieten. Sie lösten das
Problem, indem sie zu einem Gasthaus in Sakrow fuhren,
wenn Lorenz Nachturlaub bekam. Käthes Eltern wandten
nichts dagegen ein, daß sie manchmal eine Nacht wegblieb –
sie war schließlich vierundzwanzig, unterrichtete bereits,
würde bald den Titel einer Studienreferendarin tragen –, es
war ihnen lieber, als wenn Lorenz, der manchmal ins Haus
kam, den sie sympathisch fanden, die Nacht über in Käthes
Zimmer geblieben wäre. »Wenn wir heiraten würden, bekäme ich wahrscheinlich die Erlaubnis, privat zu wohnen«,
sagte Lorenz einmal. »Deswegen«, sagte Käthe, nahm sich
nichteinmal die Mühe, das Wort *heiraten* anzuhängen.

»Nach der Entwarnung ging ich zum Anhalter Bahnhof, die
S-Bahn verkehrte schon wieder, ich bekam gleich einen Zug

nach Marienfelde. Das Gelände des Güterbahnhofs Marienfelde stand in Flammen, aber über dem Viertel rechts von der Marienfelder Allee, wo wir wohnten, gab es keinen Widerschein von Bränden.«

Sie erinnerte sich, wie erleichtert sie gewesen war, weil der Himmel über dem Viertel, wo sie wohnte, so dunkel war, wie er nur sein konnte; unter ihm flogen rötliche und sandgraue Wolken dahin, die aus den Feuern im Güterbahnhof aufgestiegen waren. Sie konnte sich jetzt schon selber zusehen, wie sie in den Hanielweg einbog, wie sie mit immer langsameren Schritten auf die Menge Menschen zuging, die um den Platz herumstand, wo das Haus gewesen war, in dem sie mit ihren Eltern gewohnt hatte.

»Zu fragen gab es da nichts mehr«, sagte sie zu Dincklage. »Wenn da nichts mehr zu sehen war als ein flacher Haufen Steinschutt, gab es nichts mehr zu fragen, verstehen Sie! Was gab es denn? Daß Eltern plötzlich verschwunden, mir nichts, dir nichts weg waren. Vater weg. Mutter weg. Das gab es. Das gab es eben, verstehen Sie!«

Dincklage gab sich keinen Augenblick der Täuschung hin, Käthe habe mit diesem wiederholten und dringlich hervorgestoßenen ›Verstehen Sie!‹ wirklich ihn gemeint, sein Verständnis angerufen. Sie hatte mit sich selbst gesprochen, sich selber aufgefordert, zu begreifen, weil sie nicht begriff, niemals begreifen würde, was geschehen war, weil kein Mensch imstande war, zu begreifen, warum derartiges geschah, denn es gab keine Erklärung dafür, nichts, was der Sache irgendeinen Sinn gegeben hätte, nichteinmal etwas so Altes und Abgelatschtes wie das Wort *Schicksal*, dieses Scheißwort, das dazu herhalten mußte, noch den letzten Dreck zu beschönigen, und das man am besten aus den Wörterbüchern strich, denn es gab das Schicksal gar nicht, sondern nur das Chaos und den Zufall, von denen wissenschaftliche Hohlköpfe annahmen, sie brächten Ordnung hinein, wenn sie daraus Statistiken zapften. Käthes Eltern gehörten in die Unfall-Statistik des Chaos, dachte Dincklage,

in die Reihe der Opfer des imperialistischen Krieges, hat Hainstock gedacht und hat es auch einmal zu Käthe gesagt, und zwar in einem Moment und auf eine Weise (sachlich, trocken), daß sie es sich gefallen ließ,

während Dincklage seinen Chaos-Gedanken nicht aussprechen konnte. Er konnte diesem Mädchen, in das er sich sinnlos verliebt hatte, nicht ein einziges Wort des Trostes sagen, und er hatte infolgedessen den Mund zu halten, aber er wurde sich des Versagens seiner Sprache so quälend bewußt, daß er aufstand und, leicht hinkend, in der Schreibstube hin und her ging, nein, nicht in der Schreibstube selbst, denn das Abendessen hatte in dem Raum daneben stattgefunden, jenem Zimmer, an dessen Türe Stabsfeldwebel Kammerer ein Schild mit der Aufschrift *Chef* befestigt hatte. Von Zeit zu Zeit warf er einen Blick auf Käthe, befürchtete, sie würde anfangen zu weinen, aber davon konnte nicht die Rede sein.

Das muß nun ein für allemal aufhören, dachte Käthe, daß ich jemandem von der Liquidation meiner Eltern erzähle.

Über die Wirkung des Aufschlags einer vielleicht nur mittleren Sprengbombe auf eine kleine Klinkervilla wußte Hainstock als Steinbruch-, ergo Sprengfachmann natürlich alles, behielt seine Kenntnisse aber für sich.

Ihm, nicht Dincklage, dem gegenüber sie jetzt verzweifelt bemüht war, auf ein anderes Thema zu kommen, hat sie noch erzählt, was ihr nachher zugestoßen ist.

»Eine Nachbarin hat mich angeredet, gesagt, ich solle in ihr Haus kommen, ich könne bei ihr wohnen, solange ich wolle. Ich habe mich umgedreht und bin zum S-Bahnhof Marienfelde zurückgegangen. Den Rest der Nacht habe ich auf einer Bank im Wartesaal des Anhalter Bahnhofs verbracht.«

Das unerträglich Einzusehende sei gewesen, sagte sie zu Hainstock, daß Vater und Mutter doch nicht gänzlich weg waren, sondern, mit größter Wahrscheinlichkeit, unter den Steinen einen formlosen Brei aus Fleisch und Knochen bildeten, der, wegen Seuchengefahr, schon am Vormittag ausgegraben und von den Steinen abgekratzt werden würde.

»Vater und Mutter waren jetzt eine Seuchengefahr, verstehst du!«

Sie behauptete, sie habe, als sie mit ihren Überlegungen so weit gekommen sei, einen Schrei ausgestoßen, den aber niemand von den Umsitzenden im Wartesaal des Anhalter Bahnhofs gehört habe.

»Ich habe wirklich geschrien, und sie haben nicht nur so getan, als überhörten sie meinen Schrei, sondern sie haben ihn wirklich nicht gehört.«

Hainstock sagte: »Du hast geschrien, sicher, aber du hast dabei nicht den Mund aufgemacht.«

Sie schüttelte den Kopf, weigerte sich, diese Erklärung anzunehmen.

Den Hanielweg hat Käthe Lenk nie wieder betreten. Die Schulbehörde besorgte ihr sofort ein Zimmer. Sie unterbrach den Schuldienst nur einen Tag lang. Von dem möblierten Zimmer in Steglitz aus wickelte sie ab: die Bestattung der Überreste ihrer Eltern auf dem Städtischen Friedhof am Alboinplatz, den Ersatz verlorengegangener Lebensmittelkar-

ten und Ausweise, die Anmeldung des Schadens beim Kriegs-
sachschädenamt, den juristischen Prozeß der Feststellung,
daß sie, als einziges Kind, Alleinerbin war, die Übertragung
des Girokontos ihres Vaters bei der Commerzbank, auf dem
sich etwas über 25 000 Reichsmark befanden, auf ihren Namen, ihr Ausscheiden aus der Schule in Friedenau. Am
15. April 1944, zehn Tage nach Ostern, verließ sie Berlin.

Am Tage nach dem Tod ihrer Eltern hat sie lange gebraucht,
ehe sie sich entschloß, Lorenz in der Heeresbücherei anzurufen. Er erkundigte sich nur nach den näheren Umständen,
erst am Abend, als sie in einem fast leeren Café am Nollen-
dorfplatz saßen, sagte er, über sie hinweg das Lokal betrachtend: »Du bist arm dran.« Erst da begann sie zu weinen, sie
weinte, wie es ihr schien, stundenlang. Sie wird nie aufhören,
Lorenz dafür dankbar zu sein, daß er ihre ›stundenlange Heu-
lerei‹ – ihr Ausdruck dafür! – an jenem Abend ruhig ertrug
und keinen Versuch machte, sie zu trösten. Er saß einfach da,
wehrte die Kellnerin ab, als sie die Weinende ansprechen
wollte, trank Ersatzkaffee und sorgte dafür, daß Käthe sich
ausheulen konnte. Als sie fertig war, putzte er ihre Brille, die
sie hatte abnehmen müssen, und reichte sie ihr.
    Irgendwann später, während eines Spaziergangs am Sakro-
wer See, fragte sie ihn: »Weißt du zufällig, wo Lincolnshire
liegt?«
    »Nein«, sagte er nach einigem Nachdenken, »nicht genau.
Ich habe nur gelernt, daß in der Stadt Lincoln eine der schön-
sten englischen Kathedralen steht. Warum?«
    Käthe hatte Fräulein Heseler geschrieben, daß sie nicht
mehr zum Unterricht kommen würde.
    »Ein Haus«, sagte sie, »das ist etwas, wo ein Atlas liegt.«
    »Ach so«, sagte er. Er ließ sich Zeit, ehe er sagte: »Wenn
der Krieg vorbei ist, fahren wir nach Lincolnshire, Käthe!
Und nach London und Paris und New York.«

Fast genau dasselbe hat Major Dincklage einmal zu ihr gesagt und sich gewundert, warum er eine Abfuhr bekam.

»Nach dem Krieg werden du und ich Gott weiß wo sein«, hat Käthe gesagt. Und, noch kälter abwehrend, weil sie ihre Erinnerung an Lorenz verteidigen wollte: »Ich werde nicht darauf warten, daß ein Mann mich irgendwohin mitnimmt.«

Sie sah Lorenz zu, wie er den See zeichnete, mit Kohle auf einen großen Block weißen Papiers, das Schilf wurde bei ihm zu einer Folge harter, wütender Striche. Sein Gesicht war, wie immer, dunkelhäutig, starknasig, unter einem Helm aus schwarzen glatten dichten Haaren, ein Gesicht von einer römischen Münze. Seine dunkelblauen Augen beobachteten durch eine Brille mit schwarzen Hornrändern den See, das Schilf.

Sie saßen auf dem Stamm einer gefällten Kiefer, und Käthe sagte ihm, daß sie Berlin in ein paar Tagen verlassen würde.

Er klappte den Block zu, preßte ihn an sich, blickte weiter auf den See.

»Maikäfer flieg«, sagte er, »dein Vater ist im Krieg, deine Mutter ist im Pommerland, Pommerland ist abgebrannt, Maikäfer flieg!«

Drei Tage später rief er Käthe in der Schule an und teilte ihr mit, daß er zur Truppe versetzt sei, abgestellt zu einer Luftwaffen-Felddivision, die im Westen stand, irgendwo nördlich Paris. Sein Marschbefehl lautete schon für den nächsten Tag, sie konnten sich gerade noch einmal treffen, in Käthes Zimmer in Steglitz.

»Wenigstens bekomme ich auf diese Weise mal kurz meine Leute zu sehen«, sagte Lorenz, und Käthe spürte, wie er die Bemerkung sogleich bedauerte, weil sie daran erinnerte, daß er noch seine Eltern besaß. Münster, wo er zu Hause war, lag auf seinem Weg. Sie vereinbarten, daß Käthe den Versuch machen würde, ihn einmal zu treffen, in Köln vielleicht, falls er Urlaub bekäme. Hin- und Hergerede darüber, wie sie, während ihrer Reise, Post von ihm bekommen, seine Feldpostnummer erfahren würde. Es kam Käthe vor, als sei er, auf ihm selbst vielleicht unbewußte Weise, erleichtert, daß er nun nicht der war, der in Berlin zurückblieb. Er war aufgeregt, konnte nur schwer verbergen, daß er sich auf Frankreich freute.

Als Käthe von ihrer letzten Englischstunde kam, hatte sie an: ein braunes Wollkostüm, dünne graue Wollstrümpfe, ziemlich feste Schuhe, einen Regenmantel. Man gab ihr eine Kleiderkarte, aber sie besorgte sich nichts als Wäsche und einen schwarzen Pullover. Monatelang war sie es ganz zufrieden, daß sie sich nicht den Kopf darüber zerbrechen brauchte, was sie anziehen solle. Auf ihre Reise ging sie mit einem kleinen braunen Handkoffer, den ihr Freunde ihrer Eltern geschenkt hatten. Er wog fast nichts.

Erst in Prüm kaufte sie sich, als es Sommer wurde, ein leichtes Kleid. Einem Geschäft in der Hahnstraße waren ein paar Kleider aus gestreiftem Leinen, ärmellos, zugeteilt worden, und es gelang ihr, eines davon zu ergattern. Ihre Primaner waren auffällig still, als sie damit zum erstenmal in die Klasse kam. Käthe war froh, daß sie braune Arme und Beine hatte; sie braucht sich nur irgendwo eine Stunde in die Sonne zu legen, dann wird sie braun wie ein Stück Holz. (»Holz ist gut«, hat Wenzel Hainstock gesagt und ihren Arm mit seiner Hand umfaßt, als sie einmal für die Farbe ihrer Haut diesen Vergleich gebrauchte.) Sie setzte sich hinter das Katheder und nahm die Brille ab, damit sie die Art der Blicke nicht wahrnahm, die heute auf sie gerichtet waren. Ihr Sehvermögen reichte aber aus, um festzustellen, daß nur Ludwig Thelen zum Fenster hinaussah.

Therese hatte darauf bestanden, daß Käthe eine ihrer Strickjacken überzog, als sie sah, daß sie in diesem Kleid zu dem Abendessen mit dem Major ging.

»Du bist ja jeck«, hatte sie gesagt. »Es ist schon richtig kalt. Das ist doch kein Kleid für den Oktober.«

Aber Dincklages Bursche hatte den Ofen in der Schreibstube geheizt, so daß sie die Strickjacke ausziehen konnte. Ihre Arme kamen schmal aus dem Kleid heraus, Käthe fand sie zu mager, Lorenz, der bildende Künstler, hatte gesagt, das Fleisch ihrer Oberarme sei konkav, leicht nach innen gewölbt.

Weitere Nachrichten vom Abendessen:

Die Erkundigung nach ihrem Vornamen, die Bitte, ihn gebrauchen zu dürfen. Natürlich hatte sie nichts dagegen.

Er trug nicht nur keinen Ehering, sondern war tatsächlich nicht verheiratet.

Ein- oder zweimal ging ein Engel durchs Zimmer. Als sie es bemerkte, ließ sie sich Afrika, Sizilien, Paris, Dänemark schildern.

Er sagte, dann und dann seien sie in die Sahara gekommen.

»Das interessiert mich nicht«, sagte sie. »Beschreiben Sie die Sahara!«

Er sah sie an und begann, zu seinem eigenen Erstaunen, die Sahara zu beschreiben.

Es gefiel ihr, bei Tisch bedient zu werden. Irgendwie hatte sie erwartet, aus einem Kochgeschirr löffeln zu müssen, aber die Ordonnanz servierte auf Tellern.

»Betrachten wir dies als Irish Stew!« sagte Dincklage.

Da sie nicht wußte, was Irish Stew war, betrachtete sie das vorgelegte Undefinierbare als solches. Den Wein tranken sie aus Wassergläsern. Sie hatte sich vorgestellt, Offiziere äßen nicht dasselbe wie ihre Soldaten. Sie wußte nicht, daß es sich dabei um eine Marotte des Majors Dincklage handelte. Nur den Wein erlaubte er sich heute, aus Anlaß ihres Besuchs. Irgend etwas an ihm, sie hätte nicht sagen können, was, bestätigte ihr seinen Satz von heute morgen: »Ich habe während des ganzen Krieges zu keiner Frau auch nur Ähnliches gesagt.« Er wirkte nicht unbeholfen, nicht gehemmt, aber doch so wie ein Mann, der seit Jahren keine Frau mehr gehabt hat.

Das war ihr aus irgendeinem Grund, sie hätte nicht sagen können, aus welchem, nicht ganz recht.

Andererseits legte sie sich die Frage vor, was geschehen wäre, wenn statt ihrer Elise oder Therese die Lampe gebracht hätten. Elise und Therese waren, jede auf ihre Art, hübsche Mädchen. Aber auf keine von ihnen hätte der Major am nächsten Morgen in der Dunkelheit gewartet, um dann mit heller, etwas gequetschter Stimme, als stelle er einen Untergebenen zur Rede, zu sagen: »Sie haben lange Zeit gebraucht, bis Sie gekommen sind.«

Diesen ›äh-äh‹-Ton mochte sie nicht an ihm. In der Regel sprach er ganz normal, mit einer ruhigen, eher dunklen Stimme, aber dann wieder brach es aus ihm heraus: »Betrachten wir dies als Irish Stew!« Sie würde ihm diese Unart abgewöhnen.

Abgewöhnen, dachte sie entsetzt. Als ob ich die Absicht hätte, mich an ihn zu gewöhnen!

2.

Ehe sie nach oben gingen – denn es war ja klar, daß sie nach oben gehen würden, er hatte mit seinen Sätzen von heute morgen, in der Dunkelheit, die Zeichen dafür gesetzt, sie hätte seine Einladung ablehnen müssen, wenn es ihr als unmöglich erschienen wäre, mit ihm ins Bett zu gehen, aber es erschien ihr ganz und gar nicht als unmöglich –, ehe sie also nach oben gingen, weil es im Kriege – und übrigens nicht nur im Kriege – manchmal schnell gehen muß –, empfanden sie die Notwendigkeit, zwischen das Bett und Käthes Geschichte von dieser Sprengbombe eine Pause eintreten zu lassen, die mit irgend etwas gefüllt werden mußte, wenn auch nicht gerade mit Konversation. Für Konversation war es schon zu spät geworden.

»Aber wie sind Sie denn von Berlin ausgerechnet in dieses Eifelkaff gekommen?« fragte Dincklage.

»Ausgerechnet überhaupt nicht«, erwiderte Käthe.

»Ich habe einen Zug nach Hannover genommen«, erzählte sie. »Warum ich von Berlin aus nach Westen gefahren bin, weiß ich nicht. Ich bin überhaupt nicht auf die Idee gekommen, ich könne auch nach Osten reisen. Oder nach Süden. Für mich kam nur der Westen in Frage, aber eine Ursache für meinen Entschluß, diese Richtung zu wählen, habe ich niemals finden können. Ich habe sie nichteinmal gewählt – was man so wählen nennt. Komisch, nicht?«

Dincklage beantwortete diese Frage nicht. Zugvogelwanderungen, Triebrichtungen überhaupt, waren nicht ›komisch‹.

Hannover war ziemlich zerstört. Sie ging in ein paar Straßen umher, fand die Stadt ausgedient. Die schweren Fassaden, leer oder noch bewohnt, waren aus gequollenem Leder. Sie sahen Käthe nichteinmal an. Sie ließ sich wieder von dem Bahnhof verschlucken, einem dunkelroten Scheusal unter einem grauen Himmel. Bahnhöfe wie dieser hatten den Krieg heraufbeschworen.

»Weil ich nicht in Hannover bleiben wollte, fuhr ich nach Hameln. Der Name gefiel mir. Als ich in Hameln ankam, war es schon dunkel, ich habe mich zur Innenstadt durchgefragt, bin eine lange Straße mit alten Häusern entlanggegangen«,

die Treppengiebel hoben sich schwarz vom Nachthimmel ab,

»es gab viele Gasthöfe, ich fand ein Zimmer.«

In der Gaststube unten – sie war möglicherweise gemütlich – aß sie aus Gemüse zusammengebackene Bouletten, las eine Zeitung, fürchtete sich vor ihrem Zimmer, an einem Tisch saßen Bürger, Honoratioren vielleicht.

»Das Zimmer war ein langer enger Schlauch, auf einem Tisch stand eine Waschschüssel und ein Krug mit Wasser, ich habe nicht gewagt, den Schrank zu öffnen«,

als sie das Licht löschte und das Fenster aufmachte, stand die Wand des nächsten Hauses, zum Greifen nah, davor, graue Risse zogen sich durch sie, Käthe blickte auf die Wand, während sie im Bett lag.

»Stellen Sie sich vor, ich hatte nichts zu lesen mitgenommen! Nein, das können Sie sich nicht vorstellen. Ich habe mich gezwungen, eine zweite Nacht in diesem Zimmer zu verbringen, weil ich nicht schnell aufgeben, feststellen wollte, ob Hameln vielleicht für mich taugte. Eigentlich ist es ja eine schöne Stadt.«

Dem Glockenspiel vom Rathaus hörte sie lange zu. In der Weser spiegelten sich leere Bäume.

»Nach Hannover zurück und über Bremen nach Ostfriesland. Es war mir eingefallen, daß es das Meer gab. Alle Züge waren überfüllt, schlichen dahin, von Bremen nach Norddeich bin ich eine Nacht lang gefahren.«

Es gab kein Licht in den Waggons, dafür konnte man vom dunklen Abteil aus die nächtliche Landschaft betrachten, sie hatte einen Fensterplatz, Wolken, Mondlicht über Flächen, Baumkronen, Wasser, das glitzerte. Einmal sah sie eine Stadt brennen, die Leute sagten, es sei Jever. In der Frühe stand sie frierend auf dem leeren Kai in Norddeich. Es gab also das Meer und die Inseln dort draußen. Zwischen dem Kai, auf dem sie fror, und den Inseln war das Meer grau, mit lichtlosen Wattflächen, weil auch der Himmel grau war; zwischen den Inseln schimmerte es dunkler, schiefrig vielleicht.

»Mit der Flut kam der Dampfer von Juist herüber. Ich war der einzige Passagier. Ich bin eine Woche auf Juist geblieben. Die Frau, bei der ich wohnte, war sechzig Jahre alt, webte Teppiche aus Schafwolle. Sie wollte mich dabehalten.«

Sie kam eines Abends in ihr Zimmer, setzte sich auf den Bett-
rand, sagte: »Bleiben Sie doch hier, Käthe, warten Sie das
Ende des Krieges hier ab!«

»Ich habe Ihren Atlas studiert«, sagte Käthe, »hier kommt
der Frieden zuallerletzt hin.«

»Hier ist doch schon Frieden«, sagte die Frau.

Sie hatte ein vornehmes und gieriges Gesicht. Nicht dieser
Frau wegen verließ sie die Insel; sie hätte von ihr nichts zu
fürchten gehabt. Sondern weil sie einsah, daß es sinnlos war,
von den weiten Sandflächen, den Dünen aus, auf denen sie
endlose und einsame Spaziergänge unternahm, eine gedachte
Linie nach Lincolnshire zu ziehen.

»Im Atlas hab ich gesehen, daß Lincolnshire gleich gegenüber
lag, auf der anderen Seite der Nordsee. Aber in Wirklichkeit
lag es weiter weg als von irgendeinem Punkt auf dem Festland. Ich verstehe ja nichts von Ihrem Handwerk, Herr Major, aber ich hatte das Gefühl, daß die Nachricht vom Ende
des Krieges auf Juist lange Zeit ein Gerücht bleiben würde.«

»Lassen Sie doch den ›Major‹ weg, Käthe!« sagte Dincklage. »Sonst werde ich anfangen, Sie ›Fräulein Studienreferendarin‹ zu nennen. Im übrigen haben Sie gar nicht so unrecht; ich glaube, daß die Angelsachsen, wenn sie Nordwestdeutschland besetzen, die ostfriesischen Inseln links liegenlassen werden. Vom militärischen Standpunkt aus sind sie
ganz uninteressant.«

Es war dies schon die zweite Bemerkung, mit welcher Major Dincklage Käthe zu erkennen gab, daß er die Niederlage
Deutschlands in diesem Krieg für selbstverständlich hielt.
Die erste hatte er heute morgen von sich gegeben. Auf die russischen Kriegsgefangenen blickend, deren Erscheinen ihn
darin unterbrochen hatte, Sätze, die Feststellungen enthielten, an Käthe zu richten (»Sie haben lange gebraucht, bis Sie
gekommen sind!« »Ihre Brille steht Ihnen.«), hatte er gesagt:

»Da kommen die Sieger!« Und durchaus möglich ist es ja, daß erst dieser Satz, der ja gleichfalls feststellenden Charakters war, den Ausschlag dafür gegeben hat, daß Käthe seine Einladung für den Abend annahm.

Auch diesmal, bei der zweiten Erwähnung Lincolnshires ihm gegenüber, unterließ er es, sich selber in die Zeichenkette ihres Traumas einzuflechten. Er brauchte bis zum Dienstag oder Mittwoch, um die Abfolge der Signale zu begreifen, machte dann einen – unbewußten – Versuch, sich einzuschalten (»Ich hätte mich in Lincolnshire einnisten und dort auf dich warten sollen. Du wärest gekommen.«), erhielt keine Antwort. Ganz sicherlich sah sie in ihm keinen Vaterersatz. Den hatte sie ja, wenn sie einen wollte, in Hainstock.

Übrigens hatte sie in dem Gespräch mit jener Frau, die ihr Sicherheit bot, das Wort *Frieden* nur mit Widerwillen gebraucht. Der Frieden interessierte sie nicht. Sie konnte sich unter ihm nichts vorstellen. Was sie interessierte, war das Ende des Krieges.

Sie begann zu vagabundieren, fuhr ins Emsland, danach an den Niederrhein. Da sie jetzt eine Karte bei sich hatte, suchte sie Gegenden auf, von denen sie vermutete, daß der Krieg in ihnen zuerst an sein Ziel kommen würde. Sie lief im Bourtanger Moor und in der Grafschaft Bentheim, auf der Salmorth und im baaler Bruch herum, wie jemand, der seinen Finger anfeuchtet und in die Luft hält, um zu prüfen, woher der Wind weht. Sie fand den Wind, den sie suchte, nicht. Allerdings feuchtete sie auch keinen Finger an, verließ sich allein auf ihre Ahnungen.

Bei der Erwähnung des Bourtanger Moors war es geschehen, daß Dincklage sie unterbrochen, sie gefragt hatte, ob sie auch in Meppen gewesen sei, die Dincklageschen Ziegeleien wahrgenommen habe, seinen ihm noch unbewußten, ihr aber sogleich sehr bewußten Heiratsantrag anfügte (»Sie hätten meine Eltern besuchen, bei ihnen wohnen können«), den Antrag, der zu früh kam – den zweiten, dann ganz expliziten, der aber zu spät kam, hat er am Nachmittag des Tages gemacht, an dem Schefold durch die Linie gegangen ist –, schließlich, von Käthe auf dieses Thema abgelenkt, seine Litanei der Konzentrationslager im Emsland mit einem *Amen* schloß, das einen Augenblick lang als Fluch in dem trüb beleuchteten ›Chef‹-Zimmer neben der Schreibstube stand, von deren Arbeitstisch zur Feier des Abends alle Papiere abgeräumt waren; nur die Weinflasche und die beiden Wassergläser standen darauf.

Die Essenz ihrer Erinnerung an Städte wie Meppen, Lingen und Papenburg, Kleve, Emmerich und Kevelaer hat sie ihm erspart. Sie hat nur gesagt: »Immerhin konnte ich jetzt im Bett lesen; die Frau in Juist hatte mir Bücher mitgegeben. Eigentlich habe ich mich rasch an dieses Leben gewöhnt, ich saß nicht ungern abends in einer Gaststube, las Zeitungen, hörte Nachrichten aus dem Radio, schwätzte mit der Wirtin. Vielleicht hat mein Vater, der Werkzeugmaschinenvertreter, ein ganz ähnliches Leben geführt? ...«

Sie lernte, die Zigaretten einzuteilen, die sie auf ihre Raucherkarte bekam. Vorher hatte sie nur selten geraucht. Die Zigaretten waren schlecht, aber sie vertrieben den Geschmack des Essens, den Geruch der Zimmer.

Wie es weiterging mit Käthes Reise in den Westen, bis in dieses ›Eifelkaff‹, das hat Dincklage nicht mehr erfahren, auch nicht während der folgenden Tage, von kurzen, sich auf das Faktische beschränkenden Mitteilungen abgesehen – die ganze Lorenz-Gieding-Geschichte zum Beispiel ist ihm verborgen geblieben –, denn an dieser Stelle entschloß er sich plötzlich, alles auf eine Karte zu setzen und zu sagen: »Kommen Sie, gehen wir nach oben, in mein Zimmer!« War er erstaunt darüber, daß Käthe nicht widersprach? Wohl kaum. Von Anfang an hat zwischen Joseph Dincklage und Käthe Lenk großes Einverständnis geherrscht. Umarmt und geküßt haben sie sich natürlich schon, ehe sie nach oben gingen. Das Fließband. Das Produkt wurde verfertigt.

Oben sagte er, auf sein Bett deutend: »Das ist einer der wenigen Vorteile, die man als Offizier hat: man bekommt immer sein Bett gebaut.«

Der Unterschied zwischen seinem und Wenzels Bett ist also nur der, daß Wenzel sich seines selber macht, dachte Käthe.

Sie hatte registriert, daß die Lampe schon brannte, als sie das Zimmer betraten: ein violetter Fleck in einer Dunkelheit.

Im Bett hatte Käthe sofort einsehen müssen, daß ihre Bedenken wegen Dincklages jahrelanger Enthaltsamkeit – sie war ihr aus irgendeinem Grund, sie hätte nicht sagen können aus welchem, nicht ganz recht – unbegründet waren. Worauf Dincklages erotische Begabung, diese Fähigkeit, seine Gefühle natürlich äußern zu können, beruht, ist schwer auszumachen. Hat möglicherweise das Verhältnis des Siebzehnjährigen mit jener um fünf Jahre älteren, doch jungen Bäuerin aus der Grafschaft Bentheim sie hervorgerufen? Oder war sie vorgegeben, hat darum nach so früher Realisation gedrängt? Wir lassen die Frage offen, erwähnen Dincklages Talent, sich unbekümmert, zärtlich, intensiv verhalten zu können, nur,

weil ohne es das Einspielen privater Vorgänge in einen kriegsgeschichtlichen nicht erklärt werden kann.

3.

Herumstrolchen also. Als sie genug davon hatte, fuhr sie nach
Köln. Das Datum, der 15. Mai, hat sich ihr eingeprägt. Im
Hauptpostamt händigte man ihr ein Bündel Briefe von Lo-
renz aus. Auch ein Brief seines Vaters war dabei, Dr. med.
Friedrich Gieding, Münster; Käthe hatte ihn nie kennenge-
lernt, sie wunderte sich, daß er die Adresse kannte, die sie mit
Lorenz vereinbart hatte, öffnete seinen Brief als ersten, las:
»Sehr verehrtes Fräulein Lenk, unser Sohn Lorenz ist Anfang
Mai in Italien gefallen. Er hat viel von Ihnen gesprochen, als
er hier war, mir, für alle Fälle, wie er sagte, diese Adresse gegeben. Meine Frau und ich würden sich freuen, wenn Sie uns
einmal besuchen kämen.«
   Sie ging fort, das Bündel Briefe in der Hand. Draußen ein
Vormittag im Mai, warm und blau. Um elf Uhr ein Luftangriff, aber nur kurz, sie saß eine Stunde in einem Bunker. Sie
versuchte, sich einen toten Lorenz vorzustellen, aber es gelang ihr nicht; das einzige, was sie begriff, war, daß er weg
war, daß es ihn nicht mehr gab. Auch das noch, dachte sie,
und später: jetzt bin ich so frei, wie ich noch nie war. Schon
auf dem Weg zum Bahnhof machte sie sich klar, daß ihre ersten beiden Reaktionen auf die Nachricht von Lorenz' Tod
egoistisch gewesen waren: sie hatten sich nicht auf Lorenz bezogen, sondern auf sie selber.
   In der Bahn las sie seine Briefe. Die Division, zu der man
ihn abgestellt hatte, war gleich, nachdem er bei ihr ankam,
von Frankreich nach Italien verlegt worden. Er schilderte italienische Landschaften. Die Orte, die er nannte, hatte die
Zensur mit schwarzer Farbe unlesbar gemacht. Er beklagte
sich darüber, daß Käthe nie schrieb. Sie sah ein, daß es unver-

antwortlich von ihr gewesen war, so lange zu zögern, ehe sie nach Köln fuhr. Statt wenigstens von Juist aus direkt nach Köln zu fahren, war sie ins Stromern geraten. Tatsächlich hatte sie nur selten an Lorenz gedacht. Jetzt hatte sie seine Feldpostnummer. Vom Abschied in Berlin bis zu seinem Tod kein Zeichen mehr von ihr an ihn, während er ihr zwei Dutzend Briefe geschrieben hatte. Italienische Landschaften und leise oder aggressive Liebeserklärungen, deretwegen sie die Briefe nicht seinem Vater nach Münster schicken konnte.

Rübenfelder, Euskirchen, Rübenfelder. Sie las und las. Als sie zu Ende war, bemerkte sie, daß die Landschaft sich verändert hatte. Sie rauchte eine Weile, legte die Briefe dann vorsichtig in ihren Handkoffer, schloß ihn zu. Der erste Zug seit langem, der nicht überfüllt, sondern fast leer war. Im kölner Hauptbahnhof hatte sie wieder einmal ihre Landkarte betrachtet, jetzt schon ziemlich hoffnungslos. Keinen Augenblick der Wunsch, nach Münster zu fahren; schließlich löste sie eine Fahrkarte nach Prüm in der West-Eifel. Nach Münster, das hätte bedeutet, ins Innere zu reisen. Käthe wollte nicht ins Innere, sie wollte an den Rand. Wie eine Besessene hatte sie Ränder abgesucht: die Insel, das Bourtanger Moor, die Ufer des Niederrheins, immer in der Hoffnung, sie würde einmal in eine offene Zone geraten, in ein Rätsel-Land schwebender Übergänge, an einen äußersten, schon durchsichtigen Saum. Es war ihr nicht gelungen. Jenseits der Schlafdeiche lag nicht das Gezeitenmeer, sondern immer noch festes Land, die geometrischen Weiden unter den Konturen der hohen Dämme, der Sielmauern.

Aus dem Zugfenster in die veränderte Landschaft blickend, sah Käthe groß-zügige Hügel, flächig, aber in tiefen Farben, Wege, als helle Seile durch Mulden gelegt, flache Gehöfte, weiß oder aus grauen Bruchsteinen, in denen sie sofort hätte wohnen wollen, Bäume wie Gewölk. Einmal ein verfallendes Schloß, Raum verschwendend zwischen Gutsgebäuden, Mauern, schmutzig. Diese Ansichten gaben Käthe Visionen nicht von Gefangenschaft, sondern von Verstecken ein. Keine Idyllen; das kühle Licht alter Apfelgärten, vergessener Frühlinge.

Käthe dachte: keine Bilder für Lorenz, als Maler war er auf anderes angelegt. Sie glaubte, daß er ein großer Maler geworden wäre. Er brachte es fertig, auf eine Zeichnung hinzuweisen, die alles andere als den Sakrower See darstellte, und zu erklären »Der Sakrower See ist wirklich toll«, indessen da doch nur noch diese Zeichnung, die sich von dem märkischen See und von allem, was er bedeutete, gelöst hatte, toll war. Manchmal hatte dieser Blick, in dem die Gegenstände verbrannten, sie bedrückt; sie hatte sich bei der Frage ertappt, ob es das richtige für sie sein würde, an der Seite eines großen Malers zu leben.

Sie hat sich auch deshalb nicht entschließen können, nach Münster zu fahren, weil sie Dr. Gieding und seiner Frau nichts von der künstlerischen Zukunft ihres Sohnes erzählen wollte; es hätte ihre Verzweiflung vermehrt. Vielleicht aber auch nicht; möglicherweise hätte es sie belebt, ihrer Trauer eine Richtung gegeben. In ihrer Erinnerung hätte Lorenz nicht mehr nur als ein gefallener Soldat, sondern als ein unvollendeter Künstler überlebt. Infolgedessen wäre Käthe in Münster in die ihr höchst peinliche Rolle einer Überlebenden geraten. Das Genie, das sie Lorenz verlieh, hätte sie verpflichtet, ein paar Tage lang geradezu seine Witwe zu spielen. Alles, nur das nicht, dachte sie. Sie konnte sich nicht als Teilnehmerin von Unterhaltungen Zurückgebliebener vorstellen. Während des Sommers und Herbstes in der Eifel hat sie nicht mehr oft an Lorenz gedacht. Aber wenn sie an ihn dachte, so dachte sie nicht an den großen Maler, der er hätte werden können, sondern an den toten Soldaten, der er geworden war. An den Mann, von dem niemand jemals hören würde. Dann wurde sie traurig oder beklommen, ein Gefühl von Unheil ergriff sie, sie mußte sich zwingen, irgend etwas zu tun. – Von Prüm aus schrieb sie Dr. Gieding, riet ihm, Lorenz' Zeich-

245

nungen und Bilder zusammenzusuchen, für eine Ausstellung nach dem Krieg, teilte ihm Adressen mit, an denen er vielleicht noch Arbeiten seines Sohnes finden könne. Er dankte ihr, stimmte ihr zu. Einige von Lorenz' besten Blättern waren mit ihrem Zimmer am Hanielweg zugrunde gegangen. Sie besaß nichts, was sie an ihn erinnerte, nicht einmal ein Foto: Lorenz hatte Fotos gehaßt, hatte sich auch nie eins von ihr erbeten.

Über Lorenz hat Käthe sich nur mit Wenzel Hainstock unterhalten. Was Käthes aktuelle Verwicklung betraf – da bewies Hainstock, daß er keinen Riecher hatte, andererseits ist er es gewesen, der einmal zu Käthe gesagt hat »Du mußt doch in Berlin einen Freund gehabt haben«, während Dincklage niemals auf die Idee gekommen ist, solche Vermutungen anzustellen. Oder, wenn er sie anstellte, hielt er es für indiskret, sie auszusprechen. Oder für unerheblich, weil ja seine Liebe zu Käthe, Käthes Liebe zu ihm etwas so Unerhörtes und Einmaliges war, daß in ihr alle Vergangenheiten verbrannten, wie der Sakrower See in Lorenz' Zeichnung.

4.

Von Mitte Mai bis Mitte Juli die prümer Phase. Zwei Monate lang Deutsch und Geographie in der Unter- und Oberprima des Régino-Gymnasiums – »eine berliner Kollegin werde ich ja ohne weiteres in unsere Primen schicken können«, hatte der Direktor gesagt –, aber von Ende Juni an wurde schon nicht mehr viel gearbeitet, weil die Schüler an den Fenstern oder auf dem weiten Platz unten standen; Käthe hinderte sie nicht daran, stellte sich zu ihnen, wollte selber sehen, wie sich eine Armee auf der Flucht ausnahm. Sie floh aber gar nicht, die Kolonnen bewegten sich langsam, pedantisch, im Juni regnete es viel, und die Armee zog, in Landregen und zähen Mißmut gehüllt, nur einfach irgendwo anders hin.

Langeweile. Käthe bewog die Schüler, ins Klassenzimmer zurückzukehren, ließ aus berliner Lokalpatriotismus *Schach von Wuthenow* lesen, behandelte Brasilien, sprach von Kolibris und Kaffee. Fast hätte sie sich täuschen lassen, den Marsch der Armee nach Osten für irgendeine Truppenbewegung gehalten, aber dann kam es heraus, daß die Bevölkerung die Stadt verlassen müsse. Noch ehe der Direktor verkündete, die Schule würde geschlossen, erhielten die Primaner schon ihre Gestellungsbefehle. Ein paar Tage lang herrschte konfuses Leben; Käthe sah Leuten zu, die, von Gepäck umgeben, zweifelnd ihre Häuser betrachteten, nachdem sie die Fensterläden zugeklappt, die Türen mit Schlössern versehen hatten. Bald würde die Stadt ein Dingsda sein, ein steinernes Objekt für nächtliche Erkundungsgänge, Plünderungen und Kanonaden. Wenn Käthe nach Unterrichtsschluß allein im Klassenzimmer zurückblieb, spürte sie, wie Abwesenheit sie zu umgeben begann; die Armee marschierte nicht irgendwohin, sondern räumte Gebiete, ließ leeres Land zurück, Niemandsland. In solchen Augenblicken fiel Käthe Lenk dichte Hoffnung an. Sie hatte die Anweisung erhalten, sich bei der Schulbehörde in Köln zu melden, ›zu weiterer Verwendung‹.

Prüm war eine Stadt in einem Waldtal, eingeschlossen. Gleich nachdem Käthe angekommen war, hatte sie beschlossen, zu bleiben. Westlicher ging's nicht mehr. Auf einem geräumigen Platz stand eine für die Stadt viel zu große Kirche mit zwei Türmen. Sie war barock, aber von grauem Bewurf überzogen. In die weitläufigen, ebenfalls grauen Gebäude daneben strömten Schüler durch ein altes Wappenportal.

An das Régino-Gymnasium erinnert Käthe sich nicht ungern. Es gab an dieser Schule nur zwei oder drei nationalsozialistische Lehrer, viele katholische, einige liberale. Als sie einmal allein im Lehrerzimmer saß, Hefte korrigierend, kam der Biologielehrer, ein alter Herr, herein, setzte sich zu ihr, fragte: »Hassen Sie eigentlich die Engländer?«

»Sollte ich?« fragte sie, spöttisch.

»Ich meine nur«, sagte er.

»Wie kommen Sie denn darauf?«

»Wegen Ihrer Eltern vielleicht.«

»Ich hasse den Krieg.«

»Dann ist es ja gut«, sagte er.

Erst Wenzel Hainstock hat ihr klargemacht, daß es nicht ausreicht, den Krieg zu hassen.

Dem alten Naturkundelehrer zuliebe hat sie einmal eine botanische Exkursion mitgemacht. Von daher datiert ihre Freundschaft mit Ludwig Thelen. Die Wanderung ging durch einen Bachgrund, Dr. Mohr wies die Primaner auf die Fundorte von Seidelbast und Kuhschelle, Veilchen und Maiglöckchen hin, Käthe blieb in einem Sonnenstrich zurück, als sie weiterging, bemerkte sie, daß Ludwig Thelen auf sie wartete.

»Finden Sie diese Blumen auch so zum Kotzen?« fragte er.

»Nein«, sagte sie, »sie sind objektiv schön. Aber sie gehen uns vielleicht dieses Jahr wirklich nichts an.« Sie vertieften sich sofort in die Gründe des Versagens der Wirkung von Blumen im späten Frühjahr 1944. Käthe sorgte dafür, daß sie nach ein paar Minuten wieder zu den anderen stießen. Zwei Tage später legte Ludwig Thelen ihr sein Aufsatzheft auf den Katheder. Als sie es aufschlug, fand sie darin einen Zettel: »Heute nachmittag drei Uhr auf der Rommersheimer Held.« Sie blickte zu seinem Platz hinüber, legte Kälte in ihren Blick, aber er sah, wie immer, wenn ihn etwas stark beschäftigte, zum Fenster hinaus. Nach ein paar Minuten sah sie ein, daß es eigentlich keinen Grund gab, ihn nicht zu treffen.

Die Rommersheimer Held ist eine einsame Höhe an der Straße von Prüm nach Süden. Wenn man aus dem Waldtal, in dem die Stadt liegt, emporsteigt, kommt man auf ein Gebiet der Hochflächen, der Höhenrücken, der Waldhorizonte oder leeren Kämme, der Tafelberge, Steinholme und Schieferdörfer. Vielleicht wäre Käthe in Prüm nicht hängengeblieben, wenn sie nicht schon in den ersten Tagen ihres Aufenthalts erkundet hätte, wie es hinter den Buchenwaldhängen aussah, welche die Stadt fast begruben. Sie entdeckte ein Land, das in Wogenzügen, endlos, nach Westen lief. Hier hat sie mit Ludwig Thelen einige lange Spaziergänge gemacht.

Er kam von einem Hof in Winterspelt, war wegen seiner mathematischen Begabung auf die höhere Schule geschickt worden. Sein Gesicht hatte einen gelassenen, konzentrierten Ausdruck. Käthe hat ihn nie seine Stimme erheben hören, er sprach immer ruhig, gleichmäßig bestimmt. Sie fragte sich manchmal, ob er temperamentlos sei.

Als er Käthes Vorliebe für die Ödhänge bemerkte, richtete er ihre Gänge so ein, daß sie über diese Kalkböden führten, auf denen die Schritte fest und federnd werden. Sie sprachen über Bücher und Mathematik, über den Krieg und seine bevorstehende Einberufung. Ludwig Thelen hielt den Krieg für seine Zukunft; in dieser Hinsicht war er ein Achtzehnjähriger.

»Wenn der Krieg aus ist, werden Sie so alt sein wie ich, als er anfing«, sagte Käthe. »Sie haben es gut.«

»Nächstes Jahr?« fragte er. »Sie glauben wirklich, er wird nächstes Jahr zu Ende sein?«

»Spätestens«, sagte Käthe.

Er schien so verwundert zu sein, daß er keine Antwort fand. Allerdings hatte an dem Tag, an dem dieses Gespräch stattfand, die Armee auf ihrer Flucht noch nicht Prüm erreicht. Die Gegend war noch ruhig, bildete einen unbewegten

Kreis; nur in Käthes Phantasie lief sie ja in Wogenzügen, endlos, nach Westen.

»Er ist unpolitisch, dieser Junge, wie alle hier«, sagte Wenzel Hainstock, als Käthe einmal – später – mit ihm über Ludwig Thelen sprach. »Sie sind alle katholisch erzogen, sie mögen den Faschismus instinktiv nicht, und sie betrachten Politik als eine Naturkatastrophe.«

»Ich auch«, sagte Käthe schnell, »ich betrachte Politik auch als eine Naturkatastrophe.«

»Gegen die man nichts machen kann, nicht wahr?« fragte er. Es sollte scharf kritisch klingen, klang aber nur bitter.

»Man sollte den Krieg berechnen können«, sagte Ludwig Thelen. »Exakt berechnen. Was ich an der Mathematik nicht mag, ist, daß sie sich nur mit abstrakten Gegenständen beschäftigt. Das rechtwinklige Dreieck! Die Primzahlen! Warum nicht mit unregelmäßigen Dreiecken? Es müßte doch möglich sein, auch aus konkreten Primzahlen Axiome abzuleiten!«

Da Käthe eine ganz gute Mathematikerin war, verstand sie, was er meinte.

»Ich finde es großartig«, sagte sie, »daß die Mathematik sich auf Strukturen beschränkt und infolgedessen Abstraktionen herrichtet. Und am Ende sind es gar keine Abstraktionen, sondern konkrete Gesetze. Woraus besteht eine Struktur, wenn man sie genau untersucht? Aus Rechtwinkligkeit. Aus Unteilbarkeit.«

»Die Primzahl 17 ist unteilbar«, sagte er gemessen, ruhig, »aber daraus folgt, daß sie aus einem Rest besteht, der unberechenbar ist.«

»Und damit wollen Sie sich nicht abfinden?«

»Nein, damit will ich mich nicht abfinden.«

Sie lagen auf dem kurzen trockenen Gras eines Ödhangs, neben einem Wacholder, Wolken zogen über einen großen Himmel, Käthe sah sie nur undeutlich, weil sie ihre Brille abgenommen hatte. Sie sind auf ihren Spaziergängen nie einem Menschen begegnet. Von ihrem dritten Rendezvous an trug Käthe ihr ärmelloses gestreiftes Leinenkleid. Ludwig Thelen hat nie versucht, sie anzufassen.

»Prüm ist ein verdammtes Nest«, sagte er. »Ich könnte es nie wagen, einmal abends zu Ihnen auf Ihr Zimmer zu kommen. Und ich habe einfach keine Lust, mich mit Ihnen auf eine Wiese zu legen.«

Käthe bewohnte ein möbliertes Zimmer in dem Viertel der alten Gerbereien. Ludwig Thelen wohnte bei Verwandten.

»Sie liegen doch schon mit mir auf einer Wiese«, sagte Käthe.

Er schüttelte in seiner entschiedenen Art den Kopf. Sie brauchte sich nur an den Zettel in seinem Aufsatzheft zu erinnern, um zu wissen, daß er nicht schüchtern war. Ihr wäre die Wiese nicht unbedingt unangenehm gewesen.

»Ich sollte Ihnen jetzt vielleicht den Vorschlag machen«, sagte sie, »daß wir einmal ein Wochenende in Köln oder Trier verbringen. Wir müßten natürlich getrennt hinfahren, aber wir könnten uns dort treffen, im gleichen Hotel Zimmer nehmen.«

»Menschenskind«, sagte er schnell und leise, »das ist eine prima Idee! Machen wir es doch!«

Sie richtete sich auf, setzte die Brille vor die Augen. »Nächsten Samstag geht es bei mir nicht«, sagte sie. Sie richtete es noch weitere zwei Samstage glaubhaft so ein, daß es nicht ging; danach hatte er schon seinen Gestellungsbefehl und sie ihre Order nach Köln.

Sie teilte ihm mit, daß sie auf keinen Fall nach Köln gehen würde.

»Was wollen Sie machen?« fragte er.

»Ich weiß es nicht«, sagte sie. »Mich in Luft auflösen.«

Sie hatte die vage Idee, nach Trier zu fahren, oder nach Aachen, Städten, die hart an der westlichen Grenze lagen, auch schon von der Bevölkerung verlassen wurden, wie man hörte. Es war vielleicht möglich, in einer leeren Stadt zu leben, wenn sie genügend groß war. Wenn man Glück hatte, gelangte man noch in sie hinein, entging man den Streifen, wenn man dort war. Käthe stellte sich Straßen vor, in denen nichts zu hören sein würde als ihre eigenen Schritte. Sie würde eine Wohnung aufbrechen, ein Lebensmittelgeschäft. In Prüm hatte sie Händler beobachtet, die Läden abschlossen, in denen noch Waren lagerten. Romantische Ideen von Einsamkeit und Räuberei. Zum erstenmal versuchte sie auszurechnen, wann genau der Krieg zu Ende sein würde.

»Ich bringe Sie zu meinen Schwestern nach Winterspelt«, sagte Ludwig Thelen.

Sie wußte, daß seine zwei Schwestern und sein sehr alter Vater den Hof führten, von dem er stammte. Während eines ihrer Spaziergänge hatte er einmal nach Westen gedeutet und gesagt: »Winterspelt liegt zwanzig Kilometer von hier. Ich muß es Ihnen einmal zeigen.«

»Ihre Schwestern werden sich dafür bedanken«, sagte Käthe. »Außerdem geht es einfach nicht.«

»Meine Schwestern werden sich über Ihr Kommen freuen.« So, wie er es sagte, klang es überzeugend. »Und nicht nur, weil sie jede Hand brauchen können. Warum geht es nicht?«

»Zum Beispiel weil ich keine Lebensmittelkarten mehr bekomme. Lesen Sie die Anschläge! Wer dem Evakuierungsbefehl nicht Folge leistet, bekommt keine Lebensmittelkarten mehr.«

Er schob nur die Schultern hoch. »Sie werden bei mir zu Hause besser essen, als Sie jemals hier gegessen haben.«

»Man wird mich suchen«, sagte sie. »Es wird für Ihre Leute gefährlich sein, mich im Hause zu haben.«

Er überlegte. »Johannes Näckel, der Gastwirt, ist der Ortsgruppenleiter«, sagte er dann. »Er ist ganz still geworden. Außerdem werde ich zu ihm gehen und ihm einheizen.«

Es war noch stockdunkel, als Käthe am nächsten Morgen Prüm verließ, durch den Wald auf die Höhe. Ihr Koffer war noch immer leicht. Sie hat am Straßenrand unweit der Höhe Rommersheimer Held auf Ludwig Thelen gewartet. Er hatte noch einen Tag Zeit, mußte erst am nächsten Tag in Koblenz einrücken. Käthe hingegen hätte sich am Abend vorher am Hahnplatz einfinden sollen, war eingeteilt gewesen zu einem Transport von zweihundert Einwohnern in LKWs nach Köln. Sie stellte sich vor, wie man da abgezählt, die Namen aufgerufen hatte. Sie hatte überlegt, wo sie die paar Stunden am sichersten wäre, und sich für die Schule entschieden. Tatsächlich war dort niemand, nicht einmal der Pedell; vielleicht war er mit dem Transport weggefahren, von dem sie sich dispensiert hatte. Das Lehrerzimmer war zugesperrt, aber die Klassenzimmer waren offen, und sie hatte in der Oberprima ihren Mantel auf dem Linoleumboden ausgebreitet, sich daraufgelegt und auf den Lärm gehorcht, mit dem die flüchtende Armee die kleine Stadt erfüllte. Gegen zwei Uhr hatte sie sich davongemacht, war keinem Menschen begegnet, ehe sie in den Wald eintauchte. Der Lärm wurde immer schwächer, die schwarzen Stämme der Buchen stellten sich immer dichter zwischen sie und den Lärm, oben, auf der freien Fläche, wo es nur noch die Straße und den Nachthimmel gab, war nichts mehr zu hören.

5

Der junge Thelen kam in einem Auto, an dessen Steuer Wenzel Hainstock saß. (Für eine Fahrt wie diese wandte man sich an Hainstock mit seinem alten *Adler*.) Käthe wurde ihm vorgestellt, verstand kaum seinen Namen, setzte sich in den Fond. Während der halben Stunde bis Winterspelt wurde so gut wie nichts gesprochen.

Wenn sie sich später manchmal an diese Fahrt erinnerten, pflegte Käthe zu sagen: »Glaub nur nicht, daß ich nicht bemerkt habe, wie du mich im Rückspiegel angesehen hast!«

Er leugnete nicht, daß er auf der Fahrt nach Winterspelt immer wieder in den Rückspiegel geblickt hatte, und nicht der Straße wegen. Käthes Kopf und Schultern verdeckten ihm sogar die Sicht nach hinten; eigentlich hätte er zu ihr sagen müssen: »Rücken Sie etwas zur Seite!«

Auf ihre Frage »Was hast du damals gedacht?« gab er gewöhnlich keine Antwort.

Einmal hat er gesagt: »Ich hab gedacht, daß das Sprichwort nicht stimmt.«

»Welches Sprichwort?«

»Unverhofft kommt oft. Es kommt selten.«

Sie brauchte eine Weile, ehe sie fortfuhr, ihn aufzuziehen. »Du hast Ludwig Thelen und mich aber einfach nur abgesetzt, vor dem Hof, bist nicht einmal ausgestiegen, sondern sofort weitergefahren.«

»Ich wußte doch, warum du nach Winterspelt kamst. Der junge Thelen hatte mich gebeten, seine Lehrerin in Sicherheit zu bringen. Da wußte ich, daß ich schon noch mit dir zu tun bekommen würde.«

»Der große Fallensteller«, spottete Käthe. »Kann dasitzen und abwarten.«

Auf dem Thelenhof war sie ziemlich genauso empfangen worden wie später jene Ordonnanz, die um eine Nachttischlampe für Dincklage gebeten hatte. Ludwig Thelen war in größte Verlegenheit geraten, hatte zu ihr gesagt: »Am Anfang sind sie immer so. Sie werden sehen, es kommt alles in Ordnung.« Er behielt recht; nachdem er gegangen war, mittags, weil er am nächsten Morgen in Koblenz einrücken mußte, veranstalteten Therese und Elise, die vor Neugier platzten, sogleich einen großen Kaffeeklatsch; später, als sie herausgebracht hatten, daß sie in der Gorbatow-Angelegenheit auf Käthe zählen konnten, wurden sie ein Kleeblatt. Als vorteilhaft erwies es sich, daß sie die Briefe, die sie von Ludwig bekam – er schrieb zuerst aus einer Garnison in Sachsen, später von der Ostfront, richtete es klug so ein, daß er Käthe nur alle vierzehn Tage, der Familie aber wöchentlich schrieb –, den Schwestern und dem Vater zu lesen geben konnte; so war es wenigstens zu etwas gut, daß sie mit ihm immer beim *Sie* geblieben war.

Aber jener erste Vormittag war schlimm gewesen. Sie hatte sich auf die Ofenbank in der Hofstube gesetzt, auf das zerschürfte Tischblatt, die Stühle gestarrt, deren braune Farbe abblätterte. An den Türen eines in die Wand eingelassenen Schrankes hingen vergilbte Postkarten, Fotografien, mit Reißnägeln festgemacht. Wertloses, beschädigtes Geschirr auf einer Anrichte. Daneben ein Christus, porzellanweiß auf braunem Holz. Gesumm von Fliegen. Auf welche Weise und warum war sie hierher geraten? Was sie davon abhielt, Ludwig Thelen zu fragen, ob der Mann, der sie hierhergebracht hatte, sie nicht gleich wieder wegbringen könne, war erstens die bare Unmöglichkeit, sich ein weiteres Ziel auszudenken, zweitens ihre Sturheit. Mist, dachte sie – denn ihr Blick ging jetzt durch das Fenster an dem großen Thelenschen Misthaufen vorbei hinüber zu dem grauverputzten charakterlosen Einfamilienhaus, dem Bataillonsgefechtsstand, vor dem damals noch reger militärischer Betrieb herrschte, die Schlamperei der 18. mot. –, Mist, aber ich werde hierbleiben, es bleibt mir nichts anderes übrig.

Ludwig Thelen suchte eine Gelegenheit, mit ihr allein zu sein, als er sich verabschiedete. Sie verweigerte ihm, was er vielleicht von ihr erhoffte, einen Kuß, aber sie wurde, sich an das sogenannte Schicksal Lorenz Giedings erinnernd, zum erstenmal ganz offen zu ihm.

»Drücken Sie sich, wo Sie können, Ludwig!« sagte sie. »Spielen Sie krank, und wenn das nicht hilft, versuchen Sie, in Gefangenschaft zu gehen, falls Sie an die Front kommen. Man muß überleben, verstehen Sie (›verstehen Sie!‹), überleben!«

Mit Genugtuung sah sie, daß kein Widerwillen in seinen Blick trat, nur Verwunderung.

»Werde ich Sie hier wiederfinden«, fragte er, »wenn ich zurückkomme?«

»Nein«, sagte sie, »ganz gewiß nicht.«

Ein paar Tage danach kam Therese am frühen Morgen zu ihr in die Kammer und sagte: »Du mußt eine Weile weg aus dem Dorf!«

Der Gastwirt und Ortsgruppenleiter Johannes Näckel, erzählte sie, habe gestern abend ihrem Vater einen Wink gegeben: Winterspelt würde in den nächsten Tagen nach Leuten durchgekämmt, die sich widerrechtlich im Dorf aufhielten.

»Und wohin soll ich gehen?« fragte Käthe.

»Zu Herrn Hainstock«, sagte Therese. Als sie sah, daß Käthe mit diesem Namen keine Vorstellung verband, sagte sie: »Das ist der Mann, der dich hierhergebracht hat.« Sie berichtete Käthe, was sie von Hainstock wußte, beschrieb ihr den Weg zum Steinbruch.

»Werdet ihr Schwierigkeiten bekommen, meinetwegen?« fragte Käthe.

»Du meinst, daß uns jemand anzeigt? Das gibt's nicht. So jemand wär im Dorf unten durch. Und noch dazu jetzt, wo der Krieg bald vorbei ist!«

Käthe dachte an den Empfang, den man ihr bereitet hatte. Sie konnte sich lebhaft vorstellen, wie es der Fahndungskommission ergehen würde, wenn sie den Thelenhof betrat. Und der Thelenhof war noch einer der freundlichsten in diesem Eifeldorf.

Auf diese Weise ist Käthe zu Hainstock gekommen. Was sie nicht wußte, niemals erfahren hat, ist, daß Hainstock bei einem seiner Gänge ins Dorf Therese Thelen beiseite genommen, zu ihr gesagt hat – nachdem sie ihm versprechen mußte, keinen Ton darüber verlauten zu lassen –: »Wenn diese Lehrerin, die ihr bei euch habt, einmal Schwierigkeiten bekommt, dann schickt sie zu mir!«

Nur so dagesessen und abgewartet, wie Käthe meinte, hat er eben doch nicht.

Notizen zu einem Aufsatz über politisches Bewußtsein

Käthes Vater wird als (liberaler?) Gegner Hitlers gezeichnet. Wäre er ein Anhänger des Diktators und Mitglied seiner Partei gewesen – würde es ihm dann gelungen sein, Käthe zur jungen Nationalsozialistin zu erziehen?

Sie hat sich aber gerade in diesem Elternhaus wohlgefühlt, es nicht verlassen wollen.

Ihr Literatur-Konsum. Intellektualität als Verhalten.

Als ersten Freund wählt sie sich einen Künstler und Kriegs-
gegner.

In der Nacht vom 8. auf den 9. März und auch später kommt
sie gar nicht auf die Idee, die englischen Flieger zu hassen,
welche die Bombe geworfen haben. Zu Dr. Mohr sagt sie, sie
hasse den Krieg, aber es ist anzunehmen, daß sie damit diejenigen meint, die ihn ausgelöst haben. Über deren Identität
gab es bei ihrem Vater und bei Lorenz Gieding keinen Zweifel. Bezeichnend für Käthe ist es aber, daß sie dieses Überzeu-
gungsmodell ohne Widerspruch akzeptiert.

Mit ihren Eltern hat sie Glück gehabt.

Ihr Rat an den jungen Thelen (diese Mischung aus katholi-
scher Erziehung und Mathematik), zu desertieren, war eigentlich ihre erste aktive Handlung politischen Widerstands.

Sie gerät dann in den Unterricht Hainstocks. Sie erklärt sich
mit den folgenden Bestandteilen des Systems einverstanden:
Die Geschichte ist eine Geschichte von Klassenkämpfen. Wie
die Selbstentfremdung entsteht. Die Arbeitskraft als Ware,
wie sie verkauft und gekauft wird, der Mehrwert. Die bürgerliche Demokratie als bloße Fiktion politischer Gleichheit.
Die Akkumulation des Kapitals. Die Entstehung von Krisen.
Die Entstehung des Faschismus und der imperialistischen
Kriege. Der Sozialismus.
    Das war immerhin schon eine ganze Menge.

Sie konnte sich nicht dazu überreden, an die Entstehung einer klassenlosen Gesellschaft zu glauben. Sie entdeckte, daß sie keine Lust hatte, über Utopien nachzudenken. An der Dialektik zweifelte sie; dieses Gesetz des Dreisprungs kam ihr irgendwie mechanisch vor, sie konnte sich andere Bewegungsgesetze vorstellen. Daß die Ideen nicht Substanzen, sondern nur Reflexe der jeweiligen Produktionsverhältnisse waren, mochte ja für viele Ideen zutreffen, aber nicht für alle. Alles sei Arbeit, sagte sie zu Hainstock, infolgedessen könne es überhaupt keinen Gegensatz zwischen Basis und Überbau geben.

Solche Debatten blieben dem System immanent. Den marxistischen Raster gestört hat sie nur, wenn sie plötzlich ausrief, auch sie betrachte, wie der junge Thelen, Politik als eine Naturkatastrophe, oder wenn sie sich weigerte, historische Konditionalsätze zu erörtern.

Auch stellte ihre Reise in den Westen, diese *Triebrichtung* oder *Zugvogelwanderung*, als welche Dincklage sie bezeichnete, keinesfalls eine *dialektische* Bewegung dar.

Aber davon abgesehen, besaß Käthe Lenk im Sommer 1944, dank Wenzel Hainstocks Unterricht, ein klares politisches Bewußtsein.

Der linguistische Einfluß Hainstocks: die selbstverständliche Radikalität, mit der er von der *faschistischen Bande* spricht. Seine Behandlung von Politik als Verbrechen. Berichte aus dem KZ.

Obwohl sie sich in Major Dincklage verliebte, darf ausgeschlossen werden, daß sie ein Verhältnis mit ihm eingegangen wäre, falls dieser Offizier sich als Anhänger der faschistischen Bande oder auch nur als schneidiger Troupier und weiter nichts erwiesen hätte.

Die Zerfallenheit Dincklages mit der Aufgabe, der er dient, konstituiert seine militärische Existenz. Das macht ihn für Käthe annehmbar.

»Es ist nicht das Bewußtsein der Menschen, das ihr Sein, sondern umgekehrt ihr gesellschaftliches Sein, das ihr Bewußtsein bestimmt.«

Den Weg Käthe Lenks bedenkend, könnte man versucht sein, zu sagen, daß nicht gesellschaftliches, sondern privates Sein ihr Bewußtsein bestimmt hat.

Sie lebt in keinem Gesellschaftsmodell, unterliegt niemals Produktionsbedingungen, die sie durchschauen könnte.

Zwar beziehen sich alle ihre Erlebnisse und Handlungen auf den Krieg, aber sie lehnt die Theorie seiner Entstehung aus ökonomischen Ursachen ab. Wenn er ›das Abenteuer der deutschen faschistischen Bande‹ ist (Hainstock), so ist er eine Naturkatastrophe, eine Katastrophe der menschlichen Natur.

Die Eltern sind ihr vorgegeben. Lorenz Gieding wählt sie bereits. Die Reise in den Westen, dann Hainstock, dann Dincklage. Da ist tatsächlich nichts wahrzunehmen als ein geringes Geflecht von Beziehungen mit Menschen. Aber innerhalb dieses Geflechts entscheidet sie sich politisch immer in der gleichen Weise.

Instinktiv. Aus privatem Sein.

Über die Rolle des Instinkts bei der Bildung von politischem Bewußtsein.

Entschlossen aus persönlichen Zu- oder Abneigungen.

Eine Partisanin ohne Partei.

Produktionsbedingungen, durchschaut

Anfang August war die Gefahr vorüber. Käthe kehrte auf den Thelenhof zurück, übernahm wieder die Hausarbeit. Jeden Vormittag wischte sie Kammern und Hofstube feucht auf. Therese und Elise sagten, das sei doch nicht nötig, aber sie ließ sich nicht davon abbringen. Sie wechselte das Wasser im Eimer nach dreimaligem Auswringen des Scheuerlappens, legte sich eine Methode rationeller Raumaufteilung zurecht, scheuerte allerdings nicht auf den Knien. Was sie zustande brachte, war nicht Glanz, sondern eine Art dunkler und stetiger Reinlichkeit. Staub wischen. Das Kochen des Mittagessens. Abspülen, dreimal täglich. Einmal in der Woche die

Wäsche waschen und bügeln. Sie verrichtete alle diese Arbeiten, obwohl sie ihr, mit Ausnahme der beiden zuletzt genannten, widerwärtig waren, mit verbissener Sorgfalt, weil sie sich sagte, daß sie das sogenannte Los aller Frauen waren und sie den Mechanismus dieser Bestimmung einmal in ihrem Leben durchspielen wollte. Bei ihrer Mutter hatte sie, höhere Tochter, immer nur ein wenig mitspielen brauchen. Das war es also, was allen Frauen bevorstand, was von ihnen erwartet wurde, auch von denen, die einen Beruf ausübten oder reich waren, denn selbst wenn sie nicht alle Haushaltarbeiten selber auszuführen hatten, so wurde doch vorausgesetzt, es habe ihren eigentlichen Lebensinhalt auszumachen, das lebende und tote Inventar von Häusern zu beaufsichtigen, zu reinigen und instandzuhalten. Um diese spezielle Form der Ausbeutung, einen vom Aufstehen bis zum Schlafengehen währenden und unbezahlten Stumpfsinn, der durch Technologie zu mildern, doch nicht abzuschaffen war, drehte sich das Leben aller Frauen. Aller, aber nicht das ihre. Sie würde die eine, einzige und absolute Ausnahme sein. So wenig, wie sie Lust hatte, über Utopien nachzudenken, konnte sie sich ein festes Bild ihres zukünftigen Lebens machen, doch war sie entschlossen, niemals wieder Fußböden zu scheuern, Kartoffeln zu schälen, Leintücher zu bügeln. Die winterspelter Phase würde in absehbarer Zeit vorbei sein. Sie benutzte sie dazu, eine Erfahrung zu machen.

»Wenn du deinen Haushalt nicht in Schuß halten willst, muß es eben jemand anderer für dich tun«, sagte Marxist Hainstock, der in puncto Frau und Haus aber eher Reaktionär war.

»Allerdings«, erwiderte Käthe, ungerührt von dieser moralischen Belehrung über die ehernen Gesetze der Arbeitsteilung. »Deine Bude ist immer prima aufgeräumt. Von deinem Fußboden könnte man essen. Dein Bett machst du tadellos. Und Kochen kannst du auch ganz leidlich. Das wären für mich die stärksten Gründe, dich zu heiraten.«

Hainstock war nicht der Mann, da einzuhaken und zu fragen, ob Käthe noch andere, vielleicht nicht ganz so starke, aber doch ausreichende Gründe für einen solchen Entschluß habe.

Die beiden Schwestern brachten ihr das Backen von Brot bei.

Sie ihrerseits führte anstatt des sonnabendlichen das tägliche Bad ein. Zu diesem Zweck mußte der Ofen, der in der Waschküche des Thelenhofes stand, mit Buchenscheiten geheizt, ein mächtiger Kessel daraufgestellt und mit Wasser gefüllt werden, welches, wenn es erhitzt war, mit dem Eimer in einen großen hölzernen Zuber umgegossen wurde. Alles in allem eine Heidenarbeit, die aber Spaß machte, wenn der Wasserdampf so dicht geworden war, daß er die Körper der drei Mädchen weich filterte. Nahezu tahitibraun (Käthe, solange die Wirkung ihrer Sonnenbäder vor der Höhle am Apert anhielt), wie von Ziegelstaub matt überpudert (Therese), unbestimmbar hell, licht (Elise), diffundierte ihr Fleisch durch den Nebel. Sogar ihre Stimmen, ihr Lachen schien er zu dämpfen. Sie schrubbten sich gegenseitig die Rücken. Käthe fand, daß Elise, die zwei Jahre jünger war als sie und Therese, von ihnen die Schönste war. Sie hatte lange grazile Beine und einen Hals, der stolz aus ihren Schultern wuchs. Käthe sagte, sie solle ihre Haare aufgesteckt tragen, damit die schöne Diagonale, die ihren Hals von ihrem Kopf absetzte, zum Vorschein käme, aber Elise befolgte ihren Rat nicht.

An den Nachmittagen nahm Käthe den Schwestern manchmal das Kühehüten ab; das war eine leichte Arbeit, eigentlich überhaupt keine, sie konnte sich dabei auf die Wiese legen und lesen. Störungen waren keine zu befürchten; die Tiefflieger hatten noch niemals weidende Kühe angegriffen. Wenn sie von der Lektüre aufblickte, hörte sie ein paar Augenblicke lang der Kanonade im Norden zu; die Wiesenmulde, in der sie lag, verschluckte die Phoneme eines fernsten Wummerns.

Im Abschnitt der Heeresgruppe B war es die Absicht der amerik. Streitkräfte, als notwendige Voraussetzung für ihren Angriff über die Roer zum Rhein den Einbruch in den Westwall zu erweitern, den sie sich bei Vossenack (südostw. Aachen) schon früher geschaffen hatten, um dann die beiden Talsperren an der Roer und an der Urft zu gewinnen. Diese Absicht wurde in wochenlangen Kämpfen durch Gegenstöße verhindert. Besonders die schweren Abwehrkämpfe in diesem Abschnitt von Mitte September bis November standen ganz unter dem Einfluß der Vorbereitungen für eine neue Offensive ... Diese Kämpfe hatten jedoch beiderseits starke Kräfte verzehrt. (General Hasso von Manteuffel, Die Schlacht in den Ardennen 1944–1945, enthalten in Jacobsen/ Rohwer, Entscheidungsschlachten des Zweiten Weltkriegs, Frankfurt/M. 1960)

Verflechtung

Wie bereits erwähnt, hat Käthe erst vier Tage nach jenem Abendessen im ›Bataillonsgefechtsstand‹ – es fand am Montag, dem 2. Oktober statt – den Mut aufgebracht, Wenzel Hainstock über ihre Beziehungen zu dem Major zu informieren. Bei diesem hatte sie es eiliger. Schon am Dienstag sagte sie zu Dincklage: »Ich habe einen Freund hier.«

Sie schilderte ihm Hainstock, und wie es dazu gekommen war, daß sie sich mit dem Mann im Steinbruch verbunden hatte.

Sie hatten vereinbart, sich erst spät in der Nacht zu treffen, nach der Rückkehr Dincklages von einer seiner nächtlichen

Linien-Inspektionen, und Käthe ließ, nachdem das Geräusch des sich entfernenden Kübelwagens verhallt war, noch einige Zeit verstreichen, ehe sie das Haus gegenüber betrat. Sie spürte die Ungeduld, mit der Dincklage sie erwartete, aber sie fing erst einmal an, von Hainstock zu reden: sie wollte ihm das gesagt haben, ehe sie wieder mit ihm in das Zimmer ging, wo er schlief, das Lager mit ihm teilte (›das Lager des Feindes‹, Hainstock zufolge).

Obwohl er anderes im Sinn hatte, begriff Dincklage sogleich, daß er auf das Thema eingehen müsse. Er zeigte sich zunächst einmal an Hainstocks Marxismus interessiert, sprach von seinen eigenen nationalökonomischen Studien, erklärte, er würde Hainstock gern kennenlernen, er habe es sich schon lange gewünscht, einmal mit einem gebildeten Kommunisten ins Gespräch zu kommen. Bei der Formel ›ins Gespräch kommen‹ verbarg Käthe die Grimasse, die sie schnitt, indem sie ihre Brille zurechtrückte; hätte jemand sie gefragt, warum sie ihr Gesicht verzog, so hätte sie wahrscheinlich das gleiche geantwortet wie anläßlich Dincklages später geäußertem und von ihr an Hainstock weitergegebenem Satz von der militärischen Struktur, dem halbwegs vernünftigen Verhalten und dem wenigen, was er in diesem Krieg noch leisten könne. »Ick finde det flau«, hätte sie gesagt.

Hainstock und der Major sind sich niemals begegnet. Aus Gründen der Technik politischer Untergrundarbeit hat Hainstock es Käthe übelgenommen, daß sie Dincklage überhaupt seinen Namen genannt hat, doch wird er in seinen Vorwürfen innehalten, als er bemerkt, daß Käthe ihr Gesicht mit den Händen bedeckt. Diese Szene findet am frühen Morgen des 7. Oktober statt, an dem Käthe ihm den Plan des Majors enthüllt und ihn um seinen Beistand ersucht.

Endlich, nachdem er genügend über Nationalökonomie extemporiert hatte, sagte Dincklage: »Es muß furchtbar sein, dich zu verlieren!«

»Wer sagt denn das?« erwiderte Käthe aufgebracht. »Wie kommst du auf eine solche Idee?«

In dieser Krise ihrer Beziehung – die sich so schnell einstellte, schon zu Beginn ihrer dritten Begegnung – tat Dincklage das einzig Richtige: er schwieg. Er sah Käthe nicht einmal an, sondern begann, Papiere zu ordnen, die auf seinem Schreibtisch lagen.

»Eine Sache soll aufhören, nur weil eine andere anfängt«, sagte Käthe. »Das ist doch einfach stumpfsinnig.«

Er sah von seinen Papieren auf.

»Ja, du hast eigentlich recht«, sagte er. »Probier's mal!«

Wollte er damit einen Beweis für seine Toleranz liefern? Wohl kaum. Über den Ausgang der Probe gab es für ihn keinen Zweifel. Da konnte er es sich leisten, großzügig zu erscheinen.

Die Höhle am Apert

1.

Zu jenem Moment, in dem Käthe zu Hainstock sagte: »Erzähl mir, wie du Kommunist geworden bist!«, muß nachgetragen werden, daß sie nichts anhatte, als sie diese Aufforderung an ihn richtete. Sie nahm gerade eines ihrer mittäglichen Sonnenbäder, auf dem Moos- und Grasstück vor der Höhle am Apert liegend. Bekanntlich braucht Käthe nur eine Stunde in der Sonne zu liegen, um die Farbe von Kastanien anzunehmen – von irgendwie durchsichtigen Kastanienschalen, wenn es so etwas gibt.

Hainstock seinerseits, ein Arbeiter, der zeit seines Lebens an der frischen Luft gearbeitet hat und deshalb nie auf die Idee käme, Sonnenbäder zu nehmen, steht bekleidet im Eingang der Höhle, blickt auf Käthe herunter – vermutlich liefert sie ihm die Vision einer Indianerin, wenn auch einer mit Brille –, raucht seine Pfeife. Ehe sie sich zum erstenmal auszog, weil die Sonne so herrlich schien, hat Käthe ihn gefragt, ob er etwas dagegen habe. Er hat die Frage verneint, aber insgeheim hat ihn Käthes Freimut doch überrascht. Jetzt genießt er es, mit einem so freien und natürlichen Mädchen zu leben.

Apert, so wollen wir eine Höhe, einen Hügel, eine Kuppe nennen, an deren Fuß beim Bau der Eisenbahnlinie von Prüm über Bleialf nach Saint-Vith ein hohler Basaltgang angeschnitten wurde, eine vulkanische Bildung. Situieren wir ihn beispielsweise in die Gegend am Südwestrand der Schnee-Eifel, ein Gebiet, in dem es, soweit der Blick reicht – und von seinen Höhenzügen aus reicht er weit –, keine Dörfer, keine Weiler, nicht einmal da und dort einen Einödhof gibt, sondern nur Waldstücke und Wacholderhänge, so darf die Kunde von dieser Höhlung im Berg als verschollen gelten, und nicht erst, seitdem der Betrieb der Eisenbahn bei Kriegsbeginn eingestellt worden ist.

Hainstock, dieser Geologe und Spezialist für Verstecke, hat die Höhle nicht durch Zufall gefunden, sondern durch einen Hinweis im Werk der Herren Happel und Reuling. Als er sich aufmachte, sie zu suchen – denn suchen mußte er sie, weil die beiden Verfasser der Beschreibung ihrer Lage nicht mehr als zwei kursorische Zeilen widmeten –, fand er sie drei Wegstunden östlich von Winterspelt entfernt. Sie erwies sich als vollständig trocken, geräumig, geeignet auch für einen längeren Aufenthalt. In mehreren Gängen – seinen *Adler* benutzte er in diesem Falle nicht – schaffte er Lebensmittel und Decken in den Schlupfwinkel. Er traute ja dem Frieden nicht, rechnete mit Situationen, in denen ihn auch die Protektion Matthias Arimonds nicht mehr schützen würde; ein ausgebildetes faschistisches System würde versuchen, auch noch seine letzten, übriggebliebenen Gegner zu vernichten, ehe es unterging.

Als Käthe am 18. Juli bei ihm in der Baubude erschien, gab er ihr zunächst sein Bett, schlief selber in einem Schlafsack auf dem Boden, war aber, entgegen seinem großzügigen Angebot, das er Therese Thelen gemacht hatte (»Wenn diese Lehrerin, die ihr bei euch habt, einmal Schwierigkeiten bekommt, dann schickt sie zu mir!«), doch in einiger Verlegenheit, was weiter zu tun sei. Er kannte einige sehr zuverlässige Leute im Hinterland, die sich auf seine Bitte ohne weiteres bereit erklären würden, Käthe in ihren Häusern zu verstekken, dachte auch an Arimond, an die Villa in Koblenz, aber als er Käthe seine Vorschläge unterbreitete, stieß er auf unerwarteten und obstinaten Widerstand. Sie lehnte es rundweg ab, sich ins Hinterland bringen zu lassen.

»Ich geh nicht mehr dahin zurück«, sagte sie. »Warum kann ich denn nicht hier bleiben? Störe ich Sie denn?«

Er fragte sich, ob es sich dabei schon um eine persönliche Sympathieerklärung für ihn handelte. Auf jeden Fall war es ein Beweis dafür, daß es ihr nicht direkt unangenehm war, mit ihm unter einem Dach zu leben. Er antwortete nicht, legte nur seine Hand auf ihren Unterarm, und sie zog den Arm nicht zurück.

Noch am gleichen Tag, an dem diese Unterhaltung stattfand, dem 20. Juli, hörten sie vom Soldatensender Calais die ersten Meldungen über das Attentat. Da er ihr von seiner politischen Vergangenheit erzählt hatte, begriff sie, warum er aufstand und sagte: »Wir müssen sofort weg!«

Auf dem Weg durch die Dunkelheit zur Höhle am Apert – er hatte sich und sie noch mit weiteren Lebensmitteln, seinem Schlafsack, allerhand Gegenständen beladen – erklärte er ihr, daß jetzt Großrazzien, Fahndungen im ganzen Reich stattfinden würden. Jeder, der als Gegner der Diktatur bekannt sei, auch ein längst Freigelassener, müsse damit rechnen, verhaftet zu werden. (Hainstock hat die Lage richtig eingeschätzt; es kam nach dem 20. Juli zu Massenverhaftungen, doch gegen ihn selbst wurde kein Haftbefehl ausgefertigt. Aus Kompetenzgründen operierte die Geheime Staatspolizei nicht in der Hauptkampfzone.)

Daß sie in der Apert-Höhle miteinander schliefen, lag in der Natur der Sache, in ihrem Aufeinanderangewiesensein, den Basaltwänden, die sie nachts bedrängten, der Finsternis, dem Schutz, den Hainstock Käthe bot, seiner Aufgeklärtheit in allen Fragen, die das Leben des Körpers betrafen.

Es ist nur natürlich, daß Hainstock die Höhle am Apert als Liebesnest erscheint, wenn er sich an Momente wie diesen erinnert: der Waldhang gegenüber, im Südwesten, schon halb im Schatten, davor der Bachgrund, aus dem er, wenn es dunkel ist, Wasser holen wird, dann die verrosteten Schienen der Eisenbahn und, vor ihm, auf Gras und Moos, die indianerbraune Käthe, nackt und mager, mit angezogenen Beinen und geschlossenen Augen (die Brille liegt jetzt neben ihr im Gras), während er, bekleidet, im schwarzen Eingang der Höhle steht und seine Pfeife raucht. Er sagt sich, daß es sich um ein romantisches Idyll gehandelt hat, eingeschlossen in, ausgeschlossen von einer Welt, in der erschossen, gehenkt, gefoltert wird, aber er macht sich kein Gewissen daraus, weil er schon seit einem Dutzend Jahren in einer Welt gelebt hat, in der erschossen, gehenkt, gefoltert wurde, und weil dieses Mädchen ihm unverhofft kam.

Es sagt jetzt zu ihm: »Erzähl mir, wie du Kommunist geworden bist!«

Anzunehmen ist, daß Käthe Hainstocks Lehre von der prinzipiellen Freiheit der Natur glatt einging. Auch ihre Natur würde niemals jemandes Eigentum sein.

Später einmal, als sie schon wieder zurückgekehrt waren, sie auf den Thelenhof, er in seine Baubude, hat sie zu ihm gesagt: »Ich liebe dich gar nicht. Ich mag dich.«

Das war ja ehrlich, hatte auch seinen Wert, aber Hainstock hätte es schließlich doch vorgezogen, noch einmal in seinem Leben geliebt zu werden. Er hat manchmal momentanes, doch niemals anhaltendes Glück.

Er ging alle paar Nächte nach Winterspelt, um sich bei Arnold Weinandy zu erkundigen, ob nach ihm oder Käthe gefahndet worden war, zögerte ihren Aufenthalt in der Höhle noch ein paar Tage hinaus, auch nachdem er sich überzeugt hatte, daß keine Gefahr mehr bestand. Erst Anfang August verließ er die Deckung. Es begann auch zu regnen, wurde naßkalt, Käthe saß frierend im Schlafsack.

2.

Hainstock hat die Höhle u. a. dazu benutzt, das Paket aufzubewahren, in welchem sich Schefolds Bild befand, Käthe hat es entdeckt, gefragt, was darin sei, als Hainstock Auskunft gab, ihn so lange bekniet, bis er nachgab, ihr erlaubte, es zu öffnen, obwohl Schefold es sogar versiegelt, mit schwarzer Tusche darauf geschrieben hatte: *Eigentum des Städelschen Kunstinstitutes, Frankfurt am Main.* Käthe mußte das Bild aus einer dicken Schicht von Wellpappe und Seidenpapier wickeln, das Glas war unversehrt, sie trug es an den Höhleneingang, um es betrachten zu können, es saß in einem braunen Holzrahmen, in einem schmalen Passepartout, die mit Farben bedeckte Fläche war klein, höchstens zwei oder drei Dezimeter an jeder Seite, in der linken Ecke befand sich die Signatur, in einer ebenso fein ausgeführten wie entschiedenen Schrift: *Klee, 1930, Polyphon umgrenztes Weiß.*

Sie erinnerte sich, den Namen dieses Malers schon einmal gehört zu haben, aus dem Munde Lorenz Giedings natürlich, aber sie hatte noch nie ein Bild von ihm gesehen. Sie verfolgte die Bewegung der Farbwerte, die sich, obwohl sie sich in liegenden oder aufrechten Rechtecken abspielte, das weiße Rechteck in der Mitte einkreiste. Diese Bewegung von einem dunklen Rand in ein helles Innere wirkte tatsächlich mehrstimmig, polyphon, weil der Maler es verstanden hatte, die Tonwerte der Aquarellfarben einander durchdringen zu lassen. Die Transparenz, das durchfallende Licht, nahm nach der Mitte hin zu, bis es in dem weißen Rechteck aufgehoben wurde, das vielleicht eine höchste Lichtquelle war, vielleicht aber auch bloß etwas Weißes, ein Nichts.

Käthe erkannte sofort, daß sie es hier mit einer ganz anderen Art von Kunst zu tun hatte als mit derjenigen Lorenz Giedings, in dessen Blick die Gegenstände verbrannten. Bei diesem Maler Klee entstanden ganz neue, nie gesehene Gegenstände.

»Ein wunderbares Bild«, sagte sie zu Hainstock, der ihr über die Schulter sah. Er hatte das Bild auch noch nie erblickt, zuckte nur die Achseln, sagte nichts.

Sie packte es sorgfältig wieder ein – die Siegel blieben freilich verletzt –, hat es aber während ihres Aufenthalts in der Höhle noch zweimal wieder ausgepackt und betrachtet. Sie zählte und stellte fest, daß der Maler mit sechs sukzessiv abgeschwächten Werten das Auge ins Zentrum und von dort wieder zur stärksten farbigen Energie zurückleitete. Mit Hilfe von Stöckchen, die sie sich zurechtschnitt – sie hatte kein Zentimetermaß zur Hand –, errechnete sie, daß die Rechtecke, ihre Unterteilung und Anordnung, in ihren Abmessungen genau festgelegt waren, sie bezogen sich alle auf ein Grundrechteck, variierten es nach einem mathematisch-musikalischen Prinzip.

»Das Bild ist ein Plan«, sagte sie, aber auch darauf reagierte Hainstock nicht.

Sie ließ sich von ihm die Geschichte Schefolds erzählen, wünschte, ihn kennenzulernen, aber Hainstock verweigerte es ihr, aus den bekannten Gründen.

3.

Die einfache Bewegung kommt uns banal vor. Das zeitliche Element ist zu eliminieren. Gestern und Morgen als Gleichzeitiges. Die Polyphonie in der Musik kam diesem Bedürfnis einigermaßen entgegen. Ein Quintett wie im Don Giovanni steht uns näher als die epische Bewegung im Tristan. Mozart und Bach sind moderner als das Neunzehnte. Wenn in der Musik das Zeitliche durch eine zum Bewußtsein durchdringende Rückwärtsbewegung überwunden werden könnte, so wäre eine Nachblüte noch denkbar. Die polyphone Malerei ist der Musik dadurch überlegen, als das Zeitliche hier mehr ein Räumliches ist. Der Begriff der Gleichzeitigkeit tritt hier noch reicher hervor. – (Notiz Paul Klees zur Polyphonie, 1917)

4.

»Wenn du so gut Bescheid weißt, daß du ihm sogar den Weg gewiesen hast«, sagte Käthe, als Hainstock ihr Schefolds Leben zwischen den Fronten schilderte, »warum sind wir denn dann nicht auf diesem Weg zu den Amerikanern gegangen, anstatt in diese Höhle?«

Hainstock fiel auf diese Frage keine Antwort ein. Er hat gelegentlich erwogen, sich im Falle einer ihm drohenden Gefahr zu den Amerikanern zu retten, diese Lösung aber immer wieder verworfen, weil sie ihn von seinem Steinbruch getrennt hätte. Er hätte dann gerade in der Zeit, die er als die für sich und den Steinbruch entscheidende betrachtete: die Monate nach dem Kriegsende, in einem Internierungslager in Belgien, vielleicht sogar in Frankreich gesessen, jedenfalls weit vom Schuß. Für ihn kam es darauf an, zur Stelle zu sein, wenn der Krieg zu Ende war.

»Hier sind wir genauso sicher«, sagte er. Sie saßen in der Höhle, und der Eingang war, in der Abenddämmerung, nur noch ein graues Gewebe.

Erst später hat er den Gedanken weiterverfolgt, überlegt, daß die Amerikaner Käthe und ihn gleich nach ihrer Ankunft getrennt, in nach Geschlechtern geschiedene Lager geschickt hätten. Sie hätten sich dann kaum richtig kennengelernt; wahrscheinlich hätte er später nur noch eine undeutliche Erinnerung an Käthe gehabt. Käthe aber nahm sich an jenem Abend vor, daß sie den geheimen Weg, den Schefold ging, schon noch von Hainstock herausbekommen würde.

Miszellen über Käthes Verhältnisse

Ohne daß sie sich darüber verständigt hätten, machten Dincklage und Käthe schon nach achtundvierzig Stunden aus ihrer Beziehung kein Geheimnis mehr. Als Major, Bataillonskommandeur, Ortskommandant, Ritterkreuzträger hatte Dincklage es nicht nötig, Versteck zu spielen, und Käthe war sowieso alles egal, sie würde Winterspelt bald hinter sich haben. Schon von Mittwoch an sprachen sie auf der Dorfstraße miteinander, machten gemeinsame Spaziergänge, trafen sich so häufig, als es Dincklages Dienst und Käthes Arbeit zuließen. Dieser öffentliche Umgang zwang Käthe, die Periode des schlechten Gewissens, das sie Hainstock gegenüber empfand, schon (oder endlich) am Donnerstag abend zu beenden; sie mußte verhindern, daß irgend jemand aus dem Dorf ihr zuvorkam.

Dincklage hat sich noch einen besonderen Grund dafür zurechtgelegt, die Verbindung nicht allzu diskret zu behandeln. Er sagte sich, daß ihr Verhältnis zu einem Bettverhältnis geriete und zu weiter nichts, wenn Käthe nur immer spät in der Nacht zu ihm käme. Das wollte er nicht. (Sie kam außerdem jede Nacht in sein Quartier, jedenfalls bis zum Freitag.)

Im Gespräch mit Hainstock begriff sie die Stärke ihres Gefühls zu Dincklage. Von der Freiheit, die sie sich hatte nehmen wollen (»Eine Sache soll aufhören, nur weil eine andere anfängt«), konnte nicht die Rede sein, auch wenn Dincklage ihr die Lizenz dazu erteilt hatte (»Probier's mal!«). Es gab Sachen, die andere Sachen ausschlossen.

Außerdem hätte Hainstock von einer solchen Möglichkeit gewiß keinen Gebrauch gemacht.

»Herrgott, Käthe!«

In seinem Ausruf hatte sie nicht nur Klage und Verzweiflung gespürt, sondern auch die schnelle Hinnahme von etwas Unwiderruflichem. Das Auslöschen von Licht.

Er war nicht der Mann, der sie mit jemandem teilen würde.

Er war ein sicherer und eisengrauer Mann. Sie sah ein, daß es falsch gewesen war, sich nicht mit ihm zu begnügen, für die kurze Zeit, in der sie noch hier war. Es war einfach unnötig gewesen, sich mit Dincklage einzulassen. Sie hätte sich zusammennehmen sollen.

Sie verbarg ihre Ungeduld, wegzukommen, nach Winterspelt zurück, in das Haus, in dem Dincklage auf sie wartete.

Zu Beginn hatten sie über den Vogel gesprochen, vor dem Käthe sich fürchtete. Hainstock hatte ihr die Lebensgewohnheiten der Käuze geschildert. Sie flogen in der Dämmerung und in der Finsternis durch alte Wälder, schlugen Feldmäuse, streiften kleine Vögel von ihren Schlafzweigen, würgten ihre Beute mit Haaren oder Federn hinunter, spien nachher das Gewölle aus.

»In den Winternächten wirst du ihre Balzstrophe hören«, hatte Hainstock erzählt. »In den Wäldern hier leben viele Käuzchen.«

»Ich hab sie schon oft gehört«, hatte sie erwidert. »Auch in Berlin haben wir eine Masse Käuzchen.«

Noch vom letzten Winter her erinnerte sie sich an die nächtlichen Rufe der Käuzchen in den Gärten von Lankwitz, ein tiefes hu-hu-hu, dem ein helleres, langanhaltendes, tre-

molierendes u-u-u-u folgte. Nie hätte sie gedacht, daß es sich
bei ihnen um Liebeslieder handelte.

»Im Winter«, hatte sie hinzugefügt, »werde ich über alle
Berge sein.«

Er hatte nichts darauf erwidert.

Eine Weile später – sie hatten schon angefangen, sich über
die Maßnahmen des Majors Dincklage zu unterhalten – sagte
er: »Heute hatte ich zum erstenmal Zweifel daran, daß alles
schon ausgestanden wäre, lebte ich nur in Bleialf.«

Er hatte den ganzen Tag lang von der Höhe über dem Steinbruch auf das Schweigen gelauscht, die Reglosigkeit beobachtet, diese Maßnahmen des Majors Dincklage.

Käthes Gefühl ist, sowohl bei Hainstock wie bei Dincklage,
vom ersten Moment an durchsetzt mit Kritik. Sie ist niemals
›besinnungslos‹ verliebt gewesen. Durch Dincklage fühlte sie
sich stärker zur Kritik herausgefordert als durch Hainstock.
Zu Hainstock konnte sie sagen »ich liebe dich gar nicht, ich
mag dich«, während man sich in Hinsicht auf Dincklage bis
zu der Vermutung verleiten lassen kann, daß sie ihn vielleicht
gar nicht gemocht, sondern nur geliebt hat. Sie war fähig, sich
selber zu beobachten, festzustellen, wie ihre Kritik an Dincklage immer wieder umschlug in Verlangen.

Dann mochte sie sich selber nicht. Überhaupt Fähigkeit zur
Selbstkritik. Sie war stets bemüht, sich ins Bewußtsein zu rufen, daß sie nicht besser war als die, die sie kritisierte.

Es gab aber Zeiten, Augenblicke, in denen sie Dincklage sehr
mochte.

Irgendwann in der darauffolgenden Woche, als der Plan
schon lief, erzählte er ihr, wie er die Evakuierung Winter-

spelts verhindert hatte. Er sagte nicht, warum; warum eigentlich nicht? Sie hätte sich gefreut.

Dann erzählte er: »Zur gleichen Zeit habe ich Oberst Hoffmann vorgeschlagen, den Viadukt bei Hemmeres zu sprengen. Ich hatte meinen Plan schon fix und fertig, und ich wußte, daß seine Durchführung mit Hilfe dieses Eisenbahn-Viadukts sehr erleichtert werden würde, aber ich schlug vor, ihn zu sprengen. Kannst du mir das erklären?«

Er erwartete nicht im Ernst, daß sie es ihm erklären würde, und Käthe schwieg, weil sie den Plan nicht im letzten Moment gefährden wollte, indem sie sagte: »Das beweist, daß dein Plan für dich nur etwas Abstraktes ist, eine fixe Idee, etwas, das du gar nicht wirklich willst.«

Aber sie hatte ihn gern, wenn er solche Fragen an sich selber stellte.

Oder wenn er monologisierte: »Ich habe niemals Erschießungskommandos abstellen müssen, bin niemals in Aktionen gegen die Bevölkerung hineingeraten. Das ist der Hauptgrund, warum ich mich immer geweigert habe, nach Rußland zu gehen.« Und er klopfte voller Genugtuung auf seine rechte Hüfte.

»Aber, Gott«, sagte er, »welchen Unsinn habe ich manchmal machen müssen. Ich habe Angriffsbefehle oder Befehle zum Halten von Stellungen durchgeführt, die militärisch idiotisch waren, bei denen sich alle, bis zur Division hinauf, einig gewesen sind, daß sie unter jedem nur möglichen Gesichtspunkt ganz einfach falsch waren. Ich habe Hunderte, nein Tausende von Toten und Verwundeten gesehen, die tot oder verwundet waren, weil irgendein Arschloch an irgendeinem Armeeschreibtisch sich für einen Feldherrn hielt. Aber ich habe gehorcht, immer.«

Er sagte: »Ich habe niemals einen Befehl verweigert.«

Wenn sein Plan gelang, überlegte Käthe, so wog er alle von ihm nicht verweigerten Befehle auf.

Dincklage, dieser zwiespältige und ethische Charakter, hätte nicht besorgt sein brauchen, seine Beziehung zu Käthe würde sich auf ein Bettverhältnis reduzieren. Soweit sie ein solches war, endete sie, zu seiner Enttäuschung, bereits in der Nacht vom Freitag, den 6. auf Samstag, den 7. Oktober.

Jedenfalls hat Käthe in dieser Nacht zum letztenmal mit ihm geschlafen, und sie war auch da schon nicht mehr recht bei der Sache. Die Absichten, die er ihr, ehe sie in seinen Schlafraum unterm Dach gingen, in dem ›Chef‹-Zimmer der Schreibstube enthüllt hatte, waren ja auch dazu angetan, sie von allem anderen abzulenken.

Man muß sich die Szene nur einmal vorstellen! Sie hatte ihn diesmal angetroffen, unter dem trüben Licht der Deckenlampe über seine Karten gebeugt, und er hatte, so selbstverständlich, so ohne alle Präliminarien wie vor sechs Tagen, als sie mit der Lampe in der Hand die Schreibstube betreten und er gesagt hatte »Das rettet meine Abende«, von seinem Plan zu sprechen begonnen. Einige Male, wenn die Schmerzen in seinem Hüftgelenk zu stark wurden, richtete er sich auf, ehe er wieder, mit Hilfe einer Taschenlampe, in die Karte förmlich hineinkroch. Käthe, die neben ihm stand, verfolgte nicht den Lichtkegel dieser Taschenlampe, täuschte nur vor, sie interessiere sich für die Lage des Weilers Hemmeres und des dort stehengebliebenen Eisenbahnviadukts, über den Dincklage die Spitze seines Bleistifts kreisen ließ; sie horchte auf den Ton der mathematischen Gleichung, in dem er sprach, wartete darauf, daß seine Rede etwas Flackerndes annähme, etwas Aufgeregtes, sogar etwas Abenteuerlustiges, denn auch das mußte doch schließlich dabei sein, wenn ein immerhin erst 34jähriger Offizier einen militärischen Coup vorbereitete. Aber das Flackernde, das Aufgeregte und Abenteuerlustige kam nicht.

Sie selber geriet in die größte Aufregung. Wenn man es drehte, war dieses Ding ein Ding. Sie war versucht, nach Dincklages Schultern zu greifen, ihn zu rütteln, um ihm wenigstens eine äußerliche Bewegung zu entlocken.

Die Leichtigkeit, mit der sie ihm mitteilte, sie wisse jemand, der sich mit den Amerikanern in Verbindung setzen könne, dieser fast beiläufige Ton des »Oh, wenn es sich darum handelt!«, in dem sie Dincklages Hauptschwierigkeit beseitigte, war absolut gespielt.

In Wirklichkeit begriff sie schon, in was sie hineingezogen worden war, hatte schon Angst. Dincklage wehrte sich nicht dagegen, daß sie seine abstrakten Überlegungen in konkrete verwandelte, aber noch während sie mit diesem Prozeß beschäftigt war, indem sie ihm (zum erstenmal) Hainstocks Namen nannte, von ihrer Bekanntschaft mit Hainstock sprach (über deren wahre Natur sie ihm erst in der folgenden Nacht berichtete), entdeckte sie in sich bereits Spuren des Nachdenkens über den möglichen Wert des Abstrakten, hingetupfte Spinnereien nur, das Morsealphabet des Zweifels, noch unentziffert.

Da hatte sie sich ja auf was eingelassen! Und wenn sie sich fragte: auf was denn?, so fand sie nur dieses eine Wort aus ihren berliner Spracherinnerungen: ein Ding.

Gedacht: »Das'n Ding, wa'?«

Wann sie sich dafür entschieden hat, nicht mehr mit Dincklage zu schlafen, ob schon in dieser Nacht, in der sie sich nicht mehr auf Zärtlichkeit konzentrieren konnte, sondern aufgeregt an alles dachte, was schon von Morgengrauen an zu tun war, oder erst während ihres Gesprächs mit Dincklage am folgenden Tag, als sie enttäuscht, unangenehm berührt, von bösen Vorahnungen erfüllt war, weil Dincklage auf seiner Forderung bestand, Schefold müsse durch die Linie kommen, aus dieser Bedingung eine Ehrensache machte – nichteinmal sie selbst könnte das sagen.

Denkbar ist es ja, daß sie sich, als die Aktion begonnen

hatte – und sie hatte begonnen, als Dincklage ihr seinen Plan bekanntgab –, unbewußt wie ein Boxer verhielt, der in einer bestimmten Phase vor dem Kampf enthaltsam lebt. Aber wieso eigentlich *unbewußt?* Ein Plan wie dieser, so mochte sie sich durchaus bewußt sagen, vertrug es nicht, daß sie und Dincklage sich dauernd entspannten.

Näher liegt es freilich, zu vermuten, daß ihr Verhältnis in jenem Gespräch am 7. Oktober gestört wurde, einen Knacks bekam. Angesichts dieses Ehrenkodexes, dieses Erlebnisses von Dincklages ›Struktur‹, verschoben sich die Gewichte von Käthes Gefühlen: vom Lieben zum Nichtmögen. Das Nichtmögen wurde schwerer.

Sein Plan erregte sie, aber sie wollte noch die abstrakte Kälte, mit der er ihn vortrug, aus ihm herausschütteln, fand auch eine leichte Form, als sie diese operative Studie aus der Unverbindlichkeit eines Gedankenspiels erlöste. Doch als sie Dincklage am nächsten Tag an seinem Schreibtisch gegenüber saß und ihm zuhörte, wie er seine Bedingung stellte, hielt sie das Gelenk der einen Hand mit der anderen umspannt, verharrte sie in dieser Geste, die für sie so typisch ist, wenn sie Widerstand leistet, wenn ihr etwas ganz und gar nicht gefällt.

Alle übrigen Formen ihres Umgangs behielten sie bei. Sie machten Spaziergänge, saßen an den Abenden in der Schreibstube, führten lange Gespräche, tauschten auch Umarmungen und Küsse aus. Käthe verbrachte fast ihre ganze freie Zeit mit Dincklage, vernachlässigte Hainstock, kam nur zu flüchtigen Besuchen in den Steinbruch, eigentlich nur, um Nachrichten zu holen, zu erfahren, wie es weiterging im Verkehr zwischen Schefold und den Amerikanern. Sie bediente sich des Briefkastens.

In ihr Verhältnis mit Dincklage kam nicht Gespanntheit, aber Spannung. Sie fand nicht heraus, ob er sich gekränkt fühlte.

Einmal erzählte er ihr von seinem Jugenderlebnis mit dieser jungen, doch um fünf Jahre älteren Bäuerin aus der Grafschaft Bentheim.

»Elise«, sagte sie sofort. »Elise Thelen wäre die richtige Frau für dich.«

Und sie schilderte ihm die Schönheit Elises, ihre Feinheit, ihr ruhiges Selbstbewußtsein, das sich im Stolz ihres Halses ausdrückte.

Er sah sie an und sagte: »Jetzt wirst du geschmacklos, Käthe.«

Er empfahl sich ihr, beiläufig, durch Sätze wie den, daß er den Ausdruck *meine Frau* nur ungern gebrauchen würde, wäre er verheiratet. Sie referierte diesen Satz Hainstock, hoffend, er würde wenigstens ahnen, daß ihre Beziehung zu Dincklage nicht ganz so einfach war, wie er sie sich vorstellte, war enttäuscht, als Hainstock in seiner Antwort zu erkennen gab, er hielte die Bemerkung Dincklages bloß für eine Masche.

Am stärksten beeindruckte es sie natürlich, daß Dincklage seine Liebesbeziehung zu ihr ruhig fortführte. Spaziergänge, lange Gespräche an den Abenden, Umarmungen, Küsse. Welcher Mann hält das schon aus? Sie selber mußte sich ja oft schwer beherrschen.

Jedenfalls hatte Hainstock am Vormittag des 12. Oktober, als Käthe zu ihm hinaus geradelt kam, um ihm zu berichten, Schefold sei durch die Linie in Winterspelt angelangt, keinen Grund anzunehmen, sie käme aus Dincklages Bett.

So stumpf ist Hainstock aber andererseits nicht, daß er vom Donnerstag, den 5. Oktober (dem Tag, an dem Käthe ihm

mitteilte, sie habe angefangen, einen Offizier der faschistischen Truppen zu lieben), bis zum folgenden Donnerstag,
den 12. Oktober, jenem alles entscheidenden Tag, unentwegt
an seiner Überzeugung festhielt, Käthe sei ins Lager des Feindes übergegangen.

Für und Wider

Schon am Sonnabend, den 7. Oktober, als Käthe unerwartet
am frühen Morgen mit ihrer kaum glaublichen Nachricht
über die Absichten des Majors bei ihm aufkreuzte, müssen
ihm ja Zweifel an seiner Feindthese gekommen sein.

Seine Einwände deckten sich mit denjenigen Dincklages, er-
gänzten sie noch.
»Wie will denn dieser Herr seinen Haufen überhaupt an einen Punkt zusammenbekommen?« fragte er. »Ein Bataillon,
das sind vier Kompanien, so an die zwölfhundert Mann, und
sie liegen über den Raum von südlich Winterspelt bis nördlich
Wallmerath und Elcherath verteilt. Die, die gerade keinen
Dienst haben, pennen in ihren Quartieren, die übrigen schieben Wache in den beiden Linien. Unter welchem Vorwand
will er die Posten aus den Linien ziehen, also die Front unbe-
wacht lassen? In einem so großen Verband gibt es doch einen
gewissen Prozentsatz faschistischer Unterführer, denen es
höchst komisch vorkommen wird, daß ein Bataillon in der
Hauptkampfzone zu einem Nachtappell ohne Waffen antreten soll. Na ja, ich unterschätze nicht den Kadavergehorsam,
aber merkwürdigerweise sind sie sehr auf dem Kiwif, wenn
sie Unrat wittern, etwas, das gegen die Ordnung geht, gegen
Führer und Reich. Da haben sie den sechsten Sinn für, sind

auch gleich gewillt, sich zu widersetzen, was sie sonst nie sind. Dieser Herr braucht nur einen Hauptfeldwebel zu haben, dem das Ganze spanisch vorkommt und der schnell mal beim Regiment anruft, kaum daß sein Chef ihn einmal aus den Augen läßt. Mindestens seinen Spieß muß er ja ein paar Stunden vor dem Nachtalarm ins Bild setzen, sonst streikt der, da endet nämlich die Allmacht eines Bataillonskommandeurs, und der Spieß wird, selbst wenn er kein Haar in der Suppe findet, den Kompaniechefs einen Wink geben, damit die Übung klappt, wenn er aber eins findet, wird er, wie gesagt, das Regiment anrufen, ich kenne das.«

Er versank für ein paar Augenblicke in Erinnerungen an das knarrende Geräusch des Apparats der weiland k. u. k. Armee. Auch bei einer sogenannten modernen Armee würde es sich genauso anhören. Armeen ändern sich nie, dachte Hainstock.

»Es geht schon«, sagte der Major, als Käthe ihm Hainstocks Bedenken widergab. »Erstens einmal wird Kammerer niemals solche Fisimatenten machen. Zweitens denkt Herr Hainstock nicht daran, daß ich Ritterkreuzträger bin, oder er weiß nicht, was das bedeutet. Jeder meiner Kompanieführer würde mir bedingungslos gehorchen, wenn ich ihm den Auftrag gäbe, Kammerer oder wen auch immer wegen Befehlsverweigerung festzusetzen.«

»Hainstock hält es für möglich«, entgegnete Käthe, »daß Kammerer oder irgend jemand sich heimlich mit deinen Vorgesetzten in Verbindung setzt.«

»In diesem Falle würde Oberst Hoffmann oder der IC mich erst einmal anrufen«, sagte Dincklage. »Ich würde dann erwidern, daß der Betreffende irgend etwas mißverstanden haben müsse. Ich wüßte dann aber, wer quergeschossen hätte.«

»Ich gebe Herrn Hainstock recht«, sagte er, »was das Zusammenholen des Bataillons auf einen Platz betrifft. Das ist tatsächlich technisch schwierig. Und die größte Schwierigkeit wird es sein, die Amerikaner dorthin zu bringen, und daß sie sich während ihrer Annäherung richtig verhalten. Alles hängt davon ab, daß sie meine Instruktionen exakt befolgen und die Kartenskizzen lesen können, die ich ihnen zukommen lassen werde.«

Käthe fiel es auf, daß er nicht sagte »die ich ihnen durch dich« oder »durch Hainstock« oder »durch Schefold zukommen lassen werde«. (Wahrscheinlich hätte er gesagt: »Durch Herrn Hainstock« und »durch Herrn Dr. Schefold«.) Vermied er es unwillkürlich, sich einzugestehen, daß seine Pläne durch Personen vermittelt wurden?

Auch unterließ er es, die militärischen Probleme seines Unternehmens weiterhin mit Käthe zu erörtern. Sie gewann den Eindruck, daß er es nicht liebte, wenn sie solche Themen anschnitt, er ließ sie dann jedesmal kurz abfahren, beispielsweise als sie glaubte, ihn davor warnen zu müssen, Kammerer auch nur eine Andeutung von seinem Plan zu machen, weil dabei dessen Hang zum Gehorchen ende. Ganz offensichtlich war es ihm ungewohnt, von einer Frau taktische Ratschläge zu erhalten. Er verfiel dann jedesmal in seinen äh-äh-Ton.

Den sie sich, im Laufe ihrer Beziehung, zweimal in aller Form verbeten hat.

Sie hat ihn auch einmal gefragt, todernst: »Müssen eigentlich deine Hosen immer so scharf gebügelt sein?« Er war zuerst konsterniert, lachte dann, erwiderte, in der gleichen ironischen Unterwürfigkeit, die er schon bei Oberst Hoffmann angewendet hatte: »Ich werde mich bessern, Fräulein Lenk.«

Erst nachdem Hainstock die Lage militärisch analysiert hatte, kam er mit seinen Einwänden wegen Dincklages praktisch nicht existierenden Rückhalts bei der Truppe, der fehlenden Massenbasis usw.

»Alles wäre zu machen«, sagte er, »wenn dieser Mensch« (ausnahmsweise sagte er einmal nicht »dieser Herr«) »sich auf ein Netz von Vertrauensleuten stützen könnte, oder wenigstens auf eine intakte Parteizelle in jeder Kompanie. Aber so ...«

Er machte eine Handbewegung, die Hoffnungslosigkeit ausdrücken sollte. Außerdem, so sagte er sich, beging er einen Denkfehler. Die Vorstellung, Dincklage könne über Vertrauensleute, Parteizellen verfügen, setzte voraus, daß dieser selbst über ein klares politisches Bewußtsein verfügte, mehr wäre als ein Herr, ein Mensch, nämlich ein Genosse. Lächerlich, sich so etwas vorzustellen! Es handelte sich um die sinnlose Aktion eines Einzelgängers.

»Da fehlt's eben an den Grundlagen«, sagte Wenzel Hainstock zu Käthe Lenk. »Und du verlangst von mir, daß ich diesen Wahnsinn unterstütze!«

In Käthe befestigte sich der hochmütige Gedanke, daß diese Sache eigentlich und einzig ihre Sache geworden war.

Sie hatte Dincklage aus einer operativen Studie aufgescheucht, aber als es ihr gelungen war, seine Theorie in Praxis zu übersetzen, hatte er diese unmögliche Forderung nach dem Gang Schefolds durch die Linie gestellt.

Und Hainstock, der eigentlich von vornherein die Mitarbeit verweigert hatte, stieg schließlich nur zögernd und ohne viel Risiko zu übernehmen ein, hielt sich sorgfältig im Hintergrund. Und warum? Nur weil jemand die Regeln verletzte, die seine Partei für den Widerstand gegen faschistische Diktaturen aufgestellt hatte. Für Hainstock war Dincklage bloß ein Außenseiter, ein Amateur – er hielt sich nicht an die

Hausordnung der Revolution! Voller Widerwillen erinnerte Käthe sich an die falsche Genugtuung des Fachmanns für Konspiration in Hainstocks Gehaben, als er sich auf seine Briefkastenrolle zurückgezogen hatte.

Dabei hatte er nichteinmal als Fachmann auch nur im geringsten recht, dachte Käthe. Es wäre viel einfacher, praktischer und gefahrloser gewesen, wenn ich zu den Amerikanern gegangen wäre.

Dincklage und Hainstock brachten, wenn sie es recht überlegte, nur Sand ins Getriebe.

Der Amerikaner Kimbrough und Schefold, dieser Wanderer zwischen den Fronten, erlegten sich keine Reserven auf, machten keine halben Rückzieher, nichteinmal dann, als Dincklage rätselhafterweise einen Kontakt mit dem Kurier wünschte, zu einer Zeit, in der noch niemand wußte, was es da eigentlich zu besprechen gab. Im Einverständnis mit Kimbrough ging Schefold durch die Linie, obwohl noch gar nichts spruchreif war und es sich schon herausgestellt hatte, daß die amerikanische Armee nicht die geringste Lust verspürte, Dincklage und sein Bataillon einzukassieren.

Auf deutscher Seite war sie allein es, die das Unternehmen unerbittlich, gradlinig, ohne zu zögern vorantrieb.

Zu unerbittlich, zu gradlinig, zuwenig zögernd, fuhr es ihr gelegentlich durch den Kopf, wenn sie an Schefold dachte.

Auch gelang es ihr jedesmal, sich zu bremsen, ehe sie sich hinreißen ließ, Dincklage oder Hainstock Vorwürfe zu machen. Immer, wenn sie im Begriffe stand, den Männern ihre Meinung zu sagen, fiel ihr rechtzeitig ihr eigener und unwiderruflicher Entschluß ein, die Nacht des Coups auszunutzen, um auf dem Wege, den Schefold nahm, und den sie schon noch von Hainstock herausbekommen würde, zu flüchten. Es war ihr gutes Recht, ihren eigenen Plan weiter zu verfolgen, wenn die Aktion auf ihrem Höhepunkt angelangt war und sie gar nichts mehr tun konnte als höchstens abwarten, ob sie gelang oder mißlang, aber sie wurde das Gefühl nicht los, daß sie, indem sie gerade dann von ihr Abschied nahm und ihrem Wandertrieb nachgab, doch an einer privaten und egoistischen Lösung häkelte. Sie kam sich hinterhältig vor; ihre Absicht, am Tag X (in der Nacht X) auszusteigen, war im Grunde auch nichts anderes als Hainstocks Vorsicht, Dincklages Ehrenkodex.

Am Tage, der jenem unheilvollen Gespräch vom 7. Oktober folgte, sagte Käthe zu Dincklage: »Ich bin dahintergekommen, was nicht stimmt in dem, was du mir gestern beweisen wolltest. Du hast gesagt ›Ich setze alles ein. Da muß ich verlangen, daß auch die Amerikaner etwas einsetzen.‹ Nicht wahr, das hast du doch gesagt?«

Dincklage bestätigte es.

»Und genau das ist falsch«, sagte Käthe. »Du mußt unbedingt bis zu dem Punkt kommen, wo du gar nichts mehr von den Amerikanern erwartest, nichts mehr von ihnen verlangst.«

Sie erkannte sofort, daß sie, in ihrem Eifer, ungeschickt vorgegangen war. Sie hatte das, was sie sagen wollte, viel zu direkt formuliert. Ihre Sätze mußten, in seinen Ohren, unerträglich pädagogisch klingen. Sogar in den ihren klangen sie ja so. Sie wurde die verdammte Lehrerin in sich nicht los.

Ausgeliefert ihrer Angst, hoffte sie dennoch, er würde nachgeben. Der ganze Hintergrund seines Plans würde sich ändern, wenn er nachgab und darauf verzichtete, Schefold durch die Linie kommen zu lassen.

Aber er ließ sich nicht umstimmen. Oder sollte etwa sein Entschluß, Schefold zu sich zu bestellen, als es dazu noch viel zu früh war, ihr beweisen, daß er es aufgegeben hatte, etwas von den Amerikanern zu erwarten?

Hypothese über das Verhalten des Majors Dincklage in der Zeit, ehe er diesen Entschluß faßte (aus Gründen, die vielleicht nicht einmal ihm selber bekannt waren):

Bekanntlich hat er, von Oberst Hoffmann über den Nutzen der Räumung Winterspelts von der Zivilbevölkerung befragt, an nichts weiter denken können als daran, wie dieser Vorgang ihn von Käthe Lenk trennen würde. Daraus darf geschlossen werden, daß auch sein Verhalten während der Ausführung seines Plans von der Überlegung beeinflußt war, er würde Käthe verlieren, und zwar im Falle des Gelingens wie des Mißlingens. Im ersteren Falle würde er in amerikanische Kriegsgefangenschaft abgeführt, in letzterem vor ein Kriegsgericht gestellt und hingerichtet werden.

Aber während er die Evakuierung Winterspelts – zur Freude der winterspelter Bauern – verhindert hat, hat er auf sein Unternehmen nicht verzichtet.

Er hat ihm Hindernisse bereitet, Sand ins Getriebe gebracht, wie Käthe sich in Gedanken ausdrückte. Vielleicht hat er das, was Hainstock verächtlich als seinen Ehrenkodex bezeichnete, aber nur ins Spiel gebracht, um Käthe dahin zu bringen, daß sie den Plan einen Plan sein ließ. In diesem Fall, so hoffte er, würde er sie behalten. So klar hat er sich das aber nicht gemacht, und es ist ja auch nicht klar.

Dann, als der Plan einmal lief, konnte, wollte und durfte er nur an sein Gelingen glauben. Infolgedessen würde er, nach ein oder zwei Jahren Kriegsgefangenschaft, zu Käthe zurückkehren, die inzwischen auf ihn gewartet hätte.

Was, nimmt man Käthes Charakter nur alles in allem, nicht mit Sicherheit anzunehmen war.

Ein amerikanisches Manneswort
oder
Die Internationale der Offiziere

Käthe hat geschwiegen, als Dincklage sie aufgefordert hat, ihr zu erklären, warum er den Eisenbahnviadukt bei Hemmeres hat sprengen wollen. Sie wollte den Plan nicht im letzten Moment gefährden, indem sie prinzipiell wurde. Aber sie hat nicht gezögert zu reden, nachdem sie erkannt hatte, was sie an seiner Ansicht, auch die Amerikaner wären verpflichtet, etwas einzusetzen, faul fand. Die Amerikaner waren zu gar nichts verpflichtet – wenn er das nicht einsah, führte er seine Sache von einer ganz falschen Prämisse aus.

Später ersparte sie es ihm auch nicht, sich das letzte Argument anzuhören, mit dem Kimbroughs Regimentskommandeur erhärten wollte, warum es so gut wie sicher war, daß die höheren amerikanischen Stäbe auf Dincklages Angebot nicht eingehen würden.

Schefold über Kimbrough, während seines letzten Besuchs bei Hainstock (am Dienstag, dem 10. Oktober, um 14 Uhr):
»Ich habe ihn noch nie so schlecht aufgelegt gesehen wie heute morgen in Maspelt. Zuerst hat er mich angefahren, was ich denn schon wieder wolle, es sei eben noch nicht soweit. Dann hat er sich entschuldigt, angefangen, mir allerhand Militärisches zu erklären, damit ich begriffe, warum sie noch nicht soweit seien. Sie werden unzufrieden mit mir sein, Herr Hainstock, denn die militärischen Gründe habe ich mir nicht gemerkt. Nur, daß sein Oberst ganz zuletzt zu ihm gesagt hat: ›Außerdem wollen wir mit einem Verräter nichts zu tun haben.‹«

»Wenn er nicht so aufgebracht gewesen wäre«, sagte Schefold, »hätte er mir das sicher verschwiegen.«

Hainstock hat, nur eine Stunde später, den Ausspruch Colonel R.s an Käthe weitergereicht.

Wenn Hainstock sich über etwas freut, wie beispielsweise damals im Hotel Kaiserhof in Berlin, als er sich bei Matthias Arimond bedankte, können seine Augen noch porzellanblauer wirken als sonst. Als Käthe, im Verlauf des Nachmittags zu ihm zurückkehrend, berichtete, sie habe Dincklage auch das Wort Colonel R.s vom *Verräter* wiedergegeben, verloren sie alles Porzellanblaue, wurden sie im Erschrecken ganz dunkel, weil seine Pupillen sich ausdehnten.

Entsetzt starrte er Käthe an.

»Verdammt, Käthe«, stieß er hervor, »das hättest du ihm nicht sagen brauchen.«

»Ich mußte es ihm unbedingt sagen«, erwiderte sie, nichteinmal durch die unwillkürliche Abneigung in seiner Stimme auch nur einen Augenblick in Unsicherheit versetzt. »Ich wäre mir wie eine Betrügerin vorgekommen, wenn ich es ihm verschwiegen hätte. Schließlich hat er ein Recht darauf, *alles* zu erfahren.«

Verdammt, verdammt, verdammt, dachte Hainstock. Welches Recht hatte eine Frau, einen Mann solchen Prüfungen zu unterziehen? Zum erstenmal ergriff ihn Mitgefühl mit dem Mann, der ihm Käthe ausgespannt hatte.

»Wie hat er reagiert?« fragte er.

»Ich weiß nicht«, sagte Käthe. »Er hat gar nichts gesagt.«

Sie fügte hinzu: »Er ist ja ein Meister in Selbstbeherrschung.«

»Aber damit hast du die ganze Aktion gefährdet«, sagte Hainstock.

»Das wäre dir doch nur recht«, sagte Käthe sofort und spöttisch. »Du hast ja nie an sie geglaubt, hältst sie heute noch für Unsinn.«

»Er bittet dich«, sagte sie, »Schefold zu bestellen, daß er ihn übermorgen um 12 Uhr im Bataillonsstab erwartet.«

»Da«, sagte sie und hielt ihm ein Blatt Papier hin. »Er hat eine Skizze gemacht für den Weg, den Schefold gehen soll. Durch die Linie natürlich. Ohne das tut er's nun mal nicht.«

Sie sah ihm zu, wie er sich sogleich in das Studium von Dincklages Croquis vertiefte.

»Ich werde es für Schefold auf eine Karte übertragen«, sagte er.

Offensichtlich kam er nicht auf den Gedanken, das Blatt Papier zusammenzuknüllen und in das Feuer zu werfen, das in dem kleinen eisernen Ofen seiner Hütte brannte.

Und was Dincklage betrifft: auch während des ganzen folgenden Tages hat der Major Joseph Dincklage, Bataillonskommandeur, Ritterkreuzträger und Verräter, sein Unternehmen nicht abgesagt.

Aus Alberichs Schatz

Hainstock sah Käthe nach, als sie nach Winterspelt zurückradelte, um dabei zu sein, wenn Schefold das Haus mit der lächerlichen Bezeichnung *Bataillonsgefechtsstand* verließ. Ihre Haare flatterten, und die blitzenden Räder ließen eine kleine weiße Staubfahne hinter ihr her wehen, denn das Wetter war während der ersten Oktoberhälfte ununterbrochen trocken und schön gewesen.

Am Nachmittag würde Hainstock nach Winterspelt gehen, um von Käthe zu erfahren, wann Schefold weggekommen und wie seine Unterredung mit Dincklage verlaufen war. Jetzt kehrte er in die Bauhütte zurück, machte sich etwas zu essen zurecht. Er achtete darauf, daß der Waldkauz sich nicht gestört fühlte, richtete seine Bewegungen so ein, daß das Tier den Eindruck gewinnen mußte, er sähe es nicht. Hainstock hegte große Sympathie für die Scheu des Vogels, denn wonach es diesen verlangte, war auch sein größter Wunsch: beobachten, ohne selber beobachtet zu werden. Er bedauerte, daß der menschliche Geist so viele unerhörte Dinge erfunden hatte, nur eines nicht: die Tarnkappe.

Schreibstuben-Vorgänge

Sich Winterspelt nähernd, begleitet von Reidel, hat Schefold einige Male versucht, den Kamm des Hügels auszumachen, der nach Norden in Hainstocks Steinbruch abfiel, aber es ist ihm nicht gelungen, ihn zu entdecken, obwohl er ihn von dem Wegstück bei der Scheune, in der früher die Feldküche (jener Einheit der 18. mot.) untergebracht war, leicht hätte erblicken können. Von hier, von Süden aus, war der Berg, welcher die Kalksteinwand enthielt, nichts als ein wenig bemerkenswerter Ödhang, ein herbstbraunes Fell, unauffällig zwischen Waldstücke und über Weiden, Stoppeläcker gespannt. In der Gegenwart Reidels hätte es Schefold beruhigt, den Punkt festzustellen, von dem aus er wahrscheinlich beobachtet, bewacht wurde.

Und Hainstock hat leider auch gar nicht daran gedacht, mit dem Fernglas den kurzen Straßenabschnitt am Ortseingang von Winterspelt zu kontrollieren, sondern sich damit begnügt, aufzugeben, als er sah, was er schon wußte: daß sich zwischen seinen Standort und die Stelle, an der Schefold die Linie überschritt, die dunkelrote Wand des Elcherather Waldes schob. Auf diese Stelle, die einzige, an der, seiner Meinung nach, Schefold Gefahr drohte, war er fixiert.

Vom Eintreffen Schefolds in Winterspelt würde ihn ja Käthe unterrichten.

Daß die Figur, die er da aufgegabelt hatte, nun auch noch stehenblieb und, mit den Händen in den Hosentaschen, die Gegend ausspionierte, war ja allerhand. Reidel hatte es eilig. Vielleicht waren die Rekruten schon zurück, und mit ihnen die Unteroffiziere und Zugführer; auf jeden Fall lief er mit jeder Minute, die der Kerl noch herumtrödelte, Gefahr, jemand zu begegnen, der ihn, baß vor Erstaunen, zur Rede stellen würde, »Wo treiben Sie sich denn herum, Reidel? Ich denke, Sie stehen Posten!«, mit dem ganzen Fett in der Stimme, die sich so ein beschissener Dienstgrad zulegte, sobald er zum erstenmal mit dem Lametta auf seinen Schulterklappen vor den nächsten Spiegel getigert war, um sich anzustaunen.

Diesem Gesellen, der jedes, aber auch jedes Mißtrauen rechtfertigte, in den Hintern treten, kam ja nun nicht mehr in Frage. Bis man gesehen hatte, wie es mit ihm weiterging, hatte man höflich zu sein. Nicht gerade Hotel-Benimm, Reidel hatte schon genug von dem ›Ist-in-Ordnung‹ vorhin, als er Schefold den Brief zurückgereicht hatte, beflissen wie ein Portier, der den Ausweis eines Gastes geprüft hat – einen Ausweis, der in diesem Falle gar nichts bewies, dachte Reidel –, es mußte ausreichen, wenn er das Subjekt nicht duzte, es nicht *Arschloch* nannte. Mit seiner hellen scharfen Stimme fuhr er Schefold an: »Los, weitermachen! Wir kommen sonst zu spät.«

Unhörbar seufzend, die Hände aus den Hosentaschen nehmend, mit der rechten Hand den Regenmantel, der über seiner Schulter lag, zurechtschiebend – er hätte ihn nicht gebraucht, bei diesem Wetter, dachte er, aber es hätte andererseits doch zu nonchalant ausgesehen, ohne ihn, bloß so in der Jacke bei Major Dincklage zu erscheinen –, wandte Schefold sich der Aufgabe zu, das Dorf Winterspelt zu betreten. Er kannte es nicht. Er kannte Eigelscheid, Habscheid und ein paar andere Dörfer, die hinter der Hauptkampfzone lagen. Winterspelt war ein Straßendorf, nur unten, im Grund, zu dem sich die Straße flach senkte, ausgebreiteter. Auf den ersten Blick kam ihm Winterspelt größer, reicher vor als die Nester, in denen er sich, zu Hainstocks Mißfallen, herumgetrieben hatte. Reicher, aber nicht schöner. Die Größe einiger Höfe hatte sie nicht ins Behäbig-Großartige, sondern bloß ins Ungefüge getrieben. Schön in den Verhältnissen waren nur ein paar Bruchsteinhäuser, deren Alter Schefold auf zwei-, vielleicht sogar dreihundert Jahre schätzte. Hin und wieder gab es, schnell, im Vorübergehn – denn Reidel hatte das Tempo angezogen –, Durchblicke auf alte einstöckige Winkelgehöfte. Wieder, wie auf allen seinen Spaziergängen, sagte Schefold sich, daß die Landschaft der Eifel schön war, sie evozierte Erinnerungen an Aelbrecht van Ouwater oder Pissarro, aber die Siedlungen der Eifel waren nicht schön, oder auch nur anmutig, malerisch, sondern ohne Gefühl für Form, abweisend. Da er Winterspelt nicht unrecht tun wollte, heftete er eine Weile seinen Blick auf den Kirchturm am Ende des Dorfes, der Turm selbst war charakterlos, stammte aus dem 19. Jahrhundert, aber unter ihm befand sich, wie Schefold wußte, eine spätgotische Kirche, deren Inneres, der Beschreibung nach, die er gelesen hatte, von Interesse sein mußte. So sperrig diese Dörfer sich gaben, sie waren doch recht alt; die früheste Kirche Winterspelts war schon kurz nach dem Jahre 1000 von einem trierischen Erzbischof geweiht worden. Die spätere, die spätgotische, war von Häusern umstellt. Vielleicht ergab es sich, daß er sie sich ansehen konnte, nach dem Gespräch mit dem Major, aber er schüttelte bei diesem Gedanken über sich selbst den Kopf: nach dem Gespräch durfte keine Zeit versäumt werden. Irgend etwas würde das Gespräch ja wohl enthalten, was Kimbrough unverzüglich zur Kenntnis gebracht werden mußte.

Wie würde Hainstock davon erfahren? Das war nicht mehr seine, Schefolds Sache. Diese Dame konnte es ihm ja mitteilen, die Unbekannte, die sowohl Hainstocks wie des Majors Vertrauen besaß.

Auffällig die Menschenleere, die Leblosigkeit. Wo zum Teufel waren die Bauern, die Soldaten, die dieses große Dorf bevölkerten? Hin und wieder wurden Uniformierte sichtbar, hinter einer Toreinfahrt, in einem Hofschatten; aus einem Laden, dem einzigen, den er wahrnahm, trat eine Frau, verschwand in einen Seitenweg.

Für Reidel, der die militärischen Zeichen lesen konnte, war Winterspelt nicht leer und leblos. Er wußte und sah, daß sie nacheinander passierten: das Krankenrevier, die Kleiderkammer, die Waffen- und Munitionskammer, die Feldküche, die Quartiere der Gruppen. Seinem geübten und scharfen Blick entging nichts, weder die Leichtkranken, die im Garten neben der Revierstube Karten spielten, noch die beiden Kammerbullen, die Decken zählten, oder die Kartoffelschäler im Hof neben dem Schuppen, in dem die Feldküche unter Deckung stand. Er wußte, daß auch er ihren Blicken nicht entging, obwohl ihre Augen nicht so geübt und scharf waren wie die seinen; daß er mittags um zwölf, aus der Linie kommend, einen Zivilisten einbrachte, und noch dazu einen so auffälligen Typ, war ein Ereignis. Von diesem Gesocks aus zur Versorgungskompanie Abgestellten hatte er übrigens nichts zu befürchten, nichteinmal fragende Zurufe, sondern nur stummes Glotzen, das ihm scheißegal sein konnte, doch präparierte er im Geist Antworten auf dämliches Gequassel von einem aus der Nachtschicht, der vielleicht nicht schlief. Es gab ja solche, die, auch wenn sie die halbe Nacht Wache geschoben hatten, nicht schlafen konnten und tagsüber wie Gespenster im Dorf herumgeisterten. Wann die wohl schliefen? Wahrscheinlich würden sie es nicht wagen, ihn anzuquatschen. »Du verbreitest Schrecken um dich.« Sie waren Gespenster, die sich fürchteten.

Von den Rekrutenzügen war weit und breit nichts zu sehen und zu hören, obwohl das Ende der Übung auf zwölf Uhr angesetzt war. Die Ausbilder schienen es mal wieder genau zu nehmen, wollten sich einen Orden verdienen. Reidel dachte an das blasse schwitzende Gesicht Boreks.

Welche Schläfrigkeit, Lethargie, verglichen mit dem Trubel in Maspelt, wo immer Gruppen antraten oder sich auflösten, in Einer-Reihen zu den Stellungen abzogen oder von ihnen zurückkehrten, im Freien, vor ihren Quartieren, Gewehre reinigten, rottenweis am hellen Tag auf Jeeps nach Saint-Vith fuhren, wenn sie dienstfrei hatten, einen Betrieb hinlegten, dessen hervorragendes Merkmal der fremdartige amerikanische Bewegungsstil war, dieses schlaksige Schlendern, unbekümmert, nicht stramm, eher auf den Eindruck von Gleichgültigkeit bedacht, in Uniformen aus geschmeidigem Zeug, kein Zivil, o nein, das *battle-jacket*, die leichten Laufschuhe mit den dicken Gummisohlen waren kein Zivil, nur eine Uniform, die alle Erinnerungen an den Soldaten als einen, den man panzern mußte, der steif durch Länder stampfte, aufgegeben hatte, sich entschieden hatte für lässiges Entfalten von Unruhe, für Kinetik, die also nun zwischen den Häusern von Maspelt schwang, Maspelt überwimmelte in Oliv und Khaki, unter der Begleitmusik schwerer modulierender Glottal- und Gaumenlaute, dieser bequemen Aussprache des Englischen, der im Anblick des Mississippi tief in den Gaumen zurückgerollten Zunge.

Kunststück, daß sie sich nicht zu tarnen brauchten! Wenn sie ihre Köpfe hoben, dann nur, um ihren eigenen Flugzeugen nachzublicken, wie sie über den Himmel fuhren, hoch, fern, metallisch und unaufhaltsam. Diese Neulinge aus Montana konnten sich einen Krieg aus der Luft überhaupt nicht vorstellen. Was vielleicht auch wieder leichtsinnig war, überlegte Schefold, wenn er an Major Wheelers pessimistische Beurteilung der Lage dachte.

Hainstock hatte ihm gesagt, daß Major Dincklage ein Meister der Tarnung war. Der Anblick von Winterspelt bestätigte es ihm. Aber da war noch etwas, das über Tarnung, Versteckspiel, Maskerade, Katakombendasein weit hinausging. Etwas wie Traum und Schlaf. Etwas wie Tod vielleicht. Mit der Dorfstraße von Winterspelt war dem Major Dincklage nicht ein Bild der Verlassenheit, sondern des Todes geglückt.

Die amerikanische Bewegung würde durch Maspelt hindurchgehen und es eines Tages zurücklassen, wie es immer gewesen war, ein belgisches Dorf, dessen Bauern deutsch sprachen, in Wirklichkeit weder ein belgisches noch ein deutsches Dorf, sondern ein Dorf an der Grenze, eine Metapher für Schmutz, Schmuggel und Katholizismus. Als solche sehr hübsch, hübscher als Winterspelt, klein, viel kleiner als Winterspelt, seine wenigen Häuser, weißgekälkt, von Eichen, Ulmen überragt, hockten hinter der Deckung der Weidehügel, über die Kimbroughs Infanteristen zu ihren Stellungen auf den Our-Hängen marschierten, in Ketten, wie Gesperre von Bodenvögeln.

An den beiden Kätzchen, die auf den Stufen einer Hoftüre miteinander spielten, konnte er nicht vorübergehen. Ihre Felle schimmerten in der Oktobersonne, das eine grauschwarz geströmt und gebändert, das andere gleichfalls in diesen Farben grundiert, doch auf dem Rücken außerdem noch mit einem hellen Fuchsrot überzogen. Das dreifarbige mußte ein Weibchen sein, dachte Schefold, der etwas von Katzen verstand. Die Kätzchen jagten sich über die Stufen, umarmten sich, fielen übereinander her, zart, lautlos. Schefold schätzte sie auf zwei Monate. Es gelang ihm, den jungen Kater hochzunehmen, dessen Augen so blau waren wie seine eigenen. Er wartete auf Reidels Zuruf, irgend etwas Unangenehmes, ausgestoßen in diesem unangenehmen Ton, den der Mensch am Leibe hatte, aber als er sich umwandte, noch immer mit dem Kater auf dem Arm, sah er, daß Reidel mit einem Ausdruck von Trance im Gesicht auf das Tier blickte. Offenbar war auch er ein Katzennarr.

Konnte man das, was so einen befiel, wenn ihm ein Wesen wie dieses vor die Augen kam, als menschliche Regung bezeichnen? Schefold bezweifelte es, als er den kleinen Kater absetzte, dem er es zu verdanken hatte, daß er diesmal nicht angeschrien worden war.

Im Weitergehen stellte er sich vor, wie im Winter zwei große räudige Katzen, Bruder und Schwester, ausgehungert, raubgierig, durch die Ruinen von Winterspelt streiften.

Borek in Dänemark. Borek war schon in den Baracken in Mariager anwesend, als Reidel erst ankam, gehörte zu dem Rekrutenhaufen, aus dem der Kern der Vierhundertsechzehnten bestand, auf den man alte Oberschneppser, das Rückgrat der Armee, fein verteilte. Er war überhaupt kein hübscher Junge. Dazu war er viel zu lang, spillerig. Eine Brillenschlange. Er hatte am Fenster gestanden, mit verschränkten Armen, unbeweglich, und den Regen betrachtet, während Reidel seinen Spind einräumte. Er war so dünn, daß es Reidel vorkam, als regne der Regen durch ihn hindurch.

»Idiotisch«, hatte er schließlich zu Reidel gesagt, »daß wir heute nachmittag in dieses Wetter hinaus müssen.«

Natürlich würdigte Reidel ihn keiner Antwort. Erstens redete er ja niemals etwas Überflüssiges, zweitens ärgerte ihn der gebildete Tonfall dieses Spundes, drittens war er sprachlos darüber, daß jemand glaubte, bei Regen finde der Krieg im Saale statt, und zwar allen Ernstes, denn Borek hatte keinen Witz machen wollen, das hatte er gespürt.

Aber dann stieß ihm etwas anderes zu. Nachdem er zugesehen hatte, wie Borek seine Knobelbecher anzog, zwang er ihn, sie wieder auszuziehen – Borek: »Aber warum denn?«, Reidel: »Ich hab gesagt, du sollst sie wieder ausziehn!« – und zeigte ihm, wie er die Fußlappen legen mußte, daß sie die Füße nicht wundschürften, Blasen verursachten. Ja, er kniete sich vor Borek hin, stellte dessen Fuß auf das Stück Stoff, belehrte ihn, daß es unter der Sohle eine vollkommen plane Fläche bilden müsse, schlug die vier Ecken so um Ferse, Knöchel und Zehen, daß sie dicht, ohne Falten zu bilden, anlagen. Dergleichen Heckmeck hatte er sich noch nie bei Rekruten einfallen lassen. Ein paar andere sahen ihnen dabei zu. Er ließ

Borek die Aufgabe wiederholen, der sich dabei so ungeschickt anstellte wie nur möglich, offensichtlich fünf Daumen hatte, Reidel stand auf, sagte, um sich bei den Zuschauern Achtung zu verschaffen, um ihnen klarzumachen, welchen Typ von Obergefreiten und Gruppenführer sie in die Baracke bekommen hatten, mit seiner unangenehmsten Stimme: »Außerdem wirst du dir heute abend mal die Füße waschen, aber gründlich!«

Er überwachte das. Nicht, daß Borek besonders schmutzige Füße gehabt hätte, jedenfalls waren sie nicht schmutziger als die der meisten anderen, aber es gab Reidel Gelegenheit, unter dem Anschein, auf Hygiene bedacht zu sein, in den Waschraum zu gehen und zuzusehen, wie Borek, nur mit einer Unterhose bekleidet, seine endlos langen Beine in das Waschbecken hob. Daß ihn ein Typ wie dieser Student anzünden konnte! Worauf er stand, zu stehen glaubte – obwohl er seit seinem Eintritt in die Armee niemand mehr angefaßt hatte, von diesem geringfügigen Vorfall in einem Westwallbunker abgesehen –, waren hübsche Jungens, möglichst nicht größer als er selber, fest, geschmeidig, mit Bewegungen wie Katzen. Statt dessen nun dieser da, der weniger war als ein Knochengestell, einfach nur ein zu lang geratener Achtzehnjähriger, wenn auch mit einer Haut, von der man sich vorstellen konnte, daß es durch sie hindurchregnete. Hart, knapp, dienstlich, ohne ein Wort zu reden, stellte er sich neben ihn. Und dann von diesem Weichling, diesem langen Lulatsch, plötzlich die größte Unverschämtheit.

»Verschwinde!« hatte Borek zu ihm gesagt. »Beim Waschen brauche ich keinen Aufpasser.«

Reidel war so überrascht gewesen, daß er sich umgedreht und den Waschraum verlassen hatte. Er hatte sich ertappt gefühlt. Nachher, auf die gleiche Weise die Folgen seines Verhaltens überlegend, die ihn heute vor einer Stunde davon abgehalten hatte, auf Schefold zu feuern – so daß dieser verdächtige Knülch nun quietschlebendig, ahnungslos auf der Dorfstraße von Winterspelt vor ihm stand und eine kleine Katze, von der man den Blick nicht abwenden konnte, auf dem Arm hielt und streichelte –, kam er, hinter eine Zeitung verschanzt, am Tisch der Baracke in Mariager, zu dem Schluß, daß er wahrscheinlich den kürzeren ziehen würde, wenn er es in dieser Angelegenheit auf einen Streit mit Borek ankommen ließe, auf eine Meldung beim Zugführer. Es gehörte nicht zu den Dienstaufgaben eines Obergefreiten, die Waschgepflogenheiten von Männern seiner Gruppe zu beaufsichtigen. Davon stand jedenfalls nichts in der HDV.

Unerklärlich nur, wie ein solcher militärischer Waisenknabe, der von der HDV ganz bestimmt nicht den blassesten Dunst hatte, den Bogen raus bekam, haarscharf wußte, wie man sich wehrte. So einer nahm sich heraus, Kritik zu üben: an den Befugnissen von Vorgesetzten wie an Übungen im Regen. Und was das tollste war: es ging ihm glatt durch: man verließ die Waschkaue, und in der Art, in der er das Wort *idiotisch* ausgesprochen hatte, war tatsächlich etwas drin gewesen, das einen darüber nachdenken ließ, ob es Zweck hatte, einen Ausmarsch anzusetzen bei einem solchen Scheißwetter, wie es an jenem Tag geherrscht hatte, an dem Reidel bei der Vierhundertsechzehnten in Dänemark eingetroffen war.

Auch das Hinterland von Maspelt war, jedenfalls was den Krieg anging, von dem Hinterland von Winterspelt total verschieden. Wenn Schefold nach Saint-Vith fuhr, oder wenn er, was auch schon vorgekommen war, Mitglieder des Van Reeth-Clans oder anderer Familien, die für ihn die Namen von Bildersammlungen trugen, in Malmédy, Stavelot oder den tiefen Ardennen besuchte, blieb ihm manchmal aber doch buchstäblich der Mund offen vor Staunen, weil eine Herde von Tanks wieder einmal eine ganze Plaine bedeckte. In Reihen geordnet und übrigens verlassen, nur von ein paar

Posten bewacht, dämmerten die Kriegsmaschinen leer, unbenutzt vor sich hin. Oder er sah: Plätze, sperrig überfüllt von Geschützen, Areale, hektarenweit mit Gevierten aus Kisten (Munition? Verpflegung?) bedeckt, über die Netze gelegt worden waren, also Landschaften aus kleinen graugrünen Kuppen, auch Feldflugplätze, auf denen stumpfe, niedrige Aeroplane (Jäger?) in stählernen Rudeln standen. Diese Amerikaner waren reich! Jedesmal, wenn Schefold des Reichtums der Amerikaner inne ward, fiel ihm ein politischer Witz ein, den er in einem Wirtshaus in der Eifel gehört hatte. Er endete mit der Frage: »Ja, weiß denn das der Führer?« Im Erzählen politischer Witze legten sie sich übrigens merkwürdig wenig Zwang auf, doch mußten gewisse Regeln eingehalten werden. Die eigentlich vernichtende Frage ›Ja, weiß denn das der Führer?‹ durfte ausgesprochen werden, aber sie mußte dann im Raum stehenbleiben, durfte keine Antwort finden, denn wenn einer, der Erzähler selbst oder einer seiner Zuhörer, so humorlos war, fortzufahren: »Ich fürchte, man muß es ihm mal sagen«, oder sogar: »Der will es ja gar nicht wissen«, dann verletzte er die Regeln und redete sich mit großer Wahrscheinlichkeit um Kopf und Kragen.

Dort, wo die politischen Witze kursierten, herrschte militärische Armut, wie Schefold leichtsinnigerweise aus dem Zustand des Gebietes schloß, in dem er spazierenging. Um Eigelscheid, Habscheid, sogar bis nach Prüm – wohin er sich einmal gewagt hat, damals, als er den verrückten Entschluß gefaßt hatte, seine Eltern in Frankfurt anzurufen –, hat er nie etwas anderes bemerkt als kleine Kommandos von rückwärtigen Diensten, beliebte Druckposten, wie Hainstock ihm erklärte; die LKWs, welche die Hauptkampfzone mit Verpflegung versorgten, kamen von weit her, konnten die Straßen nur bei Nacht benutzen.

»Nehmen Sie doch endlich Ihr ganzes Zeug«, hatte er zu Major Wheeler gesagt, »und machen Sie dem Krieg ein Ende!«

»Ach, Sie meinen, was Sie bei uns so sehen!« Wheeler hatte ihn, mitleidig lächelnd über so viel Unwissenheit, angeblickt. »Das ist doch gar nichts«, sagte er und schnippte mit den Fingern. »Das meiste, was hier herumsteht, ist übrigens schon ausrangiertes Material, wird bei uns nur abgestellt. Ich bedaure, daß ich Ihnen nichteinmal eine voll ausgerüstete amerikanische Armee vorführen kann. Oder auch nur eine Division.«

Er wurde plötzlich düster, lehnte sich zurück. »Leider kann ich es nicht«, sagte er. »Das ist es doch. Einen schwächeren Punkt hätten Sie sich gar nicht aussuchen können, Herr Doktor!« Er sagte ›Herr Doktor‹, denn er sprach mit Schefold Deutsch, nannte ihn nicht, wie Kimbrough, einfach ›Doc‹. »Ich meine, wenn es Ihnen darauf ankam, einen gewissen Rückhalt zu finden. Wenn die Deutschen hier angreifen, werde ich nichteinmal Zeit haben, Ihnen noch eine Abschiedspostkarte zu schreiben.«

Schefold sah ihn ungläubig an. »Angreifen? Die Deutschen?« rief er aus. »Drüben ist nichts, ich versichere Ihnen: nichts. Hinter der Front nichts als leeres Land. Ich habe noch nie einen Panzer gesehen oder ein paar Geschütze. Und haben Sie schon mal ein deutsches Flugzeug zu Gesicht bekommen? Ich nicht.«

»Zufällig kenne ich die Ziffern der neuesten deutschen Flugzeugproduktion«, sagte Wheeler. »Wir haben sie von den Russen. Dreitausend Stück pro Monat. Das ist ganz beachtlich. Und dann haben die Deutschen diesen Tiger-Panzer, der allen unseren Tanks überlegen ist.«

»Ach, Doktor Schefold«, sagte er, »Sie sind ein militärischer Laie.«

Er stand auf und wischte auf der Karte, die hinter seinem Sessel hing – denn das Gespräch fand in Wheelers Büro im Regimentsstab statt –, über das Dreieck zwischen Mosel und Rhein, westlich von Koblenz.

»Wenn die Deutschen«, sagte er, »in diesem Raum, na, sagen wir, zwanzig Divisionen zusammenziehen – und das können sie nämlich noch, dazu brauchen sie bloß die nötige Vorbereitungszeit, vier Wochen ungefähr, und die geben wir ihnen, wir haben sie ihnen schon gegeben, wir sind ja so großzügig –, dann drücken sie unsere Front ein. Und zwar hier, wo wir stehen. Genau hier.«

»Ich habe das nicht nur so im Gefühl«, sagte er. »Ich beginne, es zu wissen.«

Wheeler hat sich geirrt, wenigstens damals noch. Kurze Zeit später war er schon besser informiert, wie wir aus seinem Gespräch mit Kimbrough erfahren werden. Der Generalfeldmarschall von Rundstedt hat – in der Zeit vom 12. Oktober bis zum 16. Dezember 1944 – gegen die drei amerikanischen Divisionen, welche den Frontabschnitt zwischen Monschau und Echternach besetzt hielten, nicht zwanzig, sondern einundvierzig Divisionen in die dafür vorgesehenen Bereitstellungsräume gebracht.

»Wenn Sie einmal Panzerverbände bemerken, auch kleinere, Vorausabteilungen nennt man das, oder die Anlage von Artillerie-Stellungen beobachten würden – wären Sie bereit, uns *das* zu melden?«

Die Betonung des Wörtchens *das* in Wheelers Frage bezog sich darauf, daß Schefold es abgelehnt hatte, die Lage der deutschen Frontstellungen auszukundschaften. Kimbrough hat ihn später noch einmal deswegen angezapft, aber schon zu Wheeler hat er gesagt: »Wenn ich mir vorstelle, daß Sie dann Artilleriefeuer auf diese Plätze legen lassen oder Ihre Flugzeuge instruieren ...«

Jetzt ließ er sich Zeit mit seiner Antwort, dachte lange nach, ehe er sagte: »Natürlich. Dann würde ich sofort zu Ihnen kommen.«

»Aber«, fügte er hinzu, »es wird ja nie nötig sein. Sie überschätzen Deutschland, Major. Es ist am Ende.«

Major Robert (›Bob‹) Wheeler, Nachrichtenoffizier des 424. Regiments, unterschrieb, halb lachend, halb wütend, den Passierschein für Schefold, sah ihm, als er sein Büro verließ, mit ungefähr den gleichen Gefühlen nach, wie Hainstock ihm nachgesehen hat, wenn er auf der Straße in Richtung Eigelscheid davonging, großmächtig und in einer Art von fließender Bewegung, er schien es zu genießen, daß das Wetter schön, die Straße leer und der Krieg verschwunden war.

Für Wheeler, Hainstock hätte es eine Genugtuung bedeutet, wenn sie erfahren hätten, was Schefold auf der leeren Dorfstraße von Winterspelt gedacht hat: So anwesend war der Krieg noch nie. Und: Deutschland ist nicht am Ende. Solche und ähnliche Sätze hat er nämlich gedacht, und es ist ihm nicht gelungen, sich zu beruhigen, indem er sich daran erinnerte, daß er ja das Schlimmste schon überstanden hatte und in ein paar Stunden in Maspelt zurück sein würde, wenn auch nicht mit einem deutschen Bataillon sozusagen in der Tasche, wie er gehofft hatte.

Mit der oben geschilderten Unterhaltung schloß ein Gespräch, das am 20. September stattgefunden hat, nur drei Tage nachdem der Stab des 424. Regiments sich in Saint-Vith eingerichtet hatte. Wheeler war durch die belgische Abwehr von der Anwesenheit Schefolds in Hemmeres unterrichtet worden, aber er hätte sich dieses Vogels vielleicht nicht so schnell angenommen, wenn Schefold nicht kurz nach der Besetzung Maspelts bei Kimbrough aufgetaucht wäre und darum gebeten hatte, ihn die Linie passieren zu lassen, wenn er es wünsche.

»Was ist er für ein Typ?« fragte Wheeler am Telephon.

»Wenn er ein Spitzel ist«, sagte Kimbrough, »freß ich 'nen Besen.«

»Du mußt wirklich ein guter Anwalt sein, John«, sagte Wheeler, »du kennst dich mit Menschen aus. Für den Mann liegen ausgezeichnete Empfehlungen von den Belgiern vor. Gib ihm einen deiner Leute mit und schick ihn zu mir!«

Denn *gescreent* mußte Schefold ja auf alle Fälle werden. Das *screening* verlief in jeder Hinsicht zufriedenstellend, aber den Ausschlag dafür, daß Schefold den Passierschein für die amerikanischen Linien (in Kimbroughs Abschnitt) erhielt, hatte seine Weigerung gegeben, militärische Spionage zu treiben, und daß er nicht auf seiner Weigerung bestand, falls es einmal ernst wurde. Es genügte, wenn dieser Mann ihm gelegentlich über die Stimmung der deutschen Bevölkerung berichtete. Das hatte er versprochen.

»Besser wäre für Sie«, hatte Wheeler zu ihm gesagt, »Sie würden sich einstweilen nach Brüssel scheren, oder irgendwohin, wo Sie in Sicherheit sind.«

»Ach, wissen Sie«, hatte Schefold geantwortet, »ich kenne jedes Bild in Brüssel. Es langweilt mich schon.«

Und da Wheeler ihm erzählt hatte, daß er Historiker sei, hatte er sich nach dem Stand bestimmter kunstgeschichtlicher Forschungen in den USA erkundigt, sowie nach den Schicksalen einiger nach Amerika emigrierter deutscher Gelehrter. Wheeler hatte ihm nicht dienen können. Kunstgeschichte war nicht sein Fach.

Er rief Kimbrough an und teilte ihm das Ergebnis mit.

»Ich werde meine Männer anweisen, daß sie ihn passieren lassen«, sagte Kimbrough. »Und ich werde ihnen ausdrücklich mitteilen, daß er kein Deutscher ist, der für uns als Spitzel arbeitet.«

»In Ordnung«, sagte Wheeler. Auch er wünschte, daß Schefold so anständig behandelt wurde wie nur möglich.

Im Gegensatz zu Major Dincklage hatte Captain Kimbrough keine Hemmung, die Männer, die er kommandierte (C-Kompanie des 3. Bataillons), als die seinen zu bezeichnen.

Wegen seiner Länge – 1,85 m – war Borek beim Antreten rechter Flügelmann der Kompanie. Der Spieß hatte schon angefangen, sich in ihn zu verbeißen.

»Können Sie nicht geradestehen, Schütze Borek?«

»Nein.«

Die Kompanie hielt den Atem an.

»Sagen Sie das nocheinmal!«

»Nein.«

»Wie heißt es?«

»Nein, Herr Hauptfeldwebel.«

»Sagen Sie es nocheinmal, lauter!«

»Nein, Herr Hauptfeldwebel.«

»Können Sie nicht lauter sprechen?«

»Nein, Herr Hauptfeldwebel.«

»Und Sie können auch nicht geradestehen?«

»Nein, Herr Hauptfeldwebel.«

»Warum nicht?«

»Aus seelischer Veranlagung, Herr Hauptfeldwebel.«

Jetzt lachten einige. Reidel, der wegen seiner Kleinheit am linken Flügelende stand, lachte nicht; er bewunderte Borek, Borek schob eine Tour, gegen die der Kompaniespieß machtlos war; er konnte diesen Rekruten melden, aber dann begann bloß eine langwierige Untersuchung, wegen seelischer Veranlagung, vor interessiert zuhörenden Offizieren und höheren Nillenflickern, Borek legte es darauf an, auf irgendeinen Druckposten abgeschoben zu werden, das war klar.

»Ruhe!« brüllte der Spieß. Er wandte sich wieder Borek zu: »Bewegen Sie sich dreimal um die Kompanie! Im Laufschritt, marsch marsch!«

Und während der Frühappell weiterging, lief Borek dreimal um die Kompanie herum. Jedesmal, wenn er an ihm vorbeikam, beobachtete Reidel, wie die Schatten in seinem Gesicht bleicher geworden waren. Seine Brillengläser waren beschlagen. Auf die Art wollen sie ihn fertigmachen, dachte Reidel; wenn es ihnen gelingt, ihn in eine Befehlsverweigerung zu treiben, haben sie ihn. Er registrierte, daß der Spieß sogar so schlau war, sich jeder triumphierenden Äußerung zu enthalten, nachdem Borek seine Runden beendet hatte und ins Glied zurücktrat. Aber er hatte ihn jetzt auf der Abschußliste, dessen war Reidel sich gewiß.

Um ihn erst einmal aus der Schußlinie zu bringen, sorgte er dafür, daß Borek beim Antreten vom ersten ins dritte Glied kam, wo er nicht mehr so auffiel.

Er wandte sich zu diesem Zweck an Feldwebel Wagner, der ihm zustimmte, ihn aber zugleich erstaunt ansah.

»Was'n mit Ihnen los, Reidel?« fragte er. »Sie reißen sich doch sonst kein Bein aus wegen einer halben Portion.«

»Ich will bloß nicht, daß meine Gruppe dauernd schlecht abschneidet«, sagte Reidel.

Aber in der folgenden Nacht, schlaflos auf seinem Strohsack liegend, die Arme neben seinem Körper ausgestreckt, die Hände zu Fäusten geballt, dachte er an den Mann, der vor urdenklichen Zeiten, in jenem düsseldorfer Hotel, zu ihm gesagt hatte: »Auch du wirst einmal das werden, was die Normalen eine Tante nennen.«

Schefold erinnerte sich daran, daß Maspelt am vergangenen Samstagnachmittag fast genauso verschlafen ausgesehen hatte wie dieses Winterspelt heute und wohl jeden Tag. Der fast friedensmäßige Betrieb, den das 3. Regiment der 106. amerikanischen Infanterie-Division abspulte, brachte es mit sich, daß an Samstagnachmittagen kein Dienst angesetzt war, ausgenommen natürlich das Postenstehen auf den Our-Höhen. Die meisten von Kimbroughs Männern trieben sich um diese Zeit in den Wirtschaften von Saint-Vith herum. Die Schreibstube der C-Kompanie des 3. Bataillons war nur mit einem Gefreiten besetzt. Schefold geriet jedesmal, auch jetzt noch, in Empörung, wenn er sich an das träge, gelangweilte Verhalten dieses Mannes erinnerte, der sich weiter auf seinem Stuhl räkelte, auch nachdem Schefold ihm gesagt hatte, er habe Captain Kimbrough eine Mitteilung von höchster militärischer Wichtigkeit zu machen.

»Ist es wirklich wichtig?« fragte der Gefreite, der im Zivilberuf Angestellter eines Steuerberaters in Butte, Montana, war. Er war daran gewöhnt, sich Leute anzuhören, die immer alles, was sie ihm vortrugen, für außerordentlich wichtig hielten.

»Wollen wir wetten«, fragte Schefold, »daß der Captain sofort zum Regiment nach Saint-Vith fahren wird, nachdem er mit mir gesprochen hat?«

Noch auf der Dorfstraße von Winterspelt bildete Schefold sich ein, er habe mit dem Wort *wetten* sozusagen das magische Signal gesetzt, das jenen Gefreiten bewog, seinen dicken Hintern – tatsächlich besaß der Rechnungsführer der C-Kompanie, Pfc. Foster, ein schweres Gesäß – zu lüpfen und sich in Bewegung zu setzen. Er ahnte nicht, daß er Foster, der ein Kenner von Stimmlagen war, längst überzeugt hatte, und dieser nur deshalb einige Zeit verstreichen ließ, weil er sich zu dem Entschluß durchringen mußte, seinen Chef beim Briefeschreiben zu stören. Den Samstagnachmittag hatte Kimbrough sich zur Erledigung seiner privaten Korrespondenz reserviert und angeordnet, ihn dabei höchstens zu stören, falls ein Krieg ausbräche. Schefold, dieser militärische Laie, hatte von dienstlichen Gedankengängen solcher Art eben wirklich keine Ahnung.

Der Gefreite schloß die Schreibstube ab und ließ Schefold draußen vor dem Haus warten. Schefold hatte sich gegen ein Uhr von Hainstock verabschiedet, in Hemmeres nur einen einfachen, schnell zurechtgemachten Imbiß zu sich genommen, dann war er über den Holzsteg auf das andere Ufer der Our gegangen. Die Bretter des Stegs hatten geknarrt, und das Wasser des Flusses war so dunkel und durchsichtig gewesen wie immer. Mit dem Posten auf der Höhe hatte er ein paar Worte gewechselt. Er brauchte jetzt nie mehr seinen Passierschein vorzuzeigen, sie kannten ihn alle. Voller Ungeduld hatte er den Hügel aus offenen Weidehängen überquert, hinter dem Maspelt lag. Jetzt war es drei Uhr. Er sah Kimbrough kommen, nicht langsam, aber schlendernd, beiläufig, begleitet von dem Gefreiten, Kimbrough, mager, schwarzhaarig, im *battle-jacket*, in langen Hosen und leichten Schuhen, die Mütze trug er in der Hand, die schwarzen Haare fielen ihm strähnig ins Gesicht, nur die beiden *silver bars* auf den Schultern dieser Monteurjacke verrieten, daß er ein Offizier war, er sah Schefold mit seinen violetten Augen an und sagte: »Hello, Doc!«

Der Gefreite Foster war erleichtert gewesen, als er bemerkte, daß er mit seiner Meldung nicht ungelegen kam. John Kimbrough war überhaupt nicht verärgert, sondern froh darüber, einen gerade angefangenen Brief weglegen zu können. Seitdem er eingesehen hatte, daß es ihm unmöglich war, den Empfängern seiner Briefe zu schildern, was er während seiner Erlebnisse in Europa empfand, ja daß er nichteinmal diese Erlebnisse selbst gehörig darstellen konnte, betrachtete er die Briefschreibe-Samstagnachmittage, auf die er sich gefreut hatte, die er sich zur privaten Zone hatte eingrenzen wollen, als bloße Pflichtübungen. Manchmal überlegte er allen Ernstes, ob er nicht überhaupt aufhören solle, Laut zu geben. Sie würden es überleben. Auch er würde es überleben, nicht zu erfahren, was augenblicklich in Savannah, Georgia, geschah. Jahrhunderte hindurch hatte es Kriege gegeben, in denen eine Einrichtung wie die Feldpost unbekannt gewesen war. Bob Wheeler widersprach ihm, belehrte ihn, daß beispielsweise von den Kreuzzügen die Ritter lange Briefe nach Hause geschrieben hatten. Na ja, sollten sie. Er fand Schweigen der Sache angemessener.

Er hatte sich mit seinem Schreibzeug in der Wohnstube des Bauernhauses etabliert, in dem er im Quartier lag. Sie ähnelte der Stube des Thelenhofes in Winterspelt, nur war sie kleiner. Alles in Maspelt war kleiner, infolgedessen auch dunkler als in Winterspelt. Es störte Kimbrough nicht, daß manchmal der Bauer oder seine Frau in der Stube ein oder aus gingen, miteinander sprachen, er verstand ihre Sprache nicht, ein Deutsch, von dem er nicht wußte, daß auch die wenigsten Deutschen es verstanden hätten. Was ihn störte, waren die Fliegen. Den Brief an Dorothy, vorhin – auch so einen Pflichtbrief! –, hatte er mit dem Satz abgekürzt: »Ich möchte Dir gerne länger schreiben, aber während ich schreibe, setzt sich immer eine Fliege auf meine rechte Hand.«

Die Zuverlässigkeit Fosters war über jeden Zweifel erhaben – Kimbrough hatte ihn mit aller Sorgfalt für den Rechnungsführer-*job* in der Schreibstube ausgewählt –, so daß es also eigentlich unnötig war, ihn zu fragen, welchen Eindruck Schefold auf ihn gemacht habe.

»War er aufgeregt?«

Aus manchen Gesprächen mit Schefold kannte er die Neigung dieses schweren Deutschen, sich zu erregen, beispielsweise, wenn es um Bilder ging.

»Ich meine«, sagte Foster, »es steckt etwas dahinter.«

Auf diese außerordentlich freie Weise übersetzen wir eine so gut wie unübersetzbare idiomatische Redensart, deren universale Bedeutung in der amerikanischen Umgangssprache auf dem Wort *trouble-maker* beruht. Der Gefreite Foster hat nämlich gesagt, Schefold mache auf ihn nicht den Eindruck eines *trouble-makers*. Das Wort *Unruhestifter*, das einzige deutsche Wort, welches den Sinn des amerikanischen wenigstens einigermaßen trifft, ist ein sehr schönes Wort, aber gerade weil es so schön, auf dialektische Weise zugleich wohlklingend und kompliziert ist, läßt es sich für idiomatische Redensarten von universaler Bedeutung nicht verwenden. Auch hätte das Wort *Unruhestifter* Schefold ja keineswegs so disqualifiziert wie das Wort *trouble-maker* (wenn er einer gewesen wäre, in welchem Falle man gegen ihn einen sogenannten *trouble-shooter* hätte aufbieten müssen, denn so universal ist der Begriff, daß er einen Gegenbegriff hervorgerufen hat). Indem Foster seinen Satz negativ formulierte (»I think he's no trouble-maker«), definierte er Schefold so positiv wie nur möglich: wenn dieser kein *trouble-maker* war, dann steckte etwas hinter dem, was er mitzuteilen hatte.

Kimbrough und Foster sahen sich an. Dann griff Kimbrough nach der Mütze, die neben ihm auf der Bank lag, setzte sie aber nicht auf.

Bekanntlich hat das folgende Gespräch – es fand in dem Chef-Zimmer neben der Schreibstube statt, denn auch Captain Kimbrough hatte, wie Major Dincklage, ein solches Zimmer zu seiner Verfügung – Schefold bitter enttäuscht. Drei Stunden zuvor, um zwölf Uhr etwa, hatte er noch, Hainstock gegenüber, die Behauptung aufgestellt, Kimbrough würde Bauklötze staunen, wenn er von Dincklages Absicht erführe, und als Hainstock, voller Skepsis, gefragt hatte, ob er denn glaube, daß die Amerikaner überhaupt auf den Vorschlag eingehen würden, maßlos erstaunt ausgerufen: »Ja, warum sollen sie das denn nicht?«

Doch Kimbrough verhielt sich *sonderbar*, wie er Hainstock am Sonntagvormittag hatte gestehen müssen. Ob er beispielsweise staunte – und noch dazu Bauklötze –, das war weder von seinem Gesicht abzulesen, noch aus dem, was er sagte, herauszuhören.

Vielleicht lag es an dem Zimmer. Das Zimmer war un-hell, weil ein paar Meter hinter dem Fenster der Hang des Weidehügels aufstieg, in dessen Deckung Maspelt lag. In dem

Nicht-Licht, das hier herrschte, wirkte das Gesicht Kimbroughs unter dem schwarzen Strähnenhaar noch blasser als im Freien.

»Ihnen gegenüber liegt ein deutsches Infanterie-Bataillon«, sagte Schefold. »Das wissen Sie. Der Kommandant dieses Bataillons möchte sich mit seiner Truppe den Amerikanern ergeben.«

Er hatte sich vorgenommen, so ruhig und sachlich zu sprechen wie nur möglich, in seinem einwandfreien englischen Englisch, nicht den Versuch zu machen, in militärisches Vokabular zu verfallen, von dem er nichts verstand.

»Woher wissen Sie das?«

»Von meinem Freund Hainstock. Ich habe Ihnen und Major Wheeler schon von Hainstock erzählt. Ohne ihn könnte ich nicht drüben herumlaufen.«

»Woher weiß er es?«

»Das weiß ich nicht. Er weiß es eben.«

Ein schneller Wechsel von Fragen und Antworten. Kein Zögern des Erstaunens nach den ersten Mitteilungssätzen.

»Nachrichtendienstlich wäre es für uns von einiger Bedeutung zu erfahren, wie dieser Hainstock zu seinem Wissen gekommen ist.«

»Wenn Sie Hainstock kennen würden, wüßten Sie, daß man sich auf alles, was er sagt, verlassen kann.«

Erst am nächsten Tag hat Schefold Kimbrough über die Herkunft von Hainstocks Wissen unterrichten können, infolge jenes *Versprechers*, der Hainstock unterlaufen war.

»Kennen Sie diesen Offizier?«

»Nein. Ich habe ihn nie gesehen. Ein Major. Er heißt Dincklage.«

Kimbrough schob ihm einen Notizblock hin. »Schreiben Sie mir den Namen auf!«

Er las ihn und sagte: »Dinckledsch.«

»Nein«, sagte Schefold, »>lage<. Im Deutschen wird das so ausgesprochen.«

»Dincklage«, wiederholte Kimbrough im Tonfall eines gelehrigen Schülers.

»Ein erfahrener Frontoffizier. Er hat in Afrika und Italien gekämpft, hat den höchsten deutschen Orden bekommen.«

»Das Ritterkreuz?«

»Ja.« (Das kannten sie also!)

Zum erstenmal eine Gesprächspause, markiert durch ein langes Zum-Fenster-Hinausstarren Kimbroughs, dann endlich eine Frage, die Verwunderung wenigstens ahnen ließ, wenn auch sprachlich auf äußerste Trockenheit reduziert – *»What makes him tick?«* –, diese Erkundigung nach dem Uhrwerk, das in dem Major Dincklage schlüge, als ob da etwas aufgezogen worden sei und nun abliefe, und, dem folgend, sein, Schefolds, Achselzucken, weil er einfach keine Lust hatte, dem jungen amerikanischen Hauptmann zu erklären, warum ein deutscher Offizier erst fünf Minuten nach zwölf Uhr auf die Idee gekommen war, gewisse Konsequenzen zu ziehen. Zwischen den schweren ungefügen Häusern von Winterspelt erkannte Schefold, daß er versagt hatte. Unbedingt, ganz unbedingt und mit großer Geduld, hätte er Kimbrough erklären müssen, was in Dincklage aufgezogen war, tickte und ablief, wenn auch mit riesiger, nicht wieder einzuholender Verspätung. Stattdessen hatte er sich in seine Emigranten-Empfindlichkeit zurückgezogen, unter das Schneckenhaus seiner richtigen Gefühle und Erkenntnisse, die es ihm ermöglicht hatten, schon im Jahre 1937 ein Bild von Klee in Packpapier einzuschlagen und den D-Zug von Frankfurt nach Brüssel zu besteigen, in dem damals noch ein Reisender, der einen gültigen Paß besaß, ungehindert Deutschland verlassen konnte. Jahre der Emigration – und die Dincklages würden sich nicht scheuen, anzudeuten, er habe sie nicht gerade im äußersten Elend verbracht. Der zu ihnen zurückkehrte, war ein wohlgenährter Mann.

Zu Schefolds Ehre sei aber gesagt, daß er auf Kimbroughs Frage nicht überhaupt nichts geantwortet hat. Seinem Achselzucken ließ er immerhin einen Versuch der Erklärung von Dincklages Verhalten folgen, indem er sagte: »Wahrscheinlich hält er den Krieg für verloren.«

Kimbrough sagte sich, daß Major Dincklage selber, säße er vor ihm, sein Handeln nicht anders begründen würde als dieser Kunstgelehrte, der von militärischem Denken keinen blassen Dunst hatte. Die Ausbildung von Offizieren – in Fächern wie Theorie, Logistik, Kriegsgeschichte – war vermutlich auf der ganzen Welt dieselbe, und wenn sie dem folgten, was sie bei Clausewitz gelernt hatten – Kimbrough hatte sich in Fort Benning Vorträge eines Westpointers über diesen preußischen Militärtheoretiker angehört –, mußten die meisten deutschen Offiziere, ausgenommen die größten Dummköpfe, wissen, daß der Krieg für Deutschland verloren war.

»Das ist keine ausreichende Erklärung«, sagte er. »Ich vermute, daß fast alle deutschen Offiziere den Krieg für verloren halten. Aber keiner kommt deswegen auf die Idee, seine Einheit dem Gegner zu übergeben.«

»Leider«, sagte Schefold.

Dieser Schwergewichtler träumte von Bildern und aß gerne gut. Kimbrough hielt Schefolds exakte Berichte über Bilder für Träume. Erst in letzter Zeit, erst als er festgestellt hatte, daß es ihm nicht gelang, seine eigenen Bilder zu beschreiben, sie in Briefen wiederzugeben, waren ihm in dieser Hinsicht Zweifel gekommen. Mußte man träumen wie Schefold, um Bilder anschaulich zu machen?

Außerdem war Schefold kein Spion, sondern bloß ein vor diesem Monster geflüchteter Deutscher, der auf die verrückteste Weise seine Heimkehr vorwegnahm.

»Ihr Wunschdenken, Doc«, sagte er. »Wo kämen wir denn hin, wenn jeder Truppenoffizier, der einen Krieg für verloren hält, auf eigene Faust kapitulieren würde!«

War dies wirklich seine Ansicht oder bloß ein automatischer Reflex aus dem Unterricht über Disziplin? Er legte sich darüber im Moment keine Rechenschaft ab. Auf jeden Fall hatte er, obwohl er ein junger Anwalt war, schon gelernt, es zu verbergen, wenn er einem Klienten zustimmte. Klienten brauchten nicht zu wissen, wie ihr Anwalt über die Anliegen, die sie ihm vortrugen, wirklich dachte. Nur Scharlatane des Gewerbes spielten ihren Kunden tiefe Anteilnahme vor; die guten Juristen, auch wenn sie Anteil nahmen, verhielten sich sachlich, zurückhaltend, erweckten keine Hoffnungen.

»Also«, fragte er, »warum ausgerechnet er?«

»Ich weiß es nicht«, sagte Schefold gereizt. Er bequemte sich, zu erläutern: »Vielleicht hat er endlich eingesehen, daß Hitler ein Verbrecher ist und daß man für einen Verbrecher nicht kämpfen kann.«

»Nachdem er jahrelang für ihn gekämpft hat? Das halte ich für ausgeschlossen«, sagte Kimbrough.

Auf einmal wurde er gesprächig.

»Sehen Sie«, sagte er, »es gibt ein ganz einfaches psychologisches Gesetz, welches verhindert, daß die Deutschen jetzt aufgeben: sie haben den Zeitpunkt versäumt, an dem sie noch aufgeben konnten. Sie können ja darauf wetten, daß nicht nur dieser Major Dincklage« – Kimbrough gab sich Mühe, den Namen richtig auszusprechen –, »sondern fast jeder deutsche General seinen höchstpersönlichen Übergabe-Plan in der Tasche hat. Aber er zieht ihn nicht heraus, denn instinktiv weiß er, daß es nun zu spät geworden ist dafür. Mit Angst davor, seine Ehre zu verlieren, hat das gar nichts zu tun, sondern mit ... mit ... ja, mit Stil, mit gutem Geschmack. Guter Stil wäre es gewesen, wenn die deutschen Generäle nach unserer Invasion und der Rückeroberung der Ukraine durch die Russen Schluß gemacht hätten, jetzt ist es zu spät geworden dafür. Es hätte kein Ansehen mehr. Es wäre geschmacklos.«

»Ist es geschmacklos, das Leben von Hunderttausenden zu retten?« fragte Schefold.

»Sie können sich nicht in das Denken von Militärs versetzen«, erwiderte Kimbrough. Er beugte sich vor. Er besaß die Fähigkeit, Männern gegenüber, die älter, starrer, unbeweglicher waren als er, eine liebenswürdige Tonart anzuschlagen. »Sehen Sie mich nicht so angewidert an, Doc«, sagte er, »*ich bin kein Militär*. Ich möchte Ihnen begreiflich machen, daß es sich dabei nicht um Politik handelt, sondern um Psychologie. Und ich will ja nur hinter die Beweggründe dieses Majors kommen. Warum zieht gerade er seinen Plan aus der Tasche? Ist er geschmacklos, ein Dummkopf, der sich im letzten Moment retten will? Deshalb habe ich gefragt, ob Sie ihn kennen.«

Schefold antwortete nicht sofort. Wenn er es recht bedachte, gab es für ihn nur einen Grund, dem Major Dincklage einiges Vertrauen zu schenken: daß Wenzel Hainstock sich auf dessen Sache eingelassen hatte. Auch gab es positive Urteile Hainstocks über Dincklages militärische Fähigkeiten, und spärliche Nachrichten, zum Beispiel das kopfschüttelnd hingeworfene »er stammt wie ich aus der Industrie der Steine und Erden« (als Ergebnis von Nachdenken darüber, wie doch der Zufall mit Käthe Lenks Neigungen spielte), oder den höhnisch zitierten Wunsch Dincklages, er würde gerne einen ›gebildeten‹ Marxisten kennenlernen.

»Nein, ich kenne ihn nicht«, sagte Schefold schließlich. »Nach allem, was ich von ihm weiß, ist er ein gebildeter deutscher Bürger, falls Sie sich darunter etwas vorstellen können, Captain.« Er fügte hinzu: »Jemand wie ich, wenn Sie so wollen.«

Es kam ihm vor, als ginge der amerikanische Hauptmann hastig über diesen Hinweis hinweg.

»Dann muß es spezielle Gründe dafür geben, daß er jetzt mit seinem Plan herausrückt«, sagte Kimbrough. »Persönliche, meine ich. Vielleicht ist jemand, der ihm nahestand, von Hitler umgebracht worden.«

»Das wäre ein politischer Grund.«

»Ein politisch-persönlicher.«

Über mögliche politisch-persönliche Gründe dieser Art zu rätselraten hatte keinen Sinn. Immerhin reagierte John Kimbrough automatisch so, wie er, der trotz seiner Jugend bereits ein angesehener Verteidiger in Strafsachen war, zu reagieren pflegte: er suchte nach Motiven, die sich dazu eigneten, einen Angeklagten zu verteidigen. Aber er war sich in diesem Augenblick noch nicht im klaren darüber, daß er bereits einen Fall übernommen hatte: den Fall Dincklage.

Sie gerieten in einen Wortwechsel.

»Begeistert scheinen Sie nicht gerade zu sein«, sagte Schefold.

»Ich kann mir nicht denken, daß die Armee darauf eingehen wird.«

Hainstock hatte also recht.

»Was? Aber das ist doch nicht möglich!«

Kimbrough begann, trocken, methodisch, taktische Gründe gegen das Eingehen der Armee auf Dincklages Angebot aufzuzählen. Schefold hat sie sich nicht gemerkt. Das war für ihn wie die Mathematikstunde im Gymnasium, in der er, vom Beginn der Algebra an, nichts mehr begriffen hat, auch nicht begreifen wollte.

Er unterbrach Kimbrough und sagte: »Das ist eine Sache, die Sie nicht ablehnen können.«

Kimbrough ärgerte sich darüber, daß Schefold ihn direkt apostrophierte. Wenn er *they* gesagt hätte anstatt *you*, wäre alles in Ordnung gewesen. In einer Anwandlung von Trotz beschloß er, darauf einzugehen.

»Unsinn«, sagte er, »ich brauche aussichtslose Fälle nicht zu übernehmen.«

»Merkwürdig«, sagte Schefold, »Sie sprechen von Major Dincklage, als sei er ein Verbrecher.«

»Das ist er auch. In jeder Armee der Welt gilt das, was er zu tun beabsichtigt, als Verbrechen.«

»Und Sie würden ihn nicht verteidigen?«

»Vielleicht würde ich ihn verteidigen. Aber was Sie von mir verlangen, ist, daß ich mich an seinem Verbrechen beteilige.«

Hainstock hatte einfach immer recht. Schefold bedauerte, daß dieser junge Amerikaner, der doch – allerdings nicht aus Pazifismus, sondern aus Gründen, die er aus der Geschichte Amerikas ableitete –, gegen diesen Krieg war, unfähig schien, das Denken einer Internationale der Offiziere zu überspringen.

»Ich beteilige mich daran«, sagte er.

»Sie sind Zivilist«, sagte Kimbrough, »und ein deutscher Patriot. Ihnen ist alles erlaubt.«

Die Behauptung, er sei ein deutscher Patriot, traf Schefold wie ein Schlag. Er hielt sich für überzeugt, daß er es sich im Verlauf von sieben Jahren systematisch abgewöhnt habe, Deutschland zu lieben.

Kimbrough dachte über Recht nach. Er wußte, daß er Schefold gegenüber nicht die Normen von Recht vertrat, sondern nur die Spielregeln einer Gruppe der Gesellschaft. Auf der *Emory's Lamar Law School* war ihm eingebläut worden, daß seit dem Bestehen der Republik die besten amerikanischen Juristen gegen die Ansprüche privilegierter Gruppen gekämpft hatten.

»Na ja«, sagte er und stand auf, »ich fahre jetzt nach Saint-Vith und trage die Sache vor. Die werden staunen.«

Erst von Dritten sprechend, gab er also zu, über den Fall Dincklage könne möglicherweise gestaunt werden. Er selber hatte sich, von diesem eher trocken-nachdenklichen ›What makes him tick?‹ abgesehen, kein Zeichen von Verwunderung durchgehen lassen.

»Eigentlich müßte ich mich jetzt erst einmal an den Bataillonskommandeur wenden«, sagte er. »Aber ich werde zu Bob Wheeler gehen, dann mit ihm zum Oberst. Es wird mir zwar einen Rüffel eintragen, aber man braucht den Dienstweg nicht immer einhalten.«

Er fragte: »Warum sind Sie mit dieser Sache nicht gleich zu Major Wheeler gegangen, Doc? Schließlich ist er dafür zuständig, und Sie wissen das.«

»Man braucht den Dienstweg nicht immer einzuhalten«, sagte Schefold.

Kimbrough lachte. »Nein«, sagte er, »weil Sie mit Recht befürchtet haben, Bob würde Ihnen gleich eine Absage erteilen. Während die Sache weitergeleitet werden muß, wenn ein Truppenoffizier sie vertritt.«

»Ich werde sie nämlich nicht nur vortragen«, sagte er, »sondern ich werde sie vertreten. Ich werde darauf bestehen – was Sie nicht könnten –, daß Bob die Sache Colonel R. unterbreitet. Nicht, weil ich an sie glaube, sondern nur, weil es mich einfach interessiert, zu sehen, wie unsere Häuptlinge« (er sagte *brass-hats*) »darauf reagieren.«

Das Ding ist immerhin so interessant, daß ich es durchspielen kann, dachte Kimbrough. Ob er, im gleichen Augenblick, schon gedacht oder gefühlt hat, diese Sache (»die Sie nicht ablehnen können«) bliebe zuletzt an ihm hängen, wissen wir nicht.

»Können Sie mich nach Saint-Vith mitnehmen?« fragte Schefold. »Ich habe da einen Besuch zu machen.«

»Gern«, sagte Kimbrough, »aber Sie können nicht damit rechnen, daß ich Sie zurückbringe. Wie ich die Armee kenne, wird sie die halbe oder vielleicht die ganze Nacht brauchen, um die Suppe auszulöffeln, die Sie uns da einbrocken wollen.«

Man durfte die Armee nicht unterschätzen. Wenn sie sich überhaupt mit dem Fall befaßte, würde sie es gründlich tun. Colonel R. würde die Division bemühen, und nichteinmal der Divisionskommandeur würde eine Entscheidung treffen, ohne mit dem Stabschef der Armee telefoniert zu haben.

»Das macht nichts«, sagte Schefold, »ich finde schon einen Fahrer, der mich zurücknimmt.«

Ob Colonel R. noch in der Nacht vom Samstag zum Sonntag den Divisionskommandeur und dieser den Stabschef der Armee aus dem Bett geholt hat, muß im Dunkel der Geschichte bleiben. Major Wheeler hat seinen Freund Kimbrough nur belustigt angesehen, als er begriff, daß der junge Hauptmann allen Ernstes erwartete, für die Behandlung des Falles Dincklage würde die Alarmstufe VI (und das zu ihr gehörige Tempo) angeordnet werden.

Aber nicht einmal Wheeler hat vorausgesehen, *wie* lange sich die Stäbe Zeit nehmen würden, ehe sie sich schließlich zu einer Entscheidung herbeiließen.

Wenn ich, dachte Schefold, am vergangenen Samstag nachmittag auf die Nicht-Begeisterung Kimbroughs eingegangen wäre, brauchte ich jetzt nicht neben diesem typischen Nazi-Soldaten durch ein feindliches Dorf zu gehen. Bloß genau hinhören hätte ich müssen, und dann die Sache fallenlassen. Hainstock hätte es ja nichts ausgemacht.

Er lag und las! Zwar traf er, bei der Postenkontrolle, Borek noch dort an, wo er ihn hingestellt hatte, am Waldrand. Aber Borek stand nicht, er lag im Gras und las ein Buch. Und er sprang nichteinmal auf, als der Wachhabende plötzlich vor ihm stand, griff nicht nach seiner Knarre, unterließ es, wenn auch viel zu spät, dienstliche Haltung zu markieren, sondern blieb liegen, sah nur fragend von seiner Lektüre hoch.

Das Wachvergehen war zu schwer, als daß Lautstärke irgendeinen Sinn gehabt hätte.

»Los«, sagte Reidel, eher leise, nahm nur die berühmte Messerschärfe, bei der allen anderen der Arsch mit Grundeis ging, in seine Stimme, »hoch die Figur!«

Borek stand auf. Er sammelte seine Gliedmaßen um sich, danach überragte er Reidel um einen Kopf.

»Steck die Schwarte weg!«

Das Buch war klein, dünn, paßte in die Tasche der Uniformjacke.

»Häng das Gewehr um!«

Dann, als er wieder wie ein Posten aussah: »Das kostet dich vierzehn Tage Bau.«

Damit war die Angelegenheit abgeschlossen, jedes weitere Wort überflüssig, aber plötzlich hörte er Borek sagen: »Was für ein Blödsinn! Ich habe doch aufgepaßt, obwohl ich gelesen habe. Aber es war niemand zu sehen. Die nächsten Bauern wohnen fünf Kilometer weit weg. Hier in diese Heidegegend kommt überhaupt nie jemand. Höchstens mal ein Holzfuhrwerk. Und das hätt ich schon gesehen und gehört, verlaß dich drauf!«

Die Kompanie führte ein Scharfschießen durch, auf der Heide von Randers, und Borek war, als Brillenträger, stark Kurzsichtiger, zum Schießen Ungeeigneter, zu den Posten eingeteilt worden, die das Gelände zu sichern hatten. Oder eigentlich nicht das Gelände, sondern dänische Zivilisten, die womöglich eine vor den Latz geknallt bekamen, wenn sie es betraten. Statt Posten zu stehen, hatte Borek sich ins Gras gelegt und gelesen. Daran gab es nichts zu drehen und zu deuteln. Doch Borek wagte es, dagegen anzuquasseln, und auf eine Weise, die bewies, daß er sich nicht in die Hosen machte, bloß weil ich auf Messerschärfe schalte, dachte Reidel.

Reidel hätte Borek am liebsten *angefaßt*. Aber die HDV ließ es nicht zu, daß ein Vorgesetzter einen Untergebenen *anfaßte*. Einem Zivilisten konnte man eine scheuern, ihm in den

Arsch treten – obwohl es vielleicht auch falsch gewesen war, diesem Bonzen, der da neben ihm durch Winterspelt ging, in den Arsch getreten zu haben –, einem Untergebenen in Uniform niemals.

»Halt die Klappe!« sagte er. »Bei mir kommst du mit dieser Masche nicht weiter.«

»Was meinst du damit?« fragte Borek.

»Hör bloß auf, dich dumm zu stellen!« Er äffte Borek nach: »›Aus seelischer Veranlagung.‹«

Er fühlte, wie der andere ihn aufmerksam anblickte.

»Das nennst du eine Masche?« fragte Borek.

»Klar«, sagte Reidel. »Damit willst du auf einen Druckposten kommen, weiter nichts. Dafür nimmst du sogar vierzehn Tage Bau auf dich. Damit sie dich dann untersuchen und irgendwohin abschieben, wo du den Dienst nicht störst. Da kannst du dann in Ruhe Bücher lesen.«

»Denken die anderen auch so über mich?«

»Dreimal darfst du raten! Sie sind alle davon überzeugt, daß du es darauf abgesehen hast.«

Danach eine Weile unschlüssiges Schweigen. Sie standen sich gegenüber, Reidel spürte, wie Borek ihn weiter ansah, aber er wagte es nicht, Borek anzusehen. Der Sommertag auf der dänischen Heide brannte ihm auf der Haut.

»Die vierzehn Tage Bau«, sagte Borek, »die bekomme ich doch nur, wenn du mich meldest?«

»Melden muß ich dich«, erwiderte Reidel, plötzlich mürrisch. »Dienst ist Dienst und Schnaps ist Schnaps.«

»Mein Gott«, sagte Borek, »was für Sprüche ihr doch habt!«

Wenn er daran dachte, wie von jenem Tag an der Schütze Borek sich im Dienst die größte Mühe gegeben hatte, staunte Reidel jedesmal. Weniger seiner seelischen als seiner körperlichen Veranlagung wegen brachte Borek es natürlich niemals bis zum Modellsoldaten – Gepäckmärsche, verbunden mit Übungen im Gelände (etwa Wegrollen nach dreifachem

Sprung) oder das Ausheben eines Schützenlochs konnten ihn in Zustände totaler Erschöpfung treiben –, aber davon abgesehen bot er seinen Vorgesetzten ein erfreuliches Bild von Eifer (ohne sich anzuschmeißen), nicht ungeschicktem Bemühen, mitzukommen, Disziplin, verbunden mit der höchsten Tugend des Soldaten, der Fähigkeit, nicht aufzufallen.

Sogar der Hauptfeldwebel bemerkte es.

»Nein«, sagte er eines Tages zu Feldwebel Wagner, »das kann doch einfach nicht wahr sein.«

Wagner erzählte es Reidel und fügte hinzu: »Ich glaube, er hat Borek von der Abschußliste gestrichen.«

Um Verwechslungen zu vermeiden, sei ausdrücklich darauf hingewiesen, daß hier von dem Hauptfeldwebel der 3. Kompanie, nicht etwa von dem Bataillonsspieß, Stabsfeldwebel Kammerer, die Rede geht.

Sie wurde Mireille gerufen – »Mireille, noch zwei Helle für uns!« –, ein Name, der überhaupt nicht zu ihr paßte, denn sie war kein Mädchen, das man entzückt als kleines Wunder betrachten konnte, sondern eine gestandene Frau, eine harte Person, nur deswegen nicht nur gestanden, nicht nur hart, weil sie dieses schräg ausgemergelte Gesicht hatte, überhaupt von der Arbeit, von einem Leiden oder schon von Kindheit her so ausgezehrt war, daß ein Verliebter sie noch als schlank bezeichnen oder sich, wenn er Schefold hieß, vormachen konnte, sie sei, aus durchsichtigen Schatten fein gesponnen, die Stelle in einer Radierung, wo der Geist sich ins Dunkelste verflocht, obwohl sie wahrscheinlich weiter nichts war als das, was herauskam, wenn man ein ewig schwarzes Kleid (war sie Witwe? aber sie trug keine Ringe), eine von dunklen Haaren überfinsterte blaßgelbe Haut (Memling!) mit dem trüben Licht in dieser Klippschenke mischte.

Ihretwegen nahm Schefold es auf sich, von halb sechs Uhr an – nachdem Captain Kimbrough ihn in Saint-Vith abgesetzt hatte – bitteres Bier zu trinken, ein Zeitungsleser an einem mit braunem Linol belegten Tisch dieser Kneipe so minderen Ranges, daß sie für amerikanische Soldaten *off limits* war, gegen sieben Uhr ein Abendessen zu sich zu nehmen, das aus glasigen Kartoffeln, Bohnen, die in Wasser schwammen, und einer Wurst aus Watte bestand – er schüttelte sich, wenn er daran dachte –, seinen Aufenthalt bis neun Uhr hinauszuzögern, ehe er schließlich diese Kellnerin ein letztesmal herbeiwinkte, zahlte, ging. Entgegen seinen Erwartungen fand er niemanden, der ihn nach Maspelt zurückbeförderte, so daß er den ganzen langen Weg nach Hemmeres unter die Beine nehmen mußte. Aber die Nacht war schön gewesen. Schön, und außerdem unterrichtend, denn von der hohen luftigen Straße aus, die von Saint-Vith nach Luxemburg läuft, hatte er den Krieg gesehen und gehört, den Krieg, der ihm in der Tiefe, in der Hemmeres lag, verborgen blieb. Er sah Leuchtkugeln aufsteigen und verlöschen, sie schütteten ein paar Augenblicke lang hellgraues Licht über Waldgebirge, und im Norden lag der Widerschein der Schlacht im Hürtgenwald auf dem Himmel, ein gelb flackerndes und fernes Dröhnen. Ein prachtvolles Schauspiel, prachtvoll für einen einsamen Wanderer, der nicht zu befürchten brauchte, daß Granatsplitter in seinen Kopf, seine Eingeweide drangen oder mindestens die Fichten neben seinem Schützenloch zu langsplittrigen Stümpfen abbrachen, so daß ihre Nadellaubäste sich über den legten, der unter ihnen sich in seinem Loch zusammenkrümmte und stumm ein unbekanntes Wesen anschrie: »Lieber Gott, bitte kein Volltreffer, bitte, bitte kein Volltreffer!«

Er hatte schnell geschaltet, am vergangenen Samstag, als er Kimbrough bat, ihn mitzunehmen nach Saint-Vith. Während der folgenden Tage würde es nur noch Gänge zu Hainstock, zu Kimbrough geben, am Ende den Gang zu Dincklage. Keine Zeit mehr für anderes, für Dinge, die ihn von der

Hauptsache ablenkten – Samstag war die letzte Gelegenheit gewesen, diese Frau nocheinmal zu sehen. Erst heute abend konnte er sich endlich das Vergnügen gönnen, sie wiederzusehen.

Merkwürdig, daß sie ihm stets das Gefühl einflößte, seine Technik, sich vor den Frauen zu verbergen, funktioniere bei ihr nicht so recht. Obwohl er es sorgfältig vermied, sie anzustarren, sie niemals mit Blicken verfolgte, hielt er es für möglich, daß sie, willkürlich und gerade dann, wenn er es am wenigsten erwartete, etwa nachdem sie stumm seine Bestellung angenommen hatte, sagen würde: »Was wollen Sie eigentlich von mir?«

Vor diesem Augenblick fürchtete er sich. Er präparierte sich auf ihn, probierte im Geist Antworten aus, nahm sich vor, zu erwidern: »Sie kennenlernen.«

Das würde ihrer vulgären Gereiztheit, ihrer Absicht, ihn aus dem Lokal zu verjagen, die Spitze abbrechen. Niemand konnte etwas dagegen haben, daß jemand ihn kennenlernen wollte.

Wie würde sie sich verhalten?

Er hoffte, daß sie ein wütendes »An mir gibt es nichts kennenzulernen« hervorstieß, ehe sie sich umdrehte und ging. Aber dann hätte er das Spiel schon halb gewonnen. Wer denn ließ sich schon die Gelegenheit entgehen, daß jemand sich anbot, ihn oder sie kennenzulernen? Sicherlich nicht diese Mireille, von der irgendwelche ärmliche Eltern sich ein kleines Wunder erhofft hatten, und aus der nichts weiter geworden war als eine Kellnerin in einer Klippschenke, schattenhaft und ausgezehrt.

Aber an das, was sich ergab, wenn es dahin kam, daß sie sich von ihm, Schefold, kennenlernen lassen wollte, mochte er gar nicht denken. Sie zu erkennen war nicht möglich, ohne eines Tages eine Nacht in einem Zimmer mit ihr allein zu sein.

Das kam natürlich überhaupt nicht in Frage.

Erst vorhin, auf der Straße nach Winterspelt, war es, zu seinem grenzenlosen Erstaunen, plötzlich in Frage gekommen.

»Wann haben Sie Ihren freien Tag? Ich möchte Sie kennenlernen.«

»Lassen Sie mich in Ruhe!«

»Aber ich möchte Sie unbedingt kennenlernen.«

Er rekapitulierte sich diesen Dialog. Es war möglich, es war sogar ganz einfach, daß er von sich aus das Gespräch begann.

Weniger einfach war es schon, sich vorzustellen, wie er es hinter sich bringen würde, mit ihr allein zu sein, weil alles Erkennen darauf hinauslief, daß er und sie sich zuletzt in einer Stube zwischen Nacht und Dunkelheit, in einer Chromatik aus Grau begegneten, aber auch die Protuberanzen und Finsternisse solcher Räume konnten schließlich ins Auge gefaßt werden, denn was sprach eigentlich dagegen, daß man auch mit vierundvierzig Jahren noch eine neue Erfahrung machte?

Der für seine Verhältnisse geradezu ungeheuerliche Gedanke hatte sich wie von selbst verfertigt, während er neben Reidel (dessen Namen er nicht kannte) einhergegangen war, auf dem letzten Stück Straße, ehe Winterspelt begann.

»Wann haben Sie Ihren freien Tag?«

Selbst wenn er sich am Ende doch nur einen Korb von ihr einhandelte, bedurfte es nur dieser lapidaren Erkundigung, damit er einen Schritt in ein Land tat, das auf der Karte seines Lebens weiß geblieben war. Mit sechs Wörtern würde er das Prinzip lebenslangen Schweigens durchbrochen haben.

Sie war dunkelhaarig, hart, besaß ein mageres Gesicht aus Topas von eigentümlichem Reiz.

Er beschloß, sich für diesen Gang durch die Linie zu belohnen, indem er eine neue Erfahrung machte.

»Nein«, sagte Kimbrough, als er ihn am Sonntag nachmittag aufsuchte, »ich habe noch immer keinen Bescheid vom Regiment. Die Stäbe lassen sich mal wieder Zeit.«

Schefold berichtete, was Dincklage ihm zumuten wollte. Er war Hainstock gegenüber bei seiner Ablehnung geblieben (»ich will gerne alles tun, aber ich will nicht in die Hände von Nazi-Soldaten fallen«), und dieser hatte zwar Verständnis für Dincklages Bedingung gezeigt, aber keinen Versuch gemacht, ihn zu überreden, er solle sie annehmen. Am Ende ihres Gesprächs, heute vormittag, war er in die Behauptung ausgewichen, die Amerikaner würden nicht mitmachen, woraus sich ergab, daß Schefolds Gang, ob durch die Linie oder auf einem weniger riskanten Wege, sich sowieso erübrigen werde.

Kimbroughs Reaktion überraschte ihn. Kimbrough würde Dincklages Ansinnen glatt ablehnen, entweder empört auffahren oder, noch entschiedener, auf das, was der Major sich da ausbedingen wollte, mit einem kurzen kalten Lachen antworten.

Stattdessen sagte er, ohne lang nachzudenken: »Das beweist, wie ernst es diesem Kraut ist.«

Es hatte sich angehört, als sei er erleichtert. Auch schien er die Ratlosigkeit, den Widerspruch in Schefolds Gesicht zu bemerken, denn er machte sich sogleich daran, alle möglichen Einwände abzufangen.

»Ich brauche mich nur in seine Lage zu versetzen«, sagte er, »mir vorzustellen, ich hätte so etwas vor, also sagen wir, ich würde meine Kompanie den Deutschen übergeben wollen, dann würde es mir auch nicht genügen, irgendwelche Amerikaner kämen bei Nacht und Nebel zu mir, behaupteten, sie kämen von den Deutschen, ich könne mich schon auf sie verlassen, weil sie echte ehrliche amerikanische Anti-Roosevelt-Partisanen seien ...«

Er unterbrach sich. »Entschuldigen Sie, Doc«, sagte er, »ich will Ihnen nicht zu nahe treten. Ich weiß, daß Sie ein deutscher Patriot sind.«

»Hören Sie endlich mit dem deutschen Patrioten auf!« sagte Schefold. »Und ich bin für Roosevelt.«

»Ich nicht«, sagte Kimbrough. »Wir hätten uns nicht an diesem Krieg beteiligen sollen. Aber lassen wir das. Ich werde deswegen nicht meine Kompanie den Deutschen übergeben. Nur wenn ich es wollen würde, dann würde ich von den Deutschen verlangen, daß sie mir einen Beweis liefern, einen Beweis dafür, daß ich wirklich mit ihnen spreche, daß sie mir ein Zeichen geben, ein Zeichen von Armee zu Armee. Das ist es, was dieser Major Dincklage von uns verlangt.«

»Von mir, meinen Sie«, sagte Schefold.

»Von Ihnen, ja, natürlich«, sagte Kimbrough. »Selbstverständlich liegt die Entscheidung darüber, ob Sie diese Bedingung annehmen wollen, ganz bei Ihnen.«

Er machte nicht den Versuch, Schefolds Schwierigkeiten zu verkleinern. Er sagte: »Ich als Kompanieführer hätte es leicht, eine solche Sache so einzurichten, daß sie glattgeht. Ein Bataillonskommandeur tut sich da schwerer. Er kennt die Leute nicht, die in der vordersten Linie Dienst tun, auf die er sich verlassen muß. – Ach ja«, sagte er, »schon ein Bataillonskommandeur kommt kaum noch mal in die vorderste Linie.«

Erst am Ende von Ausführungen, die eher bedenklich klangen, in denen er die Argumente prüfte, die gegen Schefolds Gang durch die Linie sprachen, sagte er: »Aber wenn dieser deutsche Major Ihnen das überhaupt zumutet, können Sie sich wahrscheinlich darauf verlassen, daß er für Ihre Sicherheit sorgt.«

Nachträglich war Schefold stolz darauf, daß er ihm seine Furcht nicht gezeigt hatte, außer in dem Satz, mit dem er sich erlaubt hatte, ihn darauf hinzuweisen, daß das Zeichen von Armee zu Armee durch ihn, Schefold, gegeben werden müsse.

Er wechselte das Thema.

»Ich weiß jetzt«, sagte er, »von wem Hainstock erfahren hat, was Major Dincklage plant.«

Und er zitierte Hainstocks *Versprecher*: »Von einer Frau.«

Durchaus hätte er jetzt Lust gehabt, ein bißchen zu tratschen, Vermutungen über eine *außergewöhnliche Person* anzustellen, die *zugleich das Vertrauen Hainstocks und des Majors* besaß, Bemerkungen, mit denen er am Vormittag Hainstock in Rage gebracht hatte, oder Kimbrough zu erzählen, was er in den Wirtshäusern von Eigelscheid oder Habscheid über eine junge Lehrerin, welche als die Geliebte des Mannes im Steinbruch galt, gehört hatte, aber der amerikanische Hauptmann gab ihm dazu keine Gelegenheit, sondern zog selber den kombinatorischen Schluß, der da zu ziehen war.

»Also von einer Freundin des Majors«, sagte er, »die auch mit Hainstock gut bekannt ist.«

»Offenbar«, sagte Schefold.

»Dann ist sein Entschluß forciert worden«, sagte Kimbrough.

»Wie meinen Sie das?«

»Sehr einfach«, sagte Kimbrough. »Er hat einen Fehler gemacht: er hat eines Tages dieser Frau von seinem Plan erzählt. Womit er nicht gerechnet hatte, war, daß sie wußte, wie man ihn realisieren kann. Damit saß er in der Falle. Er hätte seinen Plan in der Tasche behalten können, wie alle anderen deutschen Offiziere ihre Pläne auch in der Tasche behalten, aber er hat ihn herausgezogen, hat ihn gezeigt. Dieser Frau. Jetzt kann er keinen Rückzieher mehr machen.«

»Treiben Sie Ihre Psychologie nicht ein wenig zu weit?«

Ich werde ihm diese Frage nicht beantworten, dachte Kimbrough, weil er mir sonst wieder vorwirft, ich vergliche diesen *jerry*-Offizier mit einem Verbrecher. Tatsächlich habe ich keinen Verbrecher kennengelernt, der seine Tat, einen Bankraub, einen Mord, nicht vorher mit anderen besprochen hätte. Abgesehen natürlich von den armen Kerlen, die aus Affekt jemand umbringen. Der schweigende Mörder ist eine Erfindung der Kriminalromane. Bin überzeugt, daß sogar Jack the Ripper Mitwisser hatte. Jemand redet, und dann kann er nicht mehr zurück. Jemand redet, damit er nicht mehr zurück kann.

Laut sagte er: »Fast muß man sich fragen, ob er eine Klausel in den Vertrag hineinbringen will, die es uns unmöglich machen soll, ihn zu unterschreiben. Schafft er künstliche Schwierigkeiten, damit Sie, Hainstock, diese Frau die Lust an der Sache verlieren? So, daß nicht er, sondern seine Partner sich zurückziehen? Wenigstens nach außen hin würde es so aussehen. Dann hätte ich mich geirrt. Dann würde die Bedingung, die er stellt, zeigen, daß er es gerade nicht sehr ernst meint.«

Aber hinsichtlich der Ernsthaftigkeit von Major Dincklages Absichten durfte es nun keine Zweifel mehr geben. Die geheimnisvolle Unbekannte hatte ihn darüber informiert, daß die amerikanische Armee sich immer noch unschlüssig verhielt, ihre Entscheidung auf die lange Bank schob, allenfalls einer ihrer Kompanieführer dazu bereit war, auf seinen Plan einzugehen. Schefold war zu Hainstock gegangen, noch vorgestern am frühen Nachmittag, hatte darauf bestanden, daß Dincklage über diesen Umstand unterrichtet werde, hatte in der Baubude bis zum Abend ausgeharrt, gewartet, bis Hainstock zurückkam, ihm widerwillig mitteilte, der Major erwarte ihn übermorgen, Donnerstag, um zwölf Uhr mittags.

»Warum?« hatte er geknurrt. »Was will er von Ihnen, wenn die Sache noch gar nicht spruchreif ist?« Er klopfte sich auf den Magen und sagte: »Da sollte er es haben, daß sie abgelehnt wird, und daß er Sie infolgedessen überhaupt nicht brauchen wird.«

Schefold antwortete ihm mit den Worten Kimbroughs, ließ nur die saloppe Bezeichnung Dincklages als eines ›Kraut‹ weg: »Das beweist, wie ernst es ihm ist.«

»Ach was«, erwiderte Hainstock, »er ist ganz einfach ein Narr. Wahrscheinlich bildet er sich ein, er könne die Amerikaner unter Druck setzen.«

Erst nachdem er sich beruhigt hatte, sagte er »Ich wasche meine Hände in Unschuld« und zog das Croquis heraus, das Dincklage gezeichnet hatte.

Seine so überaus schlechte Laune, seine Grantelhuberei, wie Schefold sein Verhalten bei sich nannte, hatte ihre Ursache aber weniger in Dincklages unverständlicher Order als in Käthes fast gleichgültig hingeworfener Bemerkung, sie habe den Major nicht nur über das Zögern der Amerikaner informiert, sondern ihm auch Colonel R.s Wort vom *Verräter* wiedergegeben.

War es richtig von ihm, daß er sich zu Schefold darüber ausschwieg? Anzunehmen ist ja, daß Schefold, wäre ihm bekannt geworden, Dincklage sei in den Besitz dieser Information gelangt, sich heute nicht auf der Dorfstraße von Winterspelt befunden hätte. Einem Mann gegenüberzutreten, der so schwer beleidigt worden war, und der dies wußte – das wäre ihm doch wohl als unzumutbar peinlich erschienen. Nichteinmal Kimbroughs Bitte hätte ihn dazu bewegen können. (Kimbrough hat ihn ja nie eigentlich um seine Dienste gebeten, sondern es ihm anheimgestellt, sich zu überlegen, ob er sie leisten wolle oder nicht; bei seinem Besuch in Hemmeres hat er von dem auf alle Fälle verfrühten Gang nicht abgeraten, doch darf angenommen werden, daß er ihn strikt verboten hätte, wenn Schefold in der Lage gewesen wäre, ihm zu berichten, daß die Äußerung seines Regimentskommandeurs dem deutschen Major übermittelt worden war. Die Szene tiefer Betretenheit zwischen den beiden Männern ist leicht vorstellbar – die Vorwürfe, die sie sich selber gemacht hätten, weil sie von Kimbrough zu Schefold, von Schefold zu Hainstock, in einem Anfall unverzeihlicher Geschwätzigkeit die Bemerkung Colonels R.s, dieses Kommißkopfes, überhaupt ins Spiel gebracht hatten.)

Bei Hainstock dürfte es sich nicht um Geschwätzigkeit gehandelt haben, als er das böse Wort an Käthe weitergab.
(Schefold hatte es, eine empörte Fußnote, seinem Bericht
über die Langfädigkeit des amerikanischen Dienstweges hinzugefügt.) Warum hat Hainstock bei seiner Rückkehr aus
Winterspelt Schefold verschwiegen, daß es dem Major mitgeteilt worden war und nichteinmal diese Kränkung ihn bewogen hatte, auf seinen Wunsch, Schefold möge ihn heute aufsuchen, zu verzichten? Über diesen seltsamen Widerspruch
zwischen Reden (zu Käthe) und Schweigen (zu Schefold)
können nur Vermutungen angestellt werden.

Randers – anders reimte er jetzt manchmal.
    Wenn ich ihn damals, auf der Heide von Randers, angefaßt
hätte, wäre vielleicht alles ganz anders gelaufen.
    Angefaßt, nicht im Sinne der HDV.
    Es ist ein Unterschied, ob man an einem Sommertag auf der
Heide von Randers über einen herfällt, ihn umarmt, zu küssen versucht, oder ob man in der Nacht, in einem Massen-
quartier, in dem es stinkt wie in einem Affenstall, von einem
Strohsack zum anderen hinübergreift, nach dem Hintern,
dem Schwanz eines Schläfers tastet.
    Auch damals, am Waldrand, hätte Borek ihn abgewiesen,
aber es wäre eine andere Sache gewesen, eine, die Borek verstanden hätte.
    Reidel konnte die passende Bezeichnung, das richtige Wort
für die Sache nicht finden, weshalb er sie *eine andere* nannte.
    Er wußte nur, daß er damals, als der dänische Sommer ihm
auf der Haut brannte, hätte nachgeben sollen, anstatt sich zu
beherrschen, anstatt eisern an Borek vorbeizublicken.
    Natürlich hätte es für Borek nach Ausnutzung einer Situa-
tion, nach Erpressung ausgesehen.
    »Aha«, hätte er gesagt, »ich brauch dir nur zu Willen zu
sein, dann erläßt du mir die vierzehn Tage Bau, was?«

Und Reidel hätte ihm beweisen können, daß er auf die Meldung wegen Wachvergehens verzichtete, auch wenn Borek seine Gefühle nicht erwiderte.

Oder sie wären quitt gewesen. Reidel hätte über Boreks Wachvergehen, Borek über Reidels Attacke geschwiegen.

Aber sie hätten dann ein Geheimnis miteinander gehabt. Borek hätte seine Gefühle gekannt, gewußt, warum der Obergefreite, der – wie er sich später ausdrückte – nichts als Schrecken um sich verbreitete, die Hand über ihn hielt. Er, Reidel, hätte manchmal ein Wort riskieren können, eine versteckte Bemerkung, was besser war als gar nichts, als diese Jahre tadellosen Benimms.

Wie hatte Borek sie gestern genannt? »Die Jahre, in denen du dich angepaßt hast, nichts als angepaßt, du feiger Schuft!«

Einen feigen Schuft hatte er ihn genannt.

Daran, daß er seinerzeit davon abgesehen hatte, sein Wachvergehen zu melden, hatte Reidel ihn nicht erinnert, gestern, während ihrer wütenden, im Flüsterton geführten Auseinandersetzung. Borek war in den Futterraum neben dem Stall, in dem sie schliefen, gestürzt, und Reidel war ihm gefolgt. Es hätte keinen Zweck gehabt, an Boreks Dankbarkeit zu appellieren. Borek hatte sich unversöhnlich gezeigt, und seine Meldung lag jetzt sicherlich schon beim Bataillon.

Borek steckte ihm einen Zettel zu.

»Unter Willenskraft«, las Reidel, »verstehe ich die Begierde, mit der jeder strebt, sein Sein allein nach dem Gebote der Vernunft zu erhalten. Unter Edelmut aber verstehe ich die Begierde, mit der jeder strebt, allein nach dem Gebote der Vernunft seine Mitmenschen zu unterstützen und sich in Freundschaft zu verbinden.«

Das war damals, noch in Dänemark gewesen, als Borek Gewißheit darüber erlangt hatte, daß Reidel ihn nicht anzeigte, ihm vierzehn Tage geschärften Arrestes erließ.

336

»Quatsch«, sagte Reidel. »Edelmut ist kalter Kaffee. Edelmut gibt's nicht, hat's nie gegeben.«

»Du hast dich gerade edelmütig gezeigt«, sagte Borek.

Das war ja zum Bebaumölen! Wenn dieser Spinner wüßte, warum er ihm seine unglaubliche Disziplinlosigkeit durchgehen ließ!

»Ziemlich genau diesen Satz habe ich gerade gelesen, als du kamst«, sagte Borek.

»Ist das Philosophie?« fragte Reidel.

»Ja. Unter anderem.«

»Und deswegen schicken sie euch auf die Universitäten?«

»Nicht gerade deswegen. Das zum Beispiel ist auf der Universität sogar verboten.«

»Verboten? Warum?«

»Weil es von einem Juden ist.«

»Du liest ein Buch von einem Juden?«

»Ja. Stört's dich?«

»Zeig's mir!«

Borek nestelte, offensichtlich verwundert, an der Tasche seiner Uniformjacke, er trug das Buch also immer bei sich, zog es heraus, reichte es ihm

(das Reclam-Bändchen, das er noch während des Krieges in einem Antiquariat in Breslau gefunden hatte),

zwar verwundert, aber ohne an Böses zu denken, bekloppt wie er war, augenscheinlich hoffend, er, Reidel, würde sich tatsächlich dafür interessieren, der sich das Heftchen, diesen philosophischen Stuß, aber nichteinmal ansah, sondern es, ohne eine Sekunde zu zögern, mit zwei, drei Handgriffen zerriß und die Fetzen zielsicher in einen Abfallkübel schleuderte, der in der Nähe stand.

»Du Schwein!« hörte er Borek sagen.

Als er ihn anblickte, sah er, daß Tränen in seinen Augen hinter den Brillengläsern standen.

Schwein hatte er ihn damals genannt, und gestern einen feigen Schuft.

»Die Juden sind mir scheißegal«, sagte Reidel. »Ich will nur nicht, daß einer dahinter kommt, daß du jüdische Bücher liest.« Er zählte Namen von Kompanie-Angehörigen auf und fügte hinzu: »Die sind alle in der Partei.«

Er sah Borek zu, wie er seine Brille abnahm und wie es ihm gelang, seine Tränen zu verschlucken.

»Mensch«, sagte er, »dafür stecken sie dich ins KZ.«

Aber Borek hatte keinen Ton mehr von sich gegeben und auf die Wand der Baracke in Mariager gestarrt, so stur, wie nur ein Spinner wie er eine Wand anglotzen konnte.

Ich werde die menschlichen Handlungen und Triebe ebenso betrachten, als wenn die Untersuchung es mit Linien, Flächen und Körpern zu tun hätte.

Was der hochberühmte Descartes und andere auch Gutes darüber geschrieben haben mögen, die Natur und die Kräfte der Affekte und andererseits, was zu deren Bemeisterung die Seele vermag, das hat, soviel ich weiß, noch niemand bestimmt.

Unter gut werde ich das verstehen, wovon wir gewiß wissen, daß es uns nützlich ist.

Unter schlecht dagegen das, wovon wir gewiß wissen, daß es uns hindert, in den Besitz eines Gutes zu gelangen.

Je mehr einer danach strebt und je mehr er dazu imstande ist, seinen Nutzen zu suchen, das heißt sein Sein zu erhalten, desto mehr ist er mit Tugend begabt.

Unter Willenskraft verstehe ich die Begierde, mit der jeder strebt, sein Sein allein nach dem Gebote der Vernunft zu erhalten.

Unter Edelmut aber verstehe ich die Begierde, mit der jeder

338

strebt, allein nach dem Gebote der Vernunft seine Mitmenschen zu unterstützen und sich in Freundschaft zu verbinden. Mögen also die Satiriker die menschlichen Dinge verlachen, mögen die Theologen sie verwünschen, und mögen die Trübsinnigen das unkultivierte und ländliche Leben loben, mögen sie die Menschen geringschätzen und die unvernünftigen Tiere bewundern, sie werden doch die Erfahrung machen, daß die Menschen durch wechselseitige Hilfeleistung ihren Bedarf sich viel leichter verschaffen und nur mit vereinten Kräften die Gefahren, die von überallher ihnen drohen, vermeiden können (Baruch de Spinoza, 1632–1677, Ethik, 1678, nach dem Erscheinen verboten).

»Die Amerikaner bremsen!«

Er hatte den Satz hervorgestoßen, als er bei Hainstock angelangt war, vorgestern, verbittert, verstört von den Schwierigkeiten, über die Kimbrough ihm berichtet hatte.

»Captain Kimbrough tut, was er kann«, sagte er, »aber er ist bis jetzt keinen Schritt weitergekommen.«

Hainstock unterließ es, ihn darauf hinzuweisen, daß er vorausgesagt hatte, worüber Schefold sich beklagte.

Er fragte: »Haben Sie in Erfahrung bringen können, warum sie kurztreten?«

»Angeblich militärische Gründe«, sagte Schefold. »So was kann ich mir nie merken.«

Die Gewohnheit, ein Bambusstöckchen in der Hand zu halten, hatte Colonel R. englischen Offizieren abgesehen. Eigentlich war es ja unnötig, widersprach allen militärischen Grundsätzen und Gepflogenheiten, daß er Kimbrough die Gründe für ein Schweigen höherer Kommandostellen auseinandersetzte, aber Major Wheeler hatte ihn darum gebeten, und Gelegenheiten, unerfahrenen jungen Offizieren Belehrungen in operativem Denken zu erteilen, ließ Colonel R. selten vorbeigehen. »Setzen wir einmal voraus«, sagte er, »nachrichtendienstlich sei alles in Ordnung – was ja keineswegs der Fall ist! – und es könne mit absoluter Sicherheit angenommen werden, daß uns keine Falle gestellt wird. Für die Umfassungsbewegung, die nötig ist, um das deutsche Bataillon wegzunehmen, das in diesem Raum steht« – das Stöckchen vollführte eine kreisende Bewegung auf der Karte, die hinter dem Oberst hing, vom Ihrenbachtal über Winterspelt die Our entlang und wieder zum Ihrenbachtal zurück –, »müßte ich fast mein ganzes Regiment in Marsch setzen. Mit anderen Worten: wir müßten eine sorgfältig überlegte, auf lange Sicht berechnete strategische Lage eine Nacht lang für eine taktische Improvisation opfern. Bis das Regiment in seine Ausgangsstellungen zurückgekehrt wäre, bliebe die gesamte Südflanke der Division mindestens zwölf Stunden lang ungedeckt. Hinzu kommt, daß wir nicht wissen, wie die Deutschen auf diesen unerhörten Vorfall reagieren werden. Nicht nur ist anzunehmen, daß sie die Lücke sofort wieder schließen werden, sondern daß sie, auf das äußerste gereizt, um die Schlappe zu vertuschen, und um zu verhindern, daß das Beispiel Schule macht, in unserem Abschnitt offensiv werden. Und was das bedeutet, brauche ich Ihnen nicht zu erklären. Beten Sie zu Gott, Captain, daß die Deutschen nicht auf die Idee kommen, hier bei uns anzugreifen!«

Irgendwelche Erwiderungen, Einwände kamen da gar nicht in Frage. Der Oberst hatte gesprochen.

Colonel R. selbst war es, der sich absicherte. Während seiner militärischen Ochsentour hatte er die Erfahrung gemacht, daß man in dem verschlungenen Geflecht der Dienstwege vor Überraschungen niemals sicher war.

»Nichtsdestoweniger«, sagte er, »werde ich die Angelegenheit der Division vortragen. Und von dort wird sie zur Armee gehen. Rechnen Sie also nicht damit, Captain, daß diese Sache von heute auf morgen entschieden wird!«

»Jawohl, Sir«, sagte Kimbrough und bedachte, was für ein tatsächlich unerfahrener junger Offizier er gewesen war, als er angenommen hatte, das Angebot dieses deutschen Bataillonskommandeurs würde binnen einer Nacht angenommen werden. Stattdessen waren – vom Samstag nachmittag, als Schefold ihn aufgesucht hatte, bis zum Montag nachmittag, an dem Colonel R. seine Belehrung vom Stapel ließ – volle zwei Tage verstrichen, ehe es auch nur auf Regimentsebene behandelt wurde.

Übrigens ist kaum anzunehmen, daß Kimbrough Schefold den Inhalt dieses Vortrags referiert hat. Zwar schien es ihm möglich, einen Befehl zu verweigern, aber nicht, die Regeln der Geheimhaltung zu verletzen. Wahrscheinlich hat er Schefold nur Andeutungen gemacht oder von militärischen Gründen geredet, die gar nicht existierten, von jedem Kenner des Militärwesens – Hainstock zum Beispiel – als unsinnig erkannt worden wären, die Kimbrough aber ruhig äußern durfte, weil er bemerkte, daß Schefold kaum hinhörte, wenn er von der Technik des Krieges sprach.

Hinterher, aus der Belehrung entlassen, konnte man Bob Wheeler fragen: »Glaubst du nicht, daß meine Kompanie allein genügen würde, um zwölfhundert waffenlose Männer zu kapern?«

»Ich glaube doch, du hast zu viele Wildwest-Filme gesehen«, hatte Bob erwidert.

»Ich muß dich enttäuschen«, sagte Kimbrough. »Mein Vater war immer ganz traurig, weil ich nie ins Kino ging, wenn in Fargo ein Western lief.«

Es ist schon dargestellt worden, wie Wheeler Kimbrough danach eine Weile von der Hauptsache abgelenkt hat, indem er ihn, erstens, aufforderte, sich nicht einzubilden, sie, die

Amerikaner, seien hier, um die Deutschen oder irgendwen sonst von diesem Monster zu befreien, und ihm, zweitens, seine These über die Errichtung eines Limes vortrug, die Kimbrough so reizte, daß er, als er Schefold davon erzählte, sagte: »Jetzt habe ich einen Grund mehr dafür, anzunehmen, wir hätten nicht herüberkommen sollen.«

Er brachte Wheeler von dem hohen Roß seiner historischen Theorien wieder herunter.

»Hältst du diesen deutschen Major auch für einen Verräter?« fragte er ihn plötzlich.

»Nein, natürlich nicht«, antwortete Wheeler schnell. »Du darfst es aber unseren Leuten nicht übelnehmen, wenn sie von den Problemen dieser Deutschen nichts verstehen. Die meisten von ihnen sind hundertprozentige Amerikaner, sie sind nie aus den Staaten herausgekommen, haben keine Ahnung von Europa.«

»Der Oberst hat nur ausgesprochen, was die Armee denkt.«

»Unwichtig«, sagte Wheeler. »Nimm an, die Sache käme zustande und Dincklage fiele in unsere Hände. Dann könntest du dich darauf verlassen, daß ich ihn gegen jede Beleidigung schützen würde. In den ersten Tagen würde er ja *mein* Gefangener sein, ich würde ihn verhören und danach an ein Speziallager in England weiterreichen. Das Wort *Verräter* käme nie an seine Ohren.«

Ich bin ein hundertprozentiger Amerikaner, dachte Kimbrough, ich bin nie aus den Staaten herausgekommen, habe keine Ahnung von Europa, verstehe nichts von den Problemen der Deutschen. Warum bin ich eigentlich hier?

Colonel R., groß, endgültig, als Wheeler und Kimbrough schon an der Türe standen, salutierten: »Außerdem wollen wir mit einem Verräter nichts zu tun haben.«

Mochte hinsichtlich seiner operativen Studie doch noch eine Frage, die Andeutung eines Einwands, diszipliniert vorgetragen, vorstellbar gewesen sein – darüber nicht mehr.

»Die militärischen Gründe hab ich mir nicht gemerkt«, sagte Schefold. »Nur, daß sein Oberst zu ihm gesagt hat: ›Außerdem wollen wir mit einem Verräter nichts zu tun haben.‹«

Ich habe weiß Gott jedes Recht, diesen Dincklage in sein Unglück rennen zu lassen, dachte Hainstock, aber was zuviel ist, ist zuviel.

»Also dann blasen wir die Sache doch wohl am besten ab«, sagte er.

»Aber nein«, sagte Schefold. »Kimbrough glaubt immer noch, daß höheren Orts ganz anders entschieden wird. Sein Oberst, sagte er, sei ein *block-head,* und in den Divisions- und Armeestäben säßen intelligente Leute. Deswegen bin ich gekommen. Wir müssen Zeit gewinnen.«

Nichteinmal Hainstocks schlechte Laune hielt ihn davon ab, zu fragen: »Diese Dame muß Major Dincklage beibringen, daß er nicht ungeduldig werden darf. Glauben Sie, daß sie das kann?«

»Himmelherrgottsakrament!« sagte Hainstock. »Also gut, ich gehe jetzt nach Winterspelt. Warten Sie hier, bis ich zurückkomme! Machen Sie sich Kaffee! Sie wissen ja, wo die Büchse steht.«

Warten auf Hainstocks Rückkehr, den ganzen Nachmittag lang, er hatte sich Kaffee gekocht, in Hainstocks Büchern über Geologie geschmökert, der Wirkung seines berühmten Kaffees zum Trotz eine Weile geschlafen. Als er erwachte, sah er den Waldkauz in seiner Nähe auf dem Regal sitzen, in dessen Fächern Steine lagen, die graue Maske beobachtete ihn, rührte sich auch nicht, nachdem er die Augen aufgeschlagen hatte, so sahen sie sich an, unbewegt.

Um fünf Uhr kam Hainstock endlich zurück und erklärte, er wasche seine Hände in Unschuld, weil Dincklage die Saumseligkeit der amerikanischen Armee glatt ignoriere und obstinat darauf beharre, daß er Schefold übermorgen, mittags um zwölf, im Bataillonsstab in Winterspelt erwarte. (Er unterschlug Schefold, daß Dincklage jetzt sogar wußte, mit welchem Ausdruck ein amerikanischer Oberst ihn gekennzeichnet hatte.)

Er erläuterte die Wegleitung, die Dincklage für Schefold aufgezeichnet, Käthe mitgegeben hatte, übertrug die Zeichnung auf das betreffende Stück des Meßtischblattes, das er ausschnitt und Schefold überreichte. Schefold betrachtete es, fand es schon damals, wie vorhin, als er sich auf den Baumstumpf gesetzt hatte, unnütz; er brauchte nur, wenn er, von Hemmeres kommend, in den Rotfichtenwald eingetaucht war, den jenseitigen Hang hinaufzusteigen, die östliche Anhöhe des Our-Tals, die hier in das Bachtal abdrehte, dann war er schon da.

»Oben, auf der Höhe, kommt dann ein brenzliger Moment für Sie«, sagte Hainstock. »Es hat keinen Sinn, wenn ich Ihnen das verschweige. Sehen Sie dich dort erst einmal um! Laufen Sie nicht einfach drauf los!«

»In der Kanne ist noch Kaffee«, sagte Schefold, ehe er ging.

Er war gerade noch bei letztem Büchsenlicht durch den Wald nach Hemmeres gegangen. Graue Dämmerung, er stolperte über Wurzeln, aber er brauchte sich nicht leise, vorsichtig zu verhalten, weil er keinen deutschen Spähtrupp zu befürchten hatte. Hainstocks Verlangen entsprechend, entsandte der Major schon seit Tagen keine Patrouillen mehr ins Ihrenbachtal. Seit Samstag durfte Schefold sich in diesem Waldtal benehmen, als sei er ein Mitglied des Eifel-Vereins, Botanisierer, Entdecker eines noch nicht erkundeten Biotops. (Das Interesse Schefolds an Pflanzen und Katzen war rein ästhetischer Natur.)

Das weiße Glosen des Hofes im Halblicht. Die jähe Gewißheit, daß er Hemmeres verlassen mußte. Die Amerikaner würden das Gebiet östlich der Our nicht halten. Selbst wenn sie sich doch noch entschlossen, in einer der kommenden Nächte nach Winterspelt vorzustoßen, würden sie so schnell wie möglich in ihre Ausgangsstellung zurückkehren – einen *raid* hatte Kimbrough das genannt, einen Handstreich zur Erbeutung von 1200 Gefangenen, und was danach kam, konnte man sich ausrechnen: neue deutsche Truppen würden Winterspelt, Wallmerath, Elcherath besetzen, diesmal vielleicht – nein, nicht vielleicht, sondern sicher! – einen Vorposten nach Hemmeres legen, um die Lücke in der Front, die der Weiler und das hinter ihm liegende Waldtal darstellten, zu schließen. Und nichteinmal so weit brauchte gedacht zu werden. Selbst wenn nichts geschah, weil die Amerikaner Dincklage endgültig abschlägig beschieden und weil auch aus diesem von Major Dincklage rätselhafter- und eigensinnigerweise für übermorgen angesetzten Gespräch nichts hervorging, was die Lage verändern konnte, dann würde es der Major sein, der Hemmeres besetzen, das Loch, durch welches die Subversion sickerte, verstopfen ließ. Hemmeres zu besetzen würde die erste einer Reihe von Handlungen sein, mit welcher er die Erinnerung an einen gescheiterten Verrat begrub.

Von diesem Dienstag an bis zum Donnerstag verblieben ihm, Schefold, also noch zwei Nächte in Hemmeres. Am Donnerstagnachmittag, von Winterspelt zurückkehrend, nach seinem Besuch bei Dincklage, würde er den Hof zum letztenmal sehen.

Auf der Dorfstraße von Winterspelt fragte er sich, was er sich seit Dienstag immer wieder gefragt hatte: was dieser Dincklage ihm wohl mitzuteilen hatte.

Um was immer es sich auch handeln mochte – es würde nicht ratsam sein, die kommende Nacht in Hemmeres zu verbringen.

Hoffentlich, dachte Schefold, gibt er mir für den Rückweg auf die Höhe einen anderen Begleiter mit.

Und falls es sich herausstellen sollte, daß ich ein zweitesmal zu ihm muß, werde ich mich weigern, durch die Linie zu kommen. Einmal muß ihm genügen, dachte er, entschlossen und erbittert, nach einem Blick auf Reidel.

Aber eigentlich konnte er sich einen nochmaligen Gang zu Major Dincklage nicht vorstellen, ob durch die Linie oder auf einem anderen, nicht so ungemütlichen Weg.

Nachtrag zu Hainstock, am Dienstag nachmittag in Winterspelt, als er Käthe Lenk aufstöbert, damit sie Dincklage über den Stand der Dinge ins Bild setze. Bekanntlich ist er entsetzt gewesen, und zwar so heftig, daß, wie wir berichtet haben, seine Augen ›im Erschrecken ganz dunkel wurden‹, als Käthe ihm bei ihrer Rückkehr (er hat im Thelenhof auf sie gewartet, die Hofstube war leer an diesem Werktag nachmittag) erzählte, sie habe Dincklage Colonel R.s Wort vom Verräter nicht vorenthalten. Es war das erstemal, daß Hainstock Käthe gegenüber von Abneigung ergriffen wurde, denn sein plötzliches Mitleid mit Major Dincklage, dieser Anfall von männlichem Solidaritätsgefühl, enthielt ja ganz deutlich eine Spitze gegen Käthe.

Aber ist er damit sich selber gegenüber ganz ehrlich gewesen? Hätte er sich nicht im gleichen Augenblick fragen müssen – was er sich später hundertmal gefragt hat –, ob die Schuld nicht bei ihm lag, weil er sicherlich besser daran getan hätte, den fatalen Ausspruch des amerikanischen Obristen, mindestens an jenem Nachmittag, für sich zu behalten? Warum hatte er nicht den Mund gehalten? Weil er darauf vertraute, Käthe würde diese typisch militaristische, in den Ohren eines Offiziers ungeheure Ehrverletzung nicht an Dincklage weitergeben? Nein, sondern weil er insgeheim, noch ohne sich über seine Beweggründe Rechenschaft abzulegen, gerade auf das Gegenteil hoffte: daß sie – wie sie es nachher ausgedrückt hatte – sich wie eine Betrügerin vorgekommen wäre, wenn sie Dincklage verschwiegen hätte, was zu erfahren er ein Recht besaß. Wobei Hainstock, immer noch ohne es sich bewußt einzugestehen, den Schluß zog, darauf baute, Dincklage würde danach die Achseln zucken, aufgeben.

Käthe hat ihn ganz richtig beurteilt, als sie, auf seinen Vorwurf, sie habe damit die ganze Aktion gefährdet, erwidert hat: »Das wäre dir doch nur recht.«

»Du hast ja nie an sie geglaubt, hältst sie heute noch für Unsinn«, hat sie gesagt.

»Allerdings«, hat Hainstock geantwortet. »Und jetzt erst recht. Jetzt ist sie überhaupt nur noch ein vereinzelter Vorgang zwischen zwei übergeschnappten Offizieren. Unhistorisch. Als Marxist glaube ich nicht an den Wert solcher individueller Aktionen.«

Sie unterdrückte die Antwort, die ihr auf der Zunge lag: daß eine individuelle Aktion ihr lieber sei als gar keine. Das Argument war allzu schnell bei der Hand, als daß sie ihm nicht mißtraut hätte. Und außerdem: wenn man, wie sie, beschlossen hatte, die Nacht, in der Major Dincklages Stück über die Bühne gehen würde, zu benützen, um in den Kulissen zu verschwinden, so hatte man kein Recht, Aktionen zu empfehlen, individuelle oder andere.

Die vierzigstündige Einsamkeit Schefolds in Hemmeres, von der Abenddämmerung des Dienstag bis heute, Donnerstag vormittag gegen zehn Uhr, als er den Hof verließ, nur unterbrochen durch Kimbroughs Besuch am Mittwoch morgen, gerade als er sich auf den Weg nach Maspelt machen wollte, um Kimbrough von Dincklages Verlangen nach einem Stelldichein am nächsten Tag zu unterrichten, den Amerikaner zu fragen, was er davon hielt. Nach dem Gespräch mit Kimbrough hat er Hainstock nicht nochmal aufgesucht, sondern hielt sich in Hemmeres auf, lesend, Mahlzeiten bereitend, nachdenkend, träumend. Vielleicht war Mittwoch, der 11. Oktober, der vollkommenste dieser vollkommenen Oktobertage des Jahres 1944; es gibt ja Herbsttage, welche Menschen, die nichts weiter zu tun haben als zu warten, in Blau und Gold hüllen.

Es hätte ihn schon gereizt, Hainstock von Kimbroughs Besuch zu erzählen: »Übrigens ist er heute vormittag, noch ehe ich mich nach Maspelt aufgemacht habe, zu mir gekommen, nach Hemmeres. Ich dachte, ich seh nicht recht. Ich war gerade mit dem Frühstück fertig, rauchte meine Morgenzigarette, sah zum Fenster hinaus, da sah ich, wie er aus diesem Buschwald auf der anderen Seite trat, gefolgt von zwei Soldaten. Alle drei hatten Stahlhelme auf. Sie blieben nicht stehen, sondern überquerten schnell die Wiese drüben und betraten den Steg. Als ich aus der Türe trat, stand Kimbrough schon vor dem Haus, die beiden Soldaten in einigem Abstand hinter ihm, mit den Maschinenpistolen im Anschlag, er, lässig wie immer, griente, streckte mir die Hand entgegen und sagte: ›Doctor Schefold, I presume.‹ Ich war so verdattert, daß ich nichteinmal gelacht habe. Bedenken Sie, Herr Hainstock, daß bis dahin noch niemals Amerikaner über den Steg auf den deutschen Hof gekommen waren. Die Angler, die eine Zeitlang zur Our herunterkamen, sind immer in dem Ufergebüsch auf der anderen Seite geblieben. Es war geradezu ein historischer Augenblick. Der Hemmeres-Bauer und seine Frau standen wie versteinert im Scheuneneingang, Kimbrough sagte, ich solle ihnen sagen, sie könnten machen, was sie immer machen, aber auch nachdem ich es ihnen übermittelt hatte, wagten sie nicht, sich zu rühren. Natürlich war mein erster Gedanke, er wolle mich festnehmen, weil er und Wheeler zu dem Schluß gekommen waren, meines Bleibens hier sei nicht länger, aber er sagte nur, er wolle ausprobieren, wie es sich anfühle, auf deutschem Boden herumzugehen. Er ging eine Weile auf dem Platz vor dem Hof hin und her, dann kam er zurück und sagte: ›Es fühlt sich tatsächlich ganz anders an, als wenn man in Belgien herumgeht. Oder in Georgia.‹ ›Finden Sie nicht, Doc‹, fragte er, ›daß Grenzen etwas Wunderbares sind? Ich liebe Grenzen.‹ Er betrachtete alles, den Einödhof, die Wiese, die Apfelbäume, den Fluß, die Waldhänge, einen Bussard, der über uns im Himmel stand, meinte, einen besseren Platz hätte ich mir nicht aussuchen können. ›Ringsherum Krieg‹, sagte er, ›aber nicht hier. Es ist wie ein Loch in einer Decke, und niemand wird sich die Mühe machen, es zu stopfen.‹ Nur der Viadukt, der weiter nördlich das Tal überspannt, hat ihm nicht gefallen. Ich riet ihm, Deckung zu nehmen, nachdem ich ihn an die Stelle geführt hatte, wo man das Bauwerk am besten in Augenschein nehmen kann, und er schüttelte den Kopf, als er das Postenspiel beobachtete, die kleinen Figuren, aus den Tunnelmündern hervortretend, von links in Oliv, von rechts in Grüngrau, wie sie hergezeigt und automatisch wieder ins Schwarze zurückgezogen wurden, wahrscheinlich hat er bis dahin nicht gewußt, erst durch meinen Hinweis entdeckt, daß seine und Dincklages Leute sich an dieser Stelle, dort oben auf dem Viadukt der Eisenbahn von Saint-Vith nach Burgreuland, stillschweigend verständigt hatten, übereingekommen waren, sich so zu benehmen, als wäre dieser Krieg schon seit Jahrhunderten vorbei und sie nur noch eine Erinnerung an ihn, wie die Ritter auf dem Schloßturm zu Limal. Als wir zum Hof zurückgingen, sagte er: ›Für den Erfolg des Unternehmens wird es sehr wichtig sein, daß Major Dincklage gerade die Posten da oben einziehen läßt.‹ Da nahm ich natürlich an, er sei gekommen, um mir mitzuteilen, daß seine Vorgesetzten sich entschlossen hätten, Dincklages Übergabe-Angebot anzunehmen. Stattdessen hat er gesagt: ›Wheeler hat mich heute nacht angerufen und mir berichtet, daß die Armee ablehnt.‹

Wir hatten uns auf die Bank vor dem Hof gesetzt. Er muß mir angesehen haben, wie enttäuscht ich gewesen bin, denn ehe ich etwas erwidern konnte, sagte er: ›Noch ist nichts entschieden. Es ist durchaus möglich, daß Hodges' Stabschef den Beschluß der Armee umstößt.‹

General Hodges ist der Befehlshaber des Armeecorps. Ich fragte Kimbrough: ›Wie lange kann es dauern, bis wir das wissen?‹

Er zuckte die Achseln. ›Ich weiß es nicht. Auch Wheeler weiß es nicht. Vielleicht wird die Sache bis zu Bradley gezogen, unter Umständen sogar bis zu Eisenhower. Wheeler sagte, was dieser deutsche Major da veranstalten wolle, sei kein militärisches Unternehmen, sondern hohe Politik.‹

›Deswegen habe ich noch einige Hoffnung‹, sagte Kimbrough.

›Ich weiß nicht, ob Major Dincklage Ihre Hoffnung teilt‹, sagte ich, ›oder was er vorhat. Er hat verlangt, daß ich morgen mittag um zwölf Uhr bei ihm erscheine.‹

Sie können sich denken, Herr Hainstock, daß ihn diese Mitteilung erst einmal sprachlos ließ. Er sagte nur ›Oh‹, dann stand er auf, ging hin und her, als er sich wieder neben mich setzte, sagte er: ›Vielleicht ist es gut, wenn Sie hingehen. Sie müssen ihn jetzt persönlich dazu überreden, uns eine Frist einzuräumen.‹

Wir vereinbarten, daß er mich sofort benachrichtigen würde, wenn er noch vor meinem Gang zu Major Dincklage einen definitiven Bescheid von seinen Oberen erhielt.«

Einen solchen Bescheid hat Captain Kimbrough jedoch nicht mehr rechtzeitig erhalten.

»Wissen Sie, was er ganz zuletzt zu mir gesagt hat?« würde Schefold Hainstock erzählt haben, gesetzt den Fall, er hätte ihn im Verlauf des Mittwoch nocheinmal aufgesucht. »Er hat gesagt, er hätte die größte Lust, diesen *raid* ganz allein, nur mit seiner Kompanie auszuführen, falls die Armee sich tatsächlich weigere, ihn zu unternehmen.

Sie müssen sich übrigens vorstellen, Herr Hainstock, daß unser Gespräch zwar nicht gerade im Flüsterton, aber doch unwillkürlich sehr leise, halblaut geführt wurde, wegen der beiden Posten, welche die ganze Zeit in der Nähe herumstanden, dem Wald zugewandt, durch den ich immer zu Ihnen gehe, und mit gefällten Maschinenpistolen.«

Er sah voraus, wie Hainstock reagieren würde, wenn er zu ihm gehen, ihm diese Geschichte erzählen würde.

»Aber Sie – Sie konnten das doch zum Anlaß nehmen, Ihre Mitarbeit zu kündigen«, würde Hainstock ausrufen, in aufgebrachtem Ton.

So daß er ihm hätte erwidern müssen: »Nein, das konnte ich eben gerade nicht. Daß Sie das nicht begreifen!«

Sinnlos also, Hainstock aufs neue, ein letztesmal zu bemühen. Für weitere Dispute war es jetzt zu spät.

Vielleicht begriff Hainstock wirklich nicht, warum Schefold sich nicht schlußendlich aus der ganzen Sache heraushielt. Daß es Kimbrough war, welcher nicht aufgab, sich Illusionen machte, Schefold – gewollt oder ungewollt – bei der Stange hielt, hat er aber sehr schnell, spätestens am Dienstag kapiert, als Schefold mit dem Auftrag bei ihm ankam, dem Major solle bestellt werden, sich in Geduld zu fassen. Ein solcher Auftrag konnte niemals von der amerikanischen Armee kommen, mußte einzig und allein auf Kimbroughs Mist gewachsen sein – eine Einsicht, die erklärt, warum Hainstock zu Käthe gesagt hat, die Sache sei ›jetzt überhaupt nur noch ein vereinzelter Vorgang zwischen zwei übergeschnappten Offizieren‹.

Was ihn selber, Wenzel Hainstock, Kenner des Faschismus, erfahrenen Widerstandsstrategen usw. nicht davon abhielt, sich zu sagen, daß auch er nichts getan hatte, um das Ding rechtzeitig platzen zu lassen.

Er hat den ganzen Mittwoch über gehofft, Schefold würde bei ihm auftauchen und melden, daß Kimbrough den von diesem Herrn in Winterspelt eigenmächtig angeordneten Boten-Besuch untersagt hatte. Als Schefold nicht kam, wußte er, daß nichts mehr zu machen war. Er verbrachte eine schlaflose Nacht, vertrieb sich die Zeit damit, in der Dunkelheit der Hütte die Bewegungen des Waldkauzes zu verfolgen, zu dessen Natur es gehört, in den Nächten wach zu bleiben.

Der Geräteraum neben der Stroh- und Heuscheune irgendeines Hofes in Winterspelt. In solchen Einhäusern befand sich alles unter einem Dach: die Scheune, der Stall, die Wohnung der Bauern.

Sie hatten sich gegenübergestanden, gestern nacht, in dieser Remise, in der eine Laterne brannte, die aus Pferdegeschirren, Deichseln, Rädern, Pflügen, Eggen, Leitern, Hakken wirre Schattennester zusammenzog. Da war Ordnung nur längs eines Schwebebalkens, an dem die Gewehre der Gruppe lehnten, auf dem die Stahlhelme, Koppeln, Kochgeschirre pedantisch hingen, griffbereit wie die Stiefel, die neben den Knarren standen, gewienert, aber ausgelatscht, und faltig über ihren Risten.

Borek hatte nur sein Hemd an und eine lange Unterhose (aus Wehrmachtsbeständen), an der Heuhalme hingen, während Reidel in der Dunkelheit des Schobers seine Uniformhose angezogen hatte, ehe er Borek gefolgt war. Irgendeine schlaftrunkene Stimme hatte zu ihm gesagt: »Mensch, es ist doch noch nicht Zeit zum Aufstehen!«

»Du bist ein Schwein!«

Sich seiner Auseinandersetzung mit Borek gestern abend erinnernd, rief er sich vor allem anderen ins Gedächtnis, daß sie so leise wie möglich, von Boreks Seite in einem Ton haßerfüllten Flüsterns abgelaufen war. Borek hatte nicht getobt, wenigstens nicht hörbar, hatte nicht die anderen geweckt, nicht die zehn Männer, die nebenan schliefen, zu Zeugen seiner Untat gemacht.

»Ich weiß schon. Du hast es mir schon einmal gesagt.«

Doch es hatte nichts genützt, auf Früheres abzulenken, den Beleidigten und Mißverstandenen spielen zu wollen. Borek war millimetergenau bei dem Haß in seinem Flüstern geblieben.

»Du bist kein Schwein, weil du schwul bist. Ich kann gut verstehen, daß einer schwul ist. Aber daß einer, der schwul ist, Bücher zerreißt ...« Er war verstummt, hatte offensichtlich keine Worte mehr gefunden. Dann hatte er ihn nachgeäfft: »›Die Juden sind mir scheißegal.‹ Das sagt ein Schwuler. Und dann zerreißt er das Buch, ohne das ich in dieser Hölle nicht leben kann.«

»Ich hab dir gesagt, ich hab nur verhindern wollen, daß sie dich ins KZ stecken.«

»Dafür werde ich dich jetzt hineinbringen. Weißt du eigentlich, was sie mit den Homosexuellen in den Konzentrationslagern machen?«

Er war mit einem Schlag auf dem Posten gewesen. Er hütete sich, etwas zu sagen.

»Den Kommunisten nähen sie rote Punkte auf, den Juden gelbe, den Bibelforschern und Pfarrern schwarze und den Homosexuellen rosa Punkte.«

Jetzt war es an ihm, Borek voller Haß anzustarren. Übrigens hatte Borek ihm damit nichts Neues mitgeteilt; er hatte schon einmal davon gehört oder es sogar gelesen, in irgendeiner Zeitung. Was ihn auf die Palme brachte, war, daß einer es ihm ins Gesicht sagte. Aber Borek schien gar nicht zu bemerken, daß er seine Wut verbeißen mußte, sondern wurde auf einmal geistesabwesend, sagte: »Möchte wissen, welche Farbe sie mir zuteilen, wenn ich einmal reinkomme?«

Er dachte: das wirst du schon noch sehen. Er wartete.

Borek sagte: »Es wird höchste Zeit, daß du den rosa Punkt trägst. Nicht weil du es mit mir versucht hast, sondern weil du sonst niemals erkennst, wohin du gehörst. Du hättest kämpfen, Widerstand leisten sollen, stattdessen hast du dich angepaßt. Wahrscheinlich bist du auch noch stolz auf die Jahre, in denen du dich angepaßt hast, nichts als angepaßt, du feiger Schuft! Und was ist aus dir geworden? Ein gemeiner Schleifer! Ein Scharfschütze! Wie viele Menschen hast du eigentlich umgelegt?«

»Ich hab sie nicht gezählt.«

Es stimmte nicht. Er hatte sie gezählt.

Ein Schweigen. Eigentlich gab es nun ja nichts mehr zu sagen. Aber er mußte sich Gewißheit verschaffen.

»Und deswegen willst du mich also melden?«

»Natürlich. Nur deswegen.«

Borek hatte keinen Lärm geschlagen, niemanden geweckt. Er hatte keinen Zeugen. Aber das bedeutete nichts. Die Aktennotiz würde stärker sein als alles Leugnen. Gegen eine solche Aktennotiz kam nichts auf. Ihretwegen war er niemals Unteroffizier geworden. Nichteinmal Unteroffizier. Die Aktennotiz lag todsicher beim Bataillon. Sie würde ihn liefern.

Borek schien plötzlich müde, angeekelt zu sein, als er sagte: »Es langt schon, daß ich Soldat werden mußte, und nun soll ich mich auch noch homosexuell attackieren lassen, von einem Kerl wie dir ...«

Dem folgend sein Gequassel darüber, was die anderen von ihm hielten, gipfelnd in dem Satz, er verbreite Schrecken um sich, ein Satz, über den man nur lachen konnte.

Jetzt trennten ihn nur noch zehn Schritte von der Schreibstube dieses hinkenden Ritterkreuzträgers.

Sich nicht anpassen, Widerstand leisten, da tut so ein Pimpf sich leicht, der bloß Bücher liest, der nie in einem Hotel gearbeitet hat, dachte Reidel, und das war es auch nicht, was ihn beschäftigte,

sondern *Schwein* (das schon in Dänemark, seit Dänemark hatte er ihm also nachgetragen, daß er, nur um ihn zu schützen, dieses Juden-Buch zerrissen hatte), *feiger Schuft, gemeiner Schleifer, Scharfschütze* (was in seinem achtzehnjährigen Kindergehirn sich wohl so ausnahm, als sei er ein Mörder), am schlimmsten dieses hingerotzte *von einem Kerl wie dir* (viel schlimmer als die direkten Beleidigungen),

dies alles und vielleicht seine Meldung gegen mich hätte ich mir ersparen können, wenn ich es fertiggebracht hätte, den gewöhnlichsten Satz von der Welt auszusprechen. Einen Satz, viel einfacher und kürzer als die ganze sanfte Masche: daß er ein zarter durchscheinender Spinner ist, mit einer Haut, von der man sich vorstellen kann, daß es durch sie hindurchregnet. Das wär ihm dann schon gedämmert, nach diesem kürzesten Satz von der Welt.

Aber es ist mir, scheint’s, jemand auf der Leitung gestanden, dachte Reidel. Und: ein Groschen ist eben manchmal kein Stuka.

Stattdessen hab ich ohne alle Vorwarnung nach seinem Schwanz gegriffen. Ich muß behämmert gewesen sein.

Die Schreibstube des Bataillons. Doll, wie das geklappt hatte! Daß es so glatt gehen würde, war ja so gut wie unwahrscheinlich gewesen. Auf dem ganzen Weg von seinem Schützenloch bis in die Zentrale niemand, der ihn aufgehalten, zur Rede gestellt hätte undsoweiter.

Jetzt kamen ein paar unangenehme Minuten. Aber mit denen da drin würde er schon fertig werden.

Ah, da war man also schon am Ziel! Schefold hatte kaum noch Zeit, das Bild des Hauses (halb städtisch, charakterlos, grauer Verputz) aufzunehmen, da ging er bereits die Stufen zum Eingang hinauf, öffnete die Türe, gefolgt von Reidel, der ihn stumm, nur durch eine Kopfbewegung – ein Ekel bis zuletzt! –, angewiesen hatte, voranzugehen. Im Flur stehenbleibend, hörte er nichts als das Klappern einer Schreibmaschine.

Die Höhle des Löwen, dachte er. Ich bin in Sicherheit.

So also sieht dieser Schefold aus!

Aber ihre Neugier nach Schefold – groß, schwer, rotes Gesicht, ein grauer englischer Bart, warum hatte Hainstock ihr nie erzählt, daß er einen grauen englischen Bart trägt? –, diese ersten neugierigen Notizen wurden gestört durch die unglaublich bösartige und brutale Kopfbewegung des Soldaten, der ihn eskortierte, ein schräges Schnellen des Kopfes von links unten nach rechts oben, mit welchem er seinem Gefangenen (denn als solchen behandelte er ihn offensichtlich) befahl, vorauszugehen. So, genau so ging es wohl in Oranienburg zu, Hainstocks wortkargen Berichten zufolge: stumm, scharf, keinen Widerspruch duldend, verächtlich. Dieser kleine drahtige Obergefreite – sie konnte die beiden silbernen Winkel an seinem Ärmel erkennen, aber nicht sein Gesicht unter dem Schatten, den der Stahlhelm warf – mußte ein schlimmer Typ sein.

Wobei es aber dem Gefährdeten, diesem Kunstgelehrten, anscheinend nichts ausmachte, daß einer den Umgang mit ihm auf eine Zeichensprache der Verachtung und des Terrors reduzierte. Gelassen, souverän, vielleicht aber auch bloß nichtsahnend und wehrlos, ging er die paar Stufen hinauf.

Sie stand hinter dem Fenster der großen Stube des Thelenhofes, dem gleichen Fenster, durch das sie einmal, so früh, daß es noch Nacht war, dem Major Dincklage zugesehen hatte, wie er auf sie wartete. Jetzt herrschte Tageslicht, das Mittagslicht eines hell-verhangenen sonnigen Herbsttages. Die Zeit vom 2. bis zum 12. Oktober kam ihr in diesem Augenblick vor wie eine Ewigkeit.

Eine Sekunde, vielleicht nur eine halbe Sekunde – aber nichteinmal diese, in ihren Abmessungen, ihrem Ablauf doch so winzige Pantomime eines Kopfes hätte Schefold zugemutet werden dürfen. Das also hat schon genügt, dachte Käthe, damit ich auf der Stelle weiß, was ich die ganze Zeit über geahnt habe: daß alles falsch gewesen ist, daß ich mich Joseph Dincklages Forderung nach Schefolds Gang durch die Linie niemals hätte fügen dürfen. Sie nahm sich vor, gleich nachdem die Unterredung vorbei, Schefold gegangen war – hoffentlich nicht wieder von dem gleichen Soldaten begleitet! –, zu Dincklage hinüberzugehen, zu keinem anderen Zweck als um ihm die Bedeutung der Geste eines Kopfes, schräg und schnell von links unten nach rechts oben, klarzumachen. Es mußte ihr gelingen, ihm dieses Zeichen zu beschreiben. Wenn es ihr nicht gelang, würde er nur die Achseln zucken, sagen: »Na, wenn ihm weiter nichts zugestoßen ist als das schlechte Benehmen eines Landsers!«

Und noch zu denken, daß Schefold das schlechte Benehmen eines Landsers für nichts und wieder nichts auf sich nehmen mußte! Denn daß er nun für heute mittag bestellt worden war, hatte für die Aktion überhaupt nichts zu bedeuten, war Folge eines rätselhaften Einfalls dessen, der sie angezettelt – nein, er hatte sie nur geplant, angezettelt habe ich sie, dachte Käthe –, bei diesem Besuch würde nicht das geringste herauskommen. Für den Major bestand keine Aussicht, die Lage zu verändern. Er war nicht am Zuge. Seine Gegenspieler ließen sich jede Menge Zeit, vielleicht waren sie vom Spiel schon aufgestanden, hatten es verlassen; einer von ihnen hatte Major Dincklage beleidigt. Wenn er diesen Schefold trotzdem kommen ließ, so konnte es sich nur darum handeln, daß er den Amerikanern eine Frist setzen, ein Ultimatum stellen wollte.

Eine Trotz-Reaktion. Käthe rückte ihre Brille zurecht, während sie auf die Türe starrte, die sich hinter dem Obergefreiten geschlossen hatte. Eigentlich merkwürdig, dachte sie, es paßt nicht zu Joseph Dincklages Charakter. Es ist ihm nie eingefallen, mir ein Ultimatum zu stellen.

Wenn er den Amerikanern, durch Schefold, einen Termin setzt, dann für heute nacht, überlegte sie, denn wozu sollte er noch auf morgen oder übermorgen warten? (Weshalb Hainstock rechthatte, als er, ungefähr eine Viertelstunde später, zu Käthe sagte: »Du hoffst wohl immer noch, daß ein Wunder geschieht und die Amerikaner kommen, heute nacht.«) Nein, gehofft hat Käthe dies eigentlich nicht, nur hin und wieder noch mit vorgestellten Bildern des nächtlichen Treffens gespielt, sich sozusagen an ihre ursprüngliche Hoffnung erinnert, diese aber schon beendet, als sie ihre Brille zurechtrückte, nachdem Reidel die Türe zur Bataillonsschreibstube hinter sich zugemacht hatte.

Nachher, wenn sie von Dincklage erfahren würde, bei seiner Unterredung mit Schefold sei nichts herausgekommen, blieb ihr nur noch übrig, ihn zu bitten, daß er das Ihrenbachtal und den Weiler Hemmeres erst morgen früh besetzen ließ. Er würde ihr diesen Wunsch erfüllen und sicherlich nichteinmal nach den Gründen fragen.

Also würde sie ihn doch noch zu einem anderen Zweck aufsuchen als nur dazu, ihm eine Kopfbewegung zu erklären, die Drohung, die in ihr sichtbar geworden war.

Sie ging hinaus, nahm Thereses Fahrrad, das an der Stallwand lehnte. Unterwegs zu Hainstock fielen ihr die Bezeichnungen für Schefold ein, mit denen sie Hainstock geärgert hat. *Ein Herr. Ein gestürzter Fürst.* Später: *ganz besonders wehrlos.*

Reidel klopfte einmal hart an die Türe, hinter der das Schreibmaschinengeklapper zu hören war, öffnete sie sofort, es gab also keinen ›Herein‹-Ruf, ein solcher brauchte nicht abgewartet zu werden,

dirigierte Schefold rechts an die Wand neben der Türe, registrierte, daß die Schreibstube voll besetzt war, der Bataillonsspieß, der Unteroffizier Schreiber, der ihm beigegebene Gefreite, der Unteroffizier Rechnungsführer, sie wandten ihm und Schefold ihre Köpfe zu, der Gefreite hörte bei ihrem Eintritt sofort auf, mit der Maschine zu klappern, ja, sie waren alle versammelt, die Tintenpisser, er baute sich auf, nahm Blickrichtung auf den Spieß, erstattete Meldung,

indessen Schefold erst einmal das Hitler-Bild, das hinter Kammerer an der Wand hing, in Augenschein nahm, es zeigte Hitler als Ritter, der auf einem Pferd saß, er hielt ein Schwert, einen Biedhänder, aufrecht vor sich, seine Hände waren wie zum Gebet um das Schwert gefaltet, und aus dem Harnisch, dem Halsberg des 12. Jahrhunderts stieg das Gesicht eines tiefernsten Postbeamten, ein Gedanke, den Schefold sogleich wieder verwarf, denn er liebte Postbeamte, also war es das Gesicht eines kranken Menschenschlächters, der sich Mühe gab, wie ein Postbeamter auszusehen, irgendeinem Narren von Maler war eingefallen, ausgerechnet diesen Kopf mit den Formen und Farben von Schwertleite, Maßhalten, Frauendienst, hoher Minne, Treue und christlicher Barmherzigkeit auszustatten, es war der schlechteste Witz, der Schefold jemals vor Augen gekommen war, hatte Dincklage unter allen Hitler-Bildern gerade dieses für seine Schreibstube ausgewählt – denn hinhängen mußte er den Kerl wohl, dem konnte er sich nicht entziehen! –, weil es ein schlechter Witz war, nichts weiter?, dann erst konzentrierte er sich auf die vier uniformierten Männer, zu je zweien sich gegenübersitzend an den Längsseiten eines Tischblocks, die Gesichter erst ihm zugewandt, erst eine Sekunde später dem Soldaten, der jetzt Meldung erstattete, dessen Namen er auf diese Weise endlich erfuhr.

»Obergefreiter Reidel, 2. Kompanie, mit einem Zivilisten«, meldete Reidel. »Der Mann ist vor der Linie erschienen und behauptet, um zwölf Uhr mit Herrn Major verabredet zu sein.«

Kammerer sagte eine Weile gar nichts, auch dann noch nicht, als er sich in seinem Stuhl zurücklehnte, sich Zeit nahm, Reidel ins Auge zu fassen.

Als er sich schließlich herbeiließ, den Mund aufzutun, tat er es, um eine Frage zu stellen.

»Wollen Sie damit sagen, Reidel«, fragte er, »daß Sie sich eigenmächtig von Ihrem Posten entfernt haben?«

»Mir blieb nichts anderes übrig«, erwiderte Reidel, wie aus der Pistole geschossen. »Bitte Herrn Stabsfeldwebel zu bedenken, daß heute kein Dienstgrad erreichbar gewesen ist. Außerdem« – er riskierte, noch immer strammstehend, die Andeutung einer Kopfbewegung in Richtung Schefold – »hat der Mann sich glaubhaft ausweisen können.«

Das Argument mit den heute nicht erreichbaren Dienstgraden war ihm gerade noch rechtzeitig, draußen auf der Dorfstraße, eingefallen. Es war Gold wert. Er beobachtete den Mißmut in Kammerers Augen.

Unterdessen hatte Schefold sich etwas ganz Unerhörtes geleistet. Er hatte beschlossen, nicht wie einer, der vorgeführt wird, in einem gewissen Abstand von der Wand, vor die man ihn hingestellt hatte, stehenzubleiben, sondern er hatte sich stattdessen an die Wand gelehnt, wobei er das rechte Bein lässig vor das linke schob. Stand- und Spielbein. Dann hatte er sein Zigarettenpäckchen und sein Feuerzeug mit der linken Hand aus seiner Jackentasche geholt, beide Gegenstände eine Weile ruhig in der Hand gehalten, ohne sie anzublicken, erst nach einiger Zeit mit der Rechten in das Päckchen gegriffen, eine Zigarette herausgeholt, sie sich zwischen die Lippen gesteckt, blitzschnell die Lage von Feuerzeug und Zigarettenpäckchen in seiner Hand gewechselt, sich einen Augenblick auf die Flamme des kleinen schwarz-silbernen Feuerzeugs konzentriert, ehe er sich wieder mit seiner Umgebung beschäftigte, mit dieser Schreibstube, in die ihn, das spürte er, ein widriges Geschick verschlagen hatte. Das soll nicht heißen, daß Schefold sich den Dialog zwischen Kammerer und Reidel nicht aufmerksam angehört hat, aber er schreckte auf, als Kammerer sich an ihn wandte. Weil Kammerer mit Reidel nicht zu Rande kam und weil er sich über Schefolds Zigarette ärgerte, jedoch nicht recht wußte, ob er sie ihm verbieten sollte oder nicht, fuhr er ihn an: »Und Sie? Wie kommen Sie eigentlich vor unsere Linie?«

»Schefold«, sagte Schefold, sich von der Wand lösend, mit einer knappen Verbeugung, »Dr. Schefold. Ich wohne in Hemmeres. Darf ich Sie jetzt bitten, mich bei Herrn Major Dincklage anzumelden. Er wird Ihnen, wenn er es für richtig hält, sicherlich alle Auskünfte geben, die Sie wünschen.«

Das kam nicht von ungefähr, war vielmehr so ausgemacht worden, in dem Viereck zwischen ihm, Hainstock, dieser

Dame und dem Major. Hainstock, der Alles-Bedenker, hatte vorausgesehen und festgelegt: »Sie werden zuerst einmal einem von Dincklages höheren Unterführern in die Hände fallen, und Sie können da in eine Situation kommen, wo Sie nicht völlig stumm bleiben können, wenn Sie so einer ausfragt. Sagen Sie dann ruhig die Wahrheit: daß Sie von Hemmeres kommen. Alles weitere können Sie dem Major überlassen. Er braucht einem, der ihn Ihretwegen ausfragen will, nur zu antworten, daß es sich um eine IC-Sache handelt. Über einen Auftrag, den ihm der IC des Regiments gegeben hat, ist er zum Schweigen verpflichtet.« »Sehr gescheit«, hatte Dincklage bemerkt, als Käthe ihm diese taktische Instruktion weitergegeben hatte.

Was das Viereck nicht einkalkuliert hat, war, daß einer, der nicht zu den höheren Unterführern zählte, einer, der bloß zuhörte, Überlegungen anstellte. Etwa so: Mir hat er nicht erzählt, daß er in Hemmeres wohnt. Wenn er in Hemmeres wohnt – wie hat er dann den Chef kennengelernt? Er hat so getan, als kenne er ihn, hat von seinem Ritterkreuz gequasselt. Woher weiß er, daß er das Ritterkreuz hat, wenn er ihn nie gesehen hat, weil er in Hemmeres wohnt? Wie hat er sich mit ihm verabreden können? Hemmeres ist abgeschnitten, liegt im Niemandsland, niemand von uns hat es je betreten, also wie geht'n das zu?

Da stimmt doch irgendwas nicht, dachte Reidel,

aber seine Gedanken und des Stabsfeldwebels widerwilliger Entschluß, zu Dincklage hineinzugehen und Schefold anzumelden, wurden unterbrochen, weil die Türe, an der das Schild mit der Aufschrift *Chef* hing, sich geöffnet hatte und der Major, auf seinen Stock gestützt, in ihrem Rahmen stand, aber nur einen Augenblick lang, dann hinkte er schon ohne alle

Umstände auf Schefold zu, streckte ihm die Hand entgegen und sagte: »Herr Dr. Schefold, nicht wahr? Ich freue mich, Sie kennenzulernen. Kommen Sie zu mir herein!«

Die beiden Herren schüttelten sich die Hände.

Also war es jetzt heraus, daß sie sich noch nie gesehen hatten. »Ich habe eine Verabredung mit Ihrem Bataillonskommandeur, Major Dincklage.« Reidel, in dessen Sprache das Wort *Menschenkenntnis* nicht angelegt war, wußte genau, wann einer log oder die Wahrheit sprach. Also war jetzt nicht nur heraus, daß sie sich noch nie gesehen, sondern daß sie sich verabredet hatten. Zu welchem Zweck und auf welche Weise verabredete sich der Chef mit einem Zivilisten, der aus Feindrichtung her vor einem Schützenloch auftauchte? An dieser Sache war irgendwas oberfaul.

Kammerer, der sich keine Gedanken darüber machte, aus welcher Richtung der Chef Besucher empfing, beziehungsweise sich sagte, daß er noch stets herausbekommen hatte, warum sie aus welcher Richtung kamen, hielt Dincklage auf, ehe dieser mit Schefold in seinem Zimmer verschwand.

»Herr Major«, sagte er, »der Obergefreite Reidel hat sich herausgenommen, die Stellung zu verlassen, um diesen Herrn hierher zu bringen.«

Dincklage drehte sich auf dem Absatz um, betrachtete Reidel und sagte zunächst: »Ah, das ist also Reidel!«

Noch in der Nacht mußte Borek also seine Meldung geschrieben, sie gleich nach dem Wecken auf der Kompanie-Schreibstube abgegeben haben. Unter den winterspelter Verhältnissen brauchte der Kompaniespieß nur ein paar Schritte zu tun, um sie auf den Schreibtisch des Stabsfeldwebels zu plazieren. Es war sagenhaft, wie schnell sie arbeiteten, wenn sie an einen Fall gerieten wie den seinen. Wann hatte der Kommandeur Boreks Wisch gelesen? Um neun, um zehn, um elf Uhr? Jedenfalls rechtzeitig genug, daß er ihn jetzt anglotzen, nicht zu ihm, sondern zu der ganzen Stube (oder zu sich selbst) sagen konnte: »Ah, das ist also Reidel!«, mit der Betonung auf dem *das*, damit ja nur kein Zweifel darüber aufkommen konnte, daß etwas ihn Betreffendes vorlag.

Dincklage wandte sich wieder dem Stabsfeldwebel zu.

»Lassen Sie, Kammerer!« sagte er. »Der Mann hat ausnahmsweise richtig gehandelt. Rufen Sie die Kompanie an und teilen Sie ihr das mit!«

Wörtlich, wie er es sich vorgestellt hatte! »Der Mann hat richtig gehandelt.« Der Oberfeld und Wagner würden in den Teppich beißen vor Wut.

Reidel gestand sich ein, daß er doch nicht damit gerechnet hatte, es würde *so* glatt gehen. Ging es so glatt, weil auch andere wünschten, daß es so glatt ging? Was heißt denn da *andere*, fragte er sich, wenn es sich um den Chef handelt?

Günstig war es – Reidel brachte es sich ins Bewußtsein –, daß der Chef ihn vorhin nicht so angeglotzt hatte, wie ein Normaler einen Schwulen anglotzt, angeekelt und als ob er's nicht fassen könnte, daß es so was gäbe.

Wie hatte er ihn denn angekuckt? Wie ein Schwuler einen Schwulen? Das auf keinen Fall. Sondern bloß so. Eigentlich nett.

Aber das kannte er schließlich auch schon, das Verständnis von Offizieren, die verständnisvoll, anständig zu ihm waren, weil sie die Aktennotiz über ihn gelesen hatten. Das konnte er am wenigsten ausstehen. Noch jedesmal, wenn ihm Wohlwollen gezeigt worden war, hatte er am Ende gedacht: ach, leck mich doch am Arsch! Zum Unteroffizier hatte ihn keiner von denen gemacht. So weit war ihre Freundlichkeit nie gegangen. Da waren ihm scharfe Vorgesetzte lieber, Herren, denen er schon auf zehn Meter Entfernung anmerkte, daß sie ihn nicht riechen konnten, denen er aber seine eigene Schärfe entgegensetzen konnte, so daß sie schließlich, achselzukkend, vor seiner Zackigkeit kapitulierten.

Nur: in seinem Fall und in diesem Augenblick hing vielleicht alles davon ab, daß der Chef nichts gegen ihn hatte, nur weil er schwul war. Vielleicht verstand, daß auch einer wie er einmal über die Schnur haute. Denen, die auf Weiber scharf waren, brachten sie ja jedes Verständnis entgegen; bei den größten Schweinereien, die die machten, dröhnte nur Gelächter.

Als ob ihm eine Idee käme, hielt Dincklage nocheinmal inne.
»Reidel bleibt hier zur Verfügung«, sagte er zu Kammerer. »Er wird nachher Herrn Dr. Schefold genau wieder dorthin bringen, wo er ihn hergeholt hat. Er kennt ja jetzt den Punkt.«
»In Ordnung, Herr Major«, sagte Kammerer.

Reidel spürte die Bewegung Schefolds mehr, als daß er sie sah, denn sein Blick, wie die Blicke aller, war auf Dincklage gerichtet. Aber er nahm die abwehrende Bewegung des Armes wahr, des Armes, dessen Hand die Zigarette hielt, und er machte sich darauf gefaßt, daß jetzt der Einspruch des Fremden erfolgen würde, aber Schefold sagte nichts, schien sich anders zu besinnen, ging nur auf den Tisch zu, brachte ein »Erlauben Sie?« heraus und drückte die Zigarette in Kammerers Aschenbecher aus.

»Wir werden eine Stunde oder anderthalb zu tun haben. Sorgen Sie dafür, daß wir was zu essen bekommen!« sagte Dincklage noch zu seinem Bataillonsspieß. Dann faßte er Schefold am Arm und führte ihn in sein Zimmer, schloß die Türe.

»Nehmen Sie sich einen Stuhl!« sagte Kammerer.

Reidel nahm seinen Karabiner von der Schulter, lehnte ihn sorgfältig in den Winkel, den die Wand und ein Schrank bildeten, so daß er nicht rutschen, umfallen konnte, zog sich einen Stuhl heran, setzte sich dicht neben die Waffe, behielt auch im Sitzen eine aufrechte Haltung bei, blickte geradeaus vor sich hin, nahm wahr, daß die vier Schreibstubenbullen wieder zu arbeiten begannen, aber merkwürdigerweise sprachen sie kein Wort miteinander, außer dem Klappern der Maschine, dem Rascheln von Papieren war nichts zu hören.

Nach einer Weile lehnte Kammerer sich zurück, wie er sich vorhin, nach seiner Meldung, zurückgelehnt und ihn ins Auge gefaßt hatte. Im gleichen Moment setzte auch das Geräusch der Schreibmaschine wieder aus. Reidel veränderte seine Haltung nicht.

Kammerer sagte: »Sie haben sich ja eine ganz schöne Suppe eingebrockt.«

Reidel, sprungbereit, schnellte sofort hoch, nahm die Hakken zusammen, krähte hell, scharf: »Melde Herrn Stabsfeldwebel, daß der Schütze Borek ein Staatsfeind ist.«

Über Kammerer wissen wir bisher nichts, außer daß er aus Thüringen stammt, Spieß des 4. Bataillons im 3. Regiment der 416. Infanterie-Division und Mitglied der Nationalsozialistischen Partei ist. Nehmen wir an, er habe sich bereits vor dem Krieg zu einer Laufbahn als Berufssoldat (›Zwölfender‹) entschlossen, weil seine Schlosserei in Apolda sich nicht recht rentierte. Geben wir ihm ferner eine Familie (Frau und drei Kinder), die ihm viel bedeutete, mit der stets und ständig zusammenzusein ihm aber nicht als der erstrebenswerteste aller Lebenszustände erscheint. (Es gibt ja auch Mittellagen des Gefühls.) Vermutlich besitzt er Gestalt und Gesicht der meisten Spieße, dieser etwas stockig gebauten, Autorität um sich verbreitenden und zuverlässigen Männer, in deren Zügen, würde man sie statistisch erfassen, volle sinnliche Lippen, unruhig um sich blickende Augen, noch unentschiedene weiche Kinn- oder Wangenpartien oder vom Denken zerfurchte Stirnen kaum vorkämen. An deren Stelle tritt bei den Spießen eine allgemeine und mittlere Festigkeit. Die Einzelteile ihrer Gesichter halten fest zusammen. Sie zeigen eine Begabung für das Gebrüll und die Gerechtigkeit.

(Zugegeben: wir betreiben hier einen Versuch zur Ehrenrettung der Spieße. Ihr Gebrüll kennen alle. Was die Gerechtigkeit betrifft, so wußte jeder Soldat, daß er sie eher bei dem Spieß finden konnte als bei den Feldwebeln im Truppendienst. Beispielsweise in Fragen der Urlaubsgewährung. Auch waren die Spieße ja bestechlich. Ein guter Spieß hatte ein feines Gefühl für ausgewogene Verwaltung. Das ist es, was wir Gerechtigkeit nennen.)

Gar nicht erst untersuchen wollen wir hier, warum Hans Kammerer, Stabsfeldwebel und Schlossermeister aus Apolda, Thüringen, Mitglied der Partei des Menschen war, der hinter ihm, als Ritter maskiert, an der Wand hing. Oder auch, warum er das Abzeichen dieser Partei – wie Major Dincklage festgestellt hat –, schon seit Dänemark nicht mehr trägt. Das ist in diesem Augenblick gänzlich ohne Bedeutung, denn

Kammerer denkt, nachdem der Obergefreite Reidel den Schützen Borek als Staatsfeind denunziert hat, nicht einen Moment lang an die Partei. Man kann das feststellen, wenn man bemerkt (alle, die in der Schreibstube anwesend sind, bemerken es, auch Reidel, ganz besonders Reidel), wie sein Blick sich von erstem Befremden über Widerwillen bis zu äußerstem Abgestoßensein verändert, während er Reidel betrachtet. In der Regel kann man von seinem Gesicht, das durchschnittlich fest ist, keine Gemütsbewegung ablesen. Jetzt schon. Es überzieht sich sogar, nicht mit Röte, sondern mit einem dunklen Pigment, dessen Farbe man nicht genau bezeichnen kann, dem Pigment des Ekels. Könnte man Kammerer denken hören, so würde man, mit ziemlicher Sicherheit, zu hören bekommen: So ein Saukerl! Das ist die größte Sauerei, die mir jemals vorgekommen ist! Wenn das einreißt, geht das Bataillon vor die Hunde!

So oder ähnlich. Dann hat er sich wieder in der Hand.

»Sie haben mir überhaupt nichts zu melden, Obergefreiter«, sagte er. »Sie haben sich an den Dienstweg zu halten. Aber eines kann ich Ihnen jetzt schon sagen: wenn Sie mit irgendwelchen Mätzchen von Ihrer eigenen Schweinerei ablenken wollen, dann sind Sie schief gewickelt. Haben Sie verstanden?«

»Jawoll, Herr Stabsfeldwebel!«

»So, und jetzt verschwinden Sie! Gehen Sie einen Schlag Essen fassen! Bleiben Sie ruhig eine Weile weg! Sie verpesten die Luft hier, Obergefreiter! Haben Sie verstanden?«

»Jawoll, Herr Stabsfeldwebel!«

Er nahm den Karabiner auf, hängte ihn sich über die Schulter, riß noch einmal die Hacken zusammen, daß sie knallten, streckte seinen rechten Arm aus, machte eine scharfe Kehrtwendung, verließ die Schreibstube.

Da seine Kopfbedeckung ein Stahlhelm war, hatte er sie die ganze Zeit nicht abgenommen. Nur Feldmützen mußten beim Betreten von Schreibstuben abgenommen werden.

In der Schreibstube sagte Kammerer mürrisch zu dem Gefreiten: »Rufen Sie die Kompanie an, damit sie dem Schweinehund keine Schwierigkeiten macht. Sagen Sie Bescheid, daß der Mann nach dem Essenfassen wieder zum Chef befohlen ist!«

Der Schreiber, ein frecher Student, fragte: »Darf ich den Ausdruck Schweinehund verwenden, Stabsfeld?«

»Unterstehen Sie sich!« sagte Kammerer, nichteinmal grinsend.

Erstens einmal hatte er richtig gehandelt. Dincklage hatte es bestätigt, vor aller Ohren. Zweitens stand er jetzt zur besonderen Verfügung des Kommandeurs. Er war gespannt, ob dieser Fremde ihm den Auftrag, den der Major ihm gegeben hatte, vermasseln würde, indem er sich über ihn beschwerte, es strikt ablehnte, sich auf dem Rückweg von ihm begleiten zu lassen. Drittens hatte er sofort zurückgeschlagen. Der Spieß hätte ihn ja am liebsten ermordet, aber das ließ ihn kalt. Wichtig war nur gewesen, sofort und rücksichtslos zurückzuschlagen. Er hätte sich ja auch dumm stellen, erwidern können: »Bitte Herrn Stabsfeldwebel um Auskunft, welche Suppe ich mir eingebrockt haben soll.« Das wäre dienstlich richtiger, aber es wäre lahm gewesen. Jetzt dachten sie alle schon über seine Meldung nach, wußten, daß eine durch und durch unangenehme Sache auf sie zukam. Er hatte ihnen einen Schuß vor den Bug gegeben, indem er Borek verpfiff. Die beste Verteidigung ist der Angriff. Sogar bei dem Spieß war jetzt bestimmt schon der Groschen gefallen und er hatte begonnen, sich auszurechnen, daß er, Reidel, in die Enge getrieben, nicht davor zurückschrecken würde, Meldung gegen ihn, den Spieß, zu erstatten, wenn er einen Fall von Staatsfeindschaft lax behandelte. Wenn er eine Denunziation wegen angeblicher Homosexualität nicht als gegenstandslos betrachtete, weil sie von einem Staatsfeind kam.

Zufrieden mit sich selbst marschierte Reidel zur Feldküche. Als er in den Remisenhof des Merfort-Hauses einbog, sah er, daß die Rekruten zurückgekehrt waren. Sie standen vor der Gulaschkanone Schlange oder löffelten bereits den Fraß aus ihren Kochgeschirren. Heute nachmittag würden sie Waffenreinigen und Kleidung-Instandsetzen haben. Das bedeutete, daß die Linie am Nachmittag genauso dünn besetzt sein würde wie am Vormittag.

Er hatte sofort einen Zusammenstoß mit Wagner, dessen Knopfgabelaugen noch weiter als sonst hervorquollen, als er ihn erblickte, und der alle erwarteten Sätze vom Stapel ließ (»Wie kommen Sie denn hierher?« »Ach, sieh mal an, Sie gehen also spazieren, während Sie Wache stehen sollen« »Unerhörtes Wachvergehen« undsoweiter). Es war ihm jetzt alles wurscht, er hielt sich nichteinmal mehr an die dienstlich vorgeschriebenen Formen, sondern sagte: »Erkundigen Sie sich doch beim Bataillon, wenn Sie was von mir wollen!« Wagner: »Wie reden Sie eigentlich mit mir? Ich habe gute Lust, Sie vom Fleck weg verhaften zu lassen.« Aber da kam schon ein Kompanie-Schreiber, flüsterte dem Feldwebel etwas zu, der daraufhin kopfschüttelnd von Reidel abließ.

Daß Wagner ihn, einen altgedienten Obergefreiten, vor allen Rekruten zusammenschiß, beruhte natürlich darauf, daß er von Boreks Meldung gegen ihn wußte und sich einbildete, er brauche jetzt keine Rücksicht mehr auf ihn zu nehmen. Wahrscheinlich stellte dieser Idiot sich vor, er, Reidel, sei wegen Boreks Meldung vollständig aus den Pantinen gekippt, habe deswegen seinen Posten verlassen und laufe herum, ziellos, verzweifelt.

Er sah sich um. Er fing Blicke auf, die schnell wieder von ihm wegglitten. Vermutlich wußten alle, die hier, in diesem Hofgeviert herumstanden, jetzt schon über ihn Bescheid. Auch ich bin ein Idiot, dachte Reidel, ich habe den Dienstweg für dicht gehalten.

Fritz Borek war also doch noch fähig gewesen, zur Feldküche zu gehen, hing nicht erledigt im Quartier herum, ausgepumpt, fertiggemacht von der Übung *Bewegung im Gelände*. Er saß auf einer Wagendeichsel, neben ihm ein anderer Rekrut. Als Reidel zu Borek hinüberging, sich neben ihn stellte, stand der andere auf und ging weg.

Reidel sagte: »Auf dem Bataillon interessiert man sich sehr dafür, daß du jüdische Bücher liest. Weil du sonst in dieser Hölle nicht leben kannst.«

Da keine Antwort kam, sagte er: »Und dafür, daß ich Menschen umgelegt haben soll. Und Widerstand leisten soll, anstatt mich anzupassen.«

Borek hob sein Gesicht. Wenn es jetzt regnen würde, dachte Reidel, würde es durch dieses Gesicht hindurchregnen.

»Es tut mir leid«, sagte Borek, »daß ich diese Meldung geschrieben habe. Wirklich, es tut mir jetzt schon leid. Du glaubst jetzt sicher, ich sage das, weil ich Angst vor dir habe. Ich habe aber gar keine Angst vor dir. Was kann mir schon zustoßen? Nichts. Ich habe vor nichts Angst. Ich wollte dir nur sagen, daß es mir leid tut.«

Reidel täuschte sich nie, wenn er fühlte, daß einer die Wahrheit sprach.

»Zu spät«, sagte er nur, »jetzt ist es für alles zu spät.«

Er fragte sich, was wohl die anderen dächten, wenn sie ihn

und Borek so beisammen sahen, in vertrautem, fast freundschaftlichem Gespräch.

Dann ging er los, um sich sein Kochgeschirr füllen zu lassen.

Um halb eins, nachdem die Ordonnanz das Essen für die beiden Herren ins Chefzimmer gebracht hatte und wieder gegangen war, blieben nur noch die beiden Unteroffiziere in der Schreibstube zurück, der Schreiber und der Rechnungsführer. Der Spieß und der Gefreite hatten sich in ihre Quartiere verfügt und pflogen der Mittagsruhe.

Der Rechnungsführer unterbrach sich plötzlich in seiner Arbeit.

»Hast du das gesehen?« fragte er.

»Was soll ich gesehen haben?« fragte der Schreiber.

»Vorhin. Der da« – er deutete mit dem Kopf auf die Türe des Zimmers, in dem der Major und Schefold saßen –, »der da hat vorhin eine amerikanische Zigarette geraucht.«

Der andere zog nur die Mundwinkel nach unten und hob die Schultern.

»Mensch«, sagte der Rechnungsführer, »das ist doch doll. Eine aktive Ami-Zigarette! Ich hab sie nicht nur gesehen, ich hab sie gerochen. Ich hab lang genug im hamburger Freihafen gearbeitet, ich weiß, wie die riechen.«

»Krieg dich wieder ein!« sagte der Schreiber. »Ich bin Nichtraucher, ich versteh nichts davon.«

»Aber ich«, sagte der Rechnungsführer, »und ich sage dir, der hat eine amerikanische Zigarette geraucht. Ich hab sogar das Päckchen gesehen. Die Marke hab ich nicht lesen können, weil er das Päckchen immer so mit der Hand abgedeckt hat.«

Er hatte eine Idee, stand auf, trat zum Schreibtisch des Stabsfeldwebels hinüber und begann, dessen Aschenbecher zu durchsuchen, hielt dann den Rest von Schefolds Zigarette hoch.

»Das ist sie«, sagte er. »Das ist einwandfrei eine Ami-Kippe. Leider hat er sie ganz heruntergeraucht, man kann die Marke nicht mehr lesen. Aber so einen Tabak haben nur die Amerikaner. Sieh dir das mal an – wie blond der ist!«

Er zerrieb die Kippe in seiner Hand und hielt sie dem anderen hin, der nur einen gleichgültigen Blick darauf warf.

»Wie kommt so einer an so was?« fragte der Rechnungsführer.

»Wird wohl aus Beutegut sein«, erwiderte der Schreiber, schon wieder mit seiner Arbeit beschäftigt.

»Beutegut! Seit wann haben wir Beutegut von den Amis? Die haben höchstens welches von uns.«

»Vorsicht!« sagte der Schreiber. »Außerdem: was weißt du denn schon? In diesem Krieg gibt es nichts, was es nicht gibt.«

Der Rechnungsführer überlegte, daß es tatsächlich besser war, wenn es ihn nichts anging, was mit dieser Zigarette los war, wie sie in ihre Schreibstube gekommen sein mochte. Er roch an dem Tabak, der auf seinen Fingerspitzen lag. Der Geruch erinnerte ihn an seine Zeit im hamburger Freihafen. Als er genug davon hatte, ließ er die Flocken – aus Virginia, dachte er – in Stabsfeldwebel Kammerers Aschenbecher fallen.

Der Hauptmann Kimbrough

Es war diesem deutschen Major nicht übelzunehmen, wenn er des Wartens müde geworden war und infolgedessen sich nicht zu weiterer Geduld überreden ließ, sondern wünschte, durch Schefold ultimativ mitteilen ließ, die Aktion habe in der kommenden Nacht stattzufinden. In der kommenden Nacht oder garnicht. Kimbrough war von vornherein auf seiner Seite: aus allen möglichen Gründen durfte diese Sache nicht auf eine noch längere Bank geschoben werden. Würde Bob unrecht bekommen und die Armee doch noch im letzten Moment gnädig geruhen, die Übergabe eines kriegsstarken deutschen Bataillons entgegenzunehmen? Zu diesem Zweck bis 20 Uhr, in einem lautlosen Donnerschlag, die Reserven des 424. Regiments (es war immerhin voll mechanisiert) in die Ausgangsstellungen bringen? Spätestens um 17 Uhr würde Schefold zurück sein, versehen mit den taktischen Anweisungen und Lageskizzen dieses Majors, wie hieß er doch gleich, Dincklage, Dincklage, Dincklage. Verdammt schwer auszusprechen, der Name, wenn man ihn korrekt auf deutsch aussprach.

Er hatte sich noch nicht entschieden, hinsichtlich dessen, was geschehen sollte, wenn die Armee ablehnte oder sich ganz einfach nicht rührte, sich weiter in Schweigen hüllte, aber er ordnete um 13 Uhr die Alarmbereitschaft für seine Kompanie an.

»Ausgangssperre«, sagte er zu dem Master-Sergeant. »Alle Leute, die keinen Postendienst haben, sollen ab sofort in ihren Quartieren bleiben. Ich will keine Bakelit-Helme mehr sehen. Die Zugführer sollen Waffenreinigen ansetzen.«

Obwohl die Waffen nicht gebraucht werden dürfen, dachte er. Wenn auch nur ein einziger Schuß fällt, ist das ganze Unternehmen beim Teufel.

Er ließ nach Leutnant Evans, dem Führer des 1. Zuges, schikken, sagte zu ihm: »Leute Ihres Zuges stehen in dem Tunnel bei Hemmeres. Der gegenüberliegende Tunneleingang muß heute besonders sorgfältig beobachtet werden. Sowie die Deutschen ihre Posten aus dem Tunnel zurückziehen, brauche ich sofort Meldung.«

Evans, maßlos erstaunt, konnte sich nicht enthalten, zu fragen: »Werden die *jerries* denn das tun?«

Von zehn vorgesetzten Offizieren hätten acht in einem solchen Fall Leutnant Evans geantwortet: »Tun Sie, was ich Ihnen gesagt habe!« Oder bestenfalls: »Kein Kommentar!« Captain Kimbrough hielt einen derartigen Verkehrston für unangebracht.

»Ja«, sagte er, »wahrscheinlich. Es besteht eine Möglichkeit, daß sie heute nacht ihre vorgeschobenen Postenstellungen aufgeben.«

»Hoffentlich können meine Leute überhaupt etwas sehen!« wandte Evans ein. »In der Nacht erkennen, was in einem Tunnel-Eingang vorgeht, ist doch ziemlich schwierig.«

»Haben Sie eine Ahnung!« sagte Kimbrough. »Demnächst werden Ihre Leute dort oben noch mit den Deutschen Karten spielen! Empfehle Ihnen sehr, Evans, daß Sie sich mal um die Zustände auf dem Viadukt kümmern!«

Er ließ sich mit Wheeler verbinden. Als er ihn am Apparat hatte, sagte er bloß: »Kim.«

»Kim!« rief Wheeler aus. »Ich mache mich hier langsam unmöglich. Bin schon zweimal dem Adjutanten von Hodges' Stabschef auf die Nerven gefallen. Das wird mir noch sehr, sehr ernste Rüffel eintragen. Das Regiment, die Division werden empört sein. Ich bin schließlich nichts weiter als ein kleiner Nachrichtenschnüffler.«

»Was soll ich machen«, fragte Kimbrough, »wenn Major Dincklage die Sache heute nacht hinter sich bringen will?«

»Woher willst du denn das wissen?« Wheelers Stimme klang alarmiert.

»Von Schefold.«

»Von Schefold?« Wheeler legte in den Namen so viel ungläubige und gereizte Verwunderung, wie er nur aufbringen konnte. »Aber der ist doch noch gar nicht dran.«

»Er spricht gerade mit Major Dincklage.«

Nach einer langen Pause fragte Kimbrough: »Bist du noch in der Leitung, Bob?«

»Ja«, sagte Wheeler. »Ach du meine Güte!«

»Dincklage hat ihn für heute mittag zu sich bestellt«, berichtete Kimbrough. »Ich hab's auch erst gestern erfahren.«

»Wann gestern?« fragte Wheeler schnell.

»Gestern vormittag. Ich hab ihn in Hemmeres besucht, und da hat er es mir erzählt.«

»Dann hättest du also gestern noch den ganzen Tag Zeit gehabt, es mir zu melden.«

Kimbroughs Achselzucken schien sich Wheeler durch den Draht mitzuteilen. Er sagte: »Kim, du hast natürlich gewußt, daß ich diesen Blödsinn untersagt hätte.«

»Ich finde, wir sind nach unserer Bummelei nicht in der Lage, dem Deutschen diesen Wunsch abzuschlagen«, sagte Kimbrough.

»Quatsch!« sagte Wheeler. »Es gibt ungeschriebene Kriegsgesetze, nach denen sich auch dieser deutsche Herr Major zu richten hat. Ihnen zufolge hat er jetzt zu warten, und wenn er dabei aschgrau wird.« Er zitierte: »Die meiste Zeit des Lebens steht der Soldat vergebens.«

»Ah«, sagte er, »ich vergesse, daß du ein Südstaatler bist. Und was für einer! Eure persönlichen Ehrbegriffe! Eure Courtoisie! Deswegen habt ihr den Bürgerkrieg verloren. Mit einem Typ wie Sherman habt ihr überhaupt nicht gerechnet. Zwar habt ihr euch Sklaven gehalten, aber oberhalb der Sklaven-Ebene wart ihr die edlen Ritter des Südens.«

»Bob«, sagte Kimbrough, »bleib bei deinem zwölften Jahrhundert! Vom Süden verstehst du nicht die Bohne.«

Aber Wheeler ließ sich von seinem Thema nicht abbringen.

»Ritter Kimbrough, der mit Ritter Dincklage verhandelt«, sagte er höhnisch.

»Himmelherrgottsakrament!« brach es plötzlich aus ihm heraus. »Ich verbiete Ihnen diese Eigenmächtigkeiten, Captain!«

»Jawohl, Sir!« sagte Kimbrough.

Er wollte noch sagen »Tut mir leid, Bob, aber es ist zu spät«, doch Wheeler hatte schon eingehängt. Während Kimbrough noch eine Weile den Hörer in der Hand hielt, fiel ihm ein, daß Bob ihm keine Antwort auf seine Frage gegeben hatte, was er tun solle, falls Major Dincklage ihn wissen lassen würde, er erwarte die Amerikaner, heute nacht.

Marsch nach Osten

Der Geleitzug, vierzig Schiffe, brauchte für die Überfahrt von Boston nach Le Havre zwölf Tage. (Das Tempo richtete sich nach dem langsamsten Schiff.) Der Ozean war eine Masse grauer Materie, die nach allen Himmelsrichtungen überquoll. Langweilig. Nur die Schiffe unterbrachen die Leere der Horizonte; ihr Anblick bot einige Abwechslung. In der Mitte die Liberty-Frachter, beladen mit der Division, umrundet von dem Pack der Zerstörer, Minensuchboote. Die Verpflegung bestand aus *canned food*, sie warfen die leeren Büchsen in das Meer. Nachts, in den Laderäumen, in denen sie schliefen, Offiziere und Mannschaften gemeinsam, kotzten viele, wenn die See härter ging. Tagsüber hielt Kimbrough sich meistens an Deck auf, palaverte, um sie kennenzulernen, mit den Angehörigen seiner Kompanie, am Nachmittag spielte er mit Wheeler und zwei anderen Offizieren in einem Winkel des Achterdecks Bridge. Sie hatten keine Begegnung mit deutschen U-Booten. Manchmal deutete einer aufgeregt auf die Flossenspur eines Delphins, weil er sie für die Bahn eines Torpedos hielt. Das also war der Atlantische Ozean, vor dem ihn sein Vater vor vielen Jahren, als sie am Strand der St.-Simons-Insel standen und auf das Meer hinausblickten, gewarnt hatte. »Kümmere dich niemals um den Atlantik!« hatte er zu ihm gesagt. »Was will der Atlantik von uns? Nur das eine: daß wir wieder zurückkehren. Aber wir Amerikaner sind nicht nach Amerika gekommen, um jemals wieder dorthin zurückzukehren, wo wir hergekommen sind.«

Jetzt befand er sich also, entgegen dem Rat seines Vaters, auf diesem Meer, fuhr auf ihm ›dorthin‹ zurück. Er fand es bloß langweilig. Übrigens hatte er es damals, am Ufer der St.-Simons-Insel, nicht langweilig gefunden. Merkwürdig, dachte er, wie verschieden das Meer aussehen kann, je nachdem, ob man es von Land oder von Bord eines Schiffes aus betrachtet.

Im Hafen von Le Havre, in den erst seit ein paar Wochen wieder Schiffe einlaufen konnten, riß es ihnen die Köpfe herum, als sie das riesige, vom *Supreme Commander* offenbar geduldete Schild erblickten, an zwei Stangen befestigt, die man in den Grund gerammt hatte: GO WEST BOY GO WEST!

Wie die Armee wieder einmal ihren Humor bewies! Wie sie es verstand, den Stier des Heimwehs bei den Hörnern zu packen! Wer mochte da noch von so schäbiger Gesinnung sein, tatsächlich umkehren zu wollen?

Die Ruinen von Le Havre. Reihen älterer gleichmäßiger französischer Häuser, die jetzt in Reihen älterer gleichmäßiger französischer Ruinen verwandelt waren, sorgfältig, methodisch ausgebrannt hinter Fassaden aus Pech, das in Striemen aus den Fensterhöhlen hing. Vielleicht wirkten sie nur so, weil die Straßen leer und schon aufgeräumt waren.

Kaum hatte er das Festland betreten, befiel ihn das Leiden, nicht wiedergeben zu können, was er sah, dachte, fühlte. Seine Briefe an die Eltern, Onkel Benjamin, Dorothy in Oaxaca noch einmal durchlesend, ehe er sie verschloß, machte er sich nichts vor: die Sätze lebten nicht, sie raschelten wie dürres Geäst.

Beispielsweise hätte er ihnen gerne geschildert, wie es war, auf dem Hof einer dieser alten französischen oder belgischen Kasernen zu stehen, in denen sie übernachteten, auf ihrer Fahrt an die Front. Nicht die weiß leuchtenden Baracken der amerikanischen *camps*, aus horizontal übereinander gefalteten Brettern, transportabel, für aufklappbare Kriege, nicht die unabsehbaren Zelt-Areale, flüchtig hingeweht und morgen verschwunden, sondern diese Mauern aus Steinen für stehende Heere, graue Steine, blaue Steine, rote Steine, fugendicht, mit Zutaten aus mittelalterlichen Burgen, Türmchen, Zinnen, die ihre Trostlosigkeit noch trostloser machten. Auf dem gepflasterten Boden der Exerzierhöfe hockten die Kompanien im Karree, jeder Mann sein Gewehr diagonal im Arm, und mit angezogenen Beinen. Wie es beim Militär üblich ist, mußten sie oft stundenlang warten, ehe sie ihre Quartiere beziehen konnten. (Das verstehe, wer mag.) Er, Offizier, konnte sich die Zeit vertreiben, indem er umherging und versuchte, die alten französischen, die neueren deutschen Bekanntmachungen, Plakate zu lesen, die neben den Eingängen klebten, verstand nur von den verblaßten, vom Regen verwaschenen französischen einiges. Später die hallenden Gänge. Noch am nächsten Morgen, wenn die Kompanien wieder antraten, sagte er sich, daß er noch niemals etwas so Totes gesehen hatte wie solche Kasernen. Er mußte sich täuschen, sie konnten nicht tot sein, wenn er genau aufpaßte, hinhörte, würde er noch den Widerhall von Gebrüll hören, das sich an den Mauern brach, französisches Gebrüll, deutsches Gebrüll, jetzt auch amerikanisches Gebrüll, aber er hörte nichts. Nichts. Man konnte das nichteinmal Schweigen nennen. Es war die vollständige Abwesenheit von Leben. Graue Steine. Blaue Steine. Rote Steine. Ein Steinbaukasten. Nichts.

Dergleichen hätte er ihnen gerne beschrieben, aber er brachte die dafür nötigen Sätze nicht zusammen.

Die Wälder der Ardennen, durch die sie zuletzt fuhren, waren auf einen dunkleren Ton gestimmt als diejenigen um Fort Devens, aus denen sie kamen, aber abgesehen von der leichten Helligkeitsdifferenz der beiden Herbste, des europäischen und des nordamerikanischen, brannten sie so endlos und feierlich ab wie die Wälder von Massachusetts. Nur daß sie nicht, wie jene, im Meer endeten. Als sie von Fort Devens nach Boston auf die Schiffe gebracht worden waren, hatte John Kimbrough einen Augenblick lang gedacht, er mache diese Reise nur, um mit anzusehen, wie der Indianersommer von Neu-England in der blauen Wand des Meeres ertrank.

Auf den Lichtungen in den Bergen westlich Concord standen weiße Dörfer aus Spielzeugschachteln, während die Ardennen in Schattengründe abbrachen, in denen sich kleine graue Städte verbargen, oder auch nur steinerne Kirchen, Schlösser, Gesenkschmieden.

Wheeler faßte dieses Land ganz anders auf als er.

Wenn sie sich am Abend im Quartier trafen, konnte er ausrufen: »Hast du Schloß Sowieso gesehen, Kim?« – er nannte irgendeinen Namen, den John Kimbrough sofort vergaß – »Prachtvoll, nicht wahr?« Und er fing an, ihm die Geschichte von Schloß Sowieso zu erzählen.

Nun ja, es war sein Fach. Die Armee bot Major Wheeler, Professor für deutsche Literatur des Mittelalters an der Universität Bloomington, Indiana, eine kostenlose Studienreise. Er hatte sie höchstens mit seinem Leben zu bezahlen. Aber dazu mußte er schon ausgesprochenes Pech haben. Die Reise endete, als sie aus den Wäldern der Ardennen herauskamen. Vor ihnen lag nicht das Meer, sondern ein sanftes Bergland, außerordentlich leer, selbst für Kimbrough, der doch von Fargo und dem Okefenokee-Sumpf her an leere Gegenden gewöhnt war.

Maspelt 14 Uhr

Für das Studium des Gebietes, in dem er lag und eines Tages zu operieren hatte – falls das 424. Regiment nicht, infolge unerforschlichen Ratschlusses irgendeines höheren Armeestabes aus diesem Abschnitt der Front gezogen und ganz woanders hin geworfen wurde, ehe es zu Operationen kam –, benutzte Captain Kimbrough das gleiche belgische Meßtischblatt (Maßstab 1 : 10000), das auch Major Dincklage vor sich ausbreitete, wenn er sich die Lage des Bataillons, das ihm unterstand, vor Augen führen wollte. Es verzeichnete nahezu jeden Baum, jede Telegrafenstange, von Schafställen und Holzwegen ganz zu schweigen.

Kimbrough vertiefte sich zum soundsovielten Male in ein Vorhaben, bei welchem von Unterstützung durch das Regiment sowie Genehmigung durch Division, Armee oder Armeegruppe abgesehen werden konnte.

Falls Major Dincklage ihn nachher durch Schefold wissen ließ, sein Bataillon stehe punkt Mitternacht in Winterspelt abholbereit (mit genauer Angabe der Örtlichkeit auf dieser Karte), so wären Maßnahmen in folgender Gliederung zu treffen:

Der 1. Zug benutzte den Tunnel von Hemmeres, ließ die Ortschaften Elcherath und Wallmerath (obwohl sie von den dort einquartierten Kompanien des deutschen Bataillons geräumt sein mußten, aber sicher ist sicher) links liegen und erreichte Winterspelt über die Ödhänge von Norden. Entfernung (vom Tunnel) 3 Kilometer; Marschzeit, da keine Straßen benützt werden konnten, 1 ½ Stunden.

Der 2. Zug trat in Auel an, überschritt die Our auf einem dort noch stehenden Holzsteg und näherte sich Winterspelt direkt von Westen, auf dem Fußweg von Auel dorthin. Entfernung wenig mehr als 2 Kilometer, Marschzeit allerhöchstens 1 Stunde.

Der 3. Zug ging südlich Auel durch die Our. (Für eine Überquerung der Our waren keine Schlauchboote nötig; die Männer aus Montana würden aber ganz schön fluchen, wenn sie bis an die Hüften ins Wasser mußten.) Danach durch ziemlich unwegsames Gelände (Felder, Waldstücke, Major Dincklage hatte dafür zu garantieren, daß keine Minenfelder lagen) aus Südwesten zum Ortsrand Winterspelt. Entfernung 5 Kilometer, Marschzeit mindestens 2 Stunden.

Am 12. Oktober, um zwei Uhr mittags, also sozusagen in letzter Minute, änderte Captain Kimbrough seinen Plan ab. Der 3. Zug konnte den gleichen Weg nehmen wie der 2., nur mußte er sich kurz vor Winterspelt von dem 2. trennen und von Süden her in die Ortschaft eindringen. Das war viel einfacher.

Auf diese Weise konnte erreicht werden, daß die drei Züge punkt Mitternacht den Appellplatz der Deutschen aus drei Himmelsrichtungen umstanden.

Voraussetzung dafür war, daß

1. die Deutschen tatsächlich vollzählig versammelt waren, wenn die Amerikaner eintrafen. Die üblichen Maroden, die in ihren Quartieren blieben, zählten nicht, aber das Gros der Truppe mußte anwesend sein.

2. die Deutschen noch nicht lange standen, höchstens eine

Viertelstunde, ehe die Amerikaner anlangten. Sie durften noch nicht abgelenkt, unruhig geworden sein, sondern mußten stehen wie die Mauern. Nur eine vollständig disziplinierte Truppe konnte vollständig überrumpelt werden. Auf präzises *timing* kam also alles an.

3. der Appellplatz von Major Dincklage so gewählt wurde, daß die Amerikaner zwar sichtbar wurden, ihre zahlenmäßige Unterlegenheit den Deutschen aber verborgen blieb.

Die Züge mußten starke Blendlampen mit sich führen und sie auf ein Zeichen (Leuchtkugel?) einschalten. Im Schein dieser Lampen würde er über den Platz auf Major Dincklage zugehen, salutieren.

Kurze Ansprache des Majors an sein Bataillon.

Abrücken des Bataillons in Kompanie- und Zugformationen, mit genügenden Abständen zwischen den Einheiten. Dazu am geeignetsten die Straße nach Norden. Über Wallmerath, Elcherath, die dann benützt werden konnten, Einschleusen in den Tunnel. Bewachen eines unbewaffneten Verbandes in Bataillonsstärke auf dem Marsch durch einen bewaffneten in Kompaniestärke kein Problem. Sammlung nach Verlassen des Tunnels auf dem baumlosen Weidehang über Maspelt, der zu diesem Zweck mit vier MG-Nestern zu umgeben war. Ende der Aktion gegen zwei Uhr.

Nur bis sie beim Regiment begriffen, was da geschehen war, würde einige Zeit vergehen. Vor der Morgendämmerung war gar nicht damit zu rechnen, daß eine Lastwagen-Kolonne aus Saint-Vith eintraf.

Aber sonst würde alles klappen wie am Schnürchen.

Selbstverständlich war es einfach verbrecherisch, sich vorzustellen, daß alles an diesem Schnürchen klappen würde.

Mit den folgenden Zwischenfällen mußte gerechnet werden:

1. nach den ersten Sätzen der Ansprache Dincklages (»Kameraden des dritten Bataillons! Der Krieg ist verloren. Ich habe mich deshalb entschlossen ...«) würde einer der deutschen Unterführer seine Pistole ziehen und auf den Major feuern. (Zwar traten die Mannschaften ohne ihre Gewehre an, aber die Unteroffiziere, Feldwebel und Leutnante trugen ihre Pistolen am Gürtel – sie wären auf das höchste alarmiert worden, würde man ihnen zugemutet haben, ohne diese zu erscheinen. Daran war überhaupt nicht zu denken.)

2. mitgerissen von ihren Unterführern würden einige Gruppen versuchen, mit wenigen Sprüngen in ihre Quartiere, zu ihren Waffen zu gelangen. Dies hätte zur Folge, daß in ein paar Sekunden die Ordnung vollständig aufgelöst wäre; die Soldaten würden auf dem Platz wirr durcheinander strömen.

In jedem dieser beiden Fälle hatte er das Zeichen zu einem Blutbad zu geben.

Wenn es ihm nicht gelänge, noch auf dem Platz einen Massenmord aus dreihundert amerikanischen Maschinenpistolen zu veranstalten, würde es zu einem Haus-zu-Haus-Kampf im nächtlichen Winterspelt kommen. In einem solchen würde seine Kompanie aufgerieben werden. Er hatte also nur die Wahl zwischen der Hinrichtung des gegnerischen Bataillons und dem Ende seiner Kompanie.

3.a Möglich war auch, daß sie schon im Gelände, bei der Annäherung an Winterspelt, auf Widerstand stießen. Vielleicht leisteten Teile des deutschen Bataillons dem Befehl zu einem Nachtalarm ohne Waffen keine Folge, blieben in ihren Stellungen, aus eigenmächtigen Entschlüssen einzelner Kompaniechefs oder Zugführer oder

3.b wegen insgeheimer Sabotage des Appells durch die zweite Kommando-Ebene, welcher die plötzliche Vergatterung der Truppe aus der Front heraus nicht recht geheuer erschien und andeutungsweise laxe Durchführung empfahl, nach vorsichtigen Rückfragen beim Regiment. Eine scheinbar beiseite gesprochene Erwähnung des seltsamen Unternehmens im Rahmen eines Telefonats über z. B. Munitionsnachschub genügte ja schon, um sich Deckung dafür zu holen, daß man es schlapp behandelte, keine rechte Alarm-Stimmung aufkommen ließ. Unwahrscheinlich, daß dabei schon Verdacht auf Verrat aufkam, höchstens die Vermutung, unbehaglich, der Major drehe durch. Nachher würde man sich um eine Intervention nicht des Regimentskommandeurs, sondern des Stabsarztes bemühen.

Mindestens in den Fällen 1, 2 und 3a kam jedoch politischer Fanatismus ins Spiel, und fahrlässig war es, anzunehmen, er würde sich die Gelegenheit zu einer großen Szene entgehen lassen.

Obwohl Kimbrough keine deutschen Vorfahren besitzt, von deutscher Geschichte, Kultur oder Anti-Kultur wenig weiß, kommt er also, bei Einschätzung der Lage, zu den gleichen Schlußfolgerungen, wie sie Hainstock – dem es an Erfahrung mit der Umwandlung deutscher Denkprozesse in deutsche Praxis keineswegs fehlt –, am Samstag morgen Käthe vorgetragen hat, diesen Expektorationen über das Vorhandensein eines ›Prozentsatzes faschistischer Unterführer‹, ihrem nur kurzen Schwanken zwischen Kadavergehorsam und auf-dem-Kiwif-sein, wenn sie Unrat wittern, oder auch nur seinen Erinnerungen an das knarrende Geräusch, welches Armeen verursachen. Natürlich ist das nicht weiter staunenswert, Kimbrough las jeden Tag in den *Stars and Stripes* Nachrichten über den deutschen Fanatismus; auch hat sich ihm der Satz eingeprägt, den er einmal in einem Vortrag über die Ursachen des Krieges in Fort Benning gehört hat. »Denken Sie daran«, so hatte der Vortragende, ein uniformierter Journalist von der *Psychological Warfare*, seine Ausführungen geschlossen, »daß dies kein Weltkrieg, sondern ein Weltbürgerkrieg ist!«

Die Yankees, hatte der Südstaatler John Kimbrough damals gedacht, sind immer schnell bei der Hand mit Bürgerkriegen.

Oberst R., den er nicht mochte, hatte also vollständig recht, wenn er erklärte, daß für ein Unternehmen wie dieses das ganze Regiment eingesetzt werden mußte. Er hatte die Lage sofort richtig analysiert. Mindestens die gesamten Regimentsreserven mußten aufgeboten werden. Die Deutschen mußten sich einer erdrückenden Übermacht gegenübersehen – nur dann bestand Aussicht, daß jede Kurzschlußhandlung unterblieb. Dann machte es nichteinmal etwas aus, wenn bei der Annäherung Lärm entstand, wenn das Regiment unter dem Gejohl der Ketten einiger *Shermans* aus seinen Tankbeständen und mit dem Krach, den die *cannon-companies* machten, in Winterspelt einbrach.

Jene in Finsternis dahinhuschenden Bilder, auf denen eine einzige Kompanie sich lautlos in Winterspelt einschlich, stammten aus Filmen. Ein Western, mit obligatem Massaker am Schluß.

Wenn ein einziger Schuß genügte, damit Winterspelt sich in eine Hölle verwandelte und das ganze Unternehmen platzte, dann ergab sich mit absoluter Logik, daß die Kompanie ihren Auftrag unbewaffnet auszuführen hatte. Eine unbewaffnete Kompanie holte ein unbewaffnetes Bataillon ab.

Die Armee würde bei dieser Vorstellung auf ihrem Gesamtbestand an hohlen Stockzähnen lachen.

Das brauchte ihn nicht unbedingt zu stören. Jedoch setzte die Angelegenheit einen, wenn auch ungeschriebenen, Vertrag voraus. Dieser wäre aber nichts wert, juristisch null und nichtig, überlegte Rechtsanwalt Kimbrough, weil der einzige Deutsche, der ihn unterzeichnete, nicht zeichnungsberechtigt war.

Über Realismus in der Kunst

»Interessiert dich denn unsere Vergangenheit gar nicht?« pflegte Onkel Benjamin zu fragen, wenn sein Neffe es wieder einmal abgelehnt hatte, sich einen Western anzusehen, der in einem Kino an der Broughton Street lief.

Der *teen-ager* John Kimbrough wich der Frage nicht aus. Er betrachtete, je nachdem, wo sie gestellt wurde, die Möbel aus der Kolonialzeit in Onkel Benjamins Laden oder die Dampfer auf dem Savannah-Fluß, ehe er antwortete: »Ich mag bloß nicht, daß da immer so viele Leute umfallen und tun, als ob sie tot wären.«

»Sollen sie vielleicht wirklich tot sein?« fragte Onkel Benjamin verwundert.

»Die Gegend, und die Häuser, und wie sie reiten, und die Kleider, die sie anhaben, das ist doch alles echt«, sagte John. »Oder wenigstens ziemlich echt. Nur wenn sie dann vom Pferd fallen oder sonst irgendwie sterben, da weiß man doch, daß es unecht ist. Ich find das blöd.«

Onkel Benjamin sah ihn über seine Brille hinweg an. »Die geschichtlichen Ereignisse haben stattgefunden«, sagte er. »Und dabei sind Menschen ums Leben gekommen. Man muß das doch zeigen können.«

»Aber ich *seh* einfach keine Menschen ums Leben kommen, Onkel Ben«, rief John aus. »Ich weiß ganz genau, daß ihnen kein Blut aus der Stirne oder der Brust läuft. Wenn es wirklich Blut wäre, könnte ich doch nicht auf meinem Stuhl im Kino sitzenbleiben.«

»Du bist ein komischer Kerl«, sagte Onkel Benjamin.

Die Tatsache, daß er ein komischer Kerl war, hatte zur Folge, daß einem Schüler der Oglethorpe High School in Savannah einige Überfälle der Oglala, der Kampf um Fort Apache, die Taten der Texas Rangers, das aufregende Geräusch von Trommeln am Mohawk sowie die heldenhafte Verteidigung von *The Alamo* entgingen, nicht jedoch Szenen aus dem Bürgerkrieg, denn mit der Darstellung von Schlachten des Bürgerkrieges hielt sich die amerikanische Filmindustrie merklich zurück. Sie hatte Rücksicht auf die Empfindlichkeit ihres Publikums im Süden zu nehmen.

Das größte Gemälde der Welt (Gesamtumfang: 400 Fuß) befand sich im Cyclorama-Gebäude des Grant Parks in Atlanta. Es stellte die erste Schlacht von Atlanta dar, die am 22. Juli 1864 stattgefunden hatte und von den Südstaaten gewonnen worden war; die weiteren Schlachten um Atlanta hatten sie verloren. Während John Kimbrough es besichtigte – denn selbstverständlich kam er während seiner Studentenjahre in der Hauptstadt gar nicht darum herum, es sich einmal anzusehen –, fragte er sich, ob Schlachten möglicherweise tatsächlich so waren wie auf diesem, von deutschen Künstlern 1886 gemalten Bild. So hübsch. Vielleicht sahen Geschoßwölkchen aus Gewehren tatsächlich blaugrau und zierlich aus. Vielleicht – es war nicht ohne weiteres von der Hand zu weisen –, lagen Gefallene, wenigstens unmittelbar nachdem sie gefallen waren, in keineswegs grauenerregenden, sondern so durchaus besichtigenswerten Stellungen herum wie General McPherson, der, von der Kugel eines konföderierten Musketiers getroffen, neben seinem gleichfalls hingestreckten Rappen lag, offenbar einem Vollblut aus edelster Kentucky-Zucht. Selbst wenn von sich aufbäumenden Rappen schon im vergangenen Weltkrieg nicht mehr die Rede gegangen war, mochte doch eine Schlacht – der *Begriff* der Schlacht! – nichts anderes sein als die Vorstellung durchdacht angreifender (südstaatlicher) *platoons* gegen das verschanzte Getümmel (nordstaatlicher) Übermächte. John prüfte diesen Gedanken allen Ernstes, fand ihn nicht falsch, bloß unvollständig. Er enthielt nicht – was auch die Filmleinwände und das größte Gemälde der Welt nicht enthielten –, daß die Kugeln und Bajonette in die Körper von eben noch gelebt habenden Menschen eingedrungen waren. Der schöne Tod überfiel jemanden, der gerade Kaffee getrunken hatte. Es war schon schlimm genug, daß gegen den gewöhnlichen Tod nichts zu

machen war. Als er mit seiner Überlegung so weit gekommen
war, beeilte John sich, aus dem Cyclorama-Gebäude wegzukommen.

Jahre später, während der Überfahrt von Boston nach Le
Havre, erzählte er Major Wheeler von seiner Abneigung gegen den dargestellten Krieg.

»Dann möchte ich nur wissen, warum du freiwillig in die
Armee eingetreten bist«, sagte Wheeler, lachend.

»Deswegen«, sagte Kimbrough. »Das ist doch klar.«

»Entschuldige, Kim, aber so klar ist das nicht«, sagte
Wheeler.

»Na ja, ich hab den Krieg kommen sehen«, sagte Kimbrough, »das war ja nicht schwer. Du hast ihn sicher auch
kommen sehen.«

Er hielt inne. Wheeler ließ nicht locker.

»Und?« fragte er.

»Es war der wirkliche Krieg. Den wollte ich natürlich
schon gesehen haben.«

Maspelt 15 Uhr

Sein Zimmer im Kompanie-Kommandostand ging nicht auf
die Dorfstraße, sondern nach hinten hinaus, auf den Weidehang, so daß Kimbrough nicht feststellen konnte, wer da
wohl mit Jeep-Geräusch in das Schweigen der Alarmbereitschaft einbrach, bis Major Wheeler die Türe aufriß, sie sorgfältig hinter sich schloß und so leise, daß man seine Worte im
Vorzimmer unmöglich verstehen konnte, sagte: »Ich bin gekommen, um zu verhindern, daß du eine Dummheit
machst.«

Er nahm seine Mütze ab, zog sein *battle-jacket* aus und setzte sich Kimbrough gegenüber an den Tisch.

»Ich freue mich, dich zu sehen«, sagte Kimbrough. »Aber deswegen hättest du dich natürlich nicht zu bemühen brauchen. Das, was du eine Dummheit nennst, wird nicht stattfinden.«

»Immerhin hast du deinen Verein in Alarmzustand versetzt«, sagte Wheeler. »Ich habe mich mit Leutnant Evans unterhalten, vorhin, am Ortseingang.«

»Den Alarm habe ich nur für den Fall angeordnet, daß das Regiment doch noch mitmacht«, sagte Kimbrough. »Nicht wahr«, fragte er, lauernd, spöttisch, »es besteht doch die Möglichkeit, daß das Regiment sich im letzten Moment aufrappelt?«

»Nein«, sagte Wheeler, »diese Möglichkeit besteht nicht. Schlag dir diese Idee aus dem Kopf, Kim!«

Kimbrough blickte auf das Meßtischblatt, das noch immer ausgebreitet vor ihm lag. Er sagte: »Außerdem wissen wir ja nicht, was alles diesem Major Dinckledsch ...«

»Dincklage«, verbesserte Wheeler ihn. »Alter westfälischer Familienname. Der Wortstamm hat nichts mit ›Ding‹ zu tun, sondern mit ›Thing‹, einer Gerichtsversammlung. Im Mittelhochdeutschen ist ›dincflühtic‹ einer, der sich durch Flucht dem Gericht entzieht. ›dinclage‹ wäre dann einer, dessen Fall bei Gericht anliegt. Oder vielleicht waren Dincklages Vorfahren Richter. Ohne meine Wörterbücher kann ich das aber nur vermuten. Muß warten, bis ich wieder in Bloomington bin und die einschlägige Literatur konsultieren kann. Oder, in ein paar Wochen, in einer deutschen Universität.«

»Sehr interessant, Herr Professor«, sagte Kimbrough. »Besten Dank!«

Wheeler ließ sich nicht beirren. »Bin gespannt, in welchem Zustand sich die deutschen Universitäten befinden«, sagte er. »Wäre herrlich, wenn wir nach Heidelberg oder Göttingen kämen und ich dort das Grimmsche Wörterbuch auftreiben könnte. Obwohl ich eigentlich hoffe, daß sie die Bibliotheken in bombensichere Verstecke gebracht haben und erst wieder aufstellen müssen.«

Kimbrough überließ ihn noch ein paar Augenblicke seinen akademischen Träumereien, ehe er ihn erinnerte: »Was ich sagen wollte – wir können nicht wissen, mit welchen Nachrichten Schefold zurückkommt. Vielleicht ist diesem deutschen Major noch irgend etwas eingefallen ...«

»Eben«, unterbrach Wheeler ihn, sofort wieder ganz anwesend. »Ich traue dir nicht über den Weg, Kim. Du bist imstande, dich in ein Abenteuer zu stürzen, wenn dieser Gentleman dir einen Vorschlag macht, der dir plausibel erscheint. Oder wenn er dir sein großes Ehrenwort zukommen läßt, daß alles klappen wird.«

»Du vergißt, daß ich Jurist bin.«

»Du meinst: ein kühler Kopf. Ich kenne viele Juristen, die alles andere als kühle Köpfe sind. Die meisten Politiker sind Anwälte gewesen, ehe sie Politiker wurden.«

»Ich werde niemals in die Politik gehen.«

»Jesses«, sagte Wheeler, »du bist erst dreißig! Nach allem, was du mir erzählt hast, bist du 41 zur Armee gegangen, weil du nicht länger mit ansehen konntest, was eine Figur wie Eugene Talmadge aus deinem geliebten Georgia macht. Und jetzt, in diesem Augenblick, bist du unfähig, zu ertragen, daß die Armee sich so verhält, wie Armeen sich eben verhalten. Du bist genau aus dem Zeug, aus dem man Politiker macht.«

Kimbrough schüttelte den Kopf, erwiderte aber nichts. Bob Wheeler kannte *Old Okefenok* nicht, so daß er auch nicht wissen konnte, wie hinter der Maske eines Hauptmanns und Anwalts, die er, Kimbrough, trug, sich ein *swamper* verbarg, eine Eigenschaft, die es niemals zulassen würde, daß er sich um die Finanzierung von Wahlkampagnen bemühte, Versammlungen abhielt, Hände schüttelte. Zwar konnte er mit Geschworenen sprechen, wenn es um Tod oder Leben ging, oder sich in der Angelegenheit dieses deutschen Majors wie ein Idiot benehmen, aber was hatte dergleichen mit Politik zu tun? Es war eher das Gegenteil von Politik.

Wheelers Wappen

Mager, doch nicht dürr, sondern straff, in sich elastisch gehalten, mittelgroß, dünner Bart über der Oberlippe, scharfe Gläser – in der Uniform sieht Major Wheeler aus, wie jeder Berufsoffizier gern aussehen möchte: viril, hochmütig, kompetent. Seine Wirkung beruht darauf, daß ein Mann, der so nach Distanzhalten aussieht wie er, sich ohne eine Spur von Herablassung neben einen Studenten, einen jüngeren Offizier, einen Kundschafter, einen Kriegsgefangenen setzen und ruhig, sachlich, doch bis zur Neugier interessiert, mit dem Betreffenden sprechen kann. Ein Kontrast-Effekt. Wheeler bringt es sogar fertig, einem empfindlichen Gesprächspartner – und er gerät immer an solche – das Gefühl zu nehmen, er habe ihn ausgewählt, obwohl er ihn natürlich ausgewählt hat. Stattdessen entsteht Sympathie, nicht die Illusion, verstanden worden zu sein, sondern die Erfahrung, daß jemand, ohne Aplomb, wie nebenbei, sich bemüht hat, zu verstehen.

Auf diese Weise ist auch John Kimbrough mit ihm bekannt geworden. John war außerordentlich überrascht, als dieser Mann, bei dessen Anblick er auf akademischen und militärischen Hochmut, Tendenz zu Verachtungen schloß, sich während der zwölf Tage der Überfahrt von Boston nach Le Havre mit ihm beschäftigte. Wheeler blieb neben ihm sitzen, nach beendetem Bridge-Spiel, und zog ihn, angesichts eines langweilenden Rundhorizonts aus Wasser, in ernsthafte Gespräche. In der ersten Zeit hatte er den Eindruck, Professor

Wheeler bespreche mit ihm eine Seminarübung über den Süden, Georgia, die historischen und sozialen Ursachen dessen, was er natürlich sofort als Johns Isolationismus bezeichnete; gegen Ende der Reise bemerkte er, daß er einen Freund gewonnen hatte, und dies keineswegs bloß daran, daß Wheeler, als er ihn wieder einmal mit ›Major‹ anredete, ausrief: »Um Himmels willen, nenn mich Bob!«

Um Major oder Professor Wheeler zu begreifen, imaginiere man sich die Universität Bloomington, Indiana! Sie liegt inmitten der trostlosen Weiten des nördlichen Mittelwestens (die, wer weiß, ihre versteckten Reize haben mögen), eine Propellerflugzeugstunde südlich von Chikago, dort, wo es keinen Frühling und keinen Herbst gibt, sondern nur einen grauen Eis-Winter und einen Sommer von unerträglicher, weil feuchter Hitze. Die *main-street* des Städtchens Bloomington ist kein Ort der großen amerikanischen Mythologie, sondern bloß fad, heruntergekommen, eine Ödnis aus Holzbuden und Reklametafeln. Am östlichen Ende dieser Straße – man hat den Flecken schon verlassen – beginnt ein Park mit alten Bäumen, darin verborgen die Universität, ein gestaltloses, aber geräumiges, ja gemütliches Ding in der Un-Form eines Luxus- oder Bade-Hotels der zwanziger Jahre (vielleicht war es eins). Dieser Park, dieses Haus sind in jeder Beziehung eine Insel, unter anderem auch eine Insel voller Musik, denn eine Spezialität von Bloomington ist sein musikwissenschaftliches Institut. Es liegt auf der Hand, daß Weizensteppen-Universitäten, mögen sie in Indiana oder Turkestan liegen, ihren eigenen Stolz, ihre eigene Bescheidenheit entwickeln müssen. Die Gelehrten, ausgesetzt auf der eisernen Prärie, verzweifelt von Landschaften träumend, die dicht mit Geschichte besetzt sind, würden sich eher ihre Zungen abbeißen, als dem seltenen Gast aus dem Osten, der sich nach Bloomington verirrt hat, mitteilen, daß die Universität es in Forschung und Lehre mit seiner altberühmten Kulturstätte jederzeit aufnehmen kann. (Ah – wir empfehlen den Herren

397

aus Bologna oder von der Sorbonne, auch nicht den Schatten von Gönnerhaftigkeit ins Lichterspiel ihrer kurzen Besuche zu bringen!) Wheeler macht da keine Ausnahme: bei unentwegten *understatements*, Bloomington betreffend, dennoch – wenigstens bis zur Mitte der dreißiger Jahre – kritikloser Glaube an die Überlegenheit der europäischen Bildung. Nostalgie in Erinnerung an seine vier Semester Heidelberg (1925/26).

Aus welchen Gründen Wheeler Altphilologe in einer germanischen Sprache, darüber hinaus Mediävalist geworden ist, wissen wir nicht; er wurde es eben, punktum. Sein monumentales Werk über Heinrich von Veldeke gilt (neben den Untersuchungen von Frings) in Fachkreisen als *die* Darstellung der Zusammenhänge zwischen einem antiken Stoff (Aeneis) und mittelhochdeutscher Dichtersprache über eine französische Schaltstelle. Wissenschaftlich hat er seitdem nicht mehr von sich hören lassen, sondern sich mehr und mehr der Universitätspädagogik, sowie der Jagd nach Handschriften für die *Bloomington-Collection* gewidmet (letzteres eine besonders anonyme Tätigkeit, weil höchstens zehn Kenner auf der ganzen Welt wissen, daß sich im amerikanischen Mittelwesten eine Manuskript-Sammlung von unvergleichlichem Wert befindet).

Soviel zum Stolz, zur Bescheidenheit von Major Professor Robert (›Bob‹) Wheeler, wie Hainstock 52 Jahre alt, verheiratet, zwei Söhne, von denen der älteste bei der Marine im Pazifik steht. Die Armee, die ihn nach Schema F eingezogen hat (Germanisten als Nachrichtenoffiziere gegen die Deutschen), hat mit ihm einen Fund gemacht: wer in solchem Maße die Gabe besitzt, zuhören zu können, ist im *intelligence-service* einfach unbezahlbar.

Die Beziehung zwischen Major Wheeler und Captain Kimbrough ist Kameradschaft: kein kollektiver (mythologisierter) Vorgang, sondern der Rapport von zwei, manchmal drei, in seltenen Fällen auch mehreren – allerhöchstens vier bis sechs – Individualitäten (›Seelen‹). Kameradschaft existiert nur während der Zugehörigkeit von zwei Soldaten zur gleichen Einheit; wird einer von ihnen zu einem anderen Truppenteil versetzt, so erlischt sie. Der Kamerad ist der, mit dem man sich, oft nur unbewußt, gegen das Kollektiv verschwört. Die Behauptung, Kameradschaft entstehe aus gegenseitiger Hilfe beim Kampf mit der Waffe gegen den ›Feind‹, also selbstverständlichen Akten der Kriegstechnik, wird bestritten. Beweis: die meisten Akte und Gefühle von Kameradschaft entstehen außerhalb jeglichen Bezugssystems mit dem ›Feind‹. Nicht der ›Feind‹ ist der Feind, sondern das Zucht-Haus des militärischen Kollektivs, in dem man lebt.

Weiter: Maspelt 15 Uhr

Zusammen gingen sie die Karten durch, prüften alle Argumente für und wider die Aktion, kamen gemeinsam zu den gleichen Schlüssen, zu denen Kimbrough schon allein gekommen war.

Wheeler sagte: »Ich weiß zum Teufel nicht, warum du mich vorhin am Telefon gefragt hast, was du machen sollst. Sogar dieser verdammte Major Dincklage muß sich ausrechnen können, daß nichts zu machen ist.«

»Ach, das war nur so hingeredet«, sagte Kimbrough.

»Es war nicht nur so hingeredet«, sagte Wheeler. »Dazu kenne ich dich zu genau, Kim.«

Er wurde hoch-offiziell: »Weil du mich von diesem verfrühten Besuch Schefolds bei Major Dincklage unterrichtet hast, war es meine Pflicht als rangälterer Offizier, nach Maspelt zu kommen und dafür zu sorgen, daß nichts geschieht, was der Armee unerwünscht wäre. Ich werde also hier bleiben, bis Schefold zurückkommt. Falls du nach seiner Rückkehr irgendwelche Entscheidungen zu treffen beabsichtigst, die ich nicht billigen kann, werde ich dich vorübergehend deines Kommandos entheben und selber den Befehl der C-Company übernehmen.«

»Tut mir leid, Kim«, sagte er, wieder seinen freundschaftlichen Ton aufnehmend, »aber als du mich angerufen hast, muß dir doch klar gewesen sein, daß von diesem Moment an die Verantwortung bei mir lag.«

Kimbrough faltete die Karte zusammen und legte sie beiseite.

»Niemand hätte erfahren, daß ich dich informiert habe«, sagte er. »Von mir jedenfalls nicht. Du hättest mich also ruhig machen lassen können.«

»Wenn du das ernst meinst, betrügst du dich selber«, sagte Wheeler. »Wenn du hundertprozentig entschlossen gewesen wärst, hinter dem Rücken der Armee dein Ding zu drehen, hättest du mich nicht angerufen.«

Er schwieg eine Weile, ehe er sagte: »Du hast mich angerufen, weil du wolltest, daß ich komme.«

Biogramm

John D. (= Dillon, nach seiner Mutter) Kimbrough, geboren 1914 in Fargo, County Clinch, Georgia, als Sohn (er hat außerdem noch eine um fünf Jahre ältere Schwester) des Klein-Farmers *(poor white)* Isaac Kimbrough und seiner Frau

Nancy, eben jener geborenen Dillon. Väterlicherseits stammt Kimbrough von schottischen Einwanderern ab (sein Vater hat herausgefunden, daß ein Kimbrough unter den Schotten war, die 1736 herüberkamen und sich auf der St.-Simons-Insel ansiedelten), mütterlicherseits von Puritanern, die 1752 schon gar nicht mehr aus England, sondern aus Süd-Carolina nach Georgia eingewandert sind. (In Ländern und geschichtlichen Prozessen, die nicht älter als sieben Generationen sind, interessiert man sich noch sehr für Abstammung, kann sie auch nachweisen; die Möglichkeit außerehelicher Liebesaffären und ihrer Folgen – beispielsweise die Überrumpelung einer Frau des Kimbrough-Clans durch einen spanischen Soldaten während der Besetzung der St.-Simons-Insel unter de Soto, 1742, von der Dame zwar puritanisch bereut, aber streng verschwiegen, die den Bastard ihrem Manne unterschob –, diese Möglichkeit wird von völkischer Ahnenforschung einfach ignoriert.) John D. Kimbrough darf sich also einen Stock-Amerikaner nennen. Die stolze oder wenigstens als stolz vorgestellte Vergangenheit ist vergangen. Warum Johns Vater, wie die meisten Landwirte in Fargo, ein armer Weißer ist, kann hier nicht dargestellt werden. Es gibt umfangreiche Untersuchungen über den Niedergang der Landwirtschaft in den Südstaaten der USA seit dem Bürgerkrieg (und vorher). Isaac Kimbrough hat, als junger Mensch, noch an der *populist movement* teilgenommen, Tom Watson bis 1908 die Treue gehalten. Er lebt jetzt, 65 Jahre alt, immer noch in seinem immer mehr verfallenden Farmhaus aus in der Sonne dörrendem Holz zwischen Fargo und dem Rand des Okefenokee-Sumpfes. Daß er die Farm überhaupt hat halten können, verdankt er nur den Stützungsmaßnahmen, Kreditplänen von Roosevelts *new deal*, und daß John monatlich eine gewisse Summe beisteuern kann, seitdem er Anwalt, später Offizier ist. Johns Mutter ist eine vom Rheumatismus zu einer Art von Baum-Skelett verzerrte Frau. Das Klima von Fargo ist mörderisch für Rheuma-Kranke, und Nancy Kimbrough kann sich selbstverständlich keine Kuren in Warm Springs leisten.

Onkel Benjamin Dillon hat eingegriffen, als John zwölf Jahre alt war, hat den Jungen zu sich nach Savannah geholt, nach Durchsicht seiner Schulhefte und Rücksprache mit der Dorfschullehrerin, Miss Tibbett. Onkel und Tante Dillon, in kinderloser Ehe lebend, betreiben ein Antiquariat für Kunstgegenstände und Möbel, ›Ye Olde Shoppe‹, in ihrem Haus an der Quai Street. Außerdem leistet Onkel Benjamin sich den Luxus, eine kleine Zeitschrift für Heimatgeschichte herauszugeben, ›The Heritage‹. High-School-Jahre bis 1932. Schulaufgaben in einem Zimmer mit Blick auf den Fluß, die Schiffe. Die ersten beiden Universitätsjahre (*freshman* und *sophomore*) auf der Staatsuniversität in Athens, danach, als er sich für Jus entschieden hat, vier Jahre lang auf der Emory-Universität in Atlanta (*Emory's Lamar Law School*). »Tom Watson hat dieses Handwerk einfach in einem Büro gelernt, hat mit zwanzig sein eigenes Anwalts-Schild herausgehängt«, pflegt Isaac Kimbrough zu sagen, wenn sein Sohn ihm von seinen Studien berichtet.

Der ist 25, als er in einem Anwaltsbüro in Savannah zu arbeiten beginnt. Zivilprozesse interessieren ihn nicht; aus Zorn über die Zustände in Strafrecht und Strafvollzug Georgias zieht er die Akten von Strafprozessen an sich, verteidigt Mörder und Räuber, die er im berüchtigten Gefängnis Milledgeville besucht. Er hat das Pech, ein junger Anwalt in Georgia zu sein, in den Jahren, in denen Eugene Talmadge Gouverneur ist. Ganz Amerika liest damals Bücher wie *I am a Fugitive from a Georgia Chain Gang* und *Georgia Nigger*. Für seine Art, eine *grand jury* zu bearbeiten, wird John D. Kimbrough rasch berühmt, aber er macht sich unbeliebt, als er das System der Geschworenen-Gerichte – er nennt es die heilige Kuh des amerikanischen Rechtswesens – in einer Serie von Artikeln im *Atlanta Journal* angreift.

Im Sommer 1941, ein halbes Jahr vor Pearl Harbour, wirft

er – zu Onkel Benjamins Entsetzen – alles hin und tritt in die
Armee ein. Nach der Grundausbildung fordert man ihn auf,
Offizier zu werden, und schickt ihn, da er nicht widerspricht,
auf die Infanterieschule in Fort Benning. Er avanciert schnell,
ist 1943 bereits Oberleutnant, wird Anfang 1944 als Hauptmann zum 424. Regiment versetzt, das in Fort Devens (Massachusetts) zusammengestellt wird. Die Armee beordert Süd-
staaten-Offiziere gerne zu rein weißen Truppenteilen, ver-
meidet es, sie Einheiten zuzuteilen, in denen Neger dienen.
So kommt John Kimbrough zu seiner Kompanie von Männern aus Montana, die für den europäischen Kriegsschauplatz
vorgesehen sind. Er wäre lieber in den Pazifik gegangen. Obwohl er sich keine Illusionen über die Härte des Krieges mit
den Japanern macht, träumt er doch manchmal von Palmen
und Korallenriffen.

Bis dahin hat er Georgia kaum je verlassen, abgesehen von
drei Reisen nach New York im Jahre 1940, die er unter-
nimmt, um Dorothy Du Bois zu besuchen, die Tochter eines
Mörders, den er, übrigens ohne Erfolg, verteidigt. Er hat sie
in Milledgeville Prison kennengelernt, wo sie ihren Vater aufgesucht hat, kurz vor dessen Hinrichtung. Als Kimbrough
zum drittenmal ihretwegen nach New York fährt, findet er
sie nicht mehr vor; später schreibt sie ihm aus Oaxaca, Mexico. Diverse Mädchen in Savannah, Athens, Atlanta, Savannah. *Easy-going* ist ein fast unübersetzbares Wort. Er ist angenehm leicht im Umgang, außerdem präzis, von freundli-
chem Ernst, so etwas mögen *grand juries* und Mädchen. Über
sein Aussehen siehe das Bild, wie es sich Schefold auf der
Dorfstraße von Maspelt geboten hat: mager, schwarzhaarig,
strähnige schwarze Haare, die ihm ins magere Gesicht fallen,
violette Augen. Ist da wirklich jener Spanier aus de Sotos Gefolge am Werk gewesen, 1742, auf der St. Simons-Insel? Oder
hat Professor Coulter recht, der, als John Kimbrough zum
erstenmal in seiner Klasse für *case-history* erschien, ausrief:
»Ha, da kommt einer aus der Hebriden-Brut, dem gälischen

Gezücht! Seht euch diesen Kelten genau an, Jungens!« rief er. »So einer wie er lebt zurückgezogen und denkt sich sein Teil.« Professor Coulter hatte eine Neigung zu Deklamationen. Im Falle des jungen Kimbrough war seine Voraussage nur zur Hälfte richtig; zwar lebt dieser wirklich gerne zurückgezogen – beispielsweise beteiligt er sich nicht am akademischen Sportbetrieb, tritt auch keiner *fraternity* bei –, aber er denkt sich nicht nur sein Teil, sondern pflegt auszusprechen, was er denkt.

Maspelt und Fargo

Dieses Land hier hielt keinen Vergleich mit dem Süden aus. Beispielsweise waren hier die Eichen und Buchen heute, am 12. Oktober, schon so gut wie leer, während die Willow-Eichen in den Straßen von Savannah noch die Last ihrer goldenen und spitzen Blätter trugen.

Oder Fargo! Dort verblühten jetzt erst die Goldruten am Wegrand, und das Geißblatt duftete noch immer süß. Der Sumach würde seine roten Blätterflammen eben erst entzündet haben. Roteichen, gelbe, rosarote und dunkelrote Ahorne vor Kiefern. Das Geschrei der Zikaden, noch immer. Am Himmel die langen Keile der Kanadagänse.

Oder das Jakobskraut mit den gelben Blüten, die Amberbäume, die Pappeln von Carolina. Die Balsambäume, die Zimmetsträucher, die blauen Ringeltauben.

Hier war die Luft kühl und *crisp*, während sie dort warm war, weich und verschlafen.

Die Our war dunkel und blitzend, auch der Suwanee war ein dunkler Fluß, aber matt, unbewegte Seide, mit Ufern, die unter Lotusblättern und Seerosen verschwammen. Vom Boot aus konnte man die Wald-Ibisse beobachten, wie sie, kupferrot, im Dämmerlicht der Tupelo-Bäume weideten.

Wenig Wind, das Licht am Abend flaumig, doch manchmal ein Wirbelsturm aus Florida oder von der See her.

Der Holzfeuerrauch war der gleiche, hier wie dort.

Immobilien und blue notes

Auch die Armut war die gleiche, die Armut zu kleiner Höfe, nur daß sie hier in Mauern aus Bruchsteinen, unter Schieferdächer verpackt war, während sie dort offen in der Sonne dörrte, hinter Brettern, von denen Farbe abblätterte, die rissig waren, unter rostigen Nägeln klafften. Die Moskito-Gitter mußten dicht gehalten werden, aber von den Stufen zur Veranda fehlte eine; man übersprang sie schon seit zehn Jahren.

  2 Baumwollfelder
  2 Tabakfelder
  1 Wiese
  1 Gemüsegarten

2 Kühe
2 Hunde (stets Setter, nicht ganz rasserein)
1 Schwein
Hühner
Katzen (mal 2, mal 3)
1 Wohnhaus (einstöckig, mit *porch*)
1 Scheune (am Zusammenfallen und fast immer leer, weil die Händler jetzt nach der Ernte mit Lastautos kommen und die Ware abholen).

Er kannte aber noch aus seiner Knabenzeit den Geruch der Märkte in Homerville, im Juli des Tabak-, im Oktober des Baumwollmarktes, wenn die Farmer zu Hunderten neben ihren braunen und weißen, mit Hanfseilen umschnürten Ballen standen.

Damals, in den zwanziger Jahren, besaß sein Vater, wie alle Farmer, einen kleinen schwarzen Ford. Auf den schlechten Landstraßen von Georgia fuhren zu jener Zeit nur diese kleinen hochrädrigen Automobile. Später, als die Krise offen ausbrach, mußte Isaac Kimbrough sein Auto verkaufen.

Außerdem stehen auf dem Boden der Kimbrough-Farm die Hütten von Rufus Magwood und Joe Proctor. (Würde Captain Kimbrough Wenzel Hainstocks Bude im Steinbruch erblicken, so riefe er aus: »Das ist ja, als käme ich zu Rufus!«) Kein elektrisches Licht, und das Wasser muß von einer Zapfstelle an der Landstraße geholt werden. Rufus und Joe sind jetzt auch schon an die Siebzig, aber sie und ihre Frauen sind noch immer die *farm-hands* von Johns Vater. Joe kann nachweisen, daß seine Vorfahren in Bonoua an der Elfenbeinküste gelebt haben. (Auch Sklaven betreiben Ahnenforschung.) Rufus versteht sich darauf, aus den Blattstengeln der Palmet-

tos, die er aus dem Sumpf holt, Körbe zu machen, die in ganz
Fargo und Umgebung begehrt sind. Er ist ein kleiner
schweigsamer Mann mit einem grauen Bart und einer Brille,
der seinen grauen Filzhut niemals absetzt. Das haben sie hier
nicht, denkt Kimbrough: Neger. Er fragt sich, wie das Land
hier wäre, wenn sie hier Neger hätten, und er hört die schöne
Baritonstimme von Joe Proctor, von einer Gitarre begleitet,
wie sie *See See Rider* singt, und andere Lieder aus dem Paradies. Die verminderten Terzen, die kleinen Septimen ver-
schleifen sich über das Baumwollfeld bis zum Farmhaus hin.

»Tiere! Das sind Tiere!« hört er einmal einen Besucher sagen,
der mit seinem Vater über die Neger spricht.

Als er gegangen ist, sagt John – er sitzt neben den beiden
Settern auf dem Fußboden, vor dem Ofen –: »Dad, du hast
doch einmal zu mir gesagt, wenn man mit Hunden lebt, wenn
man sie ganz genau kennenlernt, dann weiß man, daß sie
Menschen sind.«

Der Vater, der schon wieder nach einem seiner Bücher
gegriffen hat, antwortet: »Ja. Nur anständigere, freund-
lichere.«

Er wird dieses Erbe antreten. Wenn er den Krieg überlebt und
als Winkeladvokat in Savannah haust – denn genau das hat er
sich vorgenommen: als der kleinste aller Anwälte sich irgendein Büro in den Seitengassen der Broughton Street zu mieten
und aussichtslose Strafprozesse zu führen –, so wird sein Ein-
kommen doch ausreichen, um nach dem Tod seines Vaters
die Farm zu übernehmen. Selbstverständlich wird er die
Landwirtschaft aufgeben, die Baumwolle- und Tabakfelder
von so etwas wie einem Garten überwildern lassen. Die letzten Kräfte von Rufus und Joe würden ausreichen, um Bäume
zu pflanzen, Gras zu säen. Er selber würde nur an den Wo-
chenenden und allerdings den ganzen langen, unerträglich

heißen Sommer lang in Fargo sein, an dem Haus herumbosseln, sich vielleicht doch ein neues bauen lassen. Seine Mutter würde gegen solche Veränderungen nichts einwenden; sie hatte genug vom Farmleben. Mit seiner Schwester würde er sich einigen; sie hatte geheiratet, lebte mit ihrem Mann, der ein Kolonialwarengeschäft besaß, in Columbus, Ohio. John Kimbrough lächelte jedesmal, wenn er sich vorstellte, daß er ein Anwalt mit einem Landsitz sein würde, falls er den Krieg überlebte.

Das wichtigste wäre, ein neues Kanu anzuschaffen. Als er das letztemal zu Hause gewesen ist – während eines Urlaubs, im August, von Fort Devens aus –, hat er festgestellt, daß das alte sich mit Wasser gefüllt hat. Richtig gesunken liegt es neben dem grauen Steg, der nun endgültig morsch ist, am Zusammenbrechen, Pfähle und Bretter, über ein halbes Jahrhundert alt, am Rande des Sumpfes.

populist movement, civil war

Aus Onkel Benjamins kritischem, aber wohlwollendem Gerede über Johns Vater:

»Mit seinem Lesen hält dein Vater die Totenwache für den Populismus.«

»Von dem leichenblassen Tom Watson ging die Legende, daß er den ganzen Tag lang auf seiner *porch* saß und Gedichte las, ehe er wie Jeremias über das Land hereinbrach. Er soll viele Gedichte auswendig gekonnt haben.«

»Mein Vater liest aber keine Gedichte.«

»Das glaub ich gern. Trotzdem.«

»Tom Watson hat einen Fehler gemacht. Er hat die armen Weißen dazu bringen wollen, daß sie die Schwarzen an der Revolte teilnehmen lassen. Als er sagte, daß die Reformen auch für die Schwarzen dasein müssen, fielen die Weißen von ihm ab.«

»Vielleicht sind Rufus und Joe nur bei deinem Vater geblieben, weil es in Fargo bekannt war, daß er auch in dieser Frage auf der Seite von Tom Watson stand. Das hat ihm wahrscheinlich die Farm gerettet. Ohne Rufus und Joe hätte er zu Beginn der dreißiger Jahre aufgeben müssen.«

»Aber was für ein schlechter Verlierer Tom Watson war! Als es aus war mit dem Populismus, bei den Wahlen von 1908, wurde er bitter und ein Demagoge. Er widerrief, was er vorher gepredigt hatte, und schrieb Artikel gegen Eugene Debs und die Sozialisten, in denen er ihnen alles vorwarf, was man einst ihm vorgeworfen hatte. Er hetzte gegen die Juden, die Katholiken und sogar gegen die Neger, deren Freund er gewesen war. Wenn du willst, such ich dir die betreffenden Nummern von *Watson's Magazine* heraus.«

»Nicht nötig, Onkel. Sag mir lieber, wie du dir so etwas erklärst!«

»Debs hat ihm geantwortet und geschrieben, kleinbürgerliche, kleinbäuerliche Revolten endeten, wenn sie niedergeschlagen würden, immer im Faschismus. Mit solchen Erklärungen kann ich nichts anfangen. Faschismus ist für mich bloß ein Wort. Populismus übrigens auch – darüber habe ich oft mit deinem Vater gestritten.«

»Und was ist deine Ansicht, Onkel Ben?«

»Ich glaube an den Charakter. Wenn Leute einen guten Charakter haben, wird alles, was sie machen, gut, egal, wie sie das Ding nennen, das sie machen. Wenn sie einen schlechten Charakter haben, wird alles schlecht, auch wenn sie dabei die größten Phrasen dreschen.«

»In der Politik siegen aber immer die Schlechten.«

»Junge!« Und Onkel Benjamin konnte sich nicht einkriegen vor Erstaunen, ja Entsetzen. »Warum bist du nur so pessimistisch?«

In seinem Feldquartier in Maspelt, bedenkend, wie Präsident Roosevelt im Begriff stand, Hitler zu besiegen, fragte Captain Kimbrough sich manchmal, ob Onkel Ben nicht recht hatte, wenn er ihm Pessimismus vorwarf. Präsident Roosevelt, obwohl ein Machtmensch mit einer Politik, welche yankeehaft die ganze Welt umspannen wollte, war dennoch ein ›guter‹ – und wahrscheinlich sogar ein ›großer‹! – Charakter, während über die aberwitzige Schlechtigkeit des deutschen Führers, die so weit ging, daß sie seine Offiziere, Männer wie diesen Major Dincklage, zu wahren Wahnsinnshandlungen hinriß, schon nichteinmal mehr geredet werden konnte. Immerhin konnte man an dem Problem herumspinnen, ob nicht auf lange Sicht das, was mit Hitler verschwinden, ohne ihn triumphal zurückkehren würde, aber im Augenblick waren das – Kimbrough gestand es sich ein – nutzlose Spekulationen, Grübeleien eines Hinterwäldlers. Das Gute besiegte das Schlechte, und das Weltklima war infolgedessen optimistisch.

»Deinen Vater kenne ich seit jenem Jahr 1908, und ich muß ihm lassen, daß es ihm offensichtlich peinlich war, von Tom Watson zu sprechen. Fast würde ich sagen, daß er schon zu jener Zeit den Eindruck eines Mannes machte, der durch irgend etwas fertiggemacht worden war, wenn er nicht damals meine Schwester geheiratet und sofort eine Tochter, fünf Jahre später sogar noch einen Sohn gezeugt hätte. Aber es war auch um die gleiche Zeit, daß er begann, zu lesen, nichts als zu lesen. Ich weiß, man sollte sich freuen, wenn ein Farmer anfängt, Bücher zu lesen. Nur – er ließ die Farm dabei herunterkommen. Ich muß dir gestehen, daß ich meiner Schwester abgeraten habe, ihn zu heiraten.«

»Er hat nicht nur gelesen. Manchmal hat er mit mir eine Wanderung gemacht.«

»Sehr nett von ihm. Aber seit wann machen Farmer Wanderungen?«

»Das verstehst du nicht, Onkel! Du bist kein *swamper*.«

Es gab noch mehr Anlässe für Isaac Kimbrough, sich in seiner Lektüre von Arnetts ›Populist Movement in Georgia‹, Brooks ›The Agrarian Revolution in Georgia, 1865–1912‹, Mrs. Feltons ›Memoirs‹ und einer Bibliothek weiterer Werke, die diese Epoche behandelten, zu unterbrechen, beispielsweise an Abenden, an denen sich der eine oder andere Farmer aus der Nachbarschaft, oder auch mehrere zu gleicher Zeit, ohne daß sie sich verabredet hätten, rein zufällig, auf seiner *porch* zusammenfanden.

Der junge, vielleicht zehnjährige John hörte ihnen zu, wie sie unablässig über den Krieg sprachen. Der Krieg, den sie erörterten, war nicht der erst vor sechs Jahren beendete Weltkrieg, sondern der über sechzig Jahre zurückliegende Bürgerkrieg. Es war phantastisch. Sie sprachen nicht von Verdun und der Tankschlacht von Cambrai, sondern sie behandelten – mit der Sachkenntnis von Stammtischstrategen – die Übergabe von Fort Sumter, Shermans Marsch zur See, den Selbstmord der konföderierten Elite-Truppen in dem berühmten Frontalangriff von Gettysburg, oder die Schlacht in der Wildnis. Die Namen, die in ihren Gesprächen vorkamen, waren nicht die Namen von Hindenburg, Foch oder Pershing, sondern diejenigen von Lee und Stonewall Jackson, Grant und McClellan. Auch wenn sie sich über den Wert oder Unwert einzelner Generäle oft in die Haare gerieten, beispielsweise fachkundig und zornig die Frage diskutierten, ob der Krieg gewonnen worden wäre, wenn General Pemberton nicht in Vicksburg kapituliert hätte, am 3. Juli 1863 – trotz solcher Meinungsverschiedenheiten kam, ehe sie auseinandergingen, doch immer der Moment, in dem sie sich darüber einig waren, daß der Norden in diesem Krieg die Grundlagen des Südens zerstört hatte. Dann überfiel sie dumpfe Hoffnungslosigkeit, ihre Stimmen nahmen in der Dunkelheit den Klang eines Selbstbedauerns an, das John instinktiv verachtete. Er fand es idiotisch, daß sie da beieinander hockten, auf Schaukelstühlen oder auf den Stufen der Treppe – von denen damals noch keine fehlte –, ab und zu einen Schluck von ihrem selbstgebrannten Gin tranken und die Nacht mit Geschwätz über diesen längst vergangenen Krieg erfüllten. Lächerlich, daß sein Vater versuchte, sie aus ihrer Stimmung zu reißen, indem er ihnen vorhielt, daß sie nur der *populist movement* hätten treu bleiben brauchen, um die Folgen des Bürgerkriegs loszuwerden. Sie widersprachen ihm. Sie behaupteten, daß sie arm seien, weil ›der Norden‹ sie arm gemacht hatte, was, wie John fühlte, historisch nicht ganz falsch war, aber wie alles, das als unabänderlich betrachtet wurde, doch nicht mehr hieß, als daß sie arm waren, weil sie arm waren.

Der Marsch an das Meer war, wie Sheridans Feldzug im Tal, weiter nichts als eine wohlüberlegte und mit Disziplin durchgeführte Zerstörungsaktion. Die Armee Shermans legte einen 60 Meilen breiten Streifen quer durch das mittlere Georgia hindurch, in welchem sie alle Vorräte und die Ernte auf dem Halm vernichtete, das Vieh abschlachtete, die Baumwollentkörnungsmaschinen, die Baumwollfabriken und die Eisenbahnen so vollständig zerstörte, daß eine Reparatur nicht mehr in Frage kam. Es wurde tatsächlich alles vernichtet, was der Konföderation irgendwie von Nutzen sein konnte, und noch vieles andere mehr. Das Plündern von Privathäusern war zwar ausdrücklich verboten, konnte aber nicht ganz verhindert werden, und manche Familie Georgias verlor auf diese Weise ihren gesamten Besitz. Es kamen jedoch überraschend wenig Verbrechen an Personen vor, an weißen Frauen überhaupt keine. »Keine Armee hat jemals solche Freiheit genossen und sich trotzdem so beherrscht.« Das war ein Feldzug, wie ihn die Soldaten gern haben – viel Plündern und Zerstörung, wenig Disziplin und Kampf; herrliches Wetter, wenig Gepäck; es gab geschmorten Truthahn zum Frühstück, Hammelbraten zum Mittagessen und Backhühner zum Abendessen. (S. E. Morison & Henry S. Commager, The Growth of the American Republic, zitiert nach der deutschen Ausgabe, Das Werden der amerikanischen Republik, Stuttgart 1949)

»Nach *diesem* Krieg werden die Farmer in deinem Fargo nicht mehr vom Bürgerkrieg reden«, sagte Major Wheeler, nachdem John ihm einmal einen solchen Abend auf der Veranda der Kimbrough-Farm geschildert hat.

John wäre bereit gewesen, ihm zuzustimmen – daß der zweite Weltkrieg, im Gegensatz zum ersten, einiges im Gedächtnis der Menschen des Südens auslöschen würde, war ja klar –, wenn der Major nicht für seine Behauptung Gründe angegeben hätte, die ihm gegen den Strich gingen.

»Vor diesem Krieg waren wir bloß das reichste Land der Welt«, sagte Wheeler, »nach ihm werden wir das mächtigste sein. Außer uns wird es nur noch die Russen geben. Stell dir vor: wir werden die Welt beherrschen. Ich wette mit dir, das wird jeden amerikanischen Hahn von seinem Provinzmist holen.«

»Mich nicht«, sagte Kimbrough. »Ich pfeife auf Amerikas Weltherrschaft.«

»Ich eigentlich auch«, sagte Wheeler. »Wir kommen bloß nicht darum herum.«

»Amerika soll bei sich zu Hause bleiben.«

»Schön wär's ja. Wenn man uns nur ließe! Oder hätten wir zu Hause bleiben sollen, angesichts dieses Hitler?«

Weiter: Maspelt 15 Uhr

Ein verdammt starkes Argument, dachte Kimbrough, wenn er sich an diesen Wortwechsel erinnerte, jedenfalls viel stärker als das feinsinnige Professoren-Gedöns von einem *limes*, den die Amerikaner angeblich gegen die Russen zu bauen hatten, das Wheeler am vergangenen Montag von sich gegeben hatte, nach der Belehrung über Major Dincklage bei und durch Colonel R. Die *limes*-Theorie samt der Frage, ob er, Kim, sich einbilde, ›wir seien hier, um die Deutschen oder irgendwen sonst von diesem Monster zu befreien‹ – das war schon ein tolles Stück, eine Glanzleistung in der Kunst, sich selber zu widersprechen, zu erklären eigentlich nur, wenn man annahm, daß Bob ihn bloß abhalten wollte, eine Dummheit zu machen, der Anfang jener Strategie, die heute damit endete, daß er in Maspelt erschien und ankündigte, er würde ihn, wenn auch nur vorübergehend, seines Kommandos entheben, falls ...

Was andererseits aber auch wieder bedeutend mehr war, als das, worauf er sich hätte einschränken können: nämlich in Saint-Vith zu bleiben und sich die Hände in Unschuld zu waschen, nachdem die C-Company in ein unvorstellbares Schlamassel geraten war. (Nein, in eines, das genau vorgestellt werden konnte!)

Wenn sie sich mal wieder benahmen wie eine Horde Wilder, rief Miss Tibbett aus: »Ich würde lieber bei den Nigger-Kindern Schule geben als bei euch!« (Diese Bemerkung wurde ihr von manchen weißen Eltern übelgenommen.)

Die Schule der Schwarzen in Fargo war auf die gleiche Weise von den Schwarzen gebaut worden wie die Schule der Weißen von den Weißen – mit ihren eigenen Händen. Sie sah auch genauso aus wie die Schule der Weißen – eine große Holzhütte, die ein einziges Klassenzimmer umschloß –, nur stand sie nicht in Fargo selbst, sondern am westlichen Rand des Ortes, unten am Suwanee, wo ein paar ungepflasterte, lehmgraue Straßen der *coloured section* mit ihren Reihenhäusern aus horizontal gelegten Brettern, verschlossenen dreieckigen Giebeln, mit Vordächern, die von dünnen Stützen getragen wurden und unter denen Wäsche hing sowie alte Schaukelstühle und Kübel mit Aloe-Büschen oder Geranientöpfe standen, sich zum Fluß senkten. Die Kinder von Rufus Magwood und Joe Proctor – sie sind längst in den Norden abgewandert, haben ihre Eltern auf der Kimbrough-Farm alleingelassen – erzählten John, daß sie von den Fenstern ihrer Schule aus dem Fischotter zusehen konnten, oder dem Reiher, wie er groß und blau im Schilf stand. Manchmal logen sie auch und behaupteten, sie hätten einen Alligator gesehen, obwohl so nahe bei Fargo sich kein Alligator blicken läßt.

Die Kinder von Rufus und Joe wurden, genauso wie John, am Morgen von einem Omnibus abgeholt und nach Fargo gebracht, nur in einem anderen Omnibus als John.

Wenn John manchmal, allein oder mit Freunden, den Suwanee entlangstreift, zu einer Stunde, in der die schwarzen Kinder Schule haben, hört er aus ihrem Schulhaus Ausbrüche von Gelächter und Geschrei, bei denen Miss Tibbett die Flucht ergreifen würde. Sie setzen immer ein mit Rufen einzelner, andere Stimmen fallen ein, es klingt wie Sprechgesang, bis ein Sturm von Lustigkeit alle mitzureißen scheint. Die weißen Kinder draußen sagen nichts, vermeiden es sogar, ihre Köpfe zu schütteln, während der helle Diskantwind über den langsamen Fluß fliegt.

Am Tag die Musik des Lachens, des rhythmischen Händeklatschens, an den Abenden die Runde der schwarzen Gesichter um die Öllampe. (Weil er ein Kind war, ließen sie ihn in die Hütte herein.)

Oder des Nachts, wenn er mit seinem Vater vom Markt in Homerville oder irgendwoher zurückkehrte

then we would pass in the dark some old truck grudging and clanking down the concrete, and catch, in the split-second flick of our headlamps, a glimpse of the black faces and the staring eyes. Or the figure, sudden in our headlight, would rise from the roadside, dark and shapeless against the soaked blackness of the cotton land: the man humping along with the croker sack on his shoulders (containing what?), the woman with a piece of sacking or paper over her head against the drizzle now, at her bosom a bundle that must be a small child, the big children following with the same slow, mud-lifting stride in the darkness. (Robert Penn Warren, Segregation, New York 1956)

An ihren Gräbern konnte er sich niemals sattsehen. Manchmal vertrödelte er Stunden auf dem Bestattungsplatz um die alte Baptistenkapelle. Die Gräber waren ungepflegt, der Grund um die eingesunkenen Steintafeln, die Kreuze aus Zement waren mit Blättern und braun verdorrten Kiefernzweigen bedeckt. Die Neger legten keine frischen Blumen auf die Gräber, sondern stellten Muscheln darauf, Salz- und Pfefferstreuer, Marmeladengläser, Rasierschalen, die Eingeweide eines Radioapparats, alte Wecker, Auto-Scheinwerfer, ausgebrannte elektrische Birnen, Kämme, Teller, Tassen, Aschenbecher, Milchflaschen, Puppenköpfe, Gipsfiguren. (Er entdeckte Statuetten von Jackie Coogan und Abraham Lincoln.) Alles auf einem Negergrab war zerbrochen.

»Das Leben ist zerbrochen, das Gefäß ist zerbrochen«, sagte Rufus, als er ihn einmal fragte, warum sie das täten.

Außerdem, so erklärte er dem kleinen John, hielten diese kaputten Sachen die Geister – »the ha'nts«, sagte er – davon ab, auf den Toten herumzutrampeln.

Das war einleuchtend. Abends, vor dem Einschlafen, konnte man sich vorstellen, wie die Geister vor Schmerz fluchten, wenn sie mit ihren nackten Füßen auf die Gräber der Neger traten.

Maspelt 16 Uhr

Um Bob und sich selber die Zeit zu vertreiben, erzählte John: »Ich habe gestern einen Brief von meinem Onkel bekommen. Er schreibt, daß es so einen Boom wie jetzt in Savannah noch nie gegeben hat. Weißt du, die Stadt war seit Jahren tot, wegen der U-Boote, die draußen vor der Küste lagen. Sie haben den Hafen vollständig blockiert, und damit war die Stadt erledigt. Jetzt sind sie weg, schreibt mein Onkel, vollständig verschwunden, und seitdem herrscht im Hafen ein Leben, wie ich es mir gar nicht vorstellen kann, schreibt er, doppelt soviel Betrieb wie vor dem Krieg. Auf den Straßen zum Hafen stehen Meilen und Meilen lang die Lastautos, beladen mit Kriegsmaterial für die Schiffe, die nach Europa gehen.«

»Sie werden zu spät ankommen«, sagte Wheeler. »Bis sie da sind, werden wir mit den *jerries* fertig sein.«

»Na, na«, sagte Kimbrough, erstaunt, weil Wheelers Voraussagen über die Dauer des Krieges sonst eher langfristig waren, hielt aber inne, widersprach nicht weiter. Bob redete heute bloß so daher, um ihn davon zu überzeugen, daß auch unter diesem Gesichtspunkt die Übernahme eines deutschen Bataillons nicht mehr so wichtig war. Wenn man mit den *jerries* im Handumdrehn fertig sein würde, erledigte sich das Angebot Dincklages am besten durch Liegenlassen, und nichteinmal durch ein besonders langes.

»Außerdem«, erzählte er weiter, das Thema wechselnd, »schreibt mein Onkel, es sei schade, daß ich nicht sehen könne, wie der neue Gouverneur in Georgia aufräumt. – Wir haben seit dem vergangenen Jahr nämlich einen neuen Gouverneur«, erläuterte er, »Arnall, er ist erst 37, der jüngste Gouverneur in den Staaten, und wenn es stimmt, was mein Onkel schreibt, so weht jetzt ein neuer Wind. Gefangene dürfen nicht mehr ausgepeitscht werden, und Milledgeville Prison, dieser Schandfleck, ist aufgelöst worden. Es gibt keine Bestechung mehr – unter Eugene Talmadge konntest du nämlich die Begnadigung eines überführten Verbrechers kaufen und verkaufen. Mit dem Hineinregieren in die Schulen und Universitäten ist es auch vorbei. Talmadge hat – davon wirst du ja sogar in Bloomington gehört haben! – Universitätspräsidenten entlassen oder berufen, wie es ihm paßte. Georgia ist jetzt der Staat, der relativ das meiste für Erziehung ausgibt – von jedem Steuerdollar geht der größte Teil an die Schulen. Ich hätte es nicht für möglich gehalten, aber sie haben sogar Pensionen für die Lehrer eingeführt. Und jetzt legt sich dieser Arnall mit zwanzig Eisenbahngesellschaften an, indem er vor das Oberste Bundesgericht geht und gegen sie Anklage erhebt, wegen Verletzung des Sherman Anti-Trust-Gesetzes, denn sie hätten, durch gemeinsame Preisabsprachen, eine Verschwörung zum Nachteil des Südens an-

gezettelt. Was das bedeutet, kann natürlich nur ein Jurist beurteilen. Bin gespannt, ob er damit durchkommt.«

»Was war dieser Arnall, bevor er Gouverneur wurde?«

»Anwalt«, sagte Kimbrough. »Zuletzt war er allerdings
Generalstaatsanwalt von Georgia«, fügte er hinzu, um Bob
etwas Wind aus den Segeln zu nehmen, denn er wußte, was
jetzt kommen würde: Bobs unvermeidliches Gerede über die
Zusammenhänge zwischen Juristerei und Politik.

Aber Wheelers Gedanken schlugen heute einen Nebenweg
ein. Er fragte bloß: »Tut es dir leid, daß du zu früh zur Armee
gegangen bist?«

Es hatte keinen Sinn, ihm (zum wievieltenmal?) klarzumachen, daß er nicht wegen der Zustände in Georgia freiwillig in
die Armee eingetreten war. Die Schwierigkeit bestand darin,
daß er niemandem, nicht einmal sich selber, genau erklären
konnte, warum er nicht abgewartet hatte, bis die Armee ihn
einzog.

So wich er aus, antwortete: »Ich glaube nicht an die große
Veränderung. Sie haben Arnall gewählt, damit er ein paar Reformen durchführt, die einfach überfällig waren, und danach
wird alles so weitergehen, wie es war.«

»Da irrst du dich gewaltig«, sagte Wheeler. »Es gibt Ent-
wicklungen, die können nicht mehr rückgängig gemacht werden, wenn sie einmal angefangen haben.«

Aber er schien nicht so recht bei der Sache zu sein, verzichtete auch darauf – worauf er bei ähnlichen Gelegenheiten niemals verzichtet hatte –, den Faden weiterzuspinnen, in eine
große Debatte über Demokratie in Amerika einzusteigen,
sich über die Wechselwirkung von progressivem und konser-
vativem Denken zu verbreiten.

Stattdessen blickte er auf seine Armbanduhr und sagte:
»Schefold muß ja jetzt wohl bald zurückkommen.«

Aus Dorothys Briefen hätte er Bob nichts wiedergeben können, obwohl sie wenig Persönliches enthielten oder gar Lie-
besbriefe gewesen wären. Wenn Dorothy persönlich wurde,
beschränkte sie sich auf Sätze wie: »Schade, daß Du nicht einmal herkommen kannst«, oder »Wenn Du hier wärst, würde
Dir aufgehen, daß Euer Weltkrieg Zwei eine ziemlich un-
wichtige Sache ist«, oder – höchstens! – »Überleg Dir, ob Du
nicht hierher kommen willst, wenn der Krieg vorbei ist und
Du wieder frei bist! Du könntest uns eine Menge helfen.«
(Dorothy arbeitete in einer amerikanischen Gruppe, die sich
damit beschäftigte, die Kultur, die Sprache, die Lebensweise
irgendwelcher mexikanischer Indios zu retten. Aus ihren
Schilderungen gewann John den Eindruck, daß die mexikanische Regierung nicht gerade versessen darauf war, den Indios
ihre Sprache zu erhalten. In den staatlichen Schulen wurde
den Indio-Kindern Spanisch beigebracht, die Regierung sah
es nicht gern, wenn Nordamerikaner kamen und Schulen
gründeten, in denen der Unterricht in den Indio-Sprachen erteilt wurde; wahrscheinlich handelte es sich dabei um einen
Schachzug der US-Imperialisten, schlau ausgedacht, die Entstehung einer einheitlichen mexikanischen Kultur zu verhindern.)

Dorothy schrieb: »War ein paar Tage in Oaxaca und bin jetzt
wieder zurück in meinem Bergnest. Es liegt 7000 Fuß hoch
und ich bin drei Tage lang geritten – wann Dich dieser Brief
erreicht, kann ich also nur ahnen. Erreichen wird er Dich, jedenfalls soweit es auf uns Zapoteken ankommt. Du mußt Dir
vorstellen, daß ich ihn einer Indio-Frau mitgebe, die mit ihrer
schweren Last von Lilienbündeln zum Markt in Oaxaca wan-
dert, barfuß, auf dem Pfad, den ich geritten bin. Sie trägt die

Blumen mit ihrer Stirne, das heißt sie umschlingt die Last mit einem bestickten Band, das sie um ihren Kopf befestigt. Dann geht sie los, klein, gebeugt und sehr schnell, in einem *huipil*, jedes Dorf hat seinen eigenen *huipil*, der unsrige ist nichts weiter als ein knöchellanges, weites und weißes Hemd, aber wunderbar mit Vögeln und Sternen bestickt. Ich trage ihn auch, wenn ich hier im Dorf bin, aber es nützt mir wenig, weil ich mich aus Angst vor den Schlangen nicht überwinden kann, auf Schuhe zu verzichten. Wenn ich sage, daß es mir wenig nützt, ihn zu tragen, so meine ich damit, daß ich niemals eine Zapotekin sein werde. Sie nehmen mich nicht an! Meine Schuhe, die gläsernen Fenster meiner Hütte, die Bücher auf meinem Tisch, meine Zahnpasta, meine Seife – das ist es, was mich von ihnen trennt. Oder daß ich mir ein Pferd ausleihe und reite – eine Frau, die reitet! Auch schreibe ich Briefe, wenn es auch nur die monatlichen Berichte an meine Vorgesetzten sind, und hin und wieder ein Brief an Dich. Das Schlimme daran ist aber nicht, daß ich eine weiße Frau bleibe, sondern daß sie sich verändern, indem ich unter ihnen lebe. Ich spüre das. Es geht etwas in ihnen vor, wenn sie bei mir sitzen und ich die Wörter ihrer Sprache aufschreibe, ihnen ihre Sprache als geschriebene – in unseren Buchstaben geschriebene! – zeige, das Zapotekische als Schrift, so etwas haben sie noch nie gesehen, übrigens ist es ziemlich schwierig, ihr Lautsystem in unsere Schrift zu übertragen. Sie begreifen sofort – aber während sie abwechselnd die Schrift lesen und die Dinge anstarren, die mich umgeben, kommt und geht etwas in ihren Augen, so fremd, so finster, daß ich mich frage, ob nicht alles falsch ist, was ich mache, und ob die zapotekische Sprache nicht besser ungeschrieben bliebe. Vielleicht hat der mexikanische Regierungsbeamte recht, der unlängst, im Hotel Viktoria in Oaxaca, zu mir gesagt hat: ›Was wollen Sie eigentlich, Señora? Wir hindern keinen Indio daran, sich frei zu entwikkeln. Mexico ist von einem Vollblut-Zapoteken befreit und gegründet worden.‹ Er hat recht – Benito Juarez ist gar nicht weit entfernt von dem Dorf, in dem ich lebe, auf die Welt gekommen. Aber dann denke ich wieder an Julia Tamayo, der ich diesen Brief mitgebe, und wie eine Händlerin in Oaxaca ihr die Last vom Rücken reißen, ihr für zweihundert Lilien fünf – jawohl: fünf! – Peseten in die Hand drücken wird – ah, es ist ungeheuerlich!

Trotzdem – unser Zapotekenland würde Dir gefallen. Es ist eine Freiheit in der Luft, wie Du Dir sie gar nicht vorstellen kannst. Du würdest, wie alle Männer hier, neben Deinem Pferd stehen, mit einem blauen Schatten auf Deinem Gesicht, unter dem Sombrero. Stell Dir vor, daß Du durch Berg-Urwälder reiten könntest, und daß Dich dabei die roten Blüten der Baum-Orchideen streifen, die, lang wie Schwerter, von den riesigen Kiefern hängen. Die Nächte würdest Du in den Hütten von Leuten verbringen, die so arm sind, daß Du merkst, wie schwer es ihnen fällt, Dir ein paar von ihren *tortillas* anzubieten. Am nächsten Tag gäbe es Fluß-canyons, Sandbänke, Agaven-Wildnisse, die Dich stundenlang aufhalten würden ... Das wär doch was, findest Du nicht?«

Seine erste Reaktion auf einen Brief wie diesen war natürlich, daß er versuchte, sich vorzustellen, wie Dorothy in so einem langen weißen Hemd aussah, das mit Vögeln und Sternen bestickt war. Sie war ein langes schlankes Mädchen. Ein dunkles Gesprüh von Haaren über einem Gesicht, das sich nur langsam bräunte, höchstens bis zu einem hellen Mais-Ton, wenn er sich recht erinnerte. Er kam zu dem Schluß, daß dieses Ding, das *huipil* genannt wurde, ihr wahrscheinlich gut stand. Sowohl bei ihrer ersten Begegnung, in Milledgeville Prison, wie die beiden Male, an denen er sie in New York getroffen hatte, hatte sie immer das gleiche graue Jackenkleid angehabt. Eine größere Veränderung mußte mit ihr vorgegangen sein, wenn sie jetzt in diesem kunstlos fallenden, doch vielleicht hoch-künstlerischen Gewand durch Dörfer aus fensterlosen Häusern ging, ein lichter Geist.

Aber was sein Verlangen nach Zapoteken-Revieren betraf, so irrte sie sich gründlich. Er war auf einer Farm am Rande von *Old Okefenok* geboren, und er hatte keinen anderen Wunsch, als dorthin zurückzukehren. (Kein Benito Juarez, er!) Sie verstand nicht, daß er keine Indios brauchte, weil er selber einer war. *Attorney-of-law, Captain US Army* – okay, aber außerdem – nein, vor allem! – war er, was die Leute von Fargo meinten, wenn sie sich als *swamper* bezeichneten. Was ein *swamper* war, konnte Dorothy nicht wissen, weil sie *Old Okefenok* nicht kannte. Er hatte einmal versucht, es ihr zu erklären, vor vier Jahren, im Oktober 1940 – die Daten seiner Besuche in New York hatte er sich gut gemerkt! –, als sie auf einer Bank im Tryon Park saßen und auf den Hudson hinabblickten, den alten Irokesen-Fluß, wie er, zwischen seinen hohen Waldufern und direkt aus einem Roman von James Fenimore Cooper heraus, die Grenzen der fabelhaften Stadt erreichte, von der aber dort, wo sie saßen, nichts zu sehen war. Nur das Geräusch, das sie machte, war zu hören, kein Vorgang aus vielen verschieden beschaffenen Tönen, sondern eine einzige ruhende Klangschicht, die nur manchmal ihre Farbe wechselte.

Dorothy hatte ihm zugehört. Dann hatte sie gesagt: »Tut mir leid, John, ich glaub dir ja, daß dein Sumpf da unten im Süden sehr schön ist, aber deswegen brauchst du nicht gleich in einen solchen Lokalpatriotismus zu verfallen. ›Wir swamper‹ – das klingt genauso, wie wenn die New Yorker sagen ›wir New Yorker‹. So besonders gern hab ich das nicht.«

Eine Dusche, so kalt, daß sie nur schwer zu ertragen gewesen war. Später hatte er eingesehen, daß sie rechthatte, und jedesmal eine Grimasse geschnitten, wenn ihn das ›wir swamper‹-Gefühl überkam. Nur daß er vor sich selbst nicht leugnen konnte, wie er doch der lebende Gegenbeweis zu der Mythe von dem ewig ruhelosen, ewig seine Wohnung wechselnden Amerikaner war.

Und jetzt hätte er Dorothy antworten können (tat es aber nicht), was für eine Lokalpatriotin doch aus ihr geworden sei, wie sie, obwohl bedauernd, daß sie niemals eine Zapotekin sein würde (denn ihr kritischer Verstand verließ sie nie), dennoch von ›uns Zapoteken‹ (›wir New Yorker‹) sprechen konnte und ihn mit Schilderungen der Landschaft sowie eines gewissen, *huipil* genannten Kleidungsstückes, verführen wollte, irgendeine Region im Süden Mexicos zu seiner Heimstatt zu wählen (als ob ausgerechnet er eine Heimat nötig hätte, was er brauchte, war Dorothy, Dorothy in Fargo, Dorothy, die er sich sehr gut vorstellen konnte, wie sie in ein weißes Hemd gehüllt in seinem Kanu saß, verborgen in den tiefen Gründen des Okefenokee), Dorothy, die auch noch in einem Nebensatz (rührend? raffiniert?) die Mitteilung versteckte, daß er der einzige Mensch war, dem sie Briefe schrieb.

Während seines zweiten Besuchs in New York, kurz vor dem Weihnachtsfest 1940, hatte er den Mut zu einer Taktlosigkeit aufgebracht und sie gefragt, ob sie nicht doch einmal nach Georgia kommen, sich Savannah und Fargo wenigstens ansehen wolle. Sie saßen in einem Lokal an der 57ten Straße, hatten zu Abend gegessen, und draußen fegten Scheeflocken fast waagrecht durch die beleuchtete Schlucht. Dorothy hatte nichts geantwortet, nur den Kopf geschüttelt, und dann hatte sie sogar eine Minute lang geweint. Es war ein furchtbarer Augenblick gewesen, aber schließlich hatte er ja nicht ständig um den heißen Brei herumreden können, sondern sich Gewißheit verschaffen müssen, daß es für sie nicht in Frage kam, in dem Land zu leben, in dem ihr Vater auf dem elektrischen Stuhl hingerichtet worden war. Wenn es ihr aber unmöglich war, sozusagen neben dem Grab auf dem Friedhof des berüchtigten Gefängnisses zu leben, so bedeutete dies, daß er, John Kimbrough, diese Dorothy Du Bois nur haben konnte, falls er sich entschloß, alles aufzugeben und einer von diesen wandernden Amerikanern zu werden, diesen *trailer*-Bewohnern, *displaced persons*, Welteroberern. Alles, nur das nicht! Wobei es sich gar nicht darum handelte, daß es um Dorothys willen nicht in Erwägung gezogen werden konnte, sondern daß es eben nicht*ging*. Sie konnten nicht zusammenkommen, Dorothy und er, so daß es vollständig in Ordnung war, daß sie schwiegen und gemeinsam auf das Schneetreiben in der 57sten Straße blickten, nachdem Dorothy sich ausgeweint hatte, eine Minute lang, und so, daß keiner von den anderen Gästen etwas bemerkt hatte.

Bei George Du Bois sich aufzuhalten, besteht kein Grund. Kein eigentlich tragischer Fall. Der Mann war während der Weltwirtschaftskrise in die Unterwelt geraten, hatte den alles in allem nicht ehrenrührigen Beruf eines Bankräubers ergriffen, nur hatte er das Pech gehabt, daß er bei einem Überfall auf ein Geldinstitut in Atlanta nicht nur einen, sondern gleich zwei Kassierer erschoß, ein Umstand, der die *grand jury* nur eben gemessen zuhören ließ, als John für *lebenslänglich* plädierte (im Grunde mochte er *lebenslänglich* genausowenig wie den elektrischen Stuhl). Schwamm darüber! Vielleicht hätte Dorothy den Fall nicht ganz so schwer nehmen brauchen, wie sie ihn nahm, aber Vater ist Vater, dagegen kommt kein gutes Zureden auf, und John Kimbrough hat es nichteinmal versucht.

War es die Missetat ihres Vaters oder seine Hinrichtung, was sie dahin brachte, daß sie nicht nur nicht nach Georgia kam, sondern schließlich sogar die USA verließ? Seine dritte Reise nach New York (im Februar 1941), die er unternahm, weil seine Briefe an sie als unbestellbar zurückkamen, hätte er sich sparen können, denn die Leute, die ihm aufmachten, als er an ihre Wohnungstüre in der Clark Street in Brooklyn klopfte, hatten keine Ahnung, wohin sie gezogen war. Er überlegte, ob er sie in dem Büro in der Nähe des Central Park suchen sollte, wo sie gearbeitet hatte, entschloß sich dann, es bleibenzulassen. Wenn sie seine Briefe zurückgehen ließ, sich nicht meldete, mußte sie dafür Gründe haben, über die sie ihn ja auch nicht lange im unklaren ließ, denn schon bald, nachdem er wieder zurück in Savannah war, erreichte ihn ihr erster Brief aus Mexico. Unter anderem schrieb sie: »Wenn ich bedenke, von welchem Geld ich drei Jahre lang studiert habe!« Ein Argument, schwer zu widerlegen, wie denn ihr Entschluß, gänzlich von der Bildfläche zu verschwinden, überhaupt klug, folgerichtig war, auch wenn er John an Dorothys Vater erinnerte, der in der Zelle seinem nach mildernden Umständen forschenden Anwalt nie etwas anderes zu antworten gewußt hatte als den Satz: »Wissen Sie, ich bin ein Typ, der immer Nägel mit Köppe macht.«

Nicht folgerichtig war nur, daß sie nach einiger Zeit die Provinz Oaxaca, Mexiko, in einer Weise zu beschreiben begann, als könne sie ihm eines Tages für das County Clinch, Georgia, Ersatz bieten.

Was Bob sagen würde, wenn er ihm diese Geschichte erzählte, wußte er. »Ah, da haben wir's!« würde er ausrufen. »Dann bist du also deswegen zur Armee gegangen!« Solche Geschichten, Geschichten überhaupt, verleiteten eben leicht zu falschen Schlüssen.

Er hatte sich an jenem Tag, an dem er Dorothy vergeblich in New York suchte, eine Lungenentzündung geholt, und zwar nur, weil er unwillkürlich, als er das Haus verließ, in dem sie gewohnt hatte, die Clark Street entlang bis an ihr Ende ging, wo sie an den East River stößt, über den ein so schneidender Nordostwind fuhr, daß jeder andere ihn bemerkt hätte und auf der Stelle umgekehrt wäre. Stattdessen blieb er stehen und blickte über den Fluß auf die geballte Faust aus Türmen, schattenlos im Ostlicht, das Inbild der Gewalt, eishell umflossen von Doppelwinden, Doppelströmen, verbrachte zwecklose und gefährliche Minuten damit, sich zu fragen, ob er Dorothy und die Südspitze von Manhattan hassen oder bewundern solle, ehe er endlich, zu spät, die Kälte spürte und zur nächsten Subway-Station lief. In dem Expreßzug, der durch die Nacht in den milden, den rettenden Süden heulte, stieg seine Temperatur von Philadelphia bis Washington, von Richmond bis Augusta. Er kam mit vierzig Grad Fieber und der Gewißheit, daß er Dorothy Du Bois niemals wiedersehen würde, in Savannah an. Das war alles, was er Bob hätte antworten können, und es hatte nichts, aber auch schon gar nichts mit der Tatsache zu tun, daß er ein paar Monate später auf einem Exerzierfeld von Fort Benning stand und mit ungläubigem Grinsen dem bestialischen Gebrüll eines Sergeanten der Armee der Vereinigten Staaten von Amerika lauschte.

Maspelt 17 Uhr

Er sah zum Fenster hinaus, auf den jede Sicht verstellenden Weidehang, der in der Dämmerung nur noch ein Schatten war. Major Wheeler war vor einer halben Stunde hinausgegangen – ›muß mir ein bißchen die Beine vertreten‹, hatte er gesagt –, jetzt kam er wieder herein, setzte sich, zündete sich eine Zigarette an.

»Na«, sagte er, »Doc Schefold läßt ja auf sich warten.«

»Ich kann's mir nicht erklären«, sagte John.

»Du mußt damit rechnen, daß die beiden Herren sich festgeredet haben«, sagte Wheeler. »Sie müssen sich ja eine Masse zu sagen haben, dieser deutsche Emigrant und dieser deutsche Offizier, der seinem obersten Kriegsherrn davonlaufen möchte. Ich kann mir vorstellen, daß sie stundenlang miteinander reden.«

»Das würde aber bedeuten, daß Major Dincklage aufgegeben hat«, sagte John und schüttelte ungläubig den Kopf. »Wenn er nicht aufgegeben hat, wenn er für diese Nacht etwas auf dem Terminkalender hat, dann muß er mir seine Nachricht so schnell wie möglich zukommen lassen.«

»Du sagst es. Natürlich hat er aufgegeben. Ich wette mit dir um fünfzig Dollar, John, er hat längst eingesehen, daß sein großer Coup ausfällt.«

»Ich nehme die Wette an«, sagte John. »Wozu hätte er Doc kommen lassen, wenn er gar nichts mehr vorhat?«

Wheeler blies den Rauch seiner Zigarette vor sich hin.

»Nur so«, sagte er. »Bis dahin, daß er sich Schefold einmal kommen läßt, kann er das Ding ja durchspielen.«

»Warum sollte er denn das tun?« fragte John. »Einen Mann in Gefahr bringen für nichts und wieder nichts?«

»Ich weiß nicht.« Wheeler blickte eine Weile auf die Wand hinter John Kimbrough, die weißgekälkte Wand einer Stube in Maspelt, die leer war bis auf den Dienstplan der C-Company, der an ihr hing. »Ich vermute, es ist seine Art, sich von uns zu verabschieden. Er will uns beschämen. Indem er Schefold antraben läßt, sagt er uns: Seht ihr, ich hab's gewollt. Wirklich gewollt. Und damit Adieu!«

»Verdammt!« sagte John. »Es wäre ja auch eine große Sache gewesen. Vielleicht die größte in diesem ganzen Krieg.«

»Was hat es für einen Sinn, über unmögliche Sachen nachzudenken«, sagte Wheeler. »Du hast mir doch eben noch selber bewiesen, daß sie niemals klappen kann.«

»Ja, aber nur, weil das Regiment nicht mitmacht. Mit einem überlegenen Verband ...«

Wheeler ließ ihn nicht ausreden. »Nein«, sagte er, »auch nicht mit einem überlegenen Verband. Es gibt überhaupt keine Garantie dafür, daß es nicht zu einem Blutvergießen kommt. Und wenn auch nur ein einziger Soldat fällt, einer von den unseren oder ein deutscher, dann kann sich Major Dincklage nur noch eine Kugel durch den Kopf schießen. Das weiß er genau, und auch du weißt es genau, Kim.«

Er dachte nach, setzte nocheinmal an: »Die Armee könnte sich schon Verluste leisten, wenn sie sich entschließen würde, den großen Fall zu schaffen. Das ist nicht das Hindernis. Aber Major Dincklage kann sich keine leisten. Damit will ich natürlich nicht behaupten, die Armee handle in überlegener Weisheit, sozusagen noch für das Gewissen eines deutschen Offiziers mitdenkend. Die Armee hat sicherlich ganz andere Gründe, wenn sie auf Herrn Dincklages Angebot verzichtet. Vielleicht hat sie auch gar keine, vielleicht paßt ihr der Vorschlag nur einfach nicht in ihren Kram. Armeen sind unglaublich stur.«

Er behielt seine Zigarette viel zu lang in der Hand, drückte sie erst aus, als sie ihm beinahe schon die Finger verbrannte.

»Vielleicht ist eine Armee, die nicht stur ist, keine Armee«, sagte er.

John sagte: »Ich bin in Sorge um Doc, Bob!«

Er hat mir also gar nicht zugehört, dachte Wheeler.

»Geschieht dir recht«, sagte er. »Du hättest ihn niemals ziehen lassen dürfen.«

Um John zu beruhigen, fügte er hinzu: »Es wird sich schon aufklären, wo Schefold so lange geblieben ist. Was seine Sicherheit betrifft, so können wir uns, glaube ich, auf Major Dincklage verlassen.«

»Ich nehme die Wette doch nicht an«, sagte John. »Es ist gleich halb sechs. Wenn Schefold so spät kommt, ist nichts mehr drin.«

»Du bist ja ein feiner Wetter«, sagte Wheeler. »Erst annehmen und dann wieder aussteigen. Aber fair, wie ich von Natur aus bin, lasse ich dich raus. Du hättest ja keine Chance gehabt. Es war nie etwas drin.«

»Aber dann begreife ich nicht, warum er Doc zu sich befohlen hat!« rief John aus. »Sich verabschieden, uns beschämen wollen, wie du vorhin gesagt hast, okay, aber dafür setzt man doch nicht einen Mann aufs Spiel! Ich begreif's nicht, Bob!«

Dincklage hat Doktor Schefold kommen und du hast ihn ziehen lassen, dachte Major Wheeler, weil die Ehrbegriffe von preußischen Offizieren und amerikanischen Südstaatlern sich ziemlich ähnlich sind. Aber er sprach seinen Gedanken nicht aus, sondern beschränkte sich darauf, zu sagen: »Auf die Idee, er könne Schefold aufs Spiel setzen, ist er sicher gar nicht gekommen. Dieser Herr ist daran gewöhnt, daß in seinem Befehlsbereich die Dinge so laufen, wie er sie angeordnet hat.«

This gentleman sagte er nun schon zum zweitenmal, ohne zu ahnen, daß er in den gleichen Ton verfiel wie Wenzel Hainstock, wenn jener, um Dincklage zu bezeichnen, zu Käthe Lenk sagte: *dieser Herr.*

Weil der Weidehang draußen sich aus einem Schatten in einen Block aus Finsternis verwandelte, knipste John Kimbrough die Lampe auf seinem Tisch an und zog das schwarze Papier von der Rolle, die über dem Fenstergeviert hing. Am 12. Oktober zwischen fünf und sechs Uhr herrscht in der Eifel und den Ardennen eine Beleuchtung, die höchstens den Namen des *letzten Büchsenlichtes* verdient, und auch diesen nur, wenn der 12. Oktober, wie derjenige des Jahres 1944, ein heller und sonniger Tag gewesen ist.

Es klopfte, Foster öffnete die Türe einen Spalt, schob seinen Kopf hindurch und fragte, ob der Major und der Captain auch Kaffee haben wollten, sie kochten sich gerade welchen. Als sie bejahten, kam er eine Minute später herein und stellte Tassen vor sie hin, die er aus einer Emailkanne mit Milchkaffee füllte.

»Ich hätte ihn eigentlich lieber schwarz gehabt«, sagte Wheeler spöttisch, aber erst, nachdem Foster schon wieder hinausgegangen war, womit er John zu verstehen gab, daß er keineswegs auf schwarzem Kaffee bestand, sondern sich bloß über die bei der C-Company herrschenden milden Kaffeesitten ein bißchen mokieren wollte.

»Sie schütten immer einen Berg Pulver in die Kanne«, sagte John. »Da ist er mit Milch bekömmlicher.«

»Besonders für ältere Herren vom Regimentsstab, meinst du, nicht wahr? Die sowieso dazu neigen, sich über jüngere Frontoffiziere grundlos aufzuregen?«

»Solche Gedanken liegen mir ganz fern«, sagte John. »Wie du weißt, bewundere ich die unerschütterliche Ruhe und Weisheit der höheren Stäbe.«

Sie pflaumten sich an, aber es herrschte eine friedliche, faule Stimmung, in der sie aufhörten zu reden und nur noch auf die Geräusche hörten: das Aufreißen der papierenen Zuckersäckchen, das Klappern der Kaffeelöffel, das Klicken des Feuerzeugs, mit dem John die Zigarette des Majors und seine eigene anzündete, das Gemurmel von Stimmen, das Maschinengeratter aus der Schreibstube nebenan.

Alarmzustände haben ihre Vorteile, dachte John. Normalerweise müßte ich jetzt draußen sein und den Abendappell abnehmen.

Unter anderen Umständen, dachte er, könnte es jetzt gemütlich sein. Eine gemütliche Kaffeepause in einem gemütlichen Krieg.

Major Wheeler setzte sich wieder grade hin.

»Wie lange hat Schefold zu gehen«, fragte er, »von Winterspelt bis hierher, auf dem Weg, den man ihm angewiesen hat?«

Die Frage erinnerte John an seinen Besuch in Hemmeres, gestern früh. Zusammen mit Schefold hatte er die Zeit ausgerechnet, die Schefold brauchen würde.

»Der Rückweg wird schnell gehen«, hatte Schefold gesagt. »Da kenne ich dann schon den Weg, und außerdem werde ich mich beeilen. Ich rechne, daß ich für den Rückweg nicht mehr als eine gute Stunde brauche. Wenn ich also irgendwann zwischen eins und zwei bei Dincklage wegkomme, kann ich spätestens um drei Uhr in Maspelt sein.«

Sie hatten auf der Bank vor dem Einödhof gesessen und über Schefolds Konsignation gesprochen wie über einen Sonntagnachmittagsausflug, nachdem John Kimbrough gesagt hatte: »Vielleicht ist es gut, wenn Sie hingehen. Sie müssen ihn jetzt persönlich dazu überreden, uns eine Frist einzuräumen.«

Allerdings hatte es nach diesen Worten ein Stocken in ihrem Gespräch gegeben, während dessen Dauer John nicht gewagt hatte, Schefold anzublicken. Stattdessen hatte er, an seinen beiden Posten vorbei, auf die Bäume des Waldtals geblickt, sich vorgestellt, wie sie den großen beleibten Mann verschluckten, wenn er seine verrückten Spaziergänge in Deutschland unternahm.

Wäre ich erleichtert gewesen, fragte er sich, wenn Doc sich gestern früh geweigert hätte, zu Dincklage zu gehen, anstatt nach einer kurzen Pause, in der er nichteinmal verriet, ob er zögerte, ob ihn Bedenken überkamen, bloß noch die technischen Modalitäten seines Gangs zu erörtern?

»Maximal zwei Stunden«, sagte er zu Wheeler. »Aber da muß er schon ziemlich herumtrödeln, und das tut er doch sicher nicht. Er weiß, daß es auf jede Viertelstunde ankommt.«

»Ankommen *würde,* meinst du«, sagte Wheeler. »Vergiß nicht, daß ich hier bin und es infolgedessen auf nichts mehr ankommt!«

John lag es auf der Zunge, zu sagen ›Ah ja – Bob Wheeler, der große Verhinderer!‹, aber er besann sich rechtzeitig; Bob war immerhin doch sein Vorgesetzter, befand sich hier in dienstlichem Auftrag, wenn auch in einem, den er sich selbst gesetzt hatte, hochanständigerweise sich selbst gesetzt hatte, wie John zugeben mußte, denn er hätte ja auch in Saint-Vith bleiben, seine Hände in Unschuld waschen können.

Eine andere Überlegung hielt ihn davon ab, sich weiter mit Bob über Grundsätzliches zu streiten.

»Vielleicht ist Schefold dadurch aufgehalten«, sagte er, »daß er in dem Weiler da unten seine Sachen zusammenpackt, ehe er zu uns heraufkommt.«

Wheeler sah auf.

»Mhm«, sagte er.

»Klar«, sagte John, und dann nocheinmal, fester: »Klar«, obwohl ihm der Gedanke, daß Doc Hemmeres verlassen mußte, erst gedämmert war, als er ihn ausgesprochen hatte.

Er geriet in Unruhe.

»Wenn Dincklage« – vor Aufregung sagte er wieder einmal ›Dinckledsch‹ – »sich von uns verabschieden will, wie du sagst, dann wird er anschließend die Schotten dicht machen. Als Offizier kann er auf die Dauer nicht zulassen, daß in seinem Frontabschnitt eine undichte Stelle ist. Er wird Hemmeres noch heute nacht besetzen lassen. Und er wird doch sicher so anständig sein, Doc zu sagen, daß er sich rechtzeitig verziehen soll, oder?«

»Worauf du dich verlassen kannst«, sagte Major Wheeler.

John saß jetzt nur noch auf der Kante seines Stuhls. Er hatte beide Ellenbogen auf den Tisch gestützt und hielt seine Hände flach aneinandergepreßt.

»Mein Gott, daß ich daran noch nicht gedacht habe«, sagte er. »Ich muß ja meine Posten entsprechend instruieren. Ich muß zwei Kundschafter nach unten schicken, die aus der Nähe beobachten können, ob und wann die Jerries aufkreuzen. Und natürlich lasse ich den Hof gleich danach unter Granatwerfer-Feuer nehmen. Die Deutschen sollen bloß nicht glauben, daß sie sich's in Hemmeres gemütlich machen können.«

»Das wirst du hoffentlich nicht tun, ohne vorher beim Bataillon anzufragen«, sagte Wheeler.

John blickte ihn wütend an.

»Gibt's eigentlich auch Entscheidungen«, fragte er, »die ein Kompanieführer selbständig treffen kann?«

»Stell dich doch nicht so an, Mann!« sagte Wheeler. »Als ob du nicht alles Einschlägige darüber schon in den ersten vier Wochen in Fort Benning gelernt hättest!«

»Es gibt schon Situationen, in denen ein Truppenoffizier Gelegenheit hat, allein zu entscheiden«, sagte er und rezitierte: »Wenn ein Einheitsführer mit seiner Einheit im Verlauf von Kampfhandlungen von seiner nächsthöheren Kommando-Ebene vollständig abgeschnitten wird ...«

»Mit anderen Worten: nie!« rief John aus.

Er wurde unsicher, als er sah, daß Bob ihn voller Erstaunen, ja geradezu bestürzt betrachtete.

»Du wirst dich noch wundern«, sagte Wheeler.

»Was willst du damit sagen?«

»Ich will damit sagen«, sagte Wheeler langsam, »daß wir hier in ein paar Wochen die größte Schweinerei dieses ganzen Krieges haben werden.«

John schaltete schnell und entschloß sich, seinem Besucher nicht zu widersprechen. Wenn ein Nachrichtenmann von Bobs Fähigkeiten dergleichen äußerte, mußte er Gründe dafür haben.

Er stieß ein »Wow!« aus und stellte sich ungläubig, um Bob aus der Reserve zu locken.

»Die Deutschen ziehen in dem Raum westlich vom mittleren Rhein mehrere Armeecorps zusammen«, sagte Wheeler. »Ich besitze dafür ausreichende Beweise. Sie decken sich mit dem Material, das bei allen Regimentern einläuft, und mit den Ergebnissen der Luftaufklärung.«

»Na und?« fragte John. »Was sagt man oben dazu?«

»Nichts«, sagte Bob. »Kein Kommentar.«

»Du glaubst doch nicht, daß sie zusehen werden, wie mehrere Armeecorps gegen uns losgehen?«

»Keine Ahnung«, sagte Wheeler.

Sie fachsimpelten eine Weile. Es konnte sein, daß die armseligen drei Divisionen, die zwischen Monschau und Echternach standen, rechtzeitig zurückgenommen wurden. Dann würden die Deutschen in das Loch zwischen Pattons linke und Hodges' rechte Flanke hineinlaufen und in die Zange genommen werden. Oder es war möglich, daß die Amerikaner von Süden und die Engländer von Norden sich auf die Socken machten und in die deutsche Bereitstellung einbrachen, die Bombe entschärften, so daß sie nicht mehr explodieren konnte.

»Alles Theorie«, sagte Wheeler. »Ich habe den Eindruck, daß Bradley bloß dasitzt und abwartet.«

»Und uns verheizen lassen will?« fragte John empört.

Wheeler zuckte die Achseln.

»Vielleicht hofft er, daß wir uns ein paar Tage halten können«, sagte er.

»Shit!« sagte John.

Sie brüteten vor sich hin, in dem Zimmer, in dem nur die Tischlampe einiges Licht verbreitete.

»Wenn alles vorbei ist, wird es heißen, die Aufklärung habe versagt«, sagte der Major. »Ich seh die Schwarten schon vor mir, in denen behauptet wird, die Armee sei von der Größe und Schwere des deutschen Stoßes überrascht worden. Die Brass-hats werden Interviews geben, in denen sie alles uns, den Nachrichtenleuten, in die Schuhe schieben.«

»Ich will dir mal was Geheimes erzählen«, sagte er. »Beim

Regiment liegt eine Anweisung, die nur deshalb noch nicht an die Front weitergegeben wurde, weil Colonel R. einen Tobsuchtsanfall bekommen hat, als er sie las. Darin heißt es, die Front solle sich so verhalten, daß sie keine schlafenden Hunde weckt! Wörtlich!«

»Wow!« sagte John wieder, diesmal nicht ungläubig, sondern nur perplex. Dann mußte er wider seinen Willen grinsen. Er stellte sich eine Armee vor, die auf Zehen ging, um die Leute nebenan nicht zu stören.

»Das ist der Grund, warum man dir nicht erlauben wird, Hemmeres mit Granatwerfern zu beharken«, sagte Wheeler. »Und ich glaube, es ist auch einer der Gründe, warum die Armee sich auf Dincklages Vorschlag in Schweigen hüllt. Dincklage bietet ihr sein Stück Kuchen an in einem Moment, in dem sie partout keinen Kuchen essen will.«

»Hast du deine Nachrichten über den deutschen Aufmarsch auch von Doc?« fragte John.

»Ach der«, sagte Wheeler und winkte ab, »der hat davon keine Ahnung. Dort, wo er herumläuft, tut sich ja auch noch nichts. Die ganze Gegend hinter der deutschen Linie gehört zum Täuschungsraum, der erst im letzten Moment besetzt wird. Wir kennen sogar das Code-Wort für das deutsche Unternehmen. Es heißt ›Wacht am Rhein‹. Damit wollen sie uns weismachen, daß sie sich bloß auf die Verteidigung des Rheins vorbereiten. Und ich habe schon im Stab Leute getroffen, die ihnen das abnehmen.« Er unterbrach sich, dann sagte er: »Na ja, wenn man bedenkt, daß wahrscheinlich nichteinmal der Major Dincklage etwas von dem weiß, was sich hinter seinem Rücken zusammenzieht ...«

Übrigens hatte ihn John Kimbroughs Frage daran erinnert, daß er die ganze Zeit über, in welcher ihm der Frontabschnitt des 424. Regiments nachrichtendienstlich unterstand, darauf verzichtet hatte, den Hof Hemmeres unter die Leitstellen aufzunehmen, die ihm zur Einschleusung von Agenten hinter die deutschen Linien dienten. Und warum? Nur aus Rücksicht auf Schefold, der überhaupt kein Agent war, sondern bloß ein Lieferant von Stimmungsberichten, falschen wahrscheinlich, denn Schefold hatte niemals von etwas anderem zu berichten gewußt, als daß die Bauern und Soldaten, mit denen er sprach, den Krieg für verloren hielten. Schefold zufolge waren die Deutschen das vernünftigste, gottergebenste Volk der Welt. Wie sie zu ihrem Hitler gekommen waren, blieb danach eigentlich ein Rätsel.

Auf Schefold wartend, machte er sich Vorwürfe. Er hätte den Hof Hemmeres zu Nützlicherem verwenden sollen!

Sogar für Schefold selber wäre es das beste gewesen, wenn er ihn höflich aber energisch gebeten hätte, aus Hemmeres zu verschwinden. Zurück marsch marsch mit Ihnen, nach Belgien, Doktor Schefold! Wir können Sie hier nicht gebrauchen! Dies ist kein Aufenthaltsort für Kunstgelehrte, deutsche Romantiker, Spinner! Ja, das wäre das beste gewesen. Stattdessen heute dieser Spuk, der sich nicht auflösen wollte, solange Schefold noch da draußen war, irgendwo in der Dämmerung, der beginnenden Nacht, zwischen den Linien!

Ihre Unterhaltung begann zu zerfleddern.

»Tu übrigens nicht so, als ob du dich darum reißen würdest, Hemmeres in Trümmer zu legen«, sagte Wheeler. »Du bist ja ungefähr der letzte, dem so etwas Spaß machen würde. Ich kann mir nicht vorstellen, daß du dir so billige militärische Lorbeeren holen willst.«

Ja, dachte John, es wird schon stimmen, und außerdem habe ich gestern noch zu Doc gesagt, der Krieg würde nie nach Hemmeres kommen. Als ich da unten stand, vor dem Einödhof, hab ich was von einem Loch in einer Decke gequatscht, das niemand stopfen würde. Bloß wegen ein paar Apfelbäumen, einer Wiese, einem Fluß, einem Bussard habe ich dummes Zeug geredet.

»Dann verrate mir mal«, sagte er, »wie ich es zu Kriegsruhm bringen könnte!«

»Das will ich dir sagen«, sagte Wheeler, ohne auf seinen Ton einzugehen. »Ein deutsches Bataillon gefangennehmen und dafür von einem Kriegsgericht degradiert werden – das hätte schon gut zu dir gepaßt. Es wäre deine Art gewesen, eine militärische Karriere zu machen. Ja, du würdest degradiert und gleichzeitig der Held der Nation werden. Zehn Jahre später würde deine Geschichte in allen amerikanischen Schullesebüchern stehen.«

»Und das willst du verhindern!« John sagte es lachend.

Wheeler, der nicht lachte, antwortete: »Ich fürchte, es ist schon ohne mich verhindert worden.«

Von Alligatoren ...

Er lernte es nie, zu angeln, aber er wetzte diese Scharte aus, als es ans Schießen ging.

Sie schossen zuerst auf leere Konservenbüchsen, die auf einem Balken standen; dann warf sein Vater die Büchsen in die Luft. Nach einiger Zeit traf John jede Büchse. Er traf sie fast immer auf dem Scheitelpunkt ihres Flugs.

Vielleicht, nein sicher, haben Johns erstklassige Schießresultate dazu beigetragen, daß er bei der Armee schnell befördert wurde.

»Holla«, sagte sein Vater jedesmal, wenn wieder eine Büchse im rechten Winkel nach hinten aus ihrer Flugbahn geschleudert wurde. Dann betrachtete er seinen fünfzehnjährigen Sohn.

»Hätt ich nicht gedacht«, sagte er einmal, »von einem, der in die Stadt ausgebüxt ist.«

Das Kanu lag im Schatten unter Zypressen, und sie blickten über ein Stück Wasser- und Schilf-›Prärie‹ auf den Sandstreifen vor Chesser Island, auf dem der Alligator lag.

»Halt aufs Auge!« sagte Dad.

John setzte das Fernglas ab und nahm das Gewehr zur Hand. Durch das Fernglas hatte er gesehen, daß das Auge des Alligators geschlossen war. Das Maul des Tieres war halb geöffnet; es beschrieb, starr, die bekannten gekrümmten Linien vor dem Schwarz und Rot des Rachens. Der Alligator war ein ausgewachsenes Exemplar.

John bekam das Auge ins Visier des Gewehrs. Ledern lag es hinter Kimme und Korn.

»Wieviel schätzt du?« fragte er seinen Vater, der das Kanu so still wie möglich hielt, indem er es an eine Zypressenwurzel herangezogen hatte.

»Hundert Yards«, sagte der ältere Kimbrough.

John nahm das Visier eine Spur nach oben. Wenn er auf die Entfernung treffen wollte, mußte das Auge um einen Millimeter unterhalb des Korns liegen. Jetzt sah er das Auge nicht mehr, sondern nur noch den Höcker über dem Auge und die weiteren Höcker auf dem Echsenpanzer, und darüber die flimmernde Hitze des Sumpfes.

Er nahm das Gewehr herunter und sagte: »Ich kann nicht.«

»Was soll'n das heißen: ›Ich kann nicht‹?« fragte Dad. »Natürlich kannst du. Eine Kleinigkeit für dich.«

»Nein«, sagte John, »ich kann nicht.«

Jetzt begriff der Vater, was sein Sohn meinte.

»Nuts«, sagte er. »Los, schieß! Du mußt es lernen!«

John schüttelte den Kopf. Er reichte Dad das Gewehr. Sie wechselten die Plätze und John hielt das Boot fest, während Dad aufstand und zielte.

Der Alligator krümmte seinen Körper zwischen Kopf und Schwanz hoch, nachdem der Schuß gefallen war; dann ließ er ihn schwer auf den Sand klatschen und streckte sich aus. Sein Maul schloß sich langsam.

Es ist fast genauso wie mit den Fischen, dachte John, wenn Dad sie von der Angel nimmt und ins Boot wirft, fast das gleiche Zucken und Sich-Krümmen.

Sie fuhren zu dem Sandstreifen hinüber und besahen sich den toten Alligator. Dad sagte, er würde mit Rufus und Joe im großen Boot zurückkommen, um das Tier zu bergen.

Auf der Heimfahrt sprachen sie kein Wort miteinander.

... und Schweinehunden

Die Frage, ob Captain Kimbrough die gleiche Meisterschaft im Scharfschießen erreicht hat wie der Obergefreite Hubert Reidel, muß offenbleiben. Wahrscheinlich ist Reidel doch noch eine Klasse besser.

Im Unterschied zu Reidel betrachtet Kimbrough seine Schießkunst bloß als manuelle Fertigkeit.

Die Aussicht, auf Menschen schießen zu müssen, machte ihm weniger Kopfzerbrechen, als nach jener Jagdszene im Okefenokee-Sumpf anzunehmen ist. Im Krieg Menschen töten würde nichts weiter sein als eine Funktion des Selbsterhaltungstriebs. Juristisch waren die Situationen von Krieg und Jagd voneinander völlig verschieden. Das Tier war wehrlos.

Dem entsprechend reduzierten sich alle Probleme, die der Krieg stellte, auf ein einziges: die Frage des Mutes. Hauptmann Kimbrough war neugierig, ja geradezu versessen darauf, herauszukriegen, ob er mutig sein würde.

Als er einmal Onkel Benjamin gegenüber eine diesbezügliche Andeutung machte, erwiderte dieser: »Mut? Dazu brauchst du doch nicht die Armee! Du wirst im Leben noch jede Möglichkeit haben, Mut zu beweisen.«

John mußte lächeln, angesichts der Selbstverständlichkeit, mit welcher Onkel Benjamin zwischen der Armee und dem Leben unterschied.

»Ich weiß schon«, sagte er, »moralischer Mut undsoweiter. Den meine ich aber nicht. Ich meine den ganz gewöhnlichen physischen Mut.«

Die einzigen Augenblicke, so erinnerte sich John, in denen, während der Unterrichtsstunden, die Offiziersanwärter den Atem anhielten, traten dann ein, wenn über das Verhalten von Offizieren im Kampf gesprochen wurde. Die Armee schickte Offiziere mit Fronterfahrungen aus dem Ersten Weltkrieg nach Fort Benning und wies sie an, mit konkreten Beispielen zu arbeiten, d. h. zu erzählen. Während und nach solchen Erzählungen herrschte in der Regel Schweigen. Die witzigen Fragen verstummten.

In diesem Augenblick brach das vorbereitende Sperrfeuer ab. Es war Zeit zum Angriff, doch die Soldaten weigerten sich, vorzugehen. Durch das Tal vor Creighton zuckten jetzt kreuz und quer die Feuerschlangen der Leuchtspurgeschosse. Granaten schlugen ein. Es war wie ein Blick ins Innere der

Hölle. Da seine Leute sich nicht ohne sein Beispiel in diese Todesfalle wagen würden, stand Creighton auf und schrie den Kampfruf von Fort Benning, der Infanterieschule: »Mir nach!«

Er rannte den Hügel hinunter, überzeugt, daß er nicht lebend davonkommen würde. Erdbrocken und Schnee flogen ihm um die Ohren, während er auf die Talsohle zujagte. Er erblickte eine Mauer und warf sich dahinter zu Boden.

»So, das hätten wir geschafft«, sagte jemand neben ihm. Es war Sergeant Love. Creighton fiel ein Stein vom Herzen. Jetzt konnten sie zum Angriff auf das nächste Ziel, den Friedhofshügel, vorgehen. Er drehte sich nach seinen Leuten um. Doch hinter ihm war niemand.

»Um Himmels willen, wir sind allein!« Eine unbändige Wut stieg in ihm hoch. Die Angst war wie weggeblasen. Die beiden machten kehrt und kletterten, ohne sich um die Geschosse zu kümmern, die überall durch die Luft pfiffen, wieder den Hügel hinauf. Die Männer kauerten in ihren Schützenlöchern und starrten Creighton und Love schweigend an.

»Jetzt hört mal, ihr Waschlappen!« schrie Love. »Diesmal folgt ihr dem Lieutenant und bleibt ihm auf den Fersen. Sonst schieß *ich* euch über den Haufen!«

Creighton und Love eilten die Schützenlinie entlang und zerrten die verängstigten Soldaten aus ihren Löchern. Nocheinmal ging Creighton zum Angriff vor. Diesmal folgten ihm die Männer, denn Love rannte mit seinem Karabiner hinter ihnen her. Sie liefen durch das Tal und dann den nächsten Hügel zum Friedhof hinauf. Aus dem Nichts tauchten weiße Gestalten auf und zogen sich nach Norden zurück. Die Kompanie Fox folgte, viel zu verschreckt, um zu schießen oder zu schreien. Nach fünf Minuten hatte sie ihr Ziel genommen. Der Friedhofshügel gehörte der Kompanie Fox. (John Toland, Battle: The Story of the Bulge, zitiert nach der deutschen Ausgabe: Ardennenschlacht 1944, Bern 1960, S. 341)

Gewöhnlichen physischen Mut besaß man beispielsweise, wenn man es fertigbrachte, bei Trommelfeuer das periphere Nervensystem unter Kontrolle zu halten.

Die Mutfrage war tatsächlich eine Offiziersfrage. Dem gewöhnlichen, in der Regel durch Konskription zur Armee gepreßten Soldaten durfte kein Vorwurf gemacht werden, wenn er an nichts anderes dachte als daran, seine Haut zu retten.

Rechtsanwalt Kimbrough hat sich immer darüber gewundert, daß Dienstverweigerer niemals einen Mangel an gewöhnlichem physischen Mut für ihr Verhalten in Anspruch nahmen. Sie sagten niemals: Was wollt ihr? Wir besitzen die Grundeigenschaft nicht, die ihr vom Soldaten verlangt, und wir denken nicht daran, sie uns anzueignen.

In John Kimbroughs Augen hätte ein solches Eingeständnis ihren moralischen Mut schlagend bewiesen. Schlagender jedenfalls als die Berufung auf das fünfte Gebot oder die Lehren von Jesus Christus.

»Ein Offizier, der sich zurückzieht, ehe nicht mindestens fünfzig Prozent seiner Leute ausgefallen sind, hat versagt.«

Da man sie in Fort Benning mit solchen und ähnlichen Sprüchen vollpumpte, nahm John sich vor, in seiner Seele keinen Schuldkomplex entstehen zu lassen, nicht ein Leben lang ›daran zu tragen‹, falls ihm zustieße, was in der Sprache der Armee als *Versagen* bezeichnet wurde. Ob man *versagte* oder nicht, war sozusagen eine rein technische Angelegenheit, eine Aussage über seine Konstitution, nichts weiter. (Die deutsche Metapher vom *inneren Schweinehund* war ihm unbekannt. Er hätte sie sicherlich abgelehnt.)

Er wollte es bloß wissen.

Den verschiedenen Hypothesen über die Gründe seines freiwilligen Eintritts in die Armee – die Zustände in Georgia unter dem Regime von Eugene Talmadge, der unbefriedigende Ausgang seiner Beziehung zu Dorothy Du Bois, ferner die mehr allgemeine Vorahnung, daß er dem Krieg und der historischen Entwicklung Amerikas nicht würde ausweichen können und es deshalb besser wäre, aktiv daran teilzunehmen, anstatt sich irgendwie durch die Zeit zu schwindeln – fügen wir die Annahme hinzu, es habe ihn der unbedingte Wunsch getrieben, etwas über die Beschaffenheit seines Geistes und Körpers in Erfahrung zu bringen, das in Erfahrung zu bringen ihm unerhört wichtig erschien.

Hier darf nachträglich vermutet werden, daß auch Hainstocks vom Gesichtspunkt illegaler Taktik aus verkehrter Entschluß, sich der Kommunistischen Partei als Kurier im faschistischen Deutschland zur Verfügung zu stellen, von ähnlichen Gründen bewogen worden sein mag. Auch Hainstock wollte sich möglicherweise nur einer Prüfung unterziehen. Von ihm wissen wir, daß er sie bestanden hat.

Während der letzten Tage hat Captain Kimbrough sich manchmal gefragt, ob er, indem er den Coup unternahm, zu dem Major Dincklage ihn einlud, nicht dem geheimen Wunsch nachgab, dem Test zu entgehen, dem er sich unterziehen wollte. Ein *raid* wie dieser war eine freche Sache, aber nicht eigentlich ein Beweis von gewöhnlichem physischen Mut, wie man ihn unter Trommelfeuer oder bei Sturmangriffen benötigte.

Wheelers Voraussage dessen, was später als *Schlacht in den Ardennen* bezeichnet wurde, hat ihn sehr erregt. Sein Eintritt in die Armee würde also kein *flop* gewesen sein; die Zeit in der Armee würde noch in etwas anderem enden als in ein paar faulen Wochen an der Grenze, gefolgt von Gamaschendienst in einem besetzten Land. Jäh spürte er, wie sein Interesse an Dincklages Unternehmen zu verblassen begann, während er Wheeler zuhörte, und er fragte sich, ob es überhaupt noch aus etwas anderem bestand als aus diesem unerträglichen Warten auf eine Antwort nach der Frage, wo Schefold blieb.

Maspelt 18 Uhr

Jetzt blieb ihnen nichts mehr übrig, als Theorien über sein Ausbleiben aufzustellen.

»Wenn ihm etwas zugestoßen ist«, sagte John, »dann muß es gleich am Anfang geschehen sein. Als er vor der deutschen Linie auftauchte. Für alles andere kann ja Major Dincklage meinetwegen seine Hand ins Feuer legen, aber nicht für diesen Moment. Wenn da ein deutscher Posten losgeballert hat . . .«

Er brachte den Satz nicht zuende, weil ihm einige Soldaten seiner Kompanie einfielen, die er als unheilbar schießwütig kannte. (Er dachte für *schießwütig* das Wort *trigger-happy*.)

Auch sagte er sich, daß er anstelle von Major Dincklage ebensogut sich selber als denjenigen hätte bezeichnen können, der dafür verantwortlich war, daß Doc einen brenzligen Moment durchmachen mußte. Niemals, dachte er, hätte ich Doc in eine Sache schicken dürfen, die auch nur einen einzigen Augenblick enthielt, für den ich nicht die Hand ins Feuer legen konnte. Ich habe ihn bloß gewarnt. Warnen war zu wenig.

»Kann man von deiner vordersten Linie aus hören, wenn bei den Deutschen geschossen wird?« fragte Wheeler.

»Ausgeschlossen«, sagte John. »Sie liegen nicht auf der Our-Höhe, wie wir, sondern dahinter, und der Hang vor ihnen fängt bestimmt jeden Schall ab. Ich habe noch nie einen Laut von drüben gehört.«

Er dachte an die Stunden, die er auf den Our-Höhen verbrachte, in denen er durch das Glas nach Osten spähte, abgeerntete Felder, Waldstücke, Ödhänge, Häuser aus Bruchsteinen betrachtete. Er hatte nicht nur weder eine Stellung ausmachen noch eine Bewegung wahrnehmen können, sondern auch niemals einen Schuß, ein Räderrollen, ein Klirren von (Panzer-)Ketten vernommen. Der Krieg war nicht nur leer gewesen, sondern auch stumm, und er hatte dem abweisenden Schweigen dieses Hohlraums zugestimmt.

Später war ihm aufgegangen – nach Erzählungen Schefolds, der seine Kenntnisse von Hainstock hatte –, daß diese Leere, dieses Schweigen nicht einfach unerklärliche Eigenschaften eines geheimnisvollen Krieges waren, sondern vielleicht nur deshalb die Feindlage der C-Company beherrschten, weil der Major Dincklage ein solcher Meister der Tarnung war.

»Vielleicht sollten wir doch nach vorne gehen und uns erkundigen«, sagte Wheeler. Entschuldigend fügte er hinzu: »Nachrichtenleute sind nun einmal von Natur aus ungläubige Thomasse.«

John nickte. In diesem Zimmer war es ohnehin nicht mehr zum Aushalten. Er sah auf seine Armbanduhr und sagte: »Die Männer, die heute mittag in dem Abschnitt über Hemmeres Postendienst hatten, waren von zwölf bis vier Uhr abgelöst. Jetzt sind sie wieder in ihren Löchern da oben.«

Sie standen auf, zogen ihre Jacken an und setzten ihre Mützen auf.

In der Schreibstube blieb Major Wheeler stehen, wandte sich an John und sagte: »Ich glaube, den Alarm kannst du jetzt abblasen lassen.«

»Sie haben's gehört«, sagte Captain Kimbrough zu dem Master-Sergeant. »Alarmzustand beendet!«

»Yes, Sir«, sagte der Master-Sergeant. »Ich gebe den Befehl an die Züge weiter.«

»Ich bleibe dabei, daß sie sich festgeredet haben«, sagte Wheeler, während sie die Dorfstraße entlanggingen.

»Das glaube ich nicht«, sagte John. »Nicht so lange.«

In der Dunkelheit, durch die nur noch ein letztes, abschiednehmendes Licht geisterte, und in der durch den noch nicht aufgehobenen Alarmzustand hervorgerufenen Menschenleere der Dorfstraße klangen ihre Stimmen hohl.

»Ich habe einen merkwürdigen Verdacht«, sagte Wheeler. »Ich könnte mir vorstellen, daß Schefold sich entschlossen hat, drüben zu bleiben. Er ist doch ganz wild darauf, nach Hause zu kommen. Und da gerät er an einen Typ wie Dincklage. Das kann ihn umgeworfen haben.«

John erwiderte nichts, und Wheeler wartete auch gar nicht ab, ob John etwas sagen würde.

»Zwei deutsche Patrioten!« rief er aus. »Und beide von uns im Stich gelassen. – Ja«, sagte er, leiser, »auch Schefold muß sich sagen, daß wir nur achselzuckend zuschauen, wie er zu Dincklage geht, und er kann sich ausrechnen, daß wir ihn nach Belgien zurückschicken, zurück in sein Emigrantendasein, wenn er seinen Auftrag ausgeführt hat, der nichteinmal

447

unser Auftrag war. Keine sehr hübsche Aussicht für ihn, so, wie er gebaut ist.«

»Drüben bleiben?« fragte John. »Wie stellst du dir denn das praktisch vor? Er hat keine Papiere.«

»Erstens einmal hat er Papiere«, sagte Wheeler. »Sogar ganz brauchbare, ich habe sie gesehen. Zweitens bewegt er sich in einer intakten deutschen Widerstandsgruppe. Dieser Kommunist zum Beispiel, von dem er uns immer erzählt und der ihn ja in die ganze Geschichte mit Dincklage hineingezogen hat, könnte ihn sicher ohne weiteres verstecken. Und wenn dann noch der Major gesagt hat: ›Bleiben Sie hier! Ich nehme Sie unter meine Fittiche ...‹«

»Doc ist ziemlich verrückt«, sagte John. »Aber so verrückt ist er doch nicht.«

Er erinnerte sich daran, wie er Schefold nach Dincklage ausgeforscht hatte, am vergangenen Samstag, als der schwere Mann ihm die Nachricht von Dincklages Vorhaben überbrachte, und wie sichtlich enttäuscht er gewesen ist, weil ich nicht vor Begeisterung darüber auf den Tisch gesprungen bin, dachte John. Doc hatte Dincklage aufgeregt verteidigt, als ich den Major (bloß im juristischen Sinne, das hat er gar nicht begriffen!) als Verbrecher bezeichnet habe. Dincklage sei ein gebildeter deutscher Bürger, hatte er gesagt, und hinzugefügt: ›Jemand wie ich, wenn Sie so wollen.‹ Das alles sprach für Bobs Ahnung von einem tiefen inneren Einverständnis zwischen diesen beiden Deutschen, mit allem, was dabei herauskommen konnte. Dagegen sprach eigentlich nur, daß er unwillig geschwiegen hat, als ich wissen wollte, was den Major Dincklage ticken läßt. Dafür hatte er nicht nur keine Erklärung, sondern er wollte sie auch nicht haben, das war offensichtlich gewesen.

»Es handelt sich nicht um Verrücktheit«, sagte Wheeler, »sondern um Nationalgefühl.«

Er sagte: *feeling for one's country.*

Angenommen, dachte John, ich wäre aus Amerika emigriert, wegen eines amerikanischen Hitler – der Gedanke raubte ihm einen Augenblick lang den Atem –, dann würde ich vielleicht auch weich werden, wenn mir jemand die Gelegenheit böte, nach Savannah zurückzukehren, nach Fargo, zu *Old Okefenok*.

Er machte ein (ins Deutsche unübersetzbares) Wortspiel aus *country* und *county*, indem er sagte: »Ich habe kein Gefühl für mein Land. Bloß für meinen Landkreis.«

Wheeler war verführt, ihm einen Vortrag über das deutsche Wort *Heimat* (für das es kein adäquates englisches Wort gibt) zu halten, die bekannte These zu verfechten, daß es kein Nationalgefühl ohne Heimatgefühl geben könnte, daß Heimatgefühl bloß die Vorstufe von Nationalgefühl sei undsoweiter, aber er verzichtete plötzlich darauf. Es gab da etwas, für das die bekannte These nicht mehr ausreichte. Dieser junge Offizier, mit dem er sich nun seit dem Beginn des Feldzugs beschäftigte, liebte zwar seinen Sumpf da unten im Süden (der ja immerhin ein amerikanischer Sumpf war), ließ sich aber unter keinen Umständen dazu überreden, deswegen auch noch ganz Amerika zu lieben. Amerika schien ihm zu groß zu sein, als daß er es hätte lieben können.

Wäre es also möglich, fragte Wheeler sich, daß Heimatgefühl der Entwicklung von Nationalgefühl geradezu im Wege stände? Ein paradoxer Gedanke, geisteswissenschaftlich noch nicht untersucht, soviel er wußte, vielleicht gerade deshalb wert, daß man ihn prüfte. Beispielsweise unter dem Aspekt des Mittelalters. Im Mittelalter – das glaubte Wheeler zu wissen – hatten die Menschen sich nicht in Nationen, sondern in Landschaften zuhause gefühlt.

»Das Wort *geisteswissenschaftlich* dachte er selbstverständlich auf deutsch (denn es kommt im Englischen nicht vor, die entsprechende akademische Fakultät heißt in England und Amerika *Arts, Künste*, wird als solche unterschieden von *Sciences, Wissenschaften*, womit die sogenannten exakten oder Naturwissenschaften gemeint sind); da Wheeler Professor für deutsche Literatur des Mittelalters war, fühlte er sich, obwohl Amerikaner, doch sehr als deutscher Geisteswissenschaftler, nicht als Angelsachse, der Künsten oblag. Außerdem gehörte es sich einfach, das Wort *geisteswissenschaftlich* zu denken, wenn man in nachtblauer Dämmerung nach Osten ging, in die Richtung, in der Deutschland lag.

Von der Höhe des Weidehangs aus sahen und hörten sie die Schlacht im Norden, die Lichter, die über den schon nächtlichen Himmel kreisten, das ferne Rollen der Artillerie-Salven. Die Schlacht im Norden legte sich nicht schlafen, wenn es dunkel wurde. Eher schlief sie manchmal am Tage, um in der Finsternis frisch zu sein.

Die Schützenlöcher der Linie lagen unter den Schattenrissen von Bäumen. Es gab keine Farben mehr, sondern nur noch verschiedene Abstufungen von Dunkelheit zwischen dem absoluten Schwarz von Laub, dem Grau von Helmen, den blassen Gesichtern, die sich aus der Erde nach oben wandten, als die Soldaten ihre Schritte hörten.

Sie erhielten die Auskunft, daß niemand etwas gehört hatte, heute mittag, nicht einmal das ferne Echo eines Schusses.

Sie gingen noch ein paar Schritte weiter, bis dorthin, wo sie, durch wesenloses Geflecht, das am Tage Haselbüsche darstellte, den Hof Hemmeres im Talgrund schimmern sehen konnten, ein Stück Schimmel, ungenau phosphoreszierend.

Zu den Männern, die in den Löchern standen, welche den Fußweg flankierten, der von Hemmeres heraufkam, sagte John: »Paßt heute besonders gut auf! Ich rechne damit, daß Doc heute abend noch aufkreuzt. Sagt es auch denen, die euch ablösen!«

Er konnte sich darauf verlassen, daß sie wußten, wen er meinte. Doc war den Männern der C-Company eine vertraute Erscheinung.

John dachte: für den *raid* wäre es günstig gewesen, daß die kommende Nacht eine besonders finstere Nacht sein würde. Der Mond stand nur noch als schmale Sichel im Osten; in einer der nächsten Nächte würde Neumond herrschen.

Auf dem Rückweg hing er wieder Erinnerungen an sein Gespräch mit Doc vom vergangenen Samstag nach. Er war sich damals noch nicht im klaren darüber gewesen, daß er einen Fall übernommen hatte: den Fall Dincklage. Das hatte er erst später begriffen, wenn auch nicht lange danach, spätestens während des Vortrags bei Colonel R.

Aber jetzt schien es sich gar nicht mehr um einen Fall Dincklage zu handeln, sondern um einen Fall Schefold, und wenn vielleicht daran zu zweifeln gewesen war, ob er den Fall Dincklage tatsächlich übernommen hatte – daran, daß der Fall Schefold an ihm hängengeblieben war, gab es nicht den Schatten eines Zweifels. Natürlich trug nicht er allein die Schuld daran, daß es jetzt einen Fall Schefold gab. Aber es tröstete ihn nicht, daß auch andere – der Major Dincklage vor allem, ferner jener Kommunist, sowie die Frau, die zwischen dem Major und dem Kommunisten vermittelt hatte – genauso verantwortlich für Docs Gang durch die deutsche Linie waren wie er, John Kimbrough. Schlußendlich hätte ein Wort von ihm genügt, diesen Gang, von dem Doc anscheinend nicht zurückkehrte, zu verhindern.

Vorläufig weigerte er sich, anzunehmen, was – im schlimmsten Falle – unter dem Umstand, daß Doc nicht zurückkehrte, vorzustellen war, wurde sich aber jäh des Unterschiedes zwischen den Fällen Dincklage und Schefold bewußt. Die Sache Dincklages hatte er bloß vertreten können, als (nicht recht zugelassener) Anwalt gegenüber höheren Instanzen, während er in dem Prozeß um Schefold zu den Angeklagten gehörte, sich selber nach einem guten Anwalt umsehen mußte, der ihn herauspauken konnte, falls es zu einem Verfahren kam.

Regionalismus

Wie alt war er gewesen, als ihn sein Vater mitnahm, auf die große Wanderung durch den Okefenokee-Sumpf, über die Kiefern-Plaine und bis zum Meer? Acht? Neun? Zehn? Er wußte es nicht mehr genau.

Dad behauptete, er könne alle 26 Arten von Waldsängern auseinanderhalten. Er bezeichnete John den goldenflügligen Waldsänger und den Waldsänger mit der apfelsinenfarbenen Krone, den Magnolien- und den Myrthen-Waldsänger. Er sagte: »Waldsänger gibt es nur bei uns, in Amerika.«

Dad wußte auch, wo die tiefen Teiche nördlich von Blackjack Island lagen, an deren Rändern die Pelikane fischten.

Sie begegneten keinem anderen Boot. Es war verboten, die Wasser-Prärie des südlichen Teils von Old Okefenok zu überqueren. Sie lebten von Fischen und Schildkrötenfleisch, das sie sich an den Abenden über dem Feuer brieten. Der Rauch stieg in den Himmel über den Sumpfzypressen.

Die Mittagshitze ließ den Spiegel des Wassers erblinden. Dann flirrten nur die Peitschenschläge der Mokassin- und der Indigo-Schlangen durch den Glast.

Ein Puma schlief im Geäst eines Amberbaums. Die Carolina-Sittiche waren grün, rot und gelb.

Dad konnte auf ein Karmesin-Licht, fern, vor dem Grau des Zypressenwaldes, deuten und sagen: »Rhododendren.« Oder im Vorbeigleiten ein rotes Blatt von einem Strauch pflücken und ihm einen Namen geben. »Itea«, sagte er, »das ist eine Hamamelis-Art.«

Er übertrieb's nicht. Manchmal ließ er die Namen Namen sein.

Nachts, in den Schlafsäcken liegend, hörten sie dem Baß-Ge-gröl der großen Frösche zu, dem dumpfen Röhren eines Alligators, und wie die Blasen des Faulschlamms platzten. Die Nächte waren laut. Sogar der Mond sirrte durch den Dunst.

Am Morgen traten die Virginia-Hirsche an die Ränder der Lagunen, unter die Scharen der Reiher und der Entenvögel.

Nach Tagen fand Dad die Stelle, wo der St. Mary's River den Okefenokee-Sumpf verläßt. Der Fluß wand sich zwischen Teichrosenufern durch das Slash Pine Country, auf dem die Kiefern verstreut im Präriegras standen.

Weiter im Osten die Plantagen, Baumwolle, Tabak, Zuckerrohr. Von den Bäumen der Alleen, die, an den alten Lehmziegelhütten der Neger vorbei, auf die weißen hölzernen Farmhäuser zuliefen, wehte, grau, der Greisenbart.

Dann die verschlammten Flußmündungen, die versandeten Küstenstreifen. Dad zeigte ihm die Stelle, wo die Sklaven an Land gesetzt worden waren. Da war tatsächlich noch ein Steg zu sehen, und ein großes Boot moderte im Schilf, unter dem Ufer aus Dickicht. Noch von damals?

Sie wechselten vom St. Mary's- zum Satilla-River, paddelten die stillen Sunde zwischen der Küste und den Inseln ab, schoben das Kanu schließlich unter den Mauern von Fort Frederica an Land, gingen über die Insel bis ans Ufer des offenen Meeres (das sie mit dem Kanu nicht befahren konnten). Dort, am Strand der St.-Simons-Insel, hatte Dad ihn angewiesen, sich niemals um den Atlantik zu kümmern, weil der Atlantik nur das eine von den Amerikanern wolle: daß sie wieder zurückkehrten. »Aber wir Amerikaner«, hatte er gesagt, »sind nicht nach Amerika gekommen, um jemals wieder dorthin zurückzukehren, wo wir hergekommen sind.«

Maspelt 19 Uhr

»Ruf mich an, wenn er doch noch kommt!« sagte Major Wheeler.

Er ging nicht mehr in die Schreibstube zurück, sondern gleich auf seinen Jeep zu, setzte sich ans Steuer.

Auf der Dorfstraße standen jetzt wieder Soldaten in Gruppen, dunkel im Dunklen. Es gab halblaute Rufe, Gelächter, Gekabbel zwischen jungen Burschen. (Einige der Soldaten aus Montana waren sehr jung.)

»Morgen werde ich versuchen, herauszukriegen, was passiert ist«, sagte Wheeler. »Ich hab da ein paar Möglichkeiten dazu.«

Sie nickten sich zu. Der Major ließ den Jeep an und fuhr weg. John sah den roten Schlußlichtern nach, bis sie verschwanden.

Ihm blieb nichts übrig, als weiter zu warten. Das Unternehmen Dincklage war geplatzt, aber daß Schefold zurückkehrte, war schließlich immer noch möglich.

Spät in der Nacht

(er hat Käthe Lenk nach Saint-Vith gebracht, sie Major Wheeler übergeben und ist nach Maspelt zurückgekehrt), bleibt er, ehe er sein Quartier aufsucht, bei einer Gruppe seiner Männer stehen, hört einem Soldaten zu, der gerade *John Brown's Body* singt.

Der Mann war ein sehr guter Sänger und Gitarrenspieler. Er sang ganz anders als Joe Proctor. Joe Proctor sang den Blues, und *John Brown's Body* war ja kein Blues, sondern bloß eine weiße Ballade.

Sicherlich kam dem Mann überhaupt nicht die Idee, daß er seinen Hauptmann herausforderte, indem er, unter dem Sternenhimmel von Maspelt, das Siegeslied der Nordstaaten sang, und John Kimbrough machte sich auch wirklich nichts daraus, denn die Melodie war schön, und der Sänger sang sie ohne Pathos, bloß feststellend, fast eintönig, eigentlich so, als sänge er gar nicht, sondern sagte bloß etwas, wozu die Gitarre ihr schrumm-schrumm machte.

Sie haben keine Ahnung davon, daß dieser John Brown ein scheußlicher Kerl gewesen ist, dachte John. John Brown hatte schon die Massaker in Kansas auf dem Gewissen, als er es dann zu dieser sinnlosen Schlächterei bei Harpers Ferry kommen ließ. Er war ein geistesgestörter Fanatiker, weiter nichts, und wir haben ihn ganz zu Recht aufgehängt.

Aber natürlich war es scheißegal, von welchen Helden, von welchen Taten die nächtlichen Lieder aller Feldzüge der Welt handelten. *John Brown's Body, Malbrough s'en va-t-en guerre*, die Ilias – zuletzt klangen sie alle gleich: eintönig, schrumm-schrumm, weiße Balladen.

Dokumente, Träume, Fußnoten
zu Major Dincklages Verrat

Fiktiv. Brief Dr. Bruno Schefolds an Wenzel Hainstock. Er ist nie geschrieben worden. Schefold fand keine Gelegenheit mehr, ihn zu schreiben.

Wir versuchen jedoch, ihm eine solche Gelegenheit zu verschaffen. Beispielsweise so: Schefold ist am späten Nachmittag des 12. Oktober in Maspelt angekommen. Unterwegs ist er nocheinmal in Hemmeres eingekehrt, hat seine Tasche gepackt, sich von seinen Wirtsleuten verabschiedet. Auf dem Steg über die dunkle Our, dessen Bretter so freundlich knarrten wie immer, hat er sich umgedreht, den Weiler betrachtet, sich vorgenommen, nach dem Krieg einmal zurückzukommen, um Nachschau zu halten, was aus den beiden weißen Häusern, den Wiesen, dem Mann, der Frau, dem Kind geworden sein mag.

In Maspelt hat er nicht nur Kimbrough, sondern auch Major Wheeler angetroffen. Er hat den beiden Offizieren über seinen Besuch bei Major Dincklage berichtet, Kimbrough den an diesen gerichteten Brief Dincklages übergeben. Danach hat er darum gebeten, einen Brief an Hainstock schreiben zu dürfen, und Kimbrough hat ihm dazu einen Tisch in der Schreibstube zur Verfügung gestellt, die – entgegen den im vorhergehenden Kapitel geschilderten Verhältnissen – nicht mehr vollbesetzt ist, sondern in der um diese Zeit nur noch der Pfc. Foster sitzt und stumm über Wehrsold-Abrechnungen brütet. Major Wheeler hat versprochen, Hainstock den Brief durch einen seiner *stragglers* zustellen zu lassen.

Wenn Schefold sich beim Schreiben unterbrach, hörte er aus dem Nebenzimmer die leisen murmelnden Stimmen der beiden Offiziere, die sich über Dincklages Brief unterhielten.

Auch hinsichtlich Schefolds Briefstil sind wir auf Vermutungen angewiesen. Wir erschließen ihn aus der Substanz

Bruno Schefolds, die in den Modi eines Dr. phil. (Dissertation 1927 bei Wölfflin, über ›Tiefe und Fläche bei Hercules Seghers‹), Geschichtsschreibers von Kunstwerken, Stendhaliens, deutschen Bildungsbürgers, deutschen Emigranten, schweren Körpers mit fließenden Bewegungen, im Ganzen unbekümmerten Charakters, Trägers eines englischen Bartes auftritt. Fügen wir noch hinzu, daß er früh ergraut, blauäugig und weltfremd war. Ein solcher Mann wird sich, wenn er einen wichtigen Brief zu schreiben hat, auf jeden Fall Zeit lassen. Gönnen wir ihm dieses fiktive Stück Zeit, am Abend des 12. Oktober, in der Schreibstube der C-Kompanie eines Bataillons des 3. Regiments der 106. amerikanischen Infanterie-Division. Er hat an diesem Tag immerhin einiges hinter sich.

›Maspelt (Belgien), am Abend des 12. Oktober 1944
Lieber Herr Hainstock,
sehr hoffe ich, daß der Bote, der Ihnen diesen Brief überbringt, sich unauffälliger, schattenhafter verhält, als ich dies je getan habe. Erst seit heute vormittag, erst seit ich dem Schrecken begegnet bin, weiß ich, daß mein unbekümmertes Erscheinen bei Ihnen, am hellichten Tag und ohne alle Vorsichtsmaßregeln, Sie des öfteren in Gefahr gebracht haben muß. Ich bitte Sie nachträglich dafür um Verzeihung. Herrn Major Wheeler habe ich gebeten, dem *straggler*, den er mit meinem Brief zu Ihnen sendet, auf die Seele zu binden, daß er im Schutze der Nacht zu Ihnen kommt. Ich stelle mir vor, wie der Mann, während einer der nächsten Nächte, bei Ihnen anklopft – den Moment plötzlicher Furcht, die Sie bei nächtlichem Anklopfen an Ihre Türe empfinden werden, muß ich Ihnen zumuten –, wie Sie dann zur Türe gehen und ein stummer Unbekannter Ihnen den Brief reicht, um gleich wieder in der Dunkelheit zu verschwinden.
Unmöglich, Ihnen, dem mit Recht widerwilligen und warnenden spiritus rector unserer Verschwörung, nicht einen ab-

schließenden Rapport zu erstatten! Sie haben nicht nur ein Recht darauf, sondern es scheint mir das zwingende Ende der Bestrebung zu sein, zu der Sie und ich uns zusammengefunden haben, daß ich Ihnen berichte, wie mein Besuch bei Herrn Major Dincklage verlaufen ist. Ich hoffe, Sie nehmen es mir nicht übel, wenn ich auch eine mir leider unbekannt gebliebene Dame als Adressatin meines Schreibens betrachte; aus meinem gewiß höchst fragmentarischen Studium der Persönlichkeit Dincklages habe ich den Eindruck gewonnen, daß nichteinmal sie von ihm mehr erfahren wird als Andeutungen, Bemerkungen in Kurzschrift sozusagen, die sie nicht dechiffrieren kann, wenn sie nicht eine Psychologin allerersten Ranges ist. Wer weiß, vielleicht ist sie eine?

Ich bin kein Psychologe, kein Interpret menschlichen Charakters; mir ist Herr Dincklage in erster Linie rätselhaft geblieben.

Daran, daß ich bis zuletzt dem Schrecken ausgeliefert blieb, trägt er übrigens keine Schuld. Können Sie sich erinnern, wie ich einmal zu Ihnen gesagt habe, ich wolle gern alles tun, nur eines nicht: in die Hände von Nazi-Soldaten fallen? Das war, als Sie mir den Wunsch – was sage ich? den Befehl! – Dincklages bekanntgaben, ich möge durch die Linie zu ihm kommen. Nun, ich bin dort oben, auf dem Abhang der Our-Höhen, in die Hände eines Mannes gefallen, von dem ich nicht weiß, ob der Ausdruck *Nazi-Soldat* für ihn ausreicht, oder ob er überhaupt auf ihn zutrifft. Ich habe kein Zeichen von politischem Fanatismus an ihm bemerkt, dafür etwas anderes: die tiefsitzende und absolute Fähigkeit, Schrecken erregen zu können. Terror als menschliche Eigenschaft – Sie werden das ja kennen! Aber ich bin in meinem ganzen Leben noch keinem Menschen begegnet, der mir auf solche Weise und vom ersten Augenblick an Furcht eingejagt hat. Schließlich habe ich mir nur damit helfen können, daß ich mir gesagt habe, ich sei wohl ausgezogen, das Fürchten zu lernen.

Da Dincklage in seinem Vorzimmer angeordnet hatte, daß

dieser Mensch mich auch wieder zurückbringen solle, begann unser Gespräch damit, daß ich ihn, noch ehe wir uns setzten, dringend ersuchte, mir für den Heimweg einen anderen Begleiter mitzugeben. Er begriff natürlich sofort, stellte Fragen, ich beantwortete sie. Ich habe einen Fehler gemacht: ich brachte es nicht über mich, ihm zu erzählen, daß ich körperlich mißhandelt worden bin. Vor Ihnen, einem Mann, der lange Jahre im Konzentrationslager zugebracht hat, habe ich keine Hemmung, zu berichten, daß dieser kleine Unhold mich mit seinem Stiefel ins Gesäß getreten hat, so hart, daß ich gestürzt bin. Es wird Ihnen unbegreiflich erscheinen, daß ich Dincklage den letzten Beweis für die Nichtswürdigkeit des Subjekts schuldig geblieben bin, indem ich ihm verschwieg, bis zu welchem Grad es mich erniedrigt hat. Ich konnte es einfach nicht. Selbstverständlich schwieg ich nicht deshalb, weil ich den Buben schonen wollte. Eine Weile habe ich geglaubt, ich verhielte mich taktvoll, meinetwegen allzu taktvoll, indem ich Major Dincklage in Unkenntnis des Verhaltens eines seiner Männer ließ – es mußte ihm ja denkbar peinlich sein, zu erfahren, wie das, was er mir zugemutet, gleich so begonnen hatte. Noch später – Sie müssen sich vorstellen, daß mir solche Überlegungen kamen, während ich mit dem Major längst über ganz anderes sprach – bedachte ich, daß ich vielleicht mich selber nicht habe preisgeben wollen. Berücksichtigen Sie bitte, daß ich mich wegen dieses Fußtritts geschämt habe! Ich habe ihn mir ja gefallen lassen müssen! Aus einer Scham, die während meines Gesprächs mit diesem Offizier noch ganz unbestimmt war, wäre es mir unmöglich gewesen, ihm einzugestehen, daß ich mit einem Fußtritt zu ihm befördert worden bin.

Endlich – entschuldigen Sie diese langwierige Untersuchung eines körperlichen Kontakts, ich muß sie aber loswerden, komme dann gleich zur Sache! –, endlich also begriff ich, wie in jeder Hinsicht richtig es gewesen war, den Vorfall unerwähnt zu lassen. Seine Schilderung hätte ja sogleich einen

Mißton in die Begegnung gebracht. Sie wissen ja, wie es ist, wenn in Gespräche, die gut angelegt sind und auf einer gewissen Höhe verlaufen sollen, Einbrüche aus der Sphäre trivialster Realität erfolgen. Welch lähmende Mißstimmung sich dann ausbreitet! Wie der Geist sich gezwungen sieht, mit kleinen konkreten Fragen sich zu beschäftigen, anstatt ... ah, ich sehe natürlich den ironischen Ausdruck in Ihren Augen, das proletarische Kopfschütteln, mit welchem Sie das Gespräch zweier bürgerlicher Herren verfolgen, denen die Realität trivial und konkrete Fragen klein erscheinen! (Aber sind Dincklage und ich wirklich Bürger, wenn es stimmt, daß die Bürger, die Bürger und sonst niemand, realistisch denken? So hab ich's gelernt und für richtig erkannt, in meinem Fach.)

Natürlich haben Sie recht. Ich habe doch einen Fehler gemacht, als ich den Fußtritt verschwieg. Weil ich außer diesem eigentlich nicht viel zu monieren hatte, weil ich den eigentlichen Schrecken, der von der üblen Kreatur ausging, zu schildern außerstande war, fiel meine Beschwerde eher mager aus. Dincklage verbarg mir ein Achselzucken, höflich wie er ist. Er führte dann aus, der Mann habe etwas auf dem Kerbholz, sei gerade deshalb in besonderer Weise geeignet, mich zu begleiten, weil er sich – berechtigt – Hoffnung machen könne, mit einiger Milde behandelt zu werden, wenn er einen ihm von seinem Kommandeur gegebenen Auftrag tadellos ausführe. Ich versuchte, herauszubekommen, was der Bursche ausgefressen hatte, aber Dincklage verweigerte mir die Auskunft; als ich insistierte, sagte er nur, daß es sich weder um ein militärisches noch um ein politisches Vergehen handle. »Aha, also um ein kriminelles«, sagte ich, denn genau das war es, was ich ihm zutraute. »Nein, auch das nicht«, erwiderte Dincklage, »ich vertraue Sie doch keinem Verbrecher an!« Ich war konsterniert. Nun, gleichviel, jedenfalls hatte ich den unheimlichen Gesellen jetzt auch für den Nachhauseweg am Hals.

Erst dann haben wir uns gesetzt. Erst dann habe ich mir die

Zeit und die Freiheit genommen, Herrn Dincklage in Augenschein zu nehmen. Nicht, daß ich mir nicht schon vorher, gleich vom ersten Moment an, als er in der Türe zur Schreibstube erschien, auf mich zuging und mich in sein Zimmer holte, im Geiste einige Notationen gemacht hätte. Er hinkte, er benutzte beim Gehen einen Stock – aber trotzdem: welche gleichsam metallische Präzision umriß ihn, oder sollte ich besser sagen, daß er ausgestanzt wirkte, mit seiner eher kleinen, knappen Gestalt in dem auf Taille geschnittenen Waffenrock, den Hosen, die ja nichts von englischen *breeches* haben, sondern mich immer an die hieratischen Formen ostasiatischer Kostüme erinnern (auch die Japaner lieben ja preußische Uniformen!)? –, nun, jedenfalls bot er auf den ersten Blick das Bild, das man sich von einem preußischen Offizier macht. Oder von einem Zinnsoldaten. Oh, dachte ich, mit dem wirst du es schwer haben, und andererseits war es fast ein bißchen zum Lachen. So habe ich mich, als wir uns endlich an seinem Schreibtisch gegenüber saßen, bemüht, individuellere Züge aufzuspüren. Es war schwierig. Kostbare Minuten ließ ich im Anblick von Major Dincklages Brust verstreichen, ehe ich mich schließlich dazu aufschwingen konnte, sein Gesicht ins Auge zu fassen. Ich bin ein Mensch, der nicht aus Zufall an seinen Beruf geraten ist. Wenn man mich vor ein Bild setzt, so kann ich meine ikonographischen Gelüste nur schwer bezähmen. Ich fand mich vor ein Bild gesetzt. Die Anordnung von Formen und Farben auf der Vorderseite eines deutschen Offiziers ist ja durchaus kunsttypisch, wenn man nicht, zelotisch eifernd, nur eine abstrakte ›Reinheit‹ der Kunst gelten läßt, sondern ihr auch noch Schmucktrieb, Hang zum Ornamentalen und zur Dekoration konzediert. Ganze Epochen haben ja ihr künstlerisches Genie an die Fassadengestaltung gewandt. Sie kennen das aus Prag, lieber Herr Hainstock! Nun, so genial wie die Front des Palais Clam Gallas fand ich die Schauseite von Major Dincklage natürlich nicht, aber gefesselt hat sie mich doch. Zu meinem größten Erstaunen sah ich mich in den Problemkreis modernen bildnerischen Denkens versetzt, denn was sich mir, dem militärisch Unkundigen, darbot, dieses Ensemble aus einem schmalen farbigen Band halbrechts oben (ich gehe bei der Angabe der Seitenrichtung vom Betrachter aus, nicht von der dargestellten Figur), schwarz-silbern-roten Kreuz- und Bandformen, dunkelgrün-silbernen Schildflächen, geflochtenen Schnur-Ornamenten in Ecru, das alles auf einer Grundierung von – leider uninspiriertem! – Graugrün, war gar nichts anderes als das, was gewisse moderne Maler in ihren Bildern versammeln: abstrakte Zeichen, optische Signale. Sagen Sie mir jetzt nicht, es handle sich da ganz einfach um Ordensschnallen, Orden, allerlei Abzeichen, Epauletten, Kragen, Kragenspiegel! Sogar ich weiß, daß es sich da um Gegenstände handelt, die benannt werden können, Träger von Bedeutung sind. Auch die Zeichen und Signale auf den modernen Bildern bedeuten übrigens etwas, sind nicht nichts. Aber eben, hier wie dort, nicht mehr Abbildung, Mimesis, sondern Zeichen, Symbol – Übersetztes oder Unübersetzbares, Hieroglyphisches, Bilderrätsel, Abstraktionen. Die Welt als Rebus. Merkwürdig nur – ich fühlte es wie eine Warnung –, daß die Brust des Majors Dincklage mich zuletzt doch nicht wie ein modernes Bild anmutete. Auch nicht wie ein archaisches, leider! Seltsam fremd leuchtet ja noch in den neuesten Bildern die Erinnerung an die Mythen früher Menschengeschlechter. Nichts davon in dieser Uniform. Den Maler, der sie malen könnte, gibt es nicht, wird es nie geben. Und wenn es ihn gäbe – wo fände er den Pinsel, hart genug, die Farbe, trocken genug, die dazu nötig wären? Das Wesen des Pinsels, der Farbe, widerstände ihm.‹

Der Schilderung des emblematischen Aussehens von Major Dincklage folgt ein soziologischer Exkurs – den wir hier nicht abdrucken – über eine ›Welt‹ (Schefold meint eine gesellschaftliche Gruppe), in der Abzeichen, Orden, Ränge, Titel offen gezeigt werden. ›Kindisch! Prätentiös!‹ schreibt Schefold. ›Glauben Sie mir, es ist der reine Kitsch!‹ redete er auf Hainstock ein (als ob dieser nicht ohnehin davon überzeugt wäre). Er findet den Grund dafür in speziellen Eigenschaften der Männer (›die Frauen haben ja gottseidank andere Interessen‹), die überall Hierarchien einrichteten, so daß das Leben der meisten Männer sich um Auf- oder Abstiege drehe, nur würden sie einem in den zivilen Berufen doch nicht *so* aufs Brot geschmiert. ›Die Richterrobe, das Direktionsklosett – na, schön, aber doch nicht dieses Gockelgehabe, diese Imponiergesten!‹

Er nimmt Dincklage von solchen Kennzeichnungen aus. Das gänzlich Un-Eitle, die Zurückhaltung, die sichtliche Anspruchslosigkeit des Mannes lasse den Gedanken nicht aufkommen, er habe jemals nach Beförderungen gestrampelt. Aber das Phänomenale der Uniform schließe ihn ein. Und Schefold verliert sich wieder in Details, erörtert ausführlich Dincklages Kragen (Höhe, Breite, Steifheit, Heraldik der Spiegel): ›Unter uns, Hainstock, ich weiß jetzt, warum Deutschland diesen Krieg verlieren würde, auch wenn es ihn für die gerechteste Sache der Welt geführt hätte: wegen dieser Kragenspiegel!‹

Dann:

›Unter all diesen Zeichen entdeckte ich eines, dem ich keinen Zeichencharakter zubilligen kann. Ich meine natürlich das Hakenkreuz. Dincklage trug es gleich dreimal: schwarz in schwarz in der Kreuzungsmitte der Balken seiner beiden Hauptorden, des Eisernen Kreuzes I. Klasse und des Ritterkreuzes, silbern, von einem Kranz umgeben, der von einem Adler gehalten wird, auf der linken (von ihm aus gesehen: rechten) Brustseite. In dieser Form, als sogenanntes Hoheitszeichen, tragen es ja alle deutschen Soldaten. Wenn ich sage, es sei kein Zeichen, so meine ich damit, daß es nichts bezeichnet. Es bezeichnet tatsächlich nichts. Versuchen Sie nur einmal, sich auszudenken, was das Hakenkreuz symbolisieren könnte, und Sie werden herausfinden, daß ich recht habe. Es symbolisiert nichteinmal die Ausmordungen, die in seinem Namen begangen wurden, denn Verbrechen können nicht symbolisiert werden. Ein Mord ruft reales Entsetzen hervor, und wer, anstatt ihn beim Namen zu nennen, beim Namen des Mordes, bloß ein Kreuz macht, oder einen Haken, der ist ein Hakenkreuzler, auch wenn seine Zeichen noch so fein ausgeführt sind, in edelster Kalligraphie und mit Tusche auf Reispapier.

Besäße diese Markierung doch wenigstens die Würze, die humoristische Kraft einer alten Gaunerzinke! Aber die Rasse jener Studienräte, die niemals ausstirbt, wird noch vor der Erfindung des Blutsäufers, in irgendeinem münchner Hinterzimmer auf Millimeterpapier säuberlich ausgezogen, ein geometrischer Schandfleck, Vorträge über die Geschichte der Swastika halten, von sanskritischem Glück und Sonnenrädern faseln!

Die Hakenkreuze unseres armen Freundes Dincklage betrachtend – plötzlich fällt es mir ein, ihn so zu nennen –, habe ich versucht, mir vorzustellen, welche Folgen es für ihn haben mußte, daß er sie jahrelang getragen hat. Die Orden scien ihm geschenkt – aber das Hoheitszeichen muß er doch nun schon im siebten Jahr tragen. Nach allem, was wir jetzt von ihm wissen, bin ich zu einem nicht so sehr politisch-geistigen als banal medizinischen Schluß gekommen: Dincklage muß sieben Jahre lang mit einem ständigen Juckreiz auf seiner rechten Brustseite herumgelaufen sein! Ja, ich bin mir fast sicher, daß es Zeiten gab, in denen er dem Drang, sich zu kratzen, nicht hat widerstehen können. Dann hat er seinen Waffenrock ausgezogen, das Hemd hochgestreift und sich mit seinen Nägeln die Stelle, über welcher das Hoheitszeichen saß, blutig gekratzt. Und jetzt stellen Sie sich einmal vor, mein lieber Herr Hainstock, daß Tausende von deutschen Offizieren (von den Soldaten spreche ich gar nicht) unter dem gleichen Juckreiz leiden! Ich habe keine Ahnung, wieviele deutsche Offiziere es gibt, aber hunderttausend, oder meinetwegen bloß fünfzigtausend unter ihnen sind es bestimmt, die sich von Zeit zu Zeit kratzen wie die Verrückten. Die richtige Behandlung für eine Krätze ist das natürlich nicht. Aber sie kommen einfach nicht auf die Idee, sich den Krebserreger herauszuschneiden. Oder sie haben nicht den Mut dazu. Dabei wäre es so einfach. Ich hatte Gelegenheit, mir das Hoheitszeichen von Major Dincklage aus nächster Nähe anzusehen. Es ist bloß aufgenäht. –

Beklommen, visuell überfordert – es gibt flämische Maler, auf deren Altartafeln man zunächst nichts weiter wahrnimmt als Juwelen und Brokat –, habe ich mich gefragt, ob dieser Major Dincklage denn überhaupt noch etwas anderes sei als ein Typus. (Ich weiß nicht, ob Sie, lieber Hainstock, auf die Erörterung dieser Frage Wert legen. Ihre Weltanschauung begnügt sich ja in der Regel mit der Feststellung klassentypischer Züge. In der Unterhaltung mit marxistischen Fachkollegen habe ich immer bemerkt, daß sie sich zu langweilen begannen, wenn ich vom a-typischen, individuellen Ausdruck in Kunstwerken sprach, von der persönlichen *Anima* des Bildes.)‹

Vorausgesetzt, dieser Brief sei geschrieben worden, und Hainstock würde ihn erhalten haben, stellen wir uns das Selbstgespräch, oder besser gesagt: das Gespräch mit einem abwesenden Schefold, vor, in welches er geraten wäre, angesichts einer Anzapfung, die, bei Licht besehen, einen gravierenden Einwand gegen die Lehre enthielt, der er anhing. Theoretisiert hätte er wahrscheinlich nicht. »Die Kommunistische Partei«, hören wir ihn sagen, »wenigstens die Kommunistische Partei, die ich gekannt habe, hat immer gewußt, daß die Leute verschieden sind. Alle Genossen waren verschieden, und die Partei hat damit gerechnet. Noch im KZ, wo sie uns alle zu Nummern machen wollten, waren wir so verschieden, wie Sie sich das gar nicht vorstellen können. Jeder hat auf seine besondere Weise auf das Lager reagiert.« Er würde eine Pause gemacht haben, ehe er gesagt hätte: »Natürlich gibt es den Klassenfeind, und man muß ihn erkennen. Aber auch er ist ganz verschieden. Es gibt ihn in den verschiedensten Abstufungen, und auch damit rechnet die Partei. Sie, Herr Doktor Schefold, sind überhaupt keiner, obwohl Sie ein Bürger sind.« Und ganz zuletzt, fast unhörbar, hätte er gemurmelt: »Zum Teufel mit Ihren marxistischen Fachkollegen!«

›Würde mir sein Gesicht mitteilen, daß er nicht bloß ein Typ war? Aber, offen gestanden, ich habe darin kaum mehr gefunden als einen allgemeinen Ausdruck von Energie. An Falten nur zwei dünne Linien von der Nase zu den Mundwinkeln, sonst nichts als die Gespanntheit und Bräunung, wie sie offenbar der Felddienst verleiht. Ich habe – selbstverständlich so diskret wie möglich, mich jeglichen Anstarrens enthaltend –, nach Merkmalen von ... nun, ich wage es, das Wort hinzuschreiben: von Leidensfähigkeit geforscht, fand aber keine. Sie wissen ja: erlittenes Leiden, oder auch brennend miterlebtes Leiden anderer hinterlassen Spuren im Gesicht. Einigemale habe ich ihn dabei ertappt, wie sein Blick abwesend wurde; er hat graue Augen, und plötzlich, mitten im Gespräch, und keineswegs, wenn es um wichtige Dinge ging, wurden sie blind, bekamen sie den grauen Star. Das war aber auch schon alles.

Außerdem wirkt er sympathisch. Sonderbar, daß jemand, egal, wie er aussieht, sympathisch oder unsympathisch wirkt. Ich konnte nicht herausfinden, warum dieser Mann auf mich sympathisch wirkte – das kann man ja nie. Es gibt etwas, das über Freundlichkeit, guten Ton, Zurückhaltung, intelligentes Verständnis hinausgeht. Schade, daß Sie Herrn Major Dincklage nie kennengelernt haben; ich möchte wetten, daß er auch auf Sie sympathisch gewirkt haben würde.

Ich versuche, so objektiv zu sein wie möglich, muß es sein, denn ich empfand mich ihm gegenüber die ganze Zeit als auf eine für mich unvorteilhafte Weise verschieden. Da war auf der einen Seite ich, ein schwerer Mensch, zu dick geworden, auf meine Weise Lebensgenießer, Liebhaber von gutem Essen, im Grunde mit nichts weiter beschäftigt als mit dem Nachfühlen von Schönheit, von ästhetischen Prozessen, die andere ersonnen und ausgeführt haben, passiver Bewunderer von Frauen, und auf der anderen Seite er, dieser in sich gehaltene Soldat, noch in der Kapitulation eine Figur des Krieges, mit dem trainierten Kopf eines Frontoffiziers. Gründe genug für allerlei Ressentiments von meiner Seite! Also habe ich vor allem festzuhalten, daß er Gefühle der Sympathie in mir erregte, und daß seine Augen sich von Zeit zu Zeit kataraktisch trübten.

Das gibt mir aber auch das Recht, endlich auszusprechen, was mir die ganze Zeit schon auf der Zunge liegt: daß ich, wäre es mir möglich gewesen, ihn kennenzulernen, ehe die Angelegenheit begann, in die er uns hineingezogen hat, dringend davon abgeraten und es, für meinen Teil jedenfalls, entschieden abgelehnt hätte, mich mit ihr zu befassen.

Sie werden merkwürdig berührt sein, weil Sie spüren, daß meine Erkenntnis mit Ihren politischen und militärtechnischen Einwänden gegen Dincklages Plan nichts zu tun hat. Meine Worte klingen so, als hielte ich Dincklage unseres Vertrauens nicht für würdig. Davon kann natürlich nicht die Rede sein. Major Dincklage ist alles andere als ein unsicherer Kantonist. Er ist im Gegenteil ein Mann von rigorosen Konsequenzen, allzu rigorosen vielleicht, wenn ich an die Maßnahme denke, die er mir zugemutet hat. Nein – da ist etwas anderes, etwas, das ich nur schwer erklären kann und für das ich kein anderes Wort finde als: fremd. Der Major Dincklage ist mir fremd, und ich, oder besser gesagt: wir, sind dem Major Dincklage fremd, und das ist es, was mir, rückblickend, unsere Verbindung mit ihm als Fehler, als Mißverständnis von Anfang an erscheinen läßt.

Ich will doch versuchen, es zu erklären. Sehen Sie, lieber Herr Hainstock, Sie, ich, sicherlich auch diese Dame, die ich leider, Ihrer Geheimnistuerei wegen, nie kennengelernt habe, wir sind doch – unsere sachlichen Bedenken, unsere technische Kritik nicht gerechnet – ganz selbstverständlich in diese Sache eingestiegen. Sozusagen hemmungslos. Darf ich mich dahin versteigen, zu sagen: fröhlich? Wir waren vom ersten Moment an miteinander verständigt, haben gemeinsam gearbeitet, eine *gang* gebildet, denn einen amerikanischen Ausdruck darf ich doch wohl benützen, wenn ich bedenke, daß auch Captain Kimbrough, dieser Südstaaten-Anarchist, seinen juristischen Bedenken zum Trotz einfach mitgemacht und dabei einiges riskiert hat. Vier denkbar verschiedene Leute – aber als wir unter einer bestimmten Konstellation zusammengebracht wurden, erwies es sich, daß wir aufeinander paßten. Nur einer hat nicht gepaßt – Dincklage. Kennen Sie den Jungen, der in einem Spiel immer gehemmt, steif, unbeholfen herumsteht? Der lieber ausscheidet und sich im Schulhof in eine Ecke setzt? Dincklage hat nur ungern mit uns gespielt – das habe ich deutlich gespürt, als ich ihm endlich persönlich begegnet bin. Aber er hat das Spiel doch angefangen, werden Sie einwenden. Ich habe da gewisse Zweifel, bewundere Kimbroughs Scharfsinn, er hat zu mir gesagt, Dincklage sei wohl in seinen Entschluß forciert worden, als ich ihm berichtete, jene unbekannte Dame habe seinen Plan an Sie weitergegeben. (Ich hoffe, Sie nehmen mir meine Indiskretion nicht allzu übel; schließlich hatte Kimbrough ein Recht darauf, zu erfahren, daß alles mit natürlichen Dingen zugegangen war.)

So komme ich zu dem Schluß, daß wir uns mit Dincklage nicht hätten verbünden dürfen. Sie würden die Gründe dafür wahrscheinlich auf die Formel bringen, daß er seine Offiziersmentalität nicht überwunden hatte und infolgedessen nicht politisch reif genug war, um vorbehaltlos mit einer zivilen Widerstandsgruppe zusammenzuarbeiten. Zweifellos hätten Sie recht. Nichts beweist stärker, daß Sie rechthaben, als seine Forderung an mich. Jetzt, da ich diese Prüfung hinter mir habe, kommt sie mir abstruser, sinnloser vor denn je. Denn, nicht wahr, lieber Herr Hainstock, hätte Dincklage die Voraussetzungen unseres Denkens wirklich geteilt, so hätte er sich auf die Arbeitstechnik illegalen Widerstandes ohne alle Vorbehalte eingelassen, ohne den rigiden Versuch zu machen, einen Fetzen militärischen Fahnentuchs für sich und seinen Plan zu retten. (Und doch wieder muß ich ihm Gerechtigkeit widerfahren lassen: da die Amerikaner abgelehnt haben, würde es ewig an ihm nagen, wenn er sich sagen müßte, er habe es am rechten militärischen Stil und Ernst fehlen lassen. Er hat die Kapitulation von Armee zu Armee angeboten. In beinahe klassischer Form. Sie wurde abgelehnt. Jetzt ist er fein raus.)

Aber es ist nur die halbe Wahrheit. Die ganze ist, daß er der Junge ist, der nicht mitspielen kann. Es nicht will. Sich fremd fühlt. Innerhalb fester Ordnungen sind solche Leute ganz brauchbar, da bekommen sie sogar Ritterkreuze und anderes. Aber in der freien Wildbahn? Ich verstehe Major Dincklage sehr gut. Ich war selber ein Junge, der sich im Schulhof in eine Ecke setzte, las, wenn andere spielten.‹

War ich es noch, mag Schefold denken, sich an dieser Stelle seines imaginären Briefes unterbrechend, als ich damals, an einem Märztag 1937, den Klee einpackte, Deutschland verließ und nach Brüssel fuhr? Oder habe ich, gerade im Gegenteil, in diesem Augenblick zum erstenmal meine Ecke verlassen, angefangen, ein Spiel mitzuspielen, an dessen Ende ich vor einen auf mich gerichteten Gewehrlauf geriet?

›Als steif, unbeholfen habe ich vorhin das Benehmen solcher Knaben bezeichnet, doch habe ich an Major Dincklage nichts von solchen Eigenschaften bemerkt. Nachdem er die prekäre Frage meiner Eskorte an die Linie zurück erledigt hatte, wenn auch leider so, daß mich Unruhe überkam, wann immer ich an sie dachte, widmete er sich gewandtester Konversation, ja ich konnte mich eigentlich nur deswegen auf eine so ausführliche Schilderung seiner Person einlassen, weil wir bis zum Essen und auch noch während des Essens, das pünktlich um halb eins serviert wurde, nichts weiter als Konversation gemacht haben. Mir war, als hätten wir uns auf einem Kasino-Abend kennengelernt und uns in eine Ecke zurückgezogen, um in Ruhe miteinander zu plaudern. Ich habe ja sehr viel übrig für Gelassenheit, für das, was die Franzosen *désinvolture* nennen, aber was zu weit geht, geht zu weit. Oh, nicht daß unser Gespräch nicht gut angelegt gewesen, auf einer gewissen Höhe verlaufen wäre, wie ich zu Beginn meines Briefes angedeutet habe. Aber hatte ich mich dazu auf diesen Ödhang begeben müssen, von dem aus ich zuerst nichts sah, und dann den Schrecken? Überlegend, in was ich, Sie, jene Dame, Kimbrough sich da eingelassen hatten, wünschte ich mir den Einbruch von Realität, meinetwegen der trivialsten, in diese gepflegte Unterhaltung. Oder, um es deutlicher zu sagen: ich habe ungeduldig darauf gewartet, daß Major Dincklage zur Sache käme. Hätte ich nicht manchmal eine leichte, vorübergehende Trübung in seinen Augen bemerkt, ein flackerndes Signal von Geistesverlorenheit, ich hätte das Ganze für unverschämt gehalten. Oder für komisch ... Nun ja, es *war* komisch! Ihr proletarisches Kopfschütteln ist durchaus am Platze. Überhaupt hätten Sie ja einen viel besseren Unterhändler abgegeben, als ich es sein konnte. Um wieviel schneller, entschlossener, unerbittlicher als ich wären Sie mit Herrn Major Dincklage fertig geworden!

Ach, lieber Herr Hainstock, über das Geschehene nachdenkend, will es mir vorkommen, als hätten wir alles falsch gemacht, von Anfang an!‹

Einmal – aber davon hätte er Hainstock gegenüber nichts erwähnt – fing Schefold einen schnellen Ausdruck von Mißbilligung in Dincklages Haltung auf. Das war, als sich sein Blick auf die rote Krawatte seines Besuchers heftete. Hielt er sie für eine politische Demonstration oder bloß für den degoutanten Einfall eines Bohemien? War Schefold ein Roter oder ein Snob? Bestärkte ihn die Krawatte in seiner Überzeugung, er habe gut daran getan, die soldatischen Formen zu wahren, als er sich in einen Akt des Widerstandes einließ? Der Gedanke, sie sei genau so ein Halsschmuck wie sein eigener, nur ein lustiger anstatt eines finster glänzenden, kam ihm wohl nicht.

›So unterhielten wir uns denn, über die Kriegslage (der medizinische Laie, einem Fachmann für Todeskämpfe lauschend, welcher der deutschen Agonie noch den ganzen Winter einräumte, »Kriege enden niemals im Sommer oder im Winter«, sagte er, »sie enden immer im Frühling oder im Herbst«), über Hitler (er hält ihn für den bedeutendsten Fall von *Paranoia* in der Weltgeschichte, sprach lange über die hypnotische Wirkung eines logisch aufgebauten Systems von Wahnvorstellungen, soll das eine Entschuldigung für die Generale sein?), über die Amerikaner (er meinte, wir würden das Ende der Epoche der Weltmächte nicht mehr erleben, aber eines Tages würden sie sich zurückziehen, nicht aus Deutschland und Frankreich, aber aus dem Emsland und der Auvergne, die alten Landschaften würden stärker sein als die weltumspannenden Pläne der Amerikaner und Russen, die Russen seien weniger zu fürchten als die Amerikaner, denn als reine Landmacht wüßten sie schon, daß sie in der Bretagne und Sizilien nichts zu suchen hätten, kurz und gut: die Phantasien, das Wunschdenken eines Konservativen, ich hörte nicht ohne geheime Sympathie zu, denn auch ich, ein Liebhaber von Bildern vieler Jahrhunderte, denke nicht in Ländern, sondern in Landschaften, in den Unterschieden des Lichtes von Amsterdam und Urbino, auch wenn ich mir, der ich mich immer nicht nur für die Kunstwerke, sondern auch für das Leben der Künstler interessiert habe, sogleich korrigierend ins Gedächtnis rief, daß niemand ihr größerer Feind im Leben war als der dumpfe verhockte Geist des Emslandes, der Auvergne – aller Emsländer und Auvergnen der Erde). Dumm war nichts, was er sagte, aber wie aus einer anderen Welt kommend, einer Welt, die der unseren fremd ist, der Ihren ohnehin, die an einen Sieg ordnender Vernunft als Ziel der Weltgeschichte glaubt, aber auch der meinen, denn wenn ich von geheimer Sympathie mit einigen seiner Vorstellungen spreche, so glaube ich eben doch an einen Welt-Zusammenhang der Kunst, an die große und freie Internationale der Künstler aller Zeiten und Länder, die im Dienste einer höheren Idee vom Menschen steht, ihn fortgesetzt an eine Möglichkeit freier und schöner Existenz erinnert, dergestalt, daß er, würde sie einmal aufhören, sogleich auf eine niedrigere, kaum noch lebenswerte Stufe des Seins hinabsänke – Überzeugungen, die es uns hätten verbieten müssen, ein Bündnis mit einem Mann einzugehen, der, über Hitlers *Paranoia* sprechend, mich plötzlich gefragt hat: »Glauben Sie nicht, daß alle Politik Paranoia ist?«, auf solche Weise verratend, daß er – wenn er den Gedanken nur zu Ende denkt! – alles menschliche Handeln für sinnlos hält. (Ich lasse außer acht, daß er rechthaben könnte. Vielleicht entspringt jegliche Politik aus Zwangsvorstellungen, Neurosen, Verfolgungswahn, vielleicht ist infolgedessen alles Handeln, insofern es politisch ist, absurd?) Ach, hätten wir ihn doch nur vorher gekannt! Er ist ein Mann der äußersten Resignation, er hat seinen Plan niemals wirklich auszuführen gewünscht. Er ist ein Spezialist für Todeskämpfe. Was hat ihn dazu gemacht? Das verruchte System, das Sie Faschismus nennen? Oder war er von vornherein darauf angelegt? Wenn ich an ihn denke, bin ich verzweifelt.

Ich übergehe das Essen. Falls die deutsche Armee Substrate wie die mir angebotenen als Nahrung zu sich nimmt und danach noch zu kämpfen willens und in der Lage ist, vollbringt sie einen Akt von fortwährendem und höchstem Heroismus. Oder von höherem Blödsinn. Aber was es auch sei, Heldentum oder *nonsense*, ich bin der Meinung, daß jedem deutschen Soldaten allein dafür das Ritterkreuz gebührt.‹

Er hätte schildern können, wie er, den Teller beiseiteschiebend, seinen Widerwillen gegen die Normalverpflegung der 416. Infanterie-Division verborgen hat, indem er eine Anklage formulierte. »Der Spaziergang vorhin«, hat er gesagt, »hat mir, scheint es, doch auf den Magen geschlagen.« Dann hat er sich in seine amerikanischen Rauchwaren gerettet, zuerst Dincklage die Packung *Lucky Strike* angeboten, der auch eine Zigarette genommen, sie interessiert geraucht hat, wobei er in Geistesabwesenheit verfiel. So gut kannte Schefold die Biographie Dincklages nicht, um zu wissen, daß der Major aber in diesem Fall nur seinen englischen Erinnerungen nachhing.

»Haben Sie mir etwas Neues mitzuteilen?«

Mit dieser Frage beendete er, als das Essen vorbei war, die Ordonnanz abgeräumt hatte, unsere Causerien, und dies nicht nur plötzlich, unvermutet, unhöflich, mitten in eine gegenseitige Erörterung unserer privaten Nachkriegspläne hinein – verzweifelt hatte ich schon begonnen, nach Gesprächsthemen zu suchen –, sondern auch mit einem Wechsel der Tonlage, der mich zusammenfahren ließ. Sie hätten das hören sollen, diese plötzliche Veränderung seiner Stimme, von einer ruhigen, eher dunklen Sprechlage in diesen hellen, gequetschten, schneidenden Ton! Einen Augenblick lang glaubte ich, wieder diesem Soldaten gegenüberzustehen, dort oben, neben seinem Schützenloch, sein »Hände hoch!« zu hören, sein »Maul halten!«.

Ich rief mich zur Ordnung, begann umständlich, die verschlungenen amerikanischen Dienstwege zu erklären, und wie Kimbrough versuchte, sich durch sie hindurchzukämpfen. Eigentlich war ich, gelinde gesagt, ungehalten. Wie kam Dincklage dazu, mich zu fragen, ob ich ihm etwas Neues mitzuteilen habe? Er hatte mich, zu einem Zeitpunkt, an dem, wie wir alle – auch er! – wußten, noch nichts spruchreif war, zu sich befohlen. Also hatte nicht ich ihm, sondern er mir etwas mitzuteilen. Aber ich habe mich in Geduld geübt. Und wissen Sie warum? Weil ich an den Ausspruch von Oberst R. denken mußte, während ich mit Major Dincklage sprach. Er kennt diese unsinnige Beleidigung nicht, hat nie von ihr erfahren, aber ich kenne sie, und jedesmal, wenn ich an sie denke, sage ich mir, daß Major Dincklage jede Rücksicht verdient. Also verhielt ich mich abwartend, entwarf ein eher optimistisches Bild der Lage, bestellte ihm Kimbroughs Bitte, er möge den Amerikanern noch eine Frist einräumen, wurde dann pompös, ließ die Namen Hodges, Bradley, Eisenhower fallen, geradeso wie ich sie von Kimbrough gehört hatte, die Armee allerdings habe das Unternehmen abgelehnt ...

Er unterbrach mich, und wieder in diesem äh-äh-Ton, den ich bei ihm nicht für möglich gehalten hätte.

»Das macht nichts«, sagte er. »Es ist mir sogar lieber.«

Jetzt hielt ich es für angezeigt, mit meinem Erstaunen nicht mehr hinter dem Berg zu halten. Gereizt durch einen Ton, der mir durch und durch zuwider ist, legte auch ich einige Schärfe in meine Stimme – ach, es ist nicht viel, was ich in dieser Hinsicht zustandebringe! – und fragte: »Warum haben Sie mich dann kommen lassen?«

Er antwortete, und auf einmal wieder mit seiner normalen Stimme, die, ich sagte es schon, ruhig, dunkel klingt: »Damit Sie Hauptmann Kimbrough einen Brief überbringen.«

Sie werden es nicht für möglich halten, mein lieber Herr Hainstock, aber das ist auch schon alles gewesen.

Mehr kann ich Ihnen nicht berichten – ich meine darüber, was gesagt wurde oder geschah, nachdem Major Dincklage endlich zur Sache gekommen war.

Eine Frage, schneidend, dann meine Erklärungen, weitschweifig, noch zwei magere Sätze, und Schluß.

Er zog eine Schublade seines Schreibtisches auf, entnahm ihr den Brief, gab ihn mir. Nach drei Minuten war schon alles vorüber.

So weiß ich nichteinmal, warum er mich wirklich hat kommen lassen, geschweige denn, daß ich herausgebracht hätte, warum er einen Vorschlag gemacht und, als er nicht angenommen wurde, erklärt hat: »Das macht nichts. Es ist mir sogar lieber.«

Im äh-äh-Ton, dem allerdings eine von vorübergehender Abwesenheit zeugende Trübung des Blicks folgte, der ich es vielleicht zu verdanken habe, daß er danach wieder auf menschliche Weise mit mir sprach.

What makes him tick? Ich weiß es nicht. Ich bin kein Psychologe.

Über seine Frage »Haben Sie mir etwas Neues mitzuteilen?« hätte ich nicht ungehalten sein dürfen. In der nächtlichen Stille dieser amerikanischen Schreibstube wird mir klar, daß Major Dincklage bis zuletzt auf ein Wunder gehofft hat. Vielleicht hat er, wider alle Wahrscheinlichkeit, erwartet, ich käme mit der Nachricht, daß die Amerikaner in der kommenden Nacht den *raid* unternehmen würden.

Dann wäre er also doch ein zuverlässiger Verbündeter gewesen?

Ich löse dieses Rätsel nicht. –

Major Wheeler ist vor einer Stunde nach Saint-Vith zu-
rückgefahren; anscheinend gab es für ihn in Maspelt nichts
mehr zu verhindern. Wir haben vereinbart, daß ich ihm morgen in seinem Büro diesen Brief an Sie übergebe ...

Wir sind übrigens noch eine Weile sitzen geblieben, Dincklage und ich, sind nicht eilig auseinander gelaufen. Wenn ich
an die letzte Viertelstunde meines Zusammenseins mit Major
Dincklage denke, dann wie an eine Klavierübung, eine stok-
kende Etüde. Jemand schlägt einzelne Tasten an, von Zeit zu
Zeit gelingt ihm ein Akkord, dazwischen Pausen. Tatsächlich
haben wir manchmal lange geschwiegen, ohne daß uns Verlegenheit überkam.

Ich sagte, wie sehr ich es bedauere, daß unsere Bemühun-
gen vergeblich gewesen seien.

»Es ist meine Schuld«, erwiderte er. »Ich hätte besser daran
getan, von meiner Absicht überhaupt nichts verlauten zu
lassen.«

Behalten Sie diese Bemerkung für sich, lieber Herr Hainstock! Es ist nicht nötig, daß diese Person, auf deren Bezeichnung als *diese Dame* ich mich leider fortwährend beschränkt
sehe, sich auch noch Vorwürfe macht. Das fehlte noch, daß
sie sich jetzt verantwortlich fühlt, bloß weil sie geglaubt hat,
dem Plan eines Mannes mit ein wenig praktischem Frauen-
verstand beistehen zu müssen.

Wie hartnäckig hält sich doch bei den Frauen die Legende
vom Manneswort! Dabei gibt es keine schwankenderen Wesen als uns. (Ich nehme Sie aus, Wenzel Hainstock!)

Major Dincklage fragte mich nach meinem Leben in Hemmeres aus, ließ sich den Weg durch das Ihrenbachtal schildern, meinte, ich hätte doch verdammtes Glück gehabt, daß
ich nicht einem seiner Spähtrupps in die Hände gefallen sei.
Täuschte ich mich, oder klang es so, als täte es ihm leid, daß er
mich nicht erwischt hatte? Offensichtlich hatte er, einen Augenblick lang, eine falsche Taste ergriffen, fühlte es selber,
korrigierte sich.

»Ich rate Ihnen, höchstens noch diese Nacht in Hemmeres zuzubringen«, sagte er.

Ich verschwieg ihm, daß ich schon selber zu dieser Erkenntnis gekommen war, am Dienstag abend, als ich in der Dämmerung von Ihrem Steinbruch nach Hause gestolpert bin. Nichteinmal diese Nacht, die er mir noch zubilligte, würde ich noch in meinem Bett in Hemmeres schlafen. Hemmeres zu besetzen, so hatte ich mir überlegt, würde die erste einer Reihe von Handlungen sein, mit denen er die Erinnerung an einen gescheiterten Verrat begrub.

Aber ich wollte es aus seinem Munde hören, und so fragte ich: »Warum? Weil Sie es besetzen lassen?«

Zu meiner Überraschung sagte er: »Nein. Nicht ich.«

Ich wartete auf irgendeine Erklärung, aber er schwieg und sah zum Fenster hinaus, auf diesen Bauernhof gegenüber, ein schönes altes Winkelgehöft, dessen Anblick mir die ganze Zeit über ein rechter Trost gewesen ist. Es erinnerte mich an das weiße Haus auf der *Versuchung des heiligen Antonius* von Hieronymus Bosch, vor dem eine Frau Leinen wäscht, inmitten einer Welt von Ungeheuern, Chimären und Höllenbränden.

Endlich hörte ich Dincklage sagen: »Es steht etwas bevor.«

Wieder wartete ich, und wieder sind Minuten vergangen, ehe er sich überwand – denn genau dieses Wort muß ich verwenden, wenn ich schildern soll, welchen Eindruck Major Dincklage auf mich machte, als er fortfuhr, zu sprechen, wobei er sich übrigens erhob, unsere Zusammenkunft beendete –, ja, er hat sich überwinden müssen, es ist ihm sichtlich schwergefallen, und zum Beweis dafür, daß er sich den folgenden Satz förmlich selber aus den Zähnen hat reißen müssen, dient mir diesmal, daß er in seinen hellen, gequetschten Kommandoton zurückfiel, als er sagte: »Sie können von dieser Mitteilung Gebrauch machen!«

Lieber Herr Hainstock, ich möchte ja am liebsten in ein

Gelächter ausbrechen, wenn ich daran denke, wie von dem ganzen, großmächtig geplanten Verrat des Herrn Major Dincklage am Ende nichts weiter übriggeblieben ist als die Erlaubnis, den Amerikanern mitteilen zu dürfen, daß eine deutsche Offensive bevorsteht. Ein Plan, dazu bestimmt, die Kriegsgeschichte aus den Angeln zu heben – und dann dies! Der Berg hat gekreißt und eine Maus geboren. Und wie er sich selber dabei noch vorgekommen ist – es war ihm ja anzusehen! –, wie ein Abtrünniger, Meuterer, Eidbrüchiger, Fahnenflüchtiger, oder was seine Sprache sonst noch an Wörtern dafür bereithält. Er hat mit sich *gerungen*. Ach, das Gelächter bleibt mir im Halse stecken. Dafür haben wir uns aufs Spiel gesetzt!

Und doch, und wieder – er hat den Gegner gewarnt. Was für Widersprüche! Welches Durcheinander aus Rückzügen und Hochherzigkeit!

Von seiner Erlaubnis habe ich keinen Gebrauch gemacht. Unnötig, Major Wheeler über eine bevorstehende deutsche Offensive aufzuklären – die Nachricht ist nur für mich neu. Ihnen muß ich sie zukommen lassen. Jetzt bin ich es, der Warnungen ausstößt. Werden Sie noch unsichtbarer, als Sie es schon sind! Wird Ihre Hütte im Steinbruch die kommende Schlacht überstehen? Ich werde kommen und nachsehen, wenn sie vorbei ist. Tun Sie mir den Gefallen und seien Sie dann noch da!‹

Er hat es unterlassen, Hainstock seinen Abgang aus dem Bataillonsgefechtsstand in Winterspelt zu schildern, die Szene zwischen Dincklage und Reidel, den der Major zu sich hereinrufen ließ, als er ihm Schefold übergab, dann die gekonnten Abschiedsformalitäten in der Schreibstube, inmitten nun schon genau beobachtender Augen, sorgfältig jedes Wort registrierender Ohren, Nasen, die nach amerikanischem Tabak witterten. Auch von dem Weg zurück, durch Winterspelt wieder, dann die Straße entlang, die nach Norden führt, bis er und Reidel dorthin gelangten, wo sie wieder den Hang betraten, den sie am Vormittag verlassen hatten, berichtet Schefold nichts ... wir schreiben das so hin, als ob er überhaupt irgend etwas berichtet habe, an Hainstock schreibend, in jener Nachthälfte, welche den 12. Oktober 1944 beschloß. Aber da wir ihm nun einmal die Möglichkeit solchen Schreibens eingeräumt haben, müssen wir ihm jetzt Müdigkeit zugestehen. Er hat berichtet, was er geglaubt hat, berichten zu müssen. Jetzt ist er müde. Es ist tief in der Nacht, und es bleibt ihm nichts mehr übrig, als sich kurz zu fassen.

›Dieser Mensch war auf dem Rückweg so widrig wie schon am Vormittag. Ich hätte es mir nicht gefallen lassen dürfen, daß man ihn mir wieder mitgegeben hat.

Einmal war ich nahe daran, ihn aus der Fassung zu bringen, aber ich habe im letzten Moment darauf verzichtet, es zu tun. Vielleicht war es ein Fehler, vielleicht hätte ich ihn aus der Fassung bringen müssen, um hinter sein Wesen zu kommen.

Zuletzt bin ich es gewesen, der aus der Fassung geriet, sich zu Unverantwortlichem hinreißen ließ. Zu einer Verrücktheit. Sie, Herr Hainstock, werden jedenfalls als verrückt bezeichnen, was ich getan habe. Ich höre geradezu Ihr »Sind Sie verrückt!?«, während Sie beobachten, wie ich meine Brieftasche hervorziehe, ihr eine Zehn-Dollar-Note entnehme und sie diesem Menschen hinreiche. Denn genau das habe ich getan, als er mir eine letzte, eine ganz unerträgliche Beleidigung an den Kopf warf. »Hau ab, Spitzel!« sagte er, als wir an seinem Schützenloch angelangt waren. Dazu wieder seine Kopfbewegung, dieses stumme, von jeder Höflichkeit verlassene Rucken seines Kopfes – ah, wie ich es zu hassen gelernt habe! Es durfte nicht hingenommen werden, dieses »Hau ab, Spitzel«, diese Geste letzter und äußerster Verachtung. Ich bitte Sie, zu verstehen, daß es nicht hingenommen werden durfte.

Ich weiß nicht, wie ich auf den Einfall kam, nach meiner Brieftasche zu greifen. Nachträglich kommt es mir vor, als hätte ich nach meiner Brieftasche gegriffen wie nach einer Pistole. (Ich, der ich niemals imstande sein werde, eine Waffe zu führen!)

»Aber konnten Sie sich denn nicht beherrschen?« werden Sie fragen. »Haben Sie nicht an Dincklage gedacht, welche Folgen es für ihn haben wird, wenn der Mann mit einer amerikanischen Banknote in der Hand seine Meldung erstattet?«

Sie werden den Kopf schütteln. Ich habe an Dincklage gedacht. Ich habe zuletzt nur noch an Dincklage gedacht, gar nicht mehr an das widrige Subjekt vor mir. An Dincklage, der mir diese schauerliche Absurdität zugemutet hatte. Für einen Brief, der nichts enthielt, wie sich herausgestellt hat, nachdem Captain Kimbrough ihn geöffnet hat. Ich habe die ganze Zeit gewußt, daß er nichts enthalten würde. Nein, ich habe mich nicht beherrscht. Ich war voller Zorn gegen Major Dincklage.

»Da!« habe ich gesagt. »Für Ihre nicht sehr freundlichen Dienste.«

Ich habe ihm ein Trinkgeld gegeben. Es war zu spät geworden, um es nocheinmal mit ihm zu versuchen, zu spät, und endgültig sinnlos. Ich hatte mich ja um ihn bemüht, müssen Sie wissen! Einigemale an diesem Tag habe ich mich um ihn bemüht!

Sie hätten sein Gesicht sehen sollen! Er war so verblüfft, daß er den Schein angenommen hat.

Erst dann bin ich weitergegangen. Ich habe mich nicht mehr umgedreht. Ich ging den Hang hinauf, bis ich unter den Kiefern angelangt war. Als ich oben stand, unter den Bäumen, fühlte ich, wie der ganze Alpdruck von mir abfiel. Ich habe mich ja gefürchtet, Hainstock, und jetzt fürchtete ich mich nicht mehr. Ich war frei. Frei!‹

Wir verzichten auf die Wiedergabe von Schlußwendungen und Grußformeln. Anzunehmen ist, daß Schefold den Brief nicht geschlossen hätte, ohne das Bild von Paul Klee erneut und dringend Hainstocks Sorge anzuempfehlen. Auch wäre es möglich, daß er sich nach dem Waldkauz erkundigt hätte – da Schefold von einigem Gemüt war, wußte er, daß der Vogel, ›die Eule‹, wie er ihn nannte, im Augenblick das einzige Wesen war, mit dem Hainstock noch umging.

Danach hätte er sich wohl entschlossen, noch in der Nacht nach Saint-Vith zu gehen, um sich irgendein Quartier zu suchen. (Hat Kimbrough das seine längst aufgesucht, von dem Pfc. Foster ganz zu schweigen? Aber irgendeinen Wachhabenden gibt es immer, in der Schreibstube einer Fronteinheit.) Auf seine Armbanduhr blickend, hätte Schefold festgestellt, daß es freilich zu spät geworden war, als daß er noch damit rechnen konnte, jene Kellnerin anzutreffen. Alle Wirtschaften in Saint-Vith waren um diese Zeit längst geschlossen. Aber auf den Marsch die Straße entlang hätte er sich wahrscheinlich gefreut, auf den Wind in der Nacht, vielleicht sogar, wer weiß, auf den Widerschein der Schlacht im Norden am nächtlichen Himmel.

Zwei Träume Dincklages

In der Nacht vom 11. zum 12. Oktober hat Major Dincklage nur wenig Schlaf gefunden. So konzis die beiden Briefe anmuten, die wir im folgenden abdrucken – sie haben ihn doch, oder vielleicht gerade deswegen von Mitternacht bis zwei Uhr beschäftigt. Danach hat er sich hingelegt, ist aber erst gegen drei Uhr eingeschlafen, und die Schmerzen in seinem Hüftgelenk haben ihn schon um fünf Uhr wieder geweckt. Nach dem Erwachen, in die Dunkelheit seiner Quartierstube blickend, hat er versucht, sich die beiden Träume wieder-herzustellen, die ihn heimgesucht hatten. Er hatte den Ein-druck, als wären sie, solange er geschlafen hatte, nicht von ihm gewichen.

1.

Er war mit seiner Frau im Auto einen Fluß entlanggefahren. Wer diese Frau war, wußte er nicht, nur, daß es die seine war; sie wurde während des ganzen Traumes nicht sichtbar. Die Straße endete plötzlich in einem Gewirr schwarzer schlammi-ger Wegspuren, in einer Landschaft von Gebüsch, wie es an Flußufern wächst. Hinter einem Busch erhob sich ein breit-gebauter junger Mann, den er nie gesehen hatte. Er trug einen dunklen Anzug. Sein Gesicht war stark, gesund, er hatte blonde, gekräuselte, nach hinten gekämmte Haare. Dinck-lage fragte ihn, ob er den Weg zum *Fehn* kenne. Gemeinsam entfalteten sie die Karte einer nördlichen Ebene, und der junge Mann wies Dincklage auf ein Gebiet hin, über das die Worte *Das große Fehn-Moor* gedruckt standen.

Erwacht, dachte Dincklage lange über die Bedeutung des Wortes *Fehn* nach, bis ihm einfiel, daß es im Zusammenhang mit seiner Mutter stand. Seine Mutter stammte aus Ostfries-land, kam aus einem der Höfe holländischer Kolonisten, die an einem Kanal in den Mooren südlich Aurich standen. Die-ser Kanal hieß *Großefehn*-Kanal.

Für das Bild des kraftvollen jungen Mannes fand Dincklage keine Erklärung.

2.

Wieder war er von einer Frau begleitet (diesmal nicht im Auto), wiederum trat sie nicht in Erscheinung, doch handelte

485

es sich jetzt vielleicht um Käthe, er wollte ihr die Straße in Meppen zeigen, in welcher er zur Schule gegangen war, den größten Teil seiner Jugend verbracht hatte, wählte, um den Weg dorthin abzukürzen (wie er ausdrücklich betonte), einen unterirdischen Gang, der erleuchtet und von Lebensmittelgeschäften gesäumt war, kam auf der anderen Seite heraus, erblickte den Eingang zu der gesuchten Straße, die aber nicht, wie in Meppen, in der Ecke eines Platzes, sondern jenseits einer Wiese begann, überhaupt nicht mehr die Straße war, die er im Sinn gehabt hatte, sondern eine ganz andere. Anstatt des Renaissance-Rathauses und der Gymnasialkirche flankierten die Statuen zweier riesiger Karyatiden (die aber nichts trugen), den Eingang der Straße, von der er plötzlich wußte, daß sie nicht die Straße seines Schul-Lebens, sondern seiner Geburt war. Er ging nicht in sie hinein, sondern in eine daneben, übrigens allein, die Frau (Käthe?) war verschwunden. Diese Straße, die ihn eigentlich gar nichts anging, bestand aus Häuserruinen, die aber schon vor langer Zeit aufgeräumt, ja geradezu poliert worden waren. Die Ruinen standen da wie große Skulpturen aus Terrakotta. In der Mauer des Hauses, welches die Straße abschloß, war ein Loch, durch welches ein Ziegenbock seinen bärtigen und gehörnten Kopf geschoben hatte; Dincklage sah von ihm nichts als diesen Kopf, mit dem er nach allen Seiten nickte. Ein anderer Ziegenbock versuchte, die Mauer des Hauses zu erklimmen, um bis zu dem Loch zu gelangen, aus dem der Kopf nickte, aber es gelang ihm nicht; er rutschte immer wieder ab.

Diesen Traum wußte Dincklage sich nicht zu deuten.

Nicht fiktiv. Brief Joseph Dincklages an Käthe Lenk. Orts-
und Zeitangabe fehlen. Geschrieben wohl unmittelbar nach
der (hier als Dokument III aufgeführten) Mitteilung an Captain Kimbrough, worauf vor allem der Eröffnungssatz (›Und
jetzt zu uns Beiden!‹) schließen läßt. Merkwürdigerweise
keine Anrede. Man kann nur vermuten, daß dem Schreiber
die Anrede *Liebe Käthe* als zu trocken erschien, und er sich
andererseits zu Formen wie *Liebste, Geliebte Käthe* oder gar
Meine geliebte Käthe nicht entschließen konnte. Die Schrift
ist, wie immer, zusammenhängend, geordnet, nicht sehr
groß, ohne Haarstriche. Insgesamt treten etwas mehr Unter-
längen auf als sonst in Dincklages Handschrift.

Der Brief wurde am Donnerstag nach 14 Uhr von der Ordonnanz, die wir bereits kennen, auf dem Thelenhof abgegeben. Dincklage scheint den Zeitpunkt, an dem Käthe in den
Besitz des Schreibens kommen sollte, genau berechnet zu haben. Offenbar kam es ihm darauf an, daß sie ihn erst nach dem
Weggang Schefolds erhielt, und fast zur gleichen Zeit, in der
er Stabsfeldwebel Kammerer anwies, den Befehl zum Abrük-
ken des Bataillons herauszugeben, die Frist zur Geheimhaltung dieses Divisionsbefehls also abgelaufen war.

›Und jetzt zu uns Beiden!

In der gleichen Stunde, in der Du meinen Plan in die Hände
genommen hast, bist Du einen Schritt von mir fortgegangen.

Ich kann nicht aufhören, mich über mich selbst zu wundern: ich verstehe etwas und bin doch außerstande, es anzunehmen.

Nein, natürlich verstehe ich nichts. Deine unbegreiflichen
Gründe achtend, trage ich die Maske der Geduld. Ich finde,
sie steht mir nicht.

Du hättest mich nicht auf diese Weise allein lassen sollen.

Du hast mir zuviel Zeit gelassen, nachzudenken.

Nachdenken ist ein ungenügendes Wort. Auch von *Fühlen* kann nicht die Rede sein. Mit welchem Wort soll ich die Stunden bezeichnen, in denen ich auf Dich gewartet habe, während die Wahrheit über meinen Plan in mich hineinkroch?

Wenn Du mir hättest zeigen wollen, wie es nicht nötig ist, daß etwas geschieht, so hättest Du kein besseres Beispiel wählen können als den Schritt, den Du von mir fortgegangen bist.

Du wolltest mir zeigen, wie einfach es ist, zu handeln. Und dann zeigst Du mir, daß es noch viel einfacher ist, nicht zu handeln.

Die wirklichen Dinge bestehen also auch so, habe ich gedacht. Man braucht sie nicht herzustellen.

Gestern nacht hatte ich einen meiner Anfälle von Sinnlosigkeit. Ich habe auf die Lampe, die Kiste mit den Büchern, das Bett gestarrt und mir gesagt: das könnte auch nicht sein.

In solchen Augenblicken weiß ich immer, daß ich sie schon einmal erlebt habe. In einem früheren Leben. Die Finsternis, die dann herrscht! Dagegen kommt das Licht der Lampe nicht auf, die Du mir gebracht hast.

Heute nacht habe ich mein Unternehmen abgesagt.

Es gelingt mir nicht, auch den Wunsch abzusagen, Dich zu berühren.

J.

Post scriptum: Ach was – aus ganz anderen Gründen ist der Plan gescheitert. Die Division wird abgelöst. Der Abmarsch beginnt schon heute nacht. Ich weiß das schon seit Montag. Die entsprechende Order für das Bataillon habe ich heute um 14 Uhr herauszugeben.

Wirf mir jetzt bitte nicht vor, ich hätte Dir diesen Umstand schon am Dienstag mitteilen sollen, anstatt ihn zu verschweigen, während ich mir Deine Nachrichten über die Saumseligkeit der amerikanischen Stäbe anhörte und am Ende auch noch Schefolds Besuch verlangte! Aber es hat nichteinmal des infamen Worts jenes Obersten bedurft, um mich erkennen zu lassen, daß es unbedingt nötig war, den Amerikanern ein letztes Zeichen zu geben.

Eine Zeitlang habe ich mich getäuscht, habe geglaubt, sie müßten mir beweisen, daß es ihnen ernst ist, indem sie Schefold durch die Linie schicken. Du hast mir widersprochen. Du hast mich darauf aufmerksam gemacht, daß ich nichts von ihnen erwarten, nichts verlangen kann. Gut. Ich habe es eingesehen. Aber jetzt weiß ich – und wahrscheinlich habe ich es von Anfang an gewußt –, daß ich ihnen beweisen will, wie ernst es mir ist, indem ich Schefold durch die Linie anfordere. Denn anders kann ich es nicht beweisen.

Bewiesen werden muß es ihnen. Auch jetzt noch. Gerade jetzt noch.

Noch ein Post scriptum: In der Besprechung am Montag ist den Regiments- und Bataillonskommandeuren bekanntgegeben worden, daß die Division zur Partisanenbekämpfung in Norditalien vorgesehen ist. Da ich mich daran nicht zu beteiligen wünsche, habe ich den Stabsarzt beim Regiment gebeten, nunmehr den Akt meiner Demobilisierung einzuleiten, den er mir schon mehrmals nahegelegt hat. Er hat mir versichert, daß dies bei der Natur meines Leidens und, wie er sich ausdrückte, in Rücksicht auf meine militärischen Verdienste, keine Schwierigkeiten machen würde. Wahrscheinlich werde ich also noch vom Transport weg zum Ersatztruppenteil abgestellt und von diesem binnen kürzester Frist entlassen werden. Als Ritterkreuzträger genießt man auch noch bei der Entlassung gewisse Vorteile, ist nicht langem schikanösen Warten in Kasernen ausgesetzt. Ich rechne damit, in den ersten Novembertagen zu Hause zu sein.

Du darfst also sicher sein, mich in Wesuwe vorzufinden,

wenn Du dort, etwa am 5. November, eintreffen würdest. Wir könnten alsbald die zu einer Heirat nötigen Formalitäten einleiten, und ich bin mir fast gewiß, daß wir noch im November getraut werden würden, oder jedenfalls noch in diesem Jahr.

Solltest Du einen anderen Weg wählen wollen – und ich ahne, daß Du im Sinn hast, ihn zu gehen –, so mache ich Dich darauf aufmerksam, daß das Ihrenbachtal und der Weiler Hemmeres nur noch in der kommenden Nacht für diesen Zweck zur Verfügung stehen. Die Division, welche die unsere ablöst, ein Verband der Waffen-SS, an Menschen und Material der unseren weit überlegen, wird nichts übersehen, nicht das tiefste Waldtal, den einsamsten Weiler.

Post scriptum: Ich verspreche, daß es das letzte ist. Mir fällt eben immer noch etwas ein, wenn ich an Dich denke. Das solltest Du jedenfalls noch wissen: daß die Dincklage'schen Ziegeleien stilliegen. Die Öfen stehen schon lange kalt, und die letzten Gevierte aus Ziegeln sind nicht mehr abgeholt worden. Auf den Ems-Wiesen gehen jetzt die Jäger herum; begleitet von kleinen gefleckten Hunden, machen sie Jagd auf die Fasanen. Die Wiesen sind schwarz, und an ihren Grenzen werden im November, wenn Du kommst, leere Bäume stehen. Die Ems ist ein Fluß aus dunklem Wasser, langsam fließend zieht sie in Schleifen durch das Land. An ihrem Ufer lassen die Kinder Windvögel steigen. Ich erinnere mich an meinen ersten Windvogel – der Himmel ist in Wesuwe so durchsichtig, wie Du ihn Dir gar nicht vorstellen kannst.‹

Nicht fiktiv. Mitteilung Major Dincklages an Captain Kimbrough. Sie wurde von Dincklage in der Nacht des 11. zum 12. Oktober auf der Schreibmaschine mit zwei Fingern getippt und, wie wir gesehen haben, Schefold zur Beförderung übergeben, hat Kimbrough jedoch niemals erreicht. Das Englisch Dincklages, syntaktisch einwandfrei, hätte den Empfänger sicherlich leise komisch angemutet, da es den deutschen Amtsstil widerspiegelte, der zu Substantivierungen neigt, die dem Stil etwas Starres und Pompöses geben; die Rückübersetzung versucht, diesen Stil wiederherzustellen. Einzig die Anrede *Dear Captain* wurde stehengelassen, weil sie unübersetzbar ist; eine förmliche Mitteilung an einen ihm unbekannten Offizier hätte Dincklage auf deutsch niemals mit *Lieber Hauptmann* eröffnen können, als passende Anrede wäre da nur *Herr Kamerad* infrage gekommen, was, wörtlich übersetzt, eine im angelsächsischen Militärwesen gänzlich unbekannte linguistische Formel ergeben hätte. Dincklage, mit den englischen Briefsitten wohlvertraut, wußte, daß er Kimbrough mit *Dear Captain* anreden konnte, ohne daß dies allzu vertraulich geklungen hätte.

›Winterspelt, am 11. Oktober 1944, um Mitternacht
Dear Captain,
vor zwei Tagen bin ich dahingehend instruiert worden, daß die Division, welcher das von mir befehligte Bataillon angehört, heute nacht abgelöst und auf einem anderen Kriegsschauplatz eingesetzt wird.

Unter diesen Umständen muß die zwischen uns in Aussicht genommene Operation endgültig entfallen.

Bedauern darüber, daß sie ohnehin nicht zustandegekommen wäre, wie ich aus dem Verhalten Ihrer Stäbe schließe, über das Sie mir haben berichten lassen, fällt infolgedessen dahin.

Unabhängig von der nun eingetretenen Veränderung der Gesamtlage, unabhängig auch von den etwaigen Entscheidungen Ihrer Vorgesetzten, bin ich selber zu dem Schluß gekommen, daß es wenig Sinn hätte, meinen Vorschlag zu verwirklichen.

Ich betrachte es als meine Pflicht, Ihnen, Hauptmann Kimbrough, dieses Ergebnis meiner Überlegungen zur Kenntnis zu bringen.

Darf ich Sie bitten, mir zu glauben, daß die Kennzeichnung, die Ihr Regimentskommandeur, Herr Oberst R., für meine Absichten und meine Person gewählt hat, auf meinen Entschluß keinen Einfluß ausgeübt hat. Da mich mit dem gleichen Wort auch Hitler kennzeichnen würde, konnte ich es in meinem Denken außer Ansatz lassen.

Aus zwei Gründen verzichte ich auf mein Vorhaben. (Nicht auf mein Vorhaben, sondern darauf, es in die Tat umzusetzen.)

Erstens würde diese militärische Episode den gegenwärtigen Stand und den weiteren Verlauf des Krieges nicht verändern.

Zweitens wäre eine Realisation das Ergebnis eines reinen Zufalls. (›A mere chance‹, schreibt Major Dincklage.) Wenn aber ein Ereignis durch Zufall zustandekommt, so kann es ebensogut, wie es stattfindet, nicht stattfinden.*

Ich nehme es auf mich, daß Ihnen der Wechsel in meiner Einstellung als Merkmal eines schwankenden und unbeständigen Charakters erscheinen muß, und als hilfloses Abdecken solchen Wankelmuts werden Sie es betrachten, wenn ich sage, daß ich es nicht bedauere, Sie mit dieser Angelegenheit befaßt zu haben. Doch sage ich es, und danke Ihnen dafür, daß Sie meinen Vorschlag, nachdem er an Sie herangetragen wurde, nicht sogleich verworfen haben.

Die eingangs geschilderte Maßnahme erklärt Ihnen,

warum ich Herrn Dr. Schefold für diesen Ihnen unerklärlich und verfrüht erscheinenden Termin zu mir bitten mußte.

Daß ich ihn überhaupt zu mir gebeten habe, mir ausbedingend, er möge, zum Zeichen militärisch zuverlässiger Verhandlungsformen, durch die Linie zu mir entsandt werden, hat einen einzigen Grund: ich hatte jeden Verdacht auszuschließen, es sei mir nicht ernst mit meinem Angebot. Oder mit meiner Absage. Die Absage ist nur die Hohlform meines Angebots.

Ihr ergebener
Joseph Dincklage, Major.‹

Fußnote 1

* An dieser Stelle, bei der er sich an Käthes Eingreifen in seinen Plan erinnert (»Oh, wenn es sich darum handelt« – als sei es die einfachste Sache von der Welt, ihn zu realisieren), hat Dincklage am längsten herumgetüftelt. Auf einem Schmierzettel hat er Sätze entworfen, in denen er Kimbrough seinen Nicht-Glauben an das Schicksal erläutern wollte, beispielsweise den Satz ›zwar bin ich der Ansicht, daß alles, was wir tun, zufällig ist, halte jeglichen Glauben an ein Schicksal‹ (er benutzt das Wort *destiny*, nicht *fate* für das deutsche Wort) ›für grobe Illusion, doch gibt es Ereignisse, Lagen, Konstellationen, bei denen man sich sagt . . .‹ – hier hält er inne, ist unfähig, zu formulieren, was denn man sich sagt, weil er plötzlich erkennt, daß die Anlage dieses Satzes ihn dahin bringen könnte, seine Position aufzugeben. Also beläßt er es bei dem einen Satz, der, wie er sehr wohl weiß, philosophisch schwach, leicht widerlegbar ist. Außerdem hat es ja keinen Sinn, daß ich diesem Amerikaner eine philosophische Abhandlung schicke, denkt er und zerreißt den Zettel.

Was Käthe zu dem Satz des zweiten Grundes seiner Absage bemerken würde, kann er sich leicht vorstellen.

»Wenn du findest«, hört er sie sagen, »daß etwas ebenso-gut, wie es stattfindet, auch nicht stattfinden kann, dann laß es doch stattfinden!« **

Fußnote 2

** »Der Mensch ist zuerst ein Entwurf, der sich subjektiv lebt, anstatt nur ein Schaum zu sein oder eine Fäulnis oder ein Blumenkohl; nichts existiert vor diesem Entwurf; nichts ist im wahrnehmbaren Himmel, und der Mensch wird zuerst sein, was er zu sein geplant hat; nicht, was er sein will.«

Freies Geleit

»Euer Fraß ist wieder mal unter aller Sau!«

Der Küchenunteroffizier hatte ihn bloß angeglotzt, sprachlos über diese Frechheit (über die er eine Meldung machen würde), aber einer von den Küchenbullen war nicht auf den Mund gefallen gewesen. »Für dich spucken wir das nächstemal in die Suppe, du Hotel-Heini«, hatte er gesagt, was er natürlich nur riskierte, weil er sich einbildete, er, Hubert Reidel, sei schon aus dem Verkehr gezogen.

Reidel hatte ihm keine Antwort gegeben, sondern sich abgewandt, den Pimpf herbeigerufen, von dem er sich das Kochgeschirr geliehen hatte, und so laut, daß alle Umstehenden es hören konnten, zu ihm gesagt: »Spül den Dreck aus!«

Dann war er abgegangen, Richtung Bataillons-Schreibstube, unter den Blicken der fast vollständig anwesenden Kompanie, Soldaten und Dienstgrade.

Wieder hatte er den Karabiner von der Schulter genommen, ihn sorgfältig in den Winkel gelehnt, den die Wand und ein Schrank bildeten, sich dicht neben die Waffe gesetzt, auf den Stuhl, auf dem er vorhin gesessen hatte, diesmal ohne die Erlaubnis dazu abzuwarten, denn weil außer einem Schreiber im Gefreitenrang sich niemand in der Schreibstube befand, konnte er es sich unaufgefordert bequem machen. (Er machte es sich aber nicht bequem, sondern saß aufrecht, zackig auch noch im Sitzen, blickte geradeaus vor sich hin.)

Der Bataillonsspieß, dieser Stabsfeld, Reidel wußte nicht, wie er hieß (mit dem Bataillon kam einer, der nicht beim Stab eingeteilt war, niemals in Berührung), ah ja, ›Kammerer‹ hatte der Chef ihn angeredet, Kammerer also hatte ihm geraten, eine Weile wegzubleiben (›Sie verpesten die Luft hier, Obergefreiter!‹), aber Reidel hatte keinen Moment lang daran gedacht, ihm seinen Wunsch zu erfüllen. So weit kam's, daß er wegen dieses Arschlochs von Lametta-Träger, der von Tuten und Blasen keine Ahnung hatte, womöglich den Zeitpunkt verpaßte, in dem der Kommandeur und der Fremde miteinander fertig waren! Er mußte ja behämmert sein, falls er es riskierte, nicht anwesend zu sein, wenn der Kommandeur ihn rufen ließ. Als ob er nicht wüßte, daß sie nicht auf ihn warten oder sich damit aufhalten würden, ihn zu suchen! Der nächstbeste gerade greifbare Unteroffizier im Truppendienst tat's ja auch, konnte die Sache erledigen und den komischen Vogel über die Linie abschieben. Dann war Sense mit der Aussicht, in der Sache Borek mit einer Disziplinarstrafe, vielleicht sogar bloß mit einer Verwarnung wegzukommen (weil der Kommandeur aus irgendeinem Grund, den Reidel nicht benennen konnte, aber förmlich roch, seine Hand über ihn hielt, wenn er den Unbekannten – Reidel kam im Augenblick nicht auf seinen Namen – dorthin expedierte, wo er ihm vor die Knarre gekommen war). Er konnte dann schon froh sein, wenn sie ihm nicht noch ein Verfahren wegen eigenmächtiger Entfernung von seinem Posten anhängten.

Schefold hieß er. Doktor Schefold – so hatte es in dem Wisch geheißen, den der Scheich ihm vorgewiesen hatte, oben, in der Stellung, und so hatte er sich genannt, vorhin. Reidel war erleichtert, als ihm der Name einfiel. Für den Fall, daß er einmal wegen des Besuchs dieses seltsamen Kunden bei dem Kommandeur befragt werden würde, war es gut, wenn er den Namen angeben konnte. Er dachte nicht darüber nach, wie er auf die Idee kam, er würde in dieser Sache eines Tages verhört werden; das Wort *Verhör* war bloß so da, ein Geräusch, noch fern. »Erzählen Sie uns mal der Reihe nach: wie war das, als Sie diesen Mann zu Major Dincklage gebracht haben?« Er *hörte* einfach solche Sätze.

»Doktor Schefold.« Wie er das herausgebracht hatte, vorhin, in genau dem satten Ton, in dem Gäste sich in einer Hotelhalle vorstellten. »Darf ich Sie jetzt bitten, mich bei Herrn Major Dincklage anzumelden.« In einem Ton, als ob er nicht mit einem allmächtigen Bataillonsspieß redete, sondern mit dem Concierge des *Rheinischen Hof* in Düsseldorf.

Natürlich erwog Reidel, aufgerichtet, zackig sitzend und vor sich hin blickend, in erster Linie, ob dieser Schefold ihm die Chance vermasseln würde, die darin lag, daß er ihn zurückbringen durfte und damit einen direkten Auftrag des Kommandeurs an ihn, den kleinen Oberschneppser, tadellos ausführte. Hatte er ihn da drinnen, hinter der Türe, an welcher das Schild mit der Aufschrift *Chef* hing, inzwischen so gründlich madig gemacht, daß dergleichen überhaupt nicht mehr infrage kam, und er höchstens noch hineingerufen wurde, um einen Anpfiff verpaßt zu bekommen, nach dem er bloß noch abziehen und warten konnte, bis sie ihn vor das Kriegsgericht holten? (Abstellung in die Untersuchungshaft eines Feldgerichts, Schnellverfahren, Degradierung, Strafkompanie, bis zum Ende des Krieges bei Brot und Wassersuppe in diesen Himmelfahrtskommandos, es war kein Trost, daß es Borek genauso gehen würde, wenn es ihm gelang, ihn mit hineinzureißen.)

Wenn der Knülch den Tritt in seinen Arsch ausgepackt hatte, war alles im Eimer. Dagegen stand nichts auf. Es haute ihn auch in der Angelegenheit Borek in die Pfanne, würde für sie der letzte Beweis sein, daß er gewalttätig, aggressiv war.

Er richtete sich schon auf das Schlimmste ein. Er würde stur bleiben wie ein Panzer. Für ihn hatten sie sich nicht umsonst den Satz ausgedacht: was uns nicht umbringt, macht uns nur stärker.

Außerdem würde mit dem Krieg auf die Schnelle Schluß sein. Die paar Wochen würde er noch überstehen. In Rußland hatte er gelernt, wie man sich's sogar in Himmelfahrtskommandos gemütlich macht.

Der Spieß kam herein, übersah ihn, wie er sich aufriß, sein Männchen baute. Reidel setzte sich wieder hin. Das EK I hat er nicht, dachte er, das hab ich. Dafür trägt er Fangschnüre, silbern, fast genau die gleichen wie der Concierge im *Rheinischen Hof* in Düsseldorf.

Zwischen den beiden Sätzen ›Es steht etwas bevor‹ und ›Sie können von dieser Mitteilung Gebrauch machen‹ – Sätzen, bei denen Schefold am liebsten in ein Gelächter ausgebrochen wäre, wie er Hainstock schrieb (in diesem Brief, der niemals geschrieben worden ist) – hatte Dincklage sich erhoben und damit das Zeichen gegeben, welches ihre Zusammenkunft beendete. Auch Schefold stand auf. Er überlegte Abschiedsformeln. Er mußte sich für den Hinweis bedanken, den der Major ihm gegeben hatte, sein Verbleiben, oder besser gesagt, sein Nichtverbleiben in Hemmeres betreffend.

»Einen Augenblick«, sagte Dincklage, »ich muß erst noch diesen Lümmel präparieren.«

Er griff nach seinem Stock, hinkte zur Türe, öffnete sie und sagte: »Kammerer, lassen Sie Reidel hereinkommen!«

Schefold schüttelte unwillkürlich den Kopf. Dieser Reidel saß dem Major vor der Nase – Schefold konnte ihn durch den Türspalt erblicken –, aber Dincklage wandte sich nicht an ihn direkt, sondern beauftragte einen rangnächsten Dritten, ihn hereinzurufen. Militärische Hierarchie bestand aus einem System von Vermittlungen, und nicht einmal einem intelligenten Offizier, Bataillonskommandeur und Ritterkreuzträger, fiel es ein, das System zu überspringen.

Reidel war schon hoch, hatte schon den Karabiner über der Schulter, als Kammerer eine Kopfbewegung zu ihm hin machte, genau die gleiche Kopfbewegung, über die Käthe so empört gewesen war, als sie Reidel beobachtet hatte, wie er Schefold anwies, die Stufen zum Eingang des Bataillonsgefechtsstandes hinaufzugehen.

Wie der Mann sich aufbaute! Nicht steif, sondern wie ein erstarrtes Reptil, klein, grüngrau.

»Schließen Sie die Tür!« sagte der Major.

Die Kehrtwendung, berechnet lautlos,

in diesem Falle wird nicht mit den Hacken geknallt, hatte Reidel überlegt, dann wieder die Kehrtwendung, der kleine Soldat, die scharfen Augen unter dem Rand des mit pastosem Farbbrei verschmierten Stahlhelms.

»Wo haben Sie sich das EK I erworben, Reidel?« fragte Dincklage.

»Rußland, Herr Major«, sagte Reidel. »Nach dem fünfzigsten Iwan.«

Schefold konnte nicht erkennen, was der Major dachte.

»Haben Sie sie gezählt?« hörte er ihn fragen.

»Wir waren angewiesen, zu zählen«, meldete Reidel. »Es wurde kontrolliert.«

Die besten Scharfschützen wurden eine Zeit lang in der *Berliner Illustrierten* veröffentlicht, erinnerte sich Reidel. Auch dabei habe ich immer Pech gehabt. Ich bin nie in die Illustrierte gekommen. Verbittert dachte er an den Unteroffizier, der nach seinem 75. Abschuß auf der Titelseite abgebildet worden war.

»Ich höre, daß Sie sich Herrn Doktor Schefold gegenüber sehr schlecht benommen haben.«

Jetzt ging es also los.

Er schwieg. Zu antworten hatte er nur, wenn er etwas gefragt wurde.

»Stimmt es, daß Sie ihm das Sprechen verboten und ihn mit Schimpfworten belegt haben?«

War das alles? Wenn jetzt nicht noch der Tritt in den Hintern dieses Spitzels aufs Tapet kam, war alles halb so schlimm.

»Ich habe den Herrn für einen Spitzel gehalten, Herr Major.«

Es war die einzig richtige Taktik, nicht zu leugnen, nicht einmal Ausflüchte zu machen, sondern einen Fehler zuzugeben, für den aber Verständnis aufgebracht werden mußte. Dafür, daß ein Soldat der vordersten Linie jemand, der aus Feindrichtung auftauchte, für einen Spion hielt, durfte jede Menge Verständnis verlangt werden.

Aufrichtig. Der aufrichtige Soldat, der seinen Vorgesetzten nicht belügt. Das Hinterhältige liegt darin, daß er mich noch immer für einen Spitzel hält, dachte Schefold. ›Ich habe den Herrn für einen Spitzel gehalten.‹ Das hatte nicht so geklungen, als nähme der Mann seinen Verdacht zurück.

Ob der Major die Gefahr bemerkte?

Aber Dincklage beschränkte sich darauf, zu erwidern: »Anscheinend denken Sie zu viel, Reidel.«

So weit her war es also nicht mit seinem Gerede von den denkenden Soldaten, die er sich gewünscht hatte, damals, in Dänemark. Offiziersgequassel, weiter nichts. Reidel hatte es nie ernst genommen.

Aber daß er ihm das Denken verbieten wollte, wenn jemand aus Feindrichtung vor seinem Schützenloch auftauchte, war ja sagenhaft. Er muß mich für bescheuert halten, dachte Reidel.

Er verschob sein Nachsinnen darüber auf später. Für den Augenblick war nur wichtig, daß der tätliche Angriff, den er sich gegen den Fremden geleistet hatte, noch immer nicht zur Sprache gekommen war. Also war fast schon sicher, daß der Major von dem größten Mist, den er gebaut hatte, keine Ahnung besaß, denn das wäre ja das erste gewesen, was er ihm aufs Brot geschmiert hätte, nicht so kleine Fische wie daß er zu Schefold gesagt hatte, er solle sein Maul halten, und ihn ein *Arschloch* genannt hatte. Wahrscheinlich stände er schon gar nicht mehr hier, wäre längst wieder draußen, wenn der Chef wüßte, daß ich seinem Gast in den Arsch getreten habe.

Aber warum weiß er es nicht, fragte Reidel sich. Der andere hat sich doch über mich beschwert. Warum hat er ihm nicht erzählt, was seiner Beschwerde erst den richtigen Dampf gemacht hätte?

Reidel hielt seinen Blick unverwandt auf den Kommandeur gerichtet, aber das hinderte ihn nicht, auch Schefold aus seinen Augenwinkeln anzuvisieren. Möglich war ja, daß jener erst sein schweres Geschütz auffuhr. Vielleicht sparte er sich sein Trumpf-As für den letzten Moment auf?

Der Mann mußte ja einen unheimlichen Bammel vor dieser Meldung seines Kameraden gehabt haben, sonst hätte er nicht riskiert, hier persönlich mit Schefold anzutraben. Eine dolle Frechheit, es hätte für ihn nichts anderes geben dürfen, als eisern zu warten, bis sein UvD aufkreuzte (was aber das Erscheinen Schefolds beim Bataillon schwer verzögert hätte, so daß es, alles in allem, ein Glück war, daß Schefold an ihn geraten war. Reidel hatte ausgebügelt, daß er, Dincklage, den Fehler begangen hatte, mit den Rekruten zusammen auch die Unterführer aus der Linie zu ziehen).

Dincklage nahm Reidel beiseite. Reidel ist einer meiner Männer, dachte er, gänzlich entgegen seiner Gewohnheit, diese Formel zu vermeiden, und dienstliche Angelegenheiten gehen einen Außenstehenden nichts an. Es war natürlich zwecklos. So leise konnte in diesem Zimmer gar nicht geredet werden, daß ein Dritter nicht imstande war, mitzuhören. Aber mindestens die Form mußte gewahrt werden. Reidel durfte nicht den Eindruck haben, daß er außer seinem Kommandeur noch sonst jemandem gegenüberstand, noch dazu einem Zivilisten.

»Sie wollen Ihre Scharte auswetzen«, sagte Dincklage mit halber Stimme. »Glauben Sie nur nicht, daß ich nicht begreife, warum Sie gegen alle Vorschriften Ihren Posten verlassen und Herrn Doktor Schefold direkt zu mir gebracht haben. Sie konnten nicht wissen, daß Sie damit ausnahmsweise richtig gehandelt haben. Oder vielleicht wußten Sie es. Herr Doktor Schefold kam Ihnen denkbar gelegen. Er bot Ihnen die Gelegenheit, sich vorteilhaft bemerkbar zu machen. Darum ging es Ihnen doch wohl, Reidel, nicht wahr? Sie hatten ja jeden Grund, sich vor mir in einem günstigen Licht zu zeigen. Dafür haben Sie sogar auf eine soldatische Grundregel verzichtet: die Regel, nicht aufzufallen. Sie waren schon aufgefallen, hoffnungslos miserabel, Reidel, das muß ich Ihnen ohne alle Umschweife sagen, und es kam Ihnen schon nicht mehr darauf an, nocheinmal aufzufallen, wenn Sie damit Ihre Lage verbessern konnten. Das haben Sie sich jedenfalls eingebildet. Stimmt's, Reidel?«

Wenn er wüßte, dachte Reidel, daß ich seinen Herrn Doktor Schefold um ein Haar umgelegt hätte.

Aber sonst war dieser Kommandeur eine Wucht.

Nur daß er ihm nicht den Gefallen tun konnte, einfach mit einem ›Jawoll, Herr Major!‹ zu antworten, weil er damit den ganzen Tatbestand der Meldung *Borek gegen Reidel* ohne weiteres anerkannt hätte. Und das kam nicht infrage. Gegen die Meldung *Borek gegen Reidel* hatte er sich zu wehren, mit Zähnen und Krallen. Er wußte selber nicht, warum. Er fragte es sich nichteinmal. Er brauchte nur ›Jawoll, Herr Major‹ zu sagen, dann war er mit ziemlicher Sicherheit die ganze Sauerei los, die dem Major wahrscheinlich bloß lästig war. Aber das kam eben nicht infrage.

In der Angelegenheit Borek hatte er zu lügen. Direkt, stehend freihändig, und ohne Rücksicht auf Verluste. Den Aufrichtigen zu spielen, hatte da gar keinen Sinn.

»Bitte Herrn Major, etwas sagen zu dürfen.«

»Ich warte darauf«, sagte Dincklage.

»Borek lügt«, sagte Reidel. »An der Meldung Boreks gegen mich ist kein wahres Wort. Der Schütze Borek ist ein Staatsfeind. Mit seiner Meldung gegen mich wollte er nur meiner Meldung wegen seiner staatsfeindlichen Äußerungen zuvorkommen.«

Wieder, wie vorhin in der Schreibstube, krähte er es heraus. Er machte keinen Gebrauch von der Möglichkeit, die der Major ihm eingeräumt hatte: daß die Sache, wenigstens der Form nach, zwischen ihm und dem Major blieb.

Er nahm wahr, wie der Fremde einen Schritt zurücktrat, und es entging ihm nicht, wie die Hand, mit welcher Dincklage seinen Stock hielt, sich verkrampfte. Ihre Knöchel wurden weiß.

Er ist also nicht nur ein Schreckensmensch, dachte Schefold, sondern wirklich ein Nazi-Soldat. Ich bin einem Nazi-Soldaten in die Hände gefallen.

Aber was wird da eigentlich gespielt, überlegte er. Weshalb hat ein Soldat, dem meine ganzen Sympathien gehören, weil er ein Staatsfeind ist, gegen diesen Unhold eine Anzeige erstattet? Der Mann habe etwas auf dem Kerbholz, hatte Dincklage vorhin zu ihm gesagt, aber es handle sich weder um ein militärisches noch um ein kriminelles Vergehen. (Ein politisches schied nun sowieso aus, nach dem, was er soeben vernommen hatte.) Um was, zum Teufel, ging es denn?

›Ich vertraue Sie doch keinem Verbrecher an.‹ War Dincklage sich dessen nun immer noch so sicher?

Die Hand entspannte sich wieder.

»Vielleicht sind Sie es nicht wert, Reidel«, sagte Dincklage, »daß ich überhören will, was Sie eben gesagt haben.«

Vornehm. Verdächtig vornehm. Er hatte immerhin gemeldet, der Schütze Borek habe staatsfeindliche Äußerungen getan. Es würde sich noch herausstellen, ob ein Major der Wehrmacht es sich leisten konnte, eine solche Meldung zu überhören. Und mit dem nächsten Satz rastete der Chef ja auch schon in das Gewinde ein.

»Reidel«, fragte Dincklage, »haben Sie etwa versucht, Borek zu erpressen, nachdem er Staatsfeindliches geäußert hat?«

Gemein. Zuerst vornehm, dann gleich hundsgemein. So waren sie.

Das Staatsfeindliche an Borek war ihm vollständig schnuppe. Er machte nur von ihm Gebrauch, weil er in die Enge getrieben wurde, aus Notwehr.

Reidel sah den Major an, ohne den Blick zu senken. Darauf würde er ihm keine Antwort geben. Eine Frage wie diese stand nur einem Kriegsgericht zu.

Erpressen? Ging es um Geld? Das konnte nicht sein, denn dann würde es sich doch um eine kriminelle Angelegenheit handeln, was der Major ausdrücklich abgeleugnet hatte.

Diese Sache wurde immer dunkler.

»Na, lassen wir das«, sagte Dincklage. »Ich habe mich also geirrt. Sie haben gar keine Scharte auszuwetzen. Erklären Sie mir dann nur, warum Sie es heute für nötig gehalten haben, Ihren Posten zu verlassen und Herrn Doktor Schefold zu mir zu bringen! Sie wollten sich diesen Orden verdienen, obwohl Sie ihn gar nicht nötig hatten, weil Sie ja ein völlig reines Gewissen haben, nicht wahr, Obergefreiter?«

Er war ihm ganz schön auf der Spur, er war schon eine Wucht, dieser hinkende Ritterkreuzträger, und es war jetzt nur wichtig, die Schnauze zu halten. Während Reidel seinen Mund hielt, wurde ihm klar, daß er alles aufs Spiel gesetzt hatte. Wenn er klein beigegeben hätte, wäre ihm der Auftrag, diesen Schefold zurückzubringen, ganz sicher gewesen. Jetzt war das nicht mehr so sicher.

Er entschloß sich, eine Konzession zu machen, indem er versuchte, so etwas wie eine leichte Verlegenheit in seinen Blick zu bringen. Es gelang ihm nicht. Seine Augen waren dazu einfach nicht geeignet. Sie waren hellbraun, fast gelb, und so scharf, daß sie es selten nötig hatten, sich zu verengen, wenn sie ein Objekt anvisierten. Hellbraun, gelb, scharf und unbeweglich heftete ihr Blick sich auf das Gesicht Dincklages. Von Betretenheit keine Spur. Nur dieser lidlose, erbarmungslose Vogelblick. Gelb.

»Herr Doktor Schefold steht unter meinem persönlichen Schutz«, sagte Dincklage. »Sie werden ihn jetzt dorthin zurückbringen, wo Sie ihn getroffen haben. Ich erwarte, daß Sie ihn unterwegs auf das korrekteste behandeln. Haben Sie verstanden?«

Es hatte also geklappt. Wunderbar!

»Jawohl (›Jawoll‹), Herr Major!«
Wenn dieser Kerl von seiner Mißhandlung tatsächlich nichts hatte verlauten lassen, und weiter nichts verlauten ließ, konnte er ja anständig mit ihm umgehen.

»Wenn Sie den Befehl zu meiner Zufriedenheit ausgeführt haben, werde ich nachher mit Ihrem Kameraden Borek sprechen und versuchen, ihn dazu zu bewegen, daß er die Meldung gegen Sie zurücknimmt. Vorausgesetzt, daß Ihnen das recht ist. Ist es Ihnen recht, Reidel?«

»Jawohl, Herr Major!«
Es mußte ihm ja mächtig daran gelegen sein, nicht nur, daß sein Gast wieder sicher wegkam – wohin eigentlich? nach drüben! in Feindrichtung! merkwürdig, sehr merkwürdig! –,

sondern auch, daß diese ganze Hin-und-Hermelderei wegen Homosexualität und Staatsfeindschaft unterblieb.

»Sie legen also keinen Wert auf Ihre Meldung gegen Borek?«

Vorsicht! Er durfte das jetzt nicht glatt zugeben, sonst würde er sich unglaubwürdig und Borek glaubwürdig machen.
   Er sagte: »Es liegt mir nichts daran, den Borek in irgendwas reinzureiten, Herr Major.«

Wie er vorhin gespürt hatte, daß es sie zusammenriß, als er mit seiner Aussage gegen Borek herausgekommen war, so witterte er jetzt ihr Aufatmen. Er war bereit, einen Staatsfeind zu schonen – das verschaffte ihm einen Pluspunkt. Einen winzigen nur, aber er las ihn von ihren Gesichtern ab.

Täuschte er sich, oder war in dieser Stimmung nicht tatsächlich so etwas wie Mitleid drin? Das war ja zum auf-die-Bäume-Klettern! Mitleid war so ungefähr das letzte, was er nötig hatte.
   Wenn es Mitleid war, dann war es Mitleid für einen abgewiesenen Schwulen.

Zum erstenmal fragte Reidel sich, ob nicht auch der Gast des Kommandeurs schon wußte, was gegen ihn vorlag. Hatte der Kommandeur es ihm erzählt, um ihn über die Haupteigenschaft seines Begleiters nicht in Unkenntnis zu lassen? ›Der Mann, an den Sie da geraten sind, ist ein kleiner Schwuler.‹ Gefolgt von einem verständnisinnigen Lächeln der beiden Herren.

»Aha«, sagte Dincklage, »das habe ich mir schon gedacht. Ich habe mich also doch nicht gänzlich geirrt.«

Seine Stimme klang jetzt freundlicher. Auch verzichtete er darauf, ihm nocheinmal vorzurechnen, warum er sich doch nicht gänzlich geirrt hatte. Aber dann landete er ein Ding gegen ihn, das er ihm niemals vergessen würde.

»Bilden Sie sich nur nicht ein, Reidel, daß ich mit Ihrem Kameraden Borek sprechen werde, um Ihnen einen Gefallen zu tun«, sagte der Major. »Ich tue es in erster Linie, um diesem jungen Kerl zu helfen.«

Staatsfeinden mußte also geholfen werden, Schwulen nicht. So genau hatte er das eigentlich nicht wissen wollen. Jetzt wußte er es. Der Major Dincklage hatte es ihm mitgeteilt. Er hoffte nur, daß er es ihm einmal heimzahlen konnte.

Immerhin und gottseidank: um Mitleid handelte es sich also nicht.

Außerdem hatte der Major einen Fehler gemacht.

Wenn es ihm nur darauf ankam, dem Schützen Borek zu helfen, so genügte es ja, wenn er ihn sich kommen ließ und ihn überredete, seine Meldung zurückzunehmen. Er würde auf keinen Widerstand stoßen. (›Es tut mir leid, daß ich diese Meldung geschrieben habe. Wirklich, es tut mir jetzt schon leid!‹)

Wozu es dann noch nötig war, daß er, Reidel, sich einen Orden verdiente, indem er den Fremden wieder über die Linie brachte, war überhaupt nicht einzusehen.

Aber genau darum drehte es sich, und mit Borek hatte das gar nichts zu tun.

Sondern aus irgendeinem kühlen Grunde wünschte der Major Dincklage, daß er, der Obergefreite Reidel, sich einbildete, er müsse sich sein Entgegenkommen erst noch verdienen.

Aber dann hätte er nicht davon quasseln dürfen, daß es ihm nur darum ginge, Borek zu helfen.

Der Chef hatte einen schweren Fehler gemacht.

Na, egal. Reidel kam jetzt nicht dahinter, warum der Major ihn so unbedingt glauben machen wollte, er sei ihm zu Gott weiß was verpflichtet. Hauptsache, das Ding war wunderbar gelaufen. Alles war so gekommen, wie er sich's ausgerechnet hatte, vorhin auf dem Hang, und auf dem Weg ins Dorf. ›Der Mann hat ausnahmsweise richtig gehandelt.‹ Und er hatte den Auftrag bekommen, diese Figur wieder zurückzubringen, ohne daß er einen Zentimeter von seiner Position hatte aufgeben brauchen. Sie würden die Meldung *Borek gegen Reidel* unter den Teppich kehren, und noch froh sein, daß er keine Zicken machte, sondern stillhielt und ihnen dabei zusah.

Nein, er hatte kein Interesse daran, Borek hineinzureiten. Sein einziges Interesse bestand darin, mit Borek zusammenzubleiben, auch wenn er keine Chance bei ihm hatte.

Ich habe jede, aber auch jede Möglichkeit versäumt, mir diesen sinistren Menschen vom Hals zu schaffen. Noch als der Major ihm die Beleidigungen vorwarf, die er sich mir gegenüber erlaubt hat, hätte ich mit dem Fußtritt herausrücken können. Oder als die Viper zischte, sie habe mich für einen Spitzel gehalten. Danach war es auf einmal nicht mehr möglich. Von da an ging etwas zwischen dem Major und diesem Soldaten vor, in das einzubrechen mir nicht mehr erlaubt war. Da war es zu spät geworden. Es gibt eben Zeitpunkte für Einsätze. Ich habe meinen Einsatz verpaßt.

Ach was, dachte Schefold, Ausflüchte! Ich hätte ganz grob stören sollen. Wenn es um schlechthin Unerträgliches geht, braucht man keine Rücksichten zu nehmen. Rücksichtslos und in aller Form hätte ich es mir verbitten müssen, daß dieses Subjekt mich begleitet.

Schlechthin unerträglich war es Schefold aber auch, sich vorzustellen, er könne jetzt noch das Argument auffahren, welches verhindern würde, daß der Obergefreite Reidel ihm beigegeben wurde. Seine gute Erziehung (die Erziehung im Hause eines gebildeten deutschen Bürgers), sein Gefühl für Form (das Gefühl, welches ihn veranlaßt hatte, Kunstgeschichte zu studieren) spielten ihm einen Streich. Sie waren stärker als seine Furcht. Nicht daß sie ihm nicht erlaubt hätten, Furcht zu zeigen. Aber nicht, wenn es dafür zu spät, wenn der Einsatz verpaßt war.

Dincklage machte Schluß. Er ging voraus in die Schreibstube. Reidel folgte ihm sofort, Schefold erst, als er begriff, daß nichts weiter kam.

Der Major war mit sich unzufrieden, aber auf unklare Weise. Es dämmerte ihm nicht, daß Reidel sich sagen mußte, die Meldung gegen ihn würde sich von selbst erledigen, auch ohne daß er etwas dafür leistete.

Er schob sein Mißbehagen auf die Beleidigung, die er Reidel zugefügt hatte. Es ist eine unnötige Brutalität gewesen, dachte er, ihm ins Gesicht zu sagen, daß ich mehr daran interessiert bin, diesem Borek aus der Patsche zu helfen, als ihm. Es stimmt nichteinmal. Ich war durchaus bereit, auch ihm beizustehen. Anzeigen wegen Homosexualität lasse ich in meinem Befehlsbereich nicht durch.

Er wandte sich an Kammerer.

»Der Obergefreite Reidel wird nachher zurückkommen und Ihnen melden, daß er den Befehl ausgeführt hat, den ich ihm gegeben habe.«

Die Instruktion galt vor allem dem zuhörenden Reidel.

»In Ordnung, Herr Major«, sagte Kammerer.

Die Angelegenheit zu verschleiern war nicht nur unnötig, sondern es wäre falsch gewesen. Das hatte dieser Hainstock klar erkannt, als er den Rat gegeben hatte, ruhig von Hemmeres zu sprechen.

»Reidel hat den Auftrag, Herrn Doktor Schefold wieder über die Linie zu bringen. Herr Doktor Schefold lebt in Hemmeres.«

»In Ordnung, Herr Major.«

Kammerer hatte sich inzwischen auf der Karte angesehen, wo dieses Hemmeres lag, in dem der von Reidel eigenmächtig eingebrachte Mann wohnte, dessen – jetzt von dem Major bestätigten – Angaben nach. Komisch. Mußte eine IC-Sache sein. Weitere Gedanken machte Kammerer sich nicht. Der Major würde ihm schon noch erklären, um was es sich handelte.

Was der Unteroffizier Rechnungsführer – derjenige, der beim Erscheinen Schefolds den Duft amerikanischen Tabaks wahrgenommen hatte (auch er war inzwischen wieder in der Schreibstube eingetroffen) – sich bei dem, was er anläßlich Schefolds Abgang vernahm, gedacht hat, muß ebenso im Dunkel der Geschichte bleiben, wie die Schlüsse, die jener nun schon zweimal erwähnte Unteroffizier Rudolf Dreyer von der Führ.-Abt. des OB West aus dem, was er hörte und schrieb, entgegen eindringlicher Ermahnungen, vielleicht doch gezogen hat.

Einfach so aus der la mäng von Hemmeres zu reden, war natürlich die Masche. Aber bei ihm, Reidel, kam das nicht an.

Wenn er nur erst wieder in seinem Schützenloch wäre, damit er sich diese verdächtige Geschichte gründlich überlegen konnte!

Er hoffte, daß trotz des inzwischen erfolgten Postenwechsels kein anderer in seinem Loch stand. Wenn doch, würde er ihn in null komma nichts draußen haben. Leere Löcher gab's genug, weil die Linie auch am Nachmittag dünn besetzt sein würde, wegen der noch immer vom Wachdienst freigestellten Rekruten.

Ihn selber hatte der hohe Herr mit seinem Auftrag, den Kerl da wieder durch die Linie zu schleusen, praktisch zu doppeltem Wachdienst verdonnert. Das kratzte ihn nicht. Im Gegentum. Er würde auch nicht postwendend in die Schreibstube zurückkehren, um zu melden, daß er den Auftrag ausgeführt hatte. Erst einmal würde er sich in sein Loch verkriechen und darüber nachdenken, was da eigentlich passiert war.

Jetzt habe ich gar keine Möglichkeit mehr, ihm dafür zu danken, daß er mir geraten hat, Hemmeres zu verlassen. Jetzt bleibt überhaupt für nichts mehr Zeit. Warum hat der Major sich nicht noch eine Minute Zeit genommen, den Mann hinausgeschickt und mich über ihn aufgeklärt? Es hätte mir die Gelegenheit zu einem letzten und äußersten Protest verschafft.

Er legte den Regenmantel wieder über die Schulter, fühlte dabei den Brief, den er in die Brusttasche seiner Jacke gesteckt hatte. Das Couvert, so erinnerte er sich, trug keine Adresse und war zugeklebt.

»Kommen Sie gut nach Hemmeres, Herr Doktor!« sagte der Major und schüttelte ihm die Hand.

Schefold mußte sich überwinden, etwas zu erwidern. Er hätte es vorgezogen, schweigend zu gehen. Aber das ließ sich nicht machen, angesichts aller dieser auf ihn gerichteten Blicke.

»Leben Sie wohl, Herr Major«, sagte er. »Und besten Dank für Ihre Gastfreundschaft.«

»Nicht der Rede wert«, sagte Dincklage. »Ich bitte um Entschuldigung für das Essen, das ich Ihnen zugemutet habe.«

Er wandte sich wieder an den Stabsfeldwebel. »Kammerer«, sagte er, »ich glaube, es wird höchste Zeit, daß Sie sich mal um die Küche kümmern.«

Schefold zwang sich zu einem Lächeln. Sie hatten einen harmlosen Abgang inszeniert.

Dieser Reidel riß wieder die Türe vor ihm auf, ließ ihn wieder vorausgehen, aber diesmal ganz anders als beim Hereinkommen, in einer Art Achtungsstellung, nicht ganz der gleichen wie der, die er vor dem Major einnahm, aber doch in zusammengenommener Haltung, wie sie einem Zivilisten zukam, für den *korrekteste Behandlung* angeordnet worden war, und unter den Augen dessen, der sie angeordnet hatte.

So, wie man einem *Gast* die Tür aufriß, sich daneben aufbaute, eines Trinkgelds gewärtig.

Als sie verschwunden waren, sah Dincklage auf seine Armbanduhr.

»Halb zwei«, sagte er. »Sie können jetzt die Befehle zum Abrücken herausgeben, Kammerer. In zwölf Stunden kann das Bataillon startbereit sein. Steht schon fest, wann die Fahrzeuge für den Abtransport eintreffen?«

»Das Regiment hat sie für zwanzig Uhr zugesagt, Herr Major.«

»Na, dann rechnen Sie nicht vor zweiundzwanzig Uhr damit. Die Posten bleiben natürlich in der Linie, bis sie von der neuen Einheit abgelöst werden. Sonst alles klar?«

»Alles klar, Herr Major. War ja ein kurzes Gastspiel, das wir hier gegeben haben.«

»Seien Sie froh darüber, Kammerer! Ich ahne nichts Gutes für diese Gegend hier.«

Er ging zur Türe.

»Schicken Sie mir den Burschen hinauf!« sagte er. »Er soll mir beim Packen helfen.«

Nachdem er gegangen war, sahen die Angehörigen der Bataillons-Schreibstube sich erfreut an. Der Kommandeur war Klasse. Obwohl Ritterkreuzträger, machte er kein Geheimnis daraus, daß er, wie sie, froh war, aus einer Gegend wegzukommen, für die nichts Gutes geahnt werden konnte.

Bis der Bursche kam, legte er sich auf sein Bett und starrte zur Decke hinauf.

Käthe, das war abgemacht, würde nicht sofort zu ihm kommen, um sich zu erkundigen, was zwischen ihm und Schefold besprochen worden war, sondern erst später, im Laufe des Nachmittags. Darum hatte er sie gebeten, Tarnungsgründe vorschützend, in Wirklichkeit, um Zeit zu gewinnen. Er wollte, daß sie seinen Brief gelesen hatte, ehe sie kam. Er würde die Ordonnanz mit dem Brief zu ihr schicken, gleich nachdem die Kisten gepackt waren, was höchstens eine halbe Stunde in Anspruch nahm. Aus dem Brief konnte sie alles entnehmen, was Schefold und das Unternehmen betraf, so daß sie sich, wenn sie zu ihm kam, darauf beschränken konnte, ihm mitzuteilen, ob sie bereit war oder es ablehnte, ins Emsland zu reisen. Wenn sie seinen Vorschlag annahm, hatte er ihr ein paar Zeilen für seine Eltern mitzugeben.

Die Zimmerdecke betrachtend, dachte er: um zweiundzwanzig Uhr die Fahrzeuge, die Ablösung, die neue Einheit, SS (er würde mit dem *Deutschen Gruß* zu grüßen haben), das Abrücken in der Nacht. Das Ende des Unternehmens. ›Oh, wenn es sich darum handelt!‹ (Ach, Käthe!) Was war von dem Unternehmen übriggeblieben? Nichts weiter als ein etwas weicher Mann, sympathisch, Kunsthistoriker, sichtlich Ästhet, der jetzt, begleitet von diesem durch und durch unsympathischen Burschen, diesem kleinen Teufel, die Straße entlang und über die Hügel ging.

Käthe. Winterspelt. Käthe.
  Sie würde nicht ins Emsland gehen, sondern nach Lincolnshire.

Therese hatte sich heute ums Essen gekümmert, weil Käthe zu spät vom Steinbruch zurückkam, sie aßen schon, und Käthe setzte sich so an den Tisch, daß sie das Haus gegenüber im Auge behalten konnte, nachher ging sie in den Hofraum hinaus, beschäftigte sich mit dem Ausbreiten von nassen Handtüchern auf der Bank, die neben dem Eingang stand, fegte mit einem Strohbesen die Steine vor der Türschwelle. Als Schefold und der Soldat, der ihn gebracht hatte, nacheinander in der Türe des Bataillonsgefechtsstandes erschienen und die drei Treppenstufen zur Straße herunterkamen, trat sie schnell in den Schattenstreifen vor dem Thelenhof zurück. Der Wohnflügel des Thelenhofes lag gegen Osten, und um zwei Uhr am Nachmittag warf er schon einen Schatten, schmal, aber so dunkel, daß er sie wahrscheinlich verbarg.

Sogleich beunruhigte es sie, zu sehen, daß jener Soldat, dessen Kopfbewegung sie auf der Stelle verabscheut, den sie im Geist als einen *schlimmen Typ* bezeichnet hatte, Schefold auch auf dem Rückweg eskortierte. Joseph Dincklage hatte gewünscht, sie solle eine Stunde warten, ehe sie zu ihm käme, aber sie hatte sich vorgenommen, gleich wenn seine Unterredung mit Schefold vorbei war, zu ihm zu gehen und ihm die Bedeutung des schrägen Schnellens eines Kopfes von links unten nach rechts oben klarzumachen, und daß es Schefold niemals hätte zugemutet werden dürfen. Besaß Dincklage, eingefangen in sein militärisches Denken, in sein System von Befehlen und Gehorchen – in seine *Struktur*, dachte Käthe –, so wenig Menschenkenntnis, daß ihm das gefährliche Wesen dieses Mannes gar nicht aufgefallen war? Hatte er ihn überhaupt zur Kenntnis genommen? Vielleicht – zuzutrauen war es ja dem militärischen Betrieb – war er ihm nichteinmal zu Gesicht gekommen, ein namenloser Soldat, der die ganze Zeit im Vorzimmer gesessen und gewartet hatte, bis ein Schreiber ihn anwies, Schefold wieder dorthin zu bringen, wo er ihm begegnet war.

Aber ganz so mußte sich der Vorgang von Schefolds Vorführung im Stab doch nicht abgespielt haben, denn offensichtlich hatte sich in der Beziehung zwischen den beiden Männern dort drüben etwas verändert. Nicht nur gab es jetzt keine Zeichensprache des Antreibens mehr zu beobachten, nichts mehr von den Gesten eines stummen Terrors, sondern stattdessen eher etwas wie Anpassung. Ja, es war deutlich zu sehen, daß der Soldat sich jetzt dem Gang, dem Verhalten Schefolds anpaßte. Schefold tat etwas, das sie nicht für möglich gehalten hätte. Nachdem er ein paar Schritte gegangen war, blieb er plötzlich stehen, allem Anschein nach unbekümmert, kramte in seiner Jackentasche, holte ein Zigarettenpäckchen heraus und zündete sich mit Hilfe eines Feuerzeugs eine Zigarette an. Und auch der Soldat blieb stehen, verwies es ihm nicht, sondern wartete, bis Schefold weiterging, wenn auch ohne ihm bei dem Vorgang des Zigaretten-Anzündens zuzusehen, eher abgewandt. Erstaunlich! Sie mußte Hainstock von diesem Wechsel des Verhältnisses zwischen Ankommen und Fortgehen erzählen, wenn er nachher kam, um sich zu erkundigen, ob alles gut gegangen war.

Der Thelenhof war ein Winkelgehöft. Die beiden Männer, der große, schwere, mit seinen fließenden Bewegungen, der zwar immer noch wie ein gestürzter Fürst aussah, aber ihr nicht mehr so wehrlos erschien wie vor zwei Stunden, und der kleine, drahtige, der schlimme, notgedrungen höfliche, verschwanden für Käthe an der Stelle, wo der Stallflügel an die Dorfstraße stieß. Sie nahm ihre Brille ab und lehnte sich an die weißgetünchte Mauer des Hauses, in dem sie noch einige Stunden wohnen würde. Der Hofraum mit dem Misthaufen, die Dorfstraße, das halb städtische charakterlose Einfamilienhaus gegenüber, einige Bäume, sie waren jetzt nur noch ein Gefüge aus weißen, grauen, braunen, grünen oder rostroten Flecken. Es war nicht nötig, zu Joseph Dincklage hinüberzugehen und ihm irgendetwas zu erklären, Kopfbewegungen und ähnliches. Es gab Winterspelt schon nicht mehr. Nur noch dieses Geschiebe aus ungenau umgrenzten Farben.

Er überlegte, ob er diesem, wie hieß er doch gleich, Reidel, richtig, Reidel, eine Zigarette anbieten sollte. Der Ausdruck *die Friedenspfeife rauchen* kam ihm in den Sinn.

Ach was, dachte er, das hier ist kein Indianerspiel. Er steckte das Päckchen wieder weg. An Hainstocks Warnungen sich erinnernd, hatte er es, wie vorhin in der Schreibstube, immerhin in der Höhlung der Hand verborgen.

(Schefold wußte nicht, daß deutsche Soldaten, im Gegensatz zu amerikanischen, nicht nur im Dienst, sondern auch auf der Straße nicht rauchen durften.)

Jetzt blieb der Kerl auch noch stehen und zündete sich eine Zigarette an! Und er konnte es ihm nicht verbieten! Der kleinste Fehler, und er würde sich umdrehen, wieder in die Schreibstube gehen und verlangen, daß jemand anderer ihn begleitete. ›Dalli, dalli, hier wird nicht geraucht!‹ Das konnte dem sein Töpfchen zum Überkochen bringen.

Ein *Gast* würde ihm jetzt eine Zigarette angeboten haben. Aber natürlich nicht, wenn er so behandelt worden war wie dieser da.

Reidel war Gelegenheitsraucher. Er rauchte die Ration auf, dieses Stroh, das sie zugeteilt erhielten, aber er litt nicht, wenn er nichts zu rauchen hatte.

Er stellte sich vor, wie er die Zigarette aus dem Päckchen des Fremden nahm, sie nicht in der Brusttasche seiner Uniformjacke verstaute (was ihm erlaubt gewesen wäre, sie gleich rauchen durfte er nicht), sondern sie vor dessen Augen auf die Dorfstraße fallen ließ.

Schade, daß er sich eine solche Möglichkeit verscherzt hatte. Dieser Gast würde ihm keine Gelegenheit dazu bieten.

Am besten blieb man stehen und sah gar nicht hin.

Die Kunst war, nicht hinzusehen und trotzdem festzustellen, daß es eine enorme Aktive war, die der Mann rauchte. Wo kriegte er denn *den* Stoff her? Wenn er ein Spitzel war, konnte man es sich leicht erklären. Wenn er keiner war, mußte er über allerhand Vitamin B verfügen.

Wie kam einer an Beziehungen, der in Hemmeres wohnte?

Schefold ging weiter. Er nahm sich vor, langsam zu gehen, um seinen Begleiter zu ärgern, aber er gab den Versuch dazu gleich wieder auf. Je langsamer er ging, desto später wurde er ihn los. Dieser ganze Tag hatte nur noch ein Ziel: den Augenblick, in dem er Reidel los sein würde.

Dennoch blieb er stehen, als sie an einer Hoftüre vorbeikamen, auf deren Stufen es vorhin, kurz vor zwölf, grauschwarz geströmt und gebändert, sowie hell fuchsrot zugegangen war, in Übereinanderherfallen, Umarmungen, tatzenzart.

Er spähte umher und sagte: »Oh, wie schade, sie sind nicht mehr da!«

Er bekam keine Antwort, aber er sah doch, wie auch Reidel bedauerte, daß die beiden Kätzchen verschwunden waren. Schon daß er nicht gleichgültig oder ungeduldig woanders hin blickte, sondern gleich ihm die Tiere zu suchen schien, war ein Beweis dafür.

Zwei kleine Katzen, und er wird menschlich, dachte Schefold. Na, immerhin etwas.

Vor dem Merfort-Hof standen ein paar Heinis von seiner Kompanie. Sie hörten auf, miteinander zu sabbeln, als sie ihn erblickten, wie er mit einem Zivilisten die Dorfstraße entlangkam. Dämmerte ihnen schon, daß einer, der direkt vom Bataillon kam, einen Stabs-Auftrag ausführte, noch nicht ganz aus dem Rennen sein konnte? Keiner von ihnen wagte es, ihn mit einem Zuruf zu verscheißern. Sie standen bloß da und glotzten dumm aus der Wäsche.

Soldaten in Dörfern. In Maspelt. In Winterspelt. Wie würden diese Dörfer sein, wenn es einmal keine Soldaten mehr in ihnen gab? Endlich nur noch cézannesche Aggregate, das Kalk- und Moosgewürfel Aelbrecht van Ouwaters, zeitlos? Während jetzt Ereignisse durch sie hindurchgingen, Erzählungen,

Geschichte. Von Soldaten verlassene Dörfer kamen ohne Wörter aus. Sie waren Bilder, sprachlos.

Zu kalkulieren war, wie seine Stellung im Haufen sein würde, wenn er diese Sache hinter sich hatte. (Wenn der Major Borek abgewimmelt hatte, die Meldung vom Tisch war.) Nicht mehr rückgängig gemacht werden konnte, daß alle schon wußten, was mit ihm los war. Das würde an ihm hängenbleiben. ›Der Reidel? Das ist ein Schwuler.‹ Er würde keinen Schrecken mehr verbreiten. Damit war es dann aus.

Es war durch nichts wegzuradieren. Dagegen half nur die Versetzung. Wenn der Major schlau war, ließ er ihn versetzen. Aber versetzt werden bedeutete, daß er Borek aus den Augen verlor.

Vielleicht würden Maspelt und Winterspelt aber nach dem Abzug der Soldaten doch keine Bilder sein, wenigstens nicht von Cézanne oder Ouwater, sondern wüste Stätten, allenfalls Ruinenlandschaften in Altdorfers Manier.

Was für ein Wunder, daß Maspelt und Winterspelt sich noch so gut wie unversehrt seinem Blick darboten! Ein Kratzer da und dort, eine Fleischwunde, eine Narbe – nichts, was ins Leben schnitt. Und das, obwohl sich hier zwei riesige Heere gegenüberstanden. (Nein, eben doch nicht Heere, sondern nur Kimbroughs Kompanie und Dincklages Bataillon.) Kaum glaubhaft, daß anstelle von Maspelt und Winterspelt die große Stadt Frankfurt, weit im Hinterland, von der Bildfläche verschwunden sein sollte. Sein Vater mußte übertrieben haben.

Er konnte sich nicht bremsen, abwarten, bis er wieder in seinem Loch stand, ehe er anfing, sich diesen ganzen Zores, in den er da hineingeraten war, auseinanderzudividieren.

Fest stand bis jetzt nur, daß der Major ihm behilflich sein wollte, weil er dem Major behilflich war.

Eine Hand wusch die andere.

Warum war es so dringend nötig, daß eine Hand die andere wusch?

Von dieser Frage war auszugehen.

Nehmen wir das Ergebnis von Reidels angestrengtem Nachdenken vorweg: er ist bis zuletzt nicht dahintergekommen, warum der Major Dincklage geglaubt hat, ihm behilflich sein zu müssen. Dincklage hatte das Wohl Schefolds im Auge, und er hat angenommen, Reidel säße so in der Bredouille, daß er alles, aber auch alles daransetzen würde, den ihm erteilten Auftrag tadellos auszuführen. Ein Glücksfall sozusagen – Dincklage verstand nicht recht, warum Schefold es nicht begriff. Ihm war sofort aufgegangen, daß Schefold bei Reidel am besten aufgehoben war.

Die Bedeutung des Fehlers, den er gemacht hat, als er zu Reidel sagte, es käme ihm in erster Linie darauf an, Borek zu helfen, hat er nicht erkannt.

Reidel hat schärfer gedacht als er: wenn der Major nicht ihm, sondern Borek helfen wollte, genügte es, jenen zur Zurücknahme seiner Meldung zu veranlassen. Dann war der ganze Vorgang schon aus der Welt, und es gab überhaupt keinen Grund mehr dafür, seine, Reidels Dienste noch weiterhin in Anspruch zu nehmen. Jeder andere konnte es ja übernehmen, Schefold über die Linie zu stellen.

Das unbedachte Wort Dincklages, bloß aus momentaner Antipathie gegen Reidel vorgebracht, hat Reidel die Möglichkeit verbaut, zu erkennen, warum der Major eigensinnig dabei blieb, er und kein anderer sei der gegebene Mann für ein so diskretes Geschäft.

Weil er an Frankfurt gedacht hatte, fiel plötzlich, aus dem heiteren, nur ganz wenig umschleierten Himmel dieses Herbstnachmittags, das Gespräch mit seinen Eltern in ihn ein.

Die Telefonzelle in dem Postamt in Prüm. Irgendwo auf einer Straße bei Habscheid hatte der Viehhändler Hammes mit dem Auto neben ihm angehalten und ihn gefragt: »Kann ich Sie irgendwohin mitnehmen, Herr Schefold?« Das war zu der Zeit gewesen, als der Major Dincklage die Hauptkampfzone noch nicht in ein Gebiet des Schweigens verwandelt hatte. Damals hatte er noch fast frei zirkulieren können, während einer Zeit, in einem Raum zuerst noch deutscher Herrschaft, später wechselnder Frontverläufe, fließender Übergänge. Erst im September die Erstarrung, Hainstock, dessen energische Anweisung, er habe sich, wenn's denn schon sein müsse, auf den Weg durch das Ihrenbachtal zu beschränken.

»Nein, danke, eigentlich nicht«, hatte er geantwortet.

»Ich bin auf dem Wege nach Prüm«, hatte Hammes gesagt. »Haben Sie Zeit? Wollen Sie mitkommen?«

Er war sofort eingestiegen. Bis Prüm zu kommen, würde seinen Spaziergängen in Deutschland die Krone aufsetzen. Während der Fahrt dann mit einemmal die Idee, er könne von Prüm aus seine Eltern anrufen. (Er hätte sie von jedem Dorfgasthaus aus anrufen können. Aber er war nie auf diesen Gedanken gekommen. Es bedurfte Prüms dazu, der Vorstellung eines Postamts.)

Die kleine graue Stadt tief in ihrem Waldtal. Nur noch wenige Menschen in den Straßen, Prüm war fast ausgestorben, aber das Postamt war noch in Betrieb.

Er war zum Schalter gegangen, hatte ein Ferngespräch nach Frankfurt angemeldet, 27511, die Nummer hatte er sieben Jahre lang nicht vergessen, und es hatte sich herausgestellt, daß sie immer noch stimmte.

»Ihre Verbindung mit Frankfurt!«

Er war in die Telefonzelle getreten, hatte die Türe hinter

sich zugemacht, den Hörer abgenommen. Eine kleine graue Telefonzelle in einer kleinen grauen Stadt. In Deutschland.

Der 10. Juli 1944. Ein Datum, leicht zu merken, der Tag, an dem er zum erstenmal nach sieben Jahren wieder mit seinen Eltern telefoniert hatte.

»Wer ist dort?«

Die Stimme seines Vaters.

»Ich bin's. Bruno.«

»Wo bist du?«

Kein Zögern des Erstaunens, kein Zeichen, daß er überrascht war.

»In Prüm. In der Eifel.«

»Was machst du da?«

Trockene Fragen. So war er. Sein Vater, Amtsgerichtsrat, Reservcoffizier, EK-I-Träger des Ersten Weltkriegs, erlaubte sich niemals, Emotionen zu zeigen.

Oder vielleicht war er nur vorsichtig. Jemand konnte mithören.

»Eigentlich nichts, Vater.«

»Warum bist du nicht draußen geblieben?«

Es war, als ob er einen Angeklagten verhörte.

»Wie geht es dir, Vater? Was macht Mutter?«

»Danke, wir sind gesund.«

»Vater, ich freu mich so, daß ich bald wieder bei euch sein werde.«

»Ja. Auch wir freuen uns auf ein Wiedersehen mit dir.«

Wenn er wenigstens ein ›Bruno‹ dahintergesetzt hätte!

»Ich kann mir gar nicht vorstellen, wie es sein wird, wieder in Frankfurt zu leben.«

»Frankfurts wegen brauchst du nicht zurückzukommen. Frankfurt gibt es nicht mehr.«

War es das? War es möglich, daß sein Vater an nichts anderes mehr denken mochte als daran, daß Frankfurt in diesem Krieg zerstört worden war? Sie mußten Furchtbares durchgemacht haben.

Er überlegte Antworten. Würde es richtig sein, zu sagen: »Wir werden Frankfurt wieder aufbauen?« Nein, es würde falsch sein.

Er erinnerte sich, daß sein Vater zu sagen pflegte: ›Optimismus ist nur ein anderes Wort für Dummheit.‹ Sein Vater verehrte Goethe, aber sein Lieblingsschriftsteller war Schopenhauer. (Auch in puncto Literatur war er ein frankfurter Lokalpatriot.)

Plötzlich ließ sein Vater alle Vorsicht außer acht.

»Wenn du dich deswegen schon jetzt da oben in der Eifel herumtreibst«, hörte er ihn sagen, »weil du es nicht erwarten kannst, nach Deutschland zurückzukommen, dann ist das sehr dumm von dir, Bruno. Du wirst Deutschland niemals wiederfinden. Deutschland gibt es nicht mehr.«

Ah, endlich: ›Bruno!‹

Er wurde einer Antwort überhoben, weil am anderen Ende der Leitung ein Getuschel entstand, ein geflüstertes Hin und Her. Dann war seine Mutter am Apparat.

»Kind«, sagte sie, »hör nicht auf ihn. Dein Vater ist bloß verbittert.«

»Mama!«

»Du bist doch hoffentlich nicht unvorsichtig, Kind?«

»Nein, nein, Mama, du kannst ganz unbesorgt sein.«

»Ach, wie ich mich freue, deine Stimme zu hören, Bruno!«

»Paßt gut auf euch auf, Mama! Ich will euch wohlbehalten wiederfinden, in ein paar Wochen.«

»Glaubst du, daß es so schnell gehen wird, Bruno?«

»Schneller, als wir alle denken.«

»Das wäre schön, Bruno.«

Als er die Zelle verließ, hatte er gelächelt. Er war ein Mann, vierundvierzig Jahre alt und so groß und schwer, daß er in einer Telefonzelle Platzangst bekam. Aber das hatte sich als Irrtum herausgestellt. In Wirklichkeit war er ein Kind.

Er kann von Glück sagen, daß ich ihn nicht umgelegt hab.

Und ich auch. Gar nicht auszudenken, wie der Major mit mir Schlitten gefahren wäre, wenn ich ihn weggeputzt hätte.

Mein lichter Moment. Als ich mir sagte: wenn der ein Spitzel ist, kannst du dir einen Orden verdienen, Hubert Reidel! Bring ihn lebend heim!

Nachtigall, hab ich gedacht.

Scheiße. Er hatte gar nicht *Nachtigall* gedacht. Er gab jetzt bloß vor sich selber an. Schiß hatte er gehabt. An die Meldung *Borek gegen Reidel* hatte er gedacht. Daran, daß er sich einen Schiefer mehr einzog, wenn er einen Vorfall auf Posten nicht mustergültig behandelte, sondern einfach seiner Schießwut freien Lauf ließ. Und dazu die leise Hoffnung, daß er sich den anderen Schiefer herauszog, wenn er den Mann, der dort oben, unter den Kiefern, aufgetaucht war, vorschriftsmäßig (oder auch nicht ganz vorschriftsmäßig) einbrachte.

Besonders, wenn sich herausstellte, daß er ein Spion war. Es war das Nächstliegende, daß man einen, der aus Feindrichtung vor der Linie auftauchte, nicht für einen Spaziergänger hielt. ›Anscheinend denken Sie zuviel, Reidel!‹

Von wegen.

Was aber doch wohl ein falscher Irrtum sein mußte, denn es ging ja nicht an, daß der Kommandeur mit Spionen Umgang hatte. Das konnte einfach nicht wahr sein. Es sollte ja Verräter unter den Offizieren geben, aber so öffentlich trieben die es dann sicher nicht. Der Kommandeur würde nicht mehr alle Tassen im Schrank haben, wenn er sich mit einem feindlichen Spion in seiner Schreibstube träfe. Und außerdem – wenn der Major Dincklage ein Verräter war, so wollte er einen Besen fressen.

War es vielleicht genau umgekehrt? War dieser Schefold ein deutscher Kundschafter? (Ein Kundschafter von uns, dachte

Reidel.) Auch das war ziemlich unwahrscheinlich. Für zivile Späher gab es ein eigenes System von Dienstwegen und Leitstellen, streng geheim und ohne Kontakt mit der kämpfenden Truppe. Ein deutscher Kundschafter würde doch nicht am hellichten Tag durch die eigene Linie geschleust werden! Er verkehrte nicht in Bataillonsgefechtsständen. Höchstens, wenn er zurückgezogen wurde, weil er aufgefallen war und sich drüben nicht mehr halten konnte. Aber der ging ja wieder zurück. Am hellichten Tag durch die eigene Linie! Wo gab's denn das?

Also doch bloß das, was in dem Brief stand, den der Kerl ihm vorgewiesen hatte?

Dr. Bruno Schefold. Kunstdenkmäler.

Da piepten ja die Hühner.

Nichts paßte. Das einzige, an das man sich halten konnte, waren ein paar Sätze, und die wurden immer unerklärlicher, je länger man über sie nachdachte.

›Ich habe eine Verabredung mit Ihrem Bataillonskommandeur, Major Dincklage.‹ ›Ihr Major ist Ritterkreuzträger.‹ ›Herr Doktor Schefold, nicht wahr? Ich freue mich, Sie kennenzulernen.‹

Wie war eine Verabredung zwischen ihm und dem Major zustandegekommen (wenn er weder ein feindlicher Spion noch ein deutscher Kundschafter war)? Auf welche Weise hatte Schefold erfahren, welche Orden der Chef trug? Wieso kannten sie sich bei ihren Namen, obwohl eine militärische Frontlinie zwischen ihnen lag?

Und was eigentlich hatte der Kommandeur mit einem Mann zu besprechen, der von der Feindseite her vor der Linie auftauchte?

Zum Spieß hatte dieser Schefold gesagt: ›Ich wohne in Hemmeres. Darf ich Sie jetzt bitten, mich bei Herrn Major Dincklage anzumelden!‹

Hemmeres ist abgeschnitten, liegt im Niemandsland, keiner von uns hat es je betreten, also wie geht'n das zu?

Holzauge, sei wachsam!

Er hatte am Städel, obwohl er damals auch schon 37 Jahre alt war, nur eine Assistentenstelle gehabt, aber das Städel verfügte bloß über fünf feste wissenschaftliche Stellen, und die Posten des Kustos und Oberkustos waren seit langem besetzt.

Bei Holzinger hatte er einen Stein im Brett gehabt, seitdem er ihm einmal vorgeschlagen hatte, die Beschriftungen neben den Bildern ganz wegzulassen.

»Das lenkt doch nur von den Bildern ab«, hatte er gesagt. »Wenn die Leute den Titel eines Bildes lesen und den Namen des Malers und die Zeit, in der er gelebt hat, dann sehen sie nicht mehr das Bild, sondern denken an Kunstgeschichte.«

Holzinger hatte ihn amüsiert angeblickt und gefragt: »Sie glauben, es ist unwichtig, zu erfahren, daß es einen Mann namens Adam Elsheimer gegeben hat?«

Elsheimer war Holzingers Lieblingsmaler.

»Wenn ich mich verliebt habe in die Art, wie Elsheimer die Nacht behandelt, wie er das Problem der Dunkelheit löst, dann werde ich mich dafür interessieren, wie dieser Maler heißt«, sagte Schefold. »Dann werde ich vielleicht herausbringen, was er von Caravaggio hat und wie er auf Claude gewirkt hat, und vielleicht sogar auf Rembrandt. Und daß diese dämmerige Brillanz, die es nur bei ihm gibt, davon kommt, daß er auf Kupfer gemalt hat. Aber dafür gibt es ja Kataloge, Bücher. Zuerst einmal muß ich gesehen haben, wie er das Licht an eine seiner winzigen Figuren streifen läßt. Gesehen! – Ah«, sagte er, »mir sind die Besucher lieber, die immer wie-

der auftauchen und sofort auf eines oder zwei Bilder zusteu-
ern, von denen sie nicht loskommen, als die, die mit mir fach-
männisch über Stile und Epochen reden, Ratschläge in bezug
auf Hängung geben und mir dabei etwas von ›historischem
Genre‹ und ›Synchronisation‹ erzählen wollen. Gräßlich!
Lassen Sie uns den Bildern nur Nummern geben, Herr Professor! Wer noch mehr wissen will, als das Bild selbst ihm
sagt, kann ja im Katalog nachsehen!«

Er wußte, daß Holzinger seinen Vorschlag am liebsten auf
der Stelle verwirklicht hätte. Aber damit würde der Direktor
bei den Bildungsbürgern vom Stiftungsrat des Städelschen
Kunstinstituts schwer anecken.

Holzinger schützte einen anderen Grund vor, um sich aus
der Affäre zu ziehen. Lachend sagte er: »Die Künstler sind ei-
tel. Mit den Alten könnten wir es ja machen. Aber die Lebenden! Beckmann schmeißt mir seine Pinsel ins Gesicht, wenn
ich in sein Atelier komme und ihm mitteile, daß neben dem
›Eisernen Steg‹ nicht mehr das Täfelchen hängt, auf dem jeder
ganz genau lesen kann, wer das Bild gemalt hat.«

Sich an dieses Gespräch erinnernd, war Schefold sehr in
Frankfurt.

Übrigens mußte es stattgefunden haben, als Max Beckmann
noch Lehrer an der Städelschule in Frankfurt gewesen war,
also noch vor 33. Später hätte Holzinger von Täfelchen neben
Beckmann-Bildern nicht mehr reden können. Da waren nicht
nur die Täfelchen, sondern auch die Bilder weggeräumt,
Holzinger war ein stiller Mann geworden, und Beckmann
war emigriert, wie er, Schefold, allerdings schon drei Jahre
früher.

Als Schefold an einem Tag im April 1937 ins Magazin gegangen war, um den Klee herauszusuchen, hatte er in den Re-
galen auch die Beckmanns stehen sehen. Dem Klee noch einen Beckmann beizufügen, schied aus. Das hatte Beckmann

jetzt von seinen großen Formaten – man konnte sie nicht retten!

Vier Wochen später las Schefold in einer brüsseler Zeitung, daß die Beckmanns und die Noldes und die Kirchners und die Kokoschkas und die Feiningers und übrigens auch die Klees aus den deutschen Museen in der Schweiz versteigert wurden. Dem also hatte das Schreiben aus Berlin gegolten, in welchem das Städel angewiesen worden war, die und die Bilder – Liste beigefügt – bis zum soundsovielten zur Abholung bereitzustellen! Und sie hatten geglaubt, als selbstverständlich angenommen, die Werke würden vernichtet werden! Holzinger war ein paar Tage lang nicht ins Museum gekommen, hatte sich in seine Wohnung verkrochen, war für niemand zu sprechen gewesen. Aber die Nazis hatten die Bilder nicht vernichtet, sondern versteigert! Das war schlimm genug, aber doch eigentlich kein Grund zu tragischen Haltungen, Verstummen, Endzeit-Gedanken. Die deutschen Museen würden die Bilder eben eines Tages wieder zurückkaufen müssen, und Schefold rieb sich im Geist schadenfroh die Hände – die Summen, die dann für sie bezahlt werden mußten, würden manche Stadtverwaltungen an den Rand des Bankrotts bringen! Man würde zu den Stiftern, den Mäzenen betteln gehen müssen wie nie zuvor!

Aber dann war er aufgesprungen von dem Stuhl vor dem Café am Boulevard Anspach, hatte hastig bezahlt, war weggegangen, weil er es nicht mehr aushielt, sitzenzubleiben, nachdem er begriffen hatte, was die Nachricht für ihn, Schefold, bedeutete. Es war also gar nicht nötig gewesen, den Klee zu retten! Der Klee würde vielleicht jetzt schon in irgendeiner schweizerischen oder amerikanischen Privatsammlung hängen, und nichts mehr konnte ihm zustoßen!

Woraus sich ferner ergab, daß er, Bruno Schefold, in Frankfurt hätte bleiben können, denn wenn es nicht nötig gewesen war, den Klee zu retten, dann hatte es auch keinen Grund für ihn gegeben, Frankfurt zu verlassen. Die Zeit in

Frankfurt überstehen war schließlich und endlich nichts so grundsätzlich anderes, wie sie in Brüssel absitzen. Der Unterschied war minimal.

Er fühlte sich um den Sinn seiner Tat betrogen. Daß er jetzt den Boulevard Anspach entlangging, war unnötig. Seine Emigration beruhte auf einem Mißverständnis.

Er brauchte eine lange Zeit, um sich von dieser Stimmung zu befreien.

Wenn er in Frankfurt geblieben wäre, hätten sie ihn bei Kriegsausbruch eingezogen. Wissenschaftlicher Assistent an einem Kunstmuseum – das war kein Beruf, der als unabkömmlich betrachtet worden wäre.

Dann wäre er jetzt Soldat, wie der, der da neben ihm herging.

Nein, so einer wie der würde wohl nicht aus ihm geworden sein.

Statt in Frankfurt zu bleiben, hatte er den Klee aus dem Regal im Magazin genommen, war nach oben gegangen, in sein Assistentenzimmer unter dem Dach des Städel, hatte das Bild in Packpapier eingeschlagen, es war flach gerahmt und so klein, daß er es in seine Aktentasche schieben konnte, wo es sich ausnahm wie irgendein Faszikel, zwischen Briefbögen, Drucksachen, Ausstellungskatalogen. An der Grenze hatten sich die Zöllner die Tasche nichteinmal öffnen lassen.

Er hatte nicht mehr aus dem Fenster seines Büros gesehen, ehe er das Städel verließ. Der Vormittagszug nach Brüssel fuhr schon in einer halben Stunde. Die Vedute aus seinem Fenster würde er schon nicht vergessen. Den Main, und auf dem jenseitigen Ufer die lange, bloß einmal von der Leonhardskirche unterbrochene Front der weißen klassizistischen Häuser – in der Erinnerung kamen sie ihm rein weiß vor, obwohl sie natürlich hellgrau oder ins Gelbliche verwaschen

waren – und dahinter die Türme der Kirchen, das rötliche
Dunkelgrau des Doms (der ja architektonisch nicht gerade
eine überwältigende Leistung der Sandsteingotik war, aber
was machte das schon aus), ein städtischer Fluß-Prospekt,
der es mit jedem aufnahm, mit Florenz, Paris, Dresden (nein,
mit Dresden vielleicht doch nicht!), und übrigens nicht bloß
eine Schauseite, sondern der Rand einer Substanz, frei, reich
und so dicht, daß einzelne Wörter in ihr nur Beispiele waren,
Einschlüsse: Römer, Liebfrauenkirche, Katharinenkirche,
Karmeliterhof, Weckmarkt, Buchgasse, Großer Hirschgra-
ben ...

›Frankfurt gibt es nicht mehr.‹ Sein Vater mußte übertrieben haben. Er war verbittert, weil vielleicht einiges zerstört
worden war. Die Substanz Frankfurts war doch gewiß nicht
verbrannt! Die Mainfront, der Römer, die Kirchen – sie würden den Krieg überstehen. Goethes Geburtshaus ein Haufen
Schutt – nein, dergleichen war unvorstellbar!

Unsinn – es *war* vorstellbar! Es war vorstellbar, daß er
nicht nach Frankfurt zurückkehrte, sondern in eine Szenerie
zusammengesunkener Mauern, in den Himmel starrender
Balken, leerer Fensterhöhlen, unkenntlich, in der zwar immer noch die übriggebliebenen Bewohner Frankfurts umher-
gingen, jedoch ausgebrannt auch sie, klaglos, und unfähig,
schon den Gedanken einer anderen Stadt zu denken, einer
Stadt, die nicht mehr Frankfurt war.

Er würde ihnen den Klee zurückbringen. (Ihn wenigstens
brauchten sie nicht zurückzukaufen.) Von dem Städelschen
Kunstinstitut würden ja vielleicht die Kellerräume übriggeblieben sein. Er würde in das Magazin im Keller des Städel
treten und den Klee wieder in das Regal stellen, aus dem er ihn
genommen hatte. Da Schefold von seinem Fach besessen war,
verstieg er sich bis zu dem Gedanken, daß der Klee den übriggebliebenen Bewohnern Frankfurts möglicherweise Goethes
Geburtshaus aufwog (falls es nur noch ein Haufen Schutt
war). Ein Wasserfarbenbild, 30 mal 28 Zentimeter klein. Ein

Samenkorn. Polyphon umgrenztes Weiß. Daraus konnte eine neue Stadt wachsen.

Ein Jammer, daß er heute vormittag versäumt hatte, die Brieftasche zu filzen. Den Moment versäumt hatte, in dem er sie noch hätte filzen können. Sie enthielt vielleicht, was er brauchte, um ihnen hinter die Schliche zu kommen. Da war doch was im Busch!

Irgendwann – nehmen wir an: als sie sich schon dem Ende der Dorfstraße näherten – hat Reidel sich die Frage vorgelegt, wie er sich verhalten würde, wenn es ihm gelänge, Schefold (und dem Major) hinter die Schliche zu kommen. (Obwohl er sich keine Vorstellung von dem bilden konnte, was da möglicherweise im Busch war. Er rätselte nur darum herum, witterte, hatte ein ungutes Gefühl, einen ›Verdacht an sich‹, wenn es das gibt.)

Er kam zu dem – ihn selber überraschenden! – Schluß, daß er sich nicht darum kümmern würde. Was auch immer da zum Vorschein käme – er würde nicht in die Schreibstube wetzen und Alarm schlagen. Er hatte ausschließlich sein eigenes Interesse zu verfolgen, und sein eigenes Interesse meldete ihm, es müsse einen direkten Zusammenhang zwischen der Bereitschaft Major Dincklages, die Meldung *Borek gegen Reidel* aus der Welt zu schaffen, und dem Umstand geben, daß der Major mit diesem Herrn Doktor Schefold in sein Zimmer gegangen war und die Türe hinter sich zugemacht hatte. Diese geheimnisvolle Vermischung zweier voneinander unabhängiger Vorgänge durfte nicht aufgelöst werden, indem er irgendetwas, das sich plötzlich ergab und das mit seinem Konflikt mit Borek gar nichts zu tun hatte, an die große Glocke hängte.

Irgendetwas aufdecken würde schon eine Wolke sein. Aber nur, wenn er es für sich selber gebrauchen konnte. Ohne davon Aufhebens zu machen. Heimlich, still und leise.

Nichteinmal, wenn die Sicherheit der Truppe gefährdet war – weil sich herausstellte, daß der Kunde nicht nur verdächtig, sondern tatsächlich ein Spitzel war, ein Geheimagent, mit dem der Kommandeur zusammenarbeitete, in verräterischer Absicht, aber welcher?, es war nicht vorstellbar, näher lag die Vermutung, daß er den Auftrag hatte, den Chef auszuspitzeln, ihn in irgendeiner Hinsicht hereinzulegen –, nicht einmal dann also würde er, wie der nächstbeste Dummkopf, losrennen, Lärm schlagen. Er war doch nicht blöde. Ersteinmal mußte überlegt werden, ob es ihm was nützte, Lärm zu schlagen. Wahrscheinlich nützte es ihm gar nichts. Er konnte das größte Ding aufdecken – ein Kommißkopf wie der Stabsfeldwebel Kammerer würde Boreks Meldung deswegen nicht in den Papierkorb fallen lassen. Kammerer würde ihn eiskalt ansehen und fragen: »Was hat'n das mit dem zu tun?« Er würde eine offizielle Belobigung bekommen, und danach würde der Prozeß gegen ihn anrollen. Sie waren ja so gerecht.

Nein, was immer auch da herauskommen mochte – wenn überhaupt etwas herauskam! –, es mußte zwischen ihm und dem Chef bleiben. Nicht auszudenken, was für ihn, Reidel, herausschauen konnte, falls der Chef Dreck am Stecken hätte. So viel Dusel gab's natürlich gar nicht.

Die Sicherheit der Truppe konnte ihn. Mit der Sicherheit der Truppe war es sowieso aus. Die hatten ganz andere gefährdet, seit langem schon. Darum war es jetzt aus, nicht nur mit der Sicherheit, sondern mit der Truppe selbst. Er brauchte sich nur in dem Haufen umzusehen, in den es ihn verschlagen hatte. Da konnte sich der Major noch so anstrengen, um den Verein auf Vordermann zu bringen, es war alles für die Katz. Die 416te würde schlicht vereinnahmt werden, wenn Militär kam, das war so sicher wie das Amen in der Kirche. Höchstens, daß sie noch verheizt werden konnte, die 416te! Von denen, die ihre Sicherheit gefährdet hatten, seit langem schon ...

Weshalb es nur noch darauf ankam, sich selber in Sicherheit zu bringen. Alte Obergefreite wie er wußten schon, wie man sich aus vorderen Schützenlinien, noch dazu falsch angelegten, verzog, ehe es mulmig wurde. Alte Obergefreite ließen sich nicht verheizen. Sie hauten rechtzeitig in den Sack.

Ehrgeiz, politische Lorbeeren zu ernten, indem er große Dinge aufdeckte, hatte er keinen.

Hatte er nie gehabt. Er erinnerte sich an den Soldaten, dessen besoffenes Gequatsche er sich einmal angehört hatte, in einem Bunker am Westwall, zu Anfang des Krieges.

Der Soldat hatte eine Schnapsflasche geschwenkt und geschrien: »Heil Churchill! In diesem uns von England aufgezwungenen Kriege!«

Reidel hatte das nicht gemeldet.

Um Politik kümmerte er sich nicht. Modellsoldat war er bloß geworden, damit niemand ihn von der Seite anquatschen konnte.

Daß Borek ein Staatsfeind war, war ihm wurscht. Ging ihn gar nichts an. Wenn er Borek deswegen angezeigt hatte, dann nur aus Notwehr. Weil der Idiot ihn geradezu dahin getrieben hatte.

›Du hättest kämpfen, Widerstand leisten sollen, stattdessen hast du dich angepaßt. Wahrscheinlich bist du noch stolz auf die Jahre, in denen du dich angepaßt hast, nichts als angepaßt, du feiger Schuft!‹

Äußerlich, ja. Äußerlich hatte er sich angepaßt. Innerlich nicht. Nie.

Er hatte sich bloß getarnt. Sauber getarnt. Leute wie er mußten sich tarnen. Ja, er war schon ziemlich stolz auf seine Tarnung. Vielleicht war sie seine Art des Widerstandes. Borek kapierte das nicht.

Borek glaubte, daß man, wenn man so einer war wie er, auch noch ein Staatsfeind sein müsse, aber da irrte er sich gründlich; in Zeiten wie dieser genügte es nicht nur, sondern es war überhaupt das einzig Richtige, hinter einer gutgebauten Tarnung zu sitzen, damit man der bleiben konnte, der man war.

(Die großen Camouflage-Netze, grau, grün und braun gefärbt, die sie am Oberrhein über die Stellungen zogen!)

Seine Tarnung war nicht gut genug gewesen. Beziehungsweise sein Verhalten hinter der Tarnung. Einmal, ein einzigesmal war er nicht in Deckung geblieben, hatte sich dem Gegner gezeigt. Das hatte schon genügt. Von da an die Markierung. Der rosa Punkt.

Weil er den rosa Punkt trug, war er in diesem Saftladen, der jetzt Konkurs machte, nichteinmal Unteroffizier geworden.

Neben Schefold einhergehend, auf der langen Dorfstraße von Winterspelt, mag ihm zugestoßen sein, daß er sich, in der Frist einer flüchtigen Atempause, gefragt hat, ob er vielleicht einer Zeit entgegenging, in der er seine Tarnung verlassen konnte.

Einer Zeit, in der ein Schwuler ein Schwuler sein durfte. Immer noch begrinst zwar, aber doch zugelassen, geduldet. Jedem Tierchen sein Pläsierchen.

Er pfiff auf ihre Duldung. Ihr verstecktes Grinsen, dermaleinst, würde unerträglicher sein als ihre Drohung mit der Strafkompanie, heute.

Darin jedenfalls hat Schefold sich getäuscht: anzunehmen, daß der Obergefreite Reidel nicht nur ein Schreckensmensch, sondern auch ein Nazi-Soldat sei.

Der verdächtige Patron hatte dem Major nichts von dem Fußtritt erzählt. Komisch. Wie er die Hand erhoben hatte, in der Schreibstube, als der Major angeordnet hatte, er, Reidel, solle ihn wieder dorthin bringen, wo er ihn hergeholt habe! Warum hatte er sie wieder sinken lassen, seine Zigarette ausgedrückt, nichts weiter?

Wahrscheinlich war es ihm peinlich gewesen. Reidel kannte sich aus mit Gästen dieses Schlages. Die brachten sich lieber um, als daß sie über Dinge redeten, die ihnen peinlich waren.

Na, dafür konnte er ihn auf dem Rückweg anständig behandeln.

Dieser Reidel benahm sich jetzt korrekt. Ob er noch immer ein Feind war, wie heute vormittag, wie gleich von Anfang an, konnte Schefold nicht ausmachen.

Vielleicht war er jetzt nur noch mürrisch, weil er sich wohlverhalten mußte.

Was er wohl denken mag, wer ich bin?

Daß er sich diese Frage, die vielleicht wichtigste, die er sich in seiner Lage stellen konnte, nur ein einzigesmal gestellt hat, flüchtig noch dazu, sie gleich wieder als nebensächlich aus seinen Gedanken entlassend, ist bezeichnend für Schefold, diesen bis zur Fahrlässigkeit großzügigen Menschen. Er hätte eben immer einen Hainstock neben sich gebraucht. Obwohl er für gewöhnlich sogar Hainstocks Warnungen in den Wind schlug. Wenn das Wetter schön und die Straße leer war, hielt Schefold auch den Krieg für verschwunden – da hätte Hainstock sich den Mund fusselig reden können. (Was für diesen Steinbrecher ohnehin nicht infrage kam, der sich auf kurze Bemerkungen, mißbilligendes Schweigen, Anstarren mit zusammengekniffenen Augen einschränkte.)

Er seinerseits hätte gern gewußt, wer Reidel war. Der Major hatte ihm ein ungelöstes Rätsel mit auf den Weg gegeben. Reidel ›hatte etwas auf dem Kerbholz‹ – aber der Major hatte sich nicht herbeigelassen, ihm zu erklären, von welcher Art das Vergehen war, das Reidel ins Schuldholz gekerbt wurde. Keine militärische, keine politische, keine kriminelle Missetat – um was, in Dreiteufelsnamen, handelte es sich denn?

Ein mürrischer Soldat. Ein stummer Offizier. Schefold war es leid, sich unter Gestalten zu bewegen, die offensichtlich die Sprache verloren hatten.

Zwar hatte der Major Konversation gemacht, aber über das, auf welches einzig es angekommen wäre, hatte er sich ausgeschwiegen. Das Rätsel Reidel war nicht das einzige, das er ihm aufgegeben hatte.

Nichts von heute nacht. Nicht nur er, sondern auch Captain Kimbrough hatte doch angenommen, der Major plane irgendetwas für die kommende Nacht. Letzten Endes war das der einzige Grund, der sie veranlaßt hatte, auf Dincklages Verlangen nach seinem Besuch einzugehen. Marschorder mit Croquis: durch die Linie. Da mußte ja etwas dahinterstecken.

Nun, in Maspelt würde sich schon herausstellen, was es

war. Wenn Captain Kimbrough den Brief öffnete. Schefold fühlte das Vorhandensein des Briefes, obwohl er so flach war, daß er über seiner rechten Brustseite kaum auflag.

Viel würde es nicht sein. Was konnte der Brief anderes enthalten als höchstens die Mahnung zur Eile, Ratschläge, Ungeduld, vielleicht Vorwürfe?

Nichteinmal das, dachte Schefold. Als ich ihm erklärt habe, die amerikanische Armee lehne sein Ansinnen ab, hat er gesagt: ›Das macht nichts. Es ist mir sogar lieber.‹ Und später: ›Ich hätte besser daran getan, von meiner Absicht überhaupt nichts verlauten zu lassen.‹

Auch hatte Dincklage ihn davor gewarnt, weiter in Hemmeres zu bleiben.

Lauter klare Beweise dafür, daß er aufgegeben hatte.

Rätselhaft, dachte Schefold, er hat mich kommen lassen, nachdem er aufgegeben hat.

Und keine Erklärung solchen erbitternd geheimnistuerischen Verhaltens! Zuletzt ein paar hingeworfene Bemerkungen, recht aufschlußreich, gewiß, aber nichts, was die Notwendigkeit meines Erscheinens erklärt hätte. Warum ich durch die Linie mußte, obwohl es ihm auf einmal lieber war, daß aus der ganzen Sache nichts wurde.

Zwischen den letzten Häusern von Winterspelt sah Schefold auf seine Uhr. Viertel nach zwei. Rund gerechnet zwei Stunden lang hatte der Major Dincklage mit ihm bloß Konversation gemacht.

Zu dem unterhaltenden, von der Hauptsache ablenkenden Teil seines Gesprächs mit Dincklage hatte gehört, daß sie Erwägungen darüber anstellten, was sie nach dem Krieg machen würden.

»Können Sie sich vorstellen, daß ich den Rest meines Lebens damit zubringen werde, Ziegel zu backen?« hatte der Major ihn gefragt. (Er hatte ihm von Wesuwe erzählt. Der übliche Austausch von Nachrichten über die beiderseitige Herkunft. Das Emsland. Frankfurt.)

Der Mann war doch wohl an die zehn Jahre jünger als er. *Rest meines Lebens.* Es hatte sich angehört, als habe er mit seinem Leben schon abgeschlossen. Schien ihm undenkbar, daß nach diesem Krieg etwas Neues begann? Legte er mit dem Ritterkreuz zusammen auch sein eigentliches Leben ab? Er stellte sich Dincklage in Zivil vor. Es gelang ihm nicht recht. Was trugen Ziegelbäcker? (Solche, die die Ziegel nicht selbst buken, sondern sie backen ließen?)

»Ziegel backen muß schön sein«, sagte er. »Ich wollte, ich könnte es.«

»Sie können ja mal zu mir kommen, wenn der Krieg vorbei ist«, erwiderte Dincklage. «Ich werde es Ihnen zeigen.«

Eine leichtsinnige Freundlichkeit, die sie beide im gleichen Augenblick, in dem sie ausgesprochen worden war, bestürzt hatte. Zu gleicher Zeit erkannten sie, daß es sich, träfen sie einmal nach dem Krieg zusammen, nicht vermeiden lassen würde, das Thema zu behandeln, welches der Major heute so beharrlich vermied. Ziegelbacken käme da erst in zweiter Linie.

Er hatte die prekäre Vorstellung weggespielt.

»Falls mir mein Museum dazu Zeit läßt«, hatte er gesagt.

»Ich verstehe von einem Museum wahrscheinlich noch weniger als Sie von einer Ziegelei.« Der Major hatte von der Gelegenheit, den Gegenstand nachkriegerischer Existenz verlassen zu können, Gebrauch gemacht. »Seltsamerweise habe ich mich nie für Bilder interessiert. Gehe nie ins Museum.«

Schade. Sehr schade. Immerhin hatte der Major ihm die Tatsache, daß er nie ins Museum ging, nicht im Ton der Selbstzufriedenheit mitgeteilt.

Das Manko des deutschen Bürgertums. Es interessierte sich nicht für Bilder, außer nach vorangegangenem Bildungserlebnis. Bilder mußten ihm ›weltanschaulich nähergebracht‹ werden, dann erst war es bereit, sich mit ihnen ›zu beschäftigen‹.

Was mochte bei den Dincklages hängen? Im Eßzimmer eine Landschaft oder ein Stilleben, irgendetwas noch Erträgliches aus der niederländischen Massenproduktion, im sogenannten Herrenzimmer ein oder zwei Familienporträts, Biedermeier, wenn es hoch kam und falls die Dincklages überhaupt zu den alten Familien zählten. Bilder waren für Major Dincklage nie etwas anderes gewesen als Sachen, die aufgrund irgendeiner niemals nachgeprüften Vereinbarung an den Wänden hingen.

Er hatte darauf verzichtet, eine Retourkutsche zu fahren, zu sagen: »Sie können ja mal in mein Museum kommen. Ich werde es Ihnen zeigen.«

Sein Museum. Er hoffte, daß sie ihm ein Museum geben würden, wenn er nach Hause kam. Nein, er hoffte es nicht, er lebte von diesem Gedanken. Er war fest entschlossen, sich eines Museums zu bemächtigen. Rücksichtslos würde er den Umstand ausnützen, daß er ein ausgebildeter Museumsfachmann war, der aus der Emigration zurückkehrte. Wissenschaftlich ausgewiesen, dachte er grimmig, die doppelte Bedeutung auskostend, die der Begriff für ihn hatte. Sie konnten es ihm nicht verweigern. Es gab das Museum schon, das sie ihm geben würden. Es stand ihm zu.

Nicht das Städel natürlich. Institute wie das Städel reizten ihn nicht. Sie waren zu groß. Er würde ein Nachfolger sein. Manchmal schmeckte er die Namensreihe ab: Swarzenski, Holzinger, Schefold. Das höchste Ziel in seinem Beruf. Ach nein, sagte er sich, das doch lieber nicht.

Was ihm vorschwebte, war ein kleines Provinzmuseum mit einem nicht zu mindern Bestand, der sich entwickeln ließ. Er würde einige gute Bilder, die bei den Dincklages der Provinz herumhingen, ausfindig machen und sie ihren Besitzern abschwatzen. Er würde aus reichen Leuten Mäzene machen, Stifter von Bildern und Geld für Bilder. Er konnte auch einige

Spezialgebiete pflegen, an die niemand im Städel oder im Wallraf Richartz dachte, und die sich später als Kostbarkeiten erweisen würden. Aber das wichtigste war, unter den Lebenden auf die Richtigen zu tippen. Schon da zu sein, ehe der Kunsthandel für sie Phantasiepreise verlangte. Eine Sammlung in der Provinz konnte dem Kunsthandel zuvorkommen, bahnbrechend sein.

Er träumte davon, daß es nach zehn, zwanzig Jahren heißen würde: »Haben Sie gesehen, was dieser Schefold da in Sowieso hingestellt hat? Eines der besten *kleinen* Museen in Deutschland!«

Schefold haßte alle Theorien, die sich gegen das Museum wandten. Die Menschen brauchten die Bilder, und wo denn anders sollten sie die Bilder finden als im Museum?

Er glaubte daran, daß alle Menschen Bilder brauchten. (Vielleicht nicht alle. Es gab die Dincklages.)

Und warum brauchten sie Bilder? Nicht um festzustellen, daß irgendein Maler im soundsovielten Jahrhundert ›das Lebensgefühl der Hochgotik oder des Barock‹ ausgedrückt hatte. Und nichteinmal, weil Maler an Gott glaubten (oder nicht), den Glanz von Königen oder das Leiden der Unterdrückten thematisierten, Bäume, Häuser, Körper (meistens weibliche) fest erscheinen ließen oder verfallend, oder, wenn sie gegenstandslose Formen wählten, man aus der Weise, in der sie es taten, auf eine platonische oder aristotelische Grundanlage ihres Geistes schließen konnte, sondern

weil sie ein bestimmtes Grün gegen ein bestimmtes Rot setzten. Weil sie in der oberen rechten Ecke ein Blau in ein Grau übergehen ließen, eine Manipulation, die drei Zentimeter halblinks von der Mitte des Bildes ihre Entsprechung in der Verwandlung eines anderen Blau in ein fast schwarzes Sepia fand. Weil sie, in einer Zeichnung, eine Linie genau dort abbrechen ließen, wo das Auge nach ihrer Fortsetzung schrie. Sie aber ließen sie frei stehen, in einem weißen Raum.

Deshalb.

Deshalb und aus keinen anderen Gründen, davon hielt Schefold sich für überzeugt, brauchten die Menschen Bilder, und zwar genauso dringend, wie sie Brot und Wein brauchten. Oder, seinetwegen – er zog diesen Vergleich vor –, Zigaretten und Schnaps.

Infolgedessen hatten sogar die Dincklages Bilder nötig. Sie waren nur noch nicht dahintergekommen.

Ungefähr um die Zeit, als Schefold und Reidel die letzten Häuser von Winterspelt hinter sich ließen, muß es gewesen sein, daß Therese in die Küche kam, in der Käthe mit Abspülen beschäftigt war, und sagte: »Du, stell dir vor, die rücken ab.«

Käthe hat nicht gleich aufgefaßt, was da gesagt worden war, fragte gedankenlos, oder weil sie mit ihren Gedanken anderswo war: »Was denn? Wer rückt ab?«

»Unsere Einquartierung«, sagte Therese. »Das ganze Bataillon. Heute nacht kommen andere. Einer von den Landsern, die bei uns einquartiert sind, hat es mir eben gesagt. Sie packen schon. ›Morgen früh sind die letzten von uns raus‹, hat er gesagt.«

Käthe stellte den Teller hin, den sie gerade in der Hand hielt.

»Das ist doch nicht wahr«, sagte sie.

»Es ist wohl wahr«, sagte Therese. »Der Mann wollte mich nicht zum besten haben, ich hab's ihm angesehen.«

Eine Weile blickten sie sich stumm an.

»Hat dir dein Major denn nichts davon gesagt?« fragte Therese.

Wenn Therese *dein Major* sagte, was mitunter vorkam, dann ohne Spott oder Mißbilligung. Sie sagte es so wie Käthe, wenn diese *dein Boris* sagte – gutmütig, unwillkürlich leise und höchstens mit ein bißchen Sorge im Hintergrund ihrer Stimme.

»Nein«, sagte Käthe, »er hat mir nichts gesagt.«

»Merkwürdig«, sagte Therese. »Und ich wollte dir schon Vorwürfe machen. Du bist eine Heimliche, wollte ich sagen, weißt seit Tagen, daß sie abrücken, und sagst kein Wort. Hast du wirklich nichts gewußt?«

»Nein«, sagte Käthe, »ich hab nichts gewußt.«

Nach Passieren der großen Scheune am Ortsrand wieder der Versuch, den Standort von Hainstocks Steinbruch zu ermitteln. Wieder vergeblich. Nichts als das sanfte Streichen von Höhenzügen, Felderbreiten, Wäldern, Ödlandtriften, in geringsten Hebungen und Senkungen, blaudurchgeistert und leer.

Trotzdem, irgendwo dort, halbrechts im Norden, mußte er sich befinden, dieser Mann mit seiner Eule, dem Philosophenvogel.

Er hatte ihn nicht davon abgehalten, sich heute auf diesen widersinnigen Weg zu machen. Abgeraten schon. Aber nicht abgehalten. Niemand hatte ihm wirklich verboten, ihn zu betreten. Sie hatten es ihm anheimgestellt.

Er hätte es machen müssen wie jene Eule. Die Augen schließen und den Gedanken, daß er beobachtet wurde, in sich vernichten. Sich sagen, daß er nicht gefangen, beobachtet war, eingekreist von ihren Blicken, sondern allein und frei in seinem Höhlenbaum Hemmeres.

Der Gedanke an Hainstock beruhigte ihn. Dieses Stück Festigkeit, mit porzellanblauen Augen. Der allwissende, alles bedenkende Steinbrecher. Da konnte nichts schiefgehen. Und es war ja auch nichts schiefgegangen.

Schiefgegangen war bloß der Plan des Majors Dincklage.

Die Amerikaner hätten das Eisen schmieden müssen, solange es heiß gewesen war.

Unbegreiflich, daß sie es nicht getan hatten.

Eigentlich und sofort gezogen hatte nur John Kimbrough. Obwohl er keine Begeisterung gezeigt, nichts als Einwände vorgebracht hatte. Ein Jurist, wie Vater. Bloß sich keine Emotionen anmerken lassen!

Einer, der nicht einmal begreifen wollte, daß die Amerikaner in diesen Krieg hatten ziehen müssen. Der der Meinung war, die Deutschen sollten ihr Problem selber lösen.

›Schafft euch euren Hitler doch selber vom Hals!‹

Ausgerechnet er war der einzige gewesen, der sich für Dincklages Plan hatte erwärmen können. Nicht diejenigen, die wahrscheinlich durchaus bereit waren, einzusehen, daß die Deutschen sich ihren Hitler nicht selber vom Hals schaffen konnten.

Auch das war unbegreiflich.

In dem Nachthimmel über Dincklages Plan hatte ein Unstern gestanden, von Anfang an.

Die rote Krawatte wäre der ideale Zielpunkt gewesen. Die rote Krawatte ins Visier nehmen, dann etwas tiefer halten und Druckpunkt nehmen.

Wie einer nur mit einer solchen Farbe im Gelände aufmarschieren konnte! Der war wohl zeitweise unterbelichtet!

Dennoch faßte Reidel den Entschluß, daß er sich nach dem Krieg eine solche Krawatte anschaffen würde. Feuerrot! Ein tolles Signal! Es würde gewisse Blicke auf ihn ziehen. Es würde seine Marke werden.

Er machte sich in diesem Augenblick nicht klar, daß sein Wunsch, sich eine rote Krawatte zu kaufen – die gleiche, die Schefold trug –, die erste und einzige Vorstellung war, die er sich von seinem Leben nach dem Krieg machte.

Jetzt nur noch die weiße Straße durch die Hügel. Rechts die kurz ansteigenden Böschungen zu den Feldergrundstücken der winterspelter Bauern, hinter denen die Schützenlöcher und MG-Nester von Dincklages zweiter Verteidigungslinie lagen, von deren Vorhandensein Schefold nichts ahnte, links die weithin in flacher Neigung zur Our-Höhe hinaufreichenden Ödhänge, über die sie am Vormittag zur Straße herunter gekommen waren. Sie würden die Ödhänge gleich wieder betreten. Zu hören nichts als ihre Schritte. Das Licht hatte gewechselt, war nicht mehr vormittagshell, nüchtern, sondern durchlässig für Dunkles, perspektivisch.

Sie las Dincklages Brief.
   Ach so, dachte sie, so ist das also.

Therese hatte sie gerufen. »Du, Käthe, da ist ein Bote mit einem Brief für dich.«
   Sie war schon fertig mit dem Abspülen, hatte die Hände schon trocken, als sie in die Hofstube trat und der Bursche des Majors ihr den Brief übergab. Er machte sofort wieder kehrt und verschwand.
   Auch Therese war hinausgegangen, als sie den Brief öffnete und zu lesen begann.

›Du hättest mich nicht auf diese Weise allein lassen sollen.‹
   Darüber würde sie später nachdenken.

Vorwürfe! Sie empfand, daß sie jetzt weder Zeit noch Lust aufbringen durfte, sich gegen Vorwürfe zu verteidigen.

›Die wirklichen Dinge bestehen also auch so. Man braucht sie nicht herzustellen.‹

Ah, aber Schefolds Gang durch die Linie hatte hergestellt werden müssen! Die Gefahr, in die Schefold sich begeben hatte, war ein wirkliches Ding. Sie bestand nicht nur ›auch so‹.

Er hatte Schefold kommen lassen, obwohl er wußte, daß er mit seinem Bataillon abrücken würde. Und warum? Um den Amerikanern zu beweisen, wie ernst es ihm gewesen war. Der Ernst und die Ehre Joseph Dincklages waren etwas so Kostbares, daß für sie der Beweis erbracht werden mußte. Auf Kosten Schefolds.

Sie geriet in hellen Zorn.

Er hat natürlich genau gewußt, daß ich Schefolds Kommen verhindert hätte, dachte sie. Wenn er mir gesagt hätte, daß er abrückt, würde ich dafür gesorgt haben, daß Schefold in Hemmeres bleibt. Oder herumläuft, wo's ihm beliebt, nur nicht durch die Linie zu Joseph Dincklage. Noch gestern abend wäre Zeit gewesen, es mir zu sagen. Ich hätte Wenzel mobil gemacht, ihn gezwungen, in der Nacht nach Hemmeres zu gehen, Schefolds Besuch abzublasen.

Sie versuchte, sich zu mäßigen. Bin ich einfach nur beleidigt, überlegte sie, weil er mir den Marschbefehl für sein Bataillon verschwiegen hat? Aber sie kam immer wieder zu dem Schluß: er hatte keinen Grund, ihn ihr zu verschweigen, außer den, daß ihm bei seinem Rendezvous mit Schefold nichts dazwischenkommen durfte. Einen anderen Grund für sein

Schweigen gab es nicht. Um sich mit ihr in Wesuwe zu verabreden – dazu wäre es besser gewesen, wenn er mit ihr geredet hätte. Gleich nachdem er erfahren hatte, daß er fortgehen würde. Reden, mündlich, und so schnell wie möglich.

Nein, dachte sie erschrocken, jetzt lüg ich mich selber an. Nichts hätte ich mit ihm verabredet.

Infolgedessen war's vielleicht richtig, daß er es ihr *schrieb*, das mit Wesuwe.

Er ließ ihr die Wahl. Anständig. Überhaupt, wenn man von dem unverzeihlichen Verhalten Schefold gegenüber absah, das er enthielt, ein anständiger Brief. Irgendetwas an dem Brief gefiel ihr nicht, aber sie fand nicht heraus, was es war.

(Schefold hat es herausgefunden. In seinem ungeschriebenen Brief an Hainstock hat er, Dincklage charakterisierend, geschrieben: fremd. Er war prädestiniert dazu, dieses Wort zu finden, denn auch er selber war fremd. Allerdings nur weltfremd.)

Sie fand den Brief nur ein bißchen zu groß. Die Worte waren eigentlich nicht zu groß, aber nicht für sie gemacht. Sie paßten ihr nicht. Eine berliner Redensart fiel ihr ein. Wenn jemand zu große Worte machte, sagte man: ›Ha'm Se't nich 'ne Numma kleina?‹

So was würde sie natürlich nicht sagen, nachher, wenn sie zu ihm ging. Sie würde an sich halten müssen, durfte nicht schnodderig werden, bei ihrem letzten Stelldichein.

Plötzlich begriff sie, daß es nicht mehr nötig war, ihn nocheinmal aufzusuchen. Er hatte ihr die Wahl gelassen, und zu ihm hinübergehen, bloß um ihm zu sagen, daß sie ihre Wahl schon getroffen hatte, war überflüssig. Wenn sie nicht kam, würde er schon Bescheid wissen.

Es würde kein letztes Stelldichein geben. Sie würde Joseph Dincklage nie mehr wiedersehen.

Aber dieser Gedanke fiel ihr so schwer, daß sie ihre Brille abnahm, weil sie lautlos zu weinen begann. Sie dachte an Dincklage. Sie dachte an sich.

Dein Major, da war schon was dran.

›Zwischen ihm und mir ist etwas geschehen.‹ Zwischen ihr und Joseph Dincklage war etwas geschehen, das sich zwischen ihr und Lorenz Gieding, Ludwig Thelen, Wenzel Hainstock niemals ereignet hatte. Das hatte kein ›Herrgott, Käthe!‹ aus der Welt geschafft.

Das Haus drüben, nur undeutlich zu erkennen, von Kurzsichtigkeit und Tränen verschleiert. Vielleicht würde sie weich werden, wenn sie nocheinmal hinüberging.

Sie hatte sich ja schwer zusammennehmen müssen, in den letzten Tagen. Er hatte es nicht begriffen.

Sie hörte auf zu weinen, griff nach ihrem Taschentuch, trocknete ihre Augen, setzte ihre Brille auf.

Sie würde Joseph Dincklage eine lange Zeit nachtrauern.

Es würde ihr schwerfallen, auf ihn zu verzichten.

Ich denke nur an mich, dachte sie. Aber wenn ich an ihn denke, gebe ich nach. Dann gehe ich hinüber und rede mit ihm über Wesuwe.

Sein Wunsch, sie berühren zu können, ging ihr durch und durch.

Zu spät. Sein erster Heiratsantrag war zu früh gekommen, sein zweiter zu spät.

Rührend, dieser Versuch, sie mit Wesuwe zu verführen. Sie würde ja nicht die Poesie des Emslandes heiraten. Sondern einen Mann, mit dem es sich wahrscheinlich ganz gut leben ließ.

Sie zerriß den Brief. Es war zu gefährlich, ihn aufzubewahren, sogar für die wenigen Stunden, in denen sie sich noch in Winterspelt aufhielt. Sie ging in die Küche, nahm die Ringe vom Herd und warf die Fetzen hinein. Im Herd war noch Glut.

Sie suchte Therese, fand sie hinter dem Haus, Bohnen in eine Schüssel schneidend.

»Sie rücken tatsächlich ab«, sagte Käthe. »Ich hab's jetzt amtlich.«

»Du hast geweint«, sagte Therese.

»Ich habe einen Heiratsantrag bekommen.«

»Nimmst du ihn an?« fragte Therese.

Käthe sah sie an, lächelnd, und schüttelte den Kopf.

»Warum nicht?« fragte Therese. »Er ist ein ansehnlicher Mann. Und du hast ihn doch gern!«

»Sagen Sie, Herr Reidel, was ist eigentlich los mit Ihnen? Ich habe ja mit angehört, was der Herr Major vorhin zu Ihnen gesagt hat. Erzählen *Sie* mir, was man Ihnen vorwirft! Ich interessiere mich dafür. Glauben Sie mir, es interessiert mich!«

Er war stehengeblieben, mitten auf der Straße, hatte auch Reidel gezwungen, stehenzubleiben. Wenn es eine Gelegenheit gab, mit Reidel ins reine zu kommen, dann nur noch hier, auf der Straße, ehe sie den Ödhang betraten.

›Erzählen *Sie* mir, was man Ihnen vorwirft!‹ Er hatte das *Sie* betont, um darauf hinzuweisen, daß Dincklage ihm nichts erzählt hatte. Die Formel ›was man Ihnen vorwirft‹ hatte er sich genau überlegt. Sie ließ offen, ob überhaupt etwas vorzuwerfen war. ›Was Sie ausgefressen haben‹ hätte zwar gemütlicher geklungen, jedoch nicht in Zweifel gezogen, daß Reidel etwas ausgefressen hatte.

Das Resultat einer komplizierten Überlegung.

Er war nicht einfach nur neugierig. Irgendeiner würde ihn in Empfang genommen, wieder zurückgebracht haben. Das wäre eine rein technische Angelegenheit gewesen, ob mehr oder weniger gefährlich, hätte zwar eine Rolle gespielt, aber nur eine zufällige. Stattdessen war er in ein Schicksal hineingeraten. Hinter diesem unangenehmen Menschen steckte ein Schicksal, wie er erfahren hatte. Es ging nicht anders – er mußte wenigstens einen Versuch machen, herauszubekommen, was da, ungut, ineinander verschränkt war. Daß es sich auflösen würde, gut, wagte er nicht zu hoffen. Aber möglicherweise aufklären, sinnvoll. Für den Sinn dessen, auf das er sich eingelassen hatte, als er Dincklages (und Hainstocks, Kimbroughs, der Unbekannten) Auftrag übernahm – die Erinnerung daran würde ihn in seinem ganzen späteren Leben nicht mehr loslassen! –, war es wichtig, die dunkle Ecke da

auszuleuchten, in die er gestolpert war. Die weder er noch einer von den anderen vorausgesehen hatte.

Schattengeflecht. Er brauchte bloß an den Entschluß zu denken, den er heute vormittag hinsichtlich dieser Kellnerin in
Saint-Vith gefaßt hatte, um innezuwerden, welche Bedeutung sein Gang durch die Linie noch für sein ganzes späteres
Leben gewinnen würde.

Herr. Herr Reidel. So hatte ihn seit Jahren kein Mensch mehr
angeredet.

»Halten Sie die Schnauze!« sagte Reidel. »Das geht Sie einen
Dreck an!«

Am Vormittag *Maul*, am Nachmittag *Schnauze*.

War der Mann noch immer das Reptil, graugrün, von heute
vormittag? Oder war er jetzt nur noch ein aufgebrachter kleiner Soldat? Ich habe etwas berührt, das ihn aufs tiefste (oder
aufs höchste) aufbringt, dachte Schefold. Was war es, das ihn
einen Dreck anging?
    Er zwang sich zu Sanftmut.
    »Aber ich könnte Ihnen vielleicht helfen«, sagte er.

Verständnisvolle Vorgesetzte. Das hatte er besonders gern.

Ich bin ein Homo.

Plötzlich erkannte er, daß er zu diesem Mann einen solchen Satz ohne weiteres sagen konnte. Das würde für den da gar nichts Besonderes sein.

Daß der Major es ihm nicht erzählt hatte, schien glaubhaft.

Ein Pluspunkt für den Major. Der Mann konnte ihm also nicht auf den Kasten fallen.

Herr Doktor Schefold. Er interessierte sich. Dafür.

»Ich brauche keine Hilfe«, sagte Reidel. »Schon gar nicht von einem Spitzel.«

Mit dem *schon gar nicht* hat er zugegeben, daß er Hilfe braucht, dachte Schefold. Was ohnehin klar war, wenn man an seinen Wortwechsel mit Major Dincklage dachte.

Das andere signalisierte eine Gefahr.

»Ich bin kein Spitzel«, sagte Schefold. »Wie kommen Sie dazu, so etwas zu sagen? Ich verbitte mir solche Redensarten.«

Meine Brieftasche mit den belgischen Francs, den Dollars, dachte er. Dincklages Brief. Wenn es ihm einfällt, mich zu durchsuchen, bin ich geliefert. Und Dincklage dazu. Ich könnte ihn nicht daran hindern. Ich könnte umkehren, mit Dincklage drohen, aber wenn er, weil er ein Nazi-Soldat ist, alles auf eine Karte setzt und mich hier untersucht, könnte ich mich nicht wehren.

»Ich wette, Sie sind einer«, sagte Reidel. »Aber es ist mir so lang wie breit.«

Das war nun allerdings das merkwürdigste an diesem merkwürdigen Tag. Alles hatte Schefold erwartet, aber nicht eine Erklärung wie diese. Wieso war es dem Unhold nun plötzlich gleichgültig, ob der Mann, den er eskortierte, ein Spitzel war oder nicht? Wenn es ihm gleichgültig war, dann war er also doch kein Nazi-Soldat? Oder vielleicht ein schon demoralisierter?

Schefold wagte nicht, erleichtert zu sein.

Ich bin ein Homo. Er ist ein Spitzel. Gleiche Brüder, gleiche Kappen. Ich habe ihm nichts vorzuwerfen.

Außerdem bringt es mir was ein, daß ich mein Maul halte.

Aber natürlich durfte er den Verdacht (oder die Gewißheit) dieses Burschen nicht auf sich sitzenlassen. Schon im Interesse Dincklages nicht. Reidel konnte auf den Einfall kommen, Dincklage zu erpressen. Er war imstande, dem Major mit einer nachträglichen Untersuchung der Angelegenheit zu drohen. Auch dann, wenn er, Schefold, längst über alle Berge war.

Geschähe Dincklage recht, dachte Schefold. War ja keine Glanzleistung des Majors gewesen, ihm den unheimlichen Gesellen auch noch für den Rückweg aufzuhalsen. Eine Denkpanne des Herrn Major. Nicht der Obergefreite, sondern sein Kommandeur dachte manchmal zu viel.

Er mußte jetzt einfach lügen.

»Ich habe Ihrem Kommandeur wertvolle Nachrichten gebracht«, sagte er. »Können Sie sich das nicht vorstellen?«

Er ahnte nicht, daß Reidel, in dessen Sprache das Wort *Menschenkenntnis* nicht angelegt war, dennoch stets genau wußte, wann einer log oder die Wahrheit sprach. ›Ich habe eine Verabredung mit Ihrem Bataillonskommandeur, Major Dincklage.‹ Das hatte er ihm ohne weiteres abgenommen, heute vormittag. Über die Behauptung, Schefold habe eben jenem Bataillonskommandeur wertvolle Nachrichten gebracht, mochte er nichteinmal nachdenken.

Sie bewies ihm, daß Schefold kein deutscher Kundschafter sein konnte. Ein deutscher Kundschafter, einer, der mit IC-Sachen zu tun hatte, über Leitstellen verkehrte, in seine Aufgaben richtig eingewiesen war, würde niemals von *wertvollen Nachrichten* daherkohlen˙oder ihn fragen, ob er sich was vorstellen könne. Sondern er würde, in schärfstem Ton, zu ihm sagen: »Mischen Sie sich nicht in eine geheime Kommandosache, oder ich erstatte Meldung gegen Sie!«

Und ein Ami-Spitzel? Ein Ami-Spitzel würde ganz genau das Gleiche sagen! Denn ein Spion würde von der amerikanischen Abwehr sorgfältig belehrt, in seine Aufgaben richtig eingewiesen worden sein. Er würde die Ausdrücke des Feindes kennen. Die Ausdrücke und das Auftreten, das dem Feind gegenüber nötig war, wenn er mal in eine brenzlige Lage kam. Sie würden ihn ganz schön gedrillt haben. Sie würden's ihm ausgetrieben haben, den Feind zu fragen, ob er sich was vorstellen könne.

Er war also weder ein deutscher Kundschafter noch ein Ami-Spitzel.

   Dann erinnerte er sich daran, daß es ihm so lang wie breit sein konnte, wer Schefold war.

»Was ich mir vorstellen kann«, sagte er, »ist, daß Sie jetzt dalli machen. Sonst mach ich Ihnen Beine!«

Es war zuviel. Vielleicht war es das Wort *dalli*, das Schefold rasend machte. Er nahm die Raserei zurück in gemessene Wut.

»Sie werden sich jetzt sofort entschuldigen«, sagte er, »oder ich gehe keinen Schritt mehr mit Ihnen weiter!«

Der *Gäste*-Ton. Der Ton, und auch was sie sagten. ›Wo haben Sie Ihr Benehmen gelernt?‹ ›Was fällt Ihnen ein?‹ ›Entschuldigen Sie sich gefälligst!‹
   So redeten sie. Er hatte es vergessen. Er hatte es nie vergessen. Jetzt war es wieder da, sieben Jahre später.
   Das, was nie wieder zu ertragen er sich unerbittlich vorgenommen hatte.

Er sah dem Kerl an, daß er es ernst meinte. Er würde glatt umkehren, so sah er aus.

»Meinetwegen«, sagte Reidel.
   »Meinetwegen was?«
   »Ich entschuldige mich.«

Er hatte gekuscht. Nach sieben Jahren. Gekuscht vor dem Ton, den nie mehr anzuhören er sich das Wort gegeben hatte, damals, als er aus dem Hotel weggelaufen war zur Armee.
   Diese Spitzel-Sau hatte es fertiggebracht.

Schefold seufzte. Er war seines Sieges nicht froh. Er setzte sich in Bewegung. Die plötzliche Müdigkeit, die ihn anfiel, schob er darauf, daß er seit dem Frühstück fast nichts gegessen hatte. Major Dincklages Mittagessen. Am besten vergaß man es.

In Hemmeres würde er sich eine kleine Mahlzeit gönnen, ehe er mit dem Brief zu Kimbrough ging.

Zusammen verließen sie die Straße, betraten den Ödhang.

Auf welche Weise hat Schefold Reidel helfen wollen? ›Aber ich könnte Ihnen vielleicht helfen.‹ Handelte es sich bei diesem Satz um eine bloße Redensart, vorsorglich mit einem *vielleicht* ausgestattet und in den zu nichts verpflichtenden Konjunktiv gefaßt, oder verbarg sich dahinter ein konkreter Gedanke, ein Angebot praktischer Hilfe? Wäre Schefold in die größte Verlegenheit geraten, wenn Reidel darauf eingegangen wäre? Was hatte er ihm denn anzubieten,

falls Reidel wider alle Erwartung nicht nur von der Möglichkeit Gebrauch machte, die er ihm, zwar leichthin, aber nicht leichtfertig, mit einigem Ernst in der Stimme, offeriert hatte, sondern sich auch noch herausstellen würde, daß sein Delikt – dieses weder politische noch militärische, noch kriminelle, also schlechthin geheimnisvolle Vergehen – von einer Art war, daß es Hilfe rechtfertigte? Daß ihm unter allen Umständen beizuspringen war?

(Würde der Unhold sich in ein menschliches Wesen verwandeln, indem er sein Geheimnis preisgab, hat Schefold zu denken gewagt. So, daß ihm beizuspringen zur Pflicht wurde, der man sich nicht entziehen konnte? Schwer allerdings, es sich vorzustellen.)

Um herauszufinden, was Schefold im Sinn hatte, als er Reidel vorschlug, ihm zu helfen, müssen wir auf eine Bemerkung zurückgreifen, die er Hainstock gegenüber gemacht hat. In seinem – von uns bloß imaginierten! – Brief an Hainstock hat er mitgeteilt, er sei einmal nahe daran gewesen, Reidel aus der Fassung zu bringen, habe aber im letzten Moment drauf verzichtet, es zu tun. (Er erwägt, ob es nicht ein Fehler gewesen sei, es unterlassen zu haben. ›Vielleicht hätte ich ihn aus der Fassung bringen müssen, um hinter sein Wesen zu kommen.‹ Die Stellung von Hainstocks Mundwinkeln bei der Lektüre eines so typisch bürgerlichen Ausdrucks wie dem vom ›Wesen‹, Reidels noch dazu, bedarf keiner Beschreibung.)

Was hat er damit gemeint? Womit hat er geglaubt, Reidel aus der Fassung bringen zu können?

Machen wir es kurz: Schefold hat auf dem Heimweg (nehmen wir an: während er die Straße entlangging, noch ehe er stehenblieb, um Reidel aufzufordern, zu sagen, was mit ihm los sei) mit dem Gedanken gespielt, Reidel zum Desertieren zu verleiten.

›Ich mache Ihnen einen Vorschlag: kommen Sie mit mir nach Hemmeres! Dann sind Sie die Sache los, die Sie bedrückt.‹

Er durfte nicht gleich mit den Amerikanern winken. Das wäre denn doch zu leichtsinnig gewesen. Das Bild von Hemmeres enthielt noch etwas Offenes, Undeutliches, Verwischtes. Ins Niemandsland verschwinden war nicht ganz das gleiche wie zum Feind überzulaufen. Alles weitere würde sich in Hemmeres schon finden. (Grausig, sich vorzustellen, er würde, in der Folge seiner unbedachten Großzügigkeit, mit Reidel in Hemmeres leben müssen. Aber dieses Problem erledigte sich von selbst, demzufolge, was Dincklage ihm hinsichtlich seines Bleibens beziehungsweise Nicht-Bleibens in Hemmeres geraten hatte.)

Er konnte es so machen, daß es noch harmloser aussah, ihn überhaupt nicht festlegte.

»Begleiten Sie mich doch bis Hemmeres! Sie werden sehen, es geht ganz leicht.«

Er verwarf diese Formel. Nach allem, was zwischen ihm und Reidel vorgefallen war, wäre es allzu unglaubhaft, daß er seine Begleitung wünschte, über den Punkt hinaus, bis zu dem sie unbedingt nötig war. Er mußte schon in irgendeiner Weise mit der Sprache herausrücken.

Bodenloser Übermut wär's in jedem Fall. Denkbar nur, wenn man von der Voraussetzung ausging, Reidel wolle um jeden Preis loswerden, was ihn bedrückte.

Er probierte, sich Antworten Reidels ins Gehör zu bringen.

Völlig verdattert: »Meinen Sie?« Gefolgt von einem zögernden: »Ich könnt's ja machen.«

Nein, es ging nicht. Reidel und verdattert, das ging nicht zusammen.

Viel wahrscheinlicher war das andere.

»Sie sind ein Spitzel. Ich hab's ja gleich gewußt.«

Mit allem, was sich daraus ergeben würde.

Einmal, ganz schnell, stellte er sich Kimbroughs Gesicht vor, wenn er mit einem deutschen Obergefreiten in voller Kriegsbemalung zurückkam.

Der Gedanke war so phantastisch, daß er ihm um ein Haar die Zunge gelöst hätte.

Er war schon ein Bruder Leichtfuß, dieser Schefold!

Schließlich verzichtete er auf sein Vorhaben, weil ihm noch rechtzeitig einfiel, welche Folgen es für den Major Dincklage nach sich ziehen würde. Wenn Reidel von dem Auftrag, ihn, Schefold, über die Linie zu stellen, nicht zurückkehrte, so würde man sich schon der Aufgabe annehmen, herauszubekommen, auf welche Weise der Besuch eines Unbekannten von jenseits der Linie bei dem Major Dincklage mit dem spurlosen Verschwinden eines deutschen Obergefreiten zusammenhing.

Obwohl er, andererseits, nicht übel Lust gehabt hätte, Dincklage einen Streich zu spielen!
 In ihm, verdeckt, lag die Glut seiner Kritik an Dincklage. Manchmal stocherte er in ihr herum, schürte sie.

In seiner Gedanken-Partie, in welcher er die Züge durchspielte, die Reidel verleiten sollten, zu desertieren, hat Schefold nicht mit einer Überraschung gerechnet, mit einem Trick seines Gegners, der ihn vollständig überrumpeln würde. Schefold hat nicht geahnt, war außerstande zu ahnen, daß der Vorschlag, er solle desertieren, Reidel keineswegs aus der Fassung gebracht hätte.

Er war nämlich schon selber auf diese Idee gekommen.

Wäre ja *die* Idee, hatte er sich gesagt (wann? schon während er in der Schreibstube wartete? oder erst später, als er mit Schefold durch Winterspelt ging?), wäre ja *die* Idee, wenn ich mit dem Spitzel zusammen abhaute! Einfach über die Linie mit ihm weiter nach Hemmeres! Dem seine Fresse möcht ich sehen, wenn ich's täte! Wie's ihm stinken würde, sobald er kapiert hat, daß ich ihn umlege, wenn er mich nicht nach Hemmeres bringt, und auf seinen Schleichweg zu den Amis. Denn den hat er, den Schleichweg, das steht felsenfest, der weiß schon, wie er die Kurve kratzen muß, wenn's mal zappenduster wird für ihn.

Herrgott, das wär's doch! Der Krieg ist sowieso nur noch ein Witz. Wär die beste Art, den Krieg zu beenden!

Und mit Boreks Meldung konnten sie sich dann den Arsch wischen.

Wenn's das gibt, daß er wirklich keinen Schleichweg hat, wenn er tatsächlich bloß so ein Trottel ist, der in Hemmeres herumhockt, geh ich allein weiter. Würde ja nicht schwer sein. Muß ein bißchen Lärm machen, laut im Gebüsch rascheln, wenn ich auf die Höhe gehe, wo sie sitzen, damit sie sich nicht erschrecken, die Amis.

Er förderte Bruchstücke seines Hotel-Englisch zu Tage. ›Hello, boys‹ – das war es, was er rufen mußte, während er hinaufkletterte, zum Rand der jenseitigen Our-Höhe.

Der Gedanke, daß er seinen Karabiner irgendwo ins Gebüsch werfen mußte, ehe er sich zeigte, schien ihm fast unerträglich.

Nicht einen Moment lang hat er daran gedacht, seinen Einfall zu artikulieren. Als Wunsch. An Schefold. Die Fahnenflucht mit Schefold besprechen – diese Möglichkeit brauchte nichteinmal ausgeschieden zu werden, weil sie nicht vorkam.

Er vernichtete seine beste Idee, so schnell wie sie gekommen war, und ohne zu wissen warum. Vermutet darf werden, daß bei einem Mann wie ihm das Ding an sich, die Übergabe, auf unüberwindliche Abneigung stößt, unter welcher Maske immer es sich ihm nähere.

So daß er nicht, wie Schefold annahm, Hilfe brauchte, als er sagte: »Ich brauche keine Hilfe.«

Wie er es erwartet hatte, war die Linie auch am Nachmittag dünn besetzt. Auf dem ganzen Weg nach oben, zu seinem Loch, trafen sie nur auf den Gefreiten Schulz, der in dem Loch stand, in dem am Vormittag der Gefreite Dobrin gestanden hatte. Im Gegensatz zu Dobrin war Schulz kein Blödmann. Er war, wie Reidel, bekannt als einer, der die Zähne selten auseinanderkriegte. Dem man die Würmer nicht aus der Nase ziehen konnte. Von ihm ging die Sage, daß er seinen Wehrsold sparte, diese beschissene eine Mark fuffzich, die ein Gefreiter pro Tag bekam, und daß er seine Raucherwaren nach Hause schickte, damit seine Frau was hatte, mit dem sie für die Kinder hamstern gehen konnte.

Schulz kam nicht, wie Dobrin, aus seinem Loch heraus, als sie sich näherten. Er wandte nur interessiert seinen Kopf, sah sich Reidel und Schefold an.

Reidel blieb stehen und sagte: »Muß ihn rüberbringen. Geheime Kommandosache.«

»Mhm«, sagte Schulz.

Er dachte: ist mir noch nie vorgekommen, an der Front, eine geheime Kommandosache.

Auch Schulz hatte ausreichende Fronterfahrung: Balkan, Rußland.

Ob er sich noch mehr gedacht hat, beispielsweise in bezug auf Reidel, ist nicht festzustellen. Da er zu den wenigen gehörte, die vor Reidel keine Angst hatten, hat er höchstwahrscheinlich nicht in den Ausdrücken von Reidel gedacht, die dem Gefreiten Dobrin zwar nicht über die Lippen, aber in sein schwach ausgebildetes Gehirn kamen. (›Die schwule Sau.‹ ›Warmer Bruder.‹)

Schefold betrachtend, dachte er: wohl einer, der sich verlaufen hat. Reidel spielt sich bloß auf. Kann er haben. Geht mich nichts an.

Ah, dachte Schefold, das also ist das Wort! *Geheime Kommandosache*. So hätte ich reden müssen, vorhin, um auf Reidel Eindruck zu machen.

Dieser Krieg der Köpfe. Schon bei den Amerikanern war ihm aufgefallen, daß es ein Krieg der Köpfe war. Die Körper steckten in der Erde. Nur die Köpfe schauten heraus.

Aber was für ein Pech ich gehabt habe! Schon der Butterbrot-Esser, heute vormittag, wäre besser gewesen als Reidel. Und jetzt erst dieser da! Das vertrauenswürdigste Gesicht, das mir heute den ganzen Tag über vor Augen gekommen ist.

Aber nein, ich mußte an diesen Reidel geraten!

Schulz glaubt's nicht. Wird's schon glauben müssen, wenn er heute abend ins Dorf kommt und sich erkundigt. Kann dann nichteinmal fragen, ob er's jetzt glaubt, weil er ja nur ›Mhm‹ gesagt hat. Schlau. Schulz kann mich. Ist mir wurscht, was er denkt.

Im Weitergehen die Wacholder, hinter denen der Kopf des Gefreiten Schulz verschwand, dieses ruhige und magere Gesicht unter einem Stahlhelm. Sie waren wieder allein.

Schefold hatte einen Einfall, den er für glänzend hielt.

»Es ist wirklich eine geheime Kommandosache«, sagte er. »Daß Sie das nicht begriffen haben!«

Er bildete sich ein, noch etwas nachholen zu müssen. Sogar jetzt noch, als er schon die Wipfel der Kiefern sehen konnte, unter denen er gestanden hatte, um elf Uhr.

Er ahnte nicht, was er angerichtet hatte, als er Reidel gezwungen hatte, sich zu entschuldigen.

Er hielt für möglich, daß danach noch etwas gesprochen werden konnte, zwischen ihm und Reidel.

Die Spitzel-Sau. Wie das herauskam, bei dem: Geheime Kommandosache. Da konnte man sich nur noch auf dem Boden wälzen vor Lachen.

Oder ihm eine in die Fresse geben.

Er mußte sich zusammennehmen, sich ablenken.

Er sah schon von weitem, daß sein Loch frei war. Kein anderer hatte sich hineingestellt. Er selber brauchte es nachher auch nicht. Nicht mehr nötig, sich da hinein zu verkriechen und über alles nachzudenken. Er wußte jetzt schon Bescheid. Oder auch nicht. War scheißegal, was da lief. Wenn die Spitzel-Sau verschwunden war, würde er ohne Verzug nach Winterspelt zurückkehren, melden, daß der Auftrag ausgeführt sei.

Sie kamen bei Reidels Schützenloch an.

»Los«, sagte Reidel, »hau ab, Spitzel!«

Er ruckte mit seinem Kopf, schnellte ihn schräg nach oben.

So ging es nicht. So ging es unter keinen Umständen. Es war nicht gleichgültig, daß es jetzt schon gleichgültig war, weil er ja in einer Minute da oben unter den Kiefern sein würde. Unter den Kiefern und fort. Es durfte nicht hingenommen werden. Es nicht hinzunehmen kostete nur eine Minute mehr. Auf diese Minute durfte nicht verzichtet werden. Unter keinen Umständen.

Er starrte Reidel an, finster.

Das Scheusal, dachte er, das Scheusal.

Dann überfiel ihn seine Wut auf Dincklage. Dincklage war es, der ihm das Scheusal zugemutet hatte.

Der überlegt sich noch, ob er abhauen soll oder nicht! Der bleibt stehen und lacht! Ich tret ihm nocheinmal in den Hintern, wenn er nicht auf der Stelle verschwindet.

Ein Tag mit einem Scheusal. Und wofür? Für nichts. Für eine Stunde Geplauder. Für einen Brief, in dem nichts stand. Nichts stehen konnte. Es war zum Lachen. Zum Lachen war es.

Das arme Schwein.

Das Scheusal war vielleicht nur ein armes Schwein.

Das Feuer seiner Kritik an Dincklage brannte jetzt heiß.

In seinem Zorn gegen Dincklage verstieg er sich bis zu Mitleid für Reidel.

Was machte aus einem armen Schwein ein Scheusal?
Die Erziehung der Dincklages!

Er mäßigte sich. Ich übertreibe, dachte er. Einiges gab's, das entstand nicht durch Erziehung.
Diesen da hatte er abzufertigen.
Er griff nach hinten, in seine Gesäßtasche, in der die Brieftasche steckte, zog sie heraus.

Was macht'n der jetzt? Was will'n der mit seiner Brieftasche?
Reidel war auf einmal in heller Aufregung.

Er suchte, fand eine Zehn-Dollar-Note, einen ziemlich abgegriffenen Geldschein, hielt ihn Reidel hin.
»Da!« sagte er. »Für Ihre nicht sehr freundlichen Dienste.«
Er beobachtete, wie die Hand kam, automatisch.

Es ist mir egal, ob Dincklage Scherereien kriegt. Er glaubt ja, daß er Reidel in der Hand hat. Er soll sehen, wie er mit seinem Scheusal fertig wird. Wenn es ihm die Dollarnote zeigt.

Ich hab's genommen.

Er hatte sich schon abgewandt, war schon im Gehen, als er die Brieftasche wieder einsteckte. Er schob den Mantel über seiner Schulter zurecht. Das kurze Gras des Ödhangs fühlte sich gut an unter seinen Schritten. Es knisterte angenehm. Er ging allein. Ein schöner Nachmittag.

Reidel hielt den Zehn-Dollar-Schein in der Hand. Hat er die Ziffer, die englischen Wörter gelesen, den Kopf betrachtet, der darauf abgebildet war?

Er ließ das Stück Papier fallen.

Er bedauerte, daß er sich nicht umdrehen konnte, umdrehen und winken. Zu dem anderen Soldaten, dem vorhin, der aus seinem Schützenloch heraus nichts gesagt hatte als ›Mhm‹, hätte er sich umwenden, ihm winken können, dessen war Schefold sich gewiß. Ein anderer Begleiter, und es wäre vielleicht ein freundlicher Tag geworden.

Er ging aufwärts. Zurück ging es etwas langsamer als am Vormittag, weil es aufwärts ging. Langsamer, aber nicht beschwerlicher. Der Ödhang hinauf zu den Kiefern war ein flacher Hang. Schefold zählte seine Schritte nicht, es war ihm nicht darum zu tun, zu erfahren, wie weit es war, bis zu den Kiefern –

Reidel war es darum zu tun. Dreißig Meter. Vierzig bis fünfzig Schritte.

– aber dann war er auch schon unter den ersten großen Schirmen, kieferngrün, lichte Schatten an einem so hellen Nachmittag.

Mein Gott, ich habe mich ja gefürchtet, dachte Schefold, den ganzen Tag lang habe ich mich gefürchtet. Und jetzt fürchte ich mich nicht mehr. Ich bin frei.

Frei!

Die Leiche Schefolds wurde gegen vier Uhr nach Winterspelt gebracht. Zwei Sanitäter trugen sie auf einer Tragbahre. Hinter der Tragbahre gingen Reidel, der Gefreite Schulz und zwei Unteroffiziere. Der Gefreite Schulz und die zwei Unteroffiziere hielten einigen Abstand von Reidel.

Die wenigen Soldaten, welche um diese Zeit vor den Häusern standen, blickten neugierig auf die Gruppe mit der Tragbahre, wie sie die Dorfstraße entlangkam. Sie wagten nicht, sich ihr anzuschließen, weil sie wußten, daß sie von den beiden Unteroffizieren barsch zurechtgewiesen und zurückgeschickt worden wären, wenn sie es versucht hätten.

Die Tragbahre wurde vor den Stufen zur Türe des Bataillonsgefechtsstandes abgesetzt, das heißt auf die ungepflasterte Dorfstraße gelegt. Einer der beiden Unteroffiziere ging die Stufen hinauf, verschwand in dem Haus.

Jetzt traten Bauern – Männer und Frauen – sowie Soldaten aus den umliegenden Häusern, versammelten sich um den auf der Dorfstraße liegenden Schefold. Auch einige russische Kriegsgefangene stellten sich dazu. Der Gefreite Schulz und der zurückgebliebene Unteroffizier sagten von Zeit zu Zeit: »Zurücktreten! Los, zurücktreten!« Reidel hatte sich gleich neben die Treppenstufen gestellt.

Käthe erkannte Schefold nicht gleich wieder.

Sein Gesicht war graugelb. Sein Anzug war überall in großen Flecken und Streifen von schon verkrustetem Blut beschmiert. Der rechte Teil seines Mundes war nach unten gerissen; dunkles Blut war von dort aus in seinen Hals, über sein Hemd gelaufen. Seine Augen standen noch halb offen.

Der Gefreite Schulz hatte Schefolds Regenmantel über die Leiche gebreitet, aber der Mantel war während des Tragens nach unten gerutscht, bedeckte nur noch die Beine. Schulz beugte sich über Schefold, zog den Mantel nocheinmal über ihn.

Der Unteroffizier, der in das Haus gegangen war, kam zurück, gefolgt von dem Stabsfeldwebel Kammerer. Der Stabsfeldwebel sagte etwas zu Reidel. Reidel erwiderte etwas. Die Umstehenden konnten nicht hören, was gesprochen wurde,

weil sie in Abstand gehalten waren. Sie sahen, daß der Stabsfeldwebel Reidel erstaunt anblickte, sich dann umdrehte,
wieder ins Haus hineinging.

Kurz danach öffnete ein Schreiber die Türe und winkte
Reidel. Reidel ging sofort nach oben. Die Türe wurde hinter
ihm geschlossen.

Die Leiche Schefolds, von seinem Mantel bedeckt, lag noch
eine Weile auf dem Boden. Der Mantel hatte ungefähr die
gleiche Farbe wie der Staub der Dorfstraße von Winterspelt.
Dann wurde die Bahre von den Sanitätern aufgehoben und
weggetragen, wahrscheinlich in die Revierstube.

Von irgendwoher kamen zwei Soldaten, feldmarschmäßig,
zogen als Posten unter Gewehr vor dem Bataillonsgefechtsstand auf.

Die Leute verliefen sich.

Mit einer Beschreibung von Käthes ersten Reaktionen auf
Schefolds unvermutete Wiederkehr in unvermuteter Gestalt
werden wir uns nicht aufhalten.

Daß sie in Formeln wie ›Aber das ist doch nicht möglich‹
oder ›Das ist nur ein böser Traum‹ abliefen, kann leicht vorgestellt werden.

Oder vielleicht in gar keinen Formeln, sondern in Schüben
sprachloser Schauer.

Unmittelbar danach hat sie spontan reagiert.

Dincklage war zu stellen. Er hatte ihr Auskunft zu geben.

Einer der Posten sagte zu ihr: »Sie können nicht hinein,
Fräulein!«

»Ich muß aber sofort zu Major Dincklage!«

»Tut mir leid«, sagte der Mann. »Wir haben strikten Befehl, niemand reinzulassen.«

Eine Stunde später, um fünf Uhr, ist Hainstock gekommen.
Sie ging mit ihm weg.

Kammerer hat zu Reidel gesagt: »Ich höre, Sie haben diesen
Mann erschossen?«

»Ich muß den Major sprechen«, hat Reidel erwidert.

Er hat sich nicht mehr um Formen gekümmert. Die
militärisch vorgeschriebene Redewendung hätte gelautet:
»Bitte Herrn Stabsfeldwebel, Herrn Major sprechen zu
dürfen.«

Das Einschätzen der Entfernung bot keinerlei Schwierigkeiten. Wenn jener oben, unter den Kiefern, angelangt war, betrug der Abstand bis zu ihm dreißig Meter.

Er durfte erst im letzten Moment entsichern und spannen,
damit die Zeit von dem Geräusch des Entsicherns und Span-
nens bis zum Schuß in Sekundenbruchteilen ablief.

Bis dahin konnte er ja schon einmal Druckpunkt nehmen.

Die rote Krawatte konnte er jetzt nicht mehr als Ziel ansprechen. Er mußte sich mit einem Punkt auf einem sich be-
wegenden Rücken begnügen.

Die Zehn-Dollar-Note, ein ziemlich abgegriffener, schon
mürber Geldschein, lag zu seinen Füßen, auf dem Boden neben seinem Schützenloch.

Ich hab's genommen, das Trinkgeld.

Rings um die gedachte Linie zwischen dem Lauf des Karabiners und einem Punkt auf Schefolds Rücken stand, bewe-

gungslos, unerbittlich, das Grau eines abstrakten soziologischen Begriffs: die trinkgeldnehmende Klasse.

Das Geräusch des Hebels, welcher die erste Patrone aus dem Schnellfeuermagazin des Karabiners in den Lauf schob, brach trocken, metallisch und sehr laut in den schönen windstillen Oktobertag ein.

Er zog zuerst die Brieftasche heraus, durchblätterte sie, suchte methodisch weiter, fand sogleich den Brief. Der Brief war an einer Ecke von einem Geschoß zerfetzt. Er riß ihn auf. Sein Hotel-Englisch reichte nicht aus, um zu verstehen, was darin stand. Außerdem war er in Eile. Es genügte, zu erfassen, daß Major Dincklage einen Brief an einen amerikanischen Offizier geschrieben hatte.

Das viele Blut! Er hatte sich nicht vorgestellt, daß es eine solche Masse Blut geben würde. Er wischte seine Hände am Gras ab, steckte die Brieftasche und den Brief ein.

Schulz kam herauf. Reidel sagte: »Es mußte sein. Geheime Kommandosache. Sieh mal zu, daß du einen Unteroffizier auftreibst!«

»Das gibt's doch gar nicht«, sagte Schulz. »Das kann's einfach nicht geben. Da will ich nichts mit zu tun haben.«

Er blieb stehen und blickte abwechselnd von Schefold zu Reidel, der noch neben der Leiche kniete.

Reidel mußte sich selber auf den Weg machen und einen Unteroffizier suchen, während Schulz bei Schefold die Wache hielt. Als Reidel mit einem Unteroffizier zurückkehrte, wurde Schulz ins Dorf geschickt, um die Sanitäter zu holen.

Später gesellte sich noch ein zweiter Unteroffizier zu ihnen.

Das Stangenmagazin von Reidels verbessertem Karabiner K 98 k war nicht vollgeladen gewesen, sondern hatte nur zwölf Patronen enthalten. Über die Wirkung des Eindringens von zwölf Stahlmantelgeschossen in einen lebenden menschlichen Körper wissen wir nichts, als daß sie, wenn sie sorgfältig gezielt aus dem Karabiner eines Scharfschützen ersten Ranges in einem unmerklich von oben nach unten geführten Schwenk aus der Schulter abgegeben werden, das Ziel vom Kopf bis zum Unterleib abstreuend, den sofortigen Tod dieses Körpers herbeiführen.

Schefold kann also, wie man in solchen Fällen zu sagen pflegt, nicht gelitten haben. Vielleicht hat er einen Moment grenzenloser Verwunderung erlebt, als er fühlte, wie auf einmal zwölf Feuer in ihm zu brennen begannen, aber die Zeitspanne dieses Moments war sicherlich so kurz, daß sie nicht einmal ausgereicht hat, ihm die Verwandlung des Wunders in den Schmerz mitzuteilen.

Ja, das ist alles, was wir über Schefolds letzten Augenblick sicher wissen. Nicht ausgeschlossen kann werden, daß sich, in einem Akt völliger Aufhebung aller unserer Zeitbegriffe, doch noch anderes in ihm ereignet hat. Falls im Ausnahmezustand des Sterbens ein Augenblick so lange dauert wie eine Ewigkeit, wäre es immerhin denkbar, daß er Dinge, Bilder, Wörter gesehen hat, nicht im Nacheinander natürlich, sondern in einem kreisenden Ball aus Lichtsplittern, in einem Nu. Stellen Sie sich dieses, vor einem inneren Auge rotierende Gebilde aus Vergangenem und Zukünftigem nicht als

Scheibe vor, sondern körperhaft, dreidimensional, als Ball eben, als wirbelnden runden Körper vor Tangenten ins Unendliche!

Eine Hypothese, mehr nicht. Da uns noch niemand erzählt hat, was ihm zustieß, ehe er den Geist aufgab, begnügen wir uns damit, zu sagen, daß Schefold tot war, ehe Reidel auch nur den Karabiner abgesetzt hatte. Und obwohl sein Körper noch warm war und sein Blut noch strömte, als Reidel neben ihm kniete und ihn durchsuchte, war er da schon nichts anderes mehr als ein Stück anorganischer Materie.

Verlustziffern

In der Abenddämmerung eines der folgenden Tage ließ Hainstock den Waldkauz frei. Die Gehirnerschütterung des Vogels war sicherlich längst ausgeheilt, und es gab keinen Grund mehr dafür, daß er ihn bei sich behielt.

Er zog einen seiner Steinhauer-Handschuhe an, umfaßte die Flügel des Vogels und trug ihn hinaus. Der Waldkauz hackte mit seinem gekrümmten Schnabel in das Leder. Hainstock setzte ihn vorsichtig auf den Boden, wo er eine Weile verwirrt sitzenblieb. Dann strich er nach rechts ab, ein gellendes »kju-wik« ausstoßend, und verschwand hinter der schrägen Abbruchkante der Kalksteinwand. Wenn er in die Richtung weiterfliegt, dachte Hainstock, gerät er in den Elcherather Rotbuchenwald. Er wird sich einen anderen Wald suchen müssen, in Buchenstämmen gibt es wenig Höhlungen.

Der Schrei des Eulenvogels hatte die Dohlen, oben in der Wand, gestört. Aufflatternd schnarrten sie ihr »kjacka-kjakka-kjack« in die frühe Dunkelheit.

Hainstock ging in die Hütte, baute die Kisten, den Höhlenturm, ab und trug sie hinaus. Als er damit fertig war, sah er sich in der Hütte um. Sie war jetzt wieder wie früher: der Tisch, das Bett, der Herd, das Regal mit den Büchern und den Versteinerungen.

Was nicht mehr erzählt wird

1.

Zum Beispiel, was sich zwischen Dincklage und Reidel abgespielt hat.

Reidel hatte jetzt Dincklages Brief an Kimbrough in der Tasche. Das unverschämte Glück des Hubert Reidel. Der Chef hatte tatsächlich Dreck am Stecken. Er konnte jetzt mit dem Chef Schlitten fahren.

Zu schildern, was Reidel aus der Situation herausgeholt hat, ist unnötig. Man kann es sich vorstellen.

Wahrscheinlich hat er sogar den *Unteroffizier* herausgeholt. Vielleicht haben sie einen Kompromiß geschlossen: Reidel händigte den Brief an Dincklage aus und wurde dafür zum Unteroffizier ernannt und versetzt.

Der *Unteroffizier* hat ihn den Gedanken ertragen lassen, daß er Borek aus den Augen verlieren würde.

Natürlich ist es möglich, daß die zweite Begegnung Dincklages mit Reidel auch ganz anders verlaufen ist.

Vielleicht hat Dincklage den Reidel auf der Stelle festsetzen lassen, ist dann in sein Chefzimmer gegangen, hat einen kurzen Bericht für Oberst Hoffmann geschrieben und sich mit seiner Dienstpistole erschossen.

Aber davon hätte Hainstock erfahren müssen, als er am nächsten Tag nach Winterspelt ging. Die Kunde vom Selbstmord des Bataillonskommandeurs hätte sich ja wie ein Lauffeuer in Winterspelt ausgebreitet.

Doch ist denkbar, daß Dincklage sich die Pistole erst nach seinem Abrücken aus Winterspelt an die Schläfe gesetzt hat. Irgendwann, irgendwo während des Transports der 416. Infanterie-Division nach Norditalien, noch ehe ihn die Order erreichte, sich bei Oberst Hoffmann zu melden, ist er während eines Halts beiseite gegangen und hat Schluß gemacht. In diesem Falle würde Hainstock nichts erfahren haben.

Vermutungen. Wir wagen nicht, uns zu entscheiden.

Wählen Sie, welche Lösung Ihnen als die glaubhafteste erscheint, angesichts so vieler Rätsel und Widersprüche in dem schon ein wenig nachgedunkelten Bild dieses schwierigen Charakters!

Auch die Wirkung der Nachricht von Schefolds Tod auf Hainstock werden wir nicht wiedergeben.

Überhaupt, diese ganze Szene zwischen Käthe und Hainstock, um fünf Uhr am Nachmittag!

Die stereotype Sprache der Sprachlosigkeit. ›Aber das ist doch nicht möglich.‹ ›Das ist nur ein böser Traum.‹

Ihre vollkommene Ratlosigkeit über die Ursachen.

Ein kurzer Streit. Sie solle warten, bis sie bei Dincklage Einlaß fände. Es sei unbedingt nötig, die Gründe herauszufinden. Ihre Weigerung. Sie wolle weg. Sie habe genug. Sie habe keine Zeit mehr zu verlieren.

Die ersten Schatten, zögernd, noch diffus, aus einer beginnenden Nacht der Schuld.

Daß er ihr es jetzt nicht mehr abschlagen konnte, ihr Schefolds geheimen Weg zu weisen, liegt auf der Hand. Er hat es nichteinmal versucht. Und selbst wenn er es versucht hätte – die Wiedergabe dieses Dialogs können wir uns sparen.

3.

Käthes Verhör durch Kimbrough und Wheeler war eine militärische Routine-Angelegenheit. Käthe konnte ja keine Aufklärung bringen, nur die Tatsache mitteilen, daß Schefold erschossen worden war.

Nachher saßen sie noch zusammen und redeten über die möglichen Ursachen. Major Wheeler machte weder Käthe noch seinem Freund John Kimbrough Vorwürfe. Er sprach von einem Betriebsunfall.

Der Reise in den Westen letztes Stück

Hainstock machte ihr und sich etwas zu essen zurecht. Sie tranken Kaffee. Sie schlugen die Zeit mit Schweigen und mit Erörterungen über Reidels Motive zu seinem Mord an Schefold tot. (Reidels, dessen Namen sie nicht kannten.)

Hainstock kam auf seine Theorie über Dincklages fehlende Massenbasis zurück, sprach wieder von denjenigen, die sehr auf dem Kiwif sind, wenn sie Unrat wittern, etwas, das gegen die Ordnung geht, gegen Führer und Reich.

»An so einen muß Schefold geraten sein«, sagte er. »Es gibt keine andere Erklärung dafür.«

Er überlegte eine Weile, ehe er sagte: »Aber Dincklage ist da kein Vorwurf zu machen. Mit einem solchen Prachtexemplar von Faschisten konnte er nicht rechnen.«

Der Hanielweg zum zweitenmal. Die unvermuteten Tode.

Käthe dachte: Jetzt bin ich heute mittag also doch nicht zum letztenmal in Wenzels Hütte gewesen.

Eine Lampe brannte, beleuchtete den Tisch, an dem Wenzel Hainstock saß, seine Pfeife rauchend. Sonst nichts als

Schatten. Der Waldkauz, der wahrscheinlich in der Höhlung der obersten Kiste saß, blieb unsichtbar.

Um acht Uhr brachen sie auf. Hainstock hatte die ganze Zeit darüber nachgedacht, wie sie mit der Dunkelheit fertigwerden würden. Die Nacht würde stockfinster sein, weil der Mond im letzten Viertel war. Aber eine Taschenlampe mitzunehmen, kam nicht infrage.

Käthe war genauso angezogen wie damals, als sie von ihrer letzten Englisch-Stunde kam: braunes Wollkostüm, dünne graue Wollstrümpfe, feste Schuhe. Als sie ihren hellen Regenmantel anziehen wollte, sagte Hainstock: »Zieh ihn lieber nicht an!«

Ihr Sommerfähnchen aus Prüm hatte sie, wie alles andere, im Thelenhof zurückgelassen.

Sie hatte nichts weiter zum Tragen bei sich. In einer der Manteltaschen steckten ein Stück Seife, Zahnpasta, eine Zahnbürste, ein Kamm. Ihr kostbarster Besitz war das Etui mit der Ersatzbrille. Die durfte sie nicht verlieren.

Sie tauchten in den Rotfichtenwald ein, an der gleichen Stelle, an der Schefold immer aus ihm hervorgetreten war. Zuerst nichts als Schwärze, aber dann fanden sie sich eigentlich doch besser zurecht, als Hainstock befürchtet hatte. Zwischen den schwarzen Vertikalen der Fichtenstangen stand ein grauer, durchlässiger Stoff. Da es den ganzen Oktober nicht geregnet hatte, war der Nadelboden trocken, knisterte. Angenehm, darauf zu gehen, auch wenn sie langsam gehen mußten, Schritt für Schritt. Wir werden eine Stunde brauchen, bis Hemmeres, dachte Hainstock.

Manchmal faßte Käthe eine der schwarzen Senkrechten an, um sich zu vergewissern, daß sie aus Holz war. Sie spürte die Fichtenrinde, borkig, rauh. Harz blieb an ihrer Hand.

Einmal blieb sie stehen, wartete, bis auch Hainstock stehenblieb, ging die drei Schritte, bis sie ihn erreichte.

»Glaubst du, daß er ihn hat erschießen lassen?« fragte sie, leise, fast flüsternd.

»Ausgeschlossen«, erwiderte Hainstock sofort, und ohne die Stimme zu senken. »Das kannst du dir aus dem Kopf schlagen.«

Er sagte es so, daß Käthe sich entschloß, diesen schwärzesten ihrer Gedanken von sich abzutun.

Ohne Wenzel wäre ich verloren, dachte sie.

Unten, wo die Fichten aufhören, gibt es über dem Bachgrund eine Arnika-Trift. Dies war einmal ein Erlen-Schluchtwald, ehe sie die Fichten angepflanzt haben, das öde Stangenholz. Darum wachsen hier noch, überall, wo keine Nadeln liegen, Waldveilchen und Salomonssiegel, Schlafmoos und Aronstab.

Er wandte sich um und fragte: »Riechst du was?«

»Ja«, sagte Käthe. »Merkwürdig, dieser Blumenduft, hier im Wald.«

»Das sind die Mondviolen, unten im Bachgrund«, sagte Hainstock. »Sie blühen bis spät in den Herbst. Sie duften am stärksten in der Nacht.«

Und er bemaß seine Schritte nach Rupprechtskraut, Sternmiere, Taglichtnelke, Seidelbast, Bärenlauch, Braunwurz, Baldrian, Eisenhut, Hexenkraut und Wolfsmilch, vergaß auch die Orchideen nicht, Hummel-Ragwurz und Berg-Waldhyazinthe, verließ das Waldtal, schweifte auf Kalktrockenböden umher, pflückte Traubengamander, Bienenblume,

Blaugras, Storchschnabel, Sonnenröschen, Steinbrech, Bibernell und Günsel, bis er einen Abschiedsstrauß beisammen hatte, an den sie sich noch lange erinnern würde.

Joseph Dincklage ist jetzt am Packen, dachte sie. Vielleicht ist er morgen schon auf dem Weg nach Wesuwe. Dorthin, wo die Windvögel fliegen.

Sie setzten sich auf Baumstümpfe, betrachteten den Weiler Hemmeres, das bleiche Gehöft vor der düsteren Wand des jenseitigen Our-Hangs. Kein Licht, aber sicher nicht wegen der Verdunklung, sondern weil die Leute in Hemmeres schon schliefen.

»Schefolds Sachen liegen noch da drin«, sagte Käthe.

Hainstock zuckte die Achseln.

»Weißt du, was sie mit dir machen werden, wenn du drüben bist«, sagte Hainstock, nicht im Ton einer Frage. »Sie stecken dich in ein Internierungslager. Und nach dem Krieg schicken dich die Belgier wieder nach Deutschland zurück. Das ist alles, was dabei herauskommen wird.«

»Ach, laß das doch!« sagte Käthe.

Wahrscheinlich hatte er recht. Aber es war nicht nötig, daß er ihr im letzten Augenblick die nächste halbe Stunde vermiesen wollte.

»Ich werd's schon irgendwie fertigbringen, daß ich draußenbleibe, verlaß dich drauf«, sagte sie. »Und wenn ich wirklich nocheinmal zurück muß, dann nur, um gleich wieder wegzugehen.«

»Du weißt ja, wo ich zu finden bin«, sagte Hainstock.

Als ob sie sich entschuldigen wolle, dafür, daß sie fortging, deutete sie in die Richtung, in die sie gehen würde, und sagte: »Jemand muß ihnen doch sagen, was geschehen ist.«

»Geh links am Hof vorbei!« sagte er. »In dieser Finsternis kann man von hier aus den Steg nicht sehen, aber wenn du beim Hof bist, siehst du ihn gleich. Lauf dann schnell über den Steg und drüben in den Wald hinein, falls doch jemand aufwacht, von deinen Schritten!«

Er hatte mit dem Gedanken gespielt, den Hemmeres-Bauern ins Vertrauen zu ziehen. Der Bauer würde wissen, wie man an die amerikanischen Vorposten herankam. Als Käthe ihm erzählte, was sie aus Dincklages Brief wußte: daß Hemmeres morgen früh besetzt werden würde, gab er diesen Plan auf. Er konnte sich nicht darauf verlassen, daß der Bauer nicht über seine nächtlichen Gäste schwätzte, wenn der Hof nicht mehr Niemandsland war. Und dann hing er, Wenzel Hainstock, drin. Das war auch der Grund, warum sie so spät aufgebrochen waren. Hainstock wollte sicher sein, daß die Leute auf Hemmeres schliefen, wenn Käthe den Hof passierte. ·

»Wenn du droben bist, mußt du was Englisches rufen. Oder besser schon vorher.«

»Meinst du, sie werden schießen?«

»Nicht sehr wahrscheinlich, wenn sie eine Frau rufen hören.«

So einfach wär's gewesen, wenn sie mich alles hätten erledigen lassen. Stattdessen mußte Schefold. Durch die Linie.

Käthe küßte ihn auf die Wange.

»Wenn ich wirklich erst mal zurück muß, komme ich dich besuchen«, sagte sie.

»Mach's gut!« sagte Hainstock.

Er sah ihr nach, wie sie aus der Schwärze des Waldrandes in die Lichtlosigkeit der alten Rodung trat, über die Wiesen zum Hof hinüberging. Befriedigt stellte er fest, daß sie keinen Lärm machte. Sie bewegte sich auf der Hemmeres-Plaine wie ein Geist. Als er die Bretter des Stegs rumpeln hörte, war sie nur noch ein fliegender Schatten.

Er blieb ruhig sitzen, beobachtete, wie der Hemmeres-Bauer aus dem Haus trat, eine Weile auf den Steg starrte, ehe er wieder ins Haus ging.

Hainstock wartete, ob er etwas hören würde, Rufe, Schüsse, aber er hörte nichts. Wahrscheinlich hatte ein vorgeschobener amerikanischer Posten sie abgefangen, halbwegs, und ehe sie sich dessen versah.

Er stand auf und machte sich auf den Heimweg. Im ersten Augenblick blendete ihn die Finsternis des Waldes. Waldkauz müßte man sein, dachte er.

Phasen eines Umschlags von Fiktion in Dokument

1.

Aber wo ist denn das 4. Bataillon im 3. Regiment der 416. Infanterie-Division geblieben?

Während Käthe nach Hemmeres und durch die Linie (der Amerikaner) ging, hat es zum Aufbruch gerüstet.

Ist ja schon rätselhaft, daß die 416. Infanterie-Division, die doch erst am 5. Oktober dem OB West zum Einsatz in einer ruhigen Front zugeführt wurde, sich nicht in den Verzeichnissen der Heeresgruppe B findet. Gab doch damals nur eine einzige ruhige Front: den Abschnitt zwischen Monschau und Echternach.

Muß eine Geisterdivision gewesen sein, die 416te.

Lassen wir sie, und ihr 4. Bataillon im 3. Regiment, also noch eine Weile Partisanen bekämpfen, in Norditalien.

Ist ja eh schon wurscht. Um mit Reidel zu sprechen: der Krieg ist nur noch ein Witz. Allerdings nicht für Partisanen in Norditalien, und solche, die sie bekämpfen.

Als ich in der Nacht vom 20. zum 21. 4., in der Hitler zu mir über den angeblichen Verrat der 4. Armee gesprochen hatte, gerade den Besprechungsraum im Bunker verlassen wollte, in dem sich dann nur noch Hitler befand, steckte der Gesandte Hewel vom Auswärtigen Amt den Kopf durch die Tür des Raumes und fragte: »Mein Führer, haben Sie für mich noch Befehle?« Als Hitler verneinte, sagte Hewel: »Mein Führer, es ist fünf Sekunden vor zwölf Uhr. Wenn Sie mit Politik noch irgend etwas erreichen wollen, dann ist es allerhöchste Zeit.« Mit leiser, vollständig veränderter Stimme antwortete Hitler, während er langsam, müde und schleppend den Raum verließ: »Politik? Ich mache keine Politik mehr. Das widert mich so an. Wenn ich tot bin, werdet Ihr noch genug Politik machen müssen.« (KTB, Abschnitt Dokumente, Frankfurt 1961)

Der Gesandte Hewel vom Auswärtigen Amt hat seinen Führer über die Zeit getäuscht. Am 21. 4. 1945 war es nicht mehr fünf Sekunden vor zwölf. Schon in der Nacht vom 12. zum 13. 10. 1944, als das 4. Bataillon im 3. Regiment der 416. Infanterie-Division aus Winterspelt abrückte, war Mitternacht längst vorbei.

2

Und die C-Company des 4. Bataillons im 3. Regiment (Regiment 424) der 106. Infanterie-Division?

Die Überreste der 106. Division – zwei von ihren drei Regimentern waren auf der Schnee-Eifel in Gefangenschaft geraten (wie Captain Kimbrough und Major Dincklage es vorausgesehen haben) – standen Ende Dezember im *goose-egg* um Saint-Vith. Das ist kriegsgeschichtlich bezeugt.

Bei einem Vergleich zwischen Major Dincklage und Captain Kimbrough fällt ja immer wieder auf, daß die Divisionsnummer des letzteren authentisch bezeichnet werden kann, während es sich bei derjenigen Dincklages um eine reine Annahme handelt.

(Geisterdivisionen eignen sich ausgezeichnet für Sandkastenspiele. Für *Erzählungen*.)

Allerdings ist in den Mannschaftslisten des Regiments 424 kein Captain Kimbrough aufgeführt. Daher wissen wir nicht, ob es ihm im *goose-egg* um Saint-Vith gelungen ist, etwas über die Beschaffenheit seines Geistes und Körpers in Erfahrung zu bringen, das in Erfahrung zu bringen ihm so unerhört wichtig schien.

Aber, warum bitte, verflucht nochmal, müssen für uns die Überreste der 106. amerikanischen Infanterie-Division, und mit ihnen John Kimbrough, im Rauch der Ardennen-Schlacht verschwinden?

Das größte Hindernis für die Alliierten, seitdem die Gezeiten gewechselt hatten, war von ihnen selbst aufgebaut worden: die unkluge und kurzsichtige Forderung nach bedingungsloser Kapitulation. Sie war die größte Hilfe für Hitler, weil sie seine Stellung im deutschen Volk stärkte, und ebenso auch für die Kriegspartei in Japan. Wenn die alliierten Führer klug genug gewesen wären, irgendwelche Zusicherungen über ihre Friedensbedingungen abzugeben, hätte Hitler schon vor 1945 die Herrschaft über das deutsche Volk verloren. Schon drei Jahre vorher hatten Abgesandte der großen Anti-Nazi-Bewegung in Deutschland den alliierten Führern ihre Pläne zum Sturz Hitlers mitgeteilt, ebenso die Namen der vielen führenden Militärs, die bereit waren, an einer solchen Revolte teilzunehmen, wenn sie nur Zusicherungen über die alliierten Friedensbedingungen erhalten könnten. Aber damals wie später wurde ihnen keinerlei Zusicherung oder auch nur Andeutung gegeben, so daß es für die Verschwörer naturgemäß schwierig wurde, Unterstützung für einen Sprung ins Dunkle zu finden. (Liddell Hart, Geschichte des Zweiten Weltkriegs, zitiert nach der deutschen Ausgabe, Düsseldorf 1972)

3.

›Soll das eine Entschuldigung für die Generale sein?‹ Schefold, bei Anhörung gewisser Theorien Dincklages,

der immerhin der einzige gewesen ist, welcher bereit war, militärwissenschaftliche Grundsätze und Erkenntnisse auf der Ebene der Unterführer in einer konkreten Handlung auszudrücken.

Preußischer Schwertadel
oder Dossier über drei Generalfeldmarschälle
(mit Anmerkungen)

Nachdem von Rundstedt zurückberufen worden war, um den Oberbefehl der deutschen Armeen im Westen zu übernehmen, erzählte Hitler ihm, im Reich würden neue Divisionen aufgestellt, die im November zum Einsatz bereit wären. Tatsächlich wurden schon bis zum 19. Oktober einige neue Divisionen und andere Verstärkungen zu von Rundstedts Verteidigung an die Front gebracht, aber seine Ist-Stärke hatte sich, wie er sagte, während der vergangenen sechs Wochen um 80000 Mann verringert; er schätzte, daß, Festungstruppen eingeschlossen, seine Armeen – 27 volle Infanterie- und 6½ Panzerdivisionen – ungefähr die Hälfte der alliierten Stärke ausmachten.

Aber Hitler und sein Stab planten seit langem eine Gegenoffensive, und am 22. Oktober berief Hitler die Stabschefs von Rundstedts (General Westphal) und Models (General Krebs) in sein ostpreußisches Hauptquartier. Dort wurde ihnen mitgeteilt, die Aufstellung der neuen Divisionen würde im November beendet sein, jedoch seien sie nicht für Verteidigungsaufgaben vorgesehen, denn passive Verteidigung könne den Verlust weiterer und entscheidender Gebiete des Reiches nicht verhindern. Dies könne nur der Angriff bewirken. Infolgedessen hatte Hitler entschieden, daß, ›wegen der Schwäche der feindlichen Kräfte in diesem Abschnitt‹, von der Eifel aus eine Offensive zu starten sei. Das Ziel war, die feindlichen Kräfte nördlich der Linie Antwerpen–Brüssel–Luxemburg zu zerschlagen und auf diese Weise den Wendepunkt im Westfeldzug herbeizuführen. Die Rückeroberung von Antwerpen würde die feindliche Front spalten und die Engländer von den Amerikanern trennen. Die 5. und 6. Armee waren dazu bestimmt, den Hauptangriff auszuführen;

die 7. Armee hatte die südliche Flanke zu decken. Alle drei Armeen würden der Armee-Gruppe B unterstellt.

Zehn Tage später erhielt von Rundstedt einen Brief von Hitler, welcher die ›Grundgedanken‹ der geplanten Operation enthielt, zusammen mit einer Anlage Jodls, die eine Warnung einschloß: ›der hohe Einsatz für ein weitgestecktes Ziel sei *unabänderlich*, auch wenn er, aus rein technischer Sicht, unter Berücksichtigung der zur Verfügung stehenden Kräfte, als unverhältnismäßig erscheine‹. *Unabänderlich* war auch die Disposition der Armeen. Sie hatten Seite an Seite und zur gleichen Zeit anzugreifen. Hitler ordnete den Einsatz einiger Divisionen, die er namentlich aufführte, ausdrücklich an.

Von Rundstedt und Model waren sich, als sie von diesen Plänen erfuhren, unverzüglich einig, daß Hitlers Ziel mit den zur Verfügung stehenden Kräften unrealisierbar sei. Sie versuchten ernstlich, einen begrenzteren Plan durchzusetzen, aber ohne jeden Erfolg. Sie erhielten den Bescheid, der Führer habe entschieden, daß die Operation *unabänderlich in jedem Detail* sei, und ihre wiederholten Vorschläge zu einer ›kleinen Lösung‹ wurden als ›schwächliche Gedanken‹ abgelehnt. (Major L. F. Ellis, Victory in the West, Her Majesty's Stationery Office, London 1968)

Anmerkung. – Siehe auch: KTB, Manteuffel, Westphal, Jung, Eisenhower, Alanbrooke, Bradley, Thompson, Liddell Hart, Calvocoressi/Wint, Elstob u. a.

»Macht Frieden, ihr Narren!« (Telegramm des [damals pensionierten] Generalfeldmarschalls von Rundstedt an das Oberkommando der Wehrmacht nach der Schlacht von Falaise, Sommer 1944)

Am 28. September sandte mir die Erste Armee eine hübsche Bronzebüste von Hitler, mit folgender Inschrift auf dem Sokkel: »Gefunden im Nazi-Hauptquartier, Eupen. Geben Sie uns eine Division mehr, und die Erste Armee liefert Ihnen das Original binnen 30 Tagen.« Ehe die dreißig Tage um waren, hatte Hitler seine Oberbefehlshaber über Pläne für eine Gegenoffensive in den Ardennen instruiert.

Eines Abends hat die Erste Armee sich für ein paar kurze Stunden eingebildet, sie könne das Original noch schneller liefern, als sie gewagt hatte zu hoffen. Ihr G-2 (Nachrichtenoffizier, entspricht dem deutschen IC, d. A.) war in Hodges' Wohnwagen gerannt, mit einer Radio-Meldung, die von seiner Funk-Einheit aufgefangen worden war. Der Sendung zufolge hatte ein SS-Oberst dem Feldmarschall von Rundstedt einen Befehl des deutschen Oberkommandos zu einer sofortigen Offensive überbracht. Von Rundstedt wies den Befehl zurück und protestierte: er könne nicht gehorchen, ohne sein Kommando in den Untergang zu führen. Eine Auseinandersetzung folgte, und der SS-Oberst wurde erschossen. Der Feldmarschall, so hieß es, habe Wehrmacht-Truppen aufgeboten, um SS-Einheiten zu entwaffnen, und sich gleichzeitig zum Militärgouverneur von Köln proklamiert. Danach habe er das deutsche Volk durch das Radio aufgerufen, sich auf seine Seite zu stellen, damit er einen ehrenvollen Frieden mit den Alliierten schließen könne.

Die Seifenblase platzte, als der G-2 die Sache überprüfte. Die Meldung stammte nicht aus Köln, sondern von Radio Luxemburg, das von der 12. Armee-Gruppe benutzt wurde, um ›schwarze‹ Propaganda auszustrahlen, in einem Versuch, das deutsche Volk zu täuschen und zu verwirren. (Omar N. Bradley, A Soldier's Story, New York 1951)

Anmerkung: Alles in allem ein fairer Vorschlag der Amerikaner an den Herrn von Rundstedt.

Die Illusionen der Amerikaner! Sie haben nicht das deutsche Volk getäuscht, sondern sich selber.

Sie haben allen Ernstes geglaubt, ein verantwortlicher Oberbefehlshaber würde einen Krieg beenden, wenn er verloren sei.

Er sei »in den großen Gedankengängen der gleichen Auffassung wie das OKW«, sein Vorschlag weiche »daher nur unwesentlich von der Auffassung des Führers ab.« »Es ist mir klar, daß jetzt alles auf eine Karte gesetzt werden muß. Deshalb stelle ich diese Bedenken« (nämlich die Bedenken wegen der zu schwachen Kräfte) »zurück«. (Brief des [nicht mehr pensionierten] Generalfeldmarschalls von Rundstedt an den Generaloberst Jodl, Chef des Wehrmachtführungsstabes, vom 3. 11. 1944, zitiert nach Hermann Jung, Die Ardennen-Offensive 1944/45, Göttingen 1971)

Anmerkung: Der Major Dincklage: »Ich habe niemals einen Befehl verweigert.«

Anmerkung: Mildernder Umstand: So, wie in Reidels Denken das Wort *Menschenkenntnis,* war in von Rundstedts Denken das Wort *Befehlsverweigerung* nicht angelegt. Es handelt sich da wirklich um ein linguistisches Problem.

Anmerkung: Hingegen enthielt der Wortschatz deutscher Generalfeldmarschälle die Wörter *Schicksal* und *Vorsehung.*

Mein Führer, ich glaube den Anspruch erheben zu können, alles, was in meiner Macht lag, getan zu haben, um die Lage zu meistern. Sowohl Rommel wie ich, aber wahrscheinlich alle Befehlshaber hier im Westen, die über Kampferfahrung gegenüber den Anglo-Amerikanern mit ihrer Materialüberlegenheit verfügen, sahen die gegenwärtige Entwicklung voraus. Man hat nicht auf uns gehört. Unsere Ansichten waren nicht von Pessimismus diktiert, sondern einfach durch die Kenntnis der Tatsachen.

Es muß Mittel und Wege geben, das Ende herbeizuführen und vor allen Dingen zu verhüten, daß das Reich in die bolschewistische Hölle gerät. Das Verhalten einiger Offiziere, die im Osten in Gefangenschaft gerieten, ist mir stets ein Rätsel gewesen. Mein Führer, ich habe immer Ihre Größe bewundert und Ihre Haltung in diesem gigantischen Kampf und Ihren eisernen Willen, sich selbst und den Nationalsozialismus zu behaupten. Wenn das Schicksal stärker ist als Ihr Wille und als Ihr Genie, so liegt das im Willen der Vorsehung. Sie haben einen ehrenhaften und großen Kampf gekämpft. Dieses Zeugnis wird Ihnen die Geschichte ausstellen. Zeigen Sie sich jetzt auch so groß, dem hoffnungslosen Kampf, falls es notwendig ist, ein Ende zu setzen.

Ich scheide von Ihnen, mein Führer, als einer, der Ihnen in dem Bewußtsein, seine Pflicht bis zum äußersten getan zu haben, näher stand, als Sie das vielleicht erkannt haben.

Heil, mein Führer!

gez.: von Kluge

18. August 1944   Generalfeldmarschall

(KTB, 4. Abschnitt, Dokumente, Frankfurt 1961)

Anmerkung: Schrieb's, und brachte sich um.

Anmerkung: Sich. Nicht seinen Führer.

Anmerkung: Der Generalfeldmarschall von Rundstedt: »Ihr Narren!«

Anmerkung: Telegrafierte es und ging, nur zwei Monate später, daran, die ihm befohlene Ardennen-Offensive auszuführen (die eine Zeitlang nach ihm benannt wurde: Rundstedt-Offensive).

Anmerkung: Die Ausnahme, oder ein Rest von Preußens Gloria.

Wenn Sie nach Berlin kommen, besuchen Sie Plötzensee! In Plötzensee hält von Witzleben noch immer vor dem Henker die Hose fest.

Erwin von Witzleben, Generalfeldmarschall, hingerichtet am 9. August 1944 wegen Beteiligung an dem Anschlag gegen Hitler.

Menschenverluste während der Ardennen-Offensive

I. Auf deutscher Seite	Tote (davon Offz.)		Vermißte		Verwundete
6. Panzer-Armee	3818	(146)	5940	(149)	13693
5. Panzer-Armee	4415	(161)	8276	(129)	10521
7. Armee	2516	(115)	8271	(385)	10225
	10749	(422)	22487	(663)	34439

Unwiederbringliche Verluste (Tote und Vermißte):

6. Panzer-Armee	9758	(295)
5. Panzer-Armee	12691	(290)
7. Armee	10787	(500)
insgesamt	33236	(1085)

Nach amerikanischen Angaben gerieten im Verlauf der Ardennen-Offensive rund 16000 Deutsche in Gefangenschaft. Sie sind von der Zahl der Vermißten abzusetzen. Der danach

verbleibende Rest von rund 6500 Vermißten ist der Zahl der
Toten zuzurechnen. Danach ergeben sich für die Verluste folgende Zahlen:

	17200	Gefallene
	16000	Gefangene
	34000	Verwundete
insgesamt	67200	Mann

II. Auf alliierter Seite	Tote	Vermißte	Verwundete
1. amerikanische Armee	4629	12176	23152
3. amerikanische Armee	3778	8729	23018
XXX. britisches Korps	200	239	969
	8607	21144	47139

Unwiederbringliche Verluste (Tote und Vermißte):

1. amerikanische Armee	16805	
3. amerikanische Armee	12507	
XXX. britisches Korps	439	
	29751	
dazu	47129	Verwundete
insgesamt	76880	Mann.

(Hermann Jung, Die Ardennen-Offensive, Göttingen 1971)

Eine Statistik der Verluste, welche die Zivilbevölkerung er-
litt, konnte nicht ermittelt werden.

Zurück blieben zwei verwüstete kleine Länder, zerstörte
Wohnhäuser und Bauernhöfe, totes Vieh, tote Menschen,
tote Seelen und tote Herzen. Die Ardennen waren ein riesiges
Beinhaus mit mehr als 75000 Toten. (John Toland, Story: the
Battle of the Bulge, zitiert nach der deutschen Ausgabe, Ar-
dennenschlacht 1944, Bern 1960)

Am Straßenrand stand ein erfrorener amerikanischer Soldat, die Arme wie bettelnd ausgestreckt. (John Toland, s.o.)

Automaten

Die Ardennen-Offensive begann in den Morgenstunden des 16. Dezember.

Von ihren Vorbereitungen hat Hainstock nicht mehr bemerkt als drei *Tiger*-Panzer, die am Vormittag des 14. Dezember auf dem Sträßchen erschienen, das an seinem Steinbruch vorbeiführt. Aus einem tief hängenden Himmel war Schnee gefallen, er lag dünn auf der Straße und den Wiesen neben der Straße bis zum Rand des Waldes, der vom Ihrenbachtal zu den Wiesen heraufstand. Von der Höhe über dem Steinbruch aus, unter den Kiefern stehend, beobachtete Hainstock die Panzer, wie sie hintereinander die Straße entlangkamen, grau und dröhnend. Ihre Luken waren geschlossen und ihre langen Geschützrohre bewegten sich nicht. Als sie an dem Steinbruch vorbei waren, verließen sie die Straße, schwenkten auf die Wiesen hinaus, wo der Schnee und der Boden den eisernen Lärm dämpften, den ihre Ketten machten, fuhren nebeneinander weiter und verschwanden hinter der Biegung des Tals. Sie hinterließen einen Fächer aus schwarzen Spuren auf dem Schnee.

Wiedergänger

Das Dorf Winterspelt hat während der Ardennen-Schlacht zweimal den Besitzer gewechselt. Was von ihm übrigblieb, wurde schließlich am 20. Januar von einer Abteilung des VII. Corps der 1. amerikanischen Armee erobert.

Als alles vorbei war, ging Hainstock eines Tages auf die östlichen Our-Höhen, um sich den Ort anzusehen, an dem Schefold getötet worden war. Er erblickte Schefold, wie er unter einer Kiefer stand und eine Zigarette rauchte. Schefold schien ihn nicht zu sehen; er rauchte und betrachtete die schneebedeckte Gegend. Der einzige Unterschied gegen früher war, daß er keine Farben mehr besaß, sondern nur noch Grautöne. Seine Krawatte (von der Hainstock nicht wußte, daß sie feuerrot gewesen war) war jetzt tiefschwarz.

Ich spinne, dachte Hainstock.

An den folgenden Tagen, feststellend, daß sein Denken so normal war wie immer, daß alle seine psychischen Reaktionen so abliefen, wie er es von ihnen gewohnt war, sagte er sich: na schön, dann weiß ich jetzt wenigstens, wo ich Schefold finde, wenn ich mal Lust habe, ihn wiederzusehen.

Bruder und Schwester

Vielleicht hat, wer im Januar oder Februar 1945 durch Winterspelt kam, die beiden Katzen gesehen. Grau-schwarz geströmt und gebändert (das Weibchen außerdem mit einem hellen Fuchsrot grundiert), zu Skeletten abgemagert, hungrig, raubgierig, räudig, frierend, strichen sie über den Schnee und die Asche des verlassenen und zerstörten Dorfes Winterspelt.

Tatzenzart. Schattenhaft. Lautlos.

Bei den nur durch Anführungszeichen hervorgehobenen Zitaten handelt es sich um Texte von Karl Marx (S. 260) und Jean-Paul Sartre (S. 494).

Die Darstellung des Verhaltens eines (verletzten) Waldkauzes in Gefangenschaft stützt sich auf einen Bericht in der *Paläoanthropologie* von Rudolf Bilz (Frankfurt/M. 1971).

Das Bild *Polyphon umgrenztes Weiß* von Paul Klee hat sich niemals im Besitz des Städel-Instituts, Frankfurt am Main, befunden. Es gehört zu den Beständen der Paul Klee-Stiftung, Bern.

Für unschätzbare Hilfe beim Auffinden und der Besorgung von Materialien hat der Verfasser zu danken: Herrn Georg Michaelis jr., Gerolstein (Eifel), Mme. Beverly Gordey (Paris) und Mrs. Kate Medina (New York) sowie der Sternwarte Zürich.

Berzona (Valle Onsernone), 1972 1974   A.A.

Alfred Andersch
im Diogenes Verlag

Einige Zeichnungen
Grafische Thesen. Mit Zeichnungen von
Gisela Andersch und einem Nachwort von
Wieland Schmied. detebe 151

empört euch der himmel ist blau
Gedichte und Nachdichtungen 1946–1976

Wanderungen im Norden
Reisebericht. Mit 32 Farbtafeln nach Fotos
von Gisela Andersch

Hohe Breitengrade
oder Nachricht von der Grenze
Reisebericht. Mit 48 Farbtafeln nach Fotos
von Gisela Andersch

Der Vater eines Mörders
Erzählung

Über Alfred Andersch
Essays, Aufsätze, Rezensionen, Äußerungen
von Jean Améry, Lothar Baier, Max Bense,
Rolf Dieter Brinkmann, Heinrich Böll, Peter
Demetz, Hans Magnus Enzensberger, Hel-
mut Heißenbüttel, Bernd Jentzsch, Hanjo
Kesting, Wolfgang Koeppen, Karl Krolow,
Siegfried Lenz, Thomas Mann, Ludwig
Marcuse, Karl Markus Michel, Heinz
Piontek, Hans Werner Richter, Arno
Schmidt, Franz Schonauer, Konstantin
Simonow, Werner Weber u. v. a. Mit Lebens-
daten, einer Bibliographie der Werke und
einer Auswahlbibliographie der Sekundär-
literatur. Herausgegeben von Gerd Haffmans.
Erweiterte Neuauflage 1980. detebe 53

Das Alfred Andersch Lesebuch
Ein Querschnitt durch das Gesamtwerk.
Herausgegeben von Gerd Haffmans.
detebe 205

Theorie · Philosophie · Historie · Theologie ·

Politik · Polemik
in Diogenes Taschenbüchern

Titel mit * sind Erstausgaben oder deutsche Erstausgaben.
Titel mit o sind auch als Studienausgaben empfohlen.